倾心相遇，
安暖相陪

QING XIN XIANG YU,

AN NUAN XIANG PEI.

【上册】　双凝 ● 著

青岛出版社
QINGDAO PUBLISHING HOUSE

图书在版编目（ＣＩＰ）数据

倾心相遇，安暖相陪 / 双凝著. — 青岛：青岛出
版社，2018.4

ISBN 978-7-5552-6093-6

Ⅰ. ①倾⋯ Ⅱ. ①双⋯ Ⅲ. ①长篇小说－中国－当代
Ⅳ. ①I247.5

中国版本图书馆CIP数据核字（2017）第234519号

书　　名	倾心相遇，安暖相陪
著　　者	双　凝
出版发行	青岛出版社
社　　址	青岛市海尔路182号（266061）
本社网址	http://www.qdpub.com
邮购电话	010-85787680-8015　13335059110
	0532-85814750（传真）　0532-68068026
责任编辑	郭林祥
责任校对	耿道川
特约编辑	郭红霞
装帧设计	李红艳
照　　排	梁　霞
印　　刷	三河市南阳印刷有限公司
出版日期	2018年4月第1版　　2018年4月第1次印刷
开　　本	16开（700mm×980mm）
印　　张	34
字　　数	450千
书　　号	ISBN 978-7-5552-6093-6
定　　价	65.00元

编校印装质量、盗版监督服务电话　4006532017　0532-68068638

建议陈列类别：畅销·青春小说

目 录 [上册]

目 录 [下册]

[第一章]
错误是美好的相遇

今天学校宿舍的床怎么那么舒服？

夏唯至抱着被子翻了又翻，感觉这床舒服得跟睡在云端似的。

这梦美啊！

太美了！

继续翻，再翻。

扑通一声，直接翻到床底下了，夏唯至这一下是彻底被惊醒了。

浑身疼得跟被拆开重组过一样！扶着腰坐起身，夏唯至打了个哈欠，睁开眼，看着房间。

什么鬼？这里是什么地方？怎么那么豪华？

她家里虽然豪华，可她的房间没这么豪华啊。

"索尼娅酒店！"看到房间里的牌子，夏唯至反应过来。

对哦，昨晚是毕业狂欢。

脑子里立马回想起昨夜的情形，夏唯至脑门一热，脸也热了。哈，昨天好像梦到和男神薄源佑一起在这张床上……这春梦做得真是，好真实！太真实了！

不对啊，她记得昨晚薄源佑不是抱着校花走了吗，走之前还从她这里拿走了一个套套？！

什么情况？难道她后来又和薄源佑睡了？

对，肯定是这样！不是薄源佑，她怎么睡得下去？！大学四年，她就光追着薄源佑跑了，现在终于把美妙的第一次给薄源佑了吗？

夏唯至摇头。是梦！肯定是梦！自己怎么可能睡到男神，这么美好的梦继续睡吧。

地上铺着柔软的毛毯，躺在上面，夏唯至越发觉得毛骨悚然，触感怎么那么真实？

她再次看到了桌上的牌子：索尼娅酒店。

五星级的啊！

真不是梦！

夏唯至猛然站起身，却发现腿软得不行，浑身青一块紫一块，简直惨不忍睹。

看着这张床，夏唯至脑海里的画面一幅接着一幅。

梦里面她好像是被男神抱到了酒店，然后在这张床上，然后在那张桌上，然后在那边客厅的沙发上，然后还有旁边的浴室里……

夏唯至的脸已经不是通红那么简单，简直都绿了。不是梦，是现实，她真的跟薄源佑睡了！

薄源佑是薄家大少爷，还开了总统套房，他跟她睡了，说明他是喜欢她的！不喜欢肯定不跟她睡啊，这没毛病。

不过，薄源佑人怎么不见？肯定是参加毕业典礼去了。

夏唯至看了看时间："啊！快迟到了！"

夏唯至一边穿衣服，一边跑出去。她前脚刚走，另一个房间的浴室门就打开了。

走出来的是一个金发男子，他围着一条浴巾，手里正拿着毛巾擦头发。

他看一眼床上，竟然没人。

"少爷！"房间里猛然出现一个男子，跪在他面前，"属下保护少爷不力，害您昨夜受了惊吓！"

"惊吓？你以为你主子吃什么长大的，还能受惊吓。"宫少廷冷笑。

昨夜那人的确派了不少手下追杀他，他也着了他们的道，居然中了麻醉枪，差一点被他们抓住。所幸在一家酒吧后面的小巷遇到一个醉酒的女人，死活抓着他不放，嘴里还喊着："薄源佑，你都把我灌醉了，怎么不跟我睡？"

他拿她做掩护，把她按在墙壁上强吻，这才躲过一劫。

"昨晚追杀少爷的人现在才解决干净，是属下办事不力！"宫少廷的手下卓尔说，"请少爷责罚！"

宫少廷的心思显然不在这里，房间里都找遍了，没看到那个女人。

"刚才有没有看到一个女人出去？"宫少廷问。

卓尔愣了一会儿，似乎想到什么，惊叫道："少爷，难道他们派了女杀手？我这就去追！"

卓尔立马准备追出去。

"回来！"宫少廷大喝。

卓尔又立马跪下。

"少爷您没事吧？"卓尔心急地问道。

"我说的是女人，从床上爬出来的女人，不是女杀手！"

卓尔睁大眼睛："女人？少爷，您跟女人睡觉了？"

从小到大跟着少爷，明明少爷不近女色啊，导致大家私底下都说少爷喜欢男人。

说到睡觉，宫少廷抬头，视线在房间里睃巡。

昨晚未免有些疯狂，几乎每个地方甚至包括阳台都留下了他的痕迹。

那个女人大街上随便抓个男人就喊着要睡，他怎么会想到是第一次？

卓尔见少爷脸上浮着若有似无的笑，简直要被吓死："少爷？"

宫少廷一脚踹了过去："说什么废话！我是男人，不跟女人睡，难道跟你睡！"

卓尔被踹到地上，立马又跪着直起身："少爷息怒！属下，属下只是觉得不可思议！不知道是哪家的小姐？"

能跟少爷睡的，自然是名门千金，平民怎么有这种资格？

"大街上捡的，我怎么知道她是谁？"宫少廷站起身，去衣柜前换衣服。

卓尔再次愕然。

少爷不是那么随便的人啊！洛家千金洛米小姐当初脱光了衣服站他面前，他都无动于衷。

卓尔实在是好奇，却又不敢多问。

宫少廷穿好衣服，看到镜子里照出来床上似乎有什么晶亮的东西。他走过去，拿起来，见是一枚钢琴烤漆的学生证。

一边是头像，一边是学校和名字。

"夏唯至。"宫少廷勾起唇角。

夏唯至？

卓尔在脑子里快速地搜索信息，实在想不出哪一家名门千金或者贵族之女是叫这个名字。

宫少廷的唇角又不自觉地划过一丝笑。

昨晚那个女人可真是猴急得要死，抓着他死活都不肯放手。

看到少爷又笑了，卓尔简直浑身都在抖，压根不敢吭声。

"昨晚的杀手都解决干净了？"宫少廷问。

"是的，少爷。那些杀手虽然什么都没说，但肯定是那边的人。少爷，听说您受伤了！"

3

"小伤，只不过昨夜中了他们的麻醉枪。"正因为如此，他才抓了夏唯至给他掩护。

"少爷，您中了麻醉枪还能跟女人睡觉？"卓尔脱口而出，说完就知道自己说错了，几乎给宫少廷磕头，"少爷，属下失言！"

"你没有失言，你家主子就是这么厉害。"宫少廷随手把夏唯至的学生证扔进了垃圾桶，脸上满是傲娇。

当时中了麻药枪只能找夏唯至掩护，但是刚好，那些杀手走后，麻药的药性也消散了大半。

宫少廷正准备出门，却脚步一顿，脑海里又闪过昨夜的画面，于是他走回去，把垃圾桶里的学生证捡了出来。

卓尔看得眼珠子都快瞪出来。

少爷可是有严重的洁癖啊，居然把手伸到垃圾桶里面去了！

虽然昨夜被追杀，可是少爷看着心情很不错的样子。

怎么睡了女人的心情这么好，少爷不是从来不喜欢女人吗？而且中了麻醉枪还能和女人睡，少爷忒厉害！

夏唯至的心情才不错呢，一路哼着小曲回到学校，只是走路的姿势有些别扭，腿还在打战，缓不过来。

"唯唯！"好闺蜜杭宝蓓早在校门口等着，看到夏唯至立马跑过去，"毕业典礼都开始了，你才来啊！我跟你说件事……"

"我也要跟你说件事。"夏唯至神秘地嘿嘿笑。

"哎呀，你先听我说。是你男神薄源佑的事。"

"我说的也是我男神的事。我昨晚……"夏唯至还没说完，就看到走过的薄源佑身边贴着个女人——校花任一茹。

任一茹脸色红润，乌黑的长发及腰，靠在薄源佑身边，一副小鸟依人的模样。薄源佑抱着校花的腰，两人非常亲昵，跟情侣一样。

"你昨晚干吗了？你不是跑去跟薄源佑睡觉去了吗？薄源佑今天宣布跟校花在一块了！"

夏唯至耳朵里轰的一声炸开了，感觉自己都想原地爆炸。

脚不听使唤地走过去。

"薄源佑！"夏唯至大喊。

这一喊，大家都看了过去。

薄源佑停下脚步看向她："夏唯至，你干吗？"

干吗？睡了还不认账哈！好歹等她缓几天，他再交女朋友啊！怎么也等她早上醒

4

过来，跟她说声早安啊！就算她是炮友，也给她炮友的尊严啊！

夏唯至扬起唇角，笑得灿烂："听说你跟校花在一块了，祝你们早生贵子！"

到嘴边的话明明是，昨晚不是睡了吗？

睡完了好歹留句话啊！既然要跟校花在一块，睡她干吗？

薄源佑很是嫌弃的样子："我们都没结婚呢，现在生孩子还得！会不会说话？一茹，毕业典礼开始了，我们走吧。"

对着校花，薄源佑的表情立马就变成了宠溺。

任一茹看了夏唯至一眼，靠在薄源佑怀里，几乎贴着他走开了。

真是弱柳扶风，我见犹怜，男人都喜欢这种类型的吧。

杭宝蓓走过来，手掌在夏唯至眼前挥了挥："很伤心？对了，你刚要跟我说什么？你昨晚上哪去了？我都找不到你！"

"不知道！"夏唯至吼了一句，直接参加毕业典礼去了。

典礼她都没心情看了，到现在腿还抖着。

拍毕业照就光看薄源佑和校花甜蜜蜜了。

校花任一茹的视线对上夏唯至的，校花冲她笑了笑，很是甜蜜。

夏唯至也对着她笑，更加灿烂。

气死了！

毕业典礼一结束，大家都依依惜别的时候，夏唯至已经拿着行李飞奔出校门，只跟室友杭宝蓓道了别。

夏唯至在路边等着，电话响起。

夏唯至一接通电话立马喊："妈，我已经在等车了，很快就回来！"

"早跟你说过今天早点回来！你姐姐今天艺校毕业，家里都是客人，人手不够知不知道？半小时之内给我死回来，不然就给我滚出这个家！"

夏唯至还没点头，电话就已经被挂断了。

她无奈地收起电话。

嘀嘀嘀。不远处一辆车停下，对着她鸣喇叭。

"夏唯至！"

车里的是薄源佑，副驾驶座还坐着校花。

夏唯至当没听见，拉着行李箱走开。

车子跟上来，慢慢在她身边开着。

"夏唯至！"车里的男人又对她叫道。

实在是想装看不见都难。

"好巧啊！你们还在学校呢。"夏唯至回头笑着说。

"上车啊，送你回去。"薄源佑说。

夏唯至都愣住了。

校花任一茹显然也很是诧异。

"干吗这副表情？你的明星姐姐尹翎叶今天艺校毕业，你家里不是有party吗？你妈早跟我说过了。你要回家吧？我顺便送你。上车啊！"薄源佑不耐烦地说。

尹翎叶！

校花任一茹显然非常错愕。

尹翎叶可是个童星，从小就非常知名，现在的人气更是如日中天。

她的毕业party当然非常重要，恐怕还会有很多记者守门口报道。

现在是等车高峰，熙熙攘攘的全是学生在等车，而她还得半个小时之内回到家。

夏唯至干脆上了车："那谢谢您了。"

薄源佑在后视镜看了她一眼，唇角勾了勾："那倒不用，我昨晚还得谢谢你。"

要不是从夏唯至那儿临时借了个套，他一时也没地方买，他跟一茹的好事也就没那么快成了。

昨晚？

夏唯至想到昨晚的情景，脸就红得没法控制，可是看了一眼副驾驶座上的校花，脸又真心红不下去了。

"薄少爷您客气，还是得我谢谢您。"想上薄源佑的那么多，好歹被她上了。

夏唯至的话简直阴阳怪气。

薄源佑还没回话，校花已经忍不住好奇地开口问道："佑，怎么尹翎叶跟她是姐妹，她们却不同姓呢？尹翎叶是艺名？"

"不是艺名，是真名。"说话的是夏唯至。

这校花真逗，打探她的事，干吗不直接问她？还当着她面问她男神。

校花"啊"了一声，又问："难道是一个跟爸爸姓，一个跟妈妈姓吗？"

夏唯至就纳闷了，干吗这么喜欢打探人家的隐私？

"可以这么说吧。"薄源佑随口回了一句。

夏唯至倒愣了一下，还以为薄源佑要把她的底子全说出来。

校花立马扭头对着夏唯至笑："唯至，我都不知道原来你姐姐是尹翎叶。她的名气很大，一直都是我的偶像。我也梦想有一天能像她那样被很多人崇拜，当上大明星呢！"

已经是校花了，全校都在崇拜你好吧！还跟男神谈恋爱了！

她都崇拜。何止崇拜，简直仰望！

"唯至，你的电话是多少？我们交换一下吧。"校花拿出手机说。

夏唯至内心是拒绝的，嘴上当然也要拒绝。

然而她还没说话，薄源佑扑哧一声，非常嫌弃地说："你留她的号码干吗？尹翎叶是她的姐姐没错，可她们同父异母。简单来说，她是私生女。"

"啊！"任一茹更加惊讶了，又回头看了一眼夏唯至，然后默默收起了手机。

夏唯至连手机都没拿出来过，嘲讽道："薄源佑，你不要说得很了解我似的，我跟你又不熟！"

"不熟？"薄源佑挑眉，目光对着后视镜，一副意味不明的样子。

夏唯至双手捏着衣服，紧张了。

他不会想说昨晚的事吧？当着校花的面总不会说吧？毕竟正牌女友在呢。

"谁大学里一天到晚跟着我，跟屁虫一样？吃屎呢？"薄源佑嘲讽道。

"……"简直想把这人一巴掌拍出车外！

"对啊，我跟着一坨屎呢！"夏唯至骂了回去。

薄源佑对着后视镜怒瞪夏唯至。

夏唯至也瞪着他。

看来昨晚的事，薄源佑连提都不想提。

"佑，别生气了，犯不着的。"校花拉了薄源佑的手，安慰说。

"对，犯不着！还是小茹心疼人。"跟校花十指相扣，薄源佑脸上是开心的笑。

"……"夏唯至深吸口气。

她真是脑子进水了才上了这辆车！

再看两人手拉手的样子，甜蜜得快掐出水来。

真想拿把开天斧，直接把两人拉着的手给劈了！

尹家今天实在热闹，还没到门口就听到了鞭炮声、音乐声，还有人群的嘈杂声。

夏唯至搬着行李进去，才刚进门，一个盘着高发髻、披着一块米色披肩的女人就冲着她喊："夏唯至，你还知道回来！家里都忙成什么样了！我不是叫你半个小时之内回来的吗？！"

这个女人就是尹家的当家丁娅嬷，她名义上的母亲。

"妈，我毕业典礼一结束就回来了。"夏唯至说。

"还敢顶嘴了！赶快招呼客人去，你姐姐的毕业宴会可别弄砸了！穿上！"丁娅嬷扔了一套女佣服给她，"厨房的碗筷全都清洗干净了再拿出来！"

"尹太太！"又有不少宾客来了。

丁娅嬷立马笑脸迎人："这不是薄太太吗！哎呀，源佑也来了！快里面请，里面请！"

薄源佑的母亲也来了。

夏唯至抬头看过去，是一个雍容华贵的女人，穿着一套酒红色的呢绒外套。

薄太太看了她一眼，直接跟丁娅嬷走开了。

薄源佑也看了她一眼，径直走开。

校花也要看她一眼。

这些人都看她干吗，又不是没见过。

夏唯至拿着女佣服，往厨房走去。

她才走到客厅门口，一个女人走了出来。

什么叫全场瞩目的焦点？什么叫自带光环？就是眼前这样。

她的姐姐尹翎叶穿着一身及地、收腰、深V的白色礼服，完美地展现出白皙的皮肤、修长的腿和一对呼之欲出的胸。

窈窕曼妙的身姿赫然立在眼前，场上倒吸气的声音她都能听见。

"三妹，今天我毕业，麻烦你照顾宾客了。"尹翎叶对夏唯至说。

夏唯至捏紧了手里的女佣服："好说好说。我这就去换衣服。"

反正也习惯了。

"三妹？那个土丫头是尹小姐的妹妹啊！"

"还以为是尹家的用人！"

人群听到尹翎叶跟夏唯至说话，立刻议论开来。

有人直接点破："就是那个私生女！尹老爷生前跟小三生的女儿！尹夫人真是大度，把私生女都接回来住了！"

"是啊是啊！太大度了，尹夫人！"

"尹夫人，人真好呢！"

贵妇们转而又夸起了尹夫人丁娅嫚。

丁娅嫚眼角眉梢是掩不住的笑："都是我家老爷的女儿，手心手背都是肉，自然还是要接回来住的。"

说完，大家免不了又是一阵夸赞，连薄源佑的母亲薄太太都赞叹："你看，尹太太这人很不错，要是跟他们做了亲家，你跟尹太太也很好相处。"

说完，看到自己儿子身边的校花，她忍不住不悦地皱眉。

校花任一茹有些害怕地往薄源佑身边缩了缩。

薄源佑立马把校花拉到自己怀里："妈，我有一茹这个女朋友了，你说这样的话，会让她误会的。"

薄太太横了一眼任一茹，显然是不满意的。

这么一个身世平平的女人做她儿子的女友，她怎么满意得起来！

校花被薄太太那么一横，更加害怕地躲到薄源佑的怀里，像受惊的小兔子，身子都在抖，可把薄源佑给心疼坏了。

"一茹，我妈开玩笑，你别往心里去。"薄源佑立马安慰，眼里温柔得都快溢出水来。

8

夏唯至还没走进厨房呢，就瞥到了这一场景，心里顿时闷闷的。

夏唯至一个人在厨房里洗碗，外面是喧嚣的锣鼓声，还有对尹翎叶的恭维和赞赏之声。

把碗筷盘子都洗干净了，夏唯至又一摞摞端出去，仔细地摆放到桌上。

"哎呀，这不是我的老同学吗，你又打工来了啊！这么高档的场所你都能进来打工，托关系了吗？这种关系都能找到，厉害了哦！"不远处传来一道声音。

夏唯至抬头看到一个穿着银色礼服的女人，锥子脸，下巴尖到快戳死人，的确是她的老同学纪敏。

纪敏是纪家大小姐，来参加尹家的毕业party也是正常。

懒得理会，夏唯至继续摆放盘子。

见夏唯至不理人，纪敏干脆走过来，手里还拿着红酒："这位服务员，我跟你说话呢！我们那桌少了两个盘子，你去摆一下！"

夏唯至看了他们桌一眼，发现的确少了，于是她端着盘子过去，放下，然后准备走开。

纪敏看到她的态度，心里嘲笑道：也不知道夏唯至拽什么。

她故意伸手，直接把盘子拂到地上。

啪的一声脆响。

"哎呀！你怎么那么不小心！"纪敏吓得惊叫起来。

盘子碎裂，一声惊叫，大家都看了过来。

"这位同学，这个盘子我明明放在里面，怎么就被你碰掉了？厉害了啊！"夏唯至看了一眼地上，冷笑着嘲讽道。

"是你碰掉的，你还赖我！你是服务生啊，我又不需要干摆盘子这种低贱的活！"纪敏还问同桌的人，"你们大家评评理，这服务生摔坏了盘子，怎么还理直气壮的！"

"就是就是！什么态度，一个服务生那么嚣张！"大家配合着纪敏说。

这里都是纪敏的朋友，当然帮着纪敏说话了。

纪敏高傲地对着夏唯至仰起脖子："这么看着我干什么？摔坏了道个歉，捡起来，不就没事了吗？！"

一副大人有大量的样子。

"同学，这是你摔的，不是我。这里的人都看得见，不要把这里的宾客当傻瓜。"夏唯至冷笑。

"你！"纪敏好生气，夏唯至牙尖嘴利得让她讨厌。

"夏唯至！"尹太太丁娅嫚走过来，"在我们尹家白吃白喝，还要给我惹事！纪小姐是客人，你竟敢跟她顶嘴！还不给我道歉！"

"是她碰掉了盘子，还要赖我！"

夏唯至还没说话，丁娅嫚就呵斥道："你是说纪小姐冤枉你？你是什么人，她堂堂纪家小姐还要故意来为难你？你给我马上道歉！快道歉！"

丁娅嫚过来了，自然所有人都看了过来。那些人来龙去脉都不清楚就对她指指点点，既然尹家当家都说了是她的错，那就只能是她的错。

夏唯至深吸口气："纪小姐，对不起。"

道歉嘛，家常便饭了。

"这就对了嘛！你道个歉，捡起碎盘子，不是一点事也没有吗？！我也不想伤了和气。尹太太，刚才是我不对，我不应该跟你们家一个服务生争辩，实在丢了我的身份！"纪敏也道歉。

尹太太满意地点头："纪小姐哪里的话！你今天能赏光来尹家，已经是我的荣幸！夏唯至，还不把碎盘子捡起来？不小心伤了纪小姐这样尊贵的客人，你负责得起吗？！"

纪敏得意得快飞起来了，她看着夏唯至，眼角眉梢都是幸灾乐祸。

夏唯至只好俯身去捡地上的盘子碎片。

所有人都看着，看着夏唯至蹲下身去捡碎片，就在纪敏脚下，只觉这个女人身份卑微又低贱。

尹翎叶也站在不远处冷眼旁观，唇角扬起一抹讥讽的笑。

夏唯至的手捏成拳。

一定要忍住！

因为她现在还必须留在尹家。

"宫氏集团二少爷宫少廷到！"外面的侍者有些激动地吼道。

一时间，所有人都愣了一下。

宫氏集团？

那个一手掌控C国经济命脉，以欧洲为根据地，一个喷嚏都能让欧洲经济抖三抖的宫氏？

他们所在的这座城市，政商两界全被宫氏渗透了。

一个小小的尹家根本入不了他们的法眼，怎么会突然来参加尹家的宴会？

尹太太丁娅嫚几乎是跑着去门口迎接。

进来的是一个金发男子，立体精致的五官如画般让人沉醉，剪裁得体的西服是量身定做，修长的身形和那凌厉的气势，简直一看就知道是宫家的少爷。

尹翎叶也看见了，只一眼，她就觉得宫少廷浑身上下的贵气像王子一般让人不敢直视。

传闻中的宫家二少爷，宫少廷，人称廷少。

"廷少，您怎么会大驾光临？实在是有失远迎！"丁娅嫚激动得不知道说什么好。

　　尹家跟宫家并没有什么交集，而且他们也没对宫家发出邀请。

　　宫少廷的目光在场上一阵睃巡，直接锁定在蹲在地上的女人身上。

　　宫少廷的守卫卓尔在他耳边说："少爷，这位是尹太太丁娅嫚。"

　　"尹太太，我不请自来，你不欢迎？"宫少廷盯着夏唯至，问丁娅嫚，问得漫不经心。

　　"不不，怎么会？怎么会呢？荣幸之至！实在是荣幸之至！廷少能来参加小女的毕业宴会，我，我实在是受宠若惊！叶儿！"丁娅嫚立马叫尹翎叶过来。

　　尹翎叶也是大步走过来，落落大方，举止优雅："廷少。"

　　宫少廷看都没看她，就看着夏唯至在那儿捡盘子碎片。

　　"廷少，这是我女儿尹翎叶！"丁娅嫚自豪地介绍。

　　尹翎叶已经有不小的名气了，世家长辈和子弟说起她的女儿尹翎叶，无不是羡慕不已，这廷少当然是冲着自己女儿来的。

　　然而，廷少明显没看尹翎叶。

　　尹翎叶以为刚才廷少没听见自己喊他，于是又优雅地喊了一声："廷少。"

　　宫少廷就看到夏唯至把一块盘子碎片丢在一把椅子上。

　　椅子旁边的女人原本盯着他看，一屁股坐了下去，然后啊的一声跳了起来。

　　同一时间，夏唯至顺手把碎片给拿了回去，速度又快又悄无声息。

　　纪敏大叫着，对着夏唯至吼道："是不是你？"

　　夏唯至一副无辜的样子："老同学，你又怎么了？"

　　纪敏捂着屁股，盯着椅子："刚刚明明有东西戳到我了！"

　　"戳到哪儿了？来，我帮你看看。"夏唯至"好心"地说。

　　纪敏想捂屁股，可实在觉得丢脸，忍着痛，指着夏唯至大骂："不用你假惺惺！一定是你！反正一定是你！夏唯至，你就一个服务员，别给我嚣张！我要投诉你！"

　　"尹太太，你们家的服务生简直太过分了！"纪敏立刻跑过去对着丁娅嫚大吼大叫，吼得丁娅嫚都觉得烦。

　　宫家少爷还在这儿呢，她这么吵吵闹闹多丢人啊！何况到现在为止廷少都没正眼看过她和尹翎叶，她们两人都尴尬得不行！

　　"行了，没看到廷少还在吗？！"丁娅嫚呵斥道。

　　尹翎叶也给纪敏使了眼色。

　　纪敏只好闭嘴，颤颤地喊面前的男人："廷少……"

　　"廷少，真是不好意思，让您看笑话了！"丁娅嫚赶紧道歉，又介绍了一遍说，"这位是小女尹翎叶。廷少，快里面请！"

已经是第二次介绍了，宫少廷还是没看尹翎叶一眼，也不跟着丁娅嫚走，而是直接往夏唯至所在的地方走过去。

从他进来开始，所有的女的都在看他，唯独夏唯至自顾自地捡碎盘子。

卓尔把椅子搬过来，宫少廷坐下，就在夏唯至面前。

夏唯至已经起身在那儿摆空盘。

宫少廷就盯着她看。

丁娅嫚立马上来，见夏唯至在摆盘子，觉得她碍手碍脚的，于是呵斥道："夏唯至，这里没你的事，下去吧！"生怕夏唯至又弄碎了盘子，惹得宫少廷也不高兴。

"是。"夏唯至听话地照做。

宫少廷扬眉。怎么那么听话的样子？刚才把盘子碎片扔椅子上时的表情可是很邪恶的。

还有昨晚上，抓着他不肯放，死活要跟他睡，可是很浪的。

这个女的到底是什么性格？

夏唯至正要走开，宫少廷叫住她："回来。"

夏唯至指着自己，这才抬头看宫少廷："叫我？"

"你以为呢？"

"这里人那么多，我得确定一下。"夏唯至说。

"夏唯至，怎么跟廷少说话的！"丁娅嫚呵斥，又笑呵呵地跟宫少廷说："廷少，她不懂事，我叫个细致的服务员过来好好伺候您。"

"我觉得她够细致了，就让她留下，伺候我。"他还特地把"伺候"两个字加了重音。

丁娅嫚只觉得诧异，但还是点头："廷少满意就好！"

"这么多人围着我干什么！我就是来讨杯酒喝，喝完了我就走！都散了！"宫少廷以命令的口吻让围着他的人都散开。

"是是是！廷少，不如让小女翎叶留下陪您喝酒？"丁娅嫚脸上满是巴结，说完又给尹翎叶使眼色。

尹翎叶立马说："廷少，您难得赏光，我陪您喝吧。"

"你是主角，怎么好意思让你陪我。就你了，你负责伺候我！"宫少廷对着夏唯至说，说得颇有深意。

夏唯至在心里好笑。

这人以为自己是皇帝呢，那股嚣张劲让人想一巴掌拍死！

"好嘞，好说。"夏唯至笑着说，心里却翻着白眼。

宫少廷见到她的样子，眉毛挑得更高。

还以为她至少会小小地反抗一下，没想到挺听话。

"还有事？"宫少廷见尹翎叶和丁娅嫚还不走开，抬头问。

丁娅嫚立马呵呵地笑道："廷少您随意。夏唯至，好好陪着！"

这么好的差事，她怎么舍得给夏唯至，可宫少廷指明了，她们也没办法，只好悻悻地走开。

薄源佑他们看了好一会儿，只觉得宫少廷这个人实在嚣张得很，可宫氏集团他们也听说过，他们一个小小的薄氏也惹不起。

夏唯至站在那儿给宫少廷倒酒。

宫少廷喝了一口，望着她，有些意味不明。

"那个廷少是吗？你盯错方向了，你应该盯着尹小姐看。"因为每个男人来这都是看尹翎叶的。

"我没盯错，我就盯着你。"宫少廷放下酒杯说。

这个女人昨夜喝得烂醉，对他可真是一点印象都没有。

夏唯至摸了一下自己的脸："怎么了？我脸上有眼屎吗？"

宫少廷有些无语，却突然说："你坐下。"

夏唯至对这个嚣张的男人一点兴趣都没，这么嚣张也是让人讨厌。

薄源佑嚣张，人家可是校草级别的，也没他这么嚣张，但妈吩咐要陪着的人，她也不好太过怠慢。

夏唯至就在他对面坐下了。

"你跑那么远干什么？我会吃了你不成？过来！坐这儿！"宫少廷拍了拍自己身边的位置。

"我坐这儿挺好的，还能给你倒酒。"夏唯至说着又给他倒了一杯酒。

"夏唯至，我叫你过来！"宫少廷一字一字地道。

夏唯至显然愣住了："你怎么知道我名字？"

傻了她！刚才丁娅嫚一直在喊她的名字，这人肯定是听见了啊。

宫少廷眼神一凛，眸子微眯。

果然，昨晚的事，她一点印象都没。

"夏唯至，我叫你过来，需要我重复第三遍？"

直觉告诉她，绝对不能让他重复第三遍。

夏唯至立马坐到他旁边，不过还是把椅子挪开了一点，跟他保持距离。

宫少廷见状，起身，把自己的椅子拖到她旁边挨着她坐下。

夏唯至准备把椅子再移出去，结果宫少廷一把抱住她的腰，直接把她扣在怀里，不让她动。

"干什么？干什么？！这么多人，你还敢耍流氓！"夏唯至大吼，简直跟踩到了屎一样激动。

夏唯至想挣开，宫少廷却抱得非常紧。

"我还真不怕被人说耍流氓。不过，你知道什么叫耍流氓？"对于她的表现，他显然不满意。

宫少廷凑得离她很近，还故意擦着她的耳朵说话。

夏唯至简直要掀桌了。

什么玩意儿啊，大庭广众的！

"你再不放开我试试看！"夏唯至警告道。

"就不放开。我倒要看看你能怎样。对了，耍流氓这个词需不需要我解释一遍？比如说，我跟你两个人的身体合二为一……"

说起昨夜的场景，宫少廷实在是历历在目，可是夏唯至却完全没印象。

就算有印象，跟眼前的男人也是半毛钱的关系都没有。

夏唯至感觉自己控制不住体内的洪荒之力了。

他快恶心死她了！

堂堂宫氏集团的二少爷，说话下流，还公然抱着一个女服务员不放！

宫少廷这一举动吸引了所有人的目光。

薄源佑也看到了，冷笑着说："宫少廷真是饥不择食，夏唯至那个私生女都想碰！"

薄太太立马呵斥儿子："别乱说话！宫家可不是好惹的！"

"不好惹，跟我们也没关系，八竿子打不着！"薄源佑嗤笑。

校花任一茹也好奇地问："佑，那位廷少到底是什么身份？"

任一茹不是他们圈子的，不知道宫少廷也很正常。

"宫家的二少爷。这么说吧，整个祁城没有他宫家办不了的事。"薄源佑说。

任一茹惊愕地睁大眼睛。

尹翎叶也好奇地问自己母亲："妈，我怎么觉得廷少对夏唯至很有兴趣？"

"怎么可能！夏唯至她是什么身份，廷少是什么身份，怎么会对她有兴趣！今天他是冲着你来的！有机会，你过去敬他一杯。那是宫家的少爷，不是什么人的party他都会参加，当然是为了你来的！"丁娅嫚很肯定地说。

听母亲这么一说，尹翎叶终于放心了。

的确，她的名气那么大，宫少廷自然是冲着她来的。

然而，宫少廷还是抱着夏唯至不肯放。

夏唯至面红耳赤，操起酒瓶都要砸过去了："你看到这个瓶子没？"完全是咬牙切齿的口吻。

宫少廷看到她嫌弃的样子，知道她绝对不是装的。

"夏唯至，你怎么看着很嫌弃我？"宫少廷问。

14

"我不嫌弃你，我还能稀罕你不成？放开！你哪位啊？"夏唯至怒气冲冲的，随时准备把酒瓶砸他头上。

"刚才尹夫人不都介绍了？我是宫氏集团的二少爷。不过从今以后，我有个专属于你的名字。"宫少廷握着她拿酒瓶的手。

夏唯至还在挣扎。这个神经病是脑子抽成猪了吧！

"什么？"夏唯至吼。

"'老公'。你觉得你这么叫我怎样？"宫少廷在她耳边吹着气，气息从她的脸颊上拂过。

"你没毛病吧？！"

瓶子是砸不下去了，他握着她的手，她是一点力气都用不上。

夏唯至刚吼完，宫少廷就掐着她的腰，站了起来。

他一站，所有人都看过来了，何况他还抱着场上的服务生。

有些人知道夏唯至是私生女，但很多人都以为夏唯至只是尹家的服务生。

"你又要干吗？"夏唯至简直要疯了。

这个陌生男人是不是有毛病？是不是脑抽？是不是精神分裂太严重？

"你们都听我说。接下来，我要宣布一件事。"宫少廷突然说。

喧闹的宴会场很快安静了下来。

所有人都疑惑地看着宫少廷和夏唯至。

只有宫少廷的手下卓尔很淡然地站在一旁，只是时不时地看一眼夏唯至。

"我今天来，只是要告诉你们，我准备娶这个女人为妻，在场的人都可以做见证。"

宫少廷一句话就像是一大箱鞭炮扔进了平静的湖里。

场上立刻噼里啪啦地炸开了。

夏唯至觉得自己肯定是在做梦，还是噩梦。

她抬手就打了自己一巴掌。

宫少廷握住她的手，在她的手掌上亲了一下："别那么激动，不是做梦。我说过会娶你，就一定会娶。一周后，我来尹家接你，保准让你风风光光的！"

谁激动了？她都要哭了好吗！

什么鬼啊！

这人谁啊！

突然冒出来说要跟她结婚，是脑袋给车子撞失忆了吧！

尹翎叶和丁娅嫚都睁大了眼睛，感觉自己肯定听错了。

在场的人立刻议论开来。

"原来廷少今天是冲着尹家私生女来的。怎么宁可娶个私生女也不娶尹翎叶这个大明星呢？"

"还以为是冲着尹家小姐来的，没想到是冲着那个服务生！尹翎叶都比不上那个服务生了！"

大家议论得越发起劲。

尹翎叶脸色通红，根本是气的。

因为，夏唯至一直活在她的光环之下，而今天对她来说是非常重要的场合，外面都是记者，里面都是上流社会的人。

夏唯至真想拼命吼出来。

她根本不会嫁给这个神经病！

宫少廷知道她会吼什么，掐着她的腰，把她扯过，低头就吻上了她的唇，直接把她的嘴给堵住了。

夏唯至睁大眼睛，扬起手就要打过去。

宫少廷握住她的手腕，把她的双手都背到身后去，拉着她往自己怀里贴。

宫少廷吻着她，强势霸道，不容拒绝，看得在场的女宾都脸红心跳。

夏唯至被吻得连句话都说不上来，只能捂着心口使劲喘息。

尹翎叶面色铁青，看着面前的场景，她哪里还敢以为宫少廷是冲着她来的，分明就是冲着那个私生女来的！

宫少廷这才放开夏唯至："一周，给你一周的时间准备。到时候我来尹家接你，做我的新娘。尹太太也听见了吧？"

宫少廷又看向愣在那儿的丁娅嫚。

丁娅嫚立马反应过来，大步跑过来，赔着笑："廷少，您不是开玩笑的吧？夏唯至她，她只是……"

只是尹家的私生女。

尹翎叶才是尹家的大小姐。

"你觉得我像开玩笑？！"宫少廷反问了一句，"不需要给她准备什么，你只要保证一周后她还在尹家。"

"我……我保证，肯定保证！廷少，您难道还担心夏唯至逃跑吗？"这么好的事，简直是头顶上砸了金元宝下来，谁不想要啊！

"对，我就担心她逃跑。夏唯至，我的太太，一周后见。"宫少廷对着夏唯至挑眉，说完，直接从她身边走开。

夏唯至想去拉他的手。

什么鬼？说清楚！

"你别着急。一周后我就来娶你，保证娶你，绝不食言。"宫少廷拿开她的手，"安抚"道。

什么食言！什么急！

夏唯至一口气没喘上来，被噎得说不出话。

丁娅嫚简直对夏唯至深恶痛绝。

大庭广众之下，表现得那么想要嫁给廷少，可是廷少偏偏还要娶她！

"廷少，您慢走！慢走！"丁娅嫚立马跑过去送人，又恶狠狠瞪了夏唯至一眼，用眼神告诉她：待会儿收拾你！

夏唯至觉得自己无辜得不行。

莫名其妙地被强吻了，还有那么多人看着！

她拉他的手是想吼他：你哪位？你谁啊？你是哪里冒出来的倒霉鬼？老子什么时候说要嫁给你了？！

结果直到宫少廷走了，她都没机会吼出来。

被吻得快断气了，现在才回过神。

"三妹认识宫家二少，你可真厉害！"尹翎叶走过来，嘲讽夏唯至。

"我不认识他啊！"夏唯至都要气笑了。

她是苦笑啊！

"得意什么！廷少不一定能继承宫氏集团，他还有个大哥！总裁夫人你就别想了，跟着宫家二少混吃等死，这种生活你应该很喜欢吧！"尹翎叶嘲讽完就往房间走去。

今天的风头全被夏唯至抢了，她留在现场还有什么意思！

夏唯至都不知道说什么了。

宫家二少什么名字她都不知道啊！

"那个……老同学，没想到你还跟廷少认识。你应该早点告诉我，我才知道，是不是？"纪家小姐纪敏也过来笑呵呵地说，脸上甚至带着谄媚和讨好。

"我跟他不认识！"夏唯至直接撇清关系。

然而就是没人相信她不认识那个廷少。

"唯至，你就别说这话了！以前是我不好，我的错，你大人有大量，原谅我吧！"纪敏想跟夏唯至拉关系。

不止纪敏，其他贵妇和大家小姐都想跟夏唯至拉好关系。毕竟是要嫁进宫家的人，身份地位显然都是不一样的。

"夏小姐果然是人中龙凤，长得真是漂亮，难怪廷少非要娶你！"

"是啊是啊！仔细一看，夏小姐可比尹翎叶好看！尹翎叶是化了浓妆的，夏小姐可是一点妆都没化，还这样美，廷少喜欢也是很自然的！"

原本嘲笑她私生女的人一个个都开始夸她，一拨接着一拨地来恭维她。

她笑得脸皮都僵了，觉得万分不习惯。

她跟他们说她不认识那位什么廷少，大家反而觉得她是得了便宜还卖乖。

不认识？不认识廷少能娶她，在大庭广众之下搂着她，甜蜜地吻她？

"夏唯至，有一手呀！"说话的是薄源佑，见那些人都恭维完了，他才走上来看着夏唯至，脸上似笑非笑。

夏唯至立马想起了昨夜，脸有些红，下意识地解释："我真的不认识他！完全不认识！那就是个智障！薄源佑，你就相信我吧！"

"我干吗要相信你？再说了，你当人家廷少是傻子，不认识你还娶你？反正恭喜你，早生贵子！"薄源佑把早上夏唯至给他的祝福还给她，然后搂着校花走开了。

校花也开口说："唯至，没想到你跟廷少也认识，以后还需要你多多关照呢！现在我们已经毕业了，以后也要常走动！"

关照个毛线！

夏唯至笑得甜蜜又灿烂："好说好说。"

看着薄源佑搂着校花走出门了，她也笑不下去了。

什么鬼！

今天到底是撞到什么鬼了！

尹翎叶的毕业宴会就这么不欢而散。

送走宫家少爷之后，尹家上下的气氛立刻变得极其诡异。

客厅里。

丁娅嫚坐在椅子上，尹翎叶坐在下面的沙发上，只有夏唯至一个人站在一旁。

两母女都盯着她看，看到夏唯至头皮发麻。

丁娅嫚一开口就满是嘲讽："这都快成宫家少奶奶了，还委屈自己留在尹家，就为了今天抢你姐的风头，让所有人都知道你嫁进宫家了。"

"您误会了！我跟他真的不认识，我也不可能跟他结婚！他开玩笑的！"夏唯至立马说。

"玩笑？宫家二少爷当着这么多人的面说要娶你，你说不认识，夏唯至，你把我们所有人都当傻子吗！"丁娅嫚指着夏唯至，一声怒吼。

所有人当然是傻子！她分明就不认识那宫家二少爷，怎么可能嫁给他！

夏唯至当然不能这么说，反正她不认识那个男的。

尹翎叶也嗤笑一声："三妹，你跟廷少都准备结婚了，看来交往有一段时间了。这是好事，何必瞒着我们？难道妈猜对了，你故意怂恿廷少破坏我的毕业宴会，让所有人都知道你嫁进了宫家？"

夏唯至来不及接话，丁娅嫚又嘲讽道："我们这些年养着你不够，还要养着你那半死不活的妈，你却要抢你姐的风头，故意让她出丑！翅膀硬了，还知道恩将

18

仇报！"

大妈嘲讽完，夏唯至还是想先接个话的，结果尹翎叶又开口了，夏唯至只好闭嘴，等着母女俩说完。

尹翎叶话里依旧满是讥讽："以后有了宫少，你的母亲自然不需要我们来养，这一年一百万的医药费也不用我们出了。妈，可以去跟医院说说，以后的费用我们尹家都不管了，找宫家要去吧！"

"女儿说得是，我这就打电话。"丁娅嫚立马拿出手机，准备打给医院。

"妈，别！"夏唯至心脏都在颤抖，是真吓到了，她立马上前恳求，"我发誓，我跟那位宫家少爷真的不认识！而且我不可能嫁给他！我都不认识他，怎么可能嫁他！"

丁娅嫚拿着手机，号码都拨出去了："到这个地步了，你还撒谎？夏唯至，你真以为我不敢停了你妈的医药费？"

夏唯至的母亲因为一场车祸变成植物人，至今躺在医院里，每年至少需要一百万的医药费才能维持生命，而这一百万，全靠丁娅嫚的资助，她绝对不能和尹家断了关系。

无论尹家让她做什么，她都不能拒绝。

"妈，我没有撒谎！不要停了我妈的医药费！让我做什么都行！求求你了！"夏唯至脸上满是紧张。

丁娅嫚和尹翎叶面面相觑。

夏唯至的母亲都被拿出来了，她还说不认识宫少廷，看样子不像说谎，可宫少廷也不是随便什么人都会娶的人，这中间到底发生了什么？

夏唯至几乎瘫软在地上，好在丁娅嫚还是答应了继续资助母亲的医药费。

没有尹家的资助，等于直接放弃了对母亲的治疗。

丁娅嫚和尹翎叶走进房间，站在楼上看着客厅里的夏唯至。

尹翎叶疑惑地说："夏唯至看着不像是撒谎，可是廷少更加不会撒谎。"

"看来宫家那边有事发生。我派人查一查，这么好的事，可别落到夏唯至头上！"

富丽堂皇的宫家。

门口是一个巨大的喷泉池，喷泉中间立着一根玉石柱，柱子上盘着两条龙，龙的中间刻着一个"宫"字。

池子里的水自下而上流动，沿着龙身冲刷着"宫"字。

宫少廷站在门口，望着眼前的房子，唇角是不屑的冷笑。

"少爷，难道您真的要娶夏小姐？"宫少廷的手下卓尔忍不住问。

"老爷子要我娶洛米，还准备直接给我订婚。那洛米我不过是把她当妹妹，做哥哥的怎么能把妹妹娶回家？还不如我主动出击，娶个女人回来，省得老头子成天嚷嚷。"宫少廷扬起的唇边是薄凉的笑意。

"洛米小姐是洛家千金，老太爷也是为了少爷您着想。我还听说，您和大少爷谁先结婚，谁就有望继承宫氏集团。"卓尔把打探来的消息告诉宫少廷。

"老爷子把宫家交出来可没那么草率。"这不过是老头和大哥下的套，逼着他结婚罢了。

宫少廷走进大门。

门口两排守卫齐刷刷地躬身喊："二少！"

宫少廷目不斜视，大步流星地走了进去。

他刚进房间，里面就走出来一个黑发男子，模样跟宫少廷有几分相似。

"二弟，来看爷爷。"这个男子就是宫少廷的大哥宫达。

宫少廷根本懒得理他，直接从他身边走过去。

"听说你要结婚了，新娘是男的还是女的？"宫达开口嘲讽。

宫少廷的脚步顿了一下，唇边依旧是薄凉的笑，根本没把自己大哥宫达放在眼里。

宫达也不介意，转身，笑得一派关怀："二弟，我只是好心提醒你，可别找个男的结婚。老爷子一生气，要是不小心被你气死了，你就是杀人凶手。到时我就只好勉为其难掌管宫氏集团。"

嘲讽完，见宫少廷表情漠然，宫达还是得意地走开了。

这里谁人不知宫少廷不好女色，好男色，让他娶个女人简直比要他命还让他难受。

卓尔实在生气："少爷，你看大少爷嚣张的样子！"

"一条疯狗咬人了，你还要咬回去？"宫少廷反问。

卓尔很是愤怒："可是少爷，谁结婚谁拿宫氏集团这个主意肯定是大少爷出的！他是料定你……"

"我怎么？"

"属下不敢说……"卓尔立马低头。

"你说。"

"大少爷肯定是知道少爷你不喜欢女人，故意逼着你结婚！就是刻意刁难少爷你！"

宫少廷的眼角跳了一下，面上还是不动声色。

"我不喜欢女人？"宫少廷问。

卓尔一副不知道自己哪里说错的表情。

"少爷……这一次太为难您了！不如我们跟老太爷说，大少爷是别有用心，就是刻意刁难您！"卓尔看上去义愤填膺。

所以，连他的贴身侍卫都觉得让他娶老婆是为难他？这种传闻到底什么时候开始的？

宫少廷倒觉得好玩了。

突然，他的脑海里闪过了夏唯至的身影。

她不盈一握的腰肢，晶莹剔透的肌肤因为他的粗暴变得异常粉嫩，白里透红又娇艳欲滴。

在巷弄里，在酒店的每一个角落。

那稚嫩的身体实在让他有些回味。

他在大街上捡了一个女人，随手就带回酒店，还真是……有些随便。

"少爷？"卓尔见宫少廷脸上莫名带着奇怪的笑意，简直吓死他。

大少爷故意使计让少爷不得不娶一个女人，少爷是不是气坏了？

"少爷，老太爷在里面等您呢。"卓尔小心地提醒说。

"知道。"宫少廷走进红木雕刻的门内。

房门关上，卓尔站在门口忧心地等待。

老太爷让少爷娶亲，万一少爷不同意还顶撞老太爷，这可怎么办才好？不对不对，少爷已经准备娶夏唯至了，应该没事。

想到这里，卓尔又放心了。

房间里，一个八十来岁的老者，满头白发，他靠坐在沙发上，手里拿着报纸。

"爷爷。"宫少廷走进去，喊道。

宫家的掌门人宫浩钱从报纸里抬头看了他一眼。

"叫你来是什么事，你应该清楚。既然不肯娶洛米，那只要是个女人，你能娶回来就行。对你来说，很难吗？"老爷子宫浩钱直接开口问，一点都没有废话。

宫家上下谁不知道宫家二少不好女色，好男色，甚至连外界都有人清楚。

宫少廷没有说话。

老爷子宫浩钱以为他这个孙子心中为难。

好好的男人，不喜欢女人，竟然喜欢男人！

别人家的孙子喜欢男人他管不着，可他宫家的孙子，哪怕喜欢男人，也给他娶个女人回来，给宫家传宗接代！

宫少廷不开口说话，老爷子以为他不同意结婚，顿时有些恼怒。

"洛家小姐洛米一直都喜欢你，我替你做个主，跟洛家联姻，和洛米结婚！给你一个月时间准备！"宫浩钱说。

"看不上！"宫少廷直接拒绝。

洛家千金洛米可是荷兰奥旨亲王的外甥女，美艳高挑，身材丰满，学历又高，还是知名设计师。

"你总不会打算给我娶个男人回来吧？"宫浩钱简直要发飙，气得直接把报纸拍在桌上。

宫少廷抬头，轻描淡写地看了桌上的报纸一眼："不会。孙儿已经决定了，娶尹家的小姐。两天后一定带她回家。"

宫浩钱一喜，小姐？那肯定是个女的了！

他还没来得及表现出惊喜，宫少廷就说："公司里还有事，我先走了。"

说完，他直接转身离开了。

宫浩钱愣了一下，随手拿了一个茶几上的杯子砸出去："你个混账东西，我话还没说完！哪个尹家？"

宫少廷走到门口了才随口回道："祁城尹家。"

那还不错啊！

老爷子宫浩钱问身后的管家："祁城尹家那位小姐叫什么名字？做什么的？"

管家立马在脑海里搜索信息，又拿出手机确认："老爷，这位小姐叫尹翎叶。从小就是个童星，人气很高，大学刚毕业已经是炙手可热的影视明星，很多人喜欢她。而且长得也很漂亮。"

尹翎叶？

"家世还行，还是个女的。行吧，你派人去尹家下聘礼，二少爷就娶尹翎叶了。"老爷子发话了。

夏唯至陪着自己的母亲说了很久的话，又给躺在病床上的母亲擦了一遍身子，这才起身，离开病房。

三年前她和弟弟跟着母亲回尹家的时候，母亲真的很开心，谁知路上却发生了严重的车祸。

母亲用生命护住了她，自己却成了植物人。

植物人，凭她的能力怎么供得起母亲的医药费，一年一百万啊！

所以她在尹家做牛做马都不会有怨言，只要母亲能活着。

现在毕业了，夏唯至正在找工作，可是没有工作经验，很多单位都不要她，所以暂时只能在大学期间工作的健身房做陪练教练。

薪水还行，只是工作时间都是在晚上，而且总是很晚，一天忙下来，又累又饿。

夏唯至在路上随便买了个煎饼吃，回到家路过尹翎叶的房间，就听到尹翎叶和大妈在说话，说的好像是她的事。

22

因为听到自己的名字，夏唯至才停下脚步听了一下。

尹翎叶说："妈，廷少要娶夏唯至是真。不过那是因为宫家老太爷准备让他娶洛家千金，他不同意，才找了夏唯至顶替。而且，我听说宫少廷好男色，根本不喜欢女人。真要嫁给他，太可怜了！"

门口的夏唯至可算明白了，她这是倒了八辈子血霉，宫家那位是拿她凑人头！这也忒随便了！这么倒霉的婚事都落她头上了！

不仅是凑人头的，嫁的还是个同志先生！

"三小姐。"门口突然传来用人的声音。

尹翎叶和丁娅嬷都听见了，走出来，看到夏唯至站在门口。

"三妹，偷听别人说话这个习惯可不好。"尹翎叶靠在门口，冷冷地嘲讽。

夏唯至讪笑了一下说："我只是路过。"

"听到了也没事。三妹你要嫁人了，新郎喜欢的是男人，找你做个摆设，就这么点事而已。好了，二姐替你做主，这桩婚事就这么定了。你好好准备，到时候可别丢了尹家的脸！"尹翎叶一副长姐如母的样子。

夏唯至刚才早已经听明白，那位廷少就是需个名义上的老婆，所以找她去凑个人头，接着，她每天独守空房就行了

毕业那天晚上她和男神薄源佑一夜云雨，那种滋味，她还有印象，守活寡这种事，她还真不想。

"夫人，二小姐，宫家派人来了！"尹管家急急忙忙地跑过来，"拿了很多聘礼！外面的车队排成了长龙！不过，宫家那边的人说是……"

丁娅嬷见他吞吞吐吐的，急了："来了就来了，你紧张什么！说什么了？什么时候娶三小姐过门？"

"不，宫家那边说是娶尹家小姐尹翎叶！"管家说。

尹翎叶差点一个趔趄。

丁娅嬷满脸都是愕然："怎么可能？廷少当众宣布，娶的是三小姐夏唯至！"

夏唯至站在一旁，挑了一下眉毛。

剧情怎么反转了？不过，这转得真是喜闻乐见！

尹翎叶看了夏唯至一眼，大步走下楼，问管家："你没有听错吧？廷少的确说过，他要娶的是夏唯至，而且是当众说的。"

问完，尹翎叶也有些没底。

廷少是抱着夏唯至说要娶她，但的确没喊出夏唯至的名字来。

"二小姐，这哪里能听错啊！宫家的人还在门口，他们的确说，宫家老太爷的意思是娶尹家小姐尹翎叶！"

尹翎叶脸色惨白，差点站不稳。

23

丁娅嬷到底见过世面，她立刻交代管家："你好生招待宫家人，再去调查清楚来龙去脉！"

管家一出去，尹翎叶就崩溃地拉着自己母亲的手："妈，我不想嫁给廷少！怎么办？我不想守活寡啊！"

丁娅嬷自然比女儿更着急，安抚了她一番，然后亲自去调查此事。

尹翎叶害怕地蜷缩在沙发上，脸色惨白。

夏唯至看她一副见鬼的模样，下了楼给她倒了一杯水。

"二姐，喝口水。"夏唯至说。

尹翎叶直接打开她手上的玻璃杯，杯子摔在地上。

"是你吧！你耍了什么手段，所以宫家突然要娶我！"尹翎叶指着她怒吼。

"二姐，我能耍什么手段？而且我跟那位宫家少爷并不认识！"

啪！尹翎叶起身，直接揎了她一巴掌："我说话什么时候轮到你来顶嘴！夏唯至，你是什么东西？就是我们家养的一条狗！野狗！"

夏唯至垂在身侧的手捏了一下，很快又释然了。

家里还有用人在场，大都已经看习惯了。

这时，丁娅嬷回来了，她随便看了夏唯至一眼，说："夏唯至，宫家那边已经给你下了聘礼，过几天廷少肯定会上门娶你。我们会给你准备妥当，让你安心嫁进宫家。"

夏唯至诧异地道："可是宫家要娶的是二姐，不是我。"

"是吗？谁说要娶你二姐了？我们都听说了，是娶你。你不嫁给廷少，难道看着你亲生母亲惨死在病床上吗？"丁娅嬷实在太清楚用什么能威胁到夏唯至。

夏唯至脸色一白，但很清楚这样做的后果："我冒名顶替，宫家怪罪下来，尹家也承担不起！"

"谁说冒名顶替了？我们就是按照宫家的意思办事。对了，你弟弟夏展那边听说学校直接保送他去英国剑桥读研，这是好事啊。保送名额有限，有的是人想要，你说是不是？"

丁娅嬷的意思是，如果不嫁给廷少，母亲的医药费她不再支付，弟弟夏展也会被从剑桥保送读研的名额中剔除！

宫家要娶的分明是尹翎叶，可她不嫁，她的母亲和弟弟就会被牵连！

就算委屈得浑身颤抖，夏唯至也只能笑着说："是，女儿明白。"

等夏唯至回了房间，尹翎叶不明所以地望着自己的母亲。

丁娅嬷笑着说："宫家老太爷点名要娶你！你是尹家小姐尹翎叶，万众瞩目的大明星，他自然属意你。不过，妈怎么能委屈你。宫家大少爷宫达不是也还没结婚吗，还不如嫁给宫达，以后整个宫家都是他的。"

"可是，让夏唯至冒名顶替，会不会……"

"放心，出了事，推给夏唯至就是。"

一大早，宫少廷的手下卓尔就来传话了。

夏唯至早早起了床，刚洗完全家的衣服，这会儿正站在门口晒。

"夏小姐，廷少今天有事实在走不开，麻烦您先去民政局把结婚证领了，毕竟举行婚礼没有领证来得具有法律效力。"卓尔一五一十地传话。

夏唯至晒完最后一件衣服。

反正都要嫁个gay（同性恋者，尤指男性）了，没有比这更糟糕的事了，没婚礼更好，省得知道的人多了，她也觉得没脸。

"我一个人去领证，他不去？"夏唯至问。

"不，廷少会去。麻烦夏小姐在民政局门口等一下，廷少一定会到。"卓尔看上去还是很恭敬。

也对，他要是不去，她一个人也结不了婚。

宫家连支迎亲队伍也没有，就叫了个下人把夏唯至接走了。

尹家上下的用人都在议论这尹家三小姐身世凄惨，嫁人也那么惨，丁娅嫚和尹翎叶听得很是开心。

尹翎叶看着夏唯至上了车，脸上都是同情："在我毕业宴会上看到廷少对夏唯至又亲又搂，还以为多喜欢她呢。现在要结婚了，人都不来，就让她去民政局等着。想到夏唯至以后的生活，我就觉得开心。"

丁娅嫚脸上更加开心："夏唯至这个私生女，我怎么可能让她好过！你父亲生前对她们母女简直念念不忘，这些年连正眼都没看过我，就连死之前也非要把夏唯至母女接回来！这口恶气总算出了一点！"

尹翎叶笑着抱住母亲的手臂："妈，爹地走之前非要把夏唯至接回来，您看，她这不是派上用场了？廷少喜欢男人，她代我出嫁，这下有的罪受了。"

"也让她这个私生女尝尝，什么叫独守空房！"丁娅嫚的脸几乎扭曲。

"妈，夏唯至嫁人，要不要告诉大哥？不然等大哥回来，怕是要生气了。"毕竟她大哥尹相东还是挺护着夏唯至的。

"你大哥那边就不用操心了，他最好打发。"

夏唯至发现，要跟一个陌生人结婚了，她心里竟然一点都不紧张，平静得让她自己都觉得恐怖。

在民政局门口等了一整天，她未来的老公也没出现。

眼看着民政局大门都关了，灯也关了。

难道那位廷少临时决定不结婚了？

夏唯至简直快蹦起来了。

悔婚了！悔婚了！赶紧回家吃饭洗洗睡！

夏唯至原本坐在门口，噌的一下站起身，拍了拍屁股准备走人。

"这位小姐你还在啊。我们这儿都关门了，没法领证了。"几个下班的工作人员早就见到夏唯至等了一整天。

"天都要黑了，你那位要真心跟你领证早就来了，别等了。"

好心提醒她之后，她们几个又在一起嘀咕，说她怎么怎么可怜，这年头男的靠得住，母猪都上树了，而且越说越带劲。

她不是正准备走吗？

"我……"

夏唯至还没说话，那几个工作人员主动安抚起来了："经常有人领证当天反悔被放鸽子，我们都懂的。"

"是呢，不用装了，难过就哭出来。现在的男人就是这样，没玩够或者劈腿出轨了很正常。"人员B这是安抚还是嘲讽啊？

"……"

这些人哪里是安抚，分明是想看她哭出来看个笑话才肯放她走。

行啊！哭？走一个！

"对啊！我好惨的……我都等了他一天了，他却没来！他说过爱我一生一世的，结果，结果他……"夏唯至立马演技爆棚，捂着嘴巴，一副欲哭又努力忍着眼泪的样子。

几个年轻的姑娘看着她，表情立刻从嘲讽变成了同情心疼。

夏唯至又抽泣着说："结果他跟别的女人跑了！我相信他肯定会回头的！他说过今天是个特殊的日子，一定要做一件特殊的事……就是把我娶回家……我真的好想嫁给他，给他生个像他那么帅气的儿子……"

她要生女儿的，像她一样漂亮。

"怎么这样啊！都要跟你结婚了，还跟别人跑了，太可恶了！"工作人员A义愤填膺地喊，很是为夏唯至打抱不平。

夏唯至见她们终于转移目标了，保持着捂住嘴巴、肩膀抖动、一副难受得要死的模样，一边准备撤了。

"我，我先……先回去了。"夏唯至"抽泣"到"哽咽"的模样，把人家小姑娘哄得直骂贱男渣男。

"去哪儿？"头顶突然传来一道声音。

"回家！"夏唯至回答道。

回完觉得不对，她一抬头，就看到高她一个脑袋的男人站在她面前，居高临下地盯着她。

面熟！很面熟！

"哇！好帅！好帅！"身后的工作人员已经在那花痴地尖叫。

"真的好帅！是混血儿吗？金色的头发呢！哇！五官好好看！"工作人员ABC全都在那儿花痴。

那些女的才帮她骂完渣男就开始花痴，缓冲的时间都不需要！

"今天是个特殊的日子，就是本少爷娶你的日子。特殊的事还没做完，怎么就回去了？"宫少廷盯着夏唯至说完，直接抱住她的肩膀走回民政局门口。

夏唯至想起来这个男人是谁了。

就是那天在尹翎叶的毕业宴会上强吻她，又说要娶她的男人啊！

宫少廷这话说的，简直把夏唯至的嘴巴堵了个水泄不通。

"开门。"宫少廷到了门口，冷冷地开口。

门口的姑娘们还没反应过来，大门已经被身后的保安打开。

"廷少，里边请！"保安简直笑得跟狗腿子一样。

宫少廷抱着夏唯至进去。

夏唯至立马抱住大门："先生，已经关门了！人家民政局都关门了！你开门进去也没用啊！"

宫少廷凝眉，见夏唯至抱着大门不放，他伸手圈住她的腰，把她拖下来。

"今天有事太忙，来晚了，让你久等了。跟我进去结婚。"宫少廷说完就拖着她进去。

夏唯至见到门口有一棵大树，又立马双手双脚抱住树干："这位先生，你没听到我的重点！民政局关门了！不做生意啦！我们今天领不了证啦！"

领证！

门口的小姑娘们这才反应过来——

这位帅哥是跟这个女的结婚！

不是跟别的女人跑了吗？

宫少廷挑眉："你好像很开心的样子。"

"没有啊！她们可以做证！我等了你整整一天了！我难过得泪水都流不出来了！"夏唯至指着不远处的工作人员。

那些工作人员原本还在为夏唯至抱不平，此刻却盯着宫少廷花痴。

宫少廷的唇角扬起一抹诡异的笑，他上前，捏住夏唯至的下巴，俯身，望着她，眼中饱含深情，气息拂过她的脸颊："既然这么难过，就跟我进去。放心，我会让他们继续开张做生意，直到我们领完证为止。"

"……"夏唯至现在想拿块砖头把自己拍死。

她死死地抓着门口的树，双手双腿都用上了，反正就是不下来，不进去，不结婚！

都等一天了，她都等得开心了起来，就怕他出现。

"我现在不难过了，我觉得改天领也行，我不着急！"夏唯至抱着树不肯下来，对着眼前的男人说。

宫少廷认为，让她等了一整天，可以允许她使点小性子，于是表现得比往常多了点耐心。

"乖！我说过要爱你一生一世的，所以我今天来娶你。以后也肯定会满足你，让你生个像我一样帅气的儿子。乖，别闹了，我们领证去。"宫少廷把刚才夏唯至说的话又还回去了。

那些姑娘看着夏唯至，眼神复杂。

等了一整天，等来这么个男的，简直就是捡了个大便宜！

夏唯至再一次感觉搬起石头砸了自己的脚，被自己说的话堵回来，这感觉难以形容。

还有，这个男人望着自己的眼神那么恶心干什么？

"人家真的关门了！大家都下班了，让人家临时加班多不好！特别不好！"夏唯至一副为民政局工作人员着想的态度。

人家民政局怎么可能说加班就加班！大门都关了，还能为他一个人开门不成？

这个想法出现了一下下，她就感觉有点打脸，不是不可能吧……

话刚说完，宫少廷的手下卓尔就从民政局里面出来了，他看了一眼双手双脚抱在树上的女人。

"少爷，都准备好了，可以进去领证了。"卓尔躬身说。

果然……

"不是下班了吗？"夏唯至大喊，垂死挣扎中。

第二章

嘿，老公你叫什么名字

对啊，那几个小姑娘也诧异了，不是下班了吗？

"偶尔加一下班不是不可以。"宫少廷扔出一句。

他显然不想跟她继续浪费时间，眸子微眯，一手掐住她的腰，把她夹在胳肢窝下面，就像是夹小鸡一样。

"啊！你放我下来！我自己会走！"夏唯至大吼，简直想捶胸顿足。民政局为什么要加班？加什么班啊？

宫少廷自然没有听她的。

进了大厅，一张办公桌上亮着灯，开着电脑。

宫少廷把夏唯至直接丢到桌上，然后上前，腿抵在桌前，站在夏唯至的双腿间，一手搂住夏唯至的腰，省得她挣扎，然后冷冷地看着办公桌对面的一个中年男子："开始吧。"

夏唯至睁大眼睛。简直了，她的双腿夹着他的腿啊！

夏唯至下意识地要从桌上跳下来，可是面前有个人碍手碍脚，跳不下来。

她心里犹豫着要怎么跳，身体已经很诚实地直接滑下去了……

宫少廷顺手掐住她的腰，然而一只手没掐住，她还是滑了下去。宫少廷下意识地提胯，把她给接住了，然后她的某个地方就和他最敏感的部位稳稳地相贴了。

夏唯至的脸简直噌的一下红了，本能反应是把他推开，而宫少廷的反应是把她往自己胯上放，接住她，于是就成了现在的画面：她半个屁股在桌上，前面的部位在他胯上。

场面极其尴尬，至少夏唯至是这么认为的。

因为卓尔和桌对面的中年男子都在看他们，看了一会儿都撇开头，不好意思看下去了。

"喂！这位先生！"夏唯至大吼着提醒宫少廷，姿势不对。

宫少廷却淡淡地看了她一眼，把她提回桌上，一副什么都没发生的样子，又跟桌对面的男人说："结婚，你动作快点。"

"是，是，廷少！"那男人立马低头哈腰，开始在电脑上工作。

外面民政局的那些小姑娘都好奇了，小心地跟上来，却一眼看到办公桌前，她们的顶头上司。

领导亲自来办证，这男的什么来头？

再看那女的。

夏唯至脸还红着，刚才她坐在他那地方，他的腰往后仰，所以她没滑下来，感觉他的腰力还是很不错的……

咳！

夏唯至，你在想什么？

好丢脸！

可是，那个地方好大……

扶额，她怎么又开始想了？

不仅想，她还小心地抬头看过去，眼睛直接瞄人家那地方去了。

宫少廷站在一旁，手放在桌上，身子微倾，看着对面的中年男子在电脑前工作。

见他的注意力没在这边，夏唯至又看向他那地方。

可惜是个gay（同性恋者，尤指男性）。

不，幸好是gay（同性恋者，尤指男性），不然她就遭殃了。

"一个女孩子家不要老盯着这里看，等回家了再说，以后有的是机会。"宫少廷看着对面的男子，跟夏唯至说，手指却在桌子下面往某个地方指了指。

夏唯至的脸唰的一下烧了起来，她简直想原地爆炸，炸成灰算了。

还好另外两个人似乎没懂宫少廷在说什么。

可是她懂了啊！

夏唯至还在纠结到底要不要反驳一下，死都不承认在看他那里。

她还没反驳，民政局的中年男子就象征性地问道："这位小姐，是自愿结婚吗？"

非常不自愿啊！

这根本是逼婚！

"自愿。"宫少廷冷声回道。

"他在问我！"夏唯至指着自己。

30

"那你回答。"宫少廷说,眼底带着戏谑——等了他一天,不想结早跑了。

中年男子又望着夏唯至。

夏唯至看到宫少廷的表情就想掀桌。这口气实在咽得窝囊,可还是得咽。

夏唯至咬牙切齿地道:"我自愿结婚!"

"废话。"宫少廷嘲讽地丢出一句。

废话?

真是想骂人!

看到眼前的男人一副又拽又傲、自以为是的样子,就特别想揍他一顿。

夏唯至捏着拳头时刻准备着,却不敢揍。

宫少廷的唇角不自觉地挑了一下,那弧度很是欠扁。

宫少廷突然说:"以后别动不动就想揍人,你是宫家二少奶奶,注意形象。"

夏唯至差点睁大眼睛,立马又维持镇定。

她是想揍他,可她没说出来吧?

"以后我要不注意形象呢?你跟我离婚吗?"夏唯至一说完,就意识到语气忒轻快了,但是想改也来不及了。

夏唯至看到宫少廷趴过来,凑近,嘴唇几乎贴着她的,她立刻往后仰,差点从桌上摔下去。

宫少廷把她捞回来,嘴唇擦着她的脸颊:"不要想太多,宫太太。"

"……"果然这婚结了是没那么容易离的。

这个同性恋本来就是为了掩人耳目娶她,就算她跟别的男人睡了,他都不会想跟她离婚吧。

"廷少,这是结婚证。恭喜两位喜结连理!"那中年男子点头哈腰,满嘴的恭喜。

恭喜什么啊!

夏唯至跳下桌子就走:"没事了吧?那我回去了。"

"宫太太,你的结婚证。"宫少廷拿过结婚证说。

"不,是你的结婚证。"夏唯至笑着说。

"一人一本,这也不懂?"

"不好意思,第一次没经验,不懂。"夏唯至还是笑着,随手拿过结婚证,放到包里,转身要走。

突然想起来什么,夏唯至问:"对了,你叫什么名字?"

办公桌前的中年男子差点一个跟跄。

卓尔的表情也是古怪得要死,他尴尬地看宫少廷。

宫少廷一点也不恼的样子,眼底却有锋芒划过。

31

"你的老公叫什么名字，你问我？"宫少廷的声音很平淡，却总让人感觉他在生气。

"对啊，我问的就是老公你的名字啊。"

宫少廷上前，唇角再次上挑，唇边却是危险的光芒："老公我的名字这么快就忘记了？"

"我根本就没记起来过。"夏唯至微笑着。

压根不认识好吗，他的名字她怎么会知道？

宫少廷又想起那晚上，他抓着她在街头小巷、在酒店……

他很想告诉她：我是你的男人，你第一个男人宫少廷！

夏唯至却很不喜欢他看自己的眼神，好像用眼神就把她的衣服给扒光了在视奸，可她又知道自己想多了，因为这个男人根本就不喜欢女人。

她就算在他面前扒光了，他也无动于衷。

想到这里，夏唯至又挺直了腰板。

"夏小姐……"卓尔在一旁忍不住提醒，随即改口道，"少奶奶，您可以看结婚证。"

"对哦。"夏唯至正想去拿结婚证，手还没伸到包里，就被宫少廷拉了过去，他直接把她拉到门口，"跟我回家吧。"

"回家？哪里？"

宫少廷根本不理她，拖着她上了车。

门口那几个小姑娘还在。

下班那么久了还在看八卦看热闹，真是不怕辛苦。

不过，看在一起骂过旁边男人渣男的分上，夏唯至拿着结婚证冲她们挥了挥手。

那几个女人哼了一声，手拉手走了。

夏唯至真心觉得莫名其妙，怎么一个两个脾气都那么大？她也是有脾气的人！

上了车，夏唯至就忘记去看自己老公叫什么名字了。

宫少廷和她坐在后座，前面卓尔在开车。

宫少廷问："喜欢吃什么？饿了一天带你去吃饭。"

"不用了。前面路口左转，把我放下来就好。"夏唯至说。

前面路口很快到了，但司机没左转，直接右转了。

这个方向完全跟她家相反！

夏唯至这才侧头看向宫少廷："我什么都不吃！把我放下来，我还要工作！"

"现在是晚上八点，什么工作？"

"你老婆我是干什么的你都不知道？你是多不在意啊！晚上八点，夜生活快开始了，你说我是什么工作？"夏唯至故意逗弄他。

宫少廷可不管她什么工作："你老公我叫什么你都不知道，你好意思来说我？什么破工作，明天给我辞了！"

"哈！你管我啊！"

"现在开始你是我老婆，我不能管你？"

"得了吧，我们是名义上的夫妻，我懂！你跟你大哥在争什么继承权，所以你猴急地找我结婚！"

宫少廷冷笑："你知道得还挺多。那你知道我为什么偏偏找你吗？"

"为什么？"她还真想知道。虽然宫家老爷子想要的孙媳是尹翎叶，可他要娶的的确是她。

这个女人一副完全不知情的样子，那天晚上的事，她还真是忘得一干二净啊！敢情就他一个人记着了！

宫少廷心里一阵恼火。

"停车！"

卓尔立马靠边停车。

"下去！"宫少廷突然命令，他是盯着夏唯至发出命令的。

夏唯至立马点头："好嘞！"

她立刻推门下车，关上门，还能看到宫少廷阴郁的脸。

车子很快疾驰出去，在她眼前消失了。

夏唯至简直要对宫少廷感恩戴德，就这么把她放下来了！

哎？这里是哪里？

什么时候上的高速啊？

这个gay（同性恋者，尤指男性）竟然把她扔在高速上了！

夏唯至在心里把宫家祖宗十八代都问候了一遍。

她小心地站在路边想拦车，可这里是高速，车辆都是飞驰过来的，她稍微走出去一点就能被撞飞。

夏唯至只能眼睁睁看着车子飞过，傻乎乎地站着，无语望天。

她怎么遇到这么个渣子？！

问题是，这个渣子叫什么来着？

想骂人，都不知道对方叫什么！

对了，结婚证！

拿出结婚证，夏唯至这才看到上面的名字：宫少廷。

宫少廷是吧！

"宫少廷，去你的！"夏唯至冲着结婚证上的照片和名字破口大骂。

她刚喊完，身后一辆车慢慢停靠了过来。

夏唯至一阵欢喜，立马跑过去，想跟司机商量搭车。

车窗降下来。

"这位帅哥……"看到驾驶座上的人，夏唯至的脸立刻黑了下来。

这简直是大变活人啊！不仅换了一辆车，竟然还从她的后面出现！

驾驶座上的不是宫少廷又是谁？

"刚才你是在骂我？"宫少廷问。

当然是他！

"没有啊，我怎么可能骂你？"夏唯至呵呵笑。

她怎么可能不骂他？

"给你一个机会，说服我让你上车。"宫少廷手指放在方向盘上，看着外面渐渐黑下来的天。

说服你大爷！

明明是他把她丢下车的，还一副恩赐的样子！

"你再骂人，这个机会也没了。"宫少廷看了她一眼，直接发动车子。

"别别别！咱们有话好好说！"夏唯至几乎趴到驾驶座上抱住宫少廷的手臂，拦着他，不让开车。

"我们是夫妻了呀，我是你老婆，你是我老公，老公怎么能把老婆丢在马路边呢？"夏唯至立马想了一堆理由，而且她已经很努力不在心里骂这个男人。

这人是会读心术还是咋地，心里骂人也听得见啊！

宫少廷还是冷眼看着她："这个理由还行，上来吧。"

这就行了，也忒好打发！

"好嘞！"夏唯至立马上车。

"对了，你本来就是我在路边捡的，要是不听话，我还会把你丢到马路边。"宫少廷开车，然后提醒。

"……"什么话？谁是他路边捡的？她到底犯了什么事，莫名其妙就被丢到路边？她完全不知道发生了什么事好吗！

车上明明开着暖气，温度却低得吓人，看来以后到了夏天完全不用开空调了，把这个男人往身边一放就凉快了。

不过，眼前的男人已经成她合法的丈夫了？

真是不可思议！

这么帅、脾气却这么差的男人，还是个同性恋，竟然跟她成了夫妻！

"看够的话给我拿瓶水，在你的坐垫下面。"宫少廷开着车说。

他知道她在看他！

夏唯至脸上一阵红，跟偷窥被抓到似的。

不过，想到他喜欢的是男人，她脸红个屁！

拿出座椅下面的水，夏唯至拧开瓶盖给他，问："你怎么换了车？你不是往前面去了吗？你的跟班呢？"

宫少廷仰头喝着水，水滴顺着他的脖子流下来，喉结一上一下的，看得夏唯至也有些渴了。

她想从座椅下面拿水喝。

没有！

竟然只有一瓶！

"只有一瓶，喝吧。"宫少廷把自己的水给她。

"你喝过的啊！"夏唯至下意识地喊。

宫少廷的表情有些难看，似乎她不喝这瓶水就又要把她丢下车。

夏唯至立马接过水，看了一眼瓶口，他的口水还沾在上面。

宫少廷侧头看她。

夏唯至不好意思嫌弃得太明显，只能仰头喝了水。

然后她听到宫少廷说："前面有个高速路口，我下了高速重新上来，卓尔回去准备我们今晚的新房。"

作不作！把她扔下了，又重新回来找她！

忒作！

"新房！"夏唯至猛然反应过来。

"有什么问题？"

"问题可大了！你是说，我们睡一间屋子？"

"一个房间。"宫少廷回。

一个房间！

这个变态还要跟她睡一个房间！

"廷少，我们只是名义上的婚姻。规矩我都懂。你在外面干什么，我绝对不干涉！要不，我们学学电视剧，签个婚内协议什么的。"

"你电视剧看多了，我可没有。我是你的合法丈夫，叫我廷少，合适？"宫少廷问。

怎么不合适？忒合适！

"那叫什么？"

"叫名字。"

"廷廷？"夏唯至试探性地叫。

宫少廷一个刹车，夏唯至整个人都快飞出去了。

没等车子停下，宫少廷又加了油门，车子继续往前。

夏唯至整个后脑又撞在椅子靠垫上，脑袋都在嗡嗡响。

怒瞪宫少廷，夏唯至还没来得及骂人，宫少廷已经咬牙切齿地道："夏唯至，有没有人跟你说过，跟你相处，有时候特别想掐死你？"

"没有！"

"就是说，你只有跟我说话的时候，才会让人有掐死你的冲动？"

"那有没有人跟你说过，你脾气那么暴躁，会没朋友的？"

"我不需要朋友，我有老婆你就够了。"

这话乍一听怎么那么暖心，可夏唯至知道，她暖心不起来。

这个男人结婚完全是为了掩饰自己同性恋的身份，然后利用他们的婚姻来争夺公司。

内心黑暗！人品败坏！心思恶毒！超级变态！

宫少廷住的地方是靠海的别墅，很偏僻，所以车子开到的时候夏唯至已经睡着了。

"少爷，回来了。"卓尔立马出来迎接。

宫少廷见夏唯至睡得很沉，便自己下了车，俯身把她抱了出来。

夏唯至正在做梦，梦到了那天晚上和薄源佑滚床单的事。

那场景，简直火热又大尺度。

她现在已经是人妻了，跟薄源佑是再不可能了……

梦里面，薄源佑还是那么生猛，抓着她，怎么都不放过她。

反正是梦，继续做，怎么不要脸怎么来！

于是，宫少廷抱着夏唯至，就看到她的手不停地摸着他的身体，从脸一路摸下去。

宫少廷闷哼了一声，却还是忍住了。

卓尔看到夏唯至抓着宫少廷某个地方，脸上有些尴尬，可还得伺候少爷用餐吧，所以还得硬着头皮留下。

"滚出去！"宫少廷直接让卓尔滚。

卓尔简直如蒙大赦，马不停蹄地滚了出去。

宫少廷把夏唯至放到沙发上。

人才刚放下，夏唯至就搂住他的脖子亲了上来，一口精准地亲到了宫少廷的唇。

梦里面，夏唯至也是成功亲到了男神。

宫少廷盯着面前的女人。

所以睡个觉都是在做春梦？

夏唯至的梦越做越美妙，那一夜的事情似乎在梦里面重新演绎了一遍。

只是这唇也忒真实了！

好柔软，果冻一样，好好吃，跟梦里的一模一样！

夏唯至吃得津津有味。

现实中，宫少廷脸色难看，已经被她撩得受不住了。

宫少廷低吼了一声，直接摁住夏唯至的后脑，就着她凑上来的唇狠狠地吻了上去。

该死的女人，梦里面的男人是谁？

绝对不是他！

夏唯至是被吻醒的，她实在是喘不过气来。

梦里面的男神也是吻着她不放。

夏唯至睁开眼睛，梦醒了，她看着面前陌生的男人，"啊"的一声叫了起来："谁啊？！"

她喊完就有些后悔了。

她刚认识的男人已经成了她的老公，她得慢慢习惯，她有个老公了。

宫少廷深沉的眸子阴鸷得快飞出刀子了。

"那个，原来是老公啊……"夏唯至立马呵呵了一下。

"梦到什么了？"宫少廷问。

"你猜？"

"……"

宫少廷坐到沙发上，手臂横在沙发沿上，一手解开了早就被夏唯至扯乱的领带。

"我猜你做了个美梦。"宫少廷说。

"对的！"

"当着我的面出轨跟别的男人上床了。"宫少廷又说。

夏唯至脸都垮了。

"我只是做了个梦！那不是现实好吗！"

"承认做了个春梦？梦里面还是别的男人？！"宫少廷手中的领带飞了出去，在夏唯至的手腕上绕了一个圈。

宫少廷手一拉，就把她拉到了自己怀里。

有着多年街头斗殴经验的夏唯至竟然完全反应不过来，等反应过来时，人已经在他怀里了。

夏唯至想起身。

宫少廷从她身后抱住她的肩膀，不让她动。

他凑近，咬着她的耳朵，警告："以后不准再做这种梦！如果要做，梦里面的男主角也该是我！明白？！"

这是她能控制的吗？

这个男人现实中不能碰她，还要在梦里面让她意淫，是不是智障啊？

"宫先生，这种事我不好控制啊！"夏唯至被他喷在耳边的呼吸弄得麻麻的，只想挣开。

"那也给我好好控制住！再有下次，我就让你梦里的男主角不能人道！"宫少廷在她耳边邪恶地警告。

夏唯至一个激灵。

直觉告诉她，这个男人没在开玩笑。

不能人道，就是让人家不能做男人，不举啊，忒恶毒了！

见夏唯至憋着一口气不敢出的样子，宫少廷挑唇，唇角满是邪恶，捏着她的下巴问："看来很喜欢梦里的男主角？那就更不准梦到跟他上床！记住了？"

"我记住了。晚上我就做梦，梦到跟你上床。"应付这个男人，那就是迎合，不跟他来硬的。

夏唯至觉得自己真是太聪明了。

"这个不需要做梦，我会给你圆梦。"宫少廷就在她眼前说。

说完了，他起身，丢开她，低头看了看自己某个鼓鼓的地方，皱眉，直接走上楼梯。宫少廷不想被她发现，丢了一句话："去吃饭，吃完了回房间。"

圆梦？

呵呵呵呵，一个gay（同性恋者，尤指男性）碰得了她吗？搞笑！

夏唯至看着宫少廷回了房间，这才起身去吃饭。

看到长桌上满满的各式各样的菜肴，夏唯至差点以为自己进了高档自助餐厅。

简直什么都有啊，大闸蟹、三文鱼……

这人每天都这么吃吗？

简直营养过剩！

夏唯至骂完就冲到餐桌前去吃饭了。

等夏唯至吃饱喝足，天色已经很晚了。

她进了房间，刚好看到宫少廷从浴室走出来。

宫少廷特地进房间冲了冷水澡，泄了一身火气才出来，此刻正围着一条浴巾，遮住了下半身。

水珠从发梢滴落，顺着他的脸颊一路向下。那水珠简直翻山越岭，沿着他漂亮的锁骨到胸肌，到腹肌，再到……那一丛黑森林里面……

那水珠真是够色的，竟然还能经过黑森林从他的大腿淌下来！

夏唯至感觉有些渴，然后她听到宫少廷说："去洗澡。"

"洗澡？"

宫少廷冷冷地看着她，跟看白痴一样："你不洗澡上床？"

"上床！我们俩睡一张床的意思，对吗？"

他之前怎么没发现这个女人这么笨？

"你要睡地上也行，随便你。"宫少廷坐到床上擦头发。

夏唯至总感觉不对劲。

这阵势，怎么好像他要留在房间了？

有可能他弄干了头发就走。

毕竟她是个女人，他不仅看不上她，而且他喜欢的还是男人。

想到这里，她放心地进去洗澡。

里面女士用品都有，准备得很齐全。

夏唯至洗完澡出来，突然想到一个问题——

她怎么就进他家了，现在还留宿了？

问题是，她已经洗完澡了，还裹着浴巾。

算了，大半夜的，就睡一晚。

在民政局站了一整天，她也很累的。

夏唯至走出浴室，看到宫少廷坐在被窝里面，手里拿着文件在批阅。

见她出来，他抬头看了她一眼，又继续看手里的文件。

怎么还没走？夏唯至心里嘀咕着。

她坐在一旁擦头发，擦了快半个小时了，他还没走。

宫少廷是靠坐在床上的，上半身全裸，那手臂肌肉，那胸肌，实在债张有力。

还有那侧脸，三百六十度无死角。

这么好看的男人喜欢的竟然是男人，有点可惜。

"我准备睡觉了。睡一晚，明早起来就走。"夏唯至擦完头发提醒说。

宫少廷没起来。

夏唯至深吸口气，琢磨了一会儿又说："你什么时候走？"

宫少廷放下文件看她："去哪里？"

"随便你去哪里，不要留在房间就好。我不是很习惯睡觉的时候有人看着，我从来没跟别人一块儿睡过。"夏唯至笑着说。

"哦？是吗？你没跟别人一块儿睡过，你确定？"宫少廷挑眉问。

夏唯至立马想起了一幅画面。

在酒店的时候，她跟男神翻云覆雨，那姿势，还有男神的肌肉，还有那个地方，实在是强悍得紧。

想着想着，夏唯至的脸红了起来。

"想起来了？跟谁睡过？"宫少廷问。

"我为什么要告诉你？反正你又不会跟我睡，对吧？"

"今天是我们的洞房夜，我不跟你睡，跟谁睡？你上来，待会儿我的耐心就没了。"宫少廷云淡风轻地说。

什么情况？

夏唯至感觉心里毛毛的。

他们是纯洁地躺在一块儿睡，还是不纯洁地抱在一块儿睡？

宫少廷的确没耐心了，他起身，直接拉住她的手，把她拉了上来。

夏唯至一个趔趄就跌在他身上，跌的位置还迷之尴尬——整张脸都对着他某个地方了，她呼出的气息就喷在上面。

幸好盖着被子啊！

宫少廷的瞳孔猛然一阵收缩，掐住她的腰，就把她放到自己身上。

她只围着一条浴巾，里面可就一条内裤啊，就这么坐在他身上。

夏唯至为了支撑自己不再摔倒，双手放在他的胸口上，却感觉到一阵滚烫，于是立马收回了手，又想从他身上爬下去。

宫少廷双手握着她的腰，根本不让她下去，同时慢慢靠近她，深沉的眸子直接把她给锁住了，眼睛里有火苗在跳动。

夏唯至越发觉得不对劲，身子不断地往后仰。

"等等！"夏唯至伸手撑在他的胸口，"你，你想干吗？"

"宫太太，我是你老公，今天是我们的新婚夜，你说我想干吗？"宫少廷冷笑着反问。

况且刚才在客厅，她点的火，他到现在没灭干净，他一点也不介意继续。

夏唯至的眼睛瞪得有些大，明显感觉惊悚。

她该怎么接话？

说他喜欢男人？这不是戳中伤疤了？

有了！

"那个啊……我不是处，我跟别人玩过各种花样，在各种角落。"

这种豪门大少爷，肯定不想吃别人吃过的东西吧，肯定会很恶心她吧！

夏唯至等着他把自己扔出去，结果宫少廷更加靠近她，整张脸都快贴着她的脸了。

他的眼底闪过笑意，很邪恶的那种。

"哦？什么花样？哪些角落？"宫少廷的问题更邪恶。

夏唯至深吸口气。为了保住名节，拼了！

"我们在小巷里就做了苟且之事，非常苟且！从小巷做到酒店！总统套房很大对吧？我们在每个角落，沙发，地上，洗手间，桌上，窗台，阳台！我一点都不干净！"夏唯至描述得更加详细。

宫少廷眼底的笑意越发浓重，甚至连唇角都闪过若有似无的笑。

所以，这个女人除了他，没有过任何男人。

心里怎么有点愉快了？

夏唯至小心地把身体挪开。自己说得那么细致，总该恶心到他了吧。她都觉得自己忒恶心了！

结果宫少廷掐着她的腰，把她抱得更加贴近自己，两人简直是零距离接触。

"那你觉得跟那个男人还行吗？"宫少廷问。

夏唯至愕然，这都不把她扔出去！

明白了！

宫少廷喜欢的是男人，当然在乎男人的技术好不好，他是对上她的男人有兴趣！

薄源佑，我只能先出卖你一会儿了！

"行，怎么不行了！他可厉害了，折腾了我一整晚，第二天起来我腿都在抖，而且抖了好几天都没缓过劲！他技术好，吻技高超！真的！我说假话天打雷劈！"夏唯至简直叽里呱啦一通夸，把那个男人夸得像是从天而降的大神。

宫少廷听着，似乎很满意的样子，夏唯至觉得自己太能理解了，立马问："改天介绍你们认识吧？"

"不需要。"宫少廷直接拒绝。

夏唯至心里很嫌弃，身体动了动，就想从他身上爬下来，却听到对方一声闷哼。

"夏唯至，你别动！"宫少廷吼她，声音很是沙哑。

"好，我不动，你也不动。我爬下去了？"夏唯至双手原本是推着他的胸口，这时拿开手，手掌放在床单上，准备爬下去。

结果落在宫少廷眼里，就成了她围着一条浴巾，身上还有未干的水珠，在他面前翘着臀。

宫少廷深吸口气。这个女人是故意的吧！

"啊！"夏唯至一声惨叫。

宫少廷的手从她腰下伸了出去，手一拦，把她拖了回来，然后一手勾起，把她整个人放在床上，然后他翻身压了上去，双手撑在她的身体两侧，于是他们两个人的姿势又换了。

宫少廷望着夏唯至，眼底分明有火苗在跳动。

夏唯至已经不用问他想干吗了，很明显啊。

他明明喜欢男人，难道是个女人也不介意吗？

干吗啊这是！

乱来啊！

说好的喜欢男人呢?

"我,我还没做好准备!"夏唯至双手抵在他的胸口,不让他再压下来。

"又不是第一次,做什么准备!"宫少廷俯身就去亲她。

夏唯至立马躲开:"对啊,我不是处啊,我提醒过你了啊!"

他怎么一点不介意的样子,心怎么那么大啊?

"嗯,我知道你不是第一次。现在是第二次了,还是跟第一次一样,不用做任何准备。"宫少廷拿开她的手,俯身,一口咬住了她的唇。

"唔……"夏唯至真的想要反抗了。

她觉得自己的力气还不错,干群架的时候常常一个人打好几个男人,可是现在在他面前,她简直跟小鸡一样,只能随他摆弄。

宫少廷扣着夏唯至一条腿。

趁着他不防备,她抬起另一条腿,一脚踹了过去。

宫少廷本能地躬身,哼了一声。

"该死的,你踹哪里啊!"宫少廷大骂。

"都踹你了,我也不好把握地方啊!"夏唯至立马起身,想要爬下去。

宫少廷彻底被惹毛了,他捂着下面弓着身子,疼得简直想把这个女人给掐死算了。

夏唯至抓着浴巾飞奔到门口,想打开门,却发现门开不了。

"门锁了!"夏唯至喊,回头就看到某男站在身后。

惹人流鼻血的身材,紧绷的腹肌,全身赤裸地站在她面前。

他显然被踹得不轻,脸色阴沉,好像一片乌云飘过,暴风雨马上要来临了一般。

"门怎么锁了……呵呵呵……"夏唯至干笑,"真是奇怪,怎么锁了……呵呵呵……"

"给我过来!"宫少廷命令。

"不过去,过去了会被你打死!"

"你不过来我就凌迟了你!"宫少廷怒吼着,盯着眼前的女人,仿佛真的要将她生吞活剥,拆吃入腹。

被打死,还是被凌迟?

夏唯至还是选择了被打死。

她一步步走过去,简直不敢去看他。

"走快点!"宫少廷命令。

她哪里敢走快啊!

还有,那门到底为什么被锁了啊?

走到宫少廷面前,夏唯至大气都不敢出一下。

"你踹的，你自己揉！"宫少廷抓起夏唯至的手就放上去。

夏唯至简直要跳起来："有话好好说！"

"跟你能好好说话？"宫少廷抓着她的手不放。

这次夏唯至是彻底崩溃了。

宫少廷盯着眼前只围着一条浴巾的女人，凌乱的头发，通红的脸蛋，还有漂亮的五官，对，这个女人的素颜的确比一般女的都要漂亮。

宫少廷俯身，直接打横抱起夏唯至扔到了床上。

夏唯至感觉自己被骗了。

眼前的男人好不好男色她不知道，她只确定自己肯定不会守活寡。

面对欺身而上的男人，夏唯至拼死挣扎："开始之前，我有话要说！"

"说！"宫少廷的气息紊乱又冰冷，脸色乌黑，似乎暴雨已经来临。

"我的姨妈来了……"夏唯至望着眼前的男人，纯真地笑了起来。

"……"宫少廷的脸色更黑了，黑得一塌糊涂。

"你不信啊？我脱给你看？"夏唯至一副要去脱内裤的样子。

她还没脱，宫少廷直接掀开她的浴巾，顿时觉得扫兴："你不早说！"

"我也没机会说啊……"被一个陌生男人看着，还是很害羞的好吗！

"你手里那条浴巾还我吧……"夏唯至指着宫少廷手里的浴巾。

宫少廷把浴巾丢还给她。

夏唯至起身准备下床，却看到宫少廷先一步下了床，直接往门口走去。

"没兴致了！我有事，你自己睡。"宫少廷哪里还睡得着觉，扯了一件睡袍穿上直接走出去。

"门锁了。"夏唯至提醒他。

结果宫少廷把门打开了。

哎？这门还认主人啊！

宫少廷看白痴一样看着她，将手里拿着的遥控器丢给她："可以遥控锁门，白痴的女人！你个白痴！"

"……"她怎么会知道这门可以遥控反锁啊！

真是个变态！

她怎么嫁了这么个变态？

这个变态还骂她白痴！

夏唯至亲眼看着宫少廷走出去，然后立马反锁了门，又把遥控器捏在手里，这才放了心。

千万不能放这匹变态狼进来！

宫少廷走出门就听到房门咔嗒一声反锁了，顿时被气得火冒三丈，一脚踹向房门。

"你个该死的女人！死女人！你个白痴！"宫少廷在外面骂。

夏唯至在里面呵呵："你才白痴，谁让你把遥控器给我的！你个大白痴！"

当然，这些话她是不敢让宫少廷听见的。

外面卓尔听到动静立马跑过来。

看样子，少爷被关在外面了？

之前动静不是挺大的吗？

"少爷，属下这就让人去准备房间。"卓尔很是贴心地说。

宫少廷冷冷地剜了他一眼："准备房间干什么？你以为我被赶出来了？！是我自己要出来，不想跟那个女人睡，你懂不懂！"

懂！当然懂了！

少爷的心思，做下人的自然更加懂。

少爷本来就不喜欢女人。

不过，上一次在酒店，少爷的确跟那个夏唯至，应该说他的少奶奶，睡了。

以前少爷从来不碰女人，而且似乎也没这方面的需求。

特别是几年前，洛家千金洛米给少爷下了药，脱光了衣服爬到少爷床上，结果少爷把洛米给扔了出去，还把他的好兄弟、刚好也站在门口的牧萧给拉了进去。

牧萧是上将之子，部队第一军少，体力自然也是非同寻常。

第二天下午，两人才从房间里出来。

从那之后，大家都心里了然，廷少喜欢的是男人，对女人没有一点感觉。

夏唯至早上起来的时候发现宫少廷早就坐在餐桌前了。

又是一桌子美味，早餐也是中西结合，各种风味都有。

"少奶奶早上好！"打招呼的是个中年女子，系着围裙，站在楼梯口，微笑着对夏唯至鞠躬。

"早！"夏唯至也微笑着回道，然后盯着宫少廷。

这人昨晚明显欲求不满，后来是怎么解决的？

出去找男人解决了吗？

或者……

卓尔从外面进来，捂着屁股，一瘸一拐的样子。

昨夜下了暴雨，地上有些湿滑，他早上起来在门口跌了一跤，屁股都快开花了。

夏唯至了然。

这人真是个贴心的手下，工作内容真是广泛又繁重呢。

"少奶奶早安！"卓尔见夏唯至眯着眼睛望着自己，神色怪异，他立马躬身喊早安。

"早啊。"夏唯至笑得更加意味深长。

卓尔越发觉得莫名其妙。

夏唯至坐到宫少廷对面。

她拿了牛奶喝，然后抬头看宫少廷。

脸色正常，果然是解决完了需求的脸色。

宫少廷看也没看她，起身说："这是丁婶。以后你住在这儿，饮食起居由她照顾，有事找卓尔。"

宫少廷的那个手下叫卓尔，昨天领证的时候她就知道了。

"我觉得没这个必要。我手脚齐全，不用人照顾，而且我不打算住下。"她从来没打算住下好吗！

昨晚跟着宫少廷回来，是因为她在车上睡着了，纯属意外。

"理由？"宫少廷一副打算出去的样子。

丁婶在给他穿衣服，他张开双手，完全没有自己动手的意思。

真是皇帝一样的生活！

他要理由，她得给个充分的。

"离我工作的地方忒远，我上班不方便，很不方便。"事业为先，理由够充分吧。

"辞职。"

"……不辞！你打死我，我都不辞！"

夏唯至都这么说了，自然是打死都不会辞的，她的脾性，只要一天，他就能摸清楚。

宫少廷扫了卓尔一眼。

卓尔立马明白，拿了一串钥匙给夏唯至。

"车库里的车随便挑，上班够方便了？"宫少廷问。

"……我不会开车。"

"那就辞职。"

"我想起来了，我有驾照，我可以试着开车！"夏唯至立马说。

"……"

开车出去了，她就不回来了。

她傻啊，还把自己送回虎口！

去车库挑车的时候，夏唯至真的震惊了。

一排排豪车，还有很多她连名字都叫不上来的车子赫然出现在她眼前。

这哪里是私人车库，简直秒杀汽车4S店！

这里起码有上百辆车子吧，开得过来吗？

卓尔对夏唯至介绍说："这里只是少爷的一座私人车库，如果少奶奶没看到喜欢的，我可以带你到另一座车库看看。"

这些挥金如土的资本家！

"不看了，把你腰上的车钥匙给我。"夏唯至指着卓尔腰间的钥匙。

卓尔很是疑惑："少奶奶，这是我的车。"

"我喜欢你的车。这里面的车你帮我挑一辆，挑好了，我跟你换。"夏唯至说。

卓尔愕然："少奶奶，我的车很普通。您是宫家二少奶奶，只有这里的车才配得上您的身份！"

废话，当然就要普通的代步车！

开着这里面的车出去，动不动就是上千万的，不知道的还以为她去抢劫了。

她还怕自己被别人抢呢！

夏唯至拿了卓尔的车钥匙，随手点了车库里的一辆车："这车给你了。这样，你有车，我也有车，完美。"

"少奶奶！"卓尔根本拦不住她。

夏唯至就这样开着卓尔的车出去了。

卓尔回去就跟宫少廷交代了："少爷……少奶奶把我的车挑走了……还用车库里的车跟我换了。"

"哪辆车换了你的破车？"

卓尔拿出车钥匙："4000万的帕加尼换了我那辆15万的大众……"

宫少廷不以为意地说了一句："这个白痴。"

"少爷，属下没有车了……被少奶奶开走了……"卓尔小心地提醒。

"怎么说得跟你少奶奶抢你东西占你便宜似的！不是跟你换了车吗，你怎么没车了？"宫少廷不耐烦地道。

卓尔眼珠子都快瞪出来了："这个……这帕加尼，属下能开吗？"

"少奶奶都给了，我还能拿回来不成？"

卓尔的眼珠子都快掉出来了。

这也行？

4000万的帕加尼成了他的私人座驾吗？

一般都是少爷坐车，他当司机，从来没想过能自己拥有这辆限量版啊！

"谢谢少爷！"还有，谢谢少奶奶！卓尔此刻简直对夏唯至感恩戴德。

夏唯至并不知道自己做了什么好事。

她将车子停在一家健身房门口，然后走进健身房，一个干练的短发女子刚好走出来。

看到夏唯至，这名女子立马收起电话喊："唯唯，真不好意思，让你大早上来！裴总可是一大早就来了，点名要你这个王牌陪练员。他把女儿也带来了。他女儿叫裴掌珠，听名字就该知道，是掌上明珠。待会儿你千万好生招待，看裴总的样子，心情特别不好！"

这个裴总叫裴贵，夏唯至只知道是个大老板，每次出手很阔绰，一场陪练下来可以拿到好几千块。

这位短发女子是健身房的大姐头，人称房姐。

大清早就来找人出气，肯定是心情特别不好。

"知道了，房姐。"

夏唯至去更衣室换好了衣服出来，看到沙发上坐了两个年轻女子，还有大腹便便的裴贵。

"左边那个是裴总的女儿裴掌珠，右边的是洛家千金洛米。今天那个洛米小姐是重头戏，大早上来健身房找陪练，估计心情很差。"房姐在一旁说。

"洛米小姐，你别难过了。听说廷少喜欢男人，这也是没办法的事，他娶尹家的小姐也是为了公司。"裴掌珠安慰着。

洛米火气很大的样子："谁说廷哥哥喜欢男人了！他喜欢的就是女人！外界那些都是误传！我跟廷哥哥一块长大的，我怎么可能不了解他！"

"是是是！可现在廷少都结婚了。"裴掌珠就当洛米是自欺欺人了，他们圈子里的人多少都听过廷少喜欢男人的事。

"一定是尹家那贱人勾引我廷哥哥！气死我了！我日防夜防，竟然被尹家钻了空子！"洛米气得把桌上的杯子全部拂落在地。

夏唯至听了洛米的话，脊背都发凉了。那个廷哥哥，不会是她的老公宫少廷吧？尹家那个贱人，那肯定是她了！

夏唯至扶额。我的天！今天陪练估计要去掉半条命！

说得好听是陪练，还不是被客户当成人肉沙包随便殴打。

不过，打在身上的都是真金白银啊！

夏唯至深吸口气走过去，把拳击手套给洛米，抬头看向她。洛米的确很漂亮，身材也非常好，穿着健身服，小腹的马甲线若隐若现。

洛米戴上手套，一拳接着一拳落下来。

夏唯至一一接住。

"我找你来陪练，我都打不过你，打着有什么意思！"洛米不高兴地喊，"不准

47

还手，你站着给我打！"

"抱歉，洛小姐，我们健身房没这个规矩。"

"那就现在立规矩！"

"立规矩得加钱的，洛小姐。"夏唯至笑着说。

"你以为我没钱吗？我有的是钱！"洛米直接拿了包掏出一大沓现金扔到夏唯至脸上，"你输了，这些钱就全是你的！"

夏唯至看了一眼房姐，房姐对她点头。

这种千金小姐，随便哄一哄就好了。

"好说！"

一拳落下来，夏唯至没去接，这一拳结结实实地打在她的小腹，疼得她都快吐血了。

洛米这才开心起来，接二连三地打过来。

一场玩下来，洛米大汗淋漓，喊着："总算出了点气，真是痛快！"

"你这个陪练员不错，下次还找你！"洛米对坐在地上的夏唯至说。

夏唯至吃力地扯了扯嘴角："要不办张卡吧，可以随时来找我。十万块一张。如果洛小姐嫌贵的话……"

"我就怕你们的卡不贵！十万，办好了寄到我家里。"洛米很是开心地走了。

裴家父女立马跟上。

房姐赶紧跑过来，扶起她："唯至，你还好吧？要不要送你去医院？"

"不用。十万块的卡，姐你快去开，让她现场支付！"

"一万块的卡你都卖到十万了！被她一顿打，你倒是赚回来不少。"房姐好笑地说，"你快去休息，我帮你去收钱。"

夏唯至看了一眼地上被扔得到处都是的现金，扯了扯嘴角。怎么说她现在也是宫少廷的老婆，洛米出气还真是没白出。

当然她也没白被出气，这张十万的卡，她提成可以拿到百分之七十。

干吗跟钱过不去呢？毕竟她需要钱。

母亲的医药费，弟弟夏展的学费，都得是真金白银。

夏唯至走出健身房时，天开始黑了。

她以为自己休息了片刻，却是昏迷到了现在，吓得房姐差点把她送医院。

她这种身子骨哪里配去医院，喝点热水就能站起来走动了。

外面有些冷。

夏唯至裹紧了身上的棉衣，坐到车上。

卡里又多出了七万块钱，弟弟在国外至少可以维持几个月的生活了！

车内很暖，她反而打了个冷战。

身上疼得有些坐不稳，夏唯至手扶着方向盘，脑袋抵在手臂上。肚子非常疼，刚好大姨妈也来了，所以比往常疼一些。

电话响起。

夏唯至吃力地掏出手机看了一眼，是弟弟夏展打来的。

夏唯至深吸口气，接起电话。

"唯唯！"夏展喊她。

"叫姐！"夏唯至中气十足，不想让他担心。

"姐，你最近好吗？我在剑桥大学一切都很顺利！学校的保送名额里确定有我，而且奖学金也下来了，学费已经有了，你不要再给我打钱了。"夏展知道夏唯至最关心什么，所以奖学金一确定，他就打电话告诉她这个好消息。

真的好棒！

她的弟弟夏展在英国剑桥大学医学院读上了研究生，还是直接保送的，真心好厉害！

夏唯至想张嘴说话，可是肚子很疼，她只能努力扯着嘴角说："弟弟，你是我跟妈的骄傲！等妈醒来知道你那么厉害，一定会很开心！学费我不给你打，但生活费总是需要的。英国消费那么高，你是未来的医生，你的手是以后救死扶伤用的，千万不能苦了自己！你放心，姐姐会赚钱，一定会给你准时打生活费。好啦，我开车先。你好好读书！"

不等夏展再说什么，夏唯至已经挂断了电话。

她连多说几句话都觉得很累，而且真的好痛。

没想到那个洛米力气那么大，精力那么足。

幸好洛米不知道自己就是嫁给宫少廷的贱人，不然她肯定把自己往死里揍。

那一头，英国剑桥大学里面。

夏展拿着手机在那发呆。

他还有很多问题想问姐姐，问她大学毕业了，找到工作了吗，问她尹家有没有欺负她。

她大学都毕业了，他连礼物都来不及送。

在她毕业之前，他就已经在英国深造，他们有半年没见了。

他很想她！

姐，等我强大了，我一定会保护你！

夏唯至感觉自己浑身疼得开车都没力气。

身上的伤得处理一下，但她平时用的药箱放在尹家，所以夏唯至决定开车回尹家拿。何况，她也没打算住在宫少廷那里。

要是不回尹家，尹家怕是不会管母亲的医药费。

车子停在尹家门口的时候，天色已经完全黑了。

客厅里，丁娅嫚和尹翎叶还在吃饭。看到夏唯至回来，母女俩都愣了一下。

"妈，二姐。"夏唯至喊，然后准备上楼拿药箱上药。

"你怎么回来了？"丁娅嫚脱口问道，"不会是被宫家赶出来的吧？结婚才一天，你不至于这么没用吧？"

呃，她从来没打算住在宫家啊！

住宫家多危险！宫少廷虽然喜欢男人，可似乎是男女通吃的超级变态啊！她虽然已经不是处，可也不想被不喜欢的陌生人上。

"那倒没有，我只是不想住在宫家。妈，我以后还是住在家里，家里的活我会跟以往一样继续做。我母亲的医药费，还是麻烦妈您垫付一下！我以后赚了钱，一定会还的！"

她虽然跟宫少廷结婚了，可是他怎么可能无缘无故帮她支付母亲的医药费。她当然得留在尹家做家务活，做一切大妈和二姐吩咐的事，这样她母亲的医药费才不会断，她的母亲才能继续活着。

"你都嫁给廷少了，还要在尹家做下人？你母亲的医药费我承担了那么多年，现在总该让你丈夫家里承担了。"这么多年来，丁娅嫚是看到夏唯至就讨厌。

夏唯至惊恐万状，生怕尹家不再垫付医药费，那她母亲就真的没救了。

夏唯至还没开口恳求，餐桌上尹翎叶却笑着说："三妹，你要是喜欢住在我们家里也没有关系，以前做的继续做，这样我们才有理由给你母亲付医药费。妈，三妹舍不得这个家，就让她留下来，毕竟她也不是白吃白喝。"

丁娅嫚不明白自己女儿为什么让夏唯至留下，可是既然女儿这么说了，总是有理由的。

"行吧，既然你二姐开口了，那你就留下。先把碗筷都洗了，把房间全都打扫一遍，再给我们放好洗澡水！我跟你二姐晚上要泡脚，你准备好洗脚水！"丁娅嫚打着哈欠起身，准备回房间。

"谢谢！"夏唯至只能道谢。

尹翎叶跟着起身，和丁娅嫚一块儿回房间。走到夏唯至身边时，尹翎叶脚步一顿，看了她一眼，唇角微微扬起，是轻蔑的弧度。

夏唯至低着头，等着她们走过。

一回到房间，丁娅嫚就问尹翎叶："夏唯至那个女人我看了那么多年，实在讨厌得很！好不容易她嫁人了，你怎么还让她留下？她母亲的医药费也不是小数目，虽然我们承担得起，可那些钱，我宁可烧了，也不想给她们！"

尹翎叶抱住丁娅嫚的手臂，扶着她坐下，安抚着说："妈，夏唯至现在可是宫家二少夫人，却在我们家做用人，想想都觉得心里很爽！廷少任由夏唯至回来，说明根本不把她放在心上！夏唯至这辈子都翻不了身！"

夏唯至洗好了碗筷，然后到丁娅嫚的房间里放洗澡水。

她走到门口就听到那母女俩在说廷少喜欢男人，她这辈子都翻不了身。

其实，她是深切认同的。

嫁给宫少廷，没那么容易离婚，那个超级变态好男色，却有男女通吃的癖好，实在恶心人。

尹翎叶和丁娅嫚看着夏唯至进浴室放好洗澡水，又从里面端了洗脚水出来。

母女俩都坐在沙发上喝着茶，等着夏唯至过来。

这些年，她就是这么伺候她们母女，来换取母亲每年一百万的医药费。那时候她还在上学，没有收入来源，一年一百万的医药费她一个人承担不起。一开始，她本能地反抗，换来的却是母亲被赶出医院。

夏唯至走过去蹲下身，放下洗脚水，又去脱她们的鞋子。

"三妹，你都成宫家二少夫人了，还在给我们干这种粗活，二姐真是过意不去。"尹翎叶嘴上说过意不去，身体却很诚实，把腿伸到夏唯至面前，让她脱鞋。

夏唯至身体不舒服，回来没吃药没上药就在忙活，此刻也没力气说话，只能随便尹翎叶怎么说。

丁娅嫚心里也是暗爽得不行，特别是看到夏唯至明明都嫁人了还得给她洗脚。

"尹太太，我们来了。"门口又进来三个贵妇，是丁娅嫚约来打麻将的。

其中一个就是薄源佑的母亲，薄太太，另外两个分别是江太太、邱太太，都是丁娅嫚平时的牌友。

几个太太看到夏唯至蹲地上给她们洗脚都愣了一下。

夏唯至看到薄太太，更是窘迫，薄太太眼底划过的鄙夷简直像把刀扎进她的心窝。

"这位不是宫家二少夫人吗？听说刚结婚，怎么就回娘家了？这么快就被赶出来了？"薄太太第一个嘲讽道。

"薄阿姨，我是自己回来的，没人赶我。"夏唯至立马起身说。

嫁进宫家了，却在给尹家母女俩洗脚，这地位很明显了，宫家二少根本就不待见这个新娘。

"还是叫我薄太太，我跟你没有那么熟络！"薄太太冷笑着说。

夏唯至更是尴尬，端了洗脚水，准备走开。

只要薄太太在场，她就特别慌，一点往日的镇定都没有。

因为她真的很想把最好的一面表现给薄太太。

可是她已经嫁人了，跟薄源佑是再没有可能了。

想到这里，夏唯至出了神。

尹翎叶当然知道夏唯至喜欢谁，见她走开，故意伸了伸腿。

夏唯至没注意，一个趔趄，手中的洗脚盆整个摔了出去。

其他人都惊呼出来。

夏唯至撑着疲惫的身子，努力一个跳跃，勉强在盆子摔在薄太太身上之前单手接住了盆子，可水还是洒了薄太太一身。

洗脚水从脸上浇灌而下，薄太太一身名贵的衣服被浇得湿透。

"薄太太！"夏唯至惊慌地喊。

"夏唯至！"薄太太发飙了，"你干的好事！"

"不是我！刚才我被绊了！"夏唯至解释道。

"闭嘴！尹太太，我看你应该给我个交代了！"薄太太愤怒地跟丁娅嬷说。

丁娅嬷看了自己女儿尹翎叶一眼，尹翎叶唇角是幸灾乐祸的笑。

丁娅嬷回头就呵斥夏唯至："还不给我跪下道歉！"

"刚才真的有人绊了我！"

"你是说我吗？"尹翎叶笑着，"夏唯至，你自己不小心摔倒，还要赖上我吗？这是诬蔑知道吗？"

"我没说你，现在是你自己承认的！"夏唯至气不过。

啪。丁娅嬷突然一巴掌甩过去。

夏唯至跟人打架惯了，下意识地扬起手。

"抚养自己这么多年的妈妈都要打，还有什么事干不出来！"薄太太冷笑着嘲讽。

一个私生女，她看哪里都不顺眼。

夏唯至深吸口气，手捏成拳："我怎么敢打妈妈。薄太太，刚才是我不小心，对不起！"

"自己不小心还要怪你二姐，还要打你大妈，夏唯至，我简直看不到你的一点优点！说谎，诬蔑，推卸责任！你这种人，尹家收留你，帮你垫付医药费，你竟然一点不感激！"薄太太变本加厉地嘲笑她。

"狼心狗肺的人哪里知道感激！做错了事就跪下道歉！你以为做个用人一年就能拿到一百万？我随便找个用人给个一百万，哪怕我每天打骂几顿，人家也不敢给脸色！哪像你，一个私生女，还想动手打我？"丁娅嬷嘲笑夏唯至不自量力，竟然想着反抗。

对，一年一百万做个用人，多少人想来做都没机会，这么安慰自己就行！

夏唯至深吸口气，屈膝，准备跪下。

忍一忍很快就过去了，千万不要得罪她们，母亲的性命比她的屈辱重要太多。

见夏唯至要下跪，在场的人都轻蔑地笑了起来。

丁娅嫚更加得意："不要以为自己是宫家少夫人就可以嚣张！廷少是懒得管你，不屑管你！我今天就替他好好教训你！"

"不知道尹太太有什么资格代替本少爷教训自己的夫人！"这时，一个冰冷阴沉带着薄怒的声音在门口响起。

丁娅嫚抬头看到门口站着一个金发男子，他一身酒红色贴身西装，金色的头发有些许凌乱，似乎刚参加完宴会就匆匆赶来了。

宫少廷直接走到夏唯至面前，把她扶了起来，不让她下跪。

夏唯至抬头，刚才那一巴掌打得她眼泪都快出来了，眼底还是朦胧的。

她看着面前的男人，有些恍惚。

"廷，廷少！"丁娅嫚吓得完全结巴了，根本不知道该说什么，"您，您怎么来了？"

尹翎叶也愕然了，廷少怎么突然来了？

两人立马走过来迎接。

其他几个阔太听到是廷少，更加胆战心惊。

宫少廷低头看着夏唯至，眸子里有火苗在跳动。

眼前的夏唯至，头发散落，脸色苍白，半边脸上被打出了手掌印，嘴角还残留着血迹，整个人摇摇欲坠。

宫少廷俯身，手抚上她的脸颊，声音冰冷得像黑暗中的寒风，无形又骇人："夫人，告诉你老公，谁打的你！"

夏唯至是真没力气说话了，也不知道眼前这位玩的是什么把戏。

她知道了，他怕她死了，他得重新娶个老婆，这样太麻烦了。

丁娅嫚害怕得都哆嗦了起来。

廷少怎么突然来了？廷少就算再不喜欢夏唯至，她当众被人打了，也等于直接拂了他的面子。

男人是最要面子的，更何况是出身宫家、身份如此尊贵的男人。

夏唯至抬头，看了看自己的大妈。

这些年，她被她们打骂是很常见的事，从来没想过会突然出现一个靠山。不过，眼前这位显然不是什么牢靠的靠山，而她暂时是不能得罪尹家母女的。

"是我不小心摔的，没人打我！"

当众指出是大妈干的，后果不堪设想。

她被怎么对待都没关系，重要的是她在医院的母亲。

丁娅嫚当然知道夏唯至不敢指责她，心里得意地冷哼。

"哦？那么多人在场，怎么偏偏摔的是你？这么多人都保护不好宫家少夫人，那全都该罚！一人一巴掌，夫人觉得怎样？"宫少廷一手抱住夏唯至的腰，让她起来。

见夏唯至明显站不稳，他就让她靠在自己怀里。

几个阔太吓得立马捂住脸。

她们的脸可是打了很多玻尿酸的，还整过容，这一巴掌下去，不把鼻子打歪了？

她们简直吓得花容失色。

"廷少，真不关我们的事啊！是……"邱太太第一个开口。她这脸刚整完！

看了一眼丁娅嫚和薄太太，不敢出卖两人，邱太只好说："是她自己摔倒的！"

啪！卓尔接收到了主子的眼色，上前直接甩了她一巴掌，打得邱太太半边脸都歪过去了。

邱太太捂着脸，呜哇大哭起来。

"不准哭！"宫少廷一声怒吼。

邱太太立刻收住眼泪，不敢再吭声。

其他几个人看着，吓得连大气都不敢出一下。

"同一个房间里，就我夫人摔倒了，这可说不过去！我这人呢，很记仇，看着我夫人摔倒还不扶一把的，我会以为是她推的我夫人。既然没人推她，那就委屈各位自己打自己一巴掌，我就当你们也摔倒了，本少就不再追究！"

这到底是什么逻辑？

夏唯至虽然整个人迷迷糊糊的，可是宫少廷的话她听得清清楚楚。

她摔倒了，人家没摔，他就要怪罪其他人。

啪！另外一位江太太立马伸手打了自己一巴掌。

让廷少的手下打还不如自己动手。不然像邱太太那样，脸都被打歪了，太恐怖了！

薄太太平时就看不上夏唯至，此刻要当着夏唯至打自己，对她来说简直是奇耻大辱，何况夏唯至这次被丁娅嫚教训也是因为她。

"廷少有所不知，我这一身水是你太太泼的。就算我这个做长辈的因为小辈犯了错教训她一顿，也说得过去。"薄太太才不想那么没骨气地打自己脸。

"是我泼的水！而且我还没跟薄太太道歉！宫少廷，是我自己摔倒的，真不关任何人的事，你不要再追究了！"夏唯至哪里敢让薄太太打自己。

薄太太是男神薄源佑的母亲啊！

薄太太看都不看夏唯至，只是高傲地仰着下巴，哪怕被打湿了衣服，依旧气质超群。

"薄太太？"宫少廷的唇角突然闪过诡异的笑。

他突然想起来了，那天晚上，夏唯至在小巷里盘着他的腰不放，死活要睡他，嘴里喊的名字就叫薄源佑。

看夏唯至那么紧张，他倒是有些明白了。

"打。"宫少廷冷冷地吐出一个字。

啪！卓尔立马甩了薄太太一巴掌。

这一巴掌真重，薄太太被打得整个人都在晃动，勉强支撑住身体才没摔倒。

夏唯至想冲过去，却被宫少廷给硬生生摁住。

薄太太一声没吭，捂着脸，感觉屈辱至极："廷少，就算你是宫家少爷，也得讲道理！夏唯至都说了，是她泼了我一身水，她都还没道歉，你怎么……"

"怎么就打你了？抱歉，我不讲道理惯了，就是不喜欢自己人给别人欺负了去。"

宫少廷搂着夏唯至直接往外走。

夏唯至简直要哭了。

薄太太肯定讨厌死她了！那薄源佑就更加不会待见她！

宫少廷搂着夏唯至走到丁娅嫚和尹翎叶面前。

"尹夫人，如果我太太哪里做得不好，劳烦你告诉本少。我的太太，就不麻烦你来教训了，希望你能记住！"宫少廷冷冷地警告，说完就带着夏唯至离开了。

丁娅嫚被宫少廷的气场震慑，早就吓得瘫在一边。

夏唯至郁闷死了。

薄太太当着她的面受了卓尔一巴掌，这一巴掌脆响脆响的，薄太太一向看不起她又不待见她，她无意中泼了薄太太一身水，宫少廷又打了薄太太，想来薄太太已经恨死她了，回头跟薄源佑一说，她的男神是彻底看不上她了。

砰！宫少廷直接把她扔进车里。

夏唯至疼得嗷了一声："疼啊！扔猪呢！"

宫少廷冷眼看着她："还有力气叫唤，我还以为你要死了！猪！"

"我想死！"她想死的心都有了。

这一次她把里面那些人全得罪了！也不知道母亲的医药费有没有着落，万一她们不给医药费，她得在健身房被打多少次！

"让那群女人把你打死算了！"宫少廷又冷哼。

夏唯至不明白这男人抽什么风。

她坐起身，问："你来尹家做什么？怎么突然来了？"

宫少廷懒得回答她的问题，抬起她的手臂，他早就看到她的手臂上面全是乌青。

他的眸子很冷，问："谁打的？"

这是工作的时候洛米小姐打的，每一拳都是钱！

"摔的。"夏唯至又说。

宫少廷的眸子里更冷，像被乌云覆盖："你可真有本事，不仅能把脸摔肿，还能把手脚都摔出这么多乌青！"

"那是，我本事大得很，不然怎么嫁给你了！"

就是因为没本事，才嫁了这么一个变态gay（同性恋者，尤指男性）。

宫少廷的神色忽然缓和了很多："虽然你这话很违心，但我爱听。告诉我，谁打的你？那个姓薄的女人？"

姓薄的女人？

薄太太？

"你扯她干什么？关她什么事？你还打了她一巴掌！是我泼了她一身水啊，我都还没道歉呢……"夏唯至扶额，她当时也是看到薄太被打，蒙了，而且她确实昏昏沉沉的，没有一点力气。

"怪我？"宫少廷一手撑在座椅上，身子微倾，一手捏住她的下巴。

见他靠过来，她立马往后挪："我怎么敢！"

"你最好不敢！夏唯至我告诉你，你现在是我宫少廷的夫人，你被人欺负，丢的是我的脸！以后有人敢打你，你给我百倍还回去！打不过了回家里叫人，我有的是人手给你！"

"你怎么把我说得跟街头混混似的！我可不喜欢打架。你干吗！"宫少廷突然趴得更近，夏唯至慌张地大叫。

宫少廷看了她一眼，一只手拉了安全带给她扣上。

维持着他俯身靠近她的姿势，他的气息在她脸上掠过。

"你以为我要干吗？就你现在这模样，你以为本少爷下得去口？！"宫少廷的表情很是嫌弃，直起身，坐回驾驶座。

她这样怎么了？不就是头发乱了点，衣服脏了点，身上血腥味浓了一点，脸肿得像猪头一点吗？

夏唯至小心地偷瞄身旁的男人。

刚才在尹家，他护着她的样子实在让人有些恍惚，好像他真在乎她这个老婆一样。

"那个宫先生，我问一句，你到底喜欢男人还是女人？"

在尹家，他那么霸气地维护她，口口声声我夫人我太太，还有看她时那恶心的小眼神，她都有点恍惚了。

"你以为呢？"宫少廷冷声反问了一句。

她以为？她说了算吗？真是的！

56

夏唯至还没说话，就发现车子放慢了速度，宫少廷则看着窗外某个方向。

那里停着一辆豪车，豪车旁边站着个男子，很是英俊，身形笔挺，脖子以下全是腿。

原来发生了事故，豪车跟一辆普通的小车撞了。

豪车的主人似乎注意到了这边，侧头看过来，看到宫少廷时，唇角扬了扬，那弧度很是曼妙。

宫少廷也对他点点头，收回视线，又踩下油门。

那豪车主人是宫少廷的一个朋友，夏唯至当然是不知道的，但是她自以为看得特别明白：宫少廷果然还是喜欢男人。

"打你电话怎么一直不接？"宫少廷突然问。

"电话？"夏唯至拿出手机，看了一下，的确有个陌生来电，打了很多次，"手机没电了。"

话音刚落，一只手伸过来。

夏唯至就看到有个不明物体飞了出去。

她的手机被扔出去了！

"那是我的手机！"夏唯至大吼着，立刻趴到窗口，却只能看着自己的手机被后面的车碾成碎渣。

扎心窝啊！

"嗯，现在手机是真的没电了。"宫少廷看着后视镜，冷漠地回了一句。

不就是说了个小谎吗？这头万年死猪！

夏唯至气得咬牙切齿："你停车！放我下去！"

"下去你能干什么？手机已经没了。"

"我下去捡尸体。"

"尸体已经毁了。"又是轻描淡写事不关己的一句话。

夏唯至感觉今天没被打死也肯定会被气死。

"是你毁了尸体！"夏唯至感觉自己真的气到肚子疼。

下腹一阵抽痛，似乎有一股暖流从下面涌了出来。

夏唯至一个激灵。

糟了！

她低头看向自己的裤子。

果然……

刚才"姨妈"一阵汹涌，一整天没换的姨妈巾终于抵挡不住这股洪流，全部渗出来了。

他刚毁了她的手机，她就要流点血沾在他这名贵的座椅上吗？

"宫先生……"夏唯至呵呵笑，笑得有些讨好。

毕竟她的手机比不上他车子座椅上的一块皮。

"说！"

"你这车子多少钱……"

宫少廷斜睨了她一眼："有屁快放。"

"我姨妈流出来了，全流到椅子上了。"

吱。

夏唯至刚说完，宫少廷就急踩刹车，她整个人往前扑去，感觉自己要飞出去了。

一条手臂横过来挡在她面前，让她稳稳地回到了座椅上。

"分开腿，我看看。"宫少廷说。

分，开，腿？

哪怕已经是夫妻，也没有夫妻之实，多少会不好意思吧。

"分开！"宫少廷呵斥道。

夏唯至立马分开腿。

果然，真皮座椅上全是血，夏唯至的裤子上更是血淋淋的。

见宫少廷皱眉，夏唯至呵呵笑道："今天汹涌了一些……你放心，我一定会去帮你洗车的。不，我亲自洗，洗得干干净净！"

还没说完，夏唯至就看到宫少廷下了车，打开她这边的门，低头看着她流血的地方。

夏唯至实在尴尬得不行，还是合拢了腿。

真的好丢脸啊！刚才头那么晕，现在却没那么晕了，想晕都晕不了！

不过，就算现在装晕，按照他丢手机的速度，一定会直接把她打醒吧。

"你要日用还是夜用？"宫少廷看了一眼四周，这里还在市中心，五百米开外就有商场。

"啊？"日用还是夜用，应该只能指姨妈巾吧？

"算了，都买吧，反正晚上要用。内裤穿多大？"宫少廷又问。

"啊？"还要买内裤？

宫少廷见她半天没反应，直接目测了size，脱了自己的外套丢到她身上："在车上等我。"

等宫少廷走开了，进了商场，夏唯至才反应过来：这是要给她买姨妈巾和内裤？

不可能吧！

那位大少爷要买姨妈巾和女士内裤？

夏唯至的脑海里立马出现了宫少廷站在卫生棉专区找姨妈巾的样子，顿时浑身激灵个没完。

第三章

老婆，你以前眼光真差

夏唯至哪里敢在车里等宫少廷。

这座椅再坐下去，黑皮椅都要成红色的了！

她的屁股都没有椅子贵！

穿上宫少廷的外套足够遮住她的屁股和大腿，夏唯至走到商场门口，透过玻璃窗看到宫少廷站在百货专区，抬手，一包日用，再抬手，一包夜用，而且各个牌子分别扫了几包扔在篮子里。

那娴熟的姿势，那利落的动作，以前绝对帮女友买过姨妈巾。

"哇！哇！哇！超级大帅哥！！"耳边有小女生在尖叫。

夏唯至侧头就看到几个学生模样的女的站在落地窗边看着宫少廷的方向，还有几个稍微年长的女人抱成一团，激动不已。

"在买卫生巾呢！肯定是帮女朋友买的！好暖啊！"

这些花痴！

夏唯至忍不住嫌弃。

"夏唯至？你是夏唯至吧？"抱成一团的人中，一个女的突然指着她喊。

夏唯至此刻穿着宫少廷的外套，双手抓着衣服边缘，头发凌乱，脸色苍白，一边脸还肿着。

她都这样了，还有人认识她，真是好眼力！

"你是？"夏唯至的眼神可没人家好。

"我啊，祝思悦！我们高中还是同桌呢，你忘了啊？"眼前的女人一脸浓妆，穿着最近流行的小碎花裙，手里拿着一个LOGO非常大的香奈儿包。

"哦。"夏唯至漫不经心地哦了一声，然后回头想看看宫少廷出来了没。

他果然去女士内裤区买小内内去了！

"夏唯至，你根本没想起我来吧。你还真是老样子！"浓妆女人嗤笑道，"听说你上了名牌大学，现在毕业了怎么还混成这副样子？你现在做什么工作？"

夏唯至听到高中就不想听了。

高中一毕业，她就跟那些同学断绝了联系。

"随便做的。我在等人，你还不走吗？"夏唯至问。

"我也在等人。你可真是随便做的，我也看出来了你混得真不怎么样！我是祝思悦，你真的想不起我了吗？那你总记得花似玉吧？花似玉和费明泽已经从国外留学回来了。"

祝思悦！

花似玉，费明泽！

夏唯至怎么可能忘记！

眼前这位还真是她的高中同桌，真是巧！

"花花，这边！"祝思悦对一个方向招了招手，"看我碰见谁了！"

不远处，一个身材曼妙的女子挽着一个男人的手臂优雅大方地走了过来。

只是一眼，他们全都认出对方来了。

"唯唯。"喊她的是女子旁边的男人，他看到夏唯至，很是诧异，"你怎么成这样了？"

那男子还留着洋葱头，只是洋葱比高中时代要扬起很多，一张俊俏的脸上留了少许胡楂，看着比以前更加有成熟男人的韵味。

"唯至，我和明泽哥才刚回国就碰到你了！你怎么越活越回去了？高中的时候好歹干净利落，现在怎么脏兮兮的？难道又跟人打架了？"说话的是花似玉，费明泽旁边的女人。

"这位大姐你哪位啊？能不能先跟我说一下你的名字？一上来就搞得跟我很熟似的，我很慌的！"眼前这位女人叫花似玉，夏唯至高中的闺蜜。

什么叫闺蜜？就是无话不谈，能穿同一个胸罩的那种。

花似玉那鹅蛋大的脸上神色有些难看，却还是笑着说："不认识我啦？那总认识你的前男友、我的现男友费明泽吧。"

夏唯至看了一眼她旁边的男人，嗤笑一声："前任当然认识了，不过我还真没认出你来。花似玉，几年不见，老了很多，没被滋润吗？"

"我当然天天被滋润，所以长大成熟了，不像你还像个小孩子，成天打架，该大的地方也没大！"花似玉嘲笑着，瞟了一眼夏唯至的胸。

一来就人身攻击！

宫少廷怎么还不出来？

她不等了，直接走了算了！

"唯唯，你怎么又跟人打架了？"半天没怎么说话的费明泽一上来，就伸手去摸夏唯至的脸。

夏唯至本能地退后一步："当着你女朋友的面，摸我的脸好吗？不是出国留学再也不回来了吗？好歹也是旧友，回来也打声招呼啊。"

"我……"

费明泽还没说话，花似玉立马上前一步抱住他的手臂，生怕他跑了一样。她看着夏唯至，笑道："我爹地让我回来帮忙打理花氏集团。我回来了，明泽自然要跟我一块儿回来。出国留学过，自然跟以前不一样了，明泽哥再也不是学校里的穷小子，不是谁都能惦记的。唯至，你说对吧？"

"我说了又不算。你去哪里留学了？韩国吗？脸做得不错，跟韩国明星似的。胸也不错。不过费明泽你要小心，别中毒了！"

夏唯至嘲讽完，看到花似玉的脸色吃了屎一样。

费明泽也是神情尴尬。

夏唯至并不想搭理这两人，刚想走开，花似玉就大声嘲笑道："夏唯至，你装什么高傲！你应该感谢我当年抢走了你的男朋友，不然明泽哥和你一块儿，这辈子都没法出人头地！"

"花花，你别再说了！"费明泽突然呵斥自己的女友。

他早看出来了，夏唯至走路有些跟跄。

"明泽哥，我又没说错！你要是跟这个女人在一起，根本没有前途！"花似玉喊得特大声，生怕夏唯至听不见。

费明泽跟上夏唯至，想扶住她："唯唯，你是不是身体不舒服？你身上这件男士外套是谁的？"

"你滚开！"夏唯至甩开他，"你管得着我吗？"

"唯唯……这么多年了，你不能为了我这么作践自己啊！"费明泽的眼中满是心疼。

什么？她作践自己？她再作践自己都不会为了这个男人！

虽说眼前这位是她的前任，可都过去那么多年了，哪还有什么伤痛！

"费明泽同学，首先，我不会作践自己！其次，就算作践自己，我也不可能为了你！对了，我已经结婚了，感谢你的不娶之恩！就这样，拜拜。"夏唯至挥手，准备走开。

"唯唯，"费明泽上前拦住她，"你以前说过，这一辈子非我不嫁，你怎么可能嫁人了！"

"哈！我还说过这种话？那还真是年少无知！对不住啊！"

费明泽明显一副不甘心的样子："你身上的男外套是谁的？"

"我老公的，有什么问题？"

"哈哈哈！"诡异的笑声来自身后的花似玉。

"这件外套是手工缝制的，价格不菲！看到了吗？"花似玉指着不远处一辆豪车，"那是我爹地给明泽刚买的车，保时捷！一百多万！你身上的外套跟那辆车的价格一样，而且只多不少！"

夏唯至自己都吓了一跳，她是真不知道宫少廷的衣服这么贵。

她怎么会知道啊！

他随手就扔下来给她挡姨妈了！

"夏唯至，你说你老公买得起这么贵的衣服吗？"花似玉又大声嘲笑起来。

"唯唯，你老实告诉我，你是不是被包养了？"费明泽大声质问她。

夏唯至简直好笑："你有什么资格质问我？被包养的明明是你！"

"我都是靠自己努力得来的！你靠什么？靠你所谓的老公？"费明泽话语里也是明显的瞧不起。

"夏唯至，别不承认被包养！你说你有老公了，衣服也是老公的，想来你老公也在附近，叫过来我们看看！"花似玉就是想看到夏唯至在费明泽面前出丑。

就夏唯至这副样子，哪个男人会娶回去！

能穿如此名贵的衣服的男人更加不可能娶她！

"对啊，夏唯至，我也很想看看你老公到底是谁。被包养了就承认，我们不会笑话你的。"说话的是她的另一个同学祝思悦。

她要真被包养了，他们还不可着劲地笑话！

夏唯至明白了，她要是不说老公是哪位，他们是不会放她走的。

此刻，宫少廷正提着一篮子卫生棉在收银台结账。

很多人在看他。

一个大男人提着这多卫生棉，却一点都没害臊，反而把收银台的小姑娘臊得满脸通红。

宫少廷人又特别高，目测188以上绝对有，站在人群中简直鹤立鸡群。

"那个是我老公。"夏唯至指着鹤立鸡群的那一位。

她手指的方向还是很明显的，因为宫少廷一手提着卫生棉，一手提着新买的内裤出来了。

内裤的包装袋上有内衣的LOGO，人家一看就知道里面是什么。

三个人都愣了一下，然后几乎同时笑了起来，用看白痴一样的眼神看着夏唯至。

费明泽也笑了，他本能地把手放到夏唯至的肩膀上，安慰道："唯唯，你不用编这种谎话欺骗我们，要编也要编个像样的！"

宫少廷那一身穿着，那一身气质，就算不认识他，看一眼也能猜到对方身份尊贵，怎么可能娶夏唯至！

"唯至！"那个花似玉好像笑得停不下来了，"就算明泽以前抛弃你，你也不用说这种话！哈哈哈！真的好好笑！你说那金发的帅哥是你老公！哈哈哈！"

"怎么，本少爷是她老公，这事很可笑？"花似玉的头顶上传来一道寒冷至极的声音。

现在天色已暗，天气也寒冷，此时此刻，花似玉感觉背后一道寒芒像是要把她整个人刺穿一般。

花似玉转身，几乎是仰头看着面前的金发男子。

宫少廷看了一眼面前这张擦着厚厚粉底的脸。满身的香水粉底味，一闻就特别恶心，更别说细看了。

他从花似玉身边大步走开，站到夏唯至面前。

"手，再不拿开，我就剁了！"宫少廷盯着费明泽搭在夏唯至肩膀上的手，声音凉薄又带着不耐，好像费明泽再迟一步拿开手就真会被剁了。

不过，费明泽还来不及拿开手，宫少廷已经把夏唯至拉过来："走吧，去对面的酒店换衣服。能不能走？"

夏唯至今天身体显然很不好。

宫少廷说完俯身都准备抱了，夏唯至立马喊："别别！你这样抱会弄脏你的衣服！"

他的衣服多贵啊，她得挨多少拳才能买到这件衣服！

她简直不敢让他的衣服碰到自己的屁股。

要是姨妈染上去，多心疼啊！

宫少廷直接抱起她："一件衣服有我夫人重要？"

他真的是随口说的，却把旁边的三位看得目瞪口呆。

"这位先生！"花似玉跑上去挡在宫少廷面前，看了一眼他怀里的夏唯至，不甘心地问，"你是夏唯至的丈夫？"

她根本就不相信。

宫少廷很不喜欢这种问法，他看向面前的女人，视线寒冷又不屑，锋芒中带着一丝不耐。

花似玉的心口震了一下，竟然忍不住退后了一步。

"什么东西？"宫少廷冷声问。

什么东西？明明是个人好吧！

夏唯至在心里翻了个白眼，说："我高中闺蜜，关系已经破裂的那种。"

花似玉咬牙切齿，有这么介绍的吗？

宫少廷嗯了一声顺着问："怎么破裂的？"

"为了男人。喏，那是我的前任。"夏唯至表现得很是大方，她手指的方向就是花似玉身后的男人。

费明泽到现在都不敢相信，夏唯至结婚了，而且嫁了这么个身份地位明显不一般的男人。

宫少廷还真就喜欢夏唯至的直爽，一点都不含糊。

宫少廷随便一扫费明泽，正眼都没瞧，说："没想到你以前眼光那么差。"

一句话让费明泽的脸色瞬间变得屎一样。

宫少廷这话有点毒啊！拐着弯骂了费明泽，又骂了花似玉眼光差，然后夸了夏唯至现在眼光好。

"是了，绝对没有现在眼光好。"夏唯至演了一回夫唱妇随。

虽然夏唯至的话违心得很，但是好在这话中听。

宫少廷才懒得跟这些人浪费时间，抱着夏唯至准备去对面的酒店。

经过费明泽身边的时候，宫少廷还是停下了脚步："夫人，你应该感谢他的不娶之恩，不然我都娶不到你。"

"放心，我已经感谢过了。"夏唯至又配合地道。

"那就好。"

然后两人就这么走开了。

费明泽垂在身侧的手捏着裤子边缘，简直能把裤子捏出个洞。

他亲眼看着夏唯至跟着宫少廷上了一辆车，还是路上最拉风的一款跑车——西贝尔跑车，最低售价都要五千万，他那辆刚买的一百多万的保时捷根本拿不出手。

那辆车子在对面的五星级的索尼娅酒店门口停下，宫少廷抱着夏唯至走进去。

夏唯至被宫少廷抱着，搂着他的脖子，是正对着费明泽的。

她知道费明泽在看她，脸上平静得没有任何波澜。

夏唯至一直都知道，她对这个男人早就没感情了。多少年前的伤痛了，早已经结成了疤。

"啊！气死我了！"花似玉跺着脚大吼着，"夏唯至竟然嫁了这么个男人！他到底是谁啊？"

喊完见费明泽木愣愣地望着酒店的方向，花似玉的脸几乎扭曲："明泽哥，你是不是还喜欢夏唯至？你是不是后悔了？"

"花花，你想哪里去了？夏唯至如今都嫁人了，就算我后悔又能怎样？"

"所以你还是后悔了！"

"你怎么不可理喻！"

费明泽转身就离开了。他是不甘心啊，夏唯至被他抛弃了，却过得那么好！

索尼娅酒店总统套房内。

夏唯至一眼就感觉这房间熟悉啊，忒熟悉。

毕业晚会那天，她跟薄源佑不就是在这间房里面？

可惜啊，薄源佑有了他的女神，而她嫁给了一个同性恋，真是造化弄人！

夏唯至有些伤感。

宫少廷把她放下，见到她伤感的样子，以为是因为碰到了前任。

这个女人的野桃花可真够多的！

夏唯至进去洗了澡出来，果然感觉舒畅了很多，别说身体，心情都美妙了不少。

房间里没人。

宫少廷哪去了？

"大小合适？"套房的客厅里传来声音。

夏唯至转身看到宫少廷坐在沙发椅上，手里拿着平板电脑，说话的时候，他已经把电脑给关掉了。

"什么东西大小合适？"夏唯至问。

"你说呢？"宫少廷盯着她的某个位置。

夏唯至围着浴巾，这条浴巾着实短了点，只是堪堪包住她的臀。

她把浴巾往下拉，却发现上面又裹不住了。

意识到他问的是他买的内裤是不是大小合适，夏唯至的脸皮还是红了一下。

"挺合适的，就是颜色、款式不太喜欢。"夏唯至干咳着说。

"黑色的我认为很好。"

"可是是镂空的啊，我不喜欢镂空的。"

"我喜欢。"宫少廷说。

"……"

这人看自己的眼神怎么像是她没穿衣服？不过，这浴巾穿了就跟没穿似的，在他眼里！

"你过来。"宫少廷喊她。

夏唯至这次还是比较听话的，走过去，说："今天谢谢你。"

"谢什么？"

"很多。还有刚才在商场门口，也谢谢你。"

"你的前任？"宫少廷挑眉。

"他是我高中的男朋友，已经过去很多年了。那时候我情窦初开看上他，然后就在一起了。你肯定没兴趣听，我不说了。"

夏唯至走到他面前。

宫少廷嗯了一声，他的确没兴趣。

"你过来一点。"他说。

她靠近一步。

他拉住她的手。

夏唯至哇的一声叫起来："干什么？干什么？！"

宫少廷冷冷看着她的反应，手一用力，把她扯了过来。

夏唯至的力气和身手在他面前不值一提，整个人直接被他拉进怀里。

"我有'姨妈'！"夏唯至跟拿着免死金牌一样，雄赳赳气昂昂。

"你以为我瞎？！手伸出来！"宫少廷命令道。

"手？"

昨晚他被她踹了一脚，不会疼到现在吧？

"那个……廷少，我今天身体不舒服，浑身都疼，手臂也疼，特别没力气！我这手也干不了活……"夏唯至呵呵呵地说。

宫少廷看白痴一样看着她，直接抓过她的手。

夏唯至还没跳起来，就感觉手臂上有清凉的触感。她低头，看到宫少廷手里拿着药膏一样的东西，一只手抓着她的手，另一只手蘸了药膏在她手臂上擦拭。

"这是我们公司新出的药，对外伤有奇效，能消肿止痛，也能舒筋活络，还没对外出售，你先试试。"宫少廷给她擦着药，随口说道。

还没出售？所以她是第一个试的？平白当了一回小白鼠！

"姑娘的皮肤很珍贵的，这药用了，不会有副作用吧？"

宫少廷抬头看她："你放心，这药绝对比你贵。"

"你这话我不爱听！我现在是你老婆，谁能比我贵？"夏唯至立马接话了。

这话接得让宫少廷唇角抿起了一抹笑，不过这抹笑很快就消失不见了："你这话说得很好，本少爷爱听！你是应该记住，你是我宫少廷的老婆，比任何人都要贵，除了我！"

"你贵你贵！"夏唯至懒得跟他争这么无聊的话题。

宫少廷抬手捏住她的下巴。这个死女人，有时候真是想亲手掐她！

"这么看着我干吗？我刚照镜子了，脸上没眼屎！"

"夏唯至，我帮你擦药，你倒是半点都不感动！"

"没有，我感动的，心里特别感动！我就是不善言语！"夏唯至说。

"……"宫少廷捏着她的下巴，捏得很紧，捏得她都疼了。

"白痴！"宫少廷突然骂她。

这人真是动不动就骂人！

"少爷，少奶奶的衣服买回来了。"卓尔过来了，却站在门口不敢进来，毕竟少奶奶就围着一条浴巾躺在少爷的怀里。

少奶奶穿成这样，大概是想勾引主子吧。

不能打扰了少奶奶的兴致，毕竟少奶奶送了一辆四千万的帕加尼给他。

"进。"宫少廷说着，把自己的衣服扯过来，盖在夏唯至的身上。

卓尔不敢正眼看主子怀里的少奶奶。

卓尔低着头说："少奶奶，这是少爷吩咐买的衣服，您看看喜不喜欢。不喜欢的话，属下重新去买。"

她的裤子全部被"姨妈"染红了，的确不能穿了，宫少廷倒是很细心，又是买姨妈巾又是买内裤，还让手下买了一整套衣服回来。

"不用麻烦了，我喜欢的。谢谢你！"夏唯至说。

"少奶奶您客气了，这是属下的分内事。"卓尔躬着身说。

分内事？

这宫少廷的手下分内事可真多！

昨夜宫少廷欲求不满，今早就看到卓尔捂着屁股。

真是菊花残，满地伤。

宫少廷见卓尔还站在那儿，他抬头："有事？"

卓尔小心地看了一眼少奶奶。

夏唯至还是能看懂脸色的："我去房间睡觉了。"

夏唯至起身，宫少廷拉住她："换上衣服去餐厅吃饭，吃完饭再回来睡觉。晚上我给你全身都擦一下药。"

全身？

"你把药膏给我，我自己擦！我擦完了去吃饭！"也不等宫少廷回答，夏唯至拿了他手里的药，直接跑进了房间。

还没关上门，她又跑出来。

"我，我忘了拿衣服。"夏唯至看着宫少廷说。

她捡起衣服，立马又跑回房间，慌慌张张的，脸上还带着红晕。

宫少廷唇角几不可见地划过一抹笑。

"少爷，今天老太爷的晚宴是为少奶奶准备的，少奶奶没到场，老太爷很生气。"卓尔小心地说，"还说继承权的问题容后再议。"

今天的确有个晚宴。

他本想等夏唯至回家了，带她过去走个过场，没想到夏唯至一直没回家，打电话也不接。

他查到夏唯至在尹家，才特地赶去尹家找她，偏偏又看到她被欺负的场景。

原本是要对夏唯至兴师问罪的，看到她被欺负得那么惨，也就没了火气。

"就算你家少奶奶到场了，继承权也没那么容易落我头上。老头子只要还有一口气在，就不舍得放下手中的权力，他不过是找个借口逼我结婚。"

"少爷说得有理，不然大少爷不会到现在没结婚。分明是大少爷和老太爷串通好了，先逼着您把婚结了！大少爷就是想趁机打击您！"卓尔很是愤愤不平。

大少爷分明知道少爷喜欢的是男人，偏偏逼着他娶了女人！

"这个打击倒也不错。"宫少廷看了一眼房间，唇角勾起。

要不是老头子逼着，他还真不想这么早结婚，更不会随便在大街上找个女人。

好在这个女人他不讨厌。

卓尔有点不明白主子的意思，再看主子望着房间的眼神，目光里带着些微笑意，还带着一点宠溺，卓尔感觉自己可能看错了。

他再小心地看了主子一眼，发现主子眼底又恢复了淡漠。

果然是看错了！

"她做什么工作，你查清楚了？"宫少廷问。

这个"她"自然是指夏唯至。

"少奶奶在健身房工作，是个私人教练，而且上学期间就在那做了。大部分工作时间是在晚上。"

"夏唯至有个弟弟在国外念书，她的亲生母亲一直在医院。"宫少廷突然想起来。

当时他决定娶夏唯至，也是突然决定，对夏唯至的情况只是稍微了解了一下。

只要确定这个女人不是他的敌人，她的身世，他并不介意，甚至不关心。

不过现在，他突然有兴趣关心一下她的家世了。

"没错少爷，少奶奶她是尹家的……私生女。她的亲生母亲在四年前出了车祸，成了植物人，后来一直在医院。那家医院也是尹家名下的医院。尹家支付医药费维持少奶奶母亲的生命。这些年，少奶奶虽说是尹家三小姐，可一直是在尹家打工。"

原来如此。

夏唯至在尹家那么窝囊，他倒是能理解了。

这半天了，这女人怎么还不出来吃饭？

宫少廷起身，走到房门口，推开门，却看到夏唯至趴在床上睡着了，手里还拿着药膏。

擦着药都能睡着！

宫少廷走进去，俯身把她抱起，将她在床上放平稳，然后拿过被子给她盖上。

"妈……我们回家好不好？不要找爹地了……妈……"夏唯至在睡梦中呢喃。

宫少廷拿着被子的手顿了一下，低头看着床上的女人。

"妈！妈！你不要离开小唯！不要离开……"夏唯至猛地抱住面前的手臂，惊恐地大喊。

宫少廷眸底闪过什么，他望着眼前的女人，眉头微皱。

卓尔跟着进来，看到主子似乎不悦，他立马上前："少爷，还是我来照顾少奶奶。今天晚宴的时候您也没吃什么，先吃点东西。"

"不用。你让人准备好吃的，少奶奶醒了肯定会饿。"宫少廷说着，想拿开夏唯至的手。

然而夏唯至抱得很紧，强行拿开，她怕是会醒。

宫少廷拧了拧眉。

卓尔生怕主子不高兴，想帮忙，宫少廷却说："还有一批文件要处理，你拿进来吧。"

此刻夏唯至抱着他的手，几乎整个人贴着他，宫少廷坐到床头。

卓尔拿了文件进来放在床头柜上。

宫少廷就这样维持着同一个姿势处理工作，一维持就是两个小时。

卓尔看着都觉得累，可主子工作的时候他又不敢打扰，只好安静地守在门口。

宫少廷处理好工作，回头发现夏唯至还抱着自己，他的唇角不自觉地上扬，抬手把夏唯至脸上的头发别到耳后。

这房间就是他第一次碰她时住的房间。

那晚，她喝得烂醉，嘴里嚷嚷着："你今晚不睡我就别想走！"

这个死女人，大街上随便抓了男人就想睡，如果那晚不是碰到他……

想到这里，他肚子里涌满了莫名的火气。

夏唯至这一觉睡得那叫一个神清气爽。

她想翻个身，却发现翻不了，好像有什么人拦着她。

夏唯至睁开眼，看到一个红色小点。

她睁大眼细看，发现是一个红色小点加一层乳晕。

她这才发现自己抱着一具身体，还是一具没穿衣服的身体。

夏唯至还没跳起来，头顶就有个不耐的声音响起："别吵！我还没睡够！"

她睡够了啊！

她怎么爬到宫少廷身上来了？

跟一个gay（同性恋者，尤指男性）抱在一块儿睡了！

虽然内心惊涛骇浪，可是夏唯至表面上很镇定。

她绝对不能嫌弃得太明显！

夏唯至慢慢从宫少廷怀里挪出来，挪得很慢很慢，绝对不会吵到他。

终于，她的脑袋从他圈着的手臂里出来了。

"叫你别吵！"那条手臂重新圈住她的脖子，把她抱了回去。

夏唯至想哭。

她的脑袋又被提到了他的胸口处，她的嘴巴就贴在他的胸口那里，呼出的气息还喷在上面呢。

简直了！

"嗯……"男人突然轻轻嗯了一声。

嗯什么啊嗯！

夏唯至气都不敢喘了。

感觉床上的男人又睡着了，夏唯至又慢慢从他的手臂里挪了出来。

"我都叫你别吵了！"头顶的声音带着怒气。

夏唯至抬头就看到宫少廷睁着眼睛，眼底有着明显的怒气。

"我冤啊！我没吵啊！我只是想起床……"夏唯至为自己申冤，眨巴着无辜的小眼睛。

"继续睡，我没睡够！"

"我睡够了，而且睡得挺饱的。"夏唯至说着，从他的怀里挣脱。

慢慢挪……一定要慢……小心地挪……

宫少廷原本是很困，还想再睡会儿，可是这个女人从他身边挪开的时候，她没注意到她的胸摩擦着他的身体吗？虽然她那玩意儿就那么点大，可蚊子腿也是肉啊！

突然，床一阵摇摆。

夏唯至都没反应过来发生了什么事，就看到旁边的男人猛然翻了个身。他本来在她身侧，现在到了她上方，双手撑在她身体两侧，身体悬空，一双染满欲望的眼盯着她。

"我……吵到你了？"夏唯至微笑着问。

宫少廷脸色阴沉，眼底带着明显的欲望波动。

"那个啥，我'姨妈'还在呢。"夏唯至小心地提醒说。

宫少廷再也睡不着了，越过她的身体，直接起床。

"夏唯至，我是个很正常的男人！"宫少廷起身穿衣服，一边回头盯着她说，"我就等你一个星期，等你'姨妈'走了，完成我们新婚该做的事！"

先逃过这一劫再说！

"好嘞，好说好说！"夏唯至立马听话地点头。

宫少廷看着这个女人，真心无语。

夏唯至的手机已经被宫少廷毁尸灭迹了，没办法只能出去买手机。

看着银行卡余额，她相当郁闷。

这笔钱本来是不用花的啊！她的钱都寄给弟弟夏展了，身上实在没钱，可再困难，咬咬牙还是得买。

夏唯至刚买了手机放了卡，电话就响了。

是她大学的好闺蜜好室友杭宝蓓。

"唯唯，有个政商精英聚会，全城顶尖的公子哥儿都在，你陪我去吧。咱们可以一起钓金龟婿，去的可都是豪门大少、有为青年！我好吧，这种好事还惦记着你！"杭宝蓓很好心地说。

"不去，没兴趣。"

"不要总把心思放在薄源佑身上啊！人家都跟校花双宿双飞了，你一定要想开点。我知道你现在心里难受得不行，正处在失恋当中。给我位置，我过去接你。"

"真不去！"

"那你陪我去吧，我一个人心里慌。求你了呀！"

夏唯至好无奈："好吧，话机广场A座一楼。"

夏唯至和杭宝蓓到了孟家，看到一栋豪华别墅，还有室外游泳池、音乐喷泉，有桥有水，完全是欧式风格。

里面俊男靓女也是一群群的。

夏唯至对这些没兴趣，自己找了角落就开吃。

杭宝蓓在豪门大少堆里谈笑风生。

也有人上来和夏唯至搭话，夏唯至一律婉拒。

"宫家二少，宫少廷到！"外面突然传来一阵喊声。

所有女的都激动地看了过去。

夏唯至以为自己听错了。宫少廷？她老公宫少廷？

对啊，这是政商精英聚会，宫少廷来了也正常。不过，精英男士聚会，跑过来的女人都和杭宝蓓一样，是来掐尖的，认识公子哥儿的。

她绝对不是来相亲的！

可是宫少廷会相信她吗？

想到宫少廷看到她时的那张脸，她分分钟想跳进游泳池。

已经来不及和杭宝蓓说再见，夏唯至只想快些跑出去。

可是前方全是人，一股脑地挤向宫少廷那边，门口还站着卓尔。她挤来挤去，很可能被挤到宫少廷跟前。就算不会被挤过去，门口还有卓尔，他肯定会高喊一声："少奶奶！"

光是想到那种场景夏唯至就浑身发抖。

夏唯至发现泳池直接通向门口，正好避开了卓尔和宫少廷。

真好，可以游出去。

夏唯至跳下水，直接往外面游去。

"唯唯！"杭宝蓓看到她在水里，喊她。

夏唯至当没听见。

"夏唯至！唯唯！"杭宝蓓又喊，"你好歹换件泳衣再下去啊！"

夏唯至？

宫少廷听到自己老婆名字，立刻抬头看向泳池，就看到他的老婆正从泳池这头飞速地游往门外。

宫少廷看着她一路游过去，觉得这女人可真有意思，居然背着他来参加这种精英聚会。女人来这儿的目的，他们都很清楚，跟来这相亲没差别。

看来，她对自己很不满意啊，还跑出来钓金龟婿！

夏唯至游得好卖力，眼看着要游到门口了，却似乎看到一个金发男子站在尽头。

她从水里面看上去，怎么那么像她老公啊？

赶紧装死！

夏唯至立马沉到水里面，不露出脑袋，还一个劲地让自己往下沉。

宫少廷看着她沉下去，还看了一眼手表。居然憋气那么久！

卓尔也走过来，不明白少爷在看什么。

跟着宫少廷过来的一些女的也都在看着，不知道廷少在看什么。

夏唯至感觉到岸上人很多，可是她憋气快憋不住了。

实在憋不了了！

夏唯至想往上游，结果腿一阵抽筋，根本无力再游上去。

"救命……唔……"夏唯至感觉自己快断气了，想上去，可实在上不去。

宫少廷也发觉不对劲，这女人怎么这么半天没上来？

不对！

宫少廷脱了外套，直接跳了下去。

"廷少！"

"廷少怎么突然下去了？"

大家都不明所以，就看到宫少廷从水里捞出个女人，然后带着她游上岸来。

"夏唯至！"宫少廷简直被这女人气死了。

夏唯至睁了睁眼，却差点吓死，怎么是宫少廷？怎么还是碰上了？那她不是在水里白折腾了？简直想死了算了！

装死吧。

"夏唯至，你给我醒醒！"宫少廷怒吼着，俯身直接给她做人工呼吸。

这一举动可把岸上的女人都给羡慕坏了。

不知道这个女人是谁，手段怎么那么高明，居然用溺水这招来吸引宫二少的注意。

夏唯至的好闺蜜杭宝蓓也愣在那儿。这么帅的帅哥给夏唯至做人工呼吸，好羡慕啊！估计大家恨不得溺水的人是自己。

夏唯至感觉到宫少廷的柔软，心里好慌。

宫少廷见夏唯至还没醒，直接抱起她："卓尔，去医院！"

卓尔看到宫少廷怀里的夏唯至也傻了半天。这不是少奶奶吗？她怎么也在这儿？

夏唯至算是明白了什么叫自己挖的坑，死也得跳，跳进去了，还得自己动手把土给填上。

作死作到快上天也是没谁了。

她是直接被送进医院的。

闭着眼睛她也能感觉到那阴森的视线，然而她不敢睁开眼啊！

"今晚打算睡在医院？"头顶的声音阴恻恻的。

装睡，不说话。

"是要我给你脱衣服，还是你自己动手？"

话音才落，一只手就伸进了她的被窝。

夏唯至立马抓住那只手，睁开眼睛，望进宫少廷冰冷的眼中。

"我自己脱吧……"夏唯至呵呵笑了一下。

"醒了。"

"刚醒……"

其实早就醒了，根本就没晕。

"去精英聚会干什么？相亲？"宫少廷简直不让她喘气，直接质问。

"不是啊，我陪我闺蜜杭宝蓓去，不是我相亲！"

"看到我躲什么？"

"我，我怕你误会啊……"

"怕我误会，跳水差点把自己憋死！夏唯至，你是白痴吗？"

她也觉得自己特白痴啊……

白痴的后果实在有些严重，那就是她直接发起了高烧。

"宫少廷，我好热！"夏唯至半张脸都在被子里，就露出一双水润的眼睛看着宫少廷。

"我不想盖被子，你出去行吗？"她也不想被他直勾勾地盯着身体。

因为生病，夏唯至说话比以往温柔了许多，加上发烧的缘故，她面色通红，眼睛充水，可谓我见犹怜。

宫少廷心里立马像是被羽毛撩拨过一样："不准把被子掀开！"

夏唯至烧得迷迷糊糊的，喃喃道："好热……"

夏唯至头昏脑涨，想把被子掀开。

宫少廷手疾眼快，上前一步压住了被角。

夏唯至睁开眼，就看到宫少廷那张祸害千年的脸。

小伙子真是俊俏啊！

可惜了那么好的脸。

她的眼睛只睁开了一条缝隙，看着宫少廷拿毛巾给她擦脸、擦额头、擦手臂。

手臂擦着擦着就往里面擦去了。

她什么都没穿，他擦起来真是方便。

夏唯至闭上眼，没力气说话，不过她内心在骂人。

擦脸就擦脸，擦身体干吗？

"怎么还不退烧？"房间里有声音。

"廷少，退烧需要时间。如果想要再快一点，可以给她物理降温，继续用温水擦拭身体。"医生说。

耳边的声音越来越模糊，夏唯至就感觉有一只手和一块毛巾一直在她身上擦来擦去。

眯了一会儿，她又睁开眼睛。

身上的手还没停。

确切地说，那块毛巾还在擦她的身体。

夏唯至吃力地抬手抓住了他的手臂，满是水汽的眸子望着床前的男人。

"感觉怎么样？"宫少廷问她，声音和以往都不一样。

虽然以往和他相处的时间很少，他们认识也不久，可她知道，这么温柔的声音大体是不可能出现的。

人发烧时果然容易产生幻觉。

"你这么摸我，我怎么睡？"夏唯至半眯着眼睛，想到什么就说什么，跟做梦一样。

宫少廷的唇抿起，弧度很是温和："我在帮你降温。你以为我摸你，我会好受？"

她的身体这么滚烫，又什么都没穿，他拿着毛巾给她上上下下擦了一遍，他都要发烧了。

"你是不是趁机给我吃春药报复我？不然怎么那么热……"夏唯至又喃喃地说。

宫少廷对这个女人真是无语得要死。

"现在吃春药的明明是我，还是你给的！你个白痴！"宫少廷咬牙切齿。

总算给她擦完身体了，擦得真是难受！

"你骂我白痴！我觉得你才白痴！你这个死变态！要不是为了躲你，我也不会跳下泳池！外面多冷啊，我跳泳池，我傻啊……"夏唯至闭着眼睛，噼里啪啦全骂了回去。

"……"宫少廷直接把毛巾摔在脸盆里。

这个没心肝的女人！

他堂堂宫家二少爷，什么时候伺候过人！

她倒好，他照顾她，她还骂人！

"少爷，丁婶已经来了。少奶奶这边交给丁婶和我，您去休息吧。"卓尔听到动静，立马跑进来说。

丁婶站在门口，没有主子的吩咐不敢进去，再看一眼少奶奶，烧得迷迷糊糊的，自己在说什么都不知道吧。

宫少廷气得想出去。

这女人他看到就生气！

宫少廷直接把卓尔赶出去，叫了门口的丁婶进去："照顾好她！"

"是，少爷。"丁婶手里还提着保温盒，里面都是按照少爷的吩咐准备好的食物。

宫少廷走出门了又回头看了一眼夏唯至："给她穿好衣服！这女人老踢被子，你看好了！"

夏唯至是被噩梦惊醒的。

她做了一个好可怕的梦——宫少廷又把她丢进泳池里了。

大冬天的，他连件泳衣都不让穿就把她丢了进去。他站在岸上，手摁着她的脑袋。她整个人被摁在水中，气都喘不过来了。

宫少廷还在阴森地冷笑："我弄死你个白痴！"

然后她就被弄死了。

她在梦里还看到自己的尸体浮在水面上，宫少廷站在岸边哈哈大笑。

"少奶奶！"耳边好像有人叫她。

夏唯至猛地坐起身，看到一张关怀的脸。

是丁婶。

"少奶奶，烧已经退了。您感觉怎么样？饿了吗？"丁婶关切地问。

夏唯至看了一眼房间，还是在病房里。

不在泳池里漂着！

真是好吓人！

全身都是冷汗。

"丁婶，现在什么时候了？"夏唯至问。

"中午十二点半了。少奶奶，您从昨夜一直睡到现在。医生说，只要睡醒了烧退了就好了。少奶奶感觉怎么样？我得给少爷报个平安。"

"宫少廷呢？"

"少爷在上班，今早还来看过您。"

不在这儿啊，那就好！

夏唯至嘘了口气。

现在她醒了，病好了，她还怕宫少廷找她算账。

这一睡就是那么久。她昨天还在母亲住的医院预约了要去看母亲的，而且今早是交医药费的时间，她得赶快过去看看，尹家把医药费交了没有。

没交医药费，母亲会被赶出来的。

"少奶奶，您病才好，怎么就下床了？您这是要去哪里？"丁婶见夏唯至换好衣服，下了床，一副要出去的样子，她手里拿着粥就追了上来。

"丁婶，我要去趟明志医院。我已经没事了，谢谢你照顾！"夏唯至抓了手机立马准备出去。

"这里就是明志医院啊，少奶奶！您吃点东西，不然少爷知道了会生气的，少奶奶！"丁婶跟着追出去。

"这里就是明志医院？"夏唯至看了看四周，墙上门上都贴着明志医院的LOGO。

她还真没发觉，她的病房和母亲的病房真的差太多了。

"对的少奶奶，这是明志医院的西大楼，我们是在VIP病房。"丁婶说，又把粥给夏唯至，"少奶奶，您喝口粥吧。"

母亲是在东大楼的病房。

"我不喝了，丁婶。我去一下东大楼。"夏唯至急忙朝电梯跑去。

"少奶奶！"丁婶简直急死了。

这才刚醒，身体都没完全好，穿那么点衣服跑出去，万一又受凉了，少爷肯定会责骂她！

叮。电梯门打开。

夏唯至跑进去，砰的一下直接撞到了人。

那个人的身体硬邦邦的，撞得夏唯至整个脑袋嗡嗡响，她几乎是被撞出电梯的，一个趔趄，差点摔倒。

有人及时抱住了她的腰，直接把她搂进怀里。

"少爷！"丁婶看到电梯里的人，立马躬身喊。

夏唯至的脑袋还晕着呢，头顶就传来带着薄怒的声音："你怎么跑出来了！"

"少奶奶。"卓尔从电梯里走出来，躬身喊。

夏唯至看到面前的男人俊朗的脸上带着丝丝怒气，周身萦绕着冷冽的气息，她立马想起了自己做的梦。

在泳池里被他摁着脑袋，然后她的尸体浮了起来，他还站在岸边笑。

夏唯至一个激灵。

"穿那么少，也不怕着凉！"那声音还是带着薄怒。

夏唯至还没反应过来，一件大衣就罩在她的肩膀上。

宫少廷俯身抱起她，准备把她抱回病房。

"你等一下，我还有事！"夏唯至大喊。

宫少廷脚步一顿："说个理由，什么事能比宫家少夫人的身体还重要！"

这话听着怎么那么暖心，可是想起刚才的噩梦，她还觉得毛毛的。

"我昨天晚上预约了见我母亲，后来不是没去成吗？她也在明志医院，东大楼，我下电梯走过去就到了。"她得去看看医药费到底够不够。

要是医药费没到位，药就没法开，母亲甚至可能会被赶出医院。

"你母亲不在东大楼。"宫少廷说。

他一路抱着夏唯至走向病房。

路上的病人和医生护士都看得满脸羡慕。

"母亲不在东大楼？"夏唯至整颗心都提了起来。

难道尹家没有支付医药费？

她这些天没回尹家，是不是惹得大妈不高兴了？

宫少廷明显感觉到夏唯至的紧张。

"你快放我下来！放我下来！"夏唯至想起来就觉得恐怖，她不知道母亲怎么了，只能激动地大吼着。

宫少廷却不理会，径直抱着她去了房间。

"宫少廷，我要你放我下来！"夏唯至继续大吼。

"你刚醒，身体没恢复，等身体好了再说。"

宫少廷刚准备把夏唯至放床上，还没来得及把她放下。

啪。夏唯至抬手就捆了他一巴掌，这一巴掌打得脆响。

丁婶和卓尔都惊呆了。

这要换成别人，卓尔已经冲上去把人给枪毙了，可这个人是少奶奶啊！

宫少廷冷峻的脸上瞬间浮现出一层阴霾，像是能瞬间把所有的生物都给吞噬干净，原本的薄怒反而消失，取而代之的是无尽的冰寒。

宫少廷望着面前的女人，感觉她已经逾越了自己的底线。

宫少廷扬起手。

夏唯至高傲地仰着脑袋："你要么就打死我，不然我肯定会出去！"

她预约的是昨晚，可是昨晚出了意外，她没看成。今天她一定要去看母亲，看看医药费的报告单，确定这个月的医药费已经到账了。

如果还没到账，她要去尹家求大妈，不然母亲停了药就危险了！

上次她惹恼了大妈，她真的不确定大妈会怎么对付自己母亲。

宫少廷看着她倔强的眼底带着焦急的泪水，深吸口气，扬着的手狠狠地放下。

"夏唯至，念在你看母心切，我这次就不跟你计较，但这笔账，本少爷记下了！日后一定让你加倍偿还！"宫少廷满眼的怒火。

然而夏唯至也满脑门都是火气。

她就是想去看她的母亲。

现在她还不知道母亲的医药费到底付清了没有，如果断了药，母亲的情况根本不敢想。

"全都喝了！"宫少廷拿过丁婶手里的粥，递给夏唯至。

夏唯至不喝。

宫少廷捏住夏唯至的下巴，逼迫她张开嘴，将汤匙放到她嘴边。

"不喝完今天别想出这扇门！"宫少廷冷冷地警告。

温热的液体流进嘴里。

夏唯至直接拿过碗，仰头，一口气把粥全给喝下了。

"喝完了！"夏唯至吼道。

宫少廷又拿过药："吞了！"

这是医生交代的药。

夏唯至看了一眼他的手心，拿起白色的药丸，吞下，还没说话，宫少廷直接转身走了，还跟卓尔说："带她去！"

"是，少爷。"卓尔根本不敢看少爷的脸色。

整个房间里的气氛压抑又肃杀。

宫少廷直接出去，走到客厅，拿过桌上的报纸看了起来。

"少奶奶，您的母亲已经转到这栋楼了，就在12层。您这边请。"卓尔对夏唯至说。

夏唯至愣了半晌，有些不明所以。

再看宫少廷，他手里拿着报纸，倔傲又肃杀，冷漠又张扬，仿佛有一股即将爆发的气势被他生生压了下去。

丁婶站在一旁，大气都不敢喘一下。

到了12层，夏唯至很快看见了熟悉的医生。

是母亲的主治医生，盛咏。

"盛主任！"夏唯至大步上前，喊道。

"唯至，你不是说过两天来吗？"盛咏看到夏唯至，有些意外。

"我没说啊。"

"昨晚打你电话，是个男的接的，他说你要过两天再来看你母亲。后来你母亲就被安排到这边的VIP病房了。"盛咏说。

夏唯至诧异极了。

她走到病房，看到母亲被安排在豪华VIP房间里，里面的护士全都换了，正在很仔细地照顾母亲。

母亲还是安详地闭着眼睛。

盛咏走进来量了夏母的体温，自嘲地说："这些护士都是国外调派过来的，看技术都是非常专业的护理人员。每天该做什么事，都不需要我来吩咐，我这主治医生反倒像是被架空了一般。"

以往她几天没来见母亲，母亲身上就会很脏，浑身都散发出难闻的味道，头发也是油油的，需要她重新帮母亲擦洗一遍全身，可是此刻，母亲安详地闭着眼睛，脸上干净得好像只是在午睡，过会儿就会醒过来。

"盛主任，这房间得多少钱？"夏唯至担心医药费。

"这个你不需要操心，未来五年的医药费都已经付过了。而且，你以后随时都可以来看你母亲，医院那边也说，你不需要预约了。"盛咏也是真心替夏唯至开心。

盛咏口中的男的，自然是她的老公宫少廷。

未来五年的医药费，还是在VIP病房，这得多少钱啊！

然而，刚才她太激动，还捆了宫少廷一巴掌！

确定母亲已经被妥善安顿，陪了母亲一会儿，夏唯至走出病房，看到卓尔等候在一旁。

她张了张嘴，还是明知故问："是你家主子的安排吧？"

"少奶奶，少爷虽然一直很忙，可这些事早就交代过我。而且昨晚少爷已经亲自来探望过夏夫人，确保一切事情已经安排妥当。"

"你怎么不早说？我感觉现在自己里外不是人！"

"少奶奶，您自个儿跳水差点淹死，后来发烧，现在才醒，我也没机会跟您说。"卓尔嘀咕道。

"……"夏唯至觉得良心好痛。

"少爷特意把下午的工作都推了，就是为了来医院看您。而且昨晚少爷一直在照顾您。您发烧了，他亲自给您擦身体退烧。"卓尔站在门口虽然没看见，但也知道主子在里面是怎么照顾少奶奶的。

"……"夏唯至的良心更痛了。

她迷迷糊糊中感觉自己昨天被揩油了，原来是宫少廷在帮她退烧。

人家把工作都推了，特地来看她，结果被她打了一巴掌。

夏唯至捂着心口说："我这良心过意不去啊！"

"您是该过意不去。还是跟少爷道个歉吧。"

"对他道歉有用吗？"夏唯至很是疑惑。

卓尔耸肩，他大概是觉得对宫少廷道歉肯定是没用的。

母亲这边安顿妥当，宫少廷那边该怎么处理？

夏唯至站在门口真是愁死了，她小心地探着脑袋，看到宫少廷还是坐在沙发上看报纸，他面前的桌上还放着一个精致的盒子。

找个话题吧。

找什么话题呢？

"少奶奶，您还不进去吗？"卓尔回来，看到夏唯至还站在门口。

"我感觉我进去会死得很惨啊！"

"不会的，少爷现在不会杀你。"

"……你怎么说得跟以后会杀我似的？"夏唯至被卓尔说得心里更加毛。

是因为她还有用——得是他的老婆，所以宫少廷才对她那么好吗？

也就是说，无论谁是他老婆，他都对那个人那么好吧。

这么想，良心就不那么痛了。

可是想到宫少廷把自己母亲安顿得那么好，自己还打了他一巴掌，良心顿时又痛了起来。

夏唯至深吸口气。

算了，死就死吧。反正母亲安顿好了，她死了也无憾。

夏唯至走进去，关上门。

站在门口，她又不敢进去了。

看着不远处沙发上的男子，冷峻强势肃杀，周身自带寒气，她之前到底是哪来的胆子打他那张祸害无数少男少女的脸！

宫少廷翻了一页报纸，抬头看了门口的女人一眼，收回视线，继续看报纸。

夏唯至呵呵地笑着："口渴了吗？我给你倒杯水。"

宫少廷没理会。

这个话题不好啊。

算了，不拐弯抹角了。

"之前我打了你，对不起！"夏唯至鞠躬，抬头却发现宫少廷压根当她不存在。

行，豁出去了！

"我知道你的脸贵，不，你全身上下哪儿都贵。出来混迟早是要还的。我打了你一巴掌，你现在打回来，我绝对不还手！"夏唯至信誓旦旦地说。

对面还是没有反应。

夏唯至又上前一步说："你的手也贵，不劳你动手了，我自己来，还你两巴掌！"

说完夏唯至一点不含糊，抬手就扇了自己一巴掌。

我的妈呀，打自己怎么那么疼！

夏唯至疼得龇牙咧嘴。

宫少廷这才抬头看她，眼神好像就一句话：继续啊。

好吧。

扬起手，夏唯至准备继续打。

还没打下去，她的手猛然被人抓住。

她只感觉一阵天旋地转，整个人就被带到了那人的怀里。

反应过来时，她是趴在宫少廷腿上的。

啪。宫少廷抓着她的手狠狠地拍打她的屁股。

夏唯至哇哇地叫出来。

简直是猝不及防，猝不及防啊！

"以后还敢不敢动手打我，嗯？"宫少廷问。

"不敢了！"夏唯至立马喊道。

被打了，现在也不能反抗，还得配合。她母亲五年的医药费全都付了，她已经不敢问多少钱，因为知道自己还不起。

"大声点！"宫少廷怒喝。

"不敢了！"

这男人看着一点事没有，怎么爆发起来野兽一样？

"手拿来！"宫少廷又大吼。

这个时候要她的手干吗啊？

算了，要她干吗就干吗吧。

夏唯至伸手。

宫少廷拉住她的手，让她正对着他坐在他怀里。

一个盒子被放到她掌心。

夏唯至莫名其妙地看着他。

"给我的？"这不是放在桌上的盒子吗？

"我宫少廷赏罚分明，打你一顿，自然也有补偿。打开。"

"不用补偿啊。刚才我打了你一巴掌，现在我们两清。你要是再补偿我，我不是又欠你了？"夏唯至说。

宫少廷捏住她的下巴："你觉得你欠我的还少吗？"

这话问得她的良心又痛了。

"宫少廷，我母亲的医药费，我可能没法全部还给你，但是我一定会还的。这一辈子我赚的钱，我全部给你。"夏唯至保证说。

"谁让你还了！"

"我良心痛，肯定会还你。"

"你不用良心痛，就当是给你的聘金。"

当成聘金，她的良心更加不安了。

她每天都在期待，什么时候他用不着她了，就可以离婚把她踢了，因为她完全就是莫名其妙被结婚。

结婚前，他是哪位她都不知道。哪怕他是随便找个人凑合，至少也找个认识的，怎么就偏偏找了她这个陌生人？

她是半点都不喜欢他，聘金就更加不想要了。

宫少廷捏着她的脸颊迫使她看着自己："把手里的盒子打开，看看是什么。这一顿不会白挨。"

夏唯至打开盒子，见里面是一款智能手机，贵族紫。

这个牌子什么时候出了这种颜色？

夏唯至的确有些惊喜。

看到她脸上的惊喜，宫少廷唇边一抹笑划过："喜欢吗？你的手机也算是被我弄坏的，送你一个新的。这款是私人定制机，花了几天时间。"

私人定制机！

夏唯至感觉手里握着沉甸甸的钱。

虽说她的手机是被他弄坏的，但宫少廷的补偿是母亲未来五年的医药费。她欠他那么大一笔钱，哪里好意思拿这款手机。

"其实我买了新手机，这部给我，多出来了，浪费，我不要。"夏唯至还给他。

宫少廷的眸底有一抹寒冷："我送出去的东西从来不收回。至于你说的新手机，是不是指那个？"

宫少廷的视线落在不远处的垃圾桶上。

夏唯至跟着看过去，然后立马冒毛。

她新买的手机已经四分五裂了！

她要骂人了！

夏唯至几乎跳起来跑到垃圾桶前，双手把手机扒拉出来。

好惨！比她上一部手机死得还要惨！

她的手机卡呢？她刚补的，里面有很多号码！

"你找这个？"

夏唯至回头，看到宫少廷手里拿着她的手机卡。

夏唯至现在真是想骂人也骂不出来。

妈妈的医药费都已经付了，他再虐死她一部手机算个屁！

"过来，我帮你把手机卡放进去。"宫少廷让她过去。

夏唯至闷闷地回头看了一眼垃圾桶，心里有点不爽快，可是这不爽快又没理由。

虽说她的手机又被同一个人虐死了，可人家送了部私人定制的手机给她。

"怎么这副表情？送你手机不高兴，还是打你屁股不高兴？嗯？"宫少廷装好手机卡给她，居高临下地问她。

打屁股是为了还她那一巴掌，送手机是因为打了她的屁股，所以两件事都让她不高兴，但她要是现在说不高兴，他估计还会揍她一顿，好汉不吃眼前亏。

夏唯至接过手机，展颜一笑："没有，都高兴！好高兴！"

"这么高兴？是打你屁股高兴，还是送你手机高兴？"宫少廷又问。

"……"夏唯至脸都垮了。

非要玩文字游戏吗？

这个问题又该怎么回答？

回答送手机高兴？

如果他再打她一顿送部手机呢？

回答打屁股高兴？

如果他直接打她一顿呢？

夏唯至学聪明了："我能拒绝回答这个问题吗？"

宫少廷现在经常会有种被她莫名逗笑的感觉，这种感觉是前所未有的。

简单说，他从来没对一个女人有过这种奇怪的感觉。

他睡了她，然后对她的滋味念念不忘。

他娶了她，然后见不得别人欺负她。

他工作很忙，忙到想不起任何人任何事，唯独她的一颦一笑、一举一动会突兀地出现在他的脑海里，打扰他的思绪。

他以为只是娶个女人回来，堵住了那群人的嘴，她在他的生命中注定只是个过客，等他拿到想要的东西，他就和她离婚，因为他知道这个女人有心上人，可是现在，他反倒不想那么快放手。

宫少廷付了母亲的医药费，这笔钱她总是要还的，不然在宫少廷面前，她总像个欠了钱的孙子，特别抬不起头来。

身体已经恢复，"姨妈"也顺利地走了，自然要回去上班。

健身房的房姐已经给她打了不少电话，以前的好几个老客人都指名要她陪练。

连续工作了几个小时，夏唯至筋疲力尽地从健身房出来。

房姐说得很对，她不可能一辈子做这份工作。夏唯至抬头，看到对面大厦LED显示屏上正在播放她姐姐尹翎叶代言的广告。

其实她小时候也梦想过去做个明星赚很多钱，然后让母亲过上好日子。

她从小就知道尹翎叶是个童星，每次听到新闻上说对方年收入多少的时候，她都非常羡慕的，总想着有一天也可以去娱乐圈混出一片天地。

甚至上了大学，她依然有这种想法，只是提出来后，却被尹翎叶和大妈丁娅嫚笑话了很久。

路过阿玛尼专柜时，夏唯至停留了好一会儿。

今天周三，是薄源佑的生日。

每年他生日当天，薄家都会给他举办一个盛大的生日宴会。

宴会上，他总是万众瞩目。

他会邀请所有的同学去参加，她也是同学里面的一个。

她一直都知道薄源佑喜欢阿玛尼这个牌子。

他说，穿什么用什么都显示了一个男人的身份，身份就是面子，对男人很重要。

其实，今年薄源佑的生日礼物，她早就准备好了，是她亲手设计的一款钱包，她找了很多门路请了阿玛尼在国内的厂商加工生产，花了很多钱。

只是这钱包，今天不知道能不能送出去。

"夏唯至！"

店里走出一个雍容华贵的女人，夏唯至突然间看到她，有些被吓到，立马喊："薄太太！"

薄太太手里拿着阿玛尼的袋子，走到她面前："怎么，一个人？"

"是的，我路过这边。薄太太，上次的事，真的很抱歉！"夏唯至是在为宫少廷打她的事道歉。

"上次的事？你是说你泼了水到我身上，还是说宫少廷让人打了我一巴掌？"

"薄太太，真的很抱歉！希望您不要生我的气！"夏唯至对着薄太太用力地鞠躬。

这是商场门口，人自然多，大家都能看到一个年轻的女孩对一个贵妇鞠躬道歉，可是没人知道这位是宫家二少奶奶。

薄太太的心里划过一丝快感："夏唯至，那次在尹家，我是去尹家做客的，却无端被你泼了一身水！之后你的丈夫又让人打了我！身为你的长辈，我当时的心情，你能理解吗？"

"是，薄太太，我理解！我一直想登门道歉，可是找不到合适的机会。对了！"夏唯至立马从背包里拿出一个盒子。

盒子里面是个钱包，是送给薄源佑的礼物。

"薄太太，这是我送给薄源佑的生日礼物，还请您代收！祝您儿子生日快乐！"夏唯至双手举着盒子递到薄太太面前。

薄太太对夏唯至的表现还是比较满意，她淡淡地看了一眼盒子。连个品牌标志都没有，也不知道送的是什么杂牌。

"既然是送给我儿子的礼物，你应该亲自给他才对。走吧，宴会才刚开始。"薄太太说着，走到自己的车子旁。

夏唯至愣了一会儿，不明所以。

薄太太打开车门，看了她一眼："源佑的生日宴会，你不想去吗？"

夏唯至惊喜地问道："我，我可以去吗？"

"你是他同学，去了也无可厚非。"

"谢谢薄太太！"

薄太太自然不想夏唯至坐自己的车，夏唯至也很知趣，立马开了自己的车。

她的车是跟卓尔换的。

薄太太看了一眼夏唯至的车，不屑地冷哼了一声。

这么破的车，宫少廷都不知道送辆好车给她。

她真是看不明白宫少廷对夏唯至到底是什么意思，是好还是坏。

薄源佑的生日宴会很是热闹，很多大学同学都来了。

夏唯至平时忙着打工学习，跟同学的交集并不多，所以有些她甚至都叫不出名字，但是大家都认识她。

因为全校都知道，她喜欢校草薄源佑。

所有人都说她癞蛤蟆想吃天鹅肉。

夏唯至是跟着薄太太进来的，自然吸引了大家的注意。

校花任一茹和薄源佑正在跳舞。

看到夏唯至，两人都有些震惊。

"妈！"薄源佑牵着任一茹过来。

"阿姨。"任一茹站在一旁怯怯地喊。

薄太冷冷地扫了任一茹一眼，把手里的一个阿玛尼袋子给薄源佑："源佑，我的宝贝儿子，生辰快乐！"

"妈，今天是我的生日，也是您的苦难日，应该是儿子跟您说，您辛苦了！"薄源佑拉着母亲的手说。

"傻儿子！妈妈今天允许你好好玩。我不喜欢这种吵闹的场面，就先回去休息了。"薄太太说着又看了夏唯至一眼，唇角冷漠地扬了扬就走开了。

薄太太走回房间，看到露天阳台上，夏唯至站在薄源佑面前。

她显得有些局促，甚至是害羞。

薄太太的确听尹翎叶说过，夏唯至喜欢她的儿子薄源佑。

至于廷少为什么娶夏唯至，她就无从得知了。

不过看来，尹翎叶说的是真的。

薄源佑看着夏唯至，伸手："拿来吧。"

"什么？"

"生日礼物啊！你不会是空手来的吧？"

"薄源佑，你这么主动开口要礼物，不会不好意思吗？"

薄源佑嗤了一声："对你有什么不好意思的？你脸皮那么厚！"

夏唯至无语，从包里拿出礼物，给他："生日快乐！"

薄源佑接过礼物，看了一眼盒子："也就你会送这种不上档次的东西！"

他一副很是嫌弃的样子，却还是打开了盒子。

里面装的是一个短款钱包，酒红色的，条纹清晰，皮质精良，钱包的右下角有个"薄"字，款式有些奇特，跟市面上的不太一样。

大学四年，她每年都送奇怪的东西。

大一的时候送了一本漫画，她说是她自己绘画加装订的。

大二的时候送了一辆模型玩具车，她说是她自己组装的，等以后她有钱了，送他一辆真的。

大三的时候送了一双手套，她说是第一次织，不是很好看。

大四毕业了，今天，她总算送了一样稍微上点档次的东西，却没有牌子。

薄源佑自己都意外，夏唯至每一年送过什么他竟然都记得。

薄源佑皱眉，他对自己的记忆有些抵触。

"你是不是不喜欢？不喜欢的话，还给我吧。这钱包挺贵的，我好拿去退货。"夏唯至见他不说话，问他。

"你神经病啊，送人了还要拿回去！刚好我钱包旧了，换个新的。"薄源佑从口袋里拿出自己的钱包，把里面的卡和钱都拿出来，装到夏唯至送的钱包里，随手把原先的旧钱包扔进垃圾桶。

夏唯至看着他把她送的钱包放进口袋，实在有些意外。

"我以为你不会收呢。"夏唯至说。

"白送的礼物，干吗不要？"薄源佑说。

任一茹也看到薄源佑收了夏唯至的礼物，她也很诧异，甚至有点吃醋。

"源佑，"任一茹走上来抱住他的胳膊，"客人都等着你呢。今天你是主角，少了你，大家可都不答应。"

薄源佑的朋友都在等着他过去一起喝酒庆祝。

"我知道，马上过去。"薄源佑又跟夏唯至说，"那张桌子上全是海鲜，三文鱼是挪威空运过来的，还有北极贝，都是你爱吃的，你就挑最贵的吃，我没空招待你。"

夏唯至只是来送生日礼物，根本不想多待。

她已经是有老公的人了，对薄源佑，她应该永远把他埋在心里才对。

她走的时候，薄源佑也不知道，而且没有人会来关心她。

夏唯至走出门，突然想起了宫少廷来。说到关心，其实宫少廷对她真的不差，甚至挺好的。

莫名地，她居然想知道他在干什么。

夏唯至打开车门，正准备上车，突然闻到很刺鼻的味道，这时有人从身后捂住了她的嘴。

夏唯至睁大眼睛，本能地想要反抗，却发现四肢酸软无力，根本反抗不了。

"唔唔唔……"她想喊救命，可是嘴巴被捂着。

另一个男人直接打开她的嘴，往她嘴里灌了什么东西进去。

"喀喀喀……"夏唯至不住地咳嗽，"你们给我吃了什么？你们……"

夏唯至感觉浑身无力的同时也觉得身体燥热，喉咙痒痒的。

两个男人一前一后站着，她没法退，没法进。

夏唯至越发觉得情况不对劲。

此刻，她只能往薄家里面跑，里面全是人。

可是刚迈步，一条粗壮的手臂就抱住了她的腰，直接把她拖走。

"还想往哪里跑啊小妞？"那男人猥琐地在她耳边笑着。

夏唯至想要打开他，可是一点力气都使不上来。

"放开我！"夏唯至怒吼着，又冲着里面喊，"救命！薄源佑，救命！唔……"

嘴巴再次被捂住，她被两个男人拖进了一旁的花园里面。

夏唯至惊恐地睁大眼睛，铆足力气挣扎，换来的却是两个男人对她拳打脚踢。

第四章

他要的是她的整颗心

楼上房间里。

薄太太拿着酒杯站在大阳台上，一个女人从她身后走出。来人卷发散落肩头，脸上永远是最精致的妆容。

"翎叶，你这一招会不会太毒了？"薄太太虽然是这么说，唇角却凝着阴毒的笑。

"夏唯至这个恩将仇报的女人，现在仗着廷少撑腰，完全不把我尹家放在眼里！她已经好久没回尹家了，甚至连个招呼都没打！这些年来，我们花了那么多钱撑着她母亲的生命，她倒是一点不感激，只想跟尹家撇清关系！"尹翎叶的笑更加阴毒。

"既然她无情，也别怪我无义了！给她下的是最烈的药，没有男人，她会想死！我给她准备了两个壮汉，已经够她享受的了。"尹翎叶唇边噙着笑。

薄太太看着夏唯至被带出视线，唇角扬起："宫家二少奶奶喝醉酒，在人家生日宴会上乱搞，看见的人都能做见证。这要是传出去，别说宫少廷没脸，整个宫家都丢不起这个脸！"

"等他们结束，我们就可以带着来参加宴会的所有人去看热闹，看这位宫家少奶奶是多么水性杨花！"

"薄源佑，救命！薄源佑！"夏唯至除了大喊大叫已经没有别的办法。

她现在头昏脑胀，浑身热得难受，可她知道，她如果不挣扎，会是什么后果。

"宫少廷！宫少廷！呜呜呜……"夏唯至本能地喊起了这个名字。

她只能指望宫少廷快些到来。

"什么人？！"突然传来一声大喝。

夏唯至抬头，居然看到薄源佑跑了出来。

薄源佑在里面隐约听见夏唯至的声音，没想到真是她。

两个大汉看到薄源佑，丢下夏唯至就跑。

"别跑！"薄源佑追了过去，却看到夏唯至衣衫褴褛，黑色的头发凌乱地贴在脸上，双眼无神，满是泪水，衣服早被扯破，破碎地挂在肩上。

她抱着手臂，浑身热得难受，却一点不敢去扯身上的衣服。

"夏唯至！"薄源佑哪里还顾得上追人，俯身去抱她。

薄源佑一碰到她，夏唯至猛地打开他的手："不要！不要碰我！"

她浑身颤抖着。

"你！你怎么那么热？"薄源佑碰到她的手，只感觉滚烫无比。

"不要碰我！你们走开！"夏唯至根本没看来人，只是害怕地把眼前的人推开。

薄源佑身边那么多豪门公子哥儿，就算他没玩过，也是见识过很多了，当然看得出来夏唯至是怎么回事。

她明显被人下了药！

"夏唯至，你别怕！是我，薄源佑！"薄源佑抱住她的肩膀。

薄源佑？

夏唯至抬头，果然看到了她的男神，眼泪一下子就出来了。

"薄源佑，我，我好热……好想……"夏唯至被他抱着肩膀，他的手触碰着她的身体，让她浑身更像被火烧着了一般。

夏唯至的脸已经滚烫，呼出的气息更是烫得让薄源佑都觉得酥麻。

薄源佑俯身把她抱起来，打算先把她带回房再说。

吱。

门口突然有一辆车停了下来。

因为车速很快，即使刹车了，车子还往前滑动了一段距离。

车门几乎是被踢开的。

车上下来一个金发男子。

夏唯至的电话没人接，半夜了还不回去，他不介意亲自出门来接她！

宫少廷一眼就看到了薄源佑怀里的女人，他的眸子沉了沉，大步走到薄源佑面前。

只看了一眼，他就知道这个女人是怎么回事。

"把她给我！"宫少廷的声音凝成了霜。

薄源佑竟本能地退后了一步："她被人下了药！"

他当然看得出来！

谁敢给她下药！

"给我。"宫少廷又重复了一遍。

"你会把她怎样？她根本不喜欢你！"薄源佑不肯把人交出去。

"这话轮得到你来说？"宫少廷一脚踹过去，薄源佑手一松，整个人被踹开。

夏唯至稳稳地落在宫少廷的怀里。

宫少廷低头看着怀里的女人，她用迷离的双眼望着他，竟还能认出他来。

"宫少廷……"

"该死的！就不能让我省心吗？"宫少廷看到她这副样子真是气死了。

里面很多人听到动静跑了出来，任一茹也跑出来去扶薄源佑。

薄源佑起身，想追过去，可宫少廷已经上了车，他只能眼睁睁看着宫少廷把夏唯至带走。

薄源佑神色着急，任一茹全看在眼里："源佑，廷少是夏唯至的丈夫，被他带走，没什么关系吧。"

对，是没关系，可夏唯至现在的情况没有男人不行！

宫少廷把车子开得快要飞起来了。

副驾驶座上的女人已经好几次爬过来，抱着他的腿使劲蹭。

他扣住她的手把她扔回位置上，结果她又爬了过来，还用迷离的眼神望着他。

"我热……"她趴在他的腿上，瞪着一双无辜的眼睛说。

发烧才刚好，这次是真发骚了！

"坐好！"宫少廷捞起她，把她扔回去。

结果夏唯至自顾自地脱起了衣服，把身上残存的布料全给撕了。

"……"这个女人，他真的想掐死她算了！

这副样子要是被其他车上的人看见，丢脸就先不说了，单单是被其他男人看到……

把自己的衣服丢到她身上，宫少廷一声怒吼："穿上！"

夏唯至像受了惊吓一般，抱着腿摇着头。她白皙的身体上只有黑色的布料，整个人蜷缩在位置上，只有一根黑色的安全带贴着她的胸口……像一只受惊的小鹿，眨巴着水润的眼睛。

她说："我热……"

宫少廷感觉自己已经没法开车了，他的脑袋快炸开了。

他平时引以为傲的自控在她面前已经化成了灰烬。

他将油门踩到底。

车子飞一般地冲了出去。

平时半个小时的车程，他十分钟不到就赶回了家。

宫少廷把夏唯至从车里抱出来，有些庆幸他不喜欢安排手下在家门口，也不喜有任何人在家里——丁婶也只是准时过来烧饭，整理家务。

宫少廷发誓，把夏唯至抱回房间的路一定是他走过最艰难的路！

夏唯至白嫩的手臂搂着他的脖子，双腿夹着他的腰，望着他，满眼的魅惑。她现在的意识正处于崩溃的边缘，只感觉眼前的男人身上冰凉，那清冽的气息她喜欢得很。

夏唯至把脸贴在男人的脖颈上蹭着。凉快！

宫少廷踢开房间的门，把夏唯至扔到床上，可她搂着他的脖子不放，他整个人被她带着，直接被带到了床上。

夏唯至就这么光着身子搂着他，脸埋在他的脖颈间，闻着他身上的味道，感觉很熟悉，于是忍不住伸出舌头舔了舔。

宫少廷全身紧绷。

他知道，他已经不想克制，一点都不想！

"夏唯至，这次还是你自己主动的！"宫少廷用喑哑的声音提醒她。

夏唯至抱着他的脑袋，却呜哇地控诉起来："薄源佑……你为什么总是不理我……你是个坏蛋，你知道吗？"

宫少廷整个人顿住。

他知道她喜欢薄源佑，可是这种时候，她竟然叫着别的男人的名字！

身为男人，他忍不了！

"薄源佑……我好热……"

宫少廷从来没想过，有一天，他所有的理智和克制竟被一个女人的一句话轻而易举地攻破，而这个女人的一句话，又让他已经产生的冲动和欲望消失殆尽。

他不懂什么叫喜欢一个人，他只知道，这个女人，他不但不讨厌，还想把很多好的都给她，想要尽他所能护她周全。

她那么晚不回家，他会担心，会出去找她。

这种感觉，这种情绪和牵挂，以往从未有过。

他讨厌这种没法控制的情绪，还有对这个女人藏都藏不住的感觉。

"很热是吗？"宫少廷这一次单手就把夏唯至给提了起来夹在胳肢窝下面，走进浴室。

里面有很大的浴池。

扑通一声，宫少廷把人丢进了冷水里。

夏唯至猝不及防被丢进去，瞬间喝了好几口水。

她下意识地探出脑袋，宫少廷摁住她的头又把她给压水底下去了。

夏唯至本能地挣扎，想要探出脑袋。

好不容易脑袋出来了，又被压回去了。

连续呛了好几口水，夏唯至的意识清醒了一些。

她睁开眼睛，看到上方的男子正冷漠地望着自己。

"我是谁？"宫少廷见她的眼神没那么迷离了才问。

"宫少廷！"

夏唯至发毛了，干吗把她摁到水里！

上次在泳池差点淹死，她发烧的时候还做了噩梦，梦到宫少廷把她丢进水里，压着她的脑袋不让她上来，梦里面她直接浮尸当场，他还在岸边哈哈大笑。

怎么噩梦都变现实了？

"认出来了？现在还是没力气是吗？"宫少廷问她，听着倒是心平气和。

夏唯至感觉不是那么热了，想爬出去，然而手臂放到岸边才发现没力气。她求救地看宫少廷，一副"你行行好，拉我上去吧"的模样。

"我怎么跑这里来了？一点印象都没有！"夏唯至说完就发现自己身上的衣服都被扒光了。

她本能地双手抱胸，遮住关键部位，然后怒瞪着宫少廷。

"你自己脱的，不关我的事。给我好好在里面待着，待一晚上药性会自动解除。"宫少廷说完直接起身，准备出去。

"别走啊！"夏唯至几乎整个人趴上来抱住他的腿。

她想起来了，在薄家的时候，她差点被陌生男人给玷污。

"我记得是薄源佑救了我，我怎么跑你这儿来了？"夏唯至明明记得是薄源佑抱起她的。

"很失望，嗯？"宫少廷俯身，冷冷地盯着她。

每次他"嗯"的时候，她都会毛骨悚然。

"也不是啊……他那时候救了我，我特别感激……宫少廷，我不是很热了，你能不能把我拉上来？有点冷。"夏唯至恳求他。

"把你拉上来，你会继续发骚！只有一直在冰水里，才能降温，让你保持清醒，懂？"

"我以为被人下了药，没男人会死呢，怎么跟我看的电视不一样？"

"你是中了春药，不是中毒，你个白痴！今晚就在冷水里泡着，明早出来就没事了！"竟然有人敢动他的人，他是有必要去查个清楚。

那晚的两个大汉很快被宫少廷抓住了，直接被扭送警局，一点都没客气。不过，送进去之前，听说宫少廷私自动了刑，直接没收了他们的"作案工具"。

夏唯至还听说有人幕后指使，指使的人居然是任一茹。

她真心不知道宫少廷他们是怎么查的，任一茹怎么都没有作案动机啊！

宫少廷却本着宁可错杀也不放过的理念，还准备把任一茹扭送到警局去。

"一茹她怀孕了，怀了我的孩子。"宫家门口，薄源佑主动上门，和夏唯至说。

本来夏唯至一大早见到男神就开心，然而听到他的话，她整个人愣在那里，努力扯着嘴角想扯出点笑容，可实在扯不出来。

"那晚你的事肯定和她无关，她的心思没那么恶毒。如果幕后有主使，一定不是任一茹！"

夏唯至还在想着薄源佑那句话：任一茹怀孕了？怀了她男神的孩子？

她想说"恭喜啊"，却说不出来。

毕业典礼那天，她跟他们说早生贵子，没想到真实现了。

"一茹只是替罪羊而已。我希望这件事就这样过去，别再查下去了。夏唯至，那晚我也算救了你，就当感谢我，放过一茹和我的孩子。"

男神都说到这个份上了，夏唯至还能再说什么呢？

"我会和我老公说的。"夏唯至特意强调了她的老公。

"我老公"？听到这个词，薄源佑突然觉得有些讽刺："好的，谢谢。"

"不谢。"夏唯至转身走回宫家，感觉心里好像流着血一样。痛吗？好像她也不知道。总之，知道任一茹怀了薄源佑的孩子，她心里很堵。

那晚有惊无险，她该庆幸。

不过，那晚宫少廷居然那么正人君子，夏唯至倒是有些意外。

宫少廷站在客厅门口看着她，他当然知道她心尖上的人来了。

"找你求情？"宫少廷看着夏唯至走过来，问。

"是啊。说是任一茹怀了他的孩子，还说他那晚也救了我，我还是要表示一下感激的。这件事就这么过了，别再追查了，好吗？"夏唯至问他。

"如你所愿。"宫少廷随口就答应了。

夏唯至笑了起来，说："谢谢。"

"跟我不用客气，你是我夫人，都是我应该做的。"

夏唯至看着他，心里有种异样的感觉：这个男人看着好像没那么讨厌了。

荷兰奥旨亲王来国内了，这次是私人原因——他是洛家千金洛米的亲舅舅。洛家和宫家是世交，所以宫家两位少爷，大少爷宫达和二少爷宫少廷都需要作陪。

宫少廷实在不喜欢陪这位亲王，感觉特别浪费自己的时间，可是亲王指名要他作陪。

洛家千金洛米自然趁机出来找宫少廷。

万斯商场里面，宫达和亲王等人走在前面，宫达详细介绍了商场的运作体系、营业状况。

宫少廷和洛米走在后面。

洛米抱着宫少廷的手臂，很开心的样子："廷哥哥，我最喜欢来万斯的奢侈品商场！每次有新款，都是万斯的专柜最早到！"

宫少廷嗯了一声，面无表情地走着。他一点都没兴趣陪这个亲王逛商场，可老爷子一再交代。

宫家两位少爷出现，商场里一些工作人员认了出来，很是激动。

女店员望着宫少廷和宫达，两眼放光。

"金发那个是二少爷！黑发那个是大少爷！对，大少爷有型，可是二少好帅呀！"

"哇！真的真的！传说中就很帅，没想到本人那么帅！那些男明星都不能比！那个女的不会是二少爷的女朋友吧？"

"肯定啊，不然不可能挽着手。他女朋友也好漂亮！两个人好配呀！羡慕死了！她上辈子是拯救了地球吗，这么好命！"

女店员们都激动地抱在一块，又羡慕又嫉妒。

走在前面的大少爷宫达看了宫少廷一眼。他那副兴味索然的样子，想必亲王也看见了吧。

宫少廷最不喜欢参加宴会，或是陪他没兴趣的人。

洛米听到店员的话，内心是掩不住的欢喜，下意识地往宫少廷身边靠了靠。

商场的开放式甜品店里。

夏唯至叫了一大碗冰沙，默默地低头吃着，完全一副"生人勿近，不要打扰老子吃东西"的模样。

找工作一点都不顺利，暂时还得在健身房做陪练。这倒不是事，问题是任一茹怀孕了。想起来怎么那么不痛快呢！

夏唯至的好友杭宝蓓也在，她看了一眼旁边的女人。还真是每次心情不好就跑来这家甜品店吃上一大碗冰沙，然后吃到肚子痛死，半夜起来吃胃药。

"上次宫家二少把你从精英聚会带走，到底是什么情况啊？你老实交代，你在勾引宫二少吗？"杭宝蓓激动地问。

"没勾引。"夏唯至叹息着说。

"怎么可能？你要没勾引他，你在泳池那么卖力地演溺水干吗？"

"谁演溺水了！我是真溺水！"

"你溺水不就是为了吸引宫二少注意吗？哎呀唯唯，你就承认吧！多大点事！宫二少，整个祁城的女人都对他虎视眈眈呢，不丢人！"

还真是说曹操曹操到。

商场里动静那么大，杭宝蓓当然也发现了，抬头看到一大队人马走过来，中间还站着个中年老外。

杭宝蓓一眼就看到了人群中最闪耀的两颗星——一个金发男子俊朗挺拔，一个黑发男子俊逸非凡，几乎一样的身高，站在一块，不分高下，让人不自觉地就把目光投了过去。还有一大群女的激动地追着在偷偷拍照片。这简直是大明星出场的待遇啊。

"宫少廷！"杭宝蓓下意识地喊。

夏唯至完全沉浸在自己的世界里，外面的吵闹声她压根没听见。

洛米也爱吃这家的甜品，路过这里时，她立马拉住宫少廷说："廷哥哥，我想吃甜品，就是这家的！超级好吃呢！"

宫少廷还没说话，大少爷宫达就说："洛小姐喜欢吃，我这就让人去买。"

"我不要！我要廷哥哥陪我去买！廷哥哥，好不好？"洛米抱着宫少廷的手臂，撒娇地问。

亲王看到自己外甥女嘴馋，慈爱地笑着说："洛米和少廷陪了我这老头子一天也累了，不如少廷陪她去吃点东西，这边就让宫达陪着我。"

"二弟，既然洛小姐累了，你就陪陪她，亲王这边我会招待好的。"宫达似笑非笑地说。

宫少廷才懒得陪亲王："好，那就麻烦大哥了。"

洛米开心地抱着宫少廷的手臂跟上，一边回头跟亲王招手："舅舅，那我们不陪你了！拜拜！"

"去吧，好好玩。"亲王哪里会看不出洛米那点小心思。

不过很明显，落花有意，流水无情，宫少廷对洛米半点兴趣都没有。

宫达继续陪着亲王，眼角瞥到甜品店里一个正对着这边吃冰沙的女人。那女人明眸皓齿，一头青丝散落，脸上没有化妆，脸却白净如凝脂，一双眼睛漆黑清澈，看着很是舒服。

不过这个女的，他还真认识。

宫少廷的夫人长什么样，他虽然没见过本人，又怎会不知道她长什么样？毕竟宫少廷的一举一动，他都非常关注。

"亲王殿下，听说那家甜品店确实不错，您也逛累了，不如我们也进去吃一点东西。"宫达突然建议说。

洛米和宫少廷就是往那边去的，既然宫达提出来了，奥旨亲王点头说："也好。"

这边夏唯至已经把大半碗冰沙吃下去了，整个胃都抽得有些难受。

"宫少廷啊！"杭宝蓓抓着她的胳膊使劲喊。

"廷哥哥，你要吃什么，给你点一杯芒果西米好吗？"洛米看着菜单问。

宫少廷对于吃这些东西一点兴趣都没有。

"不吃！"宫少廷不耐烦地回道，吓得洛米整个人呆了一下。

不仅仅是洛米，夏唯至也被吓得丢了手里的汤匙。

她幻听了吗？怎么可能在甜品店里听到她老公宫少廷的声音呢？

夏唯至看过去，第一眼看到的是洛米。

洛米怎么在这儿？

还有宫少廷！

"哇！真是郎才女貌！你看那美女和宫二少多般配！"杭宝蓓啧啧赞叹着。

"配什么！猪跟狗一点都不配！"夏唯至说。

杭宝蓓愣住："谁猪谁狗啊！人家金童玉女！"

"金童个屁！"夏唯至骂完也觉得自己好无聊，她抓了包挡住脸，准备默默地离开。

洛米和宫少廷的绯闻她听了不少，何况洛米还是她健身房的客户，洛米要是知道和宫少廷结婚的是她，赶明儿她能被揍死在健身房！

门口。

宫达看着夏唯至躲在杭宝蓓身后慢慢往外走，他大步走上前，状似无意走到夏唯至面前。

夏唯至是背对着门口，猛然撞到宫达身上，她下意识地"啊"了一声。

宫达一个侧身避开，夏唯至身子趔趄了一下，差点摔倒，宫达又上前，伸手扶住她的手臂。

"小姐，你没事吧？"宫达低头，笑着问。

宫少廷听到动静，扭头就看到自己大哥扶着夏唯至。他皱起眉，大步上前，直接把夏唯至拉过来。

"你怎么在这儿？"宫少廷质问道。

洛米不知道发生了什么，也走出来。

夏唯至立马拿包挡住脸："我，我来吃甜品！你放开我，我要走了！"

宫少廷哪里肯放。

宫达笑着问："二弟，这位小姐你认识？"

"不认识啊！我们不认识！"夏唯至说着，眼看着洛米走出来，脆生生喊了一句"廷哥哥"。

"哎呀你放开我！快放开啊！"夏唯至急了，抓着宫少廷的手臂就咬了一口。

宫少廷吃痛，本能地甩开她的手。

夏唯至趔趄了一下，没站稳，却还是跟跟跄跄地跑走了。

杭宝蓓不明白什么情况，自然也跟着跑。

"这丫头竟然敢咬你！二弟，我这就让人把她抓回来！简直好大的胆子！"宫达气愤地说，准备让人把夏唯至抓回来。

堂堂宫家二少爷，多少女人为了爬他的床不择手段，哪怕是眼前的洛家千金也不例外，怎么这女人跟被狗咬过似的？！

宫少廷越想越气。

"不必！我自己的事，不劳大哥你费心！"宫少廷看了一眼手臂，心里越发不痛快，丢下洛米和亲王直接跟了出去。

"廷哥哥！"洛米被丢下，很委屈地喊。

亲王也很不高兴，这宫少廷怎么这么没礼貌？

宫达唇边划过一抹阴冷的笑，转身看向夏唯至跑开的方向。

他一直都不明白宫少廷为什么突然要娶尹家小姐。不过，不管宫少廷跟那位小姐怎么认识的，很明显，这位宫家二少奶奶对宫少廷而言很不一般。

夏唯至走出商场。

杭宝蓓实在不明白："甜品都没吃完，你到底跑什么？老实说，你是不是躲着宫家二少爷？你们俩肯定有问题！"

杭宝蓓刚说完，就感觉一道人影飞过，紧接着她就看到旁边的夏唯至被人扛了起来。

"天哪！"杭宝蓓吓了一跳，就看到那个帅气的宫二少直接把夏唯至一手抱起扛到肩膀上。

"宫少廷！"夏唯至突然被抱起来，整个人悬空，也吓了一跳。

宫少廷扛着夏唯至，大步流星地上了车，把她丢进副驾驶座。

车子飞驰出去。

宫少廷受不了了："夏唯至，给我理由！为什么每次见到我你都非要躲着我？那么怕别人知道我们的关系？"

她不是躲他，是躲别人。

"我当时冰沙吃多了，肚子痛，我准备跑厕所拉肚子去，只是来不及跟你说一声。毕竟当场那么多人，我说我拉屎去了，说出来多难听啊，不是给你丢脸吗？"夏唯至说得头头是道。

"看来你那屎很急，都急得咬人了！我耽误你拉屎了，要不回商场陪你去厕所拉屎？"

"不用不用，现在又不想拉了呢……"她情急之下咬他，只是不想被洛米看见自己而已。

显然夏唯至的这个理由一点都站不住脚，而且快被宫少廷嫌弃死了。

他已经认定了她看见他就躲，生怕别人知道他们俩的关系。

回家的路上，宫少廷的脸色阴郁得可怕，他一路无话，周身的气息就像凝固了一般，完全是一副生人勿近的模样。

屋子的两边种着枇杷树。

夏唯至很关切地问了一句："那个……你要吃枇杷吗？"夏唯至跳起来摘了几个枇杷下来，伸手递给宫少廷。

宫少廷的脚步顿了一下，用看白痴一样的眼神看着她。他很快收回视线，大步走进房间，理都懒得理她。

好尴尬啊！

夏唯至看着手里的枇杷，剥了一个吃，怎么吃都觉得没味。

宫少廷这副样子，她都不敢进去了。

"进来！"里面传来一道声音。

夏唯至立马把枇杷吞了，犹豫了半天，还是进去了。

在甜品店，她咬了他一口，他不是又要报仇吧？

客厅里，宫少廷坐在沙发上，双腿放在茶几上，双手横放在沙发沿上，面无表情，可是眼神冰凉冰凉的，像是有一支支冰锥子往夏唯至身上射过去，让她浑身哪哪都不舒服。

"这枇杷味道还不错哦，你真不吃吗？"夏唯至手里还抓着几个枇杷。

宫少廷看她的眼神已经不是看白痴，而是看智障了。

她也觉得自己智障，可不然要怎么样呢？她把他咬了，他肯定又生气了，他的皮那么矜贵呢。

"既然你觉得味道不错，好，我给你个任务——把树上的枇杷全吃了！"

"好说好说，我这个月肯定能吃完。"

"不是这个月，是今晚。今天晚上把树上的枇杷全吃了，不吃完不准睡觉！"宫少廷望着她，脸上带着阴森的冷笑。

夏唯至睁大眼睛。啥？什么？What？Excuse me？

"你跟我开玩笑吧！那些枇杷一个月也吃不完，你让我一个晚上全吃完！等我吃完，我都成枇杷了！"夏唯至喊。

"那就成枇杷好了。到时候我把你种在院子里，还能长成枇杷树。"

夏唯至："……"

感觉宫少廷不是开玩笑啊！不就是咬了他一口，要不要报仇报得这么狠啊！

夏唯至说："甜品店的事，我道歉行不行？我咬你，我不对！我错了！我下次再也不敢了！"

夏唯至道完歉，却发现眼前这个男人的气场越发不对，她都感觉自己看到他身后有一个黑色的魔鬼飞出来了。

"夏唯至，你以为我在生气什么？"

"我咬你啊。"

宫少廷懒得跟这个女人废话。

"滚出去！把枇杷给我吃干净，吃不完不准进房间！"宫少廷猛然站起身，声音里带着暴怒，浑身的气息冷冷的。

夏唯至还不爽呢。她每天伺候这个少爷很累的，白天累，晚上也累。要不是因为母亲的医药费，她也不想在这看他指手画脚的。

这里不是她的房子，也不是她的家，他说让她滚，她就应该滚。

当初在尹家也是如此，大妈和二姐一不高兴就让她滚出去。等她赚了钱，赚了很多很多钱，她把医药费全部还给他，然后理直气壮地提出来跟他离婚。

不就是吃枇杷吗，她爱吃！

夏唯至转身就出去了，搬了梯子，爬上去，坐在梯子上边摘边吃。

卓尔一回来就看到夏唯至坐在梯子上吃枇杷，他还特意过去扶了一把："少奶奶，这么晚了还在吃枇杷。您要是喜欢吃，我明天让人再买一筐回来。"

夏唯至："……"

她已经快吃到吐了，再买一筐回来，她这辈子都要对枇杷免疫了！

夏唯至见是卓尔，希望有人帮她分享："你要不要？帮你摘几个？"

卓尔还没说话，丁婶看到他，立马把他叫了过去。

丁婶在卓尔耳边说了什么，卓尔睁大眼睛，吓了一跳。幸好他没接少奶奶的枇杷，不然少爷准罚他一块儿吃！

这左右两边的枇杷树，得吃上个把月啊！

卓尔说："主子这次的惩罚很奇怪啊！怎么是罚少奶奶吃东西？少奶奶这么吃下去，会撑死吧！"

丁婶说："其实少奶奶说几句软话求求少爷就没事了，少爷也实在不舍得用别的方法惩罚她。"

卓尔不明白："少奶奶是做错什么事了吗？好像也没做错什么。不对，在商场咬了少爷一口，这的确罪大恶极！少爷那么金贵，怎么能被咬破皮！"

夏唯至坐在梯子上，枇杷树下，仰望着星空。

星星怎么那么少？本来可以一边吃一边数星星的。手机没电了，真无聊！那个宫少廷更无聊，竟然罚她吃枇杷！这是惩罚吗？这是奖励！

知不知道她以前连口饭都吃不上，更别说奢侈地吃水果了。

一道挺拔的身影从房间里走出到阳台上。

他手里拿着一杯热水，蒸腾的白色气体在他脸上氤氲开来，让他的表情看不分明。他自然看到了梯子上的女人。

还真是一刻不停地吃枇杷，看样子还吃得很是欢快。

这个死女人，他竟然没动手去掐死她，那就吃死算了！

外面太冷了，夏唯至摘了一大筐枇杷拖到客厅里，一边吃枇杷一边玩手机。

肚子已经撑爆了，早知道要吃这么多枇杷，她就一整天不吃东西了。

下午还吃了那么多冰沙，胃都要抽了。

叮咚。手机QQ窗口跳出来，是杭宝蓓。

大宝蓓家的宝宝：女神，漫漫长夜知道你无聊，给你发个好看的！

唯我独尊草男神：什么？

大宝蓓家的宝宝：你喜欢的！新来的货，从兄弟们手里拿来的！我发你！

一份视频文件发了过来。

夏唯至点了接收，立马下载成功。这网速很快啊！

点开视频文件，夏唯至顺手又拿了个枇杷吃。

"嗯嗯！啊！啊！不要……啊！要……"

夏唯至听到声音秒懂——动作片。

叮咚。QQ窗口又跳出来。

大宝蓓家的宝宝：女神，怎么样？这两个男的身材很不错吧？虽然不能跟宫二少比，但这是我看过的长得最好、身材也最好的了！你和二少一块看哈！加油，女神！

夏唯至怎么可能不成为她杭宝蓓的女神，竟然和宫家二少有一腿，而且在大街上被二少公然抱走，她的少女心啊，要炸裂了！

夏唯至简直无语，准备关掉手机。

"你在看什么？"头顶突然传来一道声音，很沉很闷、有点沙哑、有点怒的声音。

夏唯至立刻反应过来，啪的一下将手机翻过来，让屏幕贴着桌面，这样就完全看不到画面了。

然而那声音还在……

夏唯至感觉脸上挂不住了。她回头看到宫少廷穿着黑色睡袍，睡袍是丝质的，贴着他的身体，肌理分明，把那饱满的胸肌还有那有力的腹肌都勾勒得异常魅惑。

夏唯至想拿过手机关掉视频，明明她离手机近，可是某人手长，随便一伸手就把她的手机拿走了。

然后她看到宫少廷盯着视频看了半晌。

视频里女人的声音还在持续传来。

"那个，你听我解释！其实我……"不是我特意打开的，是有人发给我的！

"你的口味比我想的还要重。"宫少廷盯着她说。

"……"

不是这样的啊！

夏唯至感觉自己的形象在宫少廷心里可能已经崩塌得一塌糊涂了。

首先，她不是处女；其次，她还看片子，还被他逮个正着……

什么叫欲哭无泪？就是她这样的。

宫少廷回到房间，想起刚才夏唯至的表情，唇边忍不住扬起笑，最终扑哧一声笑了出来。

他不得不承认这个女人真的很可爱，连白天她躲着自己他都没那么生气了。

是啊，这个女人就是能这么轻易让他消气，让他不忍心再责备她。

宫少廷打开抽屉，里面有一块晶亮的胸牌。那是学生证，上面写着"夏唯至"。就是那晚他被人追杀，不小心着了道，中了麻醉枪，刚好在小巷里碰到了夏唯至，他抓了她当掩护躲过一劫。

等他要走的时候，她却拉着他死活不肯放。他原本是不可能随便碰大街上捡来的女人，可是这女人的身上浓郁的少女气息竟让他有些贪恋，没有一点香水味也没有脂粉气，她就像一朵野蔷薇，清香纯净，让人忍不住想要采摘。

不过，说她野是真野，一遍遍喊着："老子今晚要睡男神！"

从他懂事开始，身边多少女人巴巴地贴上来，每一个都是用尽各种手段，下药的装醉的数不胜数，而夏唯至是真醉，醉得一塌糊涂，嘴里念着的都是别的男人。

也许是男人的自尊心作祟，他哪里能容忍一个女人抱着他却喊别人的名字。

本以为他们之间就这么结束了，没想到老头子逼婚，他没人可以选，刚好选了这个他唯一碰过的女人。

娶回家当个摆设也好。

不过显然，当摆设完全满足不了他，他要的是她的整颗心、整个人。

夏唯至，老子也要睡你，一辈子！

夏唯至窝在沙发里睡着了，第二天醒来都是被冻醒的。不过她发现身上盖着一块厚厚的毛毯，手里还拿着一个没吃完的枇杷。

夏唯至坐起身，打着哈欠，揉着眼睛，却看到餐桌前坐着她老公。

宫少廷吃着早餐，身边站着一个女人，似乎在给他汇报工作。

那女人时不时地看夏唯至，似乎很诧异她的存在。

那女人就是宫少廷的秘书，叫贝拉。

贝拉手里拿着平板电脑说："总裁，早上来的消息，苏城的地已经被大少爷拍下来，他即将在苏城建立一个新的万斯商业中心，这次融资额已超过300亿，股东们都非常看好这个项目。之前苏城的地一直没有批下来，这一次听说是有奥旨亲王的帮助，苏城政府才答应转让土地使用权。"

宫少廷唇边隐隐带着一丝轻蔑，亲王昨天才来，宫达陪了亲王一天，亲王立马把一块土地使用权给他抢了过来，看来这奥旨亲王的确是个大靠山。

夏唯至也听到了，奥旨亲王？她知道，宫少廷说了，是洛米的舅舅。

贝拉又说："总裁，因为这件事，有股东提议把您手下靠近苏城的石油产业交给大少爷打理，还说只有在大少爷手里，石油产业才会得到更好的发展。"

宫少廷脸上依旧没有表情，看不出喜怒。

夏唯至感觉，大清早听到这些消息，宫少廷会很不爽吧。

"醒了就过来吃早饭。"宫少廷却突然看着夏唯至说。

"哦。"夏唯至走过去，坐到他对面。

贝拉一直在看她，很是好奇的样子。

夏唯至对她笑了笑，贝拉也立马笑着点头，毕竟能出现在宫家的女人，必定不是普通身份。

宫少廷吃着早饭，跟秘书说："你接着说。"

贝拉立马接着汇报工作。

夏唯至吃完早饭就去楼上洗漱换衣服，换了衣服出来，手里还抱着一大摞脏衣服。她欠宫少廷那么多钱，要连本带息地还，而且这人还在生气中吧，虽然不知道他气什么，但她乖一点总是好的。

夏唯至把衣服丢进洗衣机，然后拿了拖把出来拖地。

秘书贝拉一边汇报工作一边看着夏唯至，原来是女佣。

夏唯至见他们不说话了，插嘴问："宫少廷，你早饭吃完了吗？吃完我就收盘子了。"

你？

贝拉诧异地看夏唯至。敢对总裁直呼大名，还敢不用敬称，这女人不是找死吗？

贝拉以为总裁大人会生气，结果宫少廷问她："你在做什么？"

"收盘子啊。"

"你觉得你干这种活合适？你把丁婶的活干了，让她干什么？"宫少廷反问她。

"丁婶今天好像不在啊。"

"她请了病假。"

"那刚好合适。我帮她把活干完了，丁婶就可以好好养病了。"所以她干这些活完全没毛病。

她当然得好好伺候他，别让他一不高兴就把母亲的医药费给撤了。

她伺候了尹家母女这么多年，完全有经验。

宫少廷看着夏唯至利落地收着盘子，皱眉，突然站起身，拉住夏唯至的手。

秘书贝拉又惊恐地睁大眼睛。

总裁竟然会拉女人的手吗？

宫少廷命令贝拉："你把桌子处理了。"

"是，总裁。"贝拉立马放下电脑，一边收拾桌子，一边小心地偷看总裁拉着那女人坐到沙发上去。

夏唯至一脸的莫名其妙："你让我把活干完，我干到一半心里难受。"

"你是处女座，有强迫症？谁允许你干这些活了？"宫少廷冷声说。

"不用允许，我在家里干点活很正常的呀。"

"以后不准干这些活，听到没有？"

"你不生我的气了？"

不是还罚她吃枇杷来着？不过感觉早上他的脸色还不错。

秘书贝拉从厨房出来，小声说："总裁，我先回公司了。"

宫少廷起身，跟贝拉说："一起。"

"你昨晚在沙发上肯定没睡好，今天就在家里休息吧。"宫少廷说，"桌子上有胃药，按疗程吃。"

他看到她昨晚睡在沙发上，捂着肚子一直喊胃疼。

夏唯至很是意外，他怎么知道她的胃不舒服？

贝拉就更加意外了，她从没见总裁对哪个女的这么好过。总裁身边想贴上来的女人太多，可是她家总裁连正眼都不看人家，是连正眼都不看。

唯一亲近一点的，恐怕就只有洛家千金洛米了。

眼前这女人到底是什么身份？用人？似乎不像。总裁的情人吗？可是她干着下人的活。

贝拉直到走出门都还在扭头看夏唯至。

夏唯至冲着她粲然一笑，贝拉立马笑着对她点头。

夏唯至摸不清宫少廷什么时候会生气，什么时候不会生气，不过自从结婚以来，有宫少廷给她撑腰，她的腰板直了不少。加上他安顿好了母亲，她是真心感激他，还准备做点实际的好好感谢他。

她二姐因为宫少廷好男色，死活让她代嫁过来了，她也不相信自己的魅力有那么大，短短的日子里能改变宫少廷的性取向，她唯一能确定的是，宫少廷喜欢的绝对是男人——她二姐尹翎叶哭着喊着不肯嫁，这个宫少廷怎么可能是正常性取向？

她是很知趣的人，认清了自己的位置，知道要连本带息地还人情。

"小姐，您要本店最好的，已经全部给您带来啦！您看看，你要哪位少爷？"祁城最有名的名古屋夜店里，经理带着十几个年轻男子进了包厢。

夏唯至看到面前站着十几个男子，胖的，瘦的，高的，矮的，杀马特的，校草款的、大叔型的，肌肉爆发型的，简直什么款式都有。

经理喊这些牛郎叫少爷，喊得也是真心好听。

杭宝蓓有一点说对了，她还真是校草控，她唯一的一任男友费明泽也是校草，因此当然是要校草了。

夏唯至盯着校草款看了许久，经理很懂眼色，立马明白了，直接把其他人都叫了出去，就剩下了校草款。

经理走出去时还在嘀咕："这年头真是越发开放了！以往来的不是年纪大的富婆就是年纪大的男人，没想到这么年轻的小姑娘也来了！"

包厢里，夏唯至上下打量他："你叫什么名字？"

"我叫幻。"校草很害羞的样子。

"幻，你出来多久了？"

"两年了。小姐，我是这里的头牌，您放心，我一定让您满意！"

"就你了，跟我走吧。"

破天荒的，宫少廷工作的时候私人电话响了，竟然还是夏唯至的电话。

当时，总裁秘书贝拉和几个高层管理人员正在汇报工作。

因为正讲到关键处，汇报工作的高层也不敢停，宫少廷看着手机，抬手示意身边的人噤声。

大家都有些愕然。

谁的电话，总裁竟然在工作时间接？肯定是显赫人物，或者是董事长的电话吧。

夏唯至在电话里问："你今天什么时候回来？"

"你？我是谁？"宫少廷对她这么没感情的称呼很不满意。

"宫少廷……"

"是你的谁？"宫少廷又问。

"老公……"夏唯至无语。

她是第一次打电话给他，印象中更是第一次跟他通电话。电话号码宫少廷送她这个手机的时候就有。

"重新问第一个问题。"宫少廷说。

"……"夏唯至感觉自己像是跟个智障在通电话。

深吸口气，夏唯至问："老公，你今天什么时候回来？"

"嗯，以后就这么问，明白了？"这女人还真是一点就通。

"我明白了！"夏唯至咬牙切齿，脸都垮了。

宫少廷能想象到夏唯至此刻的表情，很是满意："我工作结束就会回去，大概六点。"

宫少廷看了一眼手表，预估了下班时间。

秘书贝拉立马小声说："总裁，季董约了您下班后见面，时间是六点半。"

宫少廷拿开电话说："让他改天，今天没空。"

"可是季董已经等了一天了。"

"我的话说得不够明白？"宫少廷冷冷地质问。

贝拉立马躬身点头："明白了，总裁！"

宫少廷拿过电话又跟夏唯至说："六点，你在家等我。"

"好嘞！"夏唯至开心地挂了电话。

在场的员工面面相觑。总裁说的是在家等我，这打电话的人到底是谁？工作时间，总裁非常忌讳被打扰，而且以往总裁都会关机，从什么时候开始，总裁的私人电话在工作时间已经不关机了？特别是那么重视工作的总裁竟然推了董事会大股东季董的约！

这群人里面就贝拉心里跟明镜似的，大概是家里那个女的吧。

真不知道那女人跟总裁到底什么关系。总裁身边可是从没出现过走得近的女人，特别是家里。

原本应该两小时结束的会议半小时就结束了，汇报工作的高层连口水都不敢喝，把所有内容一次性汇报了个干净。

"散会。"宫少廷一看时间，站起身，准备出去。

在场所有人都松了口气。

今天大家都跟打了鸡血似的，半刻不敢停，一句废话也不敢有。

所有人起身送总裁大人出去，然后纷纷猜测打电话的是谁。

"是个男的吧，总裁不是不近女色吗？"

"女的吧。总裁只是不近女色，不是性取向有问题！昨天还有人看到总裁跟一个漂亮女人手挽手出现在万斯商场。"

"不懂了吧，漂亮女人就是洛米小姐，洛家千金，荷兰奥旨亲王的外甥女。"

"既然洛米小姐跟总裁关系那么好，为什么亲王还帮着大少爷拿了苏城的地皮？难道根本不是洛米小姐，还有别人？可是，还有谁配得上我们总裁呢？"

宫少廷实在是万众瞩目，一举一动，哪怕随便一个电话，都能被拿来谈上个把月。

走出公司，宫少廷显得心情很好的样子。

虽然前阵子被那女人气得不轻，可她竟然主动打电话来，还问他什么时候回家。莫非那女人给他准备了什么惊喜？

"廷哥哥！"突然蹦出一个人。

宫少廷才刚上车，车门就被人抱住。

宫少廷看到洛米，皱眉："做什么？"

"你那天突然生气地走了，我也不知道你为什么生气，可是我心里很难过。是不是我做错了什么，惹得你不高兴了？"在甜品店，他突然丢下她就走。

"没有。"宫少廷冷冷地说，"我还有事，把门关上。"

"廷哥哥，我在你公司楼下等了你一下午了。你太忙，我不敢打扰你。好不容易等到你下班了，我想和你一块吃晚饭！昨天肯定是我哪里做得不对，我想道歉，可以吗？"洛米望着她，眼睛里含着泪水，一副快流出来的模样，任何男人看了恐怕都会动容。

卓尔坐在驾驶座，看到洛米的样子，都不忍心了，时刻准备着给车子熄火。

宫少廷看了一眼时间说："洛米，昨天你没有任何不对，是我的问题。改天我陪你吃饭，算是我道歉。关门。"

洛米哪里舍得关门，她都等一天了。

"既然不是我的问题，那廷哥哥就今天陪我吃饭吧，好不好？"洛米眼泪都在眼睛里打转了。

"今天没空。"

"那明天呢？"

"明天也没空。"

洛米眼眶通红，眼看着要掉下眼泪，"廷哥哥，一定是我哪里做错了！你告诉我，我一定改，好吗？"

"不用改。"宫少廷砰的一声关上门，"开车！"

"廷哥哥！廷哥哥！"

卓尔下意识地踩了油门，车子很快开动了。

洛米整个人崩溃了一般，跟着车子跑起来。

后视镜里，卓尔真是看得不忍心："少爷，洛米小姐在后面追着，我们要不要等一等她？她一直在哭。"

宫少廷一直在看时间，哪有空看后视镜："跟了我那么多年，你还是个蠢货！"

卓尔哪里还敢说话。

他是真不明白洛米小姐哪里不好，说话的时候总是轻声细语，又像小公主一样嗲嗲的，那声音，任何一个男人听了都会觉得很酥；那眼泪，谁看了都会心疼，想要保护。那么柔弱的女孩子，哪里舍得欺负她，让她受委屈。

少爷的心思真是琢磨不透啊！明明少奶奶也是个女的，怎么少爷对少奶奶就不太一样呢？

不过，洛米小姐和少奶奶的性格差太多了：一个是惹人怜爱的公主，另一个内心住着一个汉子。果然，少爷还是比较喜欢男人。

洛米一路追一路追，追到摔倒了，路人看见都忍不住想去扶一把。

趴在地上，洛米抽泣着："我到底哪里做错了？为什么你一点都不喜欢我，从来不肯看我一眼？我哪里比不上尹家那个贱人？"

卓尔从后视镜看得越发心疼，而他家主子看都没看一眼。

卓尔冒着被打死的风险说："少爷，洛米小姐好像摔倒了！"

宫少廷这才抬头看了一下后视镜。

洛米摔倒了又爬起来，跌跌撞撞又跑了起来。

卓尔忍不住放慢了车速。

"继续往前开！你家少奶奶还在家里等着！"宫少廷不耐烦地说。

卓尔只好继续踩油门。

他都能从后视镜看到洛米崩溃绝望的样子。

洛米一直对他家少爷一往情深，他们谁都知道，少爷对她却一直冷冷淡淡。当初洛米给少爷下了药，剥光了衣服站在他面前，少爷直接把她丢了出去。从那之后，少爷就不准洛米来家里，除非有充足的理由。

车子停在家门口。

卓尔打开车门说："少爷，洛米小姐……"

宫少廷冰冷的眸子扫过他。

卓尔立马闭嘴。

宫少廷说："你那么心疼她，你娶她。"

"不不！属下不敢！只是怕亲王心疼洛米小姐，到时候惹怒了亲王，对主子您一点好处都没有。"卓尔担心地说。

宫少廷哼了一声："我什么时候需要看他亲王的脸色！我去接他，陪他逛一天，那是看在老爷子的面子上。"

"可是大少爷那边……"

"给我闭嘴！"

"老公。"夏唯至听到宫少廷的声音，走到阳台上，对着他打招呼。

宫少廷的脸几乎瞬间阴转晴，他望着阳台上的身影，唇角无意识地勾了起来。这个女人今天玩什么，竟然主动问他几点回家，还早早在家里等着。

以往都是他回来了，她还在外面野。

卓尔看到自家主子脸色的变化，再看看阳台，原来是少奶奶。

怎么主子看到洛米就一副生人勿近的模样，看到少奶奶脸色却那么温和？他不明白。他一直觉得主子连洛米小姐都看不上，那肯定是不喜欢女人的。

宫少廷大步往里面走去。

夏唯至也跑了出来，对着宫少廷浅笑着，一偏头："老公，你回来啦！"她挽住他的手，还问他："你累不？"

宫少廷低头看着身边的女人。这女人怎么突然开窍了，知道来讨好他？

宫少廷掐住她的脸："你发什么神经？"

这人会不会说话！

夏唯至还是笑得灿烂："你饿了吗？我给你准备了晚饭。"

"你还会做饭？"

"当然了。我怎么可能不会做！丁姗不是请了病假吗？我就直接做了。"

夏唯至跑进厨房，端了四菜一汤出来。

宫少廷坐在餐桌前看着她忙进忙出的，心里有些温暖。他本以为他是不可能娶妻生子的，对女人，对感情，他一点兴趣都没。

他有个叔叔就是为了一个女人放弃了宫家庞大的家业以及无法估量的大好前程，因此被老爷子赶出了宫家，并被从族谱上剔除了，可叔叔还是执意跟那女人在一块儿。

他从小就觉得女人是祸水，感情是毒药，所以对女人，他都不想看一眼。

夏唯至给他盛了一碗汤："我不知道你的口味怎样，这个玉米排骨汤你先尝尝看。我大妈和二姐都很喜欢吃。"

宫少廷无意间瞥见她的手上有不少茧子，虽然因为年轻，皮肤很好，可那些茧子和细纹特别明显。

显然是手常年泡在水中一直干家务活的缘故。

夏唯至刚想收回手，宫少廷却猛然抓住她的手腕。

夏唯至愣了一下，抬头看他："你不喜欢吃吗？不喜欢放着好了，我自己吃。"

他看着她，沉默了一会儿，心里像是被扎了一下，有些疼。

他看着洛米追在他车子后，跌倒了在那儿哭都没感觉，单单看着她这双手，他却心疼了。

"我没吃，怎么知道喜不喜欢？你喂我！"他看着她，命令道。

夏唯至在内心翻白眼。这人还真让她伺候他，连这种小事都要伺候。

也无所谓，在尹家的时候，她伺候尹家母女更是各种细节都要伺候到位。

洗衣服，洗碗，扫地，烧饭，给她们洗脚，放洗澡水……总之，她什么都做过。

宫少廷要求的这些，她太能接受了。

夏唯至拿着勺子喂宫少廷吃，他看着她，喝了一口。

她突然有些紧张。虽然她的厨艺练了那么多年，可宫少廷毕竟是山珍海味吃惯了的，可能不太喜欢她做的这些吧。

"还行。"他给出评价。

还行，评价已经很高了！

夏唯至咧嘴笑了起来："既然喜欢就多吃点吧，厨房里还有。"

"我没说喜欢，你做得还行。"宫少廷说。

"……"行吧，随便他怎么说吧。毕竟大少爷能吃一口她做的汤也是天大的荣幸了，她连他一口不吃的心理准备都有。

"你的碗呢？跟我一块儿吃。"宫少廷见她自己桌子前都没放碗筷。

"不用。厨房里还剩了一点，我待会儿去厨房吃就行了。你先吃，我去楼上。"她先去楼上准备准备。

宫少廷凝眉，抓住她的手腕。

夏唯至疑惑地看他。

宫少廷说："你坐下。"

他把自己的碗筷推到她面前。

"跟我一起吃。"宫少廷说。

"真的不用啊！"

"你又听不懂我的话，还是需要我再重复一遍？嗯？"宫少廷一声"嗯"总是能让夏唯至胆战心惊。

她哦了一声说："我自己去厨房拿碗筷，这是你的。"

"给我坐着，不准动！"宫少廷哼了一声，起身进了厨房。

夏唯至看着他走进去，眼珠子都快掉出来了。

门口的卓尔看见主子进了厨房，也吓得以为自己看错了。

主子特别讨厌油烟味，极其讨厌进厨房，而且主子确实也不需要进自家厨房，有什么需要的，一个眼神，丁婶和他都能明白。

更让他们掉下巴的是，宫少廷拿了一副碗筷，碗里面是装着饭的。

他把装着饭的碗给夏唯至，然后拿起她手边的碗："你吃这个。"

他装出来的饭是热的，而夏唯至手里的饭已经冷掉了。

宫少廷自己吃冷饭，给她装了热的！

夏唯至突然觉得面前的饭也变成了黄金饭。

除了母亲、弟弟和丁婶，就没人给她盛过饭，还送到她面前来！从来没有！

夏唯至低头吃着饭，突然心里不是滋味。

"怎么了？"宫少廷见她一声不吭，问。

"没什么。"夏唯至抬头，笑着回了一句，可眼里分明有泪光闪过。

宫少廷嗯了一声，给她夹菜："以后不用做饭给我吃。"

"你不喜欢吃啊？"夏唯至下意识地问。

味道是不错，但是他不想她做这些活。

宫少廷说："我不喜欢吃这种东西。"

感觉受到了一万点伤害！

夏唯至说："我欠你那么多钱，得连本带息地还，你都不让我做饭了，我还能做什么？那就给你洗衣服，以后你的衣服都由我来洗！"

"不需要。这些活丁姆会做，你做了这些，我只能辞退她。"

"别！那我不做了。那我还能干什么？"

宫少廷吃了一口饭说："暖床。"

"……"他还真是直白，一点都不委婉！

问题是，暖床的活，她都帮他找好人了，包他满意！

宫少廷说不喜欢吃她做的菜，结果把四菜一汤全吃了个干净！门口的卓尔还想喝点汤，结果这人连口汤都没给他剩。

拿毛巾擦了嘴巴，宫少廷说："一般般，以后不要做了。"

"……"一般般，他一个人吃了那么多！

这男人到底是口是心非，还是他忙了一天正好肚子饿了，夏唯至也懒得追究。

"我在房间等你，你先去洗个澡吧。"夏唯至神秘兮兮地说。

宫少廷总觉得这女人今天有点抽风。

宫少廷洗完澡敲房门时，夏唯至还在房间里指导她在夜店找来的牛郎在床上摆姿势。

"对对，手撑着脑袋！对，眼睛向上看，魅惑一点！就这样没错！等我出去了再脱衣服！待会儿有人进来，你就使出浑身解数伺候他，明白了吗？这是小皮鞭，给你。"夏唯至交代着，把皮鞭给他。

牛郎不明所以，难道他伺候的不是眼前这位小姐吗？

门已经被叩响了一会儿，外面是宫少廷有些不耐的声音："夏唯至，你把门反锁了，让我怎么进来？"

"来了！"夏唯至拿了遥控器，把门锁打开，然后转身从窗台跳了下去。

宫少廷一进来就闻到了房间里的香水味，魅惑得让人沉醉，地上还撒满了花瓣，一路铺向卧室。

宫少廷唇角勾起。这女人终于开窍了，还知道这些情趣。

"夏唯至！"宫少廷穿过房间的客厅，直接往卧室走去，脸上不禁浮现出笑容，心情越发愉快了。不枉他这么着急赶回来，这个惊喜他还是很喜欢的。

宫少廷走进房间，看向房间里唯一的大床，就看到一个全身赤裸的男人手臂撑着脑袋对着他一个劲地抛媚眼。

"原来是位先生！Hi！我是今晚服侍您的少爷……"牛郎先生感觉自己讲不下去了。根据以往的经验，他这种姿势，客人都是非常喜欢的。

牛郎又拿起皮鞭抽了一下床单："先生，我已经等您很久了！请快快来享用我吧！Mua……"说着噘起嘴巴，一个飞吻过去。

宫少廷笑着的脸完全僵硬住了，像爹了毛的狼，想把眼前的人弄死。不过他现在最想弄死的，还是那个找死的女人！

他发誓，这一次，他一定把她弄死！

"滚出去！"宫少廷一声怒吼，已经跳下楼回到客厅的夏唯至都听见了。

哎？什么情况？那个校草款的，宫少廷不喜欢吗？

卓尔看到夏唯至在客厅也没反应过来。咦，少奶奶不是在房间吗？卓尔飞奔上楼。

"少爷！"卓尔以为有杀手闯入。

夏唯至也忙跑上去。怎么回事？她可是下了血本，压箱底的钱都拿出来了，不能浪费啊！

卓尔看到房间里的男人愣了片刻，了然地准备退出。绝对不能打扰主子的好事！

"把他给我丢出去！"宫少廷碰都不想碰那牛郎，暴怒地命令卓尔。

卓尔看着床上的男人。没问题啊！身材挺好，就是看着有些娇弱，特别是因为宫少廷的发怒，那牛郎害怕得整具身子都在抖。

"是，少爷！"卓尔跑过去把牛郎给扛了起来。

"小姐！小姐！这是怎么回事？感觉要杀人了！我赚点钱也不容易，小姐！"被扛着的牛郎求救地望着上来的夏唯至。

"等一下。什么情况啊？"夏唯至让卓尔站住，然后看到宫少廷大步走出来，浑身的气息跟腊月寒冬似的冷得吓人。

夏唯至不自觉地吞了口口水："那个，你不喜欢这种类型的吗？"

卓尔也望着自家主子，这类型真的不喜欢吗？

"白痴！把他给我丢出去！"宫少廷对夏唯至怒目而视，越过她，又盯着卓尔吼。

"是！是！"卓尔哪里敢待着，立马扛着那鲜肉出去了。

夏唯至越发觉得气氛不对，整个房间都跟冰窖似的，冷得瘆人。妈呀！真的好吓人，宫少廷好像火气很大的样子。

夏唯至见形势不妙，想要跑，宫少廷一把抓住她的手臂，把她拖了进来，砰的一声重重地踢上了门，然后把夏唯至抵在门上，掐住她的下巴，手指用力到几乎要捏碎她的骨头。

"你……什么情况啊？我不是如你所愿给你找了吗？"夏唯至觉得这男人的火气让她不爽快，她可是花了很多钱的！

外面，卓尔直接把牛郎给丢了出去，也不明白是什么情况。

少奶奶好心找了人回来，怎么主子还不乐意了？

牛郎吓坏了，抓着毯子几乎都要哭出来："你们，你们搞什么？他根本不喜欢男人，你们找我干什么？有这么玩弄人的吗？吓死我了！吓死我了……呜呜呜……"

哎？

身为跟随了宫少廷那么多年的手下，卓尔也诧异了。

"你说我家主子不喜欢男人！怎么可能？"卓尔还要争辩一下。

这些年来，主子无论看到多漂亮的女人都没半点反应，不，是连正眼都不看一眼，真的！他从来没见过少爷看过别的女人一眼。

不，有的。就是对少奶奶，特别不一样。

如果少爷真的喜欢女人，那今晚少奶奶不是……惨了吗？卓尔在心里给夏唯至默哀。

房间里，夏唯至觉得宫少廷今晚好像气场全开，跟多了毛的狮子一样想把她生吞活剥了。宫少廷把她抵在门上，双手撑在她的脸的两侧，盯着她，眼神深沉又暴怒，像要把她拆吃入腹一样。

"宫少廷，今晚我没做错什么吧？如果我错了，你倒是跟我说，别什么都藏在心里不说。你的心思跟海底针似的，我不好捉摸呀。"夏唯至思前想后都不明白哪里让他不满意了。

宫少廷是真的想把夏唯至给丢出去，可他还是强压下了这种想法。

外界的确盛传他喜欢男人，他从来不喜欢解释，也不屑于解释，不过现在，他倒是不介意好好跟她解释一遍，但是，不是嘴巴上的，而是行动上的。

宫少廷掐着夏唯至的脸，低头狠狠地攫住了她的唇。

夏唯至愣了片刻，本能的反应还是反抗。

他就知道她会反抗，猛地抓住她的双手扣在门上，疯狂地汲取她口内的气息，他甚至有种报复的快感，想着就这么吻到地老天荒算了。

这个该死的女人！白痴的女人！

"呜呜呜……"夏唯至感觉自己没法喘气了，再这么下去，她肯定断气，还是被吻断气的。

没办法，她只好从他口内掠夺气息。

宫少廷愣了片刻："很好！就这样，吻我！"

老子不是要吻你，老子就是要抢夺空气，不然要憋死了！

她夺得越发凶猛，他却越发兴奋，两人发了疯一样互相吻着。

一个是生气地惩罚，一个是赌气地抢空气。

"宫少廷，你看清楚啊，我是女的！我都给你找男人来了，是你自己不要，你不能找我啊！"

"就找你！"宫少廷怒吼，"死女人！你到现在都不知道那一晚的事！"宫少廷一字一字地吼道。

"啥事？你搞错对象了，我是个女的啊！"

"真是好样的，夏唯至！你彻底惹怒我了！现在开始，你给我好好想想，你毕业晚会那一晚，在索尼娅酒店，到底发生了什么！"宫少廷怒吼着，把她整个人抵在门上。

夏唯至蒙了，比看到宫少廷把她辛苦找的牛郎扔出去还要蒙。宫少廷的话是什么意思？毕业晚会那晚，她和男神薄源佑在酒店度过了此生难忘的一晚啊！

不对不对。她醒来都没看到薄源佑，而且薄源佑只字未提那晚的事。

宫少廷怎么会知道索尼亚酒店那晚的事？她从来没说过啊。

"想不起来了？那就让我来好好提醒你！"

第二天中午，夏唯至醒了。醒了之后，她抓着被子望着天花板思考人生。

昨天的事情是做梦吗？

显然并不是，只要掀开被子看一下自己就知道了，跟毕业那晚一模一样，浑身各种抓痕，腿抖，起不来。

不可能吧！事实不是这样的吧！

她天真地觉得自己过来就是守活寡来的，等宫少廷不需要她了，就会把她赶出去，然后她就可以重新开始生活，追求真爱了。

本以为守活寡不过守个几年罢了。

天真啊天真啊！从开始到现在，他到底哪里表现出喜欢男人了？没有！

因为外界都说宫少廷喜欢男人，因为尹翎叶死活不肯嫁，所以她从来不觉得自己有那样的魅力，短短的日子里就可以改变一个男人性取向。

原来不是这个男人的取向变了，而是他本来就喜欢女人。

知道得太迟了！悔啊！悔啊！

她竟然还找了个牛郎送给他表示感激，根本是在老虎头上拔毛，所以彻底惹怒了他，才有了昨晚的事。

还有，毕业那晚又是怎么回事？那晚她明明是和薄源佑，为什么宫少廷会知道？

门被推开，进来一道高大的身影。

宫少廷今天穿得很休闲，不像之前那样穿着西装，而是白衬衫加一件藏青色的毛衫，裤子也是休闲款的，看着年轻了不少，多了几分活力。

"我估计你差不多该醒了，果然醒了。尹家打了几个电话给你，我怕吵到你，给你关机了。你大哥尹相东回来了，让你今天回去聚餐。能不能起？不能我给你推了。"宫少廷云淡风轻地说，似乎昨夜什么都没发生。

"能起……"夏唯至突然不敢去看他的眼神。

"那就起来，我陪你去尹家。"

"不用了，我自己去就行！"

"你起床后休息一下午，我安排六点到尹家。"宫少廷说。

反正是不能拒绝了！

她懒得跟他争辩，现在脑子里简直一团糨糊，想哭哭不出，想死没勇气。

她能不能问一句，宫少廷的意思，当初在索尼娅酒店总统套房的那个人，真的不是薄源佑吗？她感觉不是，又感觉是。问题是，她当时到底是怎么跟他搞在一块儿的？

不可能啊！她守身如玉，不是那么随便的人好吗！

当初在高中，她跟费明泽交往两年都只是牵个手，脱衣服死活都不干，可花似玉干啊！费明泽和花似玉就那么睡在了一块儿，然后他们俩手牵手在一块儿了。

她整个高三都是在被嘲笑中度过的，是在对费明泽和花似玉双宿双飞的嫉妒中度过的。

"对了。"宫少廷突然想起什么来，走到桌子边，打开抽屉，拿了什么东西出来。

"这是你的，那晚落在了索尼娅酒店。"宫少廷摊开的手心上是一块晶亮的牌子。

多么熟悉的牌子啊！

学生证！哪怕她想说这不是她的学生证都不行，上面明明白白写着"夏唯至"，还有一个超清晰的头像！

夏唯至眼泪都快出来了，内心澎湃得想跳楼。

面前的男人却云淡风轻，跟什么都没发生似的。

这下是证据确凿，想欺骗自己都不行啊！

就跟当初她以为自己跟薄源佑一夜缠绵，看到薄源佑时那叫一个激动，结果人家薄源佑看到她根本没反应一样。不过，薄源佑根本就没有碰过她，看到她自然没反应，现在是双方都知道发生了什么事，眼前这位难道不应该说点啥吗？

"哦，谢谢。"夏唯至拿了学生证，努力克制声音中的颤抖。

淡定，一定要淡定！

宫少廷走出去，到了门口又说："你要是起不来就再躺一会儿，放心，会让你休息两天的。"

两天？

都累成这样了，就休息两天！

想到以后还要继续过这样的日子，夏唯至感觉这日子是真没法过了。

[第五章]
好烦躁，担心他喜欢青梅竹马

今天又不是周末，宫少廷在家里干什么？还要陪她去尹家！

夏唯至坐在餐桌前吃饭。

丁婶端了饭菜出来。

"少奶奶，昨晚休息得好吗？"丁婶笑盈盈地问。

好什么！都晕了，完全不知道自己是死了还是睡着了！

"嗯，很好，丁婶，你的病好了吗？"夏唯至笑着问。

"好了。小毛病而已，少爷非要让我回家养着。这一点点毛病实在不算什么，就怕我不在，少爷又随便吃。"丁婶很关心宫少廷，口气分明是把他当儿子一样。

宫少廷坐在沙发上看报纸，随口说："嗯，吃得很随便。"

又嫌弃她！她昨晚好心给他做饭，他吃完了到现在还在嫌弃！

夏唯至不想说话，闷头吃饭，时不时抬头看宫少廷一眼，见他还是没事人一样。

有谁知道她内心澎湃，简直是电闪雷鸣！

他就不能跟她说点啥，解释点啥？比如那天晚上到底是什么情况，为什么她稀里糊涂就被他带去了酒店？

结果，他是真的什么都不说。

她脸皮再厚也不好开口问细节啊！

夏唯至看到卓尔往车子后备厢里塞了很多东西，她的脑子里一团糨糊，也不知道卓尔塞了什么，就听到卓尔说："少爷，珠宝首饰还有贵重保养品都准备了，给尹家大少准备的是名酒名烟。"

宫少廷淡淡地嗯了一声，喊了夏唯至几声，那个女人却跟丢了魂一样根本没听见。

夏唯至也不知道自己是什么时候上的车，直到车子停下了，她才回神。

尹家大少爷尹相东早早就等在门口，他知道今天夏唯至要回来。虽然夏唯至是尹家的私生女，可是他从没把她当外人。这些年尹家母女欺负夏唯至的时候，他总是尽力帮她，只是他在这个家并不怎么说得上话，还是让夏唯至受了不少委屈。包括这次，夏唯至突然嫁给了宫少廷，一个传说中喜欢男人的人，他也是事后才知道。

对此，尹相东是很愧疚的。

夏唯至看到尹相东就开心地跑了过去，跟尹家大少爷关系似乎很好。

宫少廷正准备去停车，结果母亲的电话来了："少廷，爷爷很生气，你先回来再说，是很重要的事！"

宫少廷抬头看了看夏唯至，走下车，先是和尹相东点头，然后对夏唯至说："家里有急事，我先回去一趟，等聚餐结束告诉我，我过来接你。"

没等夏唯至说话，宫少廷在她唇上亲了一口，转身就离开了。

干吗亲她啊，还是当着大哥的面！

"那就是宫少廷？"尹相东问。

"是他。"

"看着很正常啊。"尹相东狐疑地说。一点不像同性恋呀！"三妹，下雨了，快跟我进去吧。"

客厅里，尹翎叶和丁娅嫚已经坐在餐桌边吃上了。她们早就在楼上看到宫少廷把夏唯至送到了就回去了，既然是夏唯至一个人，她们哪里需要招待她。

"妈，二姐。"夏唯至进门，喊了一声。

丁娅嫚和尹翎叶本来有说有笑，看到夏唯至来了，只是凉凉地笑了笑。

"都嫁了人，也算第一次回门，你就自己一个人回来了？这可有点说不过去！"丁娅嫚吃着饭，完全是当家主母的样子。

夏唯至说："宫少廷有急事先回去了。"

宫少廷，竟然连名带姓地叫廷少。

尹相东看到母女俩已经开始吃饭，很不满意："妈，唯至今天特地回来，你们这样，太没规矩了！"

尹相东拉着夏唯至到餐桌前坐下吃饭。

丁娅嫚见夏唯至坐下，也很不满："我们怎么没规矩了？她是尹家私生女，这里谁不知道！就算嫁人了，她还是个私生女！什么时候她吃饭都能上桌了？以为自己嫁进宫家，身份不一样了？"

夏唯至是真心不想来，只不过这些年，大哥一直帮衬她，大哥让她过来，她也不好不听大哥的话。

这个尹家，她是半刻都待不下去。

"妈，你别这样好不好？"尹相东有些恼怒，又跟夏唯至说："三妹，你喜欢吃什么就夹，这里是你的家！"

夏唯至还没说话，丁娅嫚就把吃完的鸡腿骨头扔过来，扔进了她的碗里。

"私生女就应该吃骨头，原配的女儿才应该吃肉！"丁娅嫚又夹了一块小鸡腿放尹翎叶的碗里。

夏唯至握着筷子的手有些颤抖。

尹翎叶看着她的样子，唇角扬起，优雅地吃着饭。

"我突然想起房间里还有行李没拿，我去收拾一下，你们慢慢吃。"夏唯至放下筷子，站起身，大步走开。

"唯至！"尹相东喊她，又生气地对母亲喊："妈，都是一家人，你们干什么呀！"

夏唯至是一点都不想进尹家的门。

不过，既然来了，正好把自己的行李收拾一下，全部带走。

夏唯至搬了行李箱下来。

外面的雨已经越来越大。

尹相东上前拦住她："三妹，外面雨大，你等廷少来接你吧，或者今晚留下来住。"

没等尹相东说完，丁娅嫚已经嘲讽道："廷少会来接她？夏唯至，有靠山到底不一样，说几句就搬东西走人，换以前，你敢吗？不过我提醒你，靠男人就是跟你母亲一样的下场，活活被抛弃。"

夏唯至握着行李箱的手紧了紧，她看向丁娅嫚，第一次反驳了尹家的当家主母。

"尹夫人，我母亲从来没靠过我那位死去的爹！我从小到大的每一分钱都是母亲辛苦赚来的！请你不要侮辱我的母亲！"夏唯至不叫她大妈，而是叫尹夫人。

丁娅嫚愣了一下，而后变本加厉地嘲讽："我先生死后，你母亲的医药费每一分都是我赚来的！这些钱，你有脸收？现在不需要我的钱了，你还敢跟我顶嘴！叶儿说得真对，养你不如养条狗！养条狗现在多少都能叫几声！"

尹翎叶吃完饭在擦嘴巴，听到这话，她抿着唇角，轻笑了几声。

"妈，不要再说了！"尹相东生气地喊。

夏唯至一刻都不想待了，拖着行李就走出门。

外面暴雨倾泻，车子都不敢在路上开，人出去，似乎能被雨点砸伤。

"唯至，外面雨大，你快回来！"尹相东想追出去，却被丁娅嫚给拉了回来。

117

暴雨倾泻，像石头一样砸在她身上，可是夏唯至一点都感觉不到冷，因为这颗心更冷。

她应该开心的，她终于从尹家带走了所有的东西，还有一颗决然离开尹家的心。

她终于可以不用靠着尹家的施舍，每天担惊受怕地想着母亲的医药费这个月会不会下来，害怕弟弟的学费和生活费自己能不能挣到。

这一刻，她真的感激宫少廷。如果不是宫少廷，她根本不敢挺直腰板这么跟丁娅嫚顶嘴，拉着行李箱就出了尹家。

雨那么大，夏唯至却突然不知道能去哪里。

她的第一反应是给宫少廷打电话。可惜手机屏幕上都是水，很快就黑屏了，怎么都开不了。

狂风大作，眼前黑得看不清方向，夏唯至被淋得像在水里泡过一样，只能拖着行李箱，一步步往前走。

尹家是在别墅区，地处偏僻，来往的车子本就少，何况现在那么大的雨。

夏唯至感觉很冷，她只能抱着手臂，去旁边的亭子下面躲雨。

等了很久，雨还是没有小下来。

不远处，一束车灯打过来。

夏唯至跑出去，挥了挥手，想把车子拦下来。只要对方带她去市中心，她就能打车回去。

车子停下。

夏唯至哪有空关心是什么车，她走过去，敲了敲车窗。

"先生，能不能带我一程？我去市中心。"夏唯至冷得直颤抖。

司机犹豫了一下，回头看了一眼后座，似乎接到了指示，他才说："我家主人让你上来。"

"谢谢！谢谢您！我还有行李，能开一下后备厢吗？"

后备厢打开，夏唯至把行李放了进去。

她打开后座的门，看到里面还坐着一个人，应该是司机口中的主人。

因为天色很黑，她看不清对方的样子，而且他还戴着一顶帽子，就更加看不清他的脸了。

"先生，谢谢您。"夏唯至说。

对方没说话，但是夏唯至能感觉到他的目光一直锁定在她身上，带着探究。

她本以为他不会回她，准备安静地待着，却听对方开口问："这附近只有尹家一户人家，你是从尹家出来的？"

夏唯至愣了一下，却也不想骗他："嗯。"

118

"尹家的人？"

"不是。"

夏唯至一句话，让对方再也没说话。

车里面很安静，夏唯至却觉得有些压抑，因为车子里的气氛实在有些阴沉，车的主人似乎很不爱说话。

眼前突然出现了一块白色的毛巾，夏唯至愣了一下，接过，说："谢谢！"

擦了擦脸和手，夏唯至又把自己坐过的位置擦了一下——位置上全都是水，都是她弄的。

夏唯至说："很抱歉先生，弄脏了你的座椅。"

对方只是淡淡地应了一声。

很快到了市中心。

对方这才开口问："你在哪里下？"

"就万斯商场门口，把我放那儿就好。"夏唯至说。

车子停在万斯商场的门口。

因为暴雨，商场门口挤了一堆人，都在等雨小一点。车子没有停在门口，而是停在了角落人少的地方。

夏唯至手里还拿着毛巾，说："先生，这块毛巾我带回去洗一下。如果你不介意，等我洗好晾干了，再送到你家里。"

"不必。"对方的声音依旧冰冷。

夏唯至说："要不这样吧，先生，你把你的手机借给我一下。"

对方显然对夏唯至的要求很不满意，但还是把手机给了她，看看她想干什么。

夏唯至在里面输了一串数字，然后把手机还给他："这是我的电话号码。先生如果需要我做什么，随时可以找我。你放心，我对你没有任何非分之想，我只是不喜欢欠人情。"

男人显然有些意外，看着夏唯至推门下车，他突然问了一句，有些戏谑："找你做什么都可以？"

夏唯至回头笑着说："先生你不是那样的人，我懂。"

虽然只跟他相处了短短几十分钟，但是她明显感觉到眼前的男人教养非常好。他沉稳内敛，话不多，说话声音好听，却不带感情。

夏唯至拿了行李，又走到车窗边，虽然看不见里面的人，但夏唯至还是挥着手说："再见，先生。"

车子从她身边驶离，很快消失在暴雨当中。

车内。

司机问男子："尊少，淳于导演不在市中心，我们得往回走，恐怕导演要久等。"

"你告诉他，今天暴雨不方便，改天再约谈剧本。"车里的男子正是当红偶像巨星祁尊。

他看了一眼后视镜，已经看不见那个女人了。

从尹家经过时，他早就看到了亭子里被暴雨淋成落汤鸡的女人，她抱着手臂瑟瑟发抖，身边是一个破旧的行李箱。

这其实已经是他回国后第二次见到这个女人，而且是连续见到。

第一次就是昨夜，他看到她去牛郎店，还带了一个牛郎出来。那时候看她意气风发，找到牛郎很兴奋的样子，现在却像落魄的丧家犬一般。

两次见面反差极大，这让他觉得奇怪，好奇这个女人到底是做什么的。

他低头看了一眼手机，上面是一个号码，还有备注：夏唯至。

手指在通讯录上一划，准备删除号码，随即却是一顿，把号码留了下来。

夏唯至打车回到宫家，下了车，看到门口停了好几辆车，屋子里面的灯开着。

夏唯至拖着行李箱走进去，一进门，就感觉好几道视线齐刷刷地扫过来。

为首的是一个白发老者，很是威严，下首的左右两边分别坐着一位贵妇，其中一个是金发的中年女子，五官立体精致，岁月几乎没在她脸上留下痕迹，宫少廷坐在她旁边，两人简直像姐弟。另一侧是黑发的中年女子，旁边坐着一个年轻的男子。

夏唯至立马猜到，为首的肯定是宫家的掌权人，宫浩钱。左右两边分别是宫少廷的母亲和大少爷宫达的母亲。那个黑发男子，自然是大少爷宫达。

原来宫少廷和宫达是同父异母的兄弟。

听说他们的父亲早年遇到飞机事故去世了，留下两个老婆和两个儿子。大老婆叫苏云洁，小老婆叫艾莉娜。

豪门家族的关系真是乱。

"哟！大晚上的，这女人是谁呀？要饭都要到宫家来了！"说话的是黑发女子苏云洁。

宫少廷看到夏唯至的样子，拧了拧眉，起身走过来，把她拉到一边："怎么变成这样了？不是让你在尹家等我吗？"

夏唯至说："等不了了，我就先回来了。感觉给你丢脸了，怎么补救？"

宫少廷说："一刻没见我就想我了，确实丢脸。跟我过来。"

夏唯至本来以为宫少廷肯定要嫌弃死她这副模样了，没想到还有心情调侃她。

原来，宫少廷突然回来，是因为宫家长辈们来了。

"这是爷爷，母亲，大哥，大伯母。"宫少廷给她介绍。

大伯母？不是应该叫大妈吗？

这么说起来，宫少廷好像也有点私生子的成分呢。

"爷爷。"夏唯至喊完又看宫少廷的母亲。叫什么，婆婆还是妈？

宫少廷说："你跟我一样，叫妈。"

"妈。"夏唯至喊。

艾莉娜看到夏唯至的模样已经很不满意了，闻言只是冷淡地点点头。

夏唯至又对着宫达那边喊："大哥，大伯母。"

宫达微笑着点头，苏云洁冷哼一声。

老爷子望着夏唯至，打量了半晌，怎么看都觉得不满意。如此狼狈，怎么配做他的孙媳！而且连他都听到外面在议论，说宫少廷娶的是尹家的私生女，不是大小姐尹翎叶。

老爷子开口问她："叫什么？"

叫什么？夏唯至不知道该怎么回答。宫少廷事先也没跟她通个气。叫尹翎叶？那是撒谎。叫夏唯至？那就是骗婚代嫁，尹家肯定会把责任全推给她。

横竖都是死！

夏唯至说："回爷爷，我叫夏唯至。"

啪！宫浩钱一个杯子砸过来，正好砸在夏唯至的脚边。

宫少廷立马把她拉过来，护在身后。

"我们宫家要娶的是尹家的大小姐尹翎叶，不是你这个私生女！你竟敢骗婚，还骗到我宫家来了，好大的胆子！"宫浩钱发火了，声音很是暴怒。

行吧，今晚一直被人说私生女，也是听到没脾气了。

夏唯至说："爷爷，我没有骗婚。宫少廷那么聪明，我怎么骗得了他？是他要娶我，不是我非要嫁他。"

把责任推给宫少廷吧，毕竟是亲孙子，跟她这个外人还是不一样的。

宫少廷戏谑地看身边的女人。打得一手好太极啊！

宫少廷说："的确是孙儿要娶她，跟她没有关系，她是被我逼婚的。我当初说过娶尹家小姐，没说是大小姐。您要实在生气，就冲着我来！"

宫浩钱更加暴怒。他一点都不喜欢嘴巴厉害的女人，他喜欢听话的、随手可以掌控的人。夏唯至一句话，他就知道她不是这样的人。

"哼！"宫浩钱竟然拿了一把枪出来，啪的一下拍在桌上。

苏云洁和艾莉娜都颤了一下，坐在沙发上看热闹的宫达喝着茶，扬了扬唇角。

"你小子跟我玩这套！你知道如果我晓得你娶的是尹家私生女，我一定不让你娶，所以你故意说是尹家小姐，让我以为是尹家大小姐尹翎叶！这的确是你的不对，倒怪不得她，怪不得尹家了！"宫浩钱冷笑着。

宫浩钱以前是部队的，现在退休了在家，可还是有随身带枪的习惯，这时拿出的自然是真枪。

老爷子拿出枪了，这是动真格了。

"总之是怪不得我夫人，她现在已经嫁给我，生米成熟饭了，您何必揪着不放？"宫少廷说。

"结婚了又怎样，我照样能让你离婚！这个女人不行，配不上你！尹家大小姐还过得去。人家是炙手可热的女明星，她是什么东西！她这个孙媳，我不满意！"宫浩钱第一眼看到夏唯至的样子就不满意。

刚在尹家被骂私生女野种，回来了还得被骂。

夏唯至在尹家看了那么多年脸色，怎会不知道宫家老爷子明显喜欢唯唯诺诺的姑娘，最好是他打人一巴掌，人家还能把脸凑过去给他打的，于是站在一旁不说话。

宫少廷更怒了："夏唯至是我的太太，您这么说她，孙儿也很不满意！"

宫少廷说着，也拿了枪出来拍在桌上，一副"今天你们为难我老婆，我就为难你们到底"的样子。

"少廷！"是宫少廷的母亲艾莉娜叫他，"你怎么跟爷爷说话的！还不快道歉！"

宫少廷的脾气老头子是一清二楚，但是他没想到宫少廷会为了夏唯至跟他顶嘴，这完全出乎他的意料。

"爷爷是长辈，对我太太那么说话，也该道歉！"宫少廷哼了一声。

艾莉娜立马起身，笑着说："爸，今天太晚了，不如先休息。您看那孩子身上的衣服都还是湿的，让她先换了衣服，别着了凉。"

艾莉娜说话很聪明，给老爷子圆了场，又给了宫少廷台阶下，还顺便帮了夏唯至。

夏唯至感激地看向艾莉娜。

虽然房间里暖气够足，可是宫少廷发现夏唯至的手越发冰凉。

"走，先去换衣服。"宫少廷直接拉着她走开，回了房间。

宫浩钱实在是气坏了，恨不得拿枪把夏唯至给毙了。

一旁的苏云洁火上浇油："到底是个私生女，野孩子，这副样子就来见长辈，不懂规矩！怎么跟正统的比！"

这话有点含沙射影，说的时候，她看了看宫少廷的母亲艾莉娜。

艾莉娜的脸上没什么表情，反而是老爷子宫浩钱的脸色越发难看。他怎么也没想到宫少廷好不容易娶个女人回来，竟然是个私生女，这脸简直没地方放！

宫达这时候起身打圆场说："爷爷，外面风大，今晚就留在二弟家里，等明天雨停了再回去。您的腿不好，不能淋雨。孙儿先送您回房间？"

"不必了，气死我了！宫少廷我告诉你，你要不休了这个女人把尹翎叶娶回来，公司没你的份！"宫浩钱拄着拐杖，一枪打在宫少廷的房门上。

子弹穿过房门，刚好擦着宫少廷的手臂飞掠而过。

子弹一飞进来，夏唯至本能的反应是抓过宫少廷的领带，把他往自己身上带。

宫少廷上前一步，胸膛抵着她的。

"这么猴急？"他还有心情跟她开玩笑。

夏唯至看了一眼被子弹打破的门，心有余悸。幸亏不是没见过宫少廷用枪，不然她得吓得腿软。

放开他，夏唯至说："老太爷很生气。"

"是你爷爷。"

"他不想认我这个孙媳。"

宫少廷只是扬了扬唇角，伸手去解她的衣服。

夏唯至退后一步说："我自己来。"

"跟我害羞？"

"你还有心情跟我闹，老爷子走了。"夏唯至努了努嘴。

窗外，她也能看见，几辆车开走了。

宫少廷看了一眼说："总算走了！老头子可不好应付，又是我亲爷爷，让你受委屈了。"

"没，一点委屈也没。"她什么难听的话没听过，何况宫老爷子的话也没那么难听。再说了，宫少廷全程护着她，哪里轮得到她委屈。

"我委屈！你是我老婆，别人那么说你，老子不好受，何况说你的是我爷爷！夏唯至，你淋成落汤鸡回来，是专门来砸场子的？"宫少廷捏着她的下巴质问她。

说到这个，夏唯至很不好意思："我不知道你亲人都在，不然肯定好好打扮一下。你也没通知我！"

宫少廷挑眉，"知道我的亲人都在，你就会打扮，为什么？"

"好歹不能给你丢脸。今天真心对不起！现在到底该怎么补救？宫老爷子说你要是不休我，公司没你的份，要不，你赶快休了我？"夏唯至是真心替他考虑。

宫少廷原本戏谑的眼神突然阴沉下来："什么意思，要离婚？"

"宫老爷子说得对，我是私生女，尹翎叶是正统，我跟你怎么都不搭。"

宫少廷冷哼："如果是这点原因，你趁早给我收了离婚的念头！今天你也看到了，我宫家复杂得很。我父亲娶了两个夫人，大夫人苏云洁，二夫人就是我母亲。说起来，我也是私生子，跟你配得很。"

"……"这人怎么能这么说自己！

"好了，离婚的理由被我否决了，还有原因吗？"宫少廷冷声问她。

123

"……"她实在不知道说什么好，总觉得自己给他添麻烦了。

夏唯至说："你跟我结婚，你没有拿到一点好处，你为什么要娶我？为什么是我？"

"好处？"宫少廷盯着她思索了一番。

她已经把打湿的外套脱了，里面是件白衬衫，此刻衬衫贴着身体，将身材完美地勾勒了出来。

他扬着唇角，修长的手指微抬，指尖划过她衬衣的扣子，一拨弄，开了。

夏唯至睁大眼睛，下意识地抓住他的手。

宫少廷凑近她，唇边扬起诡异的弧度："我认为，好处还是有不少的。至少到现在为止，我很满意。"

夏唯至说："你的意思，我要随时做好被抛弃的准备吗？"没等宫少廷说什么，夏唯至就耸了耸肩，很无所谓的样子，"没啥，反正被抛弃惯了，真的习惯了……"

夏唯至自己笑了一下，很轻松的样子。

从小被亲爹抛弃，后来被初恋费明泽抛弃，之后母亲出了事，到尹家，现在又被尹家抛弃。

宫少廷看着她的样子，心里猛然揪了一下。他上前，抱住她的肩膀，低下头，嘴唇几乎贴着她的嘴唇："不想被抛弃，你就要有存在的价值，自古以来都是如此，而你对我的价值……"他的气息擦过她的脸，带着火一般的温度，"就是现在这样。价值在，我不会抛弃你。"

夏唯至突然呵呵了一下。这话可以简单翻译成：你给我暖好床，你就可以做宫家的二少奶奶。

对的，这个道理，她从知道他喜欢女人开始就明白了。

其实她跟宫少廷之间确实是价值交换——他替她母亲支付医药费，她用身体回报他。她从来没想到有一天自己的身体会这么值钱。

夏唯至从他怀里走开，说："我换衣服。"

宫少廷在房间里，她让他回避，他肯定不同意，虽然她跟他什么都发生了，可还是没勇气主动在他面前脱衣服。

夏唯至走进浴室。

"怎么这副样子回来？尹家都没人送你，还是他们趁我不在欺负你？"宫少廷走到浴室门口，问。

"没有，我自己要回来的。"夏唯至不想多说尹家的事。

"告诉我实话，尹家是不是欺负你了？"

他知道她们欺负她，然后帮她欺负回去吗？

到时候人家都会说，她仗着宫少廷无恶不作。宫家老爷子和宫少廷的母亲知道了，肯定会更加厌恶她，催促着宫少廷把她休了。

把她休了没事，她就是不想宫少廷徒增烦恼。要休，也得他心甘情愿地休，被逼着，总归自尊心不好受。

"实话，没欺负我。"

客厅里还有个女人，是宫少廷的母亲艾莉娜。

宫少廷走出来，看到母亲还在，有些诧异："妈，您还在？"

"你爷爷的话你都听见了，听清了？"艾莉娜问。

"听了。"

"你打算怎么处理？"

"我跟夏唯至不会离婚，我也不会娶尹翎叶。"宫少廷的态度很明确。

"我不管你是怎么认识她的，为什么非娶她，但是你跟她认识没多久，感情浓度不高，现在跟她离婚，对你对她都好。爷爷不喜欢她，不会容忍她在你身边。何况，她嫁过来也是代替了她姐姐，她理应把位置还给尹翎叶。"艾莉娜说。

宫少廷坐到他母亲身边："这事我会处理，您不用太操心。妈，您还是住西边那套房子，我让人送你过去。"

"不用了，我回自己那儿。"艾莉娜准备走，又看了一眼宫少廷的房间，"你还记得你有个叔叔叫宫传彬吗？他被你爷爷赶出宫家，从族谱中剔除，还被逼着改姓，改成他心爱女人的姓。他这半生都毁了，毁得连尊严都没有。最后的结果却是被那女人抛弃，到现在他也回不了宫家！"

宫少廷当然记得，他小时候亲眼看见叔叔是怎样被赶出家门，为了那个女人，放弃了继承宫家家业，带着那女的过起了清贫日子。可那女的却无法忍受，生下孩子后，就离开了宫传彬，改嫁他人，而他叔叔只能流落在外。没有哪家公司敢收他，宫家也不许他回来。

就因为这个叔叔的例子，所以他小时候就有了错误的想法——女人是祸水。他从不看任何女人一眼，直到遇见了夏唯至。

艾莉娜见宫少廷皱眉，以为他知道事情的严重性，说："老太爷对自己亲儿子尚能如此，何况是你这个孙子！他对你向来寄予厚望，这一次他也是怕你喜欢男人，才故意逼着你结婚，爷爷是非常疼你的！"

"听爷爷的话，和她离婚，娶尹家大小姐。"艾莉娜继续劝说。

"妈，我知道了，我会考虑的。"宫少廷只想快些把母亲安抚好。

听到儿子这么说，艾莉娜也松了口气："少廷，你以后不仅仅是宫家掌门人，还有更重要的事等着你做，站在你身边的，绝对不能是这样一个没身份没地位的女人！"

宫少廷让卓尔送母亲回去，在门口目送她的车子离开，回头就看到夏唯至站在客厅里。

听到宫少廷说"我会考虑的"的时候，夏唯至心里狠狠咯噔了一下。

大概在不久的将来，她又要被抛弃了吧。

宫少廷看到她，微微拧眉："你听到了多少？"

"很多。"

"我母亲的话不用放心上，我爷爷的也一样。过来，吃饭。"宫少廷让她坐到餐桌前。

夏唯至心里比她想象的平静。本来总担心宫家老太爷会追究她替尹翎叶嫁过来的事，现在对方知道了，她反倒没那么担心了。

丁婶准备的菜味道都极好，听说丁婶以前是高级餐厅的厨师长，厨艺上很有天赋，也不知为什么会在宫少廷身边做起了用人的活。

夏唯至只是闷头吃饭。她也觉得自己很没用，什么都帮不了他，只能给他添麻烦。以前他娶了她，好歹是为了公司，现在她在他身边，爷爷连公司都不想给他了。

宫少廷把她爱吃的三文鱼、北极贝都推到她面前。

还有她喜欢的椒盐皮皮虾，他亲手剥了，放到她的盘子里。

皮皮虾的壳很硬，一不小心就会扎手，可是他竟然不厌其烦。

夏唯至偷眼看他，他剥得很认真，但是剥的虾真的很难看，显然，他不擅长这种事。

她每天在宫家，一顿饭最少都是上万，全是她爱吃的海鲜，还是最贵的。

每次出什么事，他都会出现在她身边，告诉所有人，谁都不准欺负她。

他除了挺爱欺负她，嘴巴毒了点，好像也不是很坏。

眼看着宫少廷拿了一只不好剥的虾放嘴里准备咬，夏唯至立马把他拦下来："你别放嘴里！"

宫少廷见到她着急的样子，皱眉："怎么，你还嫌我脏？"

"当然不是！皮皮虾的壳那么硬，上面都是刺，很容易割破嘴唇！"夏唯至下意识地起身，想拿开他嘴边的虾。

结果咔嚓一声，他还是放嘴里咬下去了。

宫少廷感觉嘴唇一阵刺痛，顿时皱起眉，还真刺破嘴唇了。

"我看看！是不是刺到了？都跟你说了不要咬，你怎么不听话？"夏唯至没想到自己竟然跑过去，着急地去检查他的嘴唇。

她离他很近，眼睛盯着他的唇，发现上面都出血了。

他看到她着急的样子，心中满意极了，嘴上却偏偏说："没道理我要听你的话。"

夏唯至真是无语。她叫他不要咬，他偏要咬，这下出血了吧！疼的还不是他

126

自己！

　　夏唯至拿了纸巾去擦，他却抓了她的手腕，把她扯进自己怀里。

　　夏唯至说："出血了！"

　　"我的嘴唇那么金贵，你用廉价的纸擦，合适吗？"她刚才着急的样子落在他眼里，让他的心情很不错。

　　夏唯至想拿开手："那你想干吗？"

　　"吻我。"

　　"都是血！"

　　"那就舔干净。我是为你出了血，你应该负责。"他望着她，眸底带着戏谑，"就像那晚你为我出血了，我也一样对你负责。"

　　夏唯至的脸又红了。没办法，她什么都能秒懂。

　　说起她的第一次，也是段悲惨的回忆，因为她根本就没有回忆。

　　唯一的记忆就是第二天她一路扶着墙去了学校，抖着腿参加完毕业典礼。好惨！

　　"说到这个，我能不能问个问题？到底那晚我们两是怎么搞在一块的？"这是个未解之谜，她真的很想知道。

　　"想知道？那就吻我，不然我永远都不会让你知道那晚的事。我数到三。1，3！"

　　夏唯至感觉自己的本能反应有点快。

　　她真的凑上去直接吻上了他的唇。

　　血腥味立马传了过来。

　　宫少廷唇角的弧度更深。太喜欢她的主动了！

　　夏唯至躺在床上好久了也没睡着。

　　想起宫少廷母亲艾莉娜走之前跟他的谈话，艾莉娜让他跟她离婚，宫少廷说，他考虑一下。

　　当时听到这句话，她的心里咯噔了一下，现在回想起来，也是很正常的。

　　如果爷爷和他母亲都不喜欢她，她跟宫少廷一定不会长久。

　　跟宫少廷长久？

　　夏唯至浑身都哆嗦了，她怎么会想到这个。

　　不过照现在的情形看来，宫少廷跟她离婚是迟早的事。

　　不去想跟宫少廷的未来，因为一定不会有未来。

　　这么想着，哪怕宫少廷突然跟她说离婚，她都有心理准备了。

　　夏唯至从小到大都能自我调节心理状态，不然她早就心理变态或者得抑郁症了。心态好了，自然就睡得着了，还睡得很是香甜。

宫少廷进房的时候，就看到夏唯至裹着被子睡得很熟。

这女人还真是没心没肺，他爷爷说了那些难听的话，她却完全没往心里去。

这么强大的内心，估计没一个女人能做到。

宫少廷上床，顺手把她搂在怀里。

大半夜的，卓尔突然来敲门。

宫少廷大步走过去开门："她在睡觉，什么事那么急？"

这个"她"当然是夏唯至。

卓尔立马躬身，轻声说："少爷，出事了！洛米小姐自杀了！"

"死了没？"

"没死成。被洛家的用人及时发现，现在在医院抢救。是割的手腕，听说流了不少血。"

宫少廷嗯了一声："没别的事了？"

卓尔愣了愣："少爷，您不去看看洛米小姐吗？"

"不差我一个。"宫少廷淡漠地回道。

被吵醒了，反正也睡不着，宫少廷去书房拿了几份文件，又回到卧室的客厅，坐在沙发上看文件，还不时抬头看向房间里的女人。他知道夏唯至的习惯，大半夜醒来就会去厨房找吃的。

可真能吃！

想到这里，宫少廷说："让丁婶准备些吃的放在厨房，清淡的为主。"

半夜吃得太油腻，对身体不好。

卓尔点头称是，可又实在忍不住说："少爷，这些日子洛米小姐一直来公司找您，您都没见她。还有上一次，她追着车子跑，很多人都看见了。洛米小姐自杀是为了您。听说她现在不肯医治，不肯进食，非要您去看看。"

"她死不死关我什么事？待会儿少奶奶醒了，要是饿着，我让你死！"宫少廷一字一字地警告道。

卓尔一个激灵，哪里敢再说话，立马躬身跑出去找丁婶。

夏唯至其实已经醒了，也听到了宫少廷和卓尔的对话。

洛米自杀了，是的，为了宫少廷自杀。结果这个男人漠不关心，反而关心她饿不饿。

望着天花板，夏唯至双手抓着被子，心里感叹：为什么不仅没感觉宫少廷冷血，反而觉得心里超温暖呢？

宫少廷对她其实真的挺不错。为什么对她那么好？莫非，这就是传说中的一睡钟情？

洛米自杀，宫少廷不去看，她就不治疗不吃饭，这不是活活把人逼死？

夏唯至忍不住在房间里说："洛米小姐自杀了，你去看看吧。"

见她醒了，宫少廷问："吵到你了？"

"没，自己醒的。她自杀，你不去看看，不太好吧？"

"看什么？"

"……"还用得着问吗，看什么？

"当然是看人啊，看看她怎么样了。"夏唯至说。

"她没死，我看了又能怎样。"

"……"夏唯至语塞，因为宫少廷说得挺有道理的。

夏唯至忍不住又说："可是人家是为了你才自杀，情理上，你应该主动去看看啊。"

"我没让她自杀。"

"……"夏唯至感觉自己今天脑子有点短路，居然觉得他的话好有道理。

外面似乎又来了什么人，敲门声响起。

宫少廷抬头，看到是自己的母亲艾莉娜。

"妈！"宫少廷站起来喊道。

艾莉娜站门口不进来："洛米自杀了，你爷爷让我来找你。洛家跟我们宫家是世交，他不希望闹得很不愉快，我在外面等你。"

艾莉娜说完就走了出去。

宫少廷皱眉，显然大晚上的很不乐意出去，可自己的母亲上门来等了，他自然得去。

宫少廷走之前跟夏唯至说："我就看她一眼，很快回来。你饿了就让丁姐给你送吃的，吃完了继续睡，不用等我。"

夏唯至其实很清楚，宫少廷母亲都出马了，自然不会让他那么快回来。

"好嘞，你快去吧。"夏唯至说。

宫少廷去看洛米是应该的，毕竟洛米是为了宫少廷自杀。

不过，她嘴上说让他去，可心里的滋味很奇怪，好像不太想让他去。

总之，夏唯至再也没能睡着，只要听到外面有一点动静，就以为宫少廷回来了，然而起床开门，外面空荡荡的，没人，导致她心里也跟着失落起来，竟然想打电话问问他什么时候回来。

夏唯至扶额。她这是什么情况啊？难道不被宫少廷抱着就睡不着了？要不要这么贱啊！她可是喜欢薄源佑的好吧！

129

[第六章]
等着被扫地出门吧你

明志医院，VIP病房。

原本足够大的病房，此刻里里外外都是人，连奥旨亲王都赶过来了。

洛老爷和洛太太跟亲王说着什么，亲王很生气又很心疼的模样。

宫家大少爷宫达早就已经到了，不停地问候着洛米。

这时，门口传来一阵骚动。

自然是宫少廷来了。

原本房间里一直哭闹着不肯打针不肯吃药的洛米一下子哭得更加大声了。

"廷哥哥再不理我，我就去死！"洛米突然翻身下床，要跑去阳台。

亲人和下人们都被吓得着急地跑过去。

洛老爷拉住女儿，都快求她了："女儿，少廷已经来了！你别再吓唬爸爸，我可就你一个女儿啊！"

宫少廷看到洛米一副要跳的架势，唇角扬了扬。

宫达看见自己弟弟，说："二弟，你还不快去拦着洛小姐，她可是为了你才寻死觅活的！你怎么就突然不理人家了？"

宫少廷实在懒得进去，他的母亲艾莉娜推了推他："快去拦着洛小姐！你跟她说说话就好。"

宫少廷极其不耐烦，夏唯至还在家里等着他回去。

洛米已经跑到阳台上了，洛家的人根本不敢靠近，都期盼地望着宫少廷。

宫少廷走过去，看了一眼手表："跳不跳？要跳就赶紧！不跳就给我下来！"

洛家的人睁大眼睛。

洛老爷忍不住呵斥："少廷，你怎么能这么对我女儿说话！"

洛米望着宫少廷，满眼都是泪水。她都要死了，他还是这么冷冰冰的，好难受！

"不下来？我走了。"宫少廷转身就要走。

"不要，廷哥哥！"洛米立马跳下来，跑过去拉住他的手。

"去床上躺着，吃药打针吃饭，赶快！"宫少廷又是命令的语气。

洛老爷和洛夫人包括亲王在内简直都不知道该说什么，这个女儿，他们的话都不听，可是宫少廷冷冰冰一句话，洛米就乖乖爬上床，特别乖顺地让医生打针。

"廷哥哥，我没有办法，我想见你！"洛米可怜兮兮地说，又跟自己家人使眼色。

家人立马明白了，准备出去。

洛老爷还赔着笑脸说："少廷，我女儿就先交给你了，麻烦你照顾一下她。"

没等宫少廷拒绝，他们立马走了出去。

宫少廷也要出去。

洛米忙拉住他的手："廷哥哥，你告诉我，我到底哪里不好，为什么你现在都不肯见我了？呜呜呜……"

宫少廷实在讨厌这女人哭哭啼啼的样子，多大的人了，一天到晚"廷哥哥"地叫，说话又嗲得要死，哪像夏唯至，开口宫少廷，闭口老子。

宫少廷皱眉。他的品位也是比较奇特了。

门口是宫少廷的母亲艾莉娜，明显是不想他出去。

宫少廷烦死："别哭了！哭什么哭，不是没死吗？！"

洛米一下子被噎住了，可泪水还是掉下来，她觉得好委屈。

她都为他去死了，他还是这样对她。

她委屈的泪水又流了出来。

"憋回去！再哭我走了！"宫少廷威胁道。

他说的是真的，她再哭一下，他肯定走。

洛米硬生生把眼泪收了回去。

"廷哥哥，我不哭了，你别走好不好？陪陪我吧，我都好久没见到你了！你从来不肯见我，我不知道自己哪里做错了！"洛米说着说着又快掉眼泪了。

"我说了你没错！洛米，你见了我又怎样，我已经结婚了！"宫少廷当然知道她对自己的心思。

"我不介意呀……我只想陪在你身边，哪怕不是你的太太也可以。"

"胡闹！你不介意，我介意！我太太要是误会了，我更介意！以后不要用寻死觅活这一招！你死就死，别说是为了我！"

一句话简直像把刀戳到了洛米胸口。

"廷哥哥，这么多年了，你一点都不喜欢我吗？你甚至都不喜欢尹家小姐，你就把她娶了，为什么不能让我陪在你身边？"洛米委屈地喊。

"谁说我不喜欢？！我不喜欢她，我娶她干吗？！"宫少廷说完，自己都愣了一下。

喜欢？

什么才叫喜欢？

洛米睁大眼睛："不！你娶她前都不认识她，你怎么可能喜欢她？"

娶夏唯至之前，他的确不认识她，单单睡了一晚，刚好老爷子要他娶老婆，他就把她给娶了，为什么？

第一次在小巷里见到她的一幕幕都回忆起来了。

原来还真有一见钟情。不过，他对她大概是一睡钟情。

"洛米，我喜欢谁是我的事，总之我不可能喜欢你！你以后再为了我寻死觅活，只会让我更讨厌！没什么事我回去了，我太太还在家等着我。"宫少廷直接走开了，根本不等洛米回应。

洛米没忍住，眼泪一下子就掉出来了。

哪怕她为了他寻死觅活，他都是这样不看她一眼。她哪怕曾经给他下了药，脱光了衣服站在他面前，他还是一样，不看她一眼。

他太太就那么好吗？尹家那个贱人到底是什么时候出现的，把宫少廷迷得神魂颠倒的！

不甘心！她从小陪他长大，怎么还被别人给抢了？不甘心！

"少廷。"艾莉娜在门口拦住宫少廷。

"妈，我人已经来过，她也听话地吃药了，任务完成，我该走了。"宫少廷从母亲身边走过去。

艾莉娜皱眉。她本来指望宫少廷陪洛米到天亮，现在看来，这是根本不可能的事。

洛米条件那么好，他怎么就一点都看不上，偏偏看上了那个私生女？

宫少廷走了，洛家的人少不了要对艾莉娜说些感激的话。

洛夫人感叹地说："我这女儿实在是丢脸得很！我们给她介绍了那么多对象，她就是一个人都看不上，偏偏少廷已经结婚了！"

"是我那儿子的不是！洛小姐那么好的条件，他一定会后悔的。"

夏唯至呈"大"字形躺在床上，盯着天花板都盯了两个小时了。

怎么睡不着呢？她可是要早起打工的人啊！

不都说宫少廷和洛米郎才女貌，两人情投意合，怎么现在洛米自杀，他一点都不紧张的？真是奇怪，他到底喜不喜欢洛米啊？

此刻在医院里，宫少廷一定拉着她的手安慰她：我会在你身边永远陪着你！

想到这里，夏唯至抖了抖，翻了个身，脸埋在被子里，手揪住被单。

好烦躁啊！宫少廷到底喜欢不喜欢洛米？一起长大的青梅竹马，应该很喜欢吧？

不是说好很快回来的吗？都几个小时了，这叫很快吗？

外面似乎有点动静。

夏唯至猛然抬头，起身，噌的一下跑到窗边，就看到宫少廷的车子停在门口。

宫少廷是一个人回来的吧？洛米都自杀快死了，总不能把人带回来吧？

夏唯至一直盯着，直到确定车上就下来一个人。

那一瞬间，夏唯至心里简直像炸开了烟花一般。

没等宫少廷进来，夏唯至立马跳到床上，躲进被窝里，装睡。

哎，话说她那么激动干什么？宫少廷出去看一个青梅，那个青梅还自杀了！就算留在医院陪着也是很正常的啊。

门被推开。

宫少廷走进来，一边走一边脱衣服。

见夏唯至睡着了，他轻手轻脚地上床，很顺手地就把她搂进自己怀里，让她躺在自己的臂弯里，背对着他的胸膛。

一瞬间，夏唯至竟然觉得很满足，终于可以安心睡觉了。

不过，这人睡觉就不能穿件睡衣吗？

因为姿势不太舒服，她动了动身子。

夏唯至穿着薄薄的丝绸睡衣，身上的温度也能通过布料传到他的身上，她随便一扭动，他就觉得很不好受。

突然，旁边的男人一口咬住了她的耳垂。

她浑身一僵。怎么突然咬上了？怎么办？要把人踹出去吗？

他是她的老公，万一踹坏了，不是跟自己过不去吗？可她心里好像还是有点别扭。

夏唯至还在纠结要装睡还是直接醒来，又觉得这样被他抱着真的好满足、好踏实。

嗯，还是继续装睡吧。夏唯至的唇角不自觉地扬起，自己都没意识到那满满的开心和幸福感。

夏唯至总算是找了份正常的工作，是在一家影视公司做宣传策划，偶尔还要跑剧组。她喜欢影视公司，喜欢剧组。

喝了最后一口牛奶，夏唯至抓着包就飞奔出去上班。刚飞奔到枇杷树下还没到门口，她就看到门口处停了一辆车。

人还没下来呢，银铃般的声音就传来了："阿姨，我来廷哥哥家，他不会生气吗？"

"不会的。我在这里，没人敢对你生气。"

车上下来两个女的，洛米和宫少廷的母亲艾莉娜。

宫少廷刚好晨跑到门口。他的上身还光着，那肌理分明的上身流着汗水，一滴滴落在他小麦色的肌肤上，实在让人脸红。

"廷哥哥。"洛米看到宫少廷立马喊，有些害怕的样子。

宫少廷看到来人，皱眉："你来做什么？"

"少廷，洛米的身体才好了一点，你不能这么对自己说话！是我带她过来散散心的。"艾莉娜说。

母亲都说了，他还能说什么。宫少廷大步走回房。

洛米怎么突袭了？她健身房的工作还在兼职中，洛米依旧是她的客户，她负责洛米的日常陪练。洛米都为宫少廷自杀了，想必是恨死宫少廷的老婆了，也就是她！

见他们进来，夏唯至立马躲到枇杷树后面。见洛米他们走过，夏唯至想一口气跑出门去。

眼看着大门就在前方，只要冲出去，暂时就不会被发现。

"少奶奶。"门口突然出现一个人，还笑盈盈地叫着。

卓尔到底是从哪里杀出来的？

夏唯至扶额，简直想一头撞死他。

"您这么着急，又去上班吗？"卓尔还问。

"闭嘴啊……"夏唯至咬牙切齿地小声制止他。

果不其然，刚才走进去的人都转过头来了。

宫少廷回头看向门口的女人。刚才怎么没看见她？这死女人，跑什么？

洛米也疑惑地回头，看到一个扎着马尾穿着米色风衣外套的女人，这个人自然是夏唯至。

此刻夏唯至是背对着他们的。

现在不回头都不行啊！宫妈妈在场，她要直接跑了，那宫妈妈对她的印象就不是差可以形容了。

卓尔立马捂住嘴巴，不明所以。

"夏唯至，你过来。"宫少廷对门口的女人喊。

自己母亲在这，这女人就这么跑出去多没礼貌，母亲本就不喜欢她，要是连这点礼貌都不讲，母亲就更加不待见她了。

夏唯至？洛米狐疑地看着门口。宫少廷的太太是尹家小姐，怎么都不是这个名字吧？不是太太就行！

夏唯至抓着包，简直想把自己塞进包里。为什么不再早一分钟起床？早一分钟，她就碰不到他们了！

夏唯至硬着头皮转身，低头，一步步挪过去，同时拿下发圈，把头发捋到一边遮住了半张脸，就为了不让洛米看见。

宫少廷走上前来，问她："出去上班？"

"嗯……"

"早饭吃了？"

"吃了……"

夏唯至硬着头皮准备叫一声妈。

"夏唯至，你低着头干什么？抬起头来！"宫少廷命令她。

她平时也不见这样，怎么在母亲面前头都不敢抬？这可不是夏唯至的风格。

夏唯至感觉头皮都发麻了。算了，抬头吧，早死早超生！

她刚准备开口喊妈，结果洛米一下子就认出她来："是你！我知道了，你在这里兼职做用人吗？"

"……"见洛米都认出她来了，夏唯至干脆抬起头，反正也不用遮掩了。

"什么用人，她是我太太！"宫少廷不悦地说。

洛米震惊得说不出话来："你怎么会是宫太太？这不可能！"

"洛米，小心说话！"宫少廷警告她。

洛米一下子不敢开口了。眼前的女人怎么会是宫太太？她是健身房的陪练啊！

不过，事情还没弄清楚，她不敢乱说话。

洛米说："对不起廷哥哥，我以为尹家小姐应该是姓尹的，怎么会姓夏呢？"

听到这里，艾莉娜更不想回答，毕竟夏唯至是私生女。

艾莉娜拉着洛米进房："洛米，我们进屋坐。你身体还没好，这么一直站着怎么像话！快进来！"

艾莉娜对夏唯至的态度很淡，洛米当然看得出来。

洛米跟着艾莉娜走进去，一边回头，疑惑地看着夏唯至。她绝对没认错！原来尹家小姐不姓尹，宫妈妈也不喜欢宫少廷的夫人。

洛米心里窃喜。如果让宫妈妈知道夏唯至身为宫太太，却在健身房做陪练这种工作，宫妈妈一定会觉得丢脸，肯定会让宫少廷休了夏唯至。

夏唯至被洛米那回头一笑搞得心里发毛。

洛米认得她，到时候和宫妈妈一说，她就可以去死了。

"宫少廷，来来，我有事跟你说。"

她还不如主动跟宫少廷交代，宫少廷顶多揍她一顿，好歹能帮她想办法。

"你们两个还不进来？"艾莉娜在里面说。

宫少廷拉着她进去："你要说什么？"

房间里，艾莉娜和洛米都盯着她，她能说什么？算了，待会儿再说吧，总能找到机会。

"没什么……你穿衣服去吧。这么光着让洛米小姐看着，多不礼貌！"夏唯至建议说。

毕竟宫少廷就穿着一条运动短裤，上身都露点了。那洛米盯着他的胸肌看半天了，她心里不太舒服。

宫少廷低头看了一眼自己，又看了看她："我先去洗个澡，你在这儿陪着。"

说完，宫少廷走上楼去房间洗漱换衣服。

洛米却狠狠地瞪了夏唯至一眼。多少人想看宫少廷的身体，她也是难得看见，夏唯至嘴上说对她不礼貌，明明就是不想宫少廷的身体被别的女人看到！

夏唯至去给她们倒开水。

洛米一直盯着她，实在不明白为什么这个女人成了宫家二少夫人。明明只是个低贱的陪练员而已！

洛米越想越气，而她身边的宫妈妈根本连看夏唯至一眼都不想，更别说说话了。

一时间，客厅里气氛尴尬。

洛米先打破沉默，笑嘻嘻地抱着宫妈妈的手臂："阿姨，我早饭还没吃呢。我可喜欢您做的鸡蛋饼了，好久没吃了，能不能给我做一个呀？"

"早饭都没吃就从医院跑出来，你说你！"艾莉娜心疼地责备，起身，道，"阿姨这就给你做去。"

"谢谢阿姨！您最好了！您要是我的妈妈该多好！我妈妈手没您巧，而且从来不下厨，我都吃不到妈妈的味道。"洛米抱着艾莉娜的手臂，把脸贴在上面，不停地撒娇。

艾莉娜看着她，摸了摸她的脑袋："好啦，待会儿就有好吃的了。"

艾莉娜看了一眼夏唯至，直接走进厨房。

洛米看到宫妈妈给自己做早饭去了，很得意地盯着夏唯至。夏唯至才是艾莉娜的儿媳，她却在厨房为自己做早饭。

夏唯至觉得她的眼神有点恶心："洛小姐，这么看着我干吗？"

洛米站起身，走到她身边，坐下，继续打量她。

"这可真是大变活人！你居然是健身房里的陪练！"洛米戏谑地说，"健身房的陪练居然是宫家二少奶奶！"

夏唯至干笑，想死不认账都不行。

其实洛米办了健身卡之后就没怎么去过健身房，记性也是挺好的。

"你知道我为什么不当场揭穿你吗？我是给你台阶下，不想我廷哥哥难堪。他要是知道自己夫人在健身房做陪练，情何以堪？我知道你们圈子很乱，陪练也能陪睡。我身边有个伯伯，找了个情人就是健身房陪练。说得好听是私教陪练，说得难听点，不就是女公关吗？只不过比夜店里的女公关听着干净了一些，性质还是一样的。宫家上下要是知道你的工作，廷哥哥一个人是保不住你的！

"我也不想做这个坏人，不如你主动提出离婚，离开我的廷哥哥，我保证这件事没人知道。就算有人查起来，我也能让他们什么都查不出。"

洛米话没说完，夏唯至就知道她想说什么了，果然是让自己跟宫少廷离婚。

洛米本以为自己抓着夏唯至的软肋，她肯定会害怕，然而看她的脸色，竟一点没变。

夏唯至见洛米望着自己，分明是一副"你快变脸给我看看"的表情，她便非常配合地变了个脸色："如果其他人查起来，洛小姐真的可以帮我挡住吗？"

"当然了。宫太太怎么介绍我的，你忘了吗？我是洛家千金！洛家在这祁城的势力，除了宫家，恐怕没有哪家可以抗衡，我要保你还是绰绰有余的！"洛米自信地说。

"好的。"夏唯至说。

洛米一愣，没想到夏唯至这么爽快就答应了。呵呵，果然是为了钱什么都能做的低贱女人！嫁给廷哥哥，无非就是为了钱！

"这么说，你答应跟廷哥哥离婚了？"

"没有啊。我为什么要跟他离婚？"

洛米的脸色一下子变得很难看："那你说什么好的？"

"我表示知道了洛家的势力很大。"

"……"

洛米发现这个女人一点都不好打发。在健身房的时候，她分明为了钱什么都愿意做，现在竟敢巴着宫家二少不放，还敢这么对她说话！她一定要给夏唯至教训！

"你不会以为，廷哥哥知道你在健身房的工作还会护着你吧？你哪来的自信！你以为你是谁！尹家小姐不姓尹，私生女啊，你有多大的魅力能让宫家二少爷钟情于你？"

"我也不知道自己有什么魅力，可他就是娶了我。"夏唯至无辜地说。

一句话气得洛米连个屁都放不出来。

"所以不肯离婚是吗？你走着瞧！"洛米警告完，突然又拉着她的手，很亲昵地喊，"嫂嫂，以后我们要常常一块儿玩，多走动走动呢！"

夏唯至抬头，果然看到宫少廷从楼上下来了。

洛米拉着她，跟宫少廷说："廷哥哥，我还跟嫂嫂约好了，有空我们一块儿去

137

逛街。"

夏唯至内心一阵吼。这女人自导自演很厉害呢！她什么时候跟洛米约好了？嫂嫂都叫上了！

夏唯至也配合地一笑。毕竟宫妈妈在场，洛米要是说了她在健身房的事，宫妈妈肯定讨厌死她。

宫少廷看夏唯至简直跟看白痴一样。她不知道洛米喜欢自己吗？还跟洛米好一块儿了！

艾莉娜做了鸡蛋饼端出来："少廷，你跟洛米过来吃吧。我看你刚晨跑回来，应该也没吃早饭。"

完全把夏唯至晾在一边了。

洛米更加得意，直接贴到宫少廷身边："廷哥哥，阿姨做的鸡蛋饼是全世界最好吃的！有口福的人实在是太幸运了，是不是呀，廷哥哥？"

宫少廷拿开她的手，推开她的肩膀，压根不理会她，伸手去拉夏唯至。

"你过来，一块儿吃。"宫少廷说。

宫妈妈根本就没叫她，她哪里好意思去吃。

夏唯至笑着说："不了，我吃过早饭了，你们吃吧。"

洛米被宫少廷推到一边，看到宫少廷总是拉夏唯至，心里很是不痛快，但是她不敢发作。

洛米又走过去，不甘心地抱住宫少廷的手臂："廷哥哥，快吃吧，鸡蛋饼要趁热吃。"

宫少廷又把她推开："拉着我干什么！没看到我太太在场吗？"

竟然又被推出去了，洛米这次是真要哭了，可还是努力憋着泪水。

"廷哥哥，我以前都是这么拉着你的，你从来不会推开我！"洛米泪水都出来了。

那楚楚可怜的样子，夏唯至一个女的看着都不忍心。

艾莉娜更加不忍心，她呵斥自己的儿子："少廷，洛米身体不好，你这么推她，万一摔倒了怎么办？洛米这样娇弱的女子，你怎么不懂怜香惜玉？"

"妈，夏唯至才是我老婆，我对别人怜香惜玉，这说不过去。没什么事我就去上班了。"宫少廷对母亲躬身，然后转身，拉上夏唯至："跟我一块儿走。"

夏唯至忙不迭地点头，特别给宫少廷投去了感激的眼神。

"妈，洛小姐，我也先去上班了。"夏唯至被宫少廷拉着，几乎是小跑着跟上。她抬头看着身边的男子，小伙子果然很俊啊，说的话怎么那么暖心！

成为宫少廷的老婆，被他护着，真的很温暖啊！

她竟然有点庆幸，是她嫁给了宫少廷。当初老太爷指名尹翎叶，她还死活不肯嫁！

洛米看着宫少廷的态度，心都碎了。

艾莉娜也板起脸。她特地带洛米过来是想跟宫少廷培养一下感情。虽说老爷子想把尹翎叶换过来，可是她对洛米知根知底，特别是洛米真心喜欢宫少廷。

"呜呜呜……"洛米一下子就哭了出来。

艾莉娜安慰她："洛米，少廷只是暂时被那女的迷昏了头。等他清醒过来，知道谁才是真正爱他的人，他一定会回到你身边。"

夏唯至跟着宫少廷走出来，戳了戳他的手臂："哎。"

宫少廷低头睨着她："哎什么哎，我是谁？"

"你是谁你问我，你傻了啊！"

"夏唯至，也就你敢这么对我说话！你要不是我老婆，我能掐死你！说，我是谁！"宫少廷盯着她，冷哼。

"老公！"夏唯至立马叫了一声。

宫少廷挑眉："嗯，接着说。"

"你不喜欢洛米吗？"

"你说呢？"她自己看不出来吗？

"洛米她条件那么好，你为什么不喜欢她？"

"条件好就得喜欢，那还有你什么事！"

"……"他这是什么意思？他的意思是喜欢她吗？她能这么理解吗？不可能！肯定理解错误！他就是不小心把她睡了，然后刚好因为公司需要就娶了她，仅此而已。

"宫少廷，我要和你说件事！"夏唯至想把健身房的事告诉他。

宁可被他揍一顿，也不能让洛米来说穿。

宫少廷的电话突然响了起来，是他的秘书贝拉来的电话。

这个时间突然来电话，自然是有事。

宫少廷说："等等，我先接个电话。"

宫少廷接起电话。

秘书贝拉很着急的样子："总裁，大少爷刚才突然来公司，叫来所有股东召开了紧急会议！十分钟前，网上突然流传起一段视频，而且几分钟之内就被刷上了热门！"

"什么视频？"

"是一段关于宫家二少夫人的视频！视频一出来，我们团队就迅速压下，可是没想到，没几分钟又被顶上了热门！现在已经是热门第一，居高不下！"

宫少廷立马挂断电话，回头看了夏唯至一眼。

夏唯至被他看得心里发毛："发生什么事了？"

宫少廷打开新闻，头条推送就是一段视频，题目是"健身房里不为人知的一面，想嫁豪门去健身房"。

视频是一个女的在一个霓虹闪烁的房间里，被一大群男的围着，其中一个老男人戴着拳击手套，一拳拳打向她的肚子，旁边那些男的在起哄。

这个女人只穿着健身房的健身衣，上身是运动文胸，下身是短裤，脸上打着马赛克。

那老男人一身肥油，一边打她，一边嘴里骂骂咧咧。

身后那些男的都在哈哈大笑。

视频的最后，老男人拿出一沓钱扔在女人身上。

女人爬起来，一张张地捡起。

地上还倒着一个被打过的穿着极其暴露的女子，那女子的健身服完全是透明的。她直接被那个老男人抱起来，搂着离开。

夏唯至看到视频，心像是被狠狠地撞了一下。

视频下面的评论更是不堪入目。

"这健身房女陪练，不就是公关小姐吗？"

"就是鸡呀！都是为了钱，去健身房傍大款也好呀！"

"你们知道视频里的女人是谁吗？她是我大学同学，尹家私生女，现在已经嫁进顶级豪门！"

"顶级豪门！我只认宫家！"

"就是宫家啊！宫家二少奶奶！不会宫家二少也去健身房吧？难怪他突然娶了她呢！"

"私生女心机真的好重啊！我也要去健身房偶遇豪门大少！搞不好也能嫁豪门！"

宫少廷看着手机上的视频，脸色越来越难看。视频里的女人是打了马赛克，如果不是跟她非常熟，根本不会知道是她。

可是宫少廷认出来了——夏唯至肚脐边有一颗黑痣。

"是不是你？"宫少廷质问夏唯至。

这的确是她，是她刚刚到健身房工作时的事。那时候母亲出了车祸成了植物人，尹家又不肯救助，她连把母亲送进医院的资格都没有。

她为了让母亲住进医药，所以去健身房做了陪练。

第一次遇到的客人就很难缠，像洛米一样不准她还手。不还手没关系，可那客人对她动手动脚，她一气之下打了客人一巴掌。客人生气了，带了一群人来围观他怎么打她、怎么羞辱她。如果她不乖乖被打，客人就要起诉她，让她赔钱，她哪有钱赔给对方。她不知道会被拍下视频。

夏唯至低下头："我当时只是为了母亲的医药费。"

"医药费！夏唯至，你为了医药费，要么被尹家欺负，要么被这些人欺负，你赚钱不要尊严的吗？"宫少廷怒吼。

母亲都快死了，连医院大门都进不去，她身上没钱，弟弟又受了重伤，她还管得了什么尊严！

"我在健身房里一直清清白白的，除了挨打，什么都没做！"夏唯至望着他，突然很害怕他不相信自己，"宫少廷，你相信我！"

宫少廷真是要被她气死了。他很确定夏唯至的初次是给了他，所以绝对不会跟健身房里那些老男人有关系。

盯着夏唯至，他真是想把这个女人狠狠地揍一顿，可眼下最重要的是把事情解决了。

"少爷，老太爷来电话了！"卓尔拿着手机跑过来。

视频的事，卓尔也知道了，抬头看了夏唯至，卓尔不敢多说什么。

宫少廷拿过手机，跟卓尔说："网上所有视频立刻给我删除，把这条热门压下去！"

"少爷，已经在处理了！"卓尔当然第一时间设法处理。

宫少廷又看了一眼夏唯至："从现在开始，你哪里也不准去，回房间待着！"

"对不起！"夏唯至低下头，道歉。

宫少廷原本还想再骂几句，可是这个女人从来不服软的，突然给他道歉，他的心反而软了下来。

"我会处理好，你不用担心也不用怕，在家等我。"宫少廷说着直接走开，上了车。

电话那头老爷子免不了一顿责骂。

宫达已经叫来董事召开紧急会议，自然是早就知道这段视频的存在，夏唯至也不过是被他利用了。

夏唯至倒是不担心自己，只是很担心宫少廷，她问卓尔："我是不是托他的后腿了？对他的公司会不会有影响？"

"少奶奶放心，少爷他会处理好的。"

"我没想到还有这段视频……"

"少奶奶，这不怪您，明显是被有心人利用了！大少爷为了和我们少爷争权力，什么事都干得出来！"卓尔安慰说。

夏唯至问他："卓尔，难道你也相信我吗？"

"少奶奶，虽然我们相处的日子不长，可您是什么样的人，卓尔心里有数！我去处理视频的事。"卓尔躬身走开。

夏唯至站在门口好长一段时间都不知道该怎么办。

她不是公关小姐。

然而，就算宫少廷相信她，宫老爷和宫妈妈也不会相信她。

"夏唯至！"显然连房间里的艾莉娜都知道了这件事，拿着手机大步走了出来。

洛米更是诧异，怎么还有这种视频？她本来还想逼着夏唯至离婚，结果，她都不需要做什么，这次夏唯至死定了！

"妈！"夏唯至有些尴尬。

啪。艾莉娜一巴掌打在夏唯至脸上："我说我儿子怎么鬼迷心窍突然娶了你！原来你就是通过这种手段接近他的！不要脸的女人！"

夏唯至连动都没动一下，脸上火辣辣地疼。

她不能还手，也不能还口，因为对方是宫少廷的母亲，但是她可以解释："妈，宫少廷从来没去过健身房！我在健身房只是工作，没做任何对不起他的事！"

"工作？什么工作？公关小姐？看看视频里你那下贱样！你们陪练私教的事我也不是没听说过！"艾莉娜嘲讽道，"不要叫我妈！我从来不想认你这个儿媳，我心目中的儿媳是洛米这样的，不是你这种小姐！少廷要是因为你丢了公司，你的下场就不是离婚这么简单了！"

艾莉娜现在更关心她的儿子。宫达临时召开董事会议，必定是弹劾宫少廷。

洛米经过夏唯至的身边时，实在没忍住开心："看来我什么都不用说了，也不需要做坏人！你不是很有魅力吗？等着被宫家扫地出门吧！"

夏唯至看到洛米完全是飘着离开的，看来真是高兴坏了。

也不知道宫少廷那边怎么样了。

她是不怕受到什么伤害，毕竟从小到大什么伤害都受过了，就是怕连累了宫少廷。

宫氏集团祁城分公司。

董事会紧急召开，宫达主持会议。

会议早已经进入白热化阶段。

跟着宫达来的董事纷纷要求宫少廷放弃继承宫氏集团，甚至让他退出祁城分公司。

视频里的女主角被称为宫家二少夫人，而宫家二少爷就是宫少廷。

因为视频的疯传，祁城分公司股价大跌，甚至牵连宫达手里的子公司的股价也跟着暴跌。

"二弟，大哥也没别的意思，只是让你暂时退出，我暂时接管你手里的业务。等股市回暖，业务自然是要还你的。"会议桌上，宫达满嘴都是为了宫少廷好，但态度咄咄逼人，一个劲儿地让他退出。

其他董事也都跟着说："二少爷在风口浪尖上，还是先退出的好。几个子公司股价都暴跌了，总公司那边万一也受了牵连，到时候整个祁城的经济都会跟着动荡。"

"是啊是啊！我们是大公司，大品牌，有义务拉动祁城的经济！市长也亲自打来电话，对这件事表示了关心。"

宫少廷坐在首位，听着董事们要求他交出手里的业务，辞去祁城分公司总裁之位。

"都说完了？"宫少廷冷冷地丢出一句。

会议室内顿时安静了少许，大家看向大少爷宫达。

宫达脸上依旧笑着："二弟，董事们也是为了公司，为了整个祁城好，毕竟我们公司有几千万人等着我们养活，而他们身后还有那么多家属等着吃饭。你夫人引得公司股价大跌，你自然要承担责任！"

"视频女主角打着马赛克，大哥你怎么确定那是我夫人？或者说，这段视频就是你放的？我们是亲兄弟，你不惜损害公司的利益也要陷害我，如果你想要我手里的业务，不想我继承宫氏集团，你大可跟我说，我可以拱手让给你。"宫少廷轻描淡写地说。

宫达被宫少廷这么一质问，确实说不出话来。

他要么承认视频的女主角无法确定，要么承认视频是他放的，但是这样一来，他就是损害公司利益的罪魁祸首，宫少廷不过被夫人间接连累，那被问罪的肯定是他宫达。真是打得一手好太极。

一时间，董事们都看向了宫达。

宫达微笑着说："二弟，你说得对，我们是亲兄弟，我怎么可能害你？这段视频自然跟我无关。"

"既然视频不是大哥你放的，你怎么确定上面的女人是我夫人？"

"我也是听网上那些人说的。"

"网上？现在水军那么多，万一是别人雇来的，别有用心，人家说是我夫人，我就得承认了？大哥现在应该做的是帮弟弟澄清这段视频跟我夫人无关，这样公司的损失才能降到最低，却跟我浪费口舌要我退出公司，大哥该不是别有用心吧？"

董事们越发觉得宫少廷说得有道理，纷纷点头称是。

宫达问："二弟说这视频的女主角不是你夫人，你有证据吗？"

"那大哥说这女主角是我夫人，你有证据吗？"宫少廷料定宫达手里没有原版视频，不然他放的肯定是没有马赛克的。

"视频上的女人，肚脐上有一颗黑痣，只要看看你夫人肚子上有没有黑痣，就能确定这个女主角到底是不是二少夫人。"

宫少廷的面色倏然冷了下来："大哥，是你想看我夫人的身体，还是你们都想？"

说完，他冰凉的目光扫过在场的董事。

董事们哪里敢说话。这种事情简直是对二少夫人的不尊重，更是对宫家二少的不尊重。

宫达带了董事们过来原本是想趁机把宫少廷打压下去，可没想到，明明占了上风的自己却一点便宜都没得到。

一个老董事建议说："当务之急是弄清楚视频上的女人和二少奶奶到底有没有关系。如果真是二少奶奶，这样的丑闻对整个宫氏都不好。如果是谁冤枉了二少奶奶，我想我们大家也不会让他得逞！"

不过，不管视频里的人是不是宫家二少奶奶，宫氏都需要召开新闻发布会，否认宫家二少和视频中的女人的关系。

新闻发布会现场，记者涌动。

这条新闻太过劲爆，各路记者削尖了脑袋也要进来采访、直播。

房间里，夏唯至一刻不停地关注着新闻。

虽然那段视频在网上被压下来了，可是热度一点都没降，大家都在传宫家二少奶奶是尹家私生女，做的陪练私教其实是个公关小姐，而宫家二少爷就是在健身房被她巴结上的。

宫家的新闻发言人是总裁秘书贝拉。

贝拉极力否认，表示女主角和他们总裁毫无关系。

有记者问："网上传言这个女人是尹家私生女，也有传言廷少已经结婚，娶的就是尹家私生女。请问，这是真的吗？"

贝拉微笑着："既然是传言，自然是子虚乌有的事情。"

"贝拉小姐指的是视频女主角是尹家私生女这事子虚乌有，还是廷少已经结婚是子虚乌有？那个女人真的跟廷少没有关系吗？"记者又问。

"当然没有关系。我刚才不是说了吗，那个女人跟我们总裁一点关系都没有！"贝拉说。

"那廷少到底结婚了没有？他娶的是尹家私生女吗？"记者不停地追问这个问题。

贝拉不回答，他们就不会罢休。

"很抱歉，这是我们总裁的私人生活，我不能回答，但是视频里的女主角绝对不是宫家二少夫人。"贝拉保证说。

"贝拉小姐，视频里的女主角被传言是宫家二少夫人，如果廷少没有结婚，你们为什么不敢回答？我们现在还是有理由怀疑，那个女的是二少夫人。"记者又把问题给绕了回来。

这场记者招待会陷入了僵局。

宫达站在后台听着记者和贝拉的话，脸上的笑容一闪而逝。他叫来自己的助理，说："让我们的记者接着追问，今天不问出个答案，招待会就别想结束。"

这边贝拉被问得头疼，她确实不知道总裁到底结婚了没有。她的确在总裁家里看到过一个女的，可那女人是谁，她也不清楚，总裁的隐私她哪里敢多问。这次记者招待会就是为了跟视频里的女人撇清关系。

这时，贝拉的电话响起，她立马走到一边接电话。

听到电话里的指示，贝拉有些震惊，她回到招待会现场。

"各位媒体朋友，既然你们那么想知道我们总裁的私人生活，我可以很明确地告诉大家：我们总裁确实结婚了，不过结婚对象是尹家大小姐尹翎叶。"贝拉完全是按照董事长宫家老太爷的意思在回答。

记者们一片哗然，怎么会是尹翎叶！

尹翎叶可是大明星，知名度这些年一直居高不下，这么大的娱乐新闻，狗仔们竟然都没爆出来！

"请问尹翎叶和廷少是什么时候结婚的？"

"这么大的新闻，为什么没对外公布？"

"他们打算要孩子吗？"

话题立马扯远了，大家哪还有心情关注视频里一个名不见经传的健身房陪练私教。

宫达听到贝拉的回答也有些诧异，虽然没有达到他预期的效果，但又有好戏看了。

尹翎叶此刻正拍完广告在休息，也在看电视新闻。

看到宫氏集团的新闻发布会，听到宫氏新闻发言人的话，她也很震惊，可心里是掩不住的窃喜。

夏唯至，我只是拿回属于自己的东西而已！

"尹姐，天哪！"化妆师给她补妆，也看到了电视上的新闻，"这是真的吗？！原来尹姐已经跟宫家二少结婚了！"

其他工作人员和导演都跑了过来。

导演谄媚地问："翎叶，你已经嫁进宫家了！这么大的消息，你怎么都没告诉我们？外界可是一点都不知道！"

尹翎叶只是笑笑不语。

大家都觉得她特别低调，这个消息比她拿任何大奖都来得劲爆啊！

"导演，外面来了很多记者，都想采访尹翎叶小姐！"保安跑进来说，"人太多了，挡也挡不住！"

"都轰出去！没看到我们翎叶在休息吗？"导演呵斥道，又亲自端了水给她："翎叶，以后还要仰仗你多多支持，多多关照，在宫二少面前替我美言几句！"

尹翎叶接了水杯，笑着说："导演哪里的话。你是导演，希望以后有什么新制作可以优先考虑我。"

"翎叶，你这么个大明星还是宫家二少夫人，却这么谦虚！你跟宫二少都结婚了，就凭着这一点，哪个导演哪个公司不想找你合作！"

这时又有保安跑来说："尹小姐，外面有人说自己是宫家的，来接你回家。"

尹翎叶眼前一亮："宫家？"

对，这时候就需要她陪着宫少廷往媒体面前一站，毕竟他们官方都说了，和宫少廷结婚的是她尹翎叶。

一时间，所有人都羡慕地看着她。

"从小成名，又是尹家小姐，还嫁给了宫二少，人生赢家也不过如此呢！"

"上辈子一定拯救了地球啊，竟然嫁进了宫家！"

尹翎叶高傲地一步步走出去，耳边都是羡慕奉承的话，她扬着唇角，脸上是掩不住的欢喜。

一出门，记者们便蜂拥而上。

"尹小姐，你真的跟宫二少结婚了吗？"

"尹小姐，你们是什么时候结婚的？婚礼举办了吗？"

"你们的蜜月呢，什么时候开始？"

尹翎叶全程都是笑着的，嘴角的甜蜜掩不住，但是她什么都不说，就让记者们自己去猜。车都开出去老远，记者们还在后面疯狂地追着。

宫少廷在家门口停下车子。他也听到了新闻发布会上贝拉的回答。

宫少廷拿出手机，暴怒地质问："谁让你说这些话的？"

"总裁，是董事长的意思！而且当时情况紧急，如果不这么回答，记者会揪着视频女主角不放！这不，现在话题全都岔开了。总裁，您真的跟尹翎叶小姐结婚了吗？"贝拉也很好奇。

"这是你应该问的问题？马上给我从公司滚蛋！"宫少廷直接挂断电话。

那一头贝拉简直欲哭无泪，她只是按照董事长的意思说话，她都不明白自己做错

146

了什么。

宫少廷简直气死了。老头子这是什么意思？他根本就是故意把尹翎叶抬出来，这样一来，夏唯至就不能见光了！

一下车，宫少廷就问卓尔："少奶奶呢？"

"少奶奶出去了刚回来。少爷，听说老太爷派人去接尹家大小姐了。"卓尔说。

"关我什么事？！"

"可是现在大家都以为您跟尹家大小姐结婚了。外面现在都在讨论这件事，视频的事没人关心了。"

宫少廷没想到老头子这么绝，来这一招！这些天一直逼着他跟夏唯至离婚不算，现在竟然在记者会上告诉所有媒体他娶的是尹翎叶！如果他现在出来否认，那视频的事又会被翻上来，夏唯至就成了众矢之的！

夏唯至知道宫少廷回来了，立马跑出来："公司怎么样了？"

宫少廷本来一肚子火气，但看到她出来，心里一下子柔软了起来。

这个女人傻不傻！他宫少廷能坐上今天的位置，经历的风浪还少吗？这么一段视频就想动他，怎么可能？

宫少廷拉住她的手腕，和她一起走进去，坐在沙发上。

"多少人知道你在健身房的事？"宫少廷问她。

"只有杭宝蓓和薄源佑。"

"薄源佑？"宫少廷眸子一眯，"视频最初的发布者隐藏了IP地址，所以找不到这个人，薄源佑倒是有可能！"

"薄源佑，不可能是他！虽然他不喜欢我，但不至于那么害我，他的心没那么坏。对不起，给你惹麻烦了！"

她从来不是低声下气的人，只有为了她母亲才会低下头。

想到她这些年一直做陪练私教，遇到些变态客户还不能说什么，也不能还手，再想起新婚的时候，她总是一身伤回来，哪怕已经嫁给他，她也不开口向他要钱，完全靠自己补贴母亲的医药费，之前他只顾着生气，现在回想起来，他实在是心疼。

宫少廷抱住她的肩膀，把她搂进怀里，语气变得轻柔："什么时候开始做这份工作？"

"其实这工作挺好的，陪练私教比办公室的工作赚钱多了。"夏唯至笑着说。

"什么时候开始的？"宫少廷只感觉到心疼。

"大一，母亲出车祸之后。视频上那次是我刚开始工作。我需要钱……需要很多钱……"

夏唯至从来没跟他说过她以前的事，他也从来不问她。

她是私生女，好不容易能够回家认祖归宗，却发生了车祸，母亲昏迷不醒，弟弟也重伤。

她唯一可以依靠的尹家没有帮她，她只能靠自己的双手去救母亲和弟弟。

他现在终于能说，他的女人足够坚强，完全有资格站在他身边！

宫少廷用力把她搂在怀里："从今以后，你不需要那么坚强！夏唯至，我是你老公！你老公是什么人？宫家二少爷！我那么有钱，你为什么不巴结巴结我，还跑去健身房给别人打？老子把你捧在手心，把你养那么好，不是为了把你送出去给人当出气筒的！"

他骂着她，可话语里全是心疼，夏唯至听得出来。她忍不住靠在他怀里，抬头看着眼前的男子，她的老公。

不久之前他们还是陌生人，她还总是想着法子逃离他，因为她不喜欢他，却被他强行娶了回来。视频出现后，网上的人把她说得那么不堪，像一个为了钱不择手段爬男人床的妓女，眼前的男人却说："老子把你捧在手心，把你养那么好，不是为了把你送出去给人当出气筒的！"

她今天才明白他的肩膀那么牢靠。

夏唯至忍不住伸手抱住他的腰："宫少廷，我认真检讨了自己以前对你的所作所为，觉得作为你老婆特别不称职！今天给你惹了那么大的麻烦，我很亏心，对不起！真的对不起！"

她一个劲地跟他道歉，他反而有些不习惯了。

受伤的明明是她，而且分明是他死皮赖脸强娶了她回来，她却总问他有没有牵连他，公司怎么样了，他好不好，真是心疼死他了！

宫少廷一手掐住她的腰，直接把她抱起来，让她双腿岔开坐在他的腿上。

夏唯至猝不及防，竟然下意识地抱住了他的脖子，而不是推开他。

这反应可让宫少廷高兴坏了，俯身凑过去咬住了她的唇，狠狠地亲吻了她。

明明是因为心疼她，却带着惩罚般的味道，把她吻得只能瘫在他怀里喘息。

夏唯至喘着粗气说："你……你下次吻我的时候给我提个醒，我好做个准备。"

宫少廷眉毛一跳："你能做什么准备？"

"深呼吸啊！我喘不过气了！"夏唯至说。

宫少廷想笑，捏着她的脸说："你怎么一点经验都没有？技术真差，连接个吻也不会。"

"我本来就没经验啊！如果我的第一次是给你的，那我的初吻也是给你的。"夏唯至说。

宫少廷愣了一下，他还真没想到她的初吻也是他的。

"什么叫如果！你的第一次本来就是给我的，不过我没想到你的初吻也是我的。你的初吻算是救了我一命，丢得值。"那天他被人追杀，被麻醉枪射中了，情急之下

148

在小巷里找了夏唯至做掩护。

"我救了你？我怎么不知道？"

"你知道什么！你满脑子都是薄源佑！追了人家四年，连个吻都没拿到，丢不丢人！"宫少廷嫌弃地说道。

那天在小巷里，她喝醉了酒，一直在哭喊：薄源佑，你都把我灌醉了，你竟然不跟我睡！我追了你四年，你竟然被别人泡走了！呜哇哇……

夏唯至的嘴角抽了一下，在他怀里动了动，搂着他的脖子问："说说啊，我很好奇！什么意思？什么叫我的初吻救了你一命？我的吻技那么好吗？"

宫少廷用鼻腔发出一点音："吻技？就你？"

"你这么嫌弃的样子，当初干吗要拿走我的初吻？"

"我被人追杀，中了麻药，不得已向你借个吻，就这样而已，跟你的技术没有一点关系。"

夏唯至可好奇了，已经完全不在乎宫少廷嫌弃她的技术。

"然后呢？我借给你一个吻，就没人追杀你了吗？"

"然后嘛……"宫少廷脑海里回想起了当时的情景——

那个杀手狐疑地看向他们这边，而夏唯至双腿盘在他的腰上，冲着杀手喊："看什么看！要不要一起上啊？"

于是杀手被吓跑了。

他也被她的不要脸震惊到了，想丢开她走开，可夏唯至死活抱着他不放，嘴里一直喊着薄源佑的名字，哭喊着说"我追你四年了没追到，连个手都没摸到，你今天不睡我你不能走"。

夏唯至望着他，很期待他接下来的故事。那晚的事，她喝断片儿了，什么都不记得。

宫少廷看着她说："我要了你一个吻而已，你就非要跟我睡，我拦都拦不住！我当时中了麻药，哪有心情跟你睡，可你死活要跟着我，抱着我的腿不撒手，还主动解开我的皮带……杀手都吓跑了。"

夏唯至听得瞠目结舌："我有那么不要脸吗？"

宫少廷一副"你就是"的表情。

其实当时的情况是夏唯至怯场了想跑，被他逮了回来，他诱导她解开了他的皮带。

宫少廷继续说："解开了皮带之后……"

宫少廷示意她低头看某个地方。

夏唯至看了一眼，感觉自己面皮有些抽动，然后听到他说："我是男人，被你逗成这副样子，我肯定受不了，可我也是第一次，不想那么随便。"

夏唯至睁大眼睛："啊？你是第一次？我拿了你的第一次？"

"对啊！你就把我带去酒店，一定要在酒店开房！"

"什么？我还开得起总统套房？"

"你当然开不起！可你想要啊，自然是我掏的钱！"宫少廷说。

其实当时是他发现夏唯至没有经验，不想她太痛，特意带她去了酒店。

夏唯至张大嘴巴。她从没想过自己喝醉酒之后会那么不要脸，拿了人家的初吻，拿了人家的第一次，还死活要他开了间总统套房。

见到她瞠目结舌的样子，宫少廷又说："第二天你起来就走了，根本不想负责！可我不是随便的人，你不想对我负责，可我不行！那是我的第一次，还有我的初吻！"

现在夏唯至感觉自己特别不是人。把他的初吻拿了，要了他的第一次，还要他掏钱开总统套房，睡完了，她还不认账！

"夏唯至，我的思想很保守的——我的第一个女人，就得是我老婆！你不想负责，我只能娶了你，可你呢？婚后三心二意的！心里有男神，还有个初恋男友，你把我这个老公放在哪个位置？"宫少廷质问她。

夏唯至觉得自己简直就是禽兽，她很不好意思地说："我没想到原来是这样！我感觉特对不起你，真的！我现在良心好痛！"

"这就对了。从今以后你就乖乖留在我身边，好好地弥补我！你欠你老公太多你知不知道？"宫少廷戳着她的心口说。

就是要让她良心痛，亏心得不行，她才不会乱跑。

喜欢薄源佑又怎样？他就不信，让她心甘情愿地留在他身边，时间久了，还能不对他生出感情来！

夏唯至使劲想也想不起毕业那晚的细节来，可思前想后，她总觉得自己没那么禽兽，于是她不甘心地问："我那晚真的有那么过分吗？我觉得我不可能抓着一个陌生男人不放啊！"

"你何止抓着不放，还双腿盘着我的腰不放！夏唯至，你觉得我可能骗你吗？我需要骗你吗？我是谁，宫家二少爷！你又是谁？"宫少廷面不改色地说完了。

看到眼前女人的表情更加心虚，他就放心了。

夏唯至直接把脸埋在他怀里："差不多就行了，别说了！我意识到自己当初的行为对你造成的伤害了！以后我肯定弥补你！"

她当初怎么那么不要脸！原来喝了酒之后，她那么变态！

不过，想到自己拿了宫少廷的第一次，她怎么那么开心呢？

宫少廷原来是第一次啊！哈哈哈，好开心！

宫少廷低头望着怀里的女人，看着她面红耳赤、羞得想钻地缝的模样，他觉得很开心。宫少廷紧紧地抱着怀里的女人，他是真的心疼她，想要好好保护她。

她只是为了母亲和弟弟能活下去，去健身房拼命赚钱，她一点错都没有，不应该让那段视频带给她伤害！

他有责任保护她，不让她再次受伤！

"少爷……"卓尔一进来就看到自家少奶奶坐在主子腿上，他本来是不想进来的，可没办法，现在视频的风波愈演愈烈——虽然视频被删除了，但是热度不减，何况现在宫家官方已经宣布尹翎叶才是宫家二少夫人。

宫少廷看了他一眼，示意他噤声。卓尔说夏唯至刚回来，说明新闻发布会的内容她还没看见。

夏唯至看到是卓尔，担心地问："怎么样了？"

卓尔小心地看着自家主子。

宫少廷说："发布会的内容我已经知道了，不需要再重复了，让你做的事都做完了？"

卓尔立马明白了，是尹翎叶不能提。

"少爷，健身房已经被全面关停，视频里所有的男的都被抓进警局，拍摄视频的人也已经找到，他叫赵昊，手里的视频已经全部销毁。不过就在三天前，赵昊的电脑被人侵，视频被人盗走，就是今天出现的视频，所以还是没法知道谁才是视频的第一发布者。"卓尔遗憾地说。

"还能有谁！宫达的消息最快，而且非常肯定视频女主角是谁，第一时间叫来了董事召开临时会议，就是想把我弹劾下去，他的消息真够灵通的。"毕竟连他都不知道夏唯至在健身房里的具体工作内容。

夏唯至说："都怪我！我应该早点告诉你，可我怕我告诉你，你不让我在那边工作。"

"废话！我要知道你做什么，我能让你去健身房？"宫少廷说起来也气，想到她一直被人打，嫁给他之后还成天挨打，想起来他都觉得自己没用。

"脸怎么了？"宫少廷发现她左边脸颊到耳根有些红肿，甚至有手印，顿时眸子一冷。

"什么怎么了？没事啊！"夏唯至摸了摸脸颊说。

"谁打的？"宫少廷问。

"打什么啊？"

"打你！谁打的？"宫少廷的手指抚过她的脸颊。

这绝对不是旧伤，早上他走的时候还没有。

"我打的。"身后突然传来一道冰冷的声音。

夏唯至转身，就看到宫妈妈艾莉娜从外面走进来，她身边跟着洛米。

151

洛米一过来就开心地喊："廷哥哥！"

宫少廷根本不看她一眼，而是走上前质问自己的母亲："妈，唯至是我的太太、您的儿媳，您为什么打她？"

"怎么，我打了她，你难道要为了她打回来吗？我就站在这儿，宫少廷，你现在就可以出手打你的亲生母亲。"艾莉娜冷冷地说。

"儿子不敢！只是母亲打了她，儿子心里很不舒服。儿子自然不能打您，但是，我也要为我夫人出气！"宫少廷走上前，扬起手。

艾莉娜心一颤，以为自己儿子要为了这个女人大逆不道地打她。

结果啪的一声，宫少廷一巴掌甩在洛米脸上。

"啊！"这一掌猝不及防，洛米整个人摔在地上。

"你！宫少廷！"艾莉娜大喝，立马去扶洛米。

洛米心中委屈，眼泪唰的一下就下来了。

"廷哥哥，你为什么打我？"洛米哭喊道。

"我不是说了，我母亲打了我太太，我只是想出口气，没有为什么！"宫少廷冷声说。

洛米这次是真委屈，眼泪一把把地掉，拦都拦不住。

夏唯至也没想到宫少廷会亲自出手打洛米。这时候她什么话都不能说，说什么艾莉娜都会厌恶她。

艾莉娜狠狠地瞪着夏唯至："我儿子到底被你灌了什么迷魂汤？你干出这种龌龊事，这种视频满天飞，害得我儿子在公司被弹劾，公司能不能保住还是个问题！我打你一巴掌，难道不应该？"

"对啊！明明是她惹了那么多事，视频大家都看见了！廷哥哥，她就是故意接近你，完全是为了你的钱，你不打她，反而来打我，这不公平！"洛米也指着夏唯至吼道。

"视频？什么视频？你们不会以为视频里的女人是我太太吧？那是传言，你们也信？"宫少廷当然不会让别人知道视频的女主角是夏唯至。

"不是她还能是谁？"洛米捂着脸大吼。

"你那么确定是我太太，难道你也去过健身房，也有打人的癖好？"宫少廷质问洛米。

艾莉娜就盯着夏唯至不放："怎么不说话？少廷说视频里的女人不是你，我也没见你否认，难道是少廷为了维护你，帮着你说谎吗？"

夏唯至抬头看向宫少廷，见他对自己点点头，她说："视频里的人，不是我。"

"突然出现了这段视频，不会是空穴来风！我看视频里的人，身段和你有几分相像，你怎么证明那不是你呢？"艾莉娜又问。

152

宫少廷皱眉："妈，您不要对她兴师问罪！我说不是她，就不是她！您信不过儿子吗？"

"少廷，不是妈妈兴师问罪！就算我什么都不问，你爷爷也肯定不会放过她！而且他已经在来的路上，不一会儿就能到了。待会儿爷爷追问起来，你让她怎么回答？"

老爷子的速度真是快，这个点了，还要过来！

还真是说曹操曹操到，外面很快停了五六辆车。

十几个守卫下来站在门口，成一字排列。

宫家老太爷从车里面出来，看了一眼不远处的宫少廷，却没有直接进去，而是走到后面的红色车子旁边。

车门打开，里面下来一个女人，她有着窈窕曼妙的身材，修长的腿，丰满的胸，浑身上下自带光环，一双眼睛像会说话一般，可以引得无数男人竞折腰。

她扶着老太爷的手下来，这待遇，到目前为止，还没有哪个女人有过。

她跟在老太爷身边，腰肢款款摆动，魅惑中又带着清纯，唇边带着若有似无的笑，抬头望着宫少廷。

宫少廷目光冰冷，只站在那里，就好像身后发着光。挺拔的身姿，满身的贵气，俊朗的面孔，无不让人仰望，她微微出神。

老太爷自然看见了，很是满意："叶儿，想必你也见过我们宫家这个不听话的孙子宫少廷。当初我指名要他娶你，他却偏偏娶了你们家一个私生女回来！"

尹翎叶很遗憾地说："可能我跟廷少有缘无分吧。"

"怎么会？我已经在记者会上宣布，你才是宫家二少夫人，其他人是不可能上台面的！那私生女，没法跟你比！"老太爷说。

尹翎叶撒娇地说："老太爷，您都公布了这个消息，廷少万一不肯娶我，那我可就嫁不出去了！别人都以为我是廷少的太太，谁还敢追我？"

"小丫头放心！爷爷说出的话，自然是一定要办成的！过几天，你就能改口叫我爷爷了。"老太爷保证说。

两人一边往里走，一边谈笑风生。

谁都看得出老太爷很喜欢尹翎叶，而尹翎叶也没让他失望，举手投足尽显明星风范。

艾莉娜也没空教训夏唯至了，立马走去外面迎接。

洛米看到尹翎叶和老太爷在一块儿，心里也是极其不痛快。不过，先收拾了夏唯至再说。总之，谁嫁给宫少廷，她就让谁不痛快。

夏唯至当然也看到尹翎叶来了，她凑到宫少廷耳边说："怎么办？我能不能先逃了再说？感觉今天晚上要被凌迟处死！尹翎叶要是指认视频里的人是我，爷爷肯定相

153

信她的话，毕竟她是跟我有血缘关系的二姐。"

"你混得这么差？这时候你二姐都不帮你？"宫少廷还有心情嘲笑她。

"也没见你大哥帮你呀！"

宫少廷捏住她的鼻子："死女人，这时候还敢跟我抬扛！你怎么不学学别的女人，成天巴结我，巴着还不放！"

夏唯至拿开他的手："不好意思，从小没学会拍马屁。他们过来了，我先躲躲。"

宫少廷把她拉回来："你现在逃到哪里都没用。兵来将挡，待会儿一口咬定视频里的女人不是你，其他的我来。老公在，一定会保护你！"

夏唯至听得心里温暖，忍不住说："老公，你怎么那么好！"

"保护老婆是老公的职责，这跟好不好没关系。是个男人就该先保护老婆，不让她被人欺负！靠近我，拉着我的手！"宫少廷伸手。

夏唯至低头看他伸出的手，唇角带起笑，走过去，和他十指相扣。

尹翎叶挽着老太爷的手臂，已经走到了他们面前。

"爷爷！""爷爷！"宫少廷和夏唯至一块儿喊老太爷。

"廷少，三妹。"尹翎叶紧跟着喊道。

"二姐。"夏唯至笑着回应。

老太爷冷冷地看了夏唯至一眼，挽着尹翎叶："都给我进来！"

宫少廷夫妇、艾莉娜、洛米先后走了进去。

不一会儿，身后又进来人。

是宫家大少爷宫达，他经过夏唯至身边时，意味深长地看了她一眼，又走到电视屏幕边上，将手里的一块硬盘插到屏幕后面。

就听宫家老太爷说："开始。"

电视屏幕打开，依旧是网上热传的视频。

夏唯至站在宫少廷旁边，手一颤。

宫少廷拉着她的手，捏了捏她的掌心，示意她不要紧张。

如果视频女主角不是她，她怎么都不会紧张，问题在于，是她。

老太爷绝对是来兴师问罪的。

"夏小姐，这段视频，你可见过？"老太爷喊夏唯至夏小姐。

旁边的尹翎叶勾了勾唇角。

洛米也开心得脸上都是笑。

"见过。"夏唯至当然知道老太爷的意思，他一直都不承认她是他的孙媳。

"爷爷，我太太的名字叫夏唯至，您可能不记得了！"宫少廷提醒。

老太爷也不生气："对，我知道这个名字，尹家的三小姐，姓夏，不姓尹！尹家

154

的大小姐，她才姓尹！"

老太爷指着尹翎叶。

"爷爷，我跟三妹是亲姐妹，虽然她不姓尹，但她也是我们尹家的人。"尹翎叶帮夏唯至说话了，还一口一个爷爷，叫得老爷子很欢喜。

夏唯至看了尹翎叶一眼，尹翎叶对她笑笑。

夏唯至在心里好笑，尹翎叶很会讨老爷子的喜欢。

老爷子果然被尹翎叶一句话给打动了："她是私生女，难得叶子小小年纪心胸宽阔，不错！很不错！那叶子你看看，你的亲妹妹和视频里的那个女人像不像？"

尹翎叶当然也看了视频，那女人脸上打了马赛克，看不清，但是身形跟夏唯至很像。

宫少廷皱眉，果然让尹翎叶指认来了。

这里所有人都没有尹翎叶跟夏唯至相处的时间长，何况两人是亲姐妹，她说的话自然最有说服力。

尹翎叶的目光扫过夏唯至，见其神色从容，她的目光又在宫少廷脸上停留。

"视频里的女人打了马赛克，我真的认不出来。如果我说像，可能会冤枉三妹。如果我说不像，我又没证据。爷爷，你就不要让我做这个坏人了，总要有证据才能说话嘛！"尹翎叶这话说得滴水不漏，一下子就把球给踢了回去。

老太爷对她更加满意，情商高，非常不错！

看着尹翎叶，老太爷满脸的溺爱，再看向夏唯至，瞬间就变了脸色："你可知道这女人的工作是什么性质？别人说是公关小姐，一点都没错！这种女人是不可能进我宫家大门的！

"我再给你一次机会！视频里的女人是不是你？如果撒谎，你掂量一下后果！"

视频里的当然是她。正因为知道是自己，她说话才没底气。

深吸一口气，夏唯至说："不是我。"

"很好！不肯承认？你以为我就没办法了？"老太爷指着视频，"画面暂停！放大！"

屏幕画面停住，定格在视频里的女人的小腹上。

"那女人的肚子上有一颗黑痣！只要你脱了衣服，我们就能知道，这女人到底是不是你！最后一次机会了，你如果还撒谎，就不是滚出宫家那么简单了！你从事非法活动，我能让你进监狱，而且永远出不来！"老太爷冷笑着说。

"爷爷，你让我太太在这么多人面前脱衣服，不可能！我不准！"宫少廷怒吼。

"少廷，只是把衣服撩上去。你也不希望她被人误会，那就要证明她的清白，看看她肚子上有没有黑痣。"老爷子这次很心平气和地说，因为他知道自己孙子的脾气是吃软不吃硬。

"不行！爷爷，你这哪里是证明她的清白，分明是打孙儿的脸！绝对不行！"宫少廷怎么可能让夏唯至当场掀衣服。

艾莉娜说："爸，我也觉得这不合适。既然尹小姐是夏唯至的亲姐姐，夏唯至的身体特征她应该知道。尹小姐，夏唯至的肚子上有黑痣吗？"

夏唯至的肚子上有没有黑痣她怎么会去留意！夏唯至平时都住在学校，每次回家都是去干活的，她根本没正眼看过夏唯至。

见大家都看着她，尹翎叶尴尬地说："其实我也不知道。三妹平时一直在学校，我们也是四年前才第一次见面。"

"这么说来，只能验明正身了！夏唯至，是你自己脱衣服，还是我让人给你脱？"老太爷鹰一样的目光扫过夏唯至。

"爷爷，她是我太太，你不要太过分！今天要动她，先问问我！"宫少廷把夏唯至护在身后。

"少廷，你少说几句！"艾莉娜担心地呵斥，生怕宫少廷惹怒了老爷子。

"少廷，你要为了这个女人公然跟爷爷作对？"老太爷冷冷地问。

"是爷爷你太过分！"宫少廷怒哼。

"你非要护着这种女人，那好，我今天就算跟你打上一架，也要让你看清楚她到底是什么样的人！简直被她迷了心智！来人，把她的衣服脱了，看看她肚子上到底有没有痣！"老太爷一声吼。

外面两个保镖跑进来，想脱夏唯至的衣服，还没上前，宫少廷冷峻的脸上已满是愤怒："你们谁敢！碰她一下，我要你们的命！"

保镖哪里敢上前，犹豫地看向老太爷。

老太爷更是怒不可遏，这个他最心疼的孙子，为了一个女人一再忤逆他。

"二弟，我们也是想证明弟妹的清白。你不肯让她掀衣服，莫非，你知道她肚子上有痣，视频的女主角就是她本人？"宫达站在一旁，轻描淡写地加了一把火。

老太爷一听，越发生气了。宫少廷明知道这件事还要护着她，那这个女人更加不能留！

"她是我太太，当着那么多人的面你们这么羞辱她，我身为她丈夫，我能同意就不是男人！"宫少廷唰的一下拔出了枪。

外面十几个他的保镖也冲了进来，把里面的人团团围住。

"都听好了，保护你们少夫人！今天谁敢羞辱我的女人，给我毙了！"宫少廷把话撂下了。

"是！"保镖大声地喊。

老太爷的脸色越发难看。

宫达却越发觉得有好戏看了。

只要老太爷不喜欢宫少廷，那公司的继承权就完全没宫少廷的份，更何况现在视频的事闹得沸沸扬扬，连子公司宫少廷都快保不住了，可他竟然还敢为了一个女人对老爷子动武。

夏唯至一直被护在身后，连说句话的机会都没有。

她看着身前的男子，他张开羽翼把她保护得滴水不漏，即使对面坐着的是宫家掌门人。谁都知道，宫家最不能得罪的就是宫老爷子宫浩钱，他却为了她，和自己爷爷杠上了。

"少廷，快把枪收起来！在爷爷面前，你太过分了！"艾莉娜紧张地走过来劝说。

宫少廷根本不听。总之，今天谁碰他女人一下，他就让谁死得难看。

房间里静得恐怖。宫家两个最厉害的角色杠上了，谁敢说什么。

"宫少廷，把枪放下吧。"一个女声突然在静谧的房间里响起，声音很温和，轻缓得像一首钢琴曲。

从宫少廷拿起枪的那一刻，她的心就跳个不停，很快很快。

面对初恋男友费明泽，没有这种悸动；面对男神薄源佑，没有这种欢喜；唯有面对他，她的丈夫宫少廷，她一下子觉得自己可能拥有了全世界，不，是全宇宙。

她知道，可能这一辈子，她都要把他放在自己的心尖上了。

夏唯至从宫少廷的身后走出来。她不能放任宫少廷这么下去，到时候，他丢了公司，丢了身份，为了毫不起眼的她，太不值得了。

"夏唯至！"宫少廷拉住她的手。

夏唯至走到他身前，背对着他，面对着威严的老太爷。

"我愿意脱衣服，可我想问您一个问题：如果您冤枉了我，今天我受的屈辱，您还吗？"夏唯至看着老太爷，目光清澈。明知道自己是私生女，身份卑微，眼前这位是宫家掌门人，她说话依旧不卑不亢。

老太爷看着眼前的女人，微微皱眉。莫非真冤枉了她？

不！这女人肯定是在耍花样！不耍花样，怎么可能把他不近女色的好孙子迷惑成这样？

"你做什么？"宫少廷想把她拉回来。

夏唯至对他轻轻摇头，示意听老爷子说话。

老爷子拍了一下桌子："如果我今天冤枉了你，视频的事就当没发生，我不追究！"

"这视频本来就跟我没关系，您冤枉了我，却只是不追究视频那么简单，您身为宫家掌门人，这种做法有失公允！"夏唯至说。

艾莉娜都震惊了，这女人这个时候还敢用激将法激老太爷，不是找死吗？！

老太爷哼了一声："有胆量！好，你说，你要怎样？"

"我不希望视频的事影响宫少廷的前途，希望您能相信他，帮他渡过难关，而且大少爷不能再插手宫少廷公司的事。"夏唯至说。

老太爷意外地看着她："就这样？"

宫达更诧异，这女人怎么会提这种要求？这时候不是应该提一些对她有利的条件吗？

"就这样。"夏唯至很肯定地说。

宫少廷更是意外，望着身边的女人，思考她到底想干什么。

"那如果我没冤枉你，今天证明了这视频里的女人就是你呢？"老太爷问。

"我滚出宫家。"夏唯至说。

在场的人顿时哗然，连宫达都怀疑，这视频女主角可能真不是夏唯至。如果真不是，老太爷就会继续相信宫少廷，还会帮宫少廷度过这次风波，他也得停止干预祁城的公司。

这赌注让宫达有些心慌，毕竟夏唯至把话都说到这份上了。

"夏唯至！"宫少廷也不明白夏唯至到底想做什么。视频里的人就是她，只是他们不能承认罢了。如果现场证明了她就是视频里的人，她就得滚出宫家。这是她自己说的，到时候连他都没法护着她。

这个女人不会是想借机跟他离婚，逃出宫家吧？绝对不行！

老太爷也有些迷惑，难道真的冤枉了她？在宫少廷面前冤枉了她，那可是他理亏，还会因此让宫少廷生出怨气，对他也没好处。

大少爷宫达越想越觉得这事蹊跷，站出来说："爷爷，这么多人，弟妹真把衣服脱了确实不合适，不如今天的事就算了吧。"

如果真不是夏唯至，那在这次的风波中，他一点好处都占不到。老爷子不仅会帮宫少廷，还会因为这次亏欠了夏唯至而弥补到宫少廷身上，到时候他连祁城子公司都没法干预了。

老爷子也想，万一真误会了夏唯至，到时候他都没有台阶可下，现在宫达给了台阶，还是下了吧。

"这怎么能算了！不就是掀个衣服，又不是脱光了，有什么不合适的？爷爷，让她脱！我们就看着，到底是冤枉了她，还是她死不承认！"说话的是洛米。

视频里的人肯定是夏唯至！不过，夏唯至的肚子上有没有痣，她也不敢肯定。

宫少廷冷冷地盯着她："给我闭嘴！"

宫达好不容易给了老太爷台阶，结果洛米又把台阶拿走了。

第七章

你想嫁给我老公，怎么想那么美呢

宫达也很生气。这洛米就是没脑子，难怪宫少廷怎么都看不上她！

老太爷对洛米好也只是因为她的身份，对这个人，他实在看不上。这么蠢，怎么配得上宫少廷！

反观身边的尹翎叶，身为夏唯至的姐姐，此刻身份尴尬，不适合多说话，她就很明智地闭上嘴。该说的时候再开口，而且说的绝不是废话。

老太爷只能说："把衣服掀开。"

夏唯至的确没想到洛米还能来这一出。真是一点都不会看人脸色！

宫少廷也发现了，夏唯至用的是障眼法。本来都要成功了，这个洛米突然冒出来说话，根本就没脑子可言！

现在他如果不让掀衣服，反而更让人怀疑。

现场还有那么多守卫，夏唯至手指捏着衣角，对老太爷说："能否请宫家以外的人都出去？这么多人在场，我现在毕竟是宫少廷的夫人。"

这话没有任何问题。

老太爷对着守卫们说："你们都出去！"

守卫们哪里敢逗留，全都滚了出去。

宫少廷望着夏唯至，对她摇头。如果此刻把衣服掀开，证明了视频里的女人就是她，那她就得从宫家滚蛋了。

夏唯至深吸口气，也看着他。

她刚才差点就蒙混过关了，但现在不得不掀衣服。

"人都走了，你到底掀不掀衣服？磨磨叽叽的，心里有鬼吧！我看视频里的女人八成是你！"洛米不耐烦了，又吼起来。

"洛小姐，我刚才说了，除了宫家的人，其他人都请出去，哪怕你是女的。当场脱衣服，我害羞。"夏唯至盯着她说。

"你！"洛米气死了，指着夏唯至。

"滚出去！"宫少廷看见这女人就头疼，呵斥道。

洛米哼了一声，"好，我在外面等！反正你今天跑不了！还有你，你也不是宫家的人，怎么就我出去了？你跟我一块儿！"洛米又对着尹翎叶喊。不能就她一个人被赶出去！

尹翎叶微笑着颔首，和老爷子说："爷爷，我也先出去。"

经过夏唯至身边，尹翎叶看了她一眼，唇角划过一抹幸灾乐祸的笑。她等着看好戏！

房间里就剩下老爷子，宫达，艾莉娜，宫少廷夫妇。

老爷子看着夏唯至："你现在可以把衣服脱了。"

"爷爷！"宫少廷还想阻止。

"你放心，只要视频里的女人不是她，我会还她清白！这次风波，董事会没人敢说什么，你该是什么位置，还是什么位置！但如果视频里的人是她，就按照她自己说的，滚出宫家！"老爷子一字一顿，铿锵有力。

宫少廷皱眉，却只能眼睁睁地看着夏唯至先把外套脱掉。

夏唯至已经跟爷爷打了赌，他就不能再阻止。

这个女人，难道就这么想滚出宫家？！

夏唯至里面穿着一件雪纺衬衫，她的手指捏着衣角，慢慢地掀开。

宫少廷感觉自己的心都要停跳了，手紧紧地捏成拳。

老太爷冷冷地看着，宫达也走过来，看着夏唯至的腹部。

上面白皙无瑕，一点痕迹都没有，更别说那么明显的黑痣了。

宫少廷愣了片刻，脸上立刻恢复了平静。

"你把裙子拉下来一点！"宫达甚至有些着急。

"宫达，我的大哥，你还想看我太太哪里？"宫少廷怒不可遏。

"视频里的女人的黑痣本就在小腹那里，弟妹拉开的位置不够，为了证明清白，还是看清楚些的好。"宫达又请示老太爷，"爷爷，您说是吗？"

裙子再往下拉，露出的部位就太私密了。夏唯至咬着唇，手捏着裙子。好，不看个明白，他们是不会死心的！

夏唯至正准备继续把裙子往下拉。

"住手！我不准！爷爷，你跟大哥都是男人，看我太太这么隐私的地方，我不同意！绝对不同意！"宫少廷怒吼。

老太爷和宫达心里都没底了。要是让夏唯至接着拉裙子，暴露出隐秘的地方，可要是没找出黑痣来，他们反而欠了宫少廷。

艾莉娜站出来说："爸，不如让尹小姐进来看看。她们是亲姐妹，尹小姐说话，我们都信得过。"

"这个主意好，就这么办！让叶儿进来。"老太爷同意了。

尹翎叶走进来，按照老太爷的意思去检查夏唯至肚子上的黑痣。

宫少廷一直拉着夏唯至的手，冷冷地盯着尹翎叶："尹小姐可要看清楚，如果冤枉了我太太，我绝不轻饶！"

"廷少，唯至是我妹妹，我一定不会冤枉她。"尹翎叶说着走上前，挑开夏唯至的裙子。

"爷爷，宫达，你们都闭上眼，我太太的身体，只有我一个人能看！"宫少廷宣布对夏唯至的占有。

这点无可厚非。宫达背过身，闭上眼，老太爷也撇开头。

尹翎叶心里明白，无论夏唯至小腹那里有没有黑痣，她都必须说没有。如果因为她，夏唯至被赶出了宫家，宫少廷根本不会看她一眼。

夏唯至很淡然地看着尹翎叶，还说了一句："麻烦二姐看清楚了。"

尹翎叶低头，将夏唯至的裙子往下拉，看到小腹那里没有黑痣，只有一小块红印。

"没有痣。"尹翎叶说。

"尹大小姐看清楚了？"宫达转过身，狐疑地问，显然是不太相信。

"大少爷不相信的话，你自己过来看吧。"尹翎叶说。

他怎么可能过去看！

"这么说来，只是个误会，弟妹是被冤枉的，视频里的女人不是她。很抱歉弟妹。"宫达微微欠身表示道歉。

夏唯至看了尹翎叶一眼："大哥也是为了证明我的清白，我能够理解。"

"弟妹真是通情达理，少廷娶了个好夫人！"宫达夸奖说。

是他冤枉了夏唯至，他当然只能一个劲地夸。

很明显，宫少廷对夏唯至的在乎程度超乎了大家心里的预期，这时候再不好好说话，宫少廷只会加倍反扑，到时候恐怕连他都招架不住。

老太爷的脸色有些难看，但很快恢复如常。

宫达立马又说："爷爷，这次是我的疏忽，没处理好，误会了弟妹，还请爷爷不要生气！"

老太爷自然顺着梯子下来："既然视频里的人不是她，那就是冤枉她了。我不是不讲道理，就按刚才说的，这事我就当没发生。少廷公司里的事，宫达你以后不要再

161

插手。"

宫达哪里敢再说什么，只是低头称是。

"行了，回去吧。"老太爷起身，尹翎叶走过去扶他。

老太爷是怎么看尹翎叶怎么喜欢，拍了拍她的手说："叶儿，以后常来宫家走动，陪陪我这老头。"

"好的，爷爷，只要爷爷不嫌弃我。"

"我怎么会嫌弃你，喜欢还来不及！有些人就没我那么好的眼光！"老太爷指桑骂槐，话语里带着讽刺。

"爷爷，你冤枉了我太太，不道歉也就算了，还要说这些话给我添堵吗？"宫少廷不悦地说。

夏唯至立马拉了拉宫少廷的手，让他不要说话，毕竟刚才有惊无险。

老太爷极其不满意宫少廷对自己的态度，而且这种态度完全是因为夏唯至这个女人。

"就算视频里的人不是她，可她在健身房工作是事实，别以为我不知道！今天就算你好运！"老太爷哼了一声，走了出去。

洛米见老太爷出来了，立马跑进去，很开心地问："怎么样了？视频里的女人就是夏唯至吧？"

房间里没人回应她。

艾莉娜对洛米使了个眼色，洛米却还在问："爷爷怎么还不把她赶走啊？"

"你都没走，我太太怎么能走！"宫少廷冷笑着嘲讽道。

"廷哥哥……"洛米觉得自己特无辜。

"洛米，我们也走吧。"艾莉娜让洛米跟着自己走。这个女人再说下去，只会让少廷更加反感。

"宫太太，到底怎么样了？"洛米见气氛不对，问道。

艾莉娜对她摇头："别再说了。"

这个洛米确实没脑子，情商太低，和尹翎叶站一块儿，对比特别明显。不过无论如何，她有一个无人能比肩的家世。

客厅里就只剩下宫少廷、夏唯至，还有宫达。

宫达走过来，又对夏唯至很抱歉地鞠躬："弟妹，我也是按照爷爷的意思在办，情非得已，还请你不要放在心上。"

"我知道的，大哥，没关系。既然是误会，解释清楚了就好。"夏唯至笑着说。

宫达对夏唯至是刮目相看，毕竟能承受宫家老爷子质问的人没几个，夏唯至却不慌不忙，从容应对。

视频里的女人看上去跟夏唯至很像，夏唯至却一口否认，他们还没开始验明正身就被她说得想放弃检查了。

要不是洛米横插一脚，他们早就走了。

夏唯至要么不开口，开了口就是一鸣惊人，大智若愚；而尹翎叶是把所有的聪明都写在了脸上。

宫达走出门，忍不住回头看了一眼夏唯至。

她乌黑的长发只用一根发圈随意扎成马尾，脸上没有妆，皮肤却很好，白皙得没什么血色，一双乌黑的大眼睛清澈得几乎没有杂质，不似尹翎叶那般明艳动人，但是自有她的美，而且五官精致，非常耐看，越看越舒服。

夏唯至注意到他的视线，抬头，目光凉凉地扫过，却是连正眼都没看他。

宫达愣了一下，又点点头，大步走了出去。

宫少廷看见了宫达看夏唯至的眼神，心里很不爽，说："以后你离宫达远一点，他不是什么好人！"

夏唯至挑眉："我觉得你也不是什么好人。"

"我倒觉得你这人更坏。怎么回事？痣哪去了？"宫少廷问她。

刚才的情形简直把他都吓到了——他知道夏唯至小腹上有颗黑痣，这要是当场证实了视频里的女人是夏唯至，按照她跟爷爷说好的，她就得滚蛋，到时候他都没理由强行留着她。

"我白天不是出去了吗？就是去做了激光，把痣弄掉了。"夏唯至说，掀开裙子给他看，"然后留下了这块红印子，还没完全恢复。"

"你是怎么想到这一出的？"宫少廷很是诧异。

"老太爷那么不喜欢我，还有你大哥宫达，就想着怎么对付你了，肯定会拿视频说事，也一定会对我兴师问罪。连你都没找出原版视频，说明老太爷他们也没找到。视频里的人就是我，身形自然像，而且谁都会留意到肚子上的黑痣，如果老太爷想知道视频里的是不是我，只要查证我肚子的同一个位置有没有黑痣就行了。"夏唯至说，"我的第一反应就是去黑痣。你放心，我找的杭宝蓓，是在她认识的医生那里做的，绝对保密！"

宫少廷脸上都是笑。这女人怎么那么聪明？刚才还一板一眼的，吓得宫达都不敢轻举妄动。要不是洛米那傻帽闹了一下，他们根本就不会检查夏唯至。

"爷爷他冤枉你，你应该趁机提个好的条件。"宫少廷说。

"我提了啊，我觉得很好。让爷爷相信你，帮你解决危机！他不是还不准大哥宫达再插手你公司的事吗？"

"笨女人！这种时候不提关于你的事，你还提我的，你蠢吗？"

"我没什么好提的。我什么都不缺，就缺钱，给点赏钱吧！"夏唯至伸手，嘿嘿地笑着。

她的手掌上还真出现了一张银行卡。夏唯至愣住了，低头看到是一张金色的卡。

"干吗？"夏唯至问。

"给你的赏钱。无限卡，随意刷金额。"

无限卡！

夏唯至感觉自己捧着一个世界，太重了！

"不要不要！这个我用不上！我不要！"夏唯至立马还给他。

"你敢还给我试试！夏唯至，以后健身房的工作不准再去，我不需要你为了钱奔波！你老公有的是钱，余生你就帮着我花钱。"宫少廷盯着她，认真地说。

夏唯至怔怔地看着他。为什么他现在随便一句话都那么暖心？她的老公好会说情话啊！

现在身在风口浪尖上，夏唯至没法出去工作，自然就没事做了。宫少廷还把她的手机没收了，不让她看视频引起的风波，说是看了闹心，毕竟视频里的女人的确是她，于是她就盯着桌上那张无限金卡盯了大半天。

她是怎么收下这张卡的？她仔细回想了半天，也没想明白，当时怎么就收下了？

"少奶奶，尹家大小姐来了。"丁婶进来汇报。

尹翎叶？她来做什么？

"让她进来吧。"夏唯至收起那张无限卡，抬头就看到尹翎叶已经进门了。

"三妹，我打你电话没打通，所以特地来找你了。"尹翎叶走进来，笑着说。

"我的电话在宫少廷那里。"

尹翎叶笑着的脸一阵僵硬，继而又说："廷少收你电话做什么？是不是不想你看见网上那些不好的评论？"

夏唯至不置可否，轻笑："你找我什么事？"

夏唯至已经不叫她二姐了，尹翎叶自然发现了。

"网上热传的视频，那女人是你吧。"

尹翎叶说得这么直白，这让夏唯至很意外。毕竟她肚子上的黑痣刚去掉，上面还有红色的痕迹，只有尹翎叶看见了，尹翎叶有意揭穿的话，当时就可以说出红痕的事，但是她没提。

表面上看着是在帮她。

"当然不是我。"夏唯至否认。

"你肚子上红色的痕迹是刚刚去了痣留下的。我以前也去过痣，所以我知道。"尹翎叶说。

夏唯至不慌不忙："你可能搞错了，那红色的痕迹是宫少廷弄出来的。"

意思很明显，那是爱的痕迹，不是因为去痣。

尹翎叶坐在沙发上，手指捏了捏沙发。原本嫁给宫少廷的应该是她尹翎叶，夏唯至不过是阴错阳差有了今天宫少廷对她的疼爱！

昨晚谁都看出来了，宫少廷对夏唯至的在乎程度可不是一点点。以前她和妈妈真是看走了眼。

视频里的女人打着马赛克，他们都没有原版视频，夏唯至说的到底是真是假，除了她自己，还真没人知道。

尹翎叶说："三妹，我开个玩笑呢。我也相信视频里的女人不是你。"

"这个玩笑一点都不好笑！"夏唯至冷冷地回应。

她这种态度让尹翎叶的面色冷了下来。

夏唯至以前是寄人篱下，为了保证母亲的医药费到位，不得不对尹翎叶言听计从，哪怕尹翎叶打她，她都不能还手，可现在，她还真不需要理会对方。

尹翎叶脸色难看。夏唯至这个私生女以前哪里敢对她这个正统大小姐说一个"不"字！

夏唯至道："你还是说正事吧。尹翎叶，你想要什么？"

尹翎叶勾起唇角："我想跟你和好。你应该明白，你作为私生女出现，我肯定不可能喜欢你，况且这四年，你跟你母亲还有你弟弟夏展没少花尹家的钱。我和你的积怨，换成你是我，你也会有，这是人之常情。"

"我跟你不一样，就算我不喜欢一个人，我也不会刻意刁难她。尹翎叶，我们不是同一类人，还是不要走太近的好。"夏唯至站起身，明显不想跟她多说话。

这些年，尹家对她是有足够的金钱资助，可也是变着法地刁难她。她在尹家做牛做马做仆人做女佣给她们洗衣服端茶倒水，甚至还要端洗脚水给她们母女洗脚，什么脏活累活都是她做，而她连尹家的餐桌都不能坐，只能躲在厨房吃他们剩下的！

跟她和好！当她是圣母吗？显然她不是！

尹翎叶非常生气，她那么拉下脸来跟夏唯至和好，却碰了钉子，她当然不甘心。

夏唯至不过是靠着宫少廷才有了如今要风得风要雨得雨的地位。

"夏唯至，廷少收了你的手机是不想你看新闻，看来昨天的新闻发布会你也没看吧。怎么，难道家里的电视都放不了吗？那就用我的手机吧。"尹翎叶拿出手机播放了昨天贝拉主持的新闻发布会。

贝拉对着全场媒体以最官方的口吻说："各位媒体朋友，既然你们那么想知道我们总裁的私人生活，我可以很明确地告诉大家：我们总裁确实结婚了，不过结婚对象是尹家大小姐尹翎叶。"

媒体自然一片哗然，所有的记者都在问尹翎叶，她跟宫少廷是什么时候结婚的，准备何时要孩子，婚礼放在哪里，蜜月打算在什么地方……

夏唯至的确不知道有这个发布会。她昨天没看到，后来手机就被宫少廷拿走了，说是让她少看网上的评论，看了心塞。

原来宫少廷是不想让她看到这个发布会。

见夏唯至不说话，尹翎叶收起手机，微笑着："这是宫家最权威的新闻发布会，他们的说法代表的是宫家官方的说法！现在，几乎所有人都知道我是宫家二少夫人！也不知是不是廷少的意思，让他们这么宣布的。恐怕廷少也觉得你是尹家私生女，不能带你上台吧。"

新闻发言人叫贝拉，是宫少廷的秘书，夏唯至知道。

贝拉这么说了，自然是表示宫少廷同意了。

夏唯至心里有些疼，却在尹翎叶面前扬起唇角："二姐有没有想过，现在所有人都觉得你是宫少廷的太太，万一你怎么都进不了宫家的门，你要顶着这个光环，一个人过一辈子吗？"

尹翎叶的脸色一阵难看，夏唯至这话戳中了她的心窝。

她现在也是被赶鸭子上架，宫家突然宣布她是宫家二少夫人，如果她进不了宫家，到时候的传言肯定是说她被宫家二少给抛弃了，她尹翎叶就彻底成了个笑话。

"三妹你也好不到哪里去！老太爷不喜欢你，你在宫家的日子不会好过！况且，新闻发布会已经说了，我才是宫家二少夫人，以后你没法陪着廷少出席重要场合！我知道当初是我强迫你嫁过来的，也清楚你喜欢的是薄源佑，并非廷少，如果你主动离婚，薄太太那边我帮你搞定，保证你能嫁进薄家！"

换成以前，尹翎叶开出的条件绝对诱人。她不招薄太太喜欢，永远不可能进薄家的门，但尹翎叶出面，搞定薄太太确实容易。

夏唯至望着眼前光彩照人的尹翎叶，她看明白了一点。

"二姐，你想嫁给我老公？"夏唯至说得非常直白，话语里带着讥诮。

尹翎叶微愣片刻，大方承认："没有一个女人是不想嫁给他的！"

"怎么以前听说他是同性恋，又没有份继承宫家，你就死活不肯嫁呢？"

"以前是误会。说到底，我也只是拿回属于我的一切。"尹翎叶说。

"我原来也不知道二姐你这么欲求不满！一听同性恋，哭喊着不要嫁，非要把我推进火坑！谁知道进来的不是火坑，我活寡也没守成，你就要反悔，抢我的老公？怎么想得那么美！"

尹翎叶脸色难看。夏唯至什么意思？自己都保证她能嫁给薄源佑了，怎么还不想要了？

"你不是喜欢薄源佑，追了他四年吗？夏唯至，你只有这一次机会，错过了，你永远都不可能嫁给他！"

"这么好的机会，二姐自己留着吧！宫少廷跟我说，做女人不要朝三暮四。我既然嫁给了我老公，我就得对他一心一意。薄源佑，你喜欢你嫁喽。"夏唯至说完就回自己房间去了。

尹翎叶怎么都没想到，她今天带着诚意来跟夏唯至谈条件，结果这女人如此嚣张，霸着宫家二少夫人的位置根本不肯放，真是让她快气死了。

之前四年里，夏唯至在尹家对她言听计从，哪里想得到竟然如此牙尖嘴利。

想到当初是她亲手把夏唯至送到宫少廷身边，尹翎叶真是想想都懊悔。

还有，这段视频到底谁发的？还打马赛克干什么？不然，夏唯至早被老太爷赶出宫家大门了。

因为那场新闻发布会，加上视频早已被删除干净，大家议论的话题从健身房变成了大明星尹翎叶和宫少廷的婚事。

有人说尹翎叶美丽灵动还极其低调，连跟宫家二少爷的婚事都瞒着。不过，就算她宣布已婚，还是会有很多人喜欢她，毕竟她嫁的不是一般人，是顶级豪门中的豪门——宫家。

宫达原本想借视频的事把宫少廷赶出公司，却没想到最后被老太爷要求退出祁城的公司，不能插手宫少廷公司的事。

祁城子公司的股票一夜之间大跌，又一夜之间持续疯涨，涨势简直前所未有。

前一秒说宫少廷被健身房私教勾引，那女的还是一个私生女；后一秒，那段视频被否认并被删除，尹翎叶成了宫家二少夫人。

最近每天的头条都是尹翎叶和宫家二少。

办公室里。

宫少廷看到这些新闻就头疼，虽然已经让公关团队把发出去的新闻立刻删除，可话题热度根本不减。

虽说他没收了夏唯至的手机，还不准她出门，又骗她家里的电视坏了，可这也不是办法，夏唯至总会看见这些新闻的。

问题就是他现在不能站出来澄清，说夏唯至才是他的太太。原本就有传言说他娶了尹家的私生女，新闻发布会上却说他娶了尹翎叶，他要再说娶的是夏唯至，网络那么发达，夏唯至的身世很可能被挖出来，到时候她少不了要遭受网络暴力。而且这样一来，更会坐实视频里的事是真的，那么风波就会再现。老爷子要是知道视频的事，又知道夏唯至骗了他，后果就不是单纯被赶出宫家和他离婚那么简单了。

"总裁，D国总理诺顿昨夜已经到了康莱德酒店，约了您下午三点在酒店大堂见面。晚上八点，市长家里有晚宴，董事长希望您准时参加。市长是特意为您设的晚宴，希望能平一平这些天视频引发的风波，安抚公司的董事和其他达官贵人。"秘书贝拉进来汇报今天的行程。

贝拉在发布会上说错了话，宫少廷本来要把她赶出去，最终念在她跟随他多年，只罚了她半年的薪水。

贝拉对此感恩戴德，毕竟一旦被从宫氏赶出去，以后大公司她是别想进去了。

现在，贝拉更是谨言慎行，生怕说错话。

诺顿早就给宫少廷打过电话，约了时间，他正准备过去和诺顿见面。

酒店里，诺顿见到宫少廷，热情地和他握手，笑着调侃说："少廷，你结婚这么大的事居然没有通知我！我看到你太太今天也在酒店，就在花园拍广告。你的太太真的太漂亮了！"

宫少廷皱眉，贝拉立马上前说："总裁，尹小姐今天在康莱德取景拍广告。"

难怪门口聚集了一大票粉丝。

宫少廷跟诺顿说："总理先生，好久不见！我以为，我的私事没有我们的合作重要。"

"对！对！我忘了，你可是工作狂！先谈工作，不谈私事！"

宫少廷坐在酒店贵宾室里，隔着玻璃墙就看到尹翎叶提着裙子从花园回来，正坐在大堂补妆。

诺顿一边说着工作，一边忍不住看向大堂里的尹翎叶："少廷，你不让你太太过来认识一下吗？有这么个大明星太太，你还打算藏着呢？要不是新闻发布会，我还不知道！"

宫少廷还没说话，尹翎叶已经发现了他们。

由助理帮忙提着裙子，尹翎叶走过来敲了敲玻璃门。

宫少廷看了她一眼，不动声色。贝拉看了总裁的眼色也不敢去开门，反而是诺顿总理的助理去开了门。

"宫太太！"诺顿助理很恭敬地喊。

尹翎叶微微诧异了一下，看向宫少廷。她应该叫他什么才好？毕竟这里的人以为她是宫少廷的夫人。

贝拉跟了宫少廷这么多年，这点眼力见儿还是有的——总裁不希望尹翎叶出现。

贝拉立马走过去，笑着说："尹小姐，总裁在谈重要合作，不方便打扰，对不起！"

"好，我这就出去。"尹翎叶很大方地走出去。

诺顿总理觉得很奇怪："少廷，你太太进来没关系吧。难道你不想介绍给我认识？把我当外人了？"

"当然没有。总理先生，关于刚才谈到的石油合作，我以为这几点需要注意：第一，人员调配的问题上……"宫少廷继续说工作，绝口不提私事。

168

诺顿总理听着他条理清晰的分析，点头："对，这几点也是我正想说的！"

外面，尹翎叶实在有些郁闷。老太爷跟她说过，今天下午三点宫少廷会来酒店跟重要客户谈合作，她特地到酒店来取景，就是想偶遇宫少廷，没想到刚进去就被赶出来了。

尹翎叶故意拖慢了拍摄进程，足足拍了一个小时，到宫少廷谈完了，站起身和那个客户握手表示达成合作，尹翎叶也刚好拍完。

诺顿总理和宫少廷走出来，这才调侃："少廷，现在可以介绍你太太给我认识了吧。你的太太，我可一定要认识认识！"

诺顿说着，自己往尹翎叶那边走去。

宫少廷凝眉，大步跟了过去。

"美丽的宫太太，你好！"诺顿主动过去招呼。

尹翎叶站起身，笑着回应："你好！"

"我是少廷的朋友，诺顿。"诺顿自我介绍。

"你好！很高兴认识你，诺顿先生！"尹翎叶见宫少廷走过来，笑着挽住宫少廷的手臂。

诺顿一见，更是眉开眼笑："两位站在一块儿真是郎才女貌！"

宫少廷本能地想拿开她的手，尹翎叶却靠得更近，她笑着面对诺顿，轻声对宫少廷说："你朋友误会了我们的关系，我配合演一场戏而已，廷少不要太较真。"

尹翎叶挽住宫少廷的手臂，酒店里来来往往的人自然都看见了。

这时候，外面的粉丝和记者听到风声，都跑了进来。

"那是廷少吗？是宫家二少吧！天哪！那么帅，肯定是了！"

"没想到尹翎叶靠在他身上！原来是真的，尹翎叶嫁进宫家了！"

记者们激动地过来拍照片，还不停地问："尹小姐，您身边这位是宫家二少吗？原来两位结婚的消息是真的！"

"宫先生，您是什么时候和尹小姐结婚的？为什么婚礼都没有？还打算举行吗？"

"尹翎叶是大明星，二少一定不会委屈了她。两位已经度过蜜月了吗？"

突然冒出这么多记者，宫少廷着实没料到，脸色越发难看。

贝拉赶紧叫来保安，想把记者们打发走。

"二少，你们打算什么时候要孩子？尹翎叶会为了您退出娱乐圈吗？"记者被保安驱赶着，还在不甘心地提问。

另一边，夏唯至发现自己被宫少廷耍得团团转。他跟她说电视坏了，她真信了，所以平时她从来不去开电视，都是玩手机，导致被关在宫家，她的消息闭塞得要死。

电视屏幕上是康莱德酒店。

尹翎叶靠在宫少廷怀里，在场所有人都在或羡慕或嫉妒或祝福他们。

尹翎叶脸上甜蜜的笑挡都挡不住，而宫少廷一贯冷脸，面上半点表情都没有。

尹翎叶才对她挑衅完，摆明了说想嫁她老公，现在还真贴她老公身上去了！

怎么那么心烦呢！

尹翎叶都说了帮她搞定薄太太，让她嫁给薄源佑，她竟然一点都不动心，而现在眼睁睁看着尹翎叶靠在她老公身上，心里一团火憋得实在难受。

夏唯至关了电视，起身，出门。

来到明志医院VIP病房，母亲还是像往常那样安静地躺在那里，没有任何动静。

医生说过，母亲可能永远这么睡下去，也有可能突然醒来。

看完母亲，夏唯至又去看奶奶。

她的奶奶也是她在四年前认祖归宗的时候见到的，那时候母亲和弟弟都重伤，她白天在学校念书，没课了出去打工，晚上去尹家伺候那对母女，然后半夜了才回学校睡觉。

奶奶很心疼她，总是把好吃的偷偷留给她，还经常悄悄塞给她零花钱。

后来丁娅嫚把奶奶赶出了门，让她住在尹家的一间老宅里。

老宅很偏僻，路上坑坑洼洼，车子很不好进。

除了大哥尹相东会来看奶奶，家里没有其他人记挂她，只由家里的老用人茂婶照顾。

"奶奶！"

尹老夫人看到夏唯至的时候开心得合不拢嘴："都有好几个月没来看奶奶了！怎么连个电话也没有？"

夏唯至感觉很抱歉，这些日子事情很多，心烦的事更不少，她不想让奶奶知道。

"三小姐，老夫人成天念叨呢，说她不在尹家，不知道你会怎么被欺负，天天让我物色人选，把你嫁出去算了！"茂婶调侃道。

夏唯至想跟奶奶说，她结婚了，嫁了宫家二少爷，对她很好，可想起电视屏幕上尹翎叶和宫少廷出双入对的，她不知道奶奶看见了没有。

"对，要给你找个好人家，不能比大丫头差！大丫头不是跟那个谁……"老夫人想了半天没想到。

茂婶提醒说："跟宫家二少爷。"

"对对！唯唯，你二姐都跟宫家二少结婚了，奶奶给你找了好人家，不会比她差！"老夫人拉着夏唯至进房，不停地要给她介绍对象。

原来奶奶也以为宫少廷和尹翎叶结婚了。

夏唯至不想揭穿让奶奶难过，撒娇地说："奶奶，我还不想嫁！不如我一辈子陪着您！"

"说什么傻话，这哪能！对象都给你找好了，我正准备给你打电话，让你去相亲！地址时间都定了。这周末是个好日子，我都联系好了！你得去！一定得去！"

夏唯至对相亲是真没兴趣，以至于奶奶说的相亲对象她都没听。

宫少廷要是知道她去相亲，以他那火暴的性子，大概会觉得她是出轨给他戴绿帽吧。

康莱德酒店。

尹翎叶和宫少廷被保安们护着，好不容易才走出来，记者们简直发了疯一样地拍照，不断拉近摄像头近距离拍摄。

宫少廷先上了车，尹翎叶跟着上了宫少廷的车。

宫少廷见尹翎叶上来，冷哼说："你下去，上自己的车。"

尹翎叶愣住了。她要是现在下去，等同于被赶下车，记者们到时候还不知道会怎么写。

尹翎叶还是坐了进去，很抱歉地说："廷少，我也没办法！现在要是下去，记者们不知道该怎么猜测了。我们只是演戏而已，我把戏演足了，廷少也会少很多麻烦。"

尹翎叶说的是事实，现在外界所有人都误会了他跟尹翎叶的关系，他要是直接把她赶下去，今天的戏都白演了。

车内静谧无声，宫少廷拿出夏唯至的手机，上面有很多未接电话。

找她的人还挺多！

尹翎叶看着身边的男子，他不说话，她也不敢开口。宫少廷拿着的手机是紫色的，这个牌子的手机没有这个颜色，只有定制的才有，想来是宫少廷送给夏唯至的手机。

宫少廷用夏唯至的手机给家里的座机打电话，没人接。

这女人又跑出去了！

现在风口浪尖的，都交代她不要出去了！

"啊！"

车子突然一个急转弯，尹翎叶整个人倒在宫少廷的怀里，一头栽到他裤裆那里。

尹翎叶瞬间脸红，慌忙起身整理头发："对不起，廷少！我，我不是故意的！"

宫少廷冷冷地看着她那娇羞的样子，脑海里却想起了另一个女人：夏唯至要是不小心趴到他的裤裆处，肯定是一声"死变态"。

想到这里，宫少廷忍不住勾了勾唇角。

尹翎叶小心地察看宫少廷的脸色。他怎么好像有些高兴？也对，只要是个男人，总是有办法勾引过来的。

"总裁，前面突然蹿出一个小孩，只能急转弯，唐突了夫人，对不起对不起！"司机立马道歉说。

连司机都喊尹翎叶"夫人"。

宫少廷不悦地道："闭嘴，开你的车！"

"廷少，他也不是故意的，没伤到人就好，我没关系。"尹翎叶连忙帮司机说话。

司机感激地从后视镜看向尹翎叶，然后更加小心地开车。

宫少廷侧头看着身边的女人，见她还红着脸，他说："你坐过来一些。"

尹翎叶愕然，立马往他身边坐，心怦怦直跳。

宫少廷侧过身，往她那边倾身过去，伸手。

尹翎叶紧张得闭上了眼，以为他要抱她。

宫少廷却绕过她的肩膀，去捡了什么东西。

原来，刚才那么一转弯，他的手机掉到她的座位那边去了。

捡起手机，宫少廷说："行了，你坐回去吧。"

尹翎叶愕然地睁开眼，看到宫少廷宝贝似的擦着捡起的手机，一瞬间感觉自己被羞辱了，有些恼怒，却还是笑着问："廷少，这手机是三妹的吗？"

宫少廷这才抬头看她："嗯。"

"这是定制款的，廷少对三妹很好呢！嫁给你，她真是幸福。"

宫少廷不理会她："你在哪里下？"

"……"尹翎叶真的不明白宫少廷看上夏唯至哪里，怎么就偏偏要娶她，别的女人看都不看一眼！她明明是闪光灯环绕的大明星，尹家大小姐！

夏唯至呢？在健身房做垃圾工作，有她母亲这个植物人那么大的累赘，还是个私生女！

尹翎叶面上依旧温和："我的工作还没结束，麻烦廷少把我送到南苑街道的摄影棚，我今天还要继续拍摄。"

宫少廷点头，司机也明白了，当即开向尹翎叶指定的地方。

车里面依旧安静。

宫少廷突然想起来一件事，说："上一次新闻发布会，我秘书说错了话，给尹小姐带来了不少困扰，我很抱歉。"

"不，没有困扰，能帮上廷少是我的荣幸！"尹翎叶见宫少廷主动说话，立马说。

"没有就好。"宫少廷说。

"……"她只是客套话，可宫少廷一点都不客气。

尹翎叶深吸口气，大胆地说："廷少，现在我们的婚事在祁城传得沸沸扬扬，大家都以为我是您的夫人，这……我恐怕都要嫁不出去了！"

"你放心，你的婚事，我爷爷一定承包了。"这是老爷子惹出来的事，当然得他自己来处理。

尹翎叶实在不知道还能说什么，她努力找话题了，可是宫少廷表现得毫无兴趣，多说一个字都不愿意，有时候连"嗯"都不说，动不动就拿夏唯至的手机打电话。

家里座机还是没人接，宫少廷有些烦躁，找出了一个号码，通讯录名字是杭宝蓓。

"女神，你又玩消失啊！终于知道给我打电话了！什么情况啊？你二姐怎么成二少夫人了？你被廷少抛弃了吗？"杭宝蓓一接起电话就问。

宫少廷沉默半晌说："没抛弃，她不在你那儿？"

杭宝蓓原本在做全身推拿，一听到这道声音，立马起身，感觉自己得立正了才有勇气跟对面那位说话。

"那个，是唯唯的对象吗？"杭宝蓓谄媚地问，努力寻找措辞，毕竟她也不清楚夏唯至和宫少廷到什么地步了。

"她老公。知不知道她在哪儿？"

她老公！杭宝蓓感觉自己瞬间炸了，炸裂了的那种！夏唯至和宫少廷已经结婚了？怎么可能？不是说尹翎叶才是二少夫人？可是宫少廷明明亲口承认了啊！

杭宝蓓努力让自己镇定："我不知道呀。"

嘟嘟嘟。

宫少廷直接挂断电话，闲杂人等他懒得废话。

"……"那一头杭宝蓓简直抓狂。什么嘛！就这么挂了，多伤自尊啊！难道除了夏唯至，跟别的女人说句话都不行吗？

不愧是她杭宝蓓的女神，竟然把宫少廷这种男人收入囊中，还把人家的心抓得牢牢的。

尹翎叶知道宫少廷在找夏唯至，立刻好意提醒顺便找找话题："廷少，如果三妹不在她朋友那儿，就是去看她母亲或者去看我们奶奶了。"

"奶奶？地址。"

尹翎叶说了地址，宫少廷就让司机停车。

他跟尹翎叶说："你自己打车去摄影棚。奶奶的住址那么偏，我去接夏唯至回家。"

"打车？廷少，这……这不合适吧。你把我半路扔下车，被记者知道了，他们会怎么写？会说我们感情不和。"尹翎叶尴尬到笑都笑不出来。

173

"我们有感情吗？"宫少廷反问了一句。

尹翎叶一窒："我的意思是，现在外界都以为我们是夫妻，感情自然很好，要是我突然被扔下车，记者肯定又能炒作一番。"

"避开记者，相信尹小姐有这样的本事。"宫少廷直接推开门，示意她下去。

尹翎叶又气又尴尬，还得承受司机那怪异的眼神。

她无奈地下了车。

这条路很偏僻，车子少，风还那么大，头顶乌云密布，眼看着就要下雨的样子，她还穿着拍摄用的礼服，站在路边瑟瑟发抖。

就这样，宫少廷还把她扔下车！尹翎叶特别后悔，就不该告诉他奶奶的住址。

宫少廷一点都不怜香惜玉，看到尹翎叶下了车就准备关车门。

尹翎叶赶紧拦住他："廷少，快下雨了。外面太冷，能不能把你的外套借给我用一下？"

宫少廷随手拿了一把雨伞给她："遮风挡雨，拿着吧。"

见尹翎叶愣在那儿，宫少廷把伞扔过去，直接关上门。

尹翎叶就这么被丢下了。雨水很快倾泻而下，把她整个人都淋湿了，她甚至来不及去打开伞，又眼睁睁看着宫少廷的车子消失在视野中。

泪水瞬间流了下来。

尹翎叶又气又觉得委屈，她浑身颤抖地捡起地上的雨伞，却没有打开，而是紧紧地握着伞柄，狠狠地咬住嘴唇。

她从来没受过这样的屈辱，被一个男人如此无情地对待，偏偏这个男人是最耀眼最让人瞩目的宫家二少。从她知道他不是同性恋开始，看着他把夏唯至护在掌心，她就已经爱慕他到了极致。

原本，能享受到他温暖和呵护的女人是她，却被夏唯至硬生生夺去了！

宫少廷肯定是看天色要下雨，夏唯至去奶奶家，地方又偏，所以特意过去接她，于是就这样把她尹翎叶给扔下了。

不甘心，羞愤，嫉妒，尹翎叶心里填满了对夏唯至深深的恨意。从小她就知道有个私生女存在，父亲对母亲很冷淡，每天想的都是找到夏唯至母女。

从小她就是被夏唯至夺去了父爱，现在这个女人还来抢她的男人！

夏唯至，我一定不会让你待在宫少廷身边！他的宠爱，我一定会全部夺过来！

夏唯至真没想到会下暴雨，毕竟这里的天气是动不动就下场雨，暴雨简直让人猝不及防。

她没有手机，打车也不方便。

奶奶已经去睡了。

茂婶陪着夏唯至说话："三小姐，房间给你收拾好了，你今晚就住下吧。"

"不用的茂婶，我还要回家呢。"

"回家？那对母女这么对你，你还回去做什么？也对，你的母亲还在医院躺着，每天都挣扎在生死边缘，没有医院最好的设备和最好的药，随时都会有生命危险。真是苦了你了……"茂婶说起来都是心疼。

夏唯至说："不，我不回尹家，我已经跟她们断绝关系，不再来往了。母亲的医药费，有个好心人资助我了。茂婶，你不要担心我。"

茂婶很意外："还有这么好的人！你母亲可不同于一般的植物人，哪天突然醒来、哪天突然死去都说不准，医药费极其昂贵啊！"

"是啊，我也觉得，我运气怎么那么好！茂婶，我母亲曾经跟我说，越努力运气越好，大概老天爷看见我那么努力了，就派了一个好心人来帮我！"夏唯至反而安慰起茂婶来了。

茂婶握住她的手，眼里忍不住带了泪："三小姐，你呀，真是跟你母亲一模一样，那么坚强，那么乐观，也那么努力！"

"茂婶，你认识我母亲？"

茂婶的神色有些怪异："哦，我，我是以前听你父亲说的，他说你母亲人很好。"

"父亲？"夏唯至觉得好笑，对于这个父亲，她简直一点概念都没有。她望着外面的天空："其实我也想过，母亲可能是插足别人的家庭，所以现在这种情形是老天爷在惩罚她吧。我只希望老天爷可以惩罚得轻一点，该还的让我来就好。如果非要用命来还，用我的也行！"

"三小姐，说什么胡话！呸呸呸！"茂婶立马捂住夏唯至的嘴巴，"你母亲可从没插足别人的家庭！从来没有！"

夏唯至愣了一下，看着茂婶。

茂婶眼底闪过慌乱，又"哎呀"了一声："三小姐，可不能乱说话，老天爷要当真的！"

夏唯至咧嘴笑了起来："我说的是事实。我本来就是私生女，老天爷当真就当真呗。"

"你不是私生女！"茂婶突然跟炸药爆炸了一般吼了一句。

"呃……"夏唯至见她那么激动，不知道该怎么接话。

茂婶意识到自己失态，立马调整语气说："三小姐，我的意思是，在茂婶眼里，你才不是私生女！尹家大小姐又如何，根本比不上你一根头发！很多时候，眼睛看到的不一定是事实，道听途说的也不一定是事实。三小姐，你一定要照顾好自己！"

夏唯至哈哈笑起来，抱住她："茂婶，你真会说话。好，我每天都这么自我催眠！"

"三小姐，我说的是实话！"茂婶认真地说。

夏唯至却笑得更开心了："好嘞，实话，都是实话！我茂婶从来不说虚的！"

原本昏暗的房间里突然射进来一股强光。

夏唯至和茂婶走出去，看到一辆车子停在门口。

茂婶疑惑地问道："奇怪，这个点还有谁会来？"

黑暗中，夏唯至隐隐看到一道熟悉的身影过来，他撑着一把伞，身形挺拔，一步步走过来，像是王者归来。

一道闪电划过，金色的头发特别耀眼。

对，金色！他是混血儿，头发比别人的要特别一点。

夏唯至忍不住笑了起来，想跑进雨中。

"站着别动！我过来！"那声音霸道地响起。

夏唯至就真的没动，脸上的笑那么明显，看着他一步步走到自己面前。

他对她伸手："过来吧，我接你回家。"

夏唯至拉住他的手，跳到他面前："你怎么找到这来的？你是不是在我身上放了追踪器啊？我在哪里你都能找到。"

"所以你逃不出我的手心！"宫少廷哼了一声，看到夏唯至旁边还站着一位年长的女子，看穿着打扮，不像是尹家老夫人。

茂婶看到来人，也很诧异："这位是？"

夏唯至知道茂婶看了电视，但可能没见过宫少廷的样子，况且此刻宫少廷站在黑暗中，也看不真切，于是说："茂婶，这是我朋友。麻烦您跟奶奶说一声，我先回去了，改天再来看她。"

朋友？宫少廷眼底一片阴霾。

"好，你们去吧。"茂婶实在是想冲进雨中看看这个男人到底是谁。夏唯至见到他很开心的样子，莫非就是她口中说的那位好心人吗？

宫少廷对茂婶微微点头，抱住夏唯至的腰，让她贴着自己。

风那么大，不时有雨水斜飞进来。

宫少廷干脆把夏唯至推到自己衣服里面，用外面的大衣包裹着她。

夏唯至本能地圈住他的腰，跟着他一步步走。她抬头看着身边的男人，虽然天色很黑，她看不清他的样子，但她知道他此刻的模样还是那么帅那么俊。

上了车，夏唯至问他："你不是跟尹翎叶在一块儿吗？"

宫少廷看了她一眼："新闻上看的？不是跟你说过不要看电视吗？"

"你没这么说，你说电视机坏了！"

"这么聪明，都能发现电视机没坏。"宫少廷阴阳怪气地说。

"……"这是夸她还是损她呢？

宫少廷说："那你都知道了？"

"我知道你不想我看见她和你的新闻，可我的心理承受能力有那么差吗？不就是宫家二少奶奶这个头衔？谁要谁拿去！"一个头衔而已，最重要的是她在他身边。

宫少廷的眉毛快要拧成一团了，想起刚才夏唯至给那个女人介绍自己的时候说的是她朋友，他的心情越发沉重。

他是不想她心里难受，然而现在看来，她心里是一点都不难受，是他太过自作多情了。

"小唯，"宫少廷突然开口说，"我在你心里……"

小唯？夏唯至浑身都冒出了鸡皮疙瘩。

"你还是叫我全名吧！"夏唯至说。

宫少廷什么话都不想说了："夏唯至，你是不是犯贱？"

"现在正常了！"夏唯至接话。

宫少廷气得把手机甩给她："既然你根本不在乎那些新闻，手机拿回去！"

夏唯至拿回手机看了一眼信息和电话："怎么那么多未接电话？"

"废话，我那么忙还能管你的电话？"

"是是！您拿着我手机受累了。"

宫少廷冷冷地瞟了她一眼："没心肝的女人！"

"做人要看开点。不然从小到大，我随时会得抑郁症。"夏唯至低头看手机上的未接电话和各种信息。

"自己老公跟别的女人传绯闻，你也看得很开，心真大！"宫少廷嘲讽地说。

夏唯至正在回短信，听到宫少廷的话，手指顿了一下。

不然呢？她能怎样？哭着喊着冲过去跟尹翎叶对峙，泼妇骂街一样大喊"死小三！给我滚！他是我老公，你不要跟我抢！"吗？

真这么做了，纯粹是让尹翎叶看笑话，对宫少廷更加没有好处。

她就是没看开，心情不爽快，所以跑到奶奶这边来清净一下。

"你阴阳怪气的干吗呢！我不看开点，难受得死去活来，你就开心了？"夏唯至反问。

"对，我开心！"

"……"

大晚上的，宫少廷不回家，带夏唯至去了一家礼服店。

一进门，他就把她交给店员："准备一件适合她的礼服。"

177

"好的，宫先生。"店员显然认识宫少廷。

夏唯至不明所以地被推进去换礼服。

不一会儿，夏唯至就穿着一件淡紫色的晚礼服走出来。

宫少廷在低头看杂志，抬头看到夏唯至走出来，窈窕的身子，白皙的长腿，纤细的腰肢，露出了大半的香肩和全部的锁骨，真是美丽极了。就是裙子太短，大腿都看见了。

"不好看！换。"宫少廷冷哼。

"我觉得挺好看的，而且这种颜色我也喜欢。"夏唯至看着镜子里的自己说。

"我不喜欢！"

"……"行吧，换。

宫少廷都带她来选礼服了，肯定是有宴会要参加，她自然得重视起来。

接下来，夏唯至换的礼服，不是领子太低就是露背太多，要么就是露肚子，要么就是露肩膀，或者是露腿，自然都被宫少廷否决掉了。

她试得真的好累啊！

"换！""换！""换！"

夏唯至已经完全没力气了，连店员都慌了，这也不好那也不好，这可怎么整？

"我是穿什么都不好看吗？"夏唯至都开始质疑自己了。

"对。"

"那我干脆什么都别穿了！"夏唯至说。

"你什么都不穿是最好看。"宫少廷随口接道。

"……"夏唯至那叫一个羞啊。店员都在啊！

果然，店员听了，都面红耳赤地走到一边。

宫少廷自己在那挑礼服，挑了一件黑色的拖地长裙，裙摆连脚都能遮住，一字肩，就露出了锁骨。

"就这件。"宫少廷说。

夏唯至看了一眼，有点明白了：刚才那些礼服是因为有些暴露，所以他都不让穿吧。

"我是不是套件棉袄更好？"夏唯至完全是调侃。

"对，再来条披肩。这条。"宫少廷还真挑了一条白色的毛绒披肩。

"……"好了，锁骨都遮住了。

裹成这样陪他去参加宴会，她自己都觉得丢脸。

从更衣室出来，夏唯至踩着8厘米的高跟鞋，黑色的长礼服拖曳在地，白色的披肩前别着闪亮的钻石胸针。

夏唯至一脸不爽，宫少廷却在抬头看到她的那一刻，眼睛大放光彩。

黑色原来这么适合夏唯至！

这个倔强的小女人，有时候腹黑到让他牙痒痒，有时候又没心没肺到让他想把她狠狠地打一顿。以前他就觉得这女人像带刺的玫瑰，还是黑玫瑰。

"夏小姐，这件礼服真的很漂亮，很适合您！"店员也由衷地赞叹。

夏唯至这才看向镜子。镜子里的女人一身黑色，只有白色的披肩点缀，店员给她化了精致的妆，嘴唇艳红，头发盘起，两边脸颊旁有两根俏皮的发丝微微卷起。

宫少廷走过来，忍不住掐了一把她的腰："怎么样，我的眼光不错吧？"

"还行。"不想夸他，感觉他是误打误撞。

宫少廷狠狠地瞪她，掐住她的腰搂着她出去。

"要参加什么宴会，这么隆重，你都亲自带我打扮来了！"夏唯至问。

"还行，也不是很隆重，只是你穿得实在随便。好好一个美人，也不知道打扮自己！"

"嘿！夸我美呢？"

"我说了吗？你幻听！"宫少廷冷哼。

"……"夸她一句会死吗？真是的！

市长家里。

宴会快开始了，现场人来人往，觥筹交错，每个人都在忙着攀谈结交，就等着今天的正主到来。

大门打开，一个穿着火红长裙的女子走进来，身后还跟着一群记者、保镖。

"尹小姐，你跟宫家二少的事到底怎么样了？能不能正面回答一下问题？你跟二少真的结婚了吗？"

"怎么就你一个人来？二少没跟你一块儿来吗？"

"尹小姐来参加市长家的宴会，实在是极大的荣幸，娱乐圈里还没有哪个女星有这样的待遇。是尹小姐私下跟市长有结交，还是沾了二少的光？"

尹翎叶走进门，然后回头面对大批的记者，笑着说："今天是市长的私人宴会，我不方便回答各位的问题，已经很晚了，各位还是早些回家吧。"

说完，她得体地颔首，走进宴会厅。

记者们被关在门外，随即被保安赶了出去。

尹翎叶谁不认识，她一进来，大厅里的人几乎是一拥而上。

她虽然是个大明星，但他们这些名流不屑认识，不过现在她多了一重身份，情况自然不一样了。

虽然宫家大少爷宫达是第一继承人，但都说宫家老太爷偏爱宫二少，宫二少说不准就是宫家继承人，所以怎么能不好好巴结尹翎叶。

"尹小姐，今天好漂亮！"

"是啊是啊！真人比电视上的模样好看太多！廷少真是好福气！"

恭维声此起彼伏。

不远处，宫达站在一旁品酒，他旁边戴着黑色眼镜器宇轩昂的年轻男子是市长祁衍。

祁衍扬着唇角："她怎么没跟宫少廷一起来？"

宫达挑眉，晃动手里的酒杯："正常。"

"正常？难道她跟宫少廷感情不和？你们宫家官方宣布宫少廷已经娶了尹翎叶，莫非连这都是假的？"

宫达不置一词："宫家的事，不可说。"

"这么神秘？之前的传言，宫少廷娶了私生女，这才是真的？"

"祁市长，我什么都没说。"宫达一脸高深莫测地走开了。

祁衍越发好奇，宫少廷不会真把那私生女带来了吧？宴会上的可都是名流，而尹翎叶是宫家二少夫人的事已经传得满城皆知，宫少廷要是现在带那个女人过来，不是打宫家的脸吗？

只要宫少廷稍微有点理智，就应该明白，今天最不应该出场的女人就是真正的宫家二少夫人。

大门再次打开。

所有人都看向了门口。

金发的男子玉树临风，名贵的黑色礼服让他看上去越发气质超群。

他身边没有人。

"宫二少来了！"

"是廷少！"

大家都议论着。

尹翎叶看了一眼宫少廷身边，唇角扬起。今天的场合，夏唯至自然上不了台面。哪怕她才是真正的二少夫人，此刻也需要她尹翎叶代替她。

尹翎叶正准备走过去，却看到宫少廷身后走出一个女人，一身黑色的礼服和宫少廷的相得益彰，更像是情侣装。

夏唯至还没注意到门打开了，下意识地挽住了宫少廷的手。

"是大哥来的电话，约我吃个饭。"夏唯至刚才接电话去了。

说完，她也注意到很多人在看她，这才发现原来门开了。

宫少廷"嗯"了一声："进去吧。"

所有人都瞪大了眼睛，无比诧异：宫少廷挽着那个女人就这么从尹翎叶身边走开了，尹翎叶想上前说句话，竟然都不知道该怎么开口。

跟着又有人进来，是宫少廷的母亲艾莉娜和洛米。

　　艾莉娜刚下车就看到了宫少廷，但是没注意到夏唯至。她真没想到宫少廷会带夏唯至过来，这可是市长家的宴会。

　　洛米也看见了，指着夏唯至说："阿姨，廷哥哥怎么把夏唯至带出来了？"

　　洛米自然清楚夏唯至才是二少夫人。现在外界盛传尹翎叶是二少奶奶，不过是宫家为了保住名声丢出的一条假新闻。

　　"祁市长。"宫少廷挽着夏唯至到市长面前。

　　市长祁衍点头，饶有深意地看着宫少廷身边的女人。这一身打扮着实惊艳，而且这个女人长得也别有风味，五官尤其精致，拼在一起，越发美艳动人。

　　"祁市长你好。"夏唯至也开口打招呼。

　　"这位是？"祁衍明知故问。

　　宫少廷说："夏唯至，我太太。"

　　祁衍眼底有诧异一闪而逝，他实在没想到宫少廷竟然会在他面前如此介绍这个女人。

　　夏唯至抬头看向宫少廷。带她来就已经让她意外了，毕竟现在他跟尹翎叶的关系传得满城风雨，没想到他竟然在市长面前说她是他太太。

　　"宫太太，你好？"祁衍这一声问候带着疑问。

　　既然宫少廷在市长面前承认她的身份，应该是信得过市长。

　　夏唯至笑着说："我很好啊。我真是我老公的太太。没想到市长您这么年轻！"

　　这话回答得很是风趣，还有一点点自嘲。

　　祁衍唇角划过温和的笑："见到我之前，你是怎么想象我的？"

　　"我以为是那种秃头的胖子。原来您这样好看！"夏唯至说的是真的，一点恭维的意思都没有。

　　祁衍自然听得出来她是恭维还是由衷地夸奖："没长成秃头，宫太太很失望？"

　　"怎么会？您直接拉高了我们祁城的颜值，我膜拜还来不及！"夏唯至说完就发现宫少廷看自己的眼神跟吃了一大坛子醋一样。

　　夏唯至立马干咳一声，说："不过在我眼里，我老公是全世界最帅的！"

　　宫少廷的眉梢挑起。这还差不多！竟然当着他的面夸别的男人好看，真是找死！

　　夏唯至松了口气，幸好自己反应快，不然宫少廷又要记仇了。

　　祁衍有些明白宫少廷为什么冒险把这个女人带来了——美丽大方，说话能收能放，又大胆直白，关键是人很聪明，却是大智若愚。

　　祁衍对夏唯至温和地点点头，让宫少廷借一步说话。

　　"在我面前说她是你太太就够了。你是宫家二少爷，哪怕已经有妻子了，再带个女伴过来，这里的人也能理解。少廷，懂我的意思吗？"祁衍好心提醒。

181

"嗬，你还能为我考虑？"宫少廷薄唇轻挑。

"我是为了祁城的经济考虑！你的公司发展关系到整个祁城的经济，你公司的股票降一次，会有多少人破产；你公司业绩下滑，会有多少员工被炒鱿鱼；万一你公司运转不下去了，会有多少人失业，又会有多少家庭支离破碎！你以为你肩膀上承担的是什么？"祁衍说得头头是道。

宫少廷面上却云淡风轻："真是个好市长，每天想着祁城的经济。不过，拉高经济是你市长的事，不是我肩上的责任。"

"你公司的发展、你的前途，你总要关心吧，不要为了女人误了前程！你大哥现在的名声可比你好太多了，长此以往，整个宫家你都得拱手让出。"

"嗯。"宫少廷嗯了一声。

"嗯？"祁衍都觉得无言以对了，"宫家的百年家业有多大你比我清楚吧。你有大伯有叔叔，还有堂兄堂弟堂妹，你不要宫家，他们都想来分一杯羹！"

"知道。"宫少廷又轻描淡写地说。

"……"祁衍真的觉得自己以前看错宫少廷了。

以前宫少廷不看任何女人一眼，从来觉得女色误人，一心都放在工作上，而且工作能力突出，完全超过了宫达，所以，哪怕他母亲是二太太，他也能让宫家老爷子宫浩钱刮目相看，特别疼爱这个小孙子。

可是现在呢，他因为一个女人完全忘了自己的野心。

夏唯至见市长和宫少廷在说话，而且在场的人都虎视眈眈想要过去攀谈，她知趣地站在一边，从侍者手里拿了酒慢慢品尝。

"私生女也来参加那么高档的宴会！"洛米走过来就是一句讽刺。

夏唯至这才看到她，还没回击，看到洛米身后走出来的艾莉娜，夏唯至立马喊："妈！"

"不要这么叫我，我怕被别人听见，影响了少廷的公司，这就不好了。"艾莉娜淡淡地回应。

夏唯至尴尬不已，但也只能知趣地低头喝酒。

她知道，现在她站在宫少廷身边很不合适。外界都传尹翎叶才是宫少廷的夫人，这也是宫家官方宣布的消息。

艾莉娜走到夏唯至身边，微笑着对走上来攀谈的贵妇点头，然后轻声在她耳边说："身为少廷的妻子，你多少要为他考虑。享受着二少奶奶的待遇，什么事都不做就算了，总不至于拖自己老公的后腿。"

夏唯至看了一眼不远处的宫少廷。他总是冷着脸不说话，身边的人却在努力巴结他。

"我不会拖他的后腿！"夏唯至保证说。

"你什么时候不在拖后腿？一嫁过来，少廷就为你母亲支付了未来五年的医药费，每天烧那么多钱，还不是拖后腿？"艾莉娜嘲讽。

夏唯至说："我知道，我会努力工作还钱给他！"

艾莉娜嗤笑了一声："还钱？你一辈子赚得了这么多钱吗？听说以前是尹家帮你支付医药费，现在有了少廷，你转头就跟尹家撇清了关系！这么多年来，人家付了那么多钱，你一点感激之情都没有，说明你这个人心冷贪钱，知道少廷更有钱，就想着法地甩了尹家勾引他！"

"妈，您不是我，不知道这些年我是怎么过来的！尹家支付了那么多医药费，但我也不欠他们的！至于宫少廷，他为我做的，我会用一辈子来还！"

艾莉娜的眼底是完全冷漠的嗤笑："你以为你这样身份的人，这一辈子有多值钱？我告诉你，一文不值！今天你要是走出去，少廷如果宣布你才是宫家二少夫人，就坐实了他娶私生女的传闻。最近公司股票大涨，完全是因为宫家宣布你姐姐尹翎叶才是二少夫人！

"夏唯至，你还不明白吗？少廷能默认官方宣布，这就说明，在他眼里，任何女人都没有公司重要，包括你！他现在喜欢你、宠着你，不代表他能允许你阻碍他的前程。

"你是聪明人，好好选择！毕竟少廷要是没了公司，你母亲的医药费也没人可以帮你。哪怕不想想少廷，也想想你那悲惨的母亲！"

夏唯至眼神微动，是，她不能连累宫少廷。

艾莉娜看出夏唯至怎么选了，唇角冷冷地勾起："少廷要是没了宫家二少的身份，没了钱，对你也没好处，想想你自己也好。"

艾莉娜正准备走开，夏唯至突然开口说："妈，如果宫少廷哪一天真没钱了，我养他。"

说完，夏唯至也不看艾莉娜的表情，从她身边走开了。

艾莉娜倒是愣住了，回头看向从人群中离开的夏唯至，就见她脊背挺直，走路优雅大方，踩着高跟鞋，一步一步，像个高雅的舞者。

她还真没想到，尹家的一个私生女从小跟着母亲长大，竟然有如此出众的气质。

再回头看向一直在闪光灯下的尹翎叶，夏唯至虽然是个私生女，但站在尹翎叶这个大明星身边，一点都不逊色。

"阿姨，我能这么叫您吗？"尹翎叶见围在艾莉娜身边的人少了，才走过来搭讪。

艾莉娜微笑着颔首："今天这种场合，你叫我妈妈可能更合适。"

"阿姨您开玩笑了。我只是配合廷少演戏而已，真正的二少夫人是我妹妹不是我。"尹翎叶说。

艾莉娜满意地点头："尹小姐到底是识大体，跟一般的私生女一点都不同。你跟我过来，认识一下祁市长。"

艾莉娜把尹翎叶带到市长面前。

洛米拉住艾莉娜："阿姨，你带她干吗？"

"尹小姐都说了演戏，当然要演到位。"艾莉娜轻声安抚。

洛米高傲地仰起头，对着尹翎叶不屑地哼了一声。

尹翎叶却还是礼貌地点头。

艾莉娜心里也暗自点头。这尹家大小姐的确不错，难怪老太爷那么喜欢，还特地交代她，让她今天过来好生照顾尹翎叶，介绍给市长认识。

"少廷。"艾莉娜让宫少廷也过来。

宫少廷看到自己母亲，颔首："妈。"

越过尹翎叶，宫少廷看向她俩身后，却没有见到人。

他问："夏唯至呢？"

"她去洗手间了。"艾莉娜不想多谈夏唯至，她拉过宫少廷的手，把尹翎叶的手交到他手心，"舞会开始了，这第一支舞，还是让翎叶陪你跳吧，听说她舞跳得很不错。"

市长祁衍见了立马也说："早就听闻尹小姐人美戏美舞也美！少廷，你们俩开个好头，今晚的宴会一定精彩！"

说着，市长把宫少廷推了出去，尹翎叶被艾莉娜半推着也走了出去。

市长立马鼓掌，音乐声响起。

"好，今天让咱们宫家二少带他的女伴跳第一支舞！"

宫少廷皱眉。夏唯至偏偏在这个节骨眼上去了洗手间！

大家见尹翎叶和宫少廷跳第一支舞，诧异之余也觉得在意料之中。

宫家二少爷嘛，身边有两三个女人多正常！再说跟宫二少传出绯闻的女人实在少之又少，他已经是豪门少爷里面最清心寡欲的了。

音乐声和掌声都响起来了。

尹翎叶轻声说："廷少，唯至她既然不在，我暂时代替她陪您跳一支舞。今晚是爷爷特地让我过来，说你可能需要我陪你演戏，我特地把今晚所有的通告都取消了。看在这一点的分上，廷少就当补偿我，陪我跳一支吧。"

尹翎叶很会说话，明明是在帮他，却说得好像是她在求他。

宫少廷低头看着她："你这么帮我，我给不了你任何好处。"

说完，宫少廷伸手，对她摆出邀舞的姿势。现在夏唯至不在，而所有人都等着他们跳第一支舞。

尹翎叶粲然一笑，把手放进他的手心，翩翩起舞："我不要任何好处，能帮到廷少就已经是我最大的荣幸！"

从洗手间一出来，夏唯至就看到了大厅中间配合完美的两人。

夏唯至双手环胸，靠在墙上看着。

"看到自己的丈夫和别的女人跳舞，心里不太好受吧。"耳边突然响起个声音。

夏唯至抬头看向身边的人，是宫达。

"还好。"夏唯至说，"他心里有我就行。"

"很多时候，我们这样的人表面看着风光，似乎要什么有什么，可一夜之间，我们就可能变得一无所有。哪怕他心里真有你，在现实面前，他的选择跟心里想的也不会一样。"宫达说得意味深长。

"大哥你想说什么？"夏唯至直白地问。

"假作真时真亦假，弟妹你听过这句话吧。你跟少廷的婚事只能你们知道，已经不能对外界公开，长此以往，尹翎叶就会成为大家公认的宫家二少夫人。明明你才是正牌，可别人都会以为你是第三者，你甘心吗？"

夏唯至一笑："不甘心又怎样？"

宫达原本是想看看夏唯至难过的表情，结果只看到她那么云淡风轻。

"我听说弟妹你有喜欢的人，我二弟是强娶了你回来，这么看来，这个传言是真的。弟妹，你不如趁机提出离婚，宫家必定会补偿你一大笔钱。"宫达说。

"我离婚？让尹翎叶名正言顺地嫁给宫少廷？"夏唯至嗤了一声，"我宁可耗着，耗他个一辈子！"

宫达愣了一下，完全没想到夏唯至说话这么直白。看着夏唯至走开，他竟然不知道还能说什么。

扑哧。宫达身后有人笑。

是市长祁衍，他听到夏唯至说的话了。

"这丫头真有意思！她的身份恐怕这辈子都不能公开，还不如选择离婚，让宫家感恩戴德，补偿她一大笔钱。老头子让你做说客？说服她离开，你有什么好处？"祁衍调侃。

"好处当然有，可惜不好拿。"宫达遗憾地说，盯着夏唯至，脸上现出诡异的笑。

"你笑得那么恐怖，在打那个丫头的什么鬼主意？人家可是无辜的，你跟你弟弟的恩怨别牵扯到别人！"祁衍提醒说。

宫达一走开，祁衍突然说："出来吧，听了多久了。听了宫家那么多秘密，也不怕被杀人灭口。"

门口走出来一个男子，一身白色的礼服衬得他高冷禁欲，英俊的脸上冷酷得没有

185

一丝表情，只有耳朵上一枚浅紫色的耳钉让他看着稍微有些人气。

他唇角牵起，视线却跟着走开的夏唯至。

"那人是谁？"走出来的男人问市长。

"祁尊，你就这么跟你六叔说话？"

"祁衍，她是谁？"祁尊还是冷漠地问。

他真的很好奇这个女人到底是谁。他第一次见到她，她从牛郎店带了牛郎出来。第二次见到她，她在尹家附近被淋成了落汤鸡。这次，他竟然在自己六叔家里见到了她，而从他听来的话里，他发现她又成了宫家二少夫人。

"怎么，有兴趣？你可别惦记！你刚才听到的都是真的，她才是真正的宫家二少夫人，那尹翎叶不过是个幌子。"市长祁衍饶有兴致地说。

"夏唯至。"祁尊呢喃着这个名字。

"你连她的名字都知道。刚才听的吧？也是个可怜的女人。虽然是宫家二少夫人，但她自己都不能承认！"市长感叹地说。

这边，宫少廷和尹翎叶一支舞跳完，所有人都在鼓掌。

宫少廷回头就看到夏唯至出来了，正准备过去，大门突然被打开，很多记者冲了进来。

"尹小姐，您今天是以宫少夫人的身份来参加晚宴吗？"

"您身边这位一定是宫二少吧。你们的传闻已经满天飞，可你们从来没有正面承认过，你们的婚事是真的吗？"

记者一下子冲进来，人群立刻陷入了骚乱中。

夏唯至就站在门口处，瞬间被人挤了出去。

慌乱中，不知道谁绊了她一脚，眼看着就要摔倒。

她可是跟着宫少廷来的，摔倒了会让多少人看笑话。

夏唯至一个踉跄，却没摔在地上，而是摔在一条横出来的手臂上，她抬头，看到一个陌生的男子。

他把她扶起来："没事，一群记者而已。"

"谢谢！"夏唯至感激地道。

"尊少！是尊少！"记者突然更加激动了。

"尊少怎么也在？您身边这位美丽的小姐是您今晚的女伴吗？"

一部分记者又跑过来采访夏唯至身边的男人祁尊。

祁尊拉着夏唯至，怕她被人挤到，面对媒体，他镇定自若。

"这里是市长家宴，不要乱拍，都出去！"祁尊冷冷地说。

也不知道是谁突然开了门，竟然让记者跑了进来。

"尊少，就采访一个问题！您身边的小姐从未露面，是您的女朋友吗？"还有记者大胆地问。

宫少廷皱眉。夏唯至怎么在那边？他正想走过去，身前的艾莉娜却突然挡住他："等记者走了再过去。"

"妈，你快让开！"

"少廷，你要胡来到什么时候？今天你要过去，就从我的尸体上踩过去！"

宴会厅里他带着夏唯至就算了，在媒体面前绝对不行！

夏唯至被一群记者包围了，完全看不到宫少廷，她只想走开，却没想到祁尊拉住她，问记者："这个问题还用问吗？"

记者完全蒙了，到底是女友还是不是啊？这个回答让他们摸不着头脑。

保安已经赶来，迅速把记者赶了出去。

宴会厅里又恢复了安静，但是在场的人更加蒙。

那个穿黑色礼服的女人不是宫二少带来的吗，怎么又在尊少那边了？

"一场小意外，舞会继续。音乐起！大家不要停，接着畅饮！"市长祁衍赶紧缓和气氛。

宴会厅里又热闹了起来。

夏唯至很不喜欢祁尊拉着自己，她拿开他的手，说："刚才的事谢谢你。"

"你已经谢过了。"

夏唯至点头，准备走开，可是有人过来拉住她的手，狠狠地把她扯了过去。

"宫少廷，你弄疼我了！"夏唯至看到来人，喊道。

宫少廷抱着她的肩膀，让她靠在自己怀里，嗜血的眸子盯着祁尊，似乎要把他生吞活剥。

祁尊也冷漠地盯着他，却开口说："夏小姐，我想请你跳支舞。"

说完，祁尊也不等夏唯至反应，伸手就去拉她的手，一把就把她拉了过来。

宫少廷哪里肯，抓住夏唯至的手腕，要把她扯回去。

"你谁啊？"宫少廷怒吼。

夏唯至也很郁闷，这男人是谁啊？

"你又是她的谁，拉着夏小姐不放？"祁尊明知故问，挑衅地说。

市长祁衍扶额，不知道自己这个大侄子是想干什么。

"她是我太太！"宫少廷大吼。

这句话所有人都听见了。

艾莉娜脸色惨白，尹翎叶脸上也不好看。

"廷少的太太不是尹翎叶吗？"

"是啊是啊，怎么成那个女人了？"

"廷少本人始终没承认尹翎叶是他太太，难道之前宫家的官方宣布是骗人的？"

"婚姻大事都这么随便骗人，宫家那么大的企业，太不讲诚信了吧！"

祁尊唇角扬起，这才放开夏唯至的手。

夏唯至实在意外，眼前这个陌生男人明明是在帮自己，但是他为什么要帮自己？

祁尊果然是看热闹不嫌事大："听说宫家二少爷的太太是那位尹小姐，怎么变成这位夏小姐了？到底谁才是真的二少奶奶？"

夏唯至当然也听见那些人的话了，她刻意避开，就是不想宫少廷为难。

夏唯至说："廷少话没说完，其实我是他太太的妹妹。"

艾莉娜立马给尹翎叶使眼色，尹翎叶走过去笑着招呼："尊少，没想到在市长家见到你。下个月我们合作的戏就要开机了，到时候还请多多关照！"

祁尊面色冰冷："二少夫人不需要我来关照。"

也不管尹翎叶多么尴尬，祁尊又对夏唯至发出邀请："夏小姐，我有幸请你跳支舞吗？"

祁尊刚才那么帮自己，夏唯至也不想不给面子："我跳得不太好。"

"我教你。"祁尊说着把夏唯至拉走了。

夏唯至回头看向宫少廷，宫少廷的脸色极其难看，想追上去，母亲艾莉娜上前拦住他，"今晚你还没胡闹够吗？你根本就不该把那个女人带过来！要不是尹小姐来圆场，你的公司又会有新一轮的信誉危机！你真要为了这个女人放弃一切吗，少廷？私底下你怎么补偿她都可以，但是她只能在黑暗里！"

夏唯至刚跟着祁尊准备进舞池，突然有人踩住了她的裙摆，还有什么东西在割她的裙子。

刺啦。

洛米手里拿着一把剪刀，她"啊"了一声："不好意思啊！我不知道你走过来，我是准备剪羊排吃的。是你自己过来的，还把裙子划破了，真怪不了我！"

夏唯至的裙子在大腿处破了很大一道口子，腿都露出来了。

大家都笑了起来。这个洛米分明是故意的，就是想让夏唯至出丑。

尹翎叶和艾莉娜都暗自笑了起来。夏唯至现在这么丢脸，可以滚出去了，都不需要她们想方设法拦着宫少廷。这个洛米真是帮了大忙！

第八章

为了她放弃一切，你敢吗

宫少廷简直讨厌死洛米了，他大步走过去想护着夏唯至。

祁尊也脱下外套准备给夏唯至披上。

却见夏唯至俯身，干脆在破的地方狠狠撕了一圈，把整条腿都露出来，然后拿开肩上的白色披风。

长裙瞬间变成了性感的黑色小包裙，刚好包住了臀。

修长的腿踩着8厘米的高跟鞋，显得越发细长。

夏唯至把手里的布料和白色小披风放到洛米身上："谢谢啊！我原本就嫌这裙子碍事，走路很不方便，现在爽快多了。"

洛米睁大眼睛，简直想抓狂。

其他人都愣住了，折服于这个女人的聪慧和她超群的临时设计。

刚才那么长的裙子包裹她，简直浪费了她曼妙的身材！

祁尊看着眼前的女人，眼底带着明显的亮光，丢开了手里为她准备的外套。

宫少廷脸色阴郁。他想尽办法裹住她身体的每个部位，就是不想让别人看见她那么好的身材。

"夏唯至！"宫少廷喊她。

夏唯至回头看了他一眼，却跟着祁尊走进了舞池。

"廷哥哥，你现在不要过去，让人误会了就不好了！"洛米忙拉住想进去的宫少廷。

宫少廷看到她就讨厌。此刻大家的关注点都在舞池里那对人身上，宫少廷想到刚才夏唯至被欺负，直接拿过剪刀，抓起洛米的衣服，咔嚓咔嚓乱剪一通。

"啊！廷哥哥你干什么呀？！"洛米惊叫着。

宫少廷根本不管，抓着她的衣服连续剪了好几个洞出来。

"那么喜欢剪别人衣服，你自己也尝尝这种滋味！"剪完，宫少廷狠狠地摔了剪刀。

洛米一下子哭了出来。

艾莉娜见了，连忙走过来，把洛米拉到身后："少廷，洛米也是不小心的，你干吗呀？这么多人看着，还以为你欺负洛米小姐呢！"

"欺负的就是她！一身的坏毛病！再敢欺负夏唯至，下次就不是剪衣服那么简单了！"宫少廷警告道。

舞池里，祁尊拉着夏唯至，对她很是欣赏："你今晚一定是这里最美丽最动人的女人，没有人比得上你！"

刚才夏唯至手撕衣服，临时将长裙改造成短裙的聪慧和大胆，实在是让他刮目相看。

"怎么会，您实在过奖了。"夏唯至虽然被祁尊拉着手，目光却在宫少廷那边。

他在狠狠地教训洛米，洛米哭得一颤一颤的，只敢躲在艾莉娜身后，不敢出来。

宫少廷看着还不肯罢休，整个人都炸毛了，似乎还想把洛米抓出来当场打一顿。

洛米被艾莉娜护着，抱着身上破碎的裙子，哭着跑了出去，很是狼狈。

虽然有很多人在看他们，但是也有很多人在看洛米他们。

见到洛米的样子，有些贵小姐捂着嘴在偷笑。

"夏小姐，跟我跳舞的时候应该看着我。"祁尊注意到夏唯至的视线，提醒说。

音乐声起，夏唯至这才回神，看着他："抱歉。"

不远处，尹翎叶看到洛米气跑了，她的手捏成拳，美甲都快陷进肉里。刚才洛米的举动不但没能让夏唯至当众出丑，反而大家都很赞赏她，宫少廷当场就教训了洛米，一点都没有顾忌，一点不给洛米面子，结果洛米哭着跑了。

不过，她从来没见过夏唯至跳舞，以前的舞会夏唯至从不参加。

她一个私生女，跟着她那小三母亲，怎么可能有条件学舞，那就继续看笑话！

祁尊可是好莱坞著名影星，还是圈内公认的舞王，就算是她都只能勉强跟上他的舞步。

尹翎叶看了一眼宫少廷。他的眼底已经有暴风雨在酝酿，眼看着就要爆发了，要不是艾莉娜使劲拦着，宫少廷怕是要冲进舞池跟祁尊抢舞伴了。

尹翎叶走过去，笑着说："少廷，你看，不知道的还以为唯至和尊少是一对呢！"

宫少廷的脸色越发难看。

祁尊搂着夏唯至的腰："你跟着我跳，我怎么走，你跟着走。"

190

"好。"夏唯至回道。

祁尊迈出一步，还没跟夏唯至说怎么踩，夏唯至早先一步踩了出去。

他愣了一下："你会跳舞？"

"我没说不会啊。"

祁尊低笑。的确，她只说自己跳得不太好，没有说不会。

"好，那现在真正开始。"

舞池里面，祁尊和夏唯至配合默契，他随便一个高难度舞步，她都能接上。他原本特意放慢了舞步，担心她没法跟，那样看起来会很不和谐，此刻，他倒开始有意地试探她的舞技。

祁尊舞步杂乱却有章法，速度极快，跳完一段就伸手挑衅夏唯至，让她接。

夏唯至抬手拿下发髻上的夹子，丢开，任由头发散落。

她一摆头，舞步零碎又魔幻。

原本是在跳交谊舞，却硬生生成了他们两个的斗舞，而且融入了很多他们自己的想法。

这一场舞跳得精彩万分，惹得在场的宾客都忍不住拍手鼓掌，齐声叫好。

尹翎叶更是诧异万分，怎么都没想到夏唯至的舞技高超到如此地步。怎么可能？她怎么会这么厉害？有些动作，就算是她这个从小练习舞蹈的人都不一定能做到。

音乐声落下。

祁尊跳得酣畅淋漓，感觉好久没这么痛快了。

微微俯身，单手放在胸口，祁尊对夏唯至竖起大拇指，表示她很棒。

夏唯至微笑着躬身表示谢意。

两人相视一笑。

现场掌声雷动。原本以为尹翎叶跳得够好了，没想到这个女人跳得更好。

眼看着夏唯至跳完了，宫少廷实在忍无可忍，这两人眉来眼去的，当他不存在吗？他把自己母亲拉开，大步走进舞池，上前圈住夏唯至的腰，直接把她拖了出去。

"喂！宫少廷！"她都不知道人家叫什么啊，就听到别人叫尊少。

其他人实在看不明白，就觉得这几个人关系太乱了。不过，做出这种事的是宫家二少爷嘛，也正常。就算有个正牌夫人在场，他也不给尹翎叶这个太太面子，拉着那个女人就走了。

尹翎叶尴尬得也不想再待下去，匆匆跟了出去，有点落荒而逃的意思。

看来这个正牌太太不受宠啊。

大家心里了然，都有点同情尹翎叶这个大明星了。

祁尊看着夏唯至被宫少廷带走，唇角再次微扬。

市长祁衍走过来，拍了拍自己侄子的肩膀："尊尊，你闹够了吧？没事去惹宫家，对你没好处！"

"也没什么坏处。"祁尊唇边划过意味深长的弧度。

"你没看到宫少廷那脸色，都绿了！"

"他又不敢承认夏唯至是他的正牌太太，这对夏唯至不公平。"

"公平？"市长祁衍都觉得可笑，"你什么时候关心别人公平不公平了？不是一向两耳不闻窗外事的吗？你跟夏唯至认识？"

"不认识。"

"那你操什么心！"

"她很特别。"祁尊说。

"没看出哪里特别。舞跳得确实不错，长得也漂亮，身材也好，可这样的女人有很多，特别是你们娱乐圈，比她特别的更多。"

"不，她跟别人不一样。"

是一点都不一样。从他第一次见到她，到今天这次是第二次，每一次都让他非常意外。

祁衍突然想起来一件事，说："对了，这周末你爸让你去相亲，你别忘了。"

"不去。"

"你爸可是想抱孙子的！他就你这么一个儿子，你不带女朋友回家，他当然要操心。对了，这是你相亲对象的电话号码，还有见面地点。"祁衍拿了一张字条给他，"你爸给了我号码，让你务必去相亲，而且一定要努力追求这个女孩！"

"人都没见，他就让我去追她？"

"那就见见喽！你爸爸这么重视，想来这女孩不错。"

"不见！"祁尊想把字条扔了，无意间看到上面的电话号码，竟有些眼熟。

他拿出手机输入上面的号码，果然跳出来一个名字：夏唯至。

祁尊眼底划过惊喜。奇怪，怎么会是她呢？

上次暴雨，他在尹家附近接了夏唯至上车，夏唯至走之前拿了他的手机输入了她的号码。不过那次他把自己隐藏在黑暗中，还戴着帽子，夏唯至没见过他。

怎么会？太奇怪了！爸爸介绍的相亲对象竟然是夏唯至！

祁衍见祁尊存了号码，这才拍了拍他的肩膀："祁家开枝散叶的事就交给你了！这周末，别忘了！你爸爸可是交代过我几次，必须让你去相亲！"

宫家。

夏唯至坐在沙发上，宫少廷俯身看着她，完全是兴师问罪的样子。

他都盯了她半天了，一路回来都阴沉着脸。

"你跟祁尊什么关系？"宫少廷质问。

"什么什么关系？他叫祁尊啊？市长叫祁衍，这祁城是祁家的吗？"夏唯至却问，"我还以为是你们宫家的。"

宫少廷阴鸷地盯着她："给我好好回答问题！你跟祁尊什么时候认识的？跟他什么关系？"

"我不认识他。"

"这话说出去谁信！你们两个一晚上都在眉来眼去，互送秋波！"宫少廷愤恨地指责。

"是你跟尹翎叶眉来眼去！我就跟祁尊跳个舞！"

"我跟她也只是跳个舞，跟她的一切都是做戏而已！"

"我不是配合你演戏了吗？我说了，我是你太太的妹妹，没说是你太太，你怎么意见还那么大？"

宫少廷冷哼，叉腰："夏唯至，你真的一点都不在乎别人怎么说你，你也根本不在乎二少奶奶这个头衔，对吧？"

"我在乎又能怎样？你有本事对全世界宣布，我夏唯至，是你宫少廷的太太！"他凭什么对她发火？他不能对那些人坦白她的身份，所以她努力帮着他。舞会上，她故意躲起来，让尹翎叶有机会陪着他跳舞，让所有人误会尹翎叶才是正主。她难受又能怎样？她能像泼妇一样去骂街，让他丢脸，让他难堪吗？

宫少廷显然是被她刺激到了："好，你等着！我这就召开新闻发布会，让贝拉重新宣布一次，你夏唯至才是我宫少廷的夫人！"

宫少廷转身就要出去。

"回来！"夏唯至吼道。

宫少廷却大步走出去。

夏唯至扶额，这人真是一点激将法都不能用。

他要真召开新闻发布会承认她的身份，先不说要把宫家老爷子气死，他的公司一定会出现信誉危机，导致股票大跌，股东们更要咄咄逼人了。

到时候宫达再横插一脚，宫少廷根本是四面楚歌。

"你今天要敢出去，离婚算了！"夏唯至大吼。

宫少廷果然顿住脚步："你再敢提这两个字试试看！"

"离婚！"

宫少廷仰头看了看外面，这雨是停了，天色依然很阴沉，连颗星星都没有。他心里憋着一团火气没处发泄。

这些天，每次看到他跟尹翎叶的新闻，他都恶心得要死，可是他偏偏不能现在公开夏唯至的身份。

他倒宁可夏唯至坏一点，逼着他公开，偏偏夏唯至就是这样，宁可自己委屈，也不想影响到他。

他知道，市长宴会上，夏唯至一定是故意躲起来的，就是想让他带尹翎叶跳第一支舞。

她是他的老婆啊，他却让她受了那么大的委屈。

有时候他是真不明白，夏唯至是担心他没了公司就没钱给她母亲治病，还是真的对他有了感情？

夏唯至站在沙发上，指着站在门口的他："你回不回来？再不回来，我收拾东西走人了！明天就给你打印离婚协议书！"

宫少廷双手放在裤子口袋。这女人很嚣张嘛！似乎很多天没被收拾了，竟然敢指着他的鼻子骂人了！

宫少廷一步步走回来。

哪怕夏唯至站在沙发上，宫少廷站在地上，他也比她高。

夏唯至跳到沙发抱枕上，跟他比气势。

"最近很嚣张啊！"宫少廷冷笑着盯着她。

"想打架？你有本事家暴啊！"夏唯至昂着脑袋，把脸凑过去，指着自己的脸。

宫少廷看了一会儿天花板。这女人最近是好像嚣张了不少。

吧唧。很脆响的一声。宫少廷凑过去，直接在她脸上狠狠亲了一口。

"家暴了。"宫少廷说。

夏唯至："……"

夏唯至的眼角一阵跳动，宫少廷又在她另一边脸上吧唧了一口："我又家暴了，你反抗啊！"撇去她跟祁尊的插曲，她今晚的表现处处让他惊艳。

"……"家暴你妹！这简直是侮辱！

夏唯至扬起手就打过去，宫少廷侧身避开。她立马抬腿踢了过去，速度极快。宫少廷握住她的脚腕，退后，她直接站着劈叉，另一条腿悬空踢了过去。

宫少廷顺手接住了她的两条腿。

夏唯至弓起腰，身体非常柔软，双手圈住他的脖子然后双腿一蹬，从沙发上跳了下来，直接到了宫少廷的身后。

宫少廷一愣，回头就看到夏唯至又踢了过来。他侧身再次避开，突然想起夏唯至跟祁尊跳舞，她的舞技是不错，身体柔软度也特别好。

两人这一来一回，夏唯至没讨到好处，可宫少廷也没占到多少便宜。

不过，宫少廷没用全力，只是用了三分力陪她玩玩，她却打得气喘吁吁的。

看着她面红耳赤地连续出招，宫少廷再次扣住了她的双手："练过瑜伽？"

"看出来了？"

"以前怎么没发现你身体柔软度这么好？"

"我好的地方，你没发现的多了！"夏唯至想再次出招，却发现她的手被他扣着，已经完全动不了了。

宫少廷扣着她，又在她唇上亲了一口："老婆，你有没有听说过，练过瑜伽的人，那方面的功夫特别好？"

"……"夏唯至嘴角都抽了。

一大早醒来，夏唯至就接到奶奶的电话："小唯，下午两点的相亲你不要忘记了，不要让人家久等！"

"相亲？什么相亲？"

"你这么说奶奶可要生气了！你前两天来家里，奶奶不跟你说了吗，给你介绍了相亲对象？！大丫头都嫁人了，你怎么也不能比她差。乖，地址已经发到你手机上了，你可要好好把握！"

想起来了，奶奶的确说过这周末让她去相亲。

"不用了奶奶，我不相亲。"

"胡说，怎么能不相亲！你难道想让你姐姐一辈子骑在你头上？我可不答应！咱们要嫁也要嫁个最好的，绝对不比宫家二少爷差！你快去！这么好的机会你不把握，奶奶以后不疼你了！"奶奶直接挂断了电话，是真的生气了。

夏唯至无奈地看着手机。她都结婚了，再跑出去相亲，哪里合适啊！

电话又响起，是茂婶的来电。

夏唯至无辜地喊："茂婶……奶奶为什么非要我相亲？"

"三小姐，你就听你奶奶的吧，奶奶是真心疼你！对了，那天晚上的男人是谁呀？你是不是喜欢人家？不管你喜不喜欢，今天的相亲你一定要去。哪怕是走个过场，回头你再跟奶奶说，人家没看上你，或者你没看上人家，这样不至于惹她老人家不高兴。"茂婶想起那晚的男人，直觉夏唯至不想去相亲。

"好吧，我就去走个过场。"

夏唯至随便收拾了一下就出门了。

见面地点是"最美遇见"咖啡馆，靠窗倒数第二排的位置。

走进咖啡馆，夏唯至看见位置上已经坐了个人，穿着灰格子线衫，正在低头玩手机。

这就是她的相亲对象吗？

"你好！"夏唯至走过去，礼貌地打招呼。

对方抬头，看到夏唯至，他的唇角划过一抹意料之中的笑。

夏唯至愣了一下："祁尊！你等人吗？"

她的相亲对象绝对不可能是眼前这位。

她特地查过，这人是好莱坞著名影星，只不过她对娱乐新闻不关注，也不追星，所以不太清楚。

"嗯。"祁尊应了一声。

"我也等人，那我换一桌等吧。"夏唯至准备走开。

"夏小姐，"祁尊开口叫住她，"我在等你。"

"等我？"夏唯至觉得好笑。

"很奇怪吗？我也觉得很奇怪。"祁尊拿出一张字条，上面是电话号码和见面地点。

这是她的号码，她当然认识。夏唯至惊讶地张大嘴巴，实在是太意外了。

"我的相亲对象是你？"夏唯至愕然。

"没错。"

夏唯至完全说不出话了："呃，我不知道该怎么说……我其实已经结婚了，只是我奶奶还不知道，我暂时也不方便告诉她。"

她不确定祁尊是否知道她跟宫少廷的真实关系。

"嗯，夏小姐喝点什么？"祁尊问。

夏唯至说："不用了，我马上就走。只是奶奶一定要我来见你，麻烦你到时候跟我奶奶说，你没看上我。"

祁尊抬头看着她。刚来就急着走！他怎么说也是公众人物，大批女粉丝追捧的对象，可是她连多看他一眼都不肯。

"夏小姐怎么知道我没看上你？"祁尊戏谑地问。

"这是当然。你是大明星，我是已婚妇女，追求你的女粉丝千千万，你不至于要相亲吧？"

"在夏小姐眼里，我把相亲当儿戏吗？"

"不，我不是这个意思。我相信你是被家里逼迫，我也一样。我只是不想让老人家生气。你知道的，一生气，他们就可能身体不好。"夏唯至说。

"我是自愿过来的，没有人强迫。"祁尊又说。

夏唯至张嘴，简直不知道能说什么："那可能是你对相亲对象好奇，所以过来看看，不过现在看到了。我真的是已婚妇女，而且我的工作也不好，全靠我老公养着，最近还有丑闻缠身，我老公还不让我出去工作，我成天在家当米虫。"

夏唯至把自己说得简直是一无是处。

"我来之前就知道相亲对象是你。"祁尊轻描淡写的一句把夏唯至给他圆的话都否决了。

夏唯至感觉说不下去了："那个，我还有事，就先回去了。"

"夏小姐最近没工作，什么事那么着急？"

夏唯至都起身了，闻言只好又坐回来："我们今天见面的出发点就不太对。要不这样吧，改天，改天我们再约。"

"改到哪天？"

这个大明星怎么这么死脑筋呢！都跟他说她结婚了，他不是应该拍拍屁股走人吗？

"我看时间安排吧。"夏唯至说。

祁尊见夏唯至那么想走，也看了一眼时间，说："下周三我有时间，就约在那天，你看怎么样？"

夏唯至愣了半天："真要约啊？"

"不方便？那就约今天。"

"别！好，下周三。那我先走了。"夏唯至完全没想到相亲对象会是祁尊。

看到夏唯至走出咖啡馆，祁尊戴上墨镜也走出去。

夏唯至在等车，见他出来，说："祁先生，麻烦你跟家里说你没看上我。"

祁尊冷冷地看了她一眼："刚才叫祁尊，相亲过了，怎么还生疏了？"

那时候看到他，她太过意外，才会下意识地脱口而出。

"祁尊，麻烦你了。"夏唯至又拜托他。

"尊少！那是尊少吗？啊！"

"尊尊！啊啊啊！是尊尊！"

有路人认出祁尊，激动得拿出手机，不停地尖叫。

这么一叫，大家仿佛说好了一般，一股脑地涌了上来。

祁尊皱眉，拉起夏唯至："跑！"

"哎，你拉着我干吗？他们追的是你，不是我！"夏唯至被他拉着，半天甩不开，简直要疯了，可祁尊就是拉着她跑，好不容易才把他身后的大批粉丝给甩开了。

夏唯至累得气喘吁吁。

祁尊看了她一眼，说："你要不跟着我跑，会被她们围攻。"

"我又不是打不过她们！下次别这样了。哦，没有下次了。"夏唯至看了一眼时间，宫少廷都快回来了，要是发现她没在家，又要各种炮轰。

"我们约了下周三，可能还有下次，你别忘了。"祁尊见她着急走，提醒道。

"好嘞，没忘。"夏唯至突然想起来，说，"记得统一口径，就说你没看上我！"

祁尊看着夏唯至走开，冰冷的脸上出现久违的笑。

"尊少！"祁尊的助理翔松出现，手里捧着电话，"先生来电问您，今天的相亲还顺利吗？"

祁尊拿过手机，电话那头是祁家的掌门人祁一鸿。

197

"父亲。"祁尊喊。

"她对你的印象怎样？看上你没有？"祁一鸿开门见山地问。

祁尊倒是有些意外，他的父亲对他一向是引以为傲的，怎么开口却是长他人志气灭自己威风？

"父亲怎么不问问我，看上她了没有？"祁尊冷冷地回应。

"不管你看不看得上她，都给我努力追她，祁家少奶奶的位置我只给她留着。"

祁尊很好奇："父亲，你为什么找她？"

"只有她才配得上你。"

"据我所知，她很普通，而且她已经结婚了。"

"结婚？这不可能，我没得到消息！"

"这是事实，她也承认了。"

"那就想办法让她离婚，我相信你有这个本事。"祁一鸿冷冷地说。

"你确定你儿子一定要找她结婚？你那么喜欢她，你自己娶她。"祁尊冷酷地回应。

祁一鸿嗤了一声："我要年轻几十岁，哪里轮得到你！你又配不上她。"

"……"祁尊发现今天大概是他长那么大，自尊心最受打击的一天。

他的亲生父亲让他去追一个已经结婚的女人，还要怂恿人家离婚，还说他堂堂祁家大少配不上那个女人，而那个女人根本看不上他。

回去的路上，夏唯至突然看到万斯商场大厦的巨幅LED显示屏上在播放一条新闻。

"祁城宫氏集团突然宣布收购薄氏集团！截至下午四点，收购案已经完成，薄氏集团正式易主，合并到祁城宫氏集团名下。薄氏母子身为薄氏集团最大的股东，手中的股份现在已经全部转卖，宫氏集团总裁宫少廷将掌管薄氏70％的股份，成为薄氏最大股东！"

夏唯至很是诧异，薄氏怎么突然被收购了？而且之前一点消息都没有。

宫少廷为什么收购薄氏？是因为她之前追过薄源佑吗？

夏唯至下意识地拿出手机，给薄源佑打电话，可对方的电话是关机状态。

薄家到底发生了什么？

祁城薄家。

"啊！"屋子里传来一声声惨叫。

曾经高高在上的薄家大少爷薄源佑被宫少廷的手下踩在脚下。

在他面前，薄太太跪在地上瑟瑟发抖。

宫少廷霸气地靠坐在沙发上，冷冷地看着两人。

"廷少，不要再打我儿子了！公司你已经拿去了，就放过我儿子吧！他什么都不知道！"薄太太撕心裂肺地喊着，脸上的妆全都哭花了，她又爬到宫少廷面前，"廷少，我知道错了！都是我，是我发的视频，我儿子根本不知情！"

宫少廷冷漠地看着，唇角是不屑的冷笑。

卓尔已经在薄家的电脑里找到了蛛丝马迹，走过来汇报说："少爷，这电脑里的是原版视频。看来视频的确是从薄家发出去的。"

宫少廷看了一眼："薄源佑的电脑？"

"是他的。"

宫少廷起身，走到薄源佑面前，低头盯着他："夏唯至怎么就看上你这个小白脸了？你发了这种视频出去，害她差点名声扫地！亏她心心念念的都是你的名字，真替她不值！"

薄源佑双眼圆睁怒瞪着他："你公报私仇！那是我父亲留下的公司，你凭什么拿走！"

"凭我比你有本事！凭我是夏唯至的丈夫，就容不得别人欺负她！"

"欲加之罪，何患无辞！夏唯至喜欢我，你嫉妒了！我根本没发任何视频！"薄源佑怒吼。

"你的电脑里有原版视频，你不会连这都不知道吧？"

"我，我当初只是觉得好玩，才从别人那里拿了视频。这视频我几年前就有了，但我没打算发出去！"

"你是没公开，可你私底下给夏唯至的脸打了马赛克，发给你的狐朋狗友！"

"那是很多年前的事了。那时候夏唯至追我，我看不上她，玩弄她一下而已。再说，我打了马赛克！"

宫少廷一脚踹在他身上："到现在还没有一点悔意！你玩弄的是别人的感情！而且这段视频被这个老太婆公开发到了网络上！虽然不全是你的错，但你要为你母亲做的事埋单！对了，还有一件事。夏唯至在薄家差点被人玷污，薄太太还记得吧？"

"我不知道这是什么时候的事！不知道廷少在说什么……"薄太太慌乱地摇头。

"薄源佑生日那天，夏唯至差点被玷污，我查出了作案人，却是这个女人给你们背了黑锅！"宫少廷指着跪在地上一直不敢吭声的任一茹，"薄太太记得吧？"

"好像，好像记得……"

"廷少，我是冤枉的，我根本没对夏唯至下过药！"任一茹立马哭喊着说，"真的不是我！当时阿姨还让我把薄源佑支开，其他的我什么都不知道！"

"贱人，你乱说什么！"薄太太大吼，声音分明在颤抖。

薄源佑不敢置信地看向自己母亲。难道母亲真做了这种伤天害理的事？

199

"我说的都是真的！我仔细一想，确实看到有两个男的从阿姨的房间出来，只是我当时不敢说。我要是说了，阿姨肯定不会放过我，不会同意我和薄源佑在一起，所以我就背了黑锅！廷少，我和他们家没关系，我既没过问，也不姓薄！看在我老实交代的分上，放过我吧！"任一茹也哭着求宫少廷。

"一茹！"薄源佑不敢相信地看向任一茹。

"佑，你们家都破产了，不要再连累我了！我还年轻，我可以有很多选择！阿姨当初对夏唯至下药，这事我本来也有点怀疑，她让我支开你，我就觉得奇怪了，后来又看到那两个男人从阿姨的房间出来，我……"

"贱人！你给我闭嘴！"薄太太冲过去想撕烂任一茹的嘴。

卓尔直接把她拦下来，推了出去。

薄太太跌坐在地上，脸色惨白。

薄源佑闭上眼。原来是真的！

"我没做过！不是我！不是我！"薄太太摇头大喊。

"那两人还在牢里待着，我让他们来对质，真相更容易出来！一段视频，一次害得夏唯至差点被玷污，我真是不明白，薄太太你跟我夫人到底有什么深仇大恨！你太危险了，卓尔，解决掉！"宫少廷根本不想跟这个老太婆浪费时间，准备出去。

"源佑！我不想死！我不想死……"薄太太害怕地想去拉自己儿子的手，哭喊着。

薄源佑手捏成拳，他觉得自己好没用，竟然连自己的母亲都保护不了。

卓尔拿出手枪，还没对准薄太太，薄源佑猛然上前扣住了卓尔的手腕，一把把枪给抢了过来。

"宫少廷！反正要死，我就拉你陪葬！"薄源佑对着宫少廷，一点都不犹豫，直接开枪。

但凡有一点犹豫，他都没机会弄死宫少廷。

"少爷！"卓尔疯了一样想跑过来。

这时候宫少廷是背对着薄源佑的。

砰。一声枪响。

卓尔和薄源佑都看见一道娇小的身影突然冲了进来，一把推开了宫少廷，子弹没入了她的身体。

只听得她一声闷哼。

"夏唯至！"宫少廷和薄源佑同时大叫起来。

薄源佑下意识地跑了过去。

宫少廷抓住夏唯至的手腕，把她搂进怀里，看到她的肩膀上有大量的血涌了出来，他睁大眼睛，一脚把薄源佑给踹开。

薄源佑被踢倒在地上，宫家的手下齐刷刷地把枪对着薄源佑。

"乱枪打死！"宫少廷大声命令。

"住手！"夏唯至疼得满头都是汗，她抓着宫少廷的手臂恳求，"放了他！放了他！"

"你还为他求情？他把你打成这样！"宫少廷抱着她，整个肩膀都在颤抖，他从来没有这么惊慌失措过。

宫少廷抱起她，疯了一样想跑出去，把她送进医院，夏唯至却不肯走，还不停地恳求："我求你了，放了他吧！"

"夏唯至，你知道他对你做了什么吗？！你知不知道？"宫少廷怒吼。

"我听见了，我知道，我都知道。喀喀喀……"好疼，怎么那么疼？肩膀像被撕裂了一样，疼得她想大哭出来。

"你听见了你还求情！这对母子简直该死！"宫少廷恨不得亲自动手杀了他们。

"你拿了他的公司，让他一无所有，已经是最大的惩罚。宫少廷，你如果要杀他们，就先杀了我！"夏唯至眼睛都快睁不开了，却还是努力保持清醒恳求他。

薄源佑愣愣地看着宫少廷怀里的人，他满眼通红，泪水在眼眶里打转。他好担心她，好怕她会出事。他不是故意要伤害她的，他刚才是想杀了宫少廷。他没有想到她会冲出来，为了宫少廷连命都不要。

从什么时候开始，她可以对宫少廷以命相托了？

他真是个瞎子，怎么就看上了任一茹那种女人？任一茹怎么能跟夏唯至比，连一根毫毛都比不上！他的夏唯至明明那么好！

他们薄家对不起夏唯至，她却还为他们求情。

宫少廷气得面红耳赤，抱起夏唯至，看了一眼地上的薄家母子。他怎么可能不想杀了薄源佑！于公于私，他都不想薄源佑活着，可是他更在乎怀里这个女人的死活。

夏唯至疼到泪水都下来了，却死死地拉着他的手臂："你不放他们，我不会接受治疗，也不会配合医生！"

宫少廷怒瞪夏唯至，又心疼又生气："放！给我放了他们！"

听到他的保证，她放心了。在他怀里，她疼到无力，靠着他的胸膛，听着他的心跳。

真好，所有人都没事！

宫少廷低头望着她，比自己中枪还难受。

这个女人怎么这么蠢，跑出来给他挡子弹！天底下怎么有这么蠢的女人！

她难道不知道那是真枪实弹，会要了她的命？

宫少廷的车子飞一般地冲了出去，房间里的守卫跟着跑了出去。

卓尔看了一眼地上的薄源佑："你好大的胆子！幸亏少奶奶挡了子弹，不然伤了我家少爷，你以为你们两条命就能抵消？跟薄家有关的人全都会陪葬！也就少奶奶善良，你好自为之！"

见所有人都出去了，薄太太着急地扶起自己的儿子，哭喊着："源佑，妈妈对不起你！是妈妈连累了你！"

薄源佑推开她："事情都发生了，道歉有什么用！你非得针对夏唯至吗？她到底哪里惹到你了？"

她一直都讨厌夏唯至这个私生女，不喜欢夏唯至追着自己儿子跑。更何况，当初在尹家，宫少廷为了夏唯至当众打她耳光，让她在所有人面前颜面尽失，她高高在上惯了，怎么能在一个私生女面前丢了面子！

医院里。

宫少廷看着一袋袋血被送进手术室，整个人都快崩溃了，心痛得像是心脏被人生生挖了出来。

他靠在手术室门口，狠狠地捶着墙。此刻，他不得不承认一个事实：他爱她，他爱她！

而且这个女人值得他掏心掏肺，哪怕为了她放弃整个世界他都愿意。

只要她好好的，只要她能在他身边，去他的公司，去他的前途，他要的是他的女人夏唯至！

宫少廷拳头上都是血，卓尔却不敢靠前一步，只能担心地看着，让医生做好准备，随时上去给他主子包扎好伤口。

卓尔也没料到，夏唯至竟突然冲出来给主子挡枪。

这个举动根本是连命都不要了，要是再偏一点，恐怕夏唯至已经死了。

他实在佩服自己的少奶奶，这么一个弱女子，怎么有如此巨大的勇气去面对一颗随时要人命的子弹呢？

手术室的门被打开。

医生还没出来，宫少廷已经飞快地跑了进去。

看着病床上夏唯至苍白的脸色和闭着的双眼，他的心像被刀扎一般。

"少爷，少奶奶只是昏睡过去了。"主治医生也是宫少廷的私人医生索傅立马说。

"她怎么样？"宫少廷抬手把她脸上被汗水濡湿的头发拿开。

"没有伤及要害，过两天就会醒来。接下来的日子里少奶奶一定要好好休息，情绪不能有太大波动。她的体质还可以，恢复起来应该很快。"

宫少廷没有说话，只是望着夏唯至。这个女人在健身房被打了那么多年，体质竟然还不错。

她一点都不爱惜自己的身体，傻乎乎地给他挡子弹，真是个白痴！

"少爷，您的手还在流血，我给您包扎一下。"也不等宫少廷同意，索傅擅自做主，站在一旁给宫少廷包扎手上的伤口。

宫少廷简直一刻都不敢不盯着夏唯至，明知道她已经没事了，可是一颗心总是悬着。

她不醒过来看他一眼，他实在不能安心。

公司里一大堆事等着他去做，可他根本没有心情。

天塌下来都没眼前这个女人重要。

宫少廷坐在夏唯至的床边握着她的手，就这么一直陪着她。

两天后，夏唯至睁开眼看到面前的男子，见他原本梳上去的头发此刻杂乱得像鸡毛，脸上胡楂浓密，眼睛里满是血丝，吓得她被自己的口水呛住，连连咳嗽起来。

一咳嗽，肩膀的伤就被扯痛，痛得眼泪又冒了出来。

宫少廷着急地去倒水，可他显然没伺候过人，倒个水就把杯子打碎了。

听到声音，外面房间的丁婶立马跑进来帮忙。

"少奶奶醒了呀！"丁婶见了激动地喊，倒了水，立马给宫少廷。

宫少廷大步走到夏唯至面前，把水给她，说了个字："水。"

夏唯至就着到嘴边的杯子喝了一口，再看了一眼宫少廷。怎么一觉醒来，帅小伙都快变成大叔了？

宫少廷盯着她，眼底都是担忧："感觉怎么样？是不是还很疼？饿了吧？还口渴吗？"

"……"夏唯至感觉自己没啥力气，一连串回答那么多问题也很累。

"怎么不说话了？是不是疼得说不出话来？医生！"宫少廷立马大吼着要去找医生。

"少爷，我去叫医生！我马上去！"丁婶看少爷着急的样子，立马跑出去。

"你怎么不说话？很疼对不对？"宫少廷担心地问夏唯至，又骂她，"你是不是蠢，挡子弹这么危险的事你也干！"

夏唯至终于忍不住说了一句："你的胡子怎么长出来了？以前好像没有啊……有胡子也挺帅的。你的胡子好像也是浅金色的呢……我还以为你的头发是染的……"

宫少廷对这女人无语了，却说："不是染的，是遗传，我是混血儿。"

"对，阿姨是外国人，看得出来。"

"她是你婆婆，叫妈。"宫少廷纠正说。

夏唯至"噢"了一声。

索傅医生从外面匆匆进来，对宫少廷躬了躬身，又立马去查看夏唯至肩膀的伤。

他掀开她的衣服往下拉，想看得更真切。

宫少廷忍不住呵斥道："你看个伤口把衣服拉那么下做什么！你还想看什么？"

索傅手一抖，觉得自己非常冤枉："少爷，不拉下来一点，怕碰到伤口。"

宫少廷咳了一声，移开视线。

夏唯至看他别扭的样子觉得好笑，医生看她的伤口，衣服拉开一点他就不爽了，只是看个肩膀而已，这人是不准任何男人看到她身体啊！

索傅检查完伤口说："少奶奶的伤口已经在慢慢恢复，这些日子一定要卧床休息，千万不要扯到伤口。"

少奶奶？这个医生怎么这么称呼她？

夏唯至说："谢谢！"

"不谢，这都是我分内的事。"索傅躬身，准备离开。

夏唯至叫住他说："医生，你要不看看他的眼睛，里面都是血丝。"

夏唯至醒来就注意到宫少廷眼底充斥的血丝，红得吓到她了。

"少爷两天没合眼了，只要好好睡上一觉，醒来眼睛就好了。"索傅说。

两天没合眼！夏唯至实在意外。

这么个大少爷两天没合眼，简直让她诧异。

丁婶立马也说："是啊少奶奶，少爷这些天寸步不离地守在您身边，哪里都没去，一直盯着您，生怕您不醒来！明明索傅医生都说了您没有生命危险，一定会醒。"

"闭嘴！"宫少廷呵斥了一句，脸上闪过不自然的红。

丁婶立马闭嘴，低下头，和索傅对视了一下，两人知趣地走了出去。

两天没合眼，就盯着她了？难怪头发乱成鸡窝，下巴全是胡楂了。

他的衣服上还沾着血，是她那天中枪后流的血，他那么爱干净，却连衣服都没换。也就两天时间，感觉他的脸颊都凹下去了一些。

"这么看着我干什么？你听他们乱说话！两天不睡觉，怎么可能，我吃得消吗？"宫少廷见她一直盯着自己，目光里有些不可思议，他哼了一声。

也对啊，两天不睡觉，怎么可能撑下来，两天不吃饭还能撑一下。

夏唯至想到了薄源佑，问："薄家母子，你真的放了他们吗？"

"别跟我提他们！要不是他们，你也不会吃那么多苦！"

"其实也没什么，有惊无险，他们罪不至死。你说到做到的，一定已经放了他们吧？"夏唯至问。

"怎么一醒来就关心别人,不问问你自己的情况?"宫少廷不高兴了。

"有你在,我一定没事啊。"夏唯至说。

宫少廷冷冷地睨了她一眼,坐到床边,拿过丁婶早就准备好的粥,喂到她嘴边。

"放心,已经放了他们。我的人也不会再刁难薄家母子。不过,你要真没了命,我会让他们两个给你陪葬。不,是整个薄家。"宫少廷云淡风轻地说。

夏唯至心里升起一阵寒意,他这话实在不像是开玩笑,她都忍不住庆幸自己没事。

"我都没那么生气了,不就是下药、发视频诋毁我吗?你也别生气了,整个薄氏都给你收购了。"

"你说得轻松!当初你中了催情药,差一点就被几个男人玷污!薄家那老太婆发出去的视频,差点害得你被赶出宫家!两次都是差一点就万劫不复!"这一桩桩一件件,都让他恨不得亲手解决了薄家那对母子。

其实宫少廷说得没有错,后果都是差一点就万劫不复,可是她都化险为夷了。

就因为她已经没事了,所以更加不希望赔上薄家母子的性命。实在没有这个必要,而且,他们真的罪不至死。

宫少廷见夏唯至在发呆,知道她在想薄家的事,也清楚她肯定在心疼薄源佑。毕竟夏唯至喜欢了薄源佑四年,这么深的感情,不会一下子就消失。

他心里有点不爽,但还是命令她:"张嘴,喝粥!"

夏唯至喝了一口粥,想到薄源佑现在身无分文,又想起当年她身无分文背着重伤的母亲乞求尹家帮助的场景。

所有人都冷眼旁观,只有薄源佑帮她说话,并且说得丁娅嫚不得不收留她,还提供了母亲的医药费,母亲终于幸存下来。

她记得有一次,她因为丁娅嫚的身心虐待,忍无可忍,赌气离开尹家,结果换来的是母亲的医药费被停掉,医院勒令她一天之内把她的母亲带走。

她怎么能把母亲带走,没有名贵的药,没有昂贵的设备,母亲一天都活不了。

她不得不回去求丁娅嫚。

虽然奶奶出面帮她,但丁娅嫚执意要把她赶出去,是薄源佑垫付了那个月的医药费,还拉着薄太太去尹家和丁娅嫚打麻将,故意输了丁娅嫚上百万,哄得丁娅嫚高兴了,他又和大哥尹相东明里暗里给她说了不少好话,丁娅嫚这才让她回来,并继续支付母亲的医药费。

她记得那时候薄源佑跟她说:"你要发脾气使性子,只要不牵连你最亲的人,随便你,可你的出身和能力都跟你的脾气严重不匹配!夏唯至,等到哪一天你的能力配得上你的脾气,你才可以反抗尹家!发脾气谁不会,能忍辱负重才叫真本事!"

是薄源佑教会她什么叫忍辱负重。所以,在尹家,她什么都忍了,因为她很清楚，她能力不够，反抗的后果是搭上母亲的性命，她根本承担不起。

为什么那时候那么喜欢薄源佑？因为他是她这一路走来的精神支柱。

他其实帮了她很多，却总是一副"我从没帮你，我不屑帮你"的样子。

在薄家门口的时候，她听到了，那些事都是薄太太做的，跟薄源佑没有关系，所以她不恨薄源佑。相反，这么多年来，她其实是欠他的，她感激他，感激到一度觉得自己应该以身相许，因为在她眼里，最值钱的只剩下她自己了，可薄源佑看不上她。

"薄源佑他……"夏唯至才开口，宫少廷就把手里的汤匙扔进碗里："你确定这时候还要跟我提他？"

他非常讨厌薄源佑，这个男人俘获了他的女人的心！薄源佑当初一点都看不上她，她还是死活追在人家身后跑。现在薄源佑差点打死她，她还是要为他求情。

"我知道他是你男神，也知道你舍不得他死！我已经按照你的意思让他活着，而且保证不再动他，你还跟我提他做什么？"宫少廷很生气。他两天没睡觉，盯着她，生怕她会出一点事，可是这女人呢？一醒来就问薄源佑，满脑子都是薄源佑！

夏唯至沉默了一会儿，见他情绪那么激动，决定还是不提薄源佑了。

她只是担心薄源佑，不知道他跟薄太太以后该怎么生存。

"我一个病人，你就让着我点。好歹为你挡了子弹，没听到你说谢谢就算了，还跟我发脾气。幸亏我承受能力不错，随便你吼。"夏唯至嘀咕着，语气有点嫌弃。

"……"宫少廷扶额，对这个女人他真是一点办法都没有。

"谁让你给我挡枪的！我允许了吗？！"宫少廷质问。

"要得到你的允许，现在躺在这儿的就是你了。人家薄源佑枪法很准，你身手再好都不一定能躲开。"夏唯至说。

"再提薄源佑，我现在就去杀了他！"宫少廷警告。

"……"夏唯至知趣地闭嘴。她也是不小心提到这个名字的，真不是故意的。

见夏唯至真闭嘴了，宫少廷还觉得稀罕了。这个女人从头到尾就没听过他的话，从来把他的话当耳旁风。

宫少廷又重新给夏唯至喂粥。

她不说话，他也不说。

一碗粥下去，宫少廷又喂她吃了药，见她的气色好了一些，他才放心。

两天没合眼，的确有些累了，宫少廷脱了鞋子就准备爬上床。

夏唯至可紧张了，一只手摁住被子："你想干什么呀？"

宫少廷丢给她一个白眼："睡觉！"

"我是病人，你还来跟我挤！"

"这张床足够大。"宫少廷翻身上去，睡到夏唯至旁边。他想去抱她，却想到她那边肩膀还伤着，于是收回手，面对她，闭上眼。

夏唯至本来很紧张，她都这样了，这人总不至于这么禽兽吧？

结果宫少廷躺上来就睡着了，根本没有要化身禽兽的意思。

怎么心里还有点失落呢？

夏唯至想甩自己一巴掌。有病吧她，难道还指望他对她干吗？夏唯至看了一眼自己的肩膀，都穿出个洞了，想法还那么多，不纯洁呀，一点都不纯洁呀！

夏唯至转一下眼珠子就能看见旁边这张俊脸。

虽然看着邋遢了一些，但不妨碍他的颜值。混血儿到底不一样，五官特立体，鼻子是鼻子，眼睛是眼睛，特别分明。哎，她这是什么形容啊？反正很帅就对了！

要是生个宝宝出来，得多高的颜值啊！

宝宝？夏唯至脸都黑了。她在想什么啊！

不过宫少廷竟然一直陪着她，她的确很意外。丁婶说他两天没合眼了，就盯着她，怕她出事，可宫少廷不承认。

她也不太相信，毕竟这位大少爷怎么舍得苦了自己？

他为了公司，为了自己，不也把尹翎叶推了出来，让贝拉说尹翎叶才是他的妻子？可想而知她在他心中的分量。她有自知之明的，才没那么自恋。

这张脸真是好看！越看越耐看！

还有嘴唇，曲线分明，特性感。

夏唯至突然看得有些口干舌燥，忍不住舔了舔嘴唇，却看到宫少廷突然睁开了眼睛。

夏唯至的舌头还没收回来呢，他却猛然凑过来，吸住她的舌。她立马后撤，他的舌紧追不舍，然后吻住了她的唇。怕她喘不过气扯到伤口，他适可而止，但还是戏谑地看着面红耳赤的她。

夏唯至有些结巴："你，你怎么突然醒了？"

"想到个问题，想问你。"

"你问吧……"

"为什么给我挡子弹？"这个问题他想问很久了，可又很怕得到答案，因为这个答案应该不是他希望的那个。

夏唯至怔住了。为什么？看到薄源佑抢了手枪，她本能地冲上去，想保护宫少廷。

见夏唯至没有回答，宫少廷说："如果我死了，薄家整个家族都会陪葬，你信不信？"

"信。"

"说到底还是不想他死。"宫少廷肯定地说，声音里带着一些自嘲。

夏唯至说："我也不想你死啊！"

"我死了薄源佑不死你就如意了，可以找你的真爱去了。"宫少廷冷哼着坐起身来。

夏唯至觉得莫名其妙。这男人怎么动不动生气，而且一点征兆也没有。

给他挡子弹，她还对不起他了啊！

宫少廷心里很不舒服，这女人处处想着薄源佑，让他特别不舒服。他对薄源佑赶尽杀绝，的确是存了很大的私心。不过，对自己的情敌有什么好手软的，能杀绝对不留情！

不过，要真动了薄源佑，夏唯至肯定跟他拼命。

刚才做梦都梦到夏唯至跟着薄源佑跑了，睡觉都睡不踏实。

她明明是他的妻子，他却总觉得她什么时候就会跑掉。

他甚至不敢打赌，如果他真的没了公司，成了一穷二白的人，夏唯至还愿不愿意跟着他。

想到这里，宫少廷扶额。他堂堂宫二少，什么时候在一个女人面前变得那么没自信了？

睡了好几天，夏唯至感觉自己快成睡神了。

这天她午睡刚醒就听到电话响了，是个陌生的号码。

"我们约了今天吃饭，你没来，我等了你一早上。"电话那头的声音冰冷带着薄怒。

夏唯至感觉脑袋有点短路："哪位？你是不是打错了？"

"你没存我的号码？是我，祁尊。"

夏唯至想起来了，今天周三，她的确跟祁尊约好了。当初跟祁尊相亲，她只是想早点摆脱他，才答应跟他下次约，没想到他真赴约了。

"不好意思，我身体不太舒服，还在医院，恐怕要爽约了。"夏唯至抱歉地说。

"你生病了？"

"差不多吧。"

"在哪家医院，我过去看你。"

"不用！"夏唯至立马拒绝。

然后电话就被挂断了。

夏唯至觉得祁尊肯定是生气了，毕竟她连续拒绝了他，而且说得也挺直白的。

夏唯至放下手机，准备继续睡觉，想到什么，又拿过手机，看了看短信和未接电话，都没有。

宫少廷自从她醒来那天跟她生了闷气就白天都不来了，只有晚上会过来陪她，而且每次都是抱着她睡，也不说话。

门口有敲门声。

"丁婶，不要来打扰我，我又困了……"夏唯至以为是丁婶，心想她都告诉丁婶睡觉的时候不要进来了。

门直接被推开了。

夏唯至感觉有人站在床前，然后坐下了，盯着自己。

难道是宫少廷来了？大白天的，他一般都在公司忙碌吧。

那人俯身给她盖被子，她拿起他的手，脑袋枕在他的手臂上："怎么白天都有空了？"

"我今天一整天都有空。"

那道声音把夏唯至吓了一跳。

睁开眼，看到一张陌生的脸，夏唯至半天没缓过来，回过神后立马丢开他的手。

"祁尊！"夏唯至惊诧至极，又回头看了看门口，丁婶呢？

"你的人我都支开了。怎么受了枪伤？谁做的？"祁尊问。

"不是，你怎么知道我在这？"

"不难查，给你。"祁尊手里还拿着一束花，把花送给夏唯至，他又说，"探望病人不能空手来，你不用多想。"

说完也不等夏唯至把花接过去，他自己找了花瓶，把花插起来，就放在夏唯至的床头。

"……"夏唯至又探头看向门口。丁婶呢？真的没人啊！宫少廷交代过丁婶，要寸步不离地守着她。

"你是怎么把我的人给支开的？还有，你这么偷偷摸摸的，会让我老公误会的！"夏唯至忍不住说。

"支开他们不难。我光明正大地过来，你老公才会误会。"祁尊拿了椅子放到床前，双腿交叠，双手交握，坐在夏唯至面前。

"……"好吧。

夏唯至说："我要休息了，你走吧。"

"我刚来，现在不走。你睡吧，不用管我。"

"……"不管他？开玩笑吗？那么大个活人坐在她面前，她怎么睡啊？

算了，不睡了。可是想上厕所怎么办？

夏唯至拥着被子想坐起身，无奈扯到了肩膀的伤，一个人还没法坐起来。

祁尊见了，上前扶住她。

"你不要碰我！"夏唯至本能地喊。

祁尊愣了片刻，眼神冷酷："你当我是瘟疫？"

"我没这个意思，把丁婶叫进来吧。"夏唯至说。

"有什么事，你可以使唤我。今天是我们约好一起吃饭的日子，按道理，你今天的时间是我的。"祁尊的声音很冷，透着一股子强势。

"没这么个道理吧。我们完全不认识啊，而且我不是故意爽约，我生病了没办法！"

"我们相亲的时候，我以为你把我的个人信息都了解透了。看来夏小姐一点都没上心，跟我相亲完全是被家人逼的。"祁尊冰冷地说，眼神透心凉。

"对啊，我是家人逼的！我觉得你也是吧。你家人可能对我不了解，一旦了解了，肯定不会逼着你。你和家里人说了我结婚了吗？"夏唯至问他。

"说了。"

夏唯至很开心："所以他们一定让你远离我了吧！你家世那么好，人那么帅，职业也那么光鲜，他们肯定觉得我这个已婚妇女配不上你啊！"

"你对我的评价我赞同，但他们没觉得你配不上我。"反而觉得他配不上夏唯至。

他倒是要看看这个夏唯至特殊在哪里，能让他父亲有如此高的评价。

"……"夏唯至感觉特别无语，觉得自己的三观都被颠覆了。这个男人骨子里非常骄傲，怎么也会听家人的话来相亲呢？

"你家人的思想很先进呢！"夏唯至忍不住感叹。

祁尊拿了苹果，坐在一旁削皮："我家世那么好，人那么帅，职业也那么光鲜，你为什么看不上我？"

他手中的苹果皮被削成一整段挂了下来。

夏唯至怔了半晌，盯着面前的男人，不得不再次强调："我结婚了！"

"这个理由不充分。"

"这个理由还不充分？我结婚了，我还能对你有什么想法？"

"你和宫少廷结婚，我听说是他强行娶了你，你并不爱他，你喜欢的是薄家那位少爷。不过前阵子，宫少廷被薄家欺负得很惨。"祁尊说。

"你对我挺了解的，那你应该知道你跟我走太近，宫少廷搞不好也会欺负你。"夏唯至想先把他吓跑。

"再给我个理由，为什么看不上我？"祁尊又问。

"我为什么要看上你？"夏唯至反问。

祁尊沉默了片刻，把削好的苹果放在床头柜上："没有女人能拒绝我，确实从来没有，我人生第一次相亲，很失败。"

祁尊说完，也不看夏唯至，大步往门口走去，显然是要走了。

走到门口，祁尊又回头看她："宫家比你想象的复杂，宫少廷能力是很强，但掌门人是老爷子宫浩钱，他如果不喜欢你，你和宫少廷不会长久。"

说完，祁尊推开门走了出去。

夏唯至愣了好一会儿。祁尊对她的了解看来不是一点点，连宫老爷子不喜欢她都知道。这个男人又傲又冷，行事风格沉稳却又凌厉。无论她说什么，哪怕他生气了，表面上似乎也看不出来，喜怒完全不形于色。

其实她除了知道祁尊的职业，其他的是一点都不清楚，也实在没兴趣去了解。

祁尊走出医院，看了一眼医院大楼。

夏唯至的确比他想象的要有趣很多，她对他的拒绝和冷淡根本不是装的，她是真看不上他。

祁尊的手机响起，他看了一眼号码，真是不想接。

"父亲。"

"那丫头生病了？"

"是。"

"你去看过她了吗？"

"看过了。"

"然后呢？"祁尊的父亲祁一鸿问。

"什么然后？"

"你被人家赶出来了？"

祁尊看着面前的车水马龙："父亲，你跟踪我。"

"我那么闲跟踪你！我猜，你被她拒绝了，又一次。"

祁尊深吸口气："没有女人可以拒绝我。"

"这个女人拒绝了你。"

祁尊一向是沉默不易动怒，此刻却有摔手机的冲动："父亲，她是很漂亮很有特点，但不至于让我倒贴去追她！"

"你追不了的话就说出来，我让你六叔祁衍上。他一个市长，总比你一个戏子有地位。"

祁尊觉得可笑："父亲，请你尊重我的职业！我也向你保证，我会追到她，并娶回家做祁家大少奶奶，你放心！"

不想听自己父亲再泼自己冷水，祁尊直接挂断了电话。

他虽然不明白父亲为什么非要他娶夏唯至，但是有一点，他的确遇到了挑战，这个夏唯至勾起了他的征服欲。

祁尊一走，夏唯至倒头就睡。受了那么重的伤，她一定要好好睡觉，快些恢复体力。才眯过去，她就隐约感觉有人拉着她的手。

她以为祁尊又回来了，烦躁地甩开手："你别拉着我！男女授受不亲！"

211

这人怎么不听话？叫他别拉了，怎么拉得更紧了？手都给捏疼了！

夏唯至不高兴地睁开眼睛，想把他的手甩开，却又被他死死地握住。

"叫你放手！"夏唯至用力一甩，却扯到了肩膀的伤口，她忍不住闷哼了一声。

那人立马轻轻握住她的肩膀："是不是还很疼？对不起，我不是故意的！"

这声音！

夏唯至猛然抬头，看着面前的男子，一脸愕然。

"薄源佑！"

此时的薄源佑戴着一顶鸭舌帽，脸上脏兮兮的，胡楂满布，一身清洁装，看着活像个清洁工。

"你来做什么？"夏唯至看了一眼外面，确定没人了，才低声问道。

"我来看看你，唯至。我很内疚，不知道你怎么样了，只是想来看看你。"薄源佑担心地说。

"我没事。你快走，这里太危险了！"夏唯至让他走。

"我好不容易混进来，不想走，就想看看你。对不起唯至！真的对不起！我没想过伤害你，从来没有！"薄源佑望着她，满是心疼。

"不要说了！你快走！"万一宫少廷来了，或者外面的手下进来发现了，薄源佑就惨了。

"唯至，我知道我对不起你！"

"事情都过去了，我求你，你快走吧！"

"你这么着急赶我走吗？你以前不是一直希望我陪着你，每天都喜欢跟在我后面？"薄源佑有些自嘲地说。

"以前的事不要再说了！欠你的我已经还你了，薄源佑，我们以后再也没有任何关系了！不，以前也没有！以前是我自作多情，给你添了不少麻烦，我道歉！从现在开始，我们绝对不要有任何牵连！"

夏唯至看得出来宫少廷有多厌恶薄源佑，简直到了提到这个名字都想冲过去把人杀了的地步。要是被宫少廷看见薄源佑来找她，还拉着她的手，估计能当场要了薄源佑的命。

薄源佑眼神黯淡："你是不是觉得我现在这样已经不够资格让你继续喜欢我？我知道，我的确没资格了，但是你喜欢了我那么多年，拼死也要在宫少廷面前护着我，我就知道，你还喜欢我，对吗？"

"不对！我不喜欢你了！我不会每天想着你，不会总想着法子讨好你，不会憧憬我们的以后！我不喜欢你！你放开我！"

夏唯至的手腕还被他抓着。

薄源佑的肩膀颤抖了一下，自嘲地一笑："哪有那么容易喜欢一个人又不喜欢一个人！不管怎样，我知道自己的心意了。唯至，我一直都喜欢你！这句话我从来不敢说，因为我以前总觉得自己是大少爷，不想跟私生女有任何牵连，可现在，我不是大少爷了，我可以追求我自己喜欢的女人了！"

夏唯至都觉得很可笑，特别可笑。

大学四年里，她每天做梦都梦见他说喜欢自己，现在他却跟她说，他其实一直喜欢她，只是因为她的出身比别人卑微太多，所以他不想跟她在一块儿。现在他不是大少爷了，所以他来找她？这个逻辑，她可能脑子不够用，完全无法理解。

"薄源佑，你现在有什么资格让我喜欢你，又凭什么喜欢我？你是大少爷的时候，你看不上私生女，现在你什么都没有了，怎么就以为私生女会看上你这个穷小子？"

夏唯至的话像一把利剑插在薄源佑的胸口，疼得他几乎失去知觉。

夏唯至看到他脸上的痛了，甚至感觉到握着她手腕的手也在慢慢抽离，她撇开头，不去看他此刻的样子。是，她不忍心，可他现在没有祁尊的能耐，可以在她的病房来去自如，到时候宫家的守卫回来了，他不一定能走掉。

她以为他会放手，立马出去，结果他重新握紧了她的手腕。

"唯至，我知道你是怎样的人！你跟别的女人不一样！如果没有宫少廷，我现在就算没钱了，你依然还会喜欢我，会勇敢地追我，我也知道，你是想保护我，所以才说不喜欢我了！"薄源佑的脸上都是温柔的笑，望着她的眼神里都是爱意，非常露骨。

"你有病吧！我不喜欢你！我说了不喜欢你！"夏唯至几乎是在大吼，"你再不走，我叫人了！"

"你叫吧，让他们把我抓走，反正我现在什么都没了，就一条命，无所谓。"

"你！"

"唯至，我以前对你误会太深，但即使一直误会你人品不好，我也知道自己喜欢你！还记得毕业晚宴那一次吗？我把你灌醉了，我是想跟你睡的，可我知道，我不能给你未来，就不要碰你，我也知道你一定很失落。我要是知道会有这么一天，我会破产，从云端跌落，我一定会答应你的追求，跟你结婚，和你一块儿生很多个宝宝！"

夏唯至最不想提的就是毕业晚宴那次。薄源佑确实把她灌醉了，却从她这儿拿了一个套和任一茹欢度良宵去了。

不过话说回来，要不是有这么一出，她还真碰不上宫少廷，也就不会睡错了男神。

"你想跟我老婆生孩子，你有这个能耐吗？"门口一道冰冷的声音打破了房间里的静谧。

夏唯至惊愕地回头，就看到宫少廷站在门口，眸子里的寒芒几乎能把房间里的人射穿。

"宫少廷！"薄源佑盯着出现的人，愤怒地喊。

宫少廷走进来，拿过放在架子上的毛巾，走到夏唯至面前，握住她的手，一眼都不看薄源佑，只是盯着夏唯至手腕上那只男人的手，目光已经像是冰冻三尺。

"手再不拿开，就一定不是你自己的手了。"宫少廷"好意"提醒。

薄源佑偏偏不拿开。

"你不知道吗，宫少廷，夏唯至喜欢的是我？毕业晚宴那天，她差点就跟我睡了！她想跟我睡，想嫁给我，从来都不是你这个陌生人！"薄源佑抓着夏唯至的手腕说。

宫少廷脸上的阴霾已经挡不住了。

他怎么会不知道夏唯至在毕业晚宴那天想睡的是薄源佑？只是那么巧碰上了他。他睡了她是个意外，她认错了人，而他将错就错。

现在这个男人竟然跟他提那晚的事！

"薄源佑，你不要瞎说了！"夏唯至实在不明白他为什么故意这么说，分明是在刺激宫少廷。此刻他得罪宫少廷有什么好处？

宫少廷阴郁的脸上一抹残酷的冷笑划过："我这个陌生人是她老公，你是什么东西！"

说着，一把枪抵在了薄源佑的肩膀上。宫少廷拿着枪冷哼："这只手还是别要了，我老婆这一枪总得有人来还！"

话音刚落，砰的一声枪响，薄源佑连哼都来不及哼，就跟跄地退后了几步，手捂住自己的肩膀。

"薄源佑！"夏唯至本能地倾身，却被宫少廷扣住了肩膀。他手指勾着枪，拿着毛巾给她擦着手腕，那里是薄源佑的手拉过的地方。

"宫少廷，你把枪放下！"夏唯至着急地喊。

宫少廷哪里会听，只是冷冷地擦着她的手腕："你的手被他弄脏了，我先给你擦干净。"

"你不要这样！"他一直擦着她的手腕，让她心里发毛。

夏唯至又着急地看向薄源佑。走啊！怎么还不走？现在是要他的手，待会儿就是要他的命了！

薄源佑却不肯走。现在狼狈地跑了，在夏唯至面前，他连一点面子都没有了。

他捂着肩膀，血渗出来，他却笑了起来："宫少廷，你也就能仗势欺人！我说的都是事实，夏唯至一直想嫁给我！她追了我四年，你难道不知道吗？你现在恼羞成怒了？"

唰的一下，宫少廷手中的枪直接对准了他的脑门："如果不是我老婆在场，我一定会杀了你，可我不想让她看到血腥！趁着你身上的血还没弄脏地板，给我滚！"

薄源佑不甘心，非常不甘。他被宫少廷害得落到如此境地，连一直追着他跑的夏唯至都到了宫少廷身边。现在还要在夏唯至面前被宫少廷威胁，狼狈地离开。

夏唯至知道宫少廷不是开玩笑的，一旦薄源佑身上的血滴下来弄脏了地板，他绝对会开枪。

夏唯至盯着薄源佑："你不要胡说八道！我再也不想看见你，你走！"

薄源佑紧紧地捏着肩膀上的衣服，血已经染红了他的手掌。然而再不甘心又能怎样?

夏唯至看着薄源佑出去，几乎整个人都瘫在床上，她紧张得浑身冒汗，生怕宫少廷真对着他的脑门开枪。

房间里只剩下宫少廷和夏唯至了。

宫少廷把毛巾丢开，冷冷地盯着夏唯至。情敌都上门了，他现在多了份工作——赶情敌!

"一直想赶薄源佑走，是担心我杀了他?"

夏唯至沉默，因为他说对了。

"薄源佑说得都对，我是恼羞成怒！自己老婆追了他四年，还想嫁给他，这都是事实，我早就清楚！"宫少廷阴阳怪气地说。

"那是以前，我现在不想嫁给他。"

"人都走了，还在帮他说话?"宫少廷冷哼，"夏唯至，我知道你现在说的每一句话都是在帮他，所以，你最好给我闭嘴！再多说一句，我现在就派人杀了他！"

他一点都不想听见夏唯至嘴里说出"薄源佑"这三个字。

喜欢了人家四年，没那么容易死心，他清楚。跟他结婚才几个月，没那么容易喜欢上他，他也清楚。他更加不喜欢夏唯至为了救薄源佑说出一些违心的话。比如说，"不喜欢薄源佑了"。能不喜欢吗?她从头到尾都想让薄源佑走，只想保住他的性命。说这些话，无非是为了薄源佑。

想到这个名字，他就恶心得要死。

夏唯至就算还想再说什么也不能说了，因为无论她怎么说，宫少廷都会理解成她是为了保住薄源佑。

"去杀吧！把人杀干净了，毁尸灭迹了，我也就不惦记了。"夏唯至抽回手，直接躺下来，背对着宫少廷。

宫少廷一下子语塞。她这么说，他还是生气。

"你看你都承认了，你就是惦记薄源佑！"

夏唯至扯过被子把自己的脑袋蒙上，反正她说什么都不对。

这个男人现在就跟奓了毛的狮子一样，无论她怎么说薄源佑都是错的，都会被他听成另一种意思。干脆不理会他，让他自己闹腾。

见夏唯至不说话了，宫少廷反而急了："你怎么不说话了?"

现在不说话也不对了!

夏唯至还是懒得理会他,闭上眼。睡觉算了。

结果床的另一边明显塌陷下去,原本还对她兴师问罪的男人躺在了她旁边。

她睁开眼睛,无语地看着他:"你又怎么了?"

宫少廷想掀桌:"是你先私会情郎,你还跟我生气了?"

"对,我私会情郎。"夏唯至顺着他的话说。

宫少廷愤怒了,狠狠地把她搂进自己怀里,身体贴着她的,把她往自己怀里揉了又揉:"你是我的!"

"对,我是你的……"顺着就行了,懒得跟他吵。

宫少廷更怒了:"夏唯至!"

"我在。"

她这种态度,他要气死了。

宫少廷捧住她的后脑,一口咬上她的唇,狠狠地吸吮,舌尖探入,与她的舌头交缠。

他想惩罚她,特别想,想让她知道背着他私会情郎的代价,可是他现在不能碰她,她肩膀的伤没好,需要好好养着,他又舍不得弄疼她。

不过,现在他是真想把她弄疼,看她还敢不敢这副态度!

夏唯至猝不及防,连深呼吸都来不及做,只能拼命地喘息,想推开他,却完全无力,最后在他怀里瘫软成泥。

"这里是医院!"夏唯至一边喘着粗气一边提醒,"外面还有护士会经过!"

"那又怎样?她要想看就看吧!"宫少廷冷哼,声音干哑又邪恶。

不行,要反抗,不能老这么被压迫!她没错,没做对不起他的事!

夏唯至突然哎呀了一声。

"怎么了?"宫少廷一下子担心起来。

"肩膀突然好痛啊……"夏唯至"难受"地说。

"怎么突然会痛?索傅不是说你恢复得很好,而且给你用的药都是最好的,不用力不会痛吗?"宫少廷担心得不行。

看到他的样子,夏唯至反而有些不好意思。

"你躺好,不要动,我去叫索傅给你看看。"宫少廷起身,疾步走出病房。

夏唯至看着他的背影觉得好笑。她跟薄源佑的事,他是在吃醋吧?之前问他,他怎么都不肯承认,看样子明明就是吃醋啊!

216

[第九章]

我被人欺负了，你快过来

出院的时候，夏唯至不仅活蹦乱跳，还胖了一圈。每天被宫少廷用各种食物投喂，没胖二十斤已经很幸运了。

夏唯至出去的第一件事就是去看母亲。

母亲还是安详地睡着，她被打理得很干净，衣服每天都是新的。

每次医生和她说母亲还活着的时候，都是她觉得最幸运的时刻。

至少这些年她的努力没有白费，她的母亲依旧活在人世。

从医院出来后，夏唯至无意间看到一辆熟悉的车子，一辆黑色的劳斯莱斯幻影，好像在哪里见过，但一时也没想起来。

夏唯至走出门。

不一会儿，车里下来两个人。两人都是器宇轩昂，一个年轻气盛，一个虽到中年却依然神采奕奕。

"老爷，尊少，已经安排妥当了！"一个黑衣男子从里面出来，躬身说。

祁一鸿望着眼前的医院，眉眼间都是沉重。

一旁的祁尊疑惑地问："父亲，为什么一回来就到明志医院？病房里有熟人？"

祁一鸿没有说话，而是走了进去，脚步特别沉重。

踏上通往病房的路，他的心像是被刀割一样，很痛很痛。

祁尊跟着自己的父亲进去。

医院里的人都被支开了，显然父亲不想让任何人知道他来过。

皮鞋踩在冰冷的地上，发出铿锵有力却沉重的声响。

祁一鸿在一间病房门口停下来，抬头透过玻璃窗看着里面。一个女人安静地沉睡着，似乎只是睡着了。

祁尊走到父亲身边，看了一眼病房门上写着的名字和入住时间。

夏可卿。

好有诗意的名字。

走进病房，祁一鸿的眼眶一瞬间就湿润了。那么刚强的男子，却红了眼眶，这让祁尊很是意外。

夏可卿？夏唯至？祁尊似乎想到些什么，问："父亲，难道这个女人是夏唯至的母亲？"

"什么这个女人！你配这么喊她吗？"祁一鸿很激动的样子，但他很快注意到自己失态，又平静下来，"这是你可卿阿姨，以后她醒了，你要好好对她。"

祁尊已经看出来祁一鸿对病床上的女人很不一般。

"可卿阿姨好像睡了很多年，恐怕没那么容易醒。"祁尊说。

"是啊，睡了那么多年我竟不知道！我一直以为她已经死了，没想到她成了如今的样子！"祁一鸿坐到床前，握住夏可卿的手，"是尹明志告诉我，可卿早就死了！我找了她那么多年，却信了他的胡话！这个人死了都不肯跟我说实话！"

祁尊知道这个尹明志是谁，就是尹家曾经的掌门人，尹翎叶的亲生父亲。

祁一鸿握着夏可卿的手，满脸的爱怜："可卿，哪怕你病了，都没人比得上你美丽！你放心，我一定会治好你，一定会让你醒过来！还有你的女儿，我会让祁尊把她娶回家，好好对她！没有人配得上你，也没有人配得上你女儿！"

祁尊站在一旁淡淡地看着。

他有些明白了，原来父亲喜欢夏可卿，却没有得到她，现在寄希望于他，想让他把夏可卿的女儿娶回家。

祁一鸿离开的时候还恋恋不舍地拉着夏可卿的手，交代祁尊："你安排人手进来，务必照顾好可卿，不仅要给她治好病，还要暗中派人保护好她！"

要说祁城现在话题度最高的人，那必然是尹翎叶和宫家二少爷。

尹翎叶到哪里都伴随着宫家二少奶奶的头衔。

无论在什么地方拍摄，溜须拍马的人都一大堆，都是喊她"宫太太"。

"今天这个造型好看吗，宫太太？"尹翎叶的造型设计师不停地拍马屁。

尹翎叶原本就是知名演员，现在多了个身份，谁不使劲拍马屁？

那可是宫家！

在祁城，势力最大的就是宫家和祁家，尹翎叶进了如此顶级的豪门，随便甩一条人脉给他们，就能让他们一辈子躺着赚钱。

"宫太太什么造型都好看！人长得美，哪里需要造型来衬托！"马屁简直是一筐筐地倒。

尹翎叶却镇定自若，拿着手机刷微博、看新闻。

每天的头条都是她，热度持续不减，片约更是从无间断，各大公司、各大电台，还有一些大牌导演都对她抛出了橄榄枝，她的事业的确是更加红火。

不过，只有她知道，无论她怎么努力地去制造跟宫少廷的偶遇，宫少廷从来都不看她一眼，从来！

她现在实在后悔，当初宫家老太爷派人来提亲，指名要娶她，她却听信了圈子里宫少廷是个同性恋的传言，硬是把夏唯至给嫁了过去。

只怪她误信传言，不然她早就是名副其实的宫太太了。

尹翎叶结束了工作，准备去拜访宫少廷的母亲艾莉娜。她早该去拜访艾莉娜的，毕竟有艾莉娜的支持，她跟宫少廷的事会更快。

尹翎叶特地去商场，准备给艾莉娜选一份礼物。

"哟！这不是我的老同学吗？怎么还有钱来买奢侈品呀？"

尹翎叶也很意外，竟碰到了夏唯至。

夏唯至还觉得郁闷呢，难得逛一次奢侈品商场就碰到了老同学纪敏。她是在橱窗外看到一条领带感觉好看，想买下来送给宫少廷。毕竟宫少廷帮了她那么多，她总得有点表示。

纪敏当然也看了新闻，以为现在宫家二少爷的正牌是尹翎叶。

当初纪敏以为夏唯至嫁给了宫二少，还特地好几次找夏唯至，想约她出来玩，可都被夏唯至拒绝了，纪敏想起来就觉得气。

"老同学，被夫家扫地出门，没少分钱吧！可你得省着点花，一下子花完了，以后就得去要饭了！"纪敏嘲笑道。

她这一嘲笑，很多人都看向夏唯至，以为她是刚刚被抛弃了才出来花钱。

夏唯至懒得理她，结完账准备走。

"买什么好东西了呀？"纪敏见夏唯至要走，拦住她。

夏唯至冷冷地看着她："好狗不挡道！"

"你骂我是狗？！"纪敏很生气。

"你倒是承认得很欢快。"夏唯至嗤笑了一声。

"扑哧。"在场很多客人都忍不住笑了起来。

很显然，这个一进来就大声嚷嚷的女人根本不是她对面那个女人的对手。

纪敏知道大家在笑她，恼羞成怒，一把夺过夏唯至手里的东西。

"买了什么见不得人的东西，还不让看了！"纪敏直接打开，"是领带！哈，送给谁呀？这么快就另结新欢了？"

夏唯至真的火了："把东西放回去！"

"不放又怎样？"

"不怎样，我抽你！"夏唯至扬起手就想把纪敏抽一顿。

这个纪敏中学就老喜欢欺负她，还带同学一块儿欺负她。也不知道跟她什么冤什么仇，非要跟她过不去！

纪敏吓了一跳，没想到夏唯至来真的。

纪敏还没来得及躲开，尹翎叶就走过来挡在她面前。

"唯至。"

"叶姐！"纪敏看到尹翎叶，立马热情地打招呼，"不不，我应该叫宫太太！宫太太，你看这个弃妇，动不动出手打人！"

尹翎叶一出场就吸引了不少人的目光，大家都是又崇拜又羡慕又嫉妒地看着她。

尹翎叶从纪敏手里拿回领带，还给夏唯至："纪敏就是小孩子，不要跟她计较。"

"叶姐，我们又不怕她！她现在可没靠山！"纪敏以为夏唯至已经被抛弃了。

只有尹翎叶知道，夏唯至的靠山宫少廷可宝贝她了。之前听说夏唯至生病，宫少廷天天往医院跑，不知道的还以为夏唯至得绝症了！

夏唯至拿回领带，扫了纪敏一眼，嘲笑道："还没见过这么大的小孩子，长见识了。"

"扑哧。"在场有很多人笑了起来。

纪敏和尹翎叶的脸色都一阵难看，尤其是纪敏，她简直想冲上去跟夏唯至打起来，不过被尹翎叶硬生生压住了。

"你看她什么态度啊叶姐！看都不看你一眼，以为自己是谁呢！你可是宫家二少夫人，怎么能被她踩在头上！她一个早被赶出门的，嚣张什么！"纪敏气不过，大吼。

"纪敏，闭嘴！"尹翎叶不让纪敏再说。

纪敏不明白尹翎叶怕什么，更是生气："叶姐，你才是宫家少夫人，咱们还怕她？喂，夏唯至，你给我站住！"

纪敏跑到门口拦住夏唯至："你凭什么嚣张？你以为自己是谁？你多烂啊！当初被费明泽抛弃，现在又被廷少抛弃！我真不明白，你这种人哪来的资本嚣张！一点自知之明都没有！"

纪敏是她的中学同学，自然知道她的那段旧事。

尹翎叶倒是好奇了，费明泽？原来还有一个男人。

夏唯至冷冷地看着面前蹦出来的女人。纪敏以前就喜欢欺负她，现在也一样。

"你没毛病吧？我有没有资本关你屁事！纪敏同学，我今天又哪里惹到你了？"夏唯至真感觉莫名其妙。

"你出现在我眼前就是惹到我了！啊，对了，我钱包找不到了，里面可是有不少现金，还有银行卡，支票都有，不会是你拿的吧？"纪敏摸了摸自己身上，很"担心"地说。

夏唯至嗤笑："不要诬蔑别人。"

"诬蔑？那可不一定，你可是有前科的！当初在学校，你偷了花似玉的钱，后来不也是在你包里找到的？你看你一个弃妇都能买那么好的东西，哪来的钱呀？不会是拿了我的钱吧？"纪敏嘲讽地说。

"怎么来这里偷钱！真是知人知面不知心！看样子也不像是小偷，原来还有前科！"

"是啊，人不可貌相的！没钱想要奢侈品，当然得耍点手段！"

"那也不用偷啊，去卖也行嘛！"

店里的人听了，一边议论，一边对夏唯至指指点点。

夏唯至发现这女人是真的很喜欢没事找事。

纪敏很得意地摆摆手："让我搜身喽，看看钱包是不是在你那里。"

尹翎叶也站在一旁看笑话。这纪敏还真是想着法子欺负夏唯至，不过，她乐意看好戏。

"我凭什么让你搜身？我先付了钱，你才进来，你说我拿你的钱买东西，你是不是傻呀！"夏唯至冷冷地嘲讽回去。

"你骂谁傻呢！我进来的时候你还没付完钱！就算这东西是你自己买的，也不能代表你没偷钱！你在怕什么？搜身证清白，这种事情你也不是没经验啊！"纪敏嘲笑的是夏唯至当初在学校也被花似玉搜身搜包。

"你知道诽谤罪吗？"夏唯至冷声问。

纪敏很嚣张："我不知道！"

"你是文盲，当然不知道！捏造事实诽谤他人，贬损他人人格，情节严重的处三年以下有期徒刑！你要搜身，可以，但要是搜不出东西，你愿意去坐牢吗？"夏唯至嘲讽道。

纪敏一下子就被吓住了，下意识地退后一步，抬头却看到尹翎叶看着自己，似乎是在给她鼓劲，纪敏瞬间就不怕了。有宫家二少夫人撑腰，她怕什么！就算杀了人，宫家都有办法保她，何况她纪家也不是吃素的。夏唯至无权无势没人脉，捏死她简直跟捏死蚂蚁一样。

"哈，你吓唬我呢！知道我爸爸是谁吗？警察局副局长！你打算让我爸爸抓我吗？我告诉你，你今天要是不让搜身，我就报警，说你偷我钱包！我的钱包里有很多钱，够关你几年了！"纪敏很得意地说。

尹翎叶当然知道纪敏的爸爸是祁城警察局副局长，她就是因此才跟纪敏走得近。

221

夏唯至看了一眼外面，大家都等着看她被搜身，纪敏等着看笑话。

夏唯至走回柜台跟店员说："这位纪小姐非说我偷她钱包，麻烦调一下监控，证明一下我的清白。"

"调什么监控啊！搜个身不就明白了？你心虚吗，不让搜身？那就叫我爸爸带人来，直接让警察搜你身喽！"纪敏走过来，嚣张地说。

店员听到纪敏的爸爸是副局长，哪里敢得罪，抱歉地跟夏唯至说："今天的监控坏了，真是抱歉，不如你配合纪小姐搜身吧。"

夏唯至当然听明白了，人家这是帮着纪敏刁难她的意思。夏唯至看了一眼不远处的尹翎叶，她虽然没说话，但一直在看笑话。

不过，她现在并不怕得罪她们，为什么要委屈自己？

夏唯至拿出电话，走到一边拨了个号码："我被人欺负了，走不开，你能不能过来一下？"

夏唯至一走回来，纪敏就嘲讽道："怎么样？让不让搜身啊？不让我报警了！"

"你报警吧，我不同意搜身。"夏唯至冷冷地说。

纪敏就是想羞辱夏唯至，没想到这女人那么倔强。

"好，你等着，我这就报警！"

尹翎叶这才走过来："唯至，大家都是朋友，不要闹得不愉快。你跟纪小姐道个歉，钱包的事，我跟她说说，让她算了，反正她也不缺那点钱。"

夏唯至好笑："道歉？没偷东西，为什么要认？再说，我跟她不是朋友啊，有这样的朋友吗？"

尹翎叶的脸色一阵难看，随即又优雅地笑着说："真闹到警局去，对你一点好处都没有，我是为了你好。"

"不闹到警局去，我也没好处！平白被人羞辱一顿，你心里痛快吗？"夏唯至冷笑。

以前她被她们欺负是没有办法，没有反抗的余地啊！特别是面对尹翎叶，怎么被欺负，她都得认，因为母亲的性命还需要她们尹家来维持。现在，她完全没有后顾之忧好吗！

尹翎叶走到夏唯至身边，好意提醒："你别忘了自己的身份，真闹到警局去，被爷爷和阿姨知道了，影响不好。"

"你在跟我装好人吗？会不会太假了一点？"夏唯至嘲讽道。

尹翎叶一窒，感觉夏唯至真的很不识抬举。

"谁报警？谁偷东西了？"警察很快就来了。

纪敏一看到警察，立马迎了上去，指着夏唯至："警察叔叔，有人偷了我的钱包还不让搜身呢！"

"纪小姐！"那个警察立马认出纪敏来，这不是副局的千金吗？！

"就是你偷了纪小姐的钱包还不承认？跟我们回去配合调查！"警察直接让抓人。

纪敏可得意了，看着夏唯至，满脸都是嚣张。进了她的地盘，就算夏唯至没偷，她也能坐实了偷窃的罪名，将对方关上几年。

尹翎叶心想，自己可是做了好人，劝了夏唯至，是她不听，到时候宫少廷怪罪起来，这里的人都能做证，她可是帮了夏唯至。

警察扣住夏唯至，夏唯至本能地挣扎："你们事情都没弄清楚，就要抓我去警局，难道不是徇私枉法吗？"

"还敢顶嘴！带走！"

"我看谁敢！"门口突然响起一声怒喝。

几十个黑衣保镖拿着冲锋枪大步走进来，然后分两边站好，还有二十几个人站在门口，把这里全部包围，甚至连警车都没放过。

宫少廷走进来，身后还跟着秘书贝拉和手下卓尔。

宫少廷在公司接到夏唯至的电话，说是有人欺负她，他立刻将手头的事全部扔下跑过来。

有人欺负他的太太，真可笑！他的太太哪能被别人欺负了去！

尹翎叶没料到宫少廷会突然到来，这才想起刚才夏唯至的电话。她更没想到夏唯至会找宫少廷来帮忙，她还以为这点事夏唯至不会麻烦宫少廷，肯定会找她的闺蜜——杭家那位大小姐。

杭家那位可是黑帮的大小姐，要是黑帮插手，夏唯至又是偷东西被抓，事情加在一起就是可大可小。

"廷少！"纪敏没想到宫少廷会来，以为他是来找尹翎叶的，更加挺直了腰板。

廷少？

警察听到这个称呼，自然也反应了过来，莫非是宫家那位二少爷？

"少廷！怎么也把你惊动了！三妹跟朋友闹不愉快！我正帮忙处理！"尹翎叶走上来说。

宫少廷直接从她身边走开，走到夏唯至面前。尹翎叶脸色已经铁青了，却还要装作没看见。

宫少廷冷冷地盯着扣着夏唯至的两个警察。

"手还要吗？"宫少廷冷声问。

那两个警察立马松开手，站在一旁。

夏唯至活动了一下手臂，感觉被抓得有点疼："你怎么才来？我差点被抓进去了！"

223

宫少廷握住她的手，给她揉了揉："有点堵车，耽误了一点时间。谁欺负你？"

两人的对话已经很明显了。

在场的人都有些蒙，这帅哥是来帮夏唯至的！这人到底是谁？怎么对尹翎叶连看都不看一眼？

纪敏也有些愕然，下意识地看向尹翎叶，就见尹翎叶脸色难看，站在一旁不知所措。纪敏心中害怕，难道新闻是假的吗？为什么廷少还帮着夏唯至？

"她说我偷东西，偷了她的钱包，还要搜身！还说我给你买的礼物是我偷了她的钱才能买到！"夏唯至把手里的袋子给宫少廷。

里面是一条领带。

这个女人今天居然想起给他买礼物了！这可把宫少廷高兴坏了。

纪敏简直吓死了。什么？给廷少买的？她以为是给别的男人买的。

"所以你觉得我太太需要偷你的钱给我买礼物？"宫少廷盯着纪敏问。

"不，不是！这是误会！这真的是误会……我不知道她是您太太！"她不是被甩了吗，怎么还跟廷少在一块儿？那新闻说尹翎叶和二少才是夫妻又是什么情况？

"误会？这么大阵仗，你跟我说是误会？"宫少廷指着旁边那些警察。

警察见纪小姐都不敢对这个男人说重话，自然清楚眼前这位身份不凡。

"先生，这里面一定有误会，说清楚了就好！"警察立马说。

"刚才我太太要说清楚，怎么没见你要听？现在她诬蔑我太太偷钱包，还要搜身，本少爷今天告诉你，钱包要还在她身上，我让她吃不了兜着走！来人，把监控调出来！"宫少廷一声大喝。

卓尔立马让店员去调监控。

店员哪里敢不听，立马去调监控。

调出监控后，卓尔去回放视频。

店员站在一边，小心地看着夏唯至，都要哭出来了。她刚才帮着纪敏，还说监控坏了，现在真的好担心夏唯至会告状。

夏唯至看了店员一眼。她要是说店员帮着纪敏欺负自己，这家店估计也开不下去了，不过她不想闹成这样，只要还自己清白。

跟着宫少廷进来的贝拉只感觉自己脑门上冷汗直流。尹翎叶在场她自然看见了，夏唯至她在宫家也见过，明显总裁大人是叫夏唯至太太，而不是尹翎叶。她现在总算知道，总裁大人当初为什么会因为新闻发布会对她发那么大的火，甚至要把她赶出公司。

因为她按照老太爷的意思说了尹翎叶和总裁的婚事，但事实上，总裁的太太是那位夏小姐。她差点连自己是怎么死的都不知道。

纪敏求救地看向尹翎叶：现在到底该怎么办？

224

尹翎叶硬着头皮走上去，跟宫少廷说："少廷，纪敏和唯至是老同学了，她就是个长不大的孩子，跟唯至只是开玩笑而已。"

"玩笑？这玩笑好笑吗？随便要求搜身，这是侮辱人格！"宫少廷冷哼，拉过夏唯至，"何况她侮辱的是我太太！尹小姐还是不要多管闲事，免得引火烧身。"

尹翎叶尴尬得不行。这里这么多人，哪怕很多人不知道宫少廷是谁，可她好歹是知名女星，他也太不给她面子了。

纪敏再傻都看明白了，夏唯至跟宫少廷根本没离婚，尹翎叶和宫二少的婚事根本就是假新闻。

夏唯至靠在宫少廷身上，突然发现了一个真理：树大好乘凉，忒凉快！

"少爷，监控看过了，没有任何异常。如果我没有猜错，钱包应该在她自己身上。"卓尔检查完监控走回来说。

纪敏已经吓得不知道说什么，她躲到了警察后面。

宫少廷冷哼："那就搜她的身！今天要搜出钱包来，老婆，那她的诽谤罪是否成立？"

"当然，关三年。"夏唯至说。

"那就给我搜！今天要是从你身上搜出钱包来，三年都太轻！"宫少廷冷哼。

纪敏已经吓得快站不稳了，她知道宫二少不会开玩笑。真要搜出钱包来，不仅是她，可能还会连累她的父亲。

夏唯至和尹翎叶都知道钱包肯定在纪敏身上，然而，纪敏不断向尹翎叶求助，尹翎叶却只当成没看见——宫少廷根本不会听她的。

所有人都只能同情地看向纪敏。监控都显示了，夏唯至根本没偷过钱包，那么，钱包要么是纪敏自己弄丢了却冤枉夏唯至，要么就是钱包还在却诬蔑夏唯至，无论结果是哪种，纪敏这几年大好的时光都要在监狱里度过。

卓尔拿过纪敏的包。

夏唯至突然开口说："纪敏同学，你再好好想想钱包放哪里了。是不是你自己忘了？"

纪敏愣了一下。夏唯至是什么意思？这是在帮她吗？

"对对！我忘了，在我背包里！应该在我背包里，我找找！"纪敏立马拿回包，真的翻出了钱包。

"真的在这里呢！瞧我这脑子！这记性！原来真的是误会！"纪敏呵呵地笑着。

这演技实在不行，太尴尬了。

旁边的警察也无奈了，呵斥道："纪小姐，你怎么那么不小心？你差点冤枉了人家，还不快道歉！"

"对不起，对不起，夏唯至！我，我忘了，原来在我包里！"纪敏又跟夏唯至道歉。

"我就知道，你这记性肯定是又忘了。"夏唯至配合地说，又看向宫少廷："其实我跟她是老同学了，误会一场。要不算了？"

"欺负你欺负到头上了，怎么能算？！"宫少廷盯着纪敏，目光冰冷，"很明显，她是故意冤枉你的，在里面待几年都是轻的！"

宫少廷每说一句，纪敏的肩膀就颤抖一下，躲在警察后面根本不敢说话。

纪敏毕竟是副局的女儿，警察得护着，其中一个人走上前跟宫少廷说："先生，纪小姐的父亲是我们副局长，看在他的面子上，这一次就算了吧。"

宫少廷原本没什么表情的脸上反而出现了一丝怒意。

夏唯至扶额。这人傻吗？这时候还拿纪敏的父亲来压宫少廷！

宫少廷凉凉地说道："副局？教出这么个不懂事的女儿，看来本身作风就有问题。去通知市长，顺便查查这个副局有什么不法行为。行为不检点的人，市长不会容忍！"

卓尔立马明白："是，属下马上去办！"

那个警察哪里还敢说什么。随便就能跟市长打招呼的人，他怎么敢惹！

纪敏踉跄着跌坐在地上。她这是把父亲也给拉下水了吗？

夏唯至皱眉。如果因为她牵连一个副局，事情闹大，老太爷和宫太太会越发不待见她。

夏唯至想开口说话，宫少廷却先一步说："没什么好说情的，我就事论事！欺负你，就算牵连无辜也让你欺负回来！走，回家！"

宫少廷抱着她的肩膀就走，那霸气的回应让夏唯至觉得心里温暖。

"少爷，她怎么办？"卓尔问的是纪敏。

"诽谤罪，该怎么办怎么办。"宫少廷冷哼。

这么好的年纪关个三年，对纪敏来说生不如死。

夏唯至拉住宫少廷的手，看了一眼瘫坐在地上面如死灰的纪敏："我跟她既然是误会，说清了就好了。宫少廷，看在我给你买礼物的分上，这事算了，好吗？"

纪敏诧异地抬头看向夏唯至，似乎不相信她会为自己说情。

明明这些年，她看到夏唯至就会欺负！在纪敏眼里，夏唯至就是个心思恶毒的坏女人。

"不好，不能算。要不是我过来，她会让人把你扔进去，关个几年！她都没想过要放了你！这女人恶毒得很，不懂什么叫己所不欲，勿施于人。"宫少廷冷冷地看了一眼纪敏。

纪敏羞愧地低着头，不敢说话。

"宫少廷，那你到底放不放人啊？"夏唯至嘟嘴，有些生气，手捂住肩膀，一副被气到伤口都疼的样子。

宫少廷原本冰冷的脸立马变得紧张："好了好了，这种小事，你别生气！放人。"

夏唯至扬起唇角。

"你身体不好，我先送你回去。"宫少廷一副很紧张她的样子，扶着她的腰，半抱着把她带走。

纪敏抬头看着夏唯至，刚好夏唯至也在回头看她。

纪敏感激地对她点点头。

夏唯至脸上没有表情，跟着宫少廷离开了。

大群黑衣保镖也都上了车，十几辆车排成一条长队，浩浩荡荡地离开了。

"纪小姐。"警察扶纪敏起来。

纪敏踉跄地站起来，心有余悸。

所有人还沉浸在刚才宫少廷到场时那霸气压抑的氛围里，都不敢说话。

"纪敏。"尹翎叶走过来扶住她。

纪敏冷冷地盯着她，直接把她推开。

尹翎叶退后了几步，有些震惊地望着眼前的女人。

"你干什么？就算有气，你也应该对着夏唯至，不是我！"尹翎叶提醒说。

"夏唯至救了我，我还对她撒气？我纪敏虽然任性了一点，但也不是恩将仇报的人。我很清楚，刚才我的死活，你可没顾着！"纪敏冷哼，对尹翎叶的态度完全转变了。

纪敏大步走出去，发现夏唯至已经离开了。

纪敏眼底出现了微微的波动，似乎依然不敢相信，她那么刁难夏唯至，结果对方还帮着她。

当夕阳的余晖只剩最后一点的时候，尹家别墅门口，一辆玛莎拉蒂跑车停下。

尹翎叶生气地从车上下来。想起前几天在商场的事，她的火气就不是一般的大——宫少廷不仅没正眼看她，更连面子都没给她。

前段日子，夏唯至生病，宫少廷几乎任何场合都不出席，专程陪着夏唯至。

什么绝症需要那么仔细地看护！死了才好！

"翎叶！"花园的观赏石后面突然冲出个女人，浑身脏兮兮的，头发也乱糟糟的，面色发黄，没有一点光彩，尹翎叶半天都没认出人来。

"你想干什么？这里是尹家，要饭去别处！"眼前的女人臭烘烘的，闻到就倒胃口。

"是我，你薄阿姨！"薄太太激动地说，"翎叶，我找你，是想你帮帮我！"

薄太太？

尹翎叶终于认出来了。没有精致的妆容，不每天做美容spa，没有光鲜的衣着，她还真认不出眼前这位是薄家曾经的掌门人薄太太。

"薄阿姨，听说你们得罪了廷少，公司都被收购了。你得罪了他，我怎么敢帮你？"尹翎叶根本不想多话，直接拒绝。

薄太太没想到她还没开口尹翎叶就拒绝了："我只要钱！你借我一些钱，我以后会还你的！"

"不用还，以后你也还不起！我这里还有一百块，你拿着吧！"尹翎叶从口袋里找出一百块丢给她。

那张钱在薄太太眼前慢慢飘落到她脚下。

薄太太愕然地望着眼前的女人，满眼都是不敢置信。在她眼里，尹翎叶一直是个非常懂事、知书达理的人。

"这么看着我干什么？薄阿姨，你多久没洗澡了？赶紧拿着钱去洗个澡吧。"尹翎叶嘲讽完，从她身边走开了。

薄太太这些天找了很多昔日的所谓好姐妹帮忙，可是谁都知道她得罪了宫家，一个个对她避之不及，她现在连饭都吃不饱。后来薄太太想到了尹翎叶，满怀期待地来找她，却没想到会遭受这样的羞辱。

"尹翎叶，你别忘了，当初你跟我串通了给夏唯至下猛药！你以为宫少廷为什么对我们薄家赶尽杀绝？他知道了这件事，所以才找我们报仇！我念在你是个好孩子，所以替你隐瞒了，没想到你是这样忘恩负义、嫌贫爱富的女人！"薄太太冷冷地开口，"我这就去找宫少廷，把当初的事原原本本说一遍！我没好日子过，你也别想好过！"

尹翎叶的心咯噔了一下。这事要让宫少廷知道了，连爷爷都不会想保她。

"薄阿姨，"尹翎叶立马上来拦住她，"您别这样啊！刚才有宫家的人跟着你呢，他们都看着，我不能和你走太近，所以才故意刁难你。你是我的长辈，看着我长大，我怎么可能不帮你？"

薄太太看了看四周："是吗？我怎么没看到有宫家的人？"

"尹家怎么也算夏唯至的娘家，有宫家的人很正常的。薄阿姨，我身上没带钱。这样吧，我带您出去，去外面的取款机上取钱。您手里的银行卡已经都被冻结了，拿现金比较方便。您觉得怎么样？"尹翎叶笑着建议，很是亲昵的样子。

薄太太放松了一点戒备，再看看四周，根本没有宫家的人。尹翎叶她就是看不起自己，只是因为有把柄，所以才给钱。正好，她可以抓着这一点，狠狠地敲尹翎叶一笔。

尹翎叶开着车，扫了薄太太一眼。她很清楚，单单是她和薄太太联合给夏唯至下药这一点，只要薄太太一提，她就不得不给薄太太钱。从此以后，薄太太能把她当提款机，要多少钱，她就得给多少钱。

不给，薄太太就能把她拉下水。

薄太太现在对她来说就是定时炸弹，随时都可能爆炸。

她绝对不能坐以待毙！

"薄阿姨，我看您好几天没吃东西了，我先带您去吃点东西，就是您喜欢的那家仙庙农家乐。那边的位置很难预约，不过老板跟我认识，能给我随时预留位置。"尹翎叶突然建议。

仙庙农家乐虽然只是农家乐，但早已经成为网红餐厅，多少有钱人提前一个月排队也不一定吃到。

薄太太已经很久没吃东西了，此刻真的被尹翎叶说动了。

尹翎叶又说："等吃完饭，我再带你去取钱。以后有什么需要尽管找我，要多少钱随时跟我开口。"

薄太太问："你有这么好心？"

"薄阿姨，您这么说我，我可要难过了！薄家出事，我帮忙，都是我应该做的！待会儿吃完饭，取了钱，我再给您开一张支票，您以后就去国外生活吧。"

薄太太有些感动："翎叶，你比夏唯至那个贱人好太多了！可惜，我当初发了健身房的视频出去，还是没能整倒夏唯至！而且你应该也知道，夏唯至为宫少廷挡了一枪，人却没死成，真是便宜她了！"

健身房的视频？为宫少廷挡枪？

尹翎叶立刻想起前阵子传得沸沸扬扬的视频。为了那段视频，她还被宫家老太爷请去指认夏唯至。

原来视频是薄太太发的，而夏唯至生病其实是给宫少廷挡了枪。没想到宫少廷在夏唯至心里那么重！

"挡枪这事我当然知道。不过薄阿姨，那段视频打了马赛克，你还有原版视频吗？"尹翎叶问。

"没有了，原版已经被我儿子删了。"薄太太遗憾地说。

那可真是遗憾！原来，薄家得罪宫少廷是因为视频的事。薄太太手里根本没有原版视频，那她的利用价值也没有了。

"翎叶，这是哪里？仙庙农家乐似乎不在这边。"薄太太下了车，发现四周阴森森的，背后就是公墓。

尹翎叶一边走过来，一边慢慢戴上橡胶手套。幸好剧组拍戏的一些道具她会留在车上，比如这副橡胶手套。

薄太太看到尹翎叶戴着手套过来，她不自觉地往后退："尹翎叶，你想干什么？你根本不是带我去仙庙农家乐！"

尹翎叶笑得有些阴森："当然了。带一个快要死的人去吃那么好的东西，多浪费呀！"

"你说什么？"

"我说，你快要死了！"尹翎叶上前，一把掐住了薄太太的脖子。

薄太太睁大眼睛尖叫起来，可这里是公墓，天已经黑了，根本没人敢来这里。

"为什么要杀我？"薄太太大吼着，想要推开尹翎叶。

尹翎叶的面容几乎扭曲："为什么？你心里难道不清楚？以后你可以随时拿夏唯至被下药那件事来恐吓我，我就成了你的提款机！只要惹得你不高兴，你就会告诉宫家，到时候，我还有活路吗？宫少廷会把我打入地狱！"

"放，放手！我没想过一直恐吓你，我……只要这一次……拿了钱，我就出国……喀喀喀……放过我！我不想死！"出于强烈的求生欲望，薄太太竟把尹翎叶给推开了。

外面是马路，她就算冲出去，尹翎叶开车都能撞死她，薄太太只能往公墓里面跑。

尹翎叶一步步跟着跟跄的她，还顺手捡起地上一块尖锐的石头，阴森地笑着，看着她垂死挣扎。

薄太太跌倒在地，惊恐地望着她："不要杀我！你的钱我不要了，求你不要杀我！我不想死，不想死！我帮你对付夏唯至！你放了我，我可以去替你杀了夏唯至！"

尹翎叶冷冷一笑："就凭你，杀她？不过你倒是提醒我了，只有夏唯至能救你了。你给她打电话，让她现在过来找你，我就不杀你！"

"你，你说的是真的吗？"薄太太慌张地掏出手机。

"你就说你手里有原版视频，让她一个人过来取，不然就公开视频。"尹翎叶指使她。

薄太太摇头："夏唯至不会信的，她知道视频已经删了。"

"她不敢冒险！不是说夏唯至为宫少廷连子弹都敢挡吗？为了宫少廷，夏唯至还有什么做不出来？不打电话也可以，那你就去死吧！"

薄太太立马打电话，手都在颤抖。

夏唯至正准备回家，突然接到一个陌生电话，竟然是薄太太的。

不是说原版视频已经被薄源佑删除了吗，怎么还有？

夏唯至打了回去，可是对方没接电话。

230

薄太太突然打这个电话给她是什么意思？视频毕竟是薄太太发的，也许她的确拿到了原版视频，现在薄太太已经一无所有，跟她鱼死网破也不是没可能。

夏唯至匆匆赶去薄太太指定的地方，一路上不停地给宫少廷打电话。

宫少廷每个月都要陪自己母亲一天。他知道母亲不喜欢夏唯至，也就没带她过来，毕竟夏唯至身体刚好，还需要好好养养。

宫少廷被洛米拖着去泡温泉，只有他的母亲艾莉娜坐在岸上。

宫少廷的手机响了半天，艾莉娜看了一眼来电，见是夏唯至打来的，直接挂断了。

宫少廷和洛米难得有时间相处，她不想被那个女人打扰。

夏唯至打不通宫少廷的电话，只好算了。

她赶到公墓的时候，天色已经完全黑了。

这里环境阴森，关键是根本没人。

再往前两米就是公墓了。

"啊！"突然传来一声惨叫。

夏唯至听着像是薄太太的声音，她转身，循着声音跑过去。

"薄太太！"

薄太太满脸是血，躺在地上奄奄一息，后面有一道黑影跑过。

夏唯至想追上去，薄太太拉着她的手臂："救救我！我不想死！不想死……"

"薄太太，是谁？是谁？"夏唯至着急地喊。

薄太如果出事，薄源佑该怎么办？

薄太吃力地抬手，指着一个方向："她……"

夏唯至看过去，却根本没看到人。

"是谁？到底是谁下那么狠的手？薄太太，你不要担心，会没事的！我现在就送你去医院，你不要怕，你不会死的！"夏唯至把薄太太扶起来，她额头的血全部擦在了夏唯至身上。

薄太太睁大眼睛看着面前的女人，想说话，想告诉夏唯至，是尹翎叶，要小心尹翎叶，可是已经说不出来了。

夏唯至那么着急，一点都不像是装的，她的确不想自己死，而自己，堂堂薄氏集团掌门人，竟落得这个地步，还死在了一个小丫头手里。

薄太太想让夏唯至快走，想跟她说一声抱歉，可是什么都说不出来了。

薄太太的手垂了下来，整个人又倒回地上，一双眼睛睁得很大，她死不瞑目。

尹翎叶骗了她！她打电话给夏唯至了，可尹翎叶还是动手杀了她！

231

"薄太太！薄太太！"夏唯至推着薄太太，可是对方却一动不动，她哭喊着，"你醒醒！薄太太！你死了，薄源佑会很难过的，薄太太！"

夏唯至怔怔地坐在地上，看着躺在自己旁边没了气息的女人。

马路边突然响起一阵鸣笛声。

五六辆警车停了下来，车上冲出二十几个警察，拿着枪把夏唯至包围了。

"不要动！举起手来！我们接到报案，这边发生谋杀案！你有权保持沉默……"警察将枪口对着夏唯至，大声地喊。

又有车停下来，还有记者从上面下来。

记者展开摄像机，对着镜头，开始报道："晚上七点发生了一起恶性谋杀案！谋杀案的主角……"

有记者对夏唯至狂拍，警察想给夏唯至戴上手铐。

夏唯至猛然反应过来，这一切都不对！她来的时候薄太太就出事了！

可现在她浑身是血，地上和薄太太身上都有她的指纹，薄太太死无对证，她根本无从辩解。

"不是我！我不是杀人犯！"夏唯至大吼。

"每个犯人都不会承认自己犯了罪！带走！"警察直接把夏唯至给带走了。

黑暗中，一抹身影从对面走出来。

看着公墓里面的警察和记者、被带走的夏唯至以及被运走的薄太太，她的心里有种报复的快感。

薄太太出现得可真是时候，让她一箭双雕，而且整个过程天衣无缝。

这里地处偏僻，没有摄像头，没有灯光，没有人，加上薄太太死前给夏唯至的电话，完全可以定罪成夏唯至为了拿回原版视频，恼羞成怒，杀了薄太太。

"夏唯至，这一次宫少廷是保不住你了。"尹翎叶得意地笑了起来，摘下手上的橡胶手套装进透明袋子。薄太太身上没有半点她的指纹，此案怎么都跟她无关。

[第十章]
公司和女人，只能选一个

艾莉娜家里。

宫少廷总感觉眼皮一直在跳，心也莫名地像是悬着一般。

电视上突然插播了一条新闻。

"晚上七点，秦山公墓发生一起恶性杀人案，死者系前薄氏集团董事长薄水琴。犯罪嫌疑人是个年轻女子，已经在现场抓获，案件正在进一步调查中。"

插播新闻的时候，艾莉娜和洛米都在看。

镜头扫过夏唯至的脸，洛米先惊呼起来："这个人不是夏唯至吗？她都成杀人犯了！天哪，这个女人怎么什么都干得出！"

宫少廷大步走到屏幕前，把画面定格，的确是夏唯至。

艾莉娜皱眉。怎么回事，夏唯至怎么突然变成杀人犯了？

"少爷，少奶奶被指控杀了薄太太薄水琴！"卓尔匆匆赶来汇报。

"是谁指控的？"宫少廷大喝。

"在场的警察都可以做证，他们全都看见薄太太刚断气的时候，少奶奶就在旁边，而且少奶奶身上都是薄太太的血，薄太太身上也有少奶奶的指纹！"

宫少廷眸子里一片冰冷，他压下眼底的焦急，大步走出门，往警局赶去。

"警察为什么会出现？"宫少廷冷声问。

"听说是守墓人报的案。听到惨叫之后，守墓人立马打电话报警，警察这才赶到。"

"那记者呢？怎么会突然出现？"

"记者跟拍警察出警也是常有的事。可能知道那边有案件，记者才去跟拍。"卓尔说。

还真是天衣无缝！不过，正因为天衣无缝，所以疑点重重。

夏唯至根本不可能杀薄太太，如果薄太太有事，她救还来不及。

看着宫少廷着急地离开，艾莉娜站在门口，看了一眼正在直播的新闻。

这个女人这种事都干得出来，就算她不动手，夏唯至也不可能继续留在宫家，老太爷怎么可能允许一个杀人犯做宫家少奶奶。

警局里。

面对警察的审问，夏唯至当然是不停地否认自己杀了人。

"我到现场的时候，薄太太已经死了！"夏唯至说。

"你们两个认识，死者生前还打过电话威胁你，你的杀人动机很明显。案发时你在现场，死者身上全是你的指纹，你的身上也都是死者的血！你要是还不承认，我们只能严刑逼供了！"

两个拿着电棍的警察走上来。

夏唯至冷笑："我没做过，怎么承认？你们要屈打成招吗？"

"嘴巴还挺硬！你要是现在承认，就不用受皮肉之苦！"

"我说了我没做！啊！"电棍直接打在身上，夏唯至疼得跌倒在地。

"证据齐全，你不要做无谓的挣扎了，赶紧承认吧！"警察继续诱导她。

"呵呵，你们就是这么办案的吗？！我没做，不是我杀的！"夏唯至一字一字地说。

又是一棍打下来，打在了夏唯至原先受伤的肩膀上，伤口像被撕裂了一般，好疼好疼。

此刻，局长办公室里。

宫家老爷宫浩钱站在屏幕前，看着里面的女人被一棍棍地殴打。

潘局有些担心："宫总，廷少待会儿就到了。我们屈打成招，廷少恐怕不会罢休！"

"只要她招了就行，用什么方法又有什么关系！她杀人是事实，杀人就得偿命！"宫老爷拄着拐杖，冷冷地盯着屏幕，"让你的人动作利落些。人死了，也可能是畏罪自杀。"

宫浩钱的意思潘局自然明白，这是直接打死了事的意思啊！

潘局立马走出去给副局长下了命令。

纪副局长微微愣了一下，立马去执行。

宫浩钱脸上都是算计。既然这一次夏唯至主动犯事，他就不会再让这种女人留在

234

宫少廷身边。宫少廷可是他最宠爱的孙子，他对他寄予了厚望。宫浩钱还让人半路阻拦宫少廷，延迟他的到来。

"爸爸，夏唯至会被怎么样？"纪敏半夜在家里听到夏唯至杀人的消息，连夜跟着自己父亲赶了过来。

她的父亲就是纪副局长。

"她杀了人，要偿命。"纪副局说。

"她不可能杀人，她不是这种人！爸爸，你忘了，上一次我得罪廷少，还是夏唯至帮了我们！"

"没办法，这是上面的意思。你快让开，我还要去下达命令！"纪副局让女儿纪敏让开。

"我会让开，等廷少来了再说！"

"纪敏，这时候容不得你胡闹！上面的意思我不可能违背！她杀人了，迟早得死，现在不过是早死而已！"纪副局推开女儿，进了审问室。

纪敏想进去阻拦，无奈被自己父亲关在门外，连夏唯至的面都没看见。

怎么办啊？廷少怎么还没来？再不来，人都死了！

审问室里，副局长看了夏唯至一眼。怎么还没醒来？

"弄醒她，给她注射！"纪副局命令说。

警察都有些奇怪，毕竟还没审完，怎么就直接注射死了？可是上面的意思他们不敢违背。

冷水泼在她脸上，夏唯至浑身一个激灵，睁开眼，就看到有人撩起她的衣袖。

冰冷的针头刚靠近，她本能地把面前的警察推了出去，他手里的针筒掉在地上。

"你们想干什么？"夏唯至踉跄地起身后退，防备地大吼。

纪副局无奈地挥手："把她抓住，继续打针。"

"我不打！"

警察一上来，夏唯至直接一拳打过去，那个警察瞬间被打趴在地。

又有几个警察上来，拿着电棍就要打下去，还有人拿出枪对着夏唯至。

"住手，不要伤人！放下枪，这里是警局，她跑不了！"纪副局不让警察伤人。他也清楚，夏唯至是纪敏的同学，当初夏唯至还帮过他们父女。

纪副局一步步走上前安抚夏唯至："这是安乐死，不会痛苦，你不要挣扎了。这里是警局，你当场反抗，他们可以直接把你枪毙！"

说完，纪副局又给夏唯至使了个眼色，让她看向脚下的针筒。

夏唯至明白了，立马捡起地上的针筒，上前扣住纪副局，针头对着他的脖子。

"不要过来，不然我杀了他！"夏唯至喊完，在纪副局耳边轻声说，"谢谢！"

"副局！"警察都惊恐地喊道。

"把门打开，让我出去！"夏唯至又喊。

纪副局说："快把门打开！"

警察只能把门都打开，但是每个人都拿枪指着她，谁的枪一不小心走火，她和纪副局都可能没命。

门打开，夏唯至一走出去，就发现外面的警察全都戒备森严，手里拿着盾牌和枪，绝对不可能让她跑掉。

纪敏看到自己父亲被夏唯至挟持出来，大吼："夏唯至，你做什么？你放了我爸爸！"

纪副局看了自己女儿一眼，纪敏愣了片刻，这才反应过来：爸爸在帮夏唯至拖延时间，等着廷少过来。

纪敏配合地指着夏唯至骂："夏唯至，你出不去的，你被包围了！"

宫家老爷子宫浩钱早就在监控里看到夏唯至劫持了副局长。真是好大的胆子，果然什么事都干得出来！

宫老爷看着监控，命令："直接开枪！"

"宫总，副局还在里面！"

"他因公殉职，死后会得到极高的荣誉。开枪！"宫浩钱命令。

潘局无奈，只好下达指令："开枪！"

夏唯至见这些人根本不管副局死活，立马放开纪副局，轻声说："您快走开，不要管我！告诉宫少廷，我是清白的，我没玷污廷少夫人这个头衔！"

夏唯至把纪副局推开后，抬起头，冷冷地看向一个方向，那里有一个摄像头。她知道有人在发号施令，想置她于死地。

她冰冷的目光，屏幕前的宫浩钱自然看见了，那冰寒入骨的目光让宫浩钱也愣住了：一个能随手杀人的女人果然有胆量！

砰的一声枪响，是包围群中的警察对着夏唯至开枪了。

夏唯至抬头，看到走廊尽头，一个男子着急地跑了过来。看到审问室门口被人群包围的夏唯至，那一声枪响让他的心像是被生生撕裂了一般。

看到他焦急的样子，夏唯至却扬起唇角笑了起来。宫少廷，还是等到你来了！

宫少廷眼底赤红，他迅猛地抓过一面盾牌，飞快地扔了出去。

一面透明的盾牌突然从天而降，出现在夏唯至面前，把她整个人都护住了，瞬间挡住了飞掠而来的子弹。

警察根本不知道发生了什么，抬头，却看到走廊两边跑出一大批黑衣人，把整条走廊堵得水泄不通。

"宫总，廷少来了！"潘局走进办公室说。

宫浩钱微微皱眉，他没想到还是被宫少廷赶上了。这些窝囊废，连个女人都对付不了！

宫少廷明显是带人来抢夏唯至了，这时候他就算和自己孙子硬碰硬，这个倔强的孙子也会和他的人来个鱼死网破。

里面的警察又被外面一群黑衣人给围住了。

宫少廷冰冷的脸上满是肃杀，像地狱来的修罗，想要灭绝一切——刚才他差点看着夏唯至被射杀。发生了什么事他不知道，但是，他绝对不会留自己女人在这里过夜。

宫少廷走过的地方，警察也只能乖乖让道。

宫少廷走进包围圈，看着面前的女人，她头发凌乱，衣服上都是血。

他白天出门的时候，她还好好的，晚上她突然变成了杀人犯，还遭了那么多罪！

他直接拉起她的手，摸着她的脸："哪里受伤了？"

"没有，不是我的血，是薄太太的。"夏唯至说，"我没有杀她，我去的时候她就出事了！不是我，我是清白的！"

她只想跟他解释这件事——她不是杀人犯。

"我知道，不是你！"宫少廷很肯定地说。

他从来没怀疑过她。再说，就算是她杀的又怎样？薄太太也该死。

他那么肯定地告诉她，她心里暖暖的，死亡的恐惧几乎在一瞬间消散。

他拉起她的手说："我带你出去！以后不会再让你进来！"

"好！"她跟着他走，跟跄了一下。

刚才被殴打，肩膀上的伤口似乎裂开了。夏唯至倒吸了口气。

他问她："他们伤到你了？！"

"没有。我害怕，腿软。"夏唯至说，"宫少廷，我不想待在这儿了！"

宫少廷心疼地抱起她："好，我带你离开！"

他打横抱起她，大步走出去，没人敢拦着他。

纪敏看着宫少廷霸气地走进来，暖心地护着夏唯至，既开心，又感动——上一次夏唯至跟廷少求情，她感恩在心。

她们中学就是同学，那时候夏唯至有个初恋叫费明泽，后来费明泽和花家小姐花似玉在一起了。她和花似玉是好朋友，一直以为当初是夏唯至抢了花似玉的男友，所以很讨厌夏唯至。

夏唯至被宫少廷抱着，搂着他的脖子，她回头看着纪敏，用口型说："谢谢！"

纪敏笑得傻乎乎的，也用口型说："不用谢！"

纪敏抱着父亲，也是后怕得很，生怕父亲也会出事。

"爸爸，好人会有好报的！我也要做个好人，像夏唯至那样。"纪敏在自己父亲

237

怀里说。

纪副局以前觉得女儿任性又胡闹，上一次她在商场刁难了夏唯至，宫少廷差点把她关进监狱，幸好有夏唯至帮忙说情，让她逃过一劫，从那之后，他感觉自己女儿没那么任性了。

"你就那么相信夏唯至没杀人？"纪副局问。

"嗯，是的。我以前看错她了，现在肯定没看错！不然上一次她完全可以让廷少把我关进监狱，还能让廷少把你撤职，可她不仅没有，还给我们求情。"

是的，那一次自己女儿如此胡闹，夏唯至反而帮了他们，这也是他今天帮夏唯至的原因，就当还了那次的人情。

"好人会有好报的。"纪副局也感叹地说。

宫少廷抱着夏唯至走出去，大厅中间站着一个衣衫破烂的男子，他双眼通红，脸上有哭过的痕迹。

此时此刻，他的肩膀还在颤抖。

夏唯至看着面前的男子，心口一痛，她想张嘴说什么，却什么都说不出来。

她是先证明自己清白好，还是先安慰？如果先安慰他，他会相信自己没有杀他母亲吗？

"薄源佑。"她低声喊他的名字。

薄源佑是来给自己母亲收尸的，他听说夏唯至杀了自己母亲，从不敢置信到愤怒到绝望再到此刻的平静无奈。

他想来找夏唯至报仇，可是看到她满身是血的样子，他根本下不了手。

"终有一天，你们会付出代价的！"薄源佑冰冷的话语刺痛了夏唯至的心。

说完，他转身走出大堂。

他没有办法对夏唯至下手，也知道他就算下手也不会成功。

夏唯至不会受到法律的制裁，因为有宫少廷护着她。

夏唯至从宫少廷怀里跳下来，追了出去："薄源佑！"

可是薄源佑早已经淹没在黑暗里，一点影子都看不到了。

夏唯至靠在门口，即使被警察严刑逼供，她也没有哭；即使面对死亡的针头，她没有掉眼泪，可此时此刻，薄源佑的一句话却让她的眼泪掉了出来。

宫少廷心疼地抱住夏唯至："他不相信你，就让他去，有他后悔的一天！反正他后悔不是一两天了！"

"我不是因为他不相信我掉泪，我只是心里难过，说不出的难过。"夏唯至有些哽咽。

宫少廷抬手拭掉她眼角的泪："是我让你难过了！是因为我的疏忽，才出了这种

238

事！我会查清楚，还你清白！"

"到底是谁跟薄太太有那么大的仇恨，一定要杀了她，手段残忍，却还要嫁祸给我？"

宫少廷也一直在想这个问题：杀了薄太太就算了，为何偏偏还要嫁祸给夏唯至？

这是有人在逼夏唯至离开宫家！是母亲，还是爷爷，或者是大哥宫达？

宫少廷已经第一时间封了媒体的嘴，把原先的报道全都压了下去，网上更是不允许出现任何关于夏唯至杀人的新闻，但是因为已经有了直播，还是有不少人知道这件事。

夏唯至肩膀上的伤口裂开了，只能让医生索傅重新包扎了一遍，宫少廷又让索傅给夏唯至打了不少营养液。

夏唯至现在胃口极差，什么都吃不下，还总会被噩梦惊醒，梦里面都是薄太太惨死的画面。

宫少廷心疼之余，只能时刻守在她身边。

"那天到底发生了什么事？"几天之后，见夏唯至状态好些了，宫少廷才开口问。

夏唯至沉默了一会儿，说了那天事情的经过。

宫少廷皱眉："你给我打过电话？"

"是啊，打了好几个，你都拒接了。"

那天他在母亲那儿，后来去泡温泉，他还记得洛米也在，她死活要缠着他一块儿泡，他嫌烦，直接从池子里出来，之后去拿了手机，但他并没有看到夏唯至的来电。

手机放在岸上，母亲就坐在旁边。

这么说来，是他母亲挂了电话，还把通话记录删除了。

宫少廷心里怒不可遏，当时他要是接到电话，一定会带人陪着夏唯至去！难道薄太太的事和母亲有关？

不可能，他的母亲虽然不喜欢夏唯至，却不是心狠手辣的人，可母亲挂了夏唯至的电话是事实。

宫少廷心里像被堵着一样，极其不舒服。

"我没拒接，你的电话我怎么可能不接？是我母亲挂了电话。"宫少廷拉住她的手，心里实在愧疚。那天他在母亲家里其乐融融，她却遭人陷害。

而且，这个陷害她的人手段狠辣，心思缜密，竟没有留下一点线索，就连之前报案的守墓人也只是听到了惨叫，不敢出来看究竟发生了什么事。

"她本来就不喜欢我，挂电话也很正常。你跟她一个月才聚一次，她当然不想别人打扰你们。"夏唯至还安慰他。

宫少廷心里更加愧疚，他握住夏唯至的手，心疼地说："那天还有洛米，她也在，她是不想你打扰我和洛米。不过，我没有理会那个女人。夏唯至，我心里就只有你！"

夏唯至愣了一下，听到宫少廷的话，她有些反应不过来。

"呃，你这是表白吗？"夏唯至问。

宫少廷自己也怔住了。这是表白吗？他看到夏唯至被抓进警局，心里万分着急，第一反应就是她被陷害了，他竟没能及时护住她。

她跟着他以来，被爷爷刁难，被母亲讨厌，还被大哥设计，又为他挡枪受伤，她就没过过安生日子，而这些都是因为他，是他把她强娶回来。

他一直以为自己不可能像他叔叔那般，爱一个女人爱到极致，爱到不顾一切，可是现在，他知道，他爱她，他也只要她。

"对，我跟你表白！夏唯至，我喜欢你！我要你一辈子都只做我的老婆！"他盯着她说，信誓旦旦，"从此以后，没有女人能入我的眼，只有你，永远都在我眼里，在我心里！"

这段表白有点猝不及防，夏唯至好半天都没反应过来。

其实，被陷害的时候，她第一时间想到了宫少廷。毕竟薄太太死的时候就她一个人在场，她又浑身都是血，换成谁都不会相信她没杀人，可是宫少廷一点都没怀疑，不管不顾地把她从警局里抢了出来，甚至这些天公司也没去，每天就在家里陪着她，总在担心什么，怕她会受委屈。

她不委屈啊！嫁给他，她觉得很幸运了！

哪怕她不能对全世界公开，她才是宫少廷的太太。

风平浪静之后，暴风雨总是会来临的。

宫少廷的家门口来了十几辆装甲车，庞大的车身几乎把外面的阳光都挡住了。

车上下来一些人，穿着迷彩服，手里拿着冲锋枪，把宫少廷的家团团围住了。

卓尔跑进去，用似乎早就预料到的口吻说："少爷，大少爷的人把这里全包围了！"

"他们倒是沉得住气，现在才来。"宫少廷冷笑。

"老太爷也过来了！"卓尔小心地看了一眼夏唯至，说。

很明显，这些举动都是针对夏唯至的。不管夏唯至是否无辜，老太爷既然认定夏唯至杀了人，就绝对不会允许她留在宫家。

宫少廷让夏唯至躺下："安心睡会儿，待会儿我喊你吃晚饭。"

她怎么睡得着？这一次，老太爷不把她赶走是不会罢休的。

夏唯至拉住他的手："我跟你一块儿出去！我惹的事，我来面对！"

"事情不是你惹的，是我没保护好你！躺下休息！卓尔，看着少奶奶，一步不准离开房间！"宫少廷下了命令，大步走出门去。

"宫少廷！"夏唯至想追出去。

卓尔只能听从命令拦住夏唯至："少奶奶，听少爷的话，他是为了保护你！"

老太爷根本不会罢休，宫少廷该怎么保护她？

无非就是老太爷让宫少廷二选一，公司还是她。

无论选择什么，对宫少廷都太残忍了！

宫少廷一走进客厅，老太爷就往他面前扔了一把枪。

看看脚下的枪，宫少廷抬头看着自己的爷爷。爷爷从小都是严格教育他如何成为优秀的管理者，如何摒弃一切柔情成为心肠刚硬刀枪不入的人。

爷爷做过最大的妥协可能就是让他死去的父亲娶了他的母亲回家，因为他舍不得他那个优秀的大儿子，也舍不得他这个孙子。

结果，他的父亲在一次飞机失事中死亡，他就由爷爷一手抚养长大。

爷爷对他寄予厚望，他也以为自己不会让爷爷失望。

"你知道我今天来是做什么的，把枪捡起来。"老太爷威严地说。

宫少廷却不捡，而是把腰间的枪拔出来，拍在桌上："我有，不需要您的枪！"

这个孙子就是太像他了，所以他才一再纵容到现在。

"很好！那就拿着你的枪，把夏唯至杀了！"老太爷云淡风轻地说。

"爷爷要我杀您的孙媳妇，我怎么可能做到！"

"她不是我孙媳妇，我从来就没认她！我当初要你娶的是尹家大小姐尹翎叶，不是这个私生女！而且，她现在还成了杀人犯！"老太爷一拍桌子，暴怒地道。

他已经让那么多警察上门来，结果全被宫少廷给打了出去。他就知道，对付夏唯至，必须他亲自出马。

"爷爷，她不是杀人犯！事情还没调查清楚，不要轻易下定论！"宫少廷为夏唯至辩解。

"你还在辩解？现在薄太太被杀的事传得满城风雨，要不是我极力压制，杀人犯是你太太的事很快就会传出去，不仅坐实了你娶了一个私生女杀人犯的传闻，还会证实尹翎叶和你的夫妻关系是我们欺骗大众！到时候你怎么向公司上下，向外面的人交代？"

"我不需要向任何人交代我娶了谁！尹翎叶和我哪有夫妻关系，都是爷爷你一厢情愿弄出的假新闻，跟孙儿也没有关系。"宫少廷说。

"畜生！"老太爷怒不可遏地拍桌子，"你到现在还觉得夏唯至杀人这事无关紧要？你到底怎么被她蒙蔽了心智，连宫家的产业都不管不顾！"

"我只知道，我的太太被人冤枉了，我要保护她，不能让她受委屈！"

老太爷气得快晕厥了。如此形势，夏唯至杀人证据确凿，这件杀人案还传得满城风雨，随时可能有人披露夏唯至和宫少廷的关系，何况这次宫少廷包庇她，直接把她从警局抢出来。这些事情随便传出一件，整个宫氏集团都要受到牵连。

如此庞大的集团受到损失，得牵连多少员工失业，会害了多少家庭，而他这个一向是非分明、大局为重的孙儿这个时候却只关心一个女人！

"好！你今天非要护着她？那你就离开宫家，从此以后都不准和宫家沾上半点关系！你再也不是宫家二少爷，宫氏集团永远没你的份，你手里的祁城公司从今以后由你大哥接手！"老太爷气得不得不把这些话拿出来威胁宫少廷。

他就不信，这么大好的前途和事业，宫少廷要一手毁掉，就为了那个杀人犯女人。

宫达站在房间里，一直没有说话，听到老爷子的话，他的脸上也只是瞬间划过一抹笑。

他都从来没想过宫少廷会有这么一天。为了一个女人，代价太大了。

宫少廷皱眉，手里握着枪，紧紧地捏住。

"怎么不说话？舍不得？那就立马给我杀了那个女人！只要杀了她，我现在就把整个宫氏交给你打理！从今以后，你就是宫氏集团的掌门人，你哥哥宫达也只能接受分公司产业，只能是你的下属！"老太爷又抛出了重磅炸弹。

宫达凝眉。老太爷这一招太狠了，杀了夏唯至，当场就把继承权给宫少廷！

宫达知道爷爷偏心，所以他只能不断努力，以免落了下风，可再努力，爷爷依旧喜欢宫少廷。

"给你五分钟时间，考虑清楚你到底该怎么做！"老太爷又说，"少廷，你想清楚，等你继承了庞大的家业，要什么样的女人没有？全世界的女人都任凭你挑选！杀了她，你从小到大梦寐以求的东西就是你的！"

说完，老太爷看到楼上走下来一个女人。

苍白的脸色也掩不住她的美，一身白色的长裙快遮住脚踝了，夏唯至一步步从楼梯上走下来。

卓尔跟着跑出来，想追上夏唯至，显然已经没法追了。

原来他根本打不过少奶奶，没几下就被少奶奶打趴下了。

老太爷的话，夏唯至全都听见了。

果然是公司和她让宫少廷选。

她不敢听到宫少廷的选择，她没有那么大的自信，也不敢对宫少廷有那么大的信心，但无论如何，宫少廷对她的爱护，已经让她感觉前所未有的温暖。

从小到大，除了母亲和弟弟，再没有人像宫少廷这般见不得她受委屈。

被他强娶回家，从当初的愤怒到现在的欢喜，她觉得已经很幸运了，被这样一个

242

男人喜欢过。

他很优秀，可再优秀的人也有软肋，他不是神，不是无所不能。

宫少廷回头，看着夏唯至走过来。

她怎么出来了？难道不知道外面很危险？

夏唯至走到他面前，她谁都没看，只是看着他，一步步走到他眼前。

她握起他的手，让他把手中的枪对着自己。

是她给他带来了麻烦，就该由她来收场。

她愿意用自己的命来换取他美好的前途。

就让她来选吧，因为她怕面对他的选择。

他如果选了公司，还是得拿枪指着她，所以她想自私一点，自己选择自己的结局。

"宫少廷，杀了我吧。"她笑着跟他说，可是笑着的眼底分明含着泪水，那是她的不舍。

宫少廷一怔，盯着她，满脸都是心痛。

她什么都没做错，他凭什么杀了她？她只是被人陷害。她为什么被人陷害？因为她是他的妻子，有人想逼着她离开他。

如果不是他，她不会有这些委屈和麻烦。

老太爷看着此刻的夏唯至，眼底有一抹赞赏划过。好歹是一个敢于面对的女人，勇气非同一般。

"少廷，开枪杀了她。"老太爷也开口说。

夏唯至望着他，慢慢地闭上眼。如果她死了，宫少廷一定会照顾好她的母亲。她的弟弟夏展也能自力更生了，她没什么好怕的。

宫少廷的手被夏唯至握着，他的枪口指着她。

看着面前的女人，他除了心疼，除了想要爱护，就是深深的愧疚：明明是他让她受了这些苦，可是现在，他却如此无能为力。

砰的一声枪响，房间里瞬间静谧无声。

宫少廷开枪了，却是朝天花板开了一枪。上面的吊灯掉落下来，砸在地上，发出沉重的一声响。

没等夏唯至睁开眼睛，他就拉过她，狠狠地抱在怀里。

夏唯至愕然地睁开眼，看着他。

宫少廷却对着老太爷说："我要她，我离开宫家！"

老太爷不敢置信，气得满脸通红，他直接抢过旁边守卫的枪，指着夏唯至。

宫少廷把夏唯至拉到身后，自己挡在她面前。

"我已经做出选择了，我不要公司，不要家业，我离开宫家。现在我已经不是宫家的人，我跟哪个女人在一起，您就不要操心了。"宫少廷淡淡地说。

老太爷气得手都在抖："宫少廷，你知道自己在做什么吗？！"

"我知道。我在保护自己的女人，我不想让她受委屈。她没做错，只是因为我被牵连，我凭什么还要杀她？我只知道，她是我的老婆！"宫少廷一字一字地说。

夏唯至看着身前的男人，泪水盈满了眼眶。

她真的没有想到宫少廷的选择是她。明明眼前的诱惑如此巨大，就如老太爷所说，等他继承了庞大的家业，要什么样的女人没有？

"宫少廷，你忘记了你的叔叔是什么下场吗？你以为这些女人都图你什么？图你的身份！图你的钱！你叔叔为了那个女人抛弃家业，结果那女人吃不了苦，回头就嫁给了别的有钱人！这些你都忘了吗？！"宫浩钱盯着自己最得意的孙儿，恨铁不成钢。

他的确有个叔叔叫宫传彬，放弃了家业非要跟一个女人走，结果那女的吃不了苦，生下孩子后就改嫁他人。

"我不是叔叔，夏唯至也不是那个女人，我相信她，也相信我的选择。"宫少廷拉着夏唯至的手，看着她，像是想要她的保证。

夏唯至紧紧地握住他的手，和他十指相扣。她还能说什么？她只知道，这辈子，她都不想离开他。

他可以为了她任性地放弃一切，可是她不能让他因为自己输了所有。爱情是很高尚，可是现实更加残酷。

他是高高在上的宫家二少，万人敬仰，如果他不是宫家的人，谁都可以把他踩在脚下。就算他不介意，她也不愿意看到那样的场景。

她握着他的手那么紧，他以为她会说："宫少廷，无论你变成什么样，我都跟着你。"

结果她把他的手指一根根掰开，面对老太爷说："我是当事人，我想我也有权选择！我选择和宫少廷离婚，离婚后给我大笔补偿金。"

宫少廷睁大眼睛，看着夏唯至拿开他的手。

宫浩钱原本被宫少廷气得想大骂，听到夏唯至的话，他简直想为她鼓掌。这女人能主动离开，省了他不少麻烦。

老爷子嘲讽道："宫少廷，听到了吗？这就是你相信的女人！她只要钱，不要你！"

夏唯至眼神微闪，她不可以自私地毁掉他。

宫少廷直接扳过夏唯至的肩膀："盯着我再说一遍刚才的话！你是什么人，是爱钱的人吗？别以为我不知道你在打什么鬼主意，你就是想让我继续做我的二少爷，不想给我惹麻烦！我告诉你，夏唯至，别把自己装得那么高尚！"

夏唯至哪里敢看着宫少廷再重复刚才的话，她刚才已经是鼓足了勇气去违心地撒谎，可是，她绝对做不到怂恿宫少廷离开宫家。

"不敢再说一遍？所以给我收起你的小心思！我就问你，有一天我没钱了，你还愿不愿意跟着我？说话！"他对着她吼。

她怎么说都没用了是吗？那她只能说实话了。

"愿意！"夏唯至说。

宫少廷扬起唇角："那好，我们离开宫家。"

宫家老爷子已经快被这个孙儿给气死，一怒之下砸了手里的枪："很好！你们都很有骨气！非常好！我，我真是养了个好孙儿！既然你们都那么高尚，就给我滚出宫家！宫少廷，你永远都不准再踏入宫家！永远都不准！"老爷子吼完，不想再多看宫少廷一眼，气得大步走出门去。

走到夏唯至面前时，宫浩钱更是愤怒地丢下一句："红颜祸水！"

夏唯至第一次觉得这个词用在她身上原来这么贴切。她成了红颜祸水，害得宫少廷被赶出了宫家。

宫达走上来，笑着看着他们两人："二弟和弟妹的确是情深义重。不过，你选择离开宫家，弟妹的母亲怎么办？爷爷一定会收回之前的医药费。爷爷有权有势，何必得罪他？为了一个女人，你这样太可悲了！"

"大哥，你这种只知道赚取金钱和荣誉的机器，怎么懂值不值得！在我眼里，她是无价宝，一百个宫家都换不来她！你这种没尝过爱情滋味的才可悲！"宫少廷拉过夏唯至就走。

宫达低笑着嘲讽："没有金钱，哪来的爱情。"

夏唯至跟着宫少廷走，闻言脚步顿了一下。她不想看到任何人嘲讽宫少廷，因为宫少廷是因为她才被赶出宫家。

"金钱根本就买不到爱情！无论宫少廷是不是宫家的人，有没有钱，我都不会离开他！"夏唯至回头对宫达说，说完就跟着宫少廷出去了。

宫达微怔。他的确不明白他的弟弟怎么那么蠢，如此大好的机会摆在面前竟然不要，反而要那个女人。

宫少廷可是老爷子寄予厚望的孙子，怎么可能离开宫家从此过起平淡的生活。

不过夏唯至的话，他还真信，这个女人为了宫少廷，可以自己去死，还故意说伤人的话刺激宫少廷放弃她留在宫家。宫达只是不愿意承认他没碰到过这种女人，更不愿意承认他确实有些嫉妒。

宫少廷的母亲艾莉娜听说宫少廷为了夏唯至甘愿净身出户离开宫家时，气得直接晕厥了过去。她怎么都没想到，那个女人竟然让自己儿子着迷到如此地步。

她本以为夏唯至成了杀人犯，宫少廷就会主动休了夏唯至，可宫少廷不仅没有这么做，反而为了保护夏唯至，压下外面的舆论，甚至怕他不在家，老太爷趁机对夏唯至下手，干脆公司也不去，守着那个女人寸步不离。

一想起来，艾莉娜就觉得头好疼，连床都下不来。

"阿姨，廷哥哥他真的被爷爷赶出门了！廷哥哥怎么那么傻？"医院里，洛米陪着艾莉娜，郁闷得想哭。

"别再说了，我都知道。我这儿子真要被她毁了！连我这个母亲，他都不管不顾！"艾莉娜觉得自己身为宫少廷的母亲实在是很失败，和他相依为命么多年，却抵不过一个相识不到一年的女人。

这样的情形，让她怎么喜欢夏唯至！哪怕夏唯至是尹家正统，她都喜欢不起来！儿子一向是以她为先，只要她开口，儿子就会尽力为她做到。

唯独在夏唯至这件事上，他是一而再再而三地忤逆她。

宫少廷自然也知道母亲是被他气倒了，站在病房门口，他一手拿着花，一手牵着夏唯至。

宫太太的话，夏唯至都听见了。她也看到宫少廷手里拿着花，却犹豫着没有进去。

确定母亲无事了，宫少廷就放心了。

母亲，儿子不孝，可是儿子喜欢身边的女人！舍不得放开她，更舍不得按照爷爷的意思杀了她！

宫少廷放下花，拉着夏唯至转身想要走开。

夏唯至双手拉住他的手："你进去看看妈吧，她就你这么个儿子。"

"进去了无非是让我跟你分开。我肯定不会答应，她又要被我气病。"宫少廷说完，拉着她离开。

夏唯至回头看着病房，睫毛微微颤抖，眼神复杂。

他们认识的时间一年不到，他何必为了她放弃一切！

宫少廷是净身出户，什么东西都没带出来，只带了他自己的几张银行卡，里面的钱都是他私底下开公司赚的。

然而，宫少廷去银行取钱，发现他名下的卡已经全部被冻结了，他以母亲的名义开的公司都被老头子封锁了，连他放在母亲卡里的钱都被冻结。

老爷子的确够狠心，做事够利落，一点余地都不给他留，真的让他一无所有。

也对，祁城里都是老爷子的势力，爷爷做什么都不奇怪。

宫少廷勾了勾唇角，对夏唯至说："老婆，我真没钱了。"

夏唯至握住他的手，对他说："没关系，我会养你！"

那时候，宫少廷觉得这个女人真是让他又好气又好笑，他一个大男人，让她养，怎么可能？

原来连住的房子都没人敢租给他们，一看到他们来租房，都跟见了鬼一样说没房子，都租完了。

刚开始，一个房东答应租房子给他们，结果整栋房子被低价收购，房东本人被指控赌博，被抓进了监狱。

老太爷是要赶尽杀绝，不让宫少廷夫妻有任何活路。

宫少廷带着夏唯至到了一间废弃的厂房："这里是我朋友的地方，我们就先住在这儿。你介意吗？"

夏唯至笑了起来，拉着他的手："介意什么？我还有什么好介意的？"

"那就好。你先坐会儿，我把这儿打扫一遍。"

里面积满了灰尘，连打扫都无从下手。

夏唯至把宫少廷拉回来，让他坐下："我来打扫，这种事我最擅长了。你怎么能做这些？"

她还没走开，宫少廷突然圈住她的腰，把她搂进怀里："老婆，让你受委屈了！你相信我，这只是暂时的，我会让你过上好日子！"

夏唯至低头握住他放在腰间的手："这日子就很好啊！只有我们两个，不用每天胆战心惊的，就怕自己做错什么，被老爷子抓住了当把柄威胁你。"

宫少廷听了很是心疼，掐着她的腰，让她转身面对自己。

"我不后悔选择你，只要你愿意陪着我，我一定让你成为最幸福的女人！"宫少廷对她发誓。

夏唯至还没说话，手机就响了起来，是医院的来电。

她担心的事情恐怕终于来了！老太爷在这边如此逼他们，母亲那边自然也不会放过！

夏唯至说："我去接个电话。"

她匆匆走出去，接起电话："盛医生！"

盛林是夏唯至母亲的主治医生。

"唯至，明志医院突然要赶走你母亲，我也没办法拦住！不过，奇怪的是，市中心医院来人把你母亲接走了，而且给她安排了最好的病房，医疗团队也不比以前的差，还邀请我过去继续担任你母亲的主治医生。这，到底发生什么事了？"盛林诧异得很。

夏唯至就更加不明白了，她心中的震惊绝对不比盛林少："在中心医院？我现在就过去！宫少廷，我出去一下！"

宫少廷看着夏唯至着急出门，也不拦着，他猜也能猜到什么。

宫少廷走到门口，也拨通了一个电话。

那头是一个戏谑的声音："我家宫二少体察民间疾苦结束了吗？"

宫少廷随便他调侃："让你安排好我太太母亲的事，你都做好了？"

"我没机会做。你家那老头的确拿她母亲开刀，把人赶出了医院，但我的人赶到时，她已经被安排进市中心医院最好的病房，不是我安排的！"

"不是你？"宫少廷感到奇怪，那还有谁？

谁能帮夏唯至承担这些医药费，还安排进了公立医院？

"看来你太太根本不需要你帮忙，有的是人帮她。"

这不可能！宫少廷怎么想都觉得不合理。就算是尹家帮忙，也该安排在尹家的医院，怎么会去公立医院？

"老宫，你可是让我极度好奇，你太太有什么样的魔力，能让你放弃整个宫家！我得回来看看才行。"那一头的人又说。

"别再叫我老宫，我太太会误会！"

"你会怕人误会？从小到大，你什么时候忌讳过？叫你老宫叫了那么多年，人家都以为我要嫁给你了。你现在有了新欢，就翻脸不认人了！"

"牧萧，你装同性恋装了这么多年，无非是不想听你爷爷的话，接他的班，去竞选总统。我这就给总统先生打个电话，告诉他，他的好孙儿欺骗了他这么多年。"宫少廷作势要挂断电话。

牧萧急忙喊住他："别别！宫少廷，算我怕了你！你要多少封口费，你开口，我都给！"

宫少廷扬了扬唇角："老头子把我的路都堵死了，没有公司敢收我，我自己创业，你投资。"

"你是不是失忆了？你放在我这儿的备用资金能买下整座祁城，加上你世界各地的房产投资、股票证券、黄金储备，就算被赶出宫家也饿不死你，你装什么可怜！"

"我名下的资产都被老爷子冻结了，备用资金暂时放你那儿不动。离开宫家，我也能创业成功，你就说投不投。"

"好说好说。你创业肯定赢，投资对我来说是只赚不赔。只是你们住厂房太委屈了，给你换栋海景房？"

"等会儿再说，先这样。"

不远处，一辆熟悉的车子停了下来，车上下来的人宫少廷更熟悉。

宫家老太爷时刻都在注意宫少廷的动向，他的一举一动根本逃不过老太爷的眼。

老太爷拄着拐杖走进厂房。

里面破败不堪，灰尘满布，还有蜘蛛、飞蛾这些让人作呕的虫子。

老太爷环视了一圈，没地方坐。

手下从外面搬来了两把干净的椅子。

老太爷坐下，看着宫少廷："你也坐。"

"您来做什么？"宫少廷显然不欢迎他。

"我是你亲爷爷，来看看自己孙儿过得好不好，这也是人之常情。"老太爷双手放在拐杖上，语气略带嘲讽。

"您看到了，离开宫家，我什么都不是，只能过这种日子。"

"你可比你那叔叔强太多了。虽然你名下的资产被我冻结，可你必然还有其他备用资金。你人脉广，手下对你也是忠心耿耿。就拿你的贴身保镖卓尔来说，让他跟着宫达，他就是不愿意，非要留在你母亲身边照顾她。他都知道要孝敬你的母亲，你这个做儿子的怎么这么不孝？"

卓尔当初是想跟着宫少廷，只是他把卓尔留在了母亲身边。

宫少廷面上没什么表情："您直说，今天来有什么事？"

"跟你打个赌。你要是赌赢了，我绝不插手你的事。你给别人打工也好，自己创业也好，你做的事，我绝不阻挠！"

"我要是输了呢？"宫少廷问。

"乖乖回宫家，继续做你的宫家二少。你要的荣华富贵和前程，我通通都能给你。"

宫少廷冷笑："说到底还是要我回宫家。我要不赌呢？"

"宫少廷，你怕了？不敢跟我赌？"

"您不需要用激将法。您随便阻挠，我宫少廷一样能养活一个家！我已经离开宫家了！这个赌，我不接！"

老太爷一点都不意外宫少廷的反应。他的孙儿就是这般倔强，有骨气，还有本事，哪怕他千方百计地阻挠，他的孙儿还是有能力自己闯出一片天。

不过，他不允许。因为宫少廷是宫家的子孙，他在这个孙儿的身上花了极大的心血。

管家拿了一台平板电脑进来，支在桌上。

屏幕上是一家医院，有不少黑衣人拿着枪冲了进去，把一间病房给围住了。

病房里面有医生护士，还有他熟悉的女人。

夏唯至挡在病床前，对着黑衣人大吼："有什么冲着我来，不要碰我母亲！"

宫少廷下意识地上前一步，盯着平板电脑，然后怒视着自己的爷爷。

"她母亲是无辜的！"宫少廷大吼。

"可她不无辜！她让你迷失了心智，就该付出代价！我已经把她母亲赶出明志医院，没想到有人把她母亲接到市中心医院，你让人做的？"

他的确让牧萧帮忙，但是牧萧的人没赶上，有人先一步接走了夏唯至的母亲。

看来爷爷也不知道是谁。

见宫少廷不说话，老爷子"哈哈"了一声："不管是不是你，对我来说都不重要。这祁城，说大不大，说小也不小，我们宫家这点势力要在这里办事还是绰绰有余的。这个女人我不想救，就没人救得了，就算现在安顿在中心医院，可说不定什么时候她就死了。"

宫少廷明白爷爷的意思，无论是谁帮了夏唯至的母亲，他就算不能把人赶出医院，也能暗中对夏唯至的母亲下杀手。

"你既然说了你喜欢她，总不想看见她难过吧。她母亲是她费尽心思才留住了生命，死了，她肯定会难过。"

宫少廷抓住电脑，紧紧地捏着："不要动她母亲。怎么赌，您说！"

"三个月时间，让那个女人陪你过苦日子！你不能动用任何人脉，只能做我给你安排的工作——修车厂的修车工，一个月工资八百。她能陪你熬过三个月，就算你赢，你要做什么，我再不插手。她要陪不了你三个月，你回宫家。"老太爷说出赌注。

宫少廷觉得可笑："就这样？"

"就这样。前提是这个赌约她不能知道，让她以为你这辈子只能这么穷苦下去。如果她知道了，还是算你输。"

"你太小看夏唯至了！"

"是吗？那就拭目以待！"

夏唯至一直奇怪，母亲这边到底是谁安排的？是宫少廷吗？可宫少廷已经离开宫家了，哪里还有这么多钱？如果不是宫少廷，那会是谁？

还有刚才那些拿着枪冲进来的黑衣人，她怎么想都觉得是宫家老太爷派来的人。

本来以为不会那么轻易结束，没想到他们突然走了。

到底发生了什么？

她想问问宫少廷，可又不想再让他担心。

算了，想不通的事就暂时不去想了。

夏唯至刚走出医院，一辆车就停在她面前。

车上走下来一个戴着墨镜的男子，身形挺拔，唇角微微翘着。

夏唯至看了他一眼，脑子里还想着母亲的事，直接从他身边走过去。

祁尊拿掉眼镜，看了一眼医院大门。这个女人可真是目中无人！

"唯至！"他喊她。

夏唯至这才停住脚步，回头，看到他，愣了一下："祁尊？你来医院做什么？"

"我路过，正巧遇见你。"祁尊说。

夏唯至"哦"了一声就走开了。

祁尊失笑。怎么，她多看他一眼就那么难吗？别的女人碰到他，应该很惊喜吧。

"去哪里？我送你一程。"祁尊说。

"不用了。"夏唯至看到医院门口的公告栏贴着招工广告，走过去，记下了电话号码。

祁尊走过来："你在找工作？"

"嗯。"

"你有老公，他不是会养你吗？"祁尊反问。

夏唯至记着号码和工作岗位，头也不抬，更没看他一眼。宫家的事，她不想和他多说。

抄下号码之后，夏唯至拿着小本子，一个个打电话。她太久没去原先的影视公司上班，早就被辞退了，可她必须重新找工作，还要赚足够的钱，让宫少廷能吃上好的。他以前在家里一顿饭吃掉一万块钱是家常便饭，他嘴巴那么挑，她能请个好的厨师就更完美了。

她完全沉浸在找工作当中，把天王巨星晾在一旁。

祁尊也耐心地等她打完电话："没有合适的工作？"

"嗯。你怎么还在？"

"……"他都站了多久了。

祁尊说："我有一份工作可以介绍给你。我缺一个助理，日薪一千，做不做？"

"日薪一千！"

"这已经是我们行业非常低的薪资水准，试用期三个月，转正后薪水翻倍。"

"薪水翻倍！"那就是日薪两千！

祁尊挑眉："你考虑一下。"

"薪水是月结还是日结？"

"你想要怎么结？"

"这还能自己选？"

"我比较民主。"祁尊说。

夏唯至想了想，总觉得这种好事掉到头上有点太轻易："我们是相亲认识的，你不会是想借机泡我吧？"

祁尊愣了一下，没想到夏唯至说得这么直白。唇边无意识地划过一抹笑，他挑眉，打量着夏唯至："你说了，你已经结婚，而我是巨星，我们两个不配。你要知道，我找女助理，总要防着她对我性骚扰或者有其他想法，而你不会有，我不需要担心，我们是各取所需。"

夏唯至又仔细想了想："挺有道理的，不过我不做，谢谢了。"

这个回答完全在祁尊的意料之外，看她刚才的反应，他觉得她肯定会接受。

见夏唯至要走，祁尊大步上前拦住她："为什么不做？这份工作很多人梦寐以求！"

祁尊说的是事实，夏唯至也相信。

夏唯至说："工作是很好，可我觉得你居心叵测。"

"……"祁尊真心觉得，在夏唯至面前，他总是非常非常挫败。他对夏唯至也是一再退让，甚至威逼利诱、死缠烂打都用过，可一点效果都没有。

夏唯至没有想到的是，宫少廷如此高高在上的大少爷，竟然去修车厂工作了，每天晚上回来的时候满身都是机油。

他们住的厂房生活条件很差，宫少廷洗澡的时候就拿着水管站在门口，穿着裤衩。

夏唯至蹲在旁边洗菜，时不时抬头看他一眼。

他满身的机油和汗臭味让她心疼，而他低头看着她围着围裙蹲在他旁边洗菜，这些活怎么能是她干的！他心疼她！

夏唯至，就三个月！我一定会赌赢，到时候我们在一起，再没有人会阻挠我们！

洗好菜，她突然站起身，他离她很近，她不小心撞了上去。

宫少廷立马扶住她的手臂："小心，别弄脏你的衣服。"

他满身的机油，擦到她衣服上不好洗。

夏唯至愣了一下，抬头看着面前的男人。他的脸上满是疲惫，身上又那么脏，他是大少爷，为什么要干这些活？

"能不能把工作辞了？"夏唯至问他。

"不能辞。怎么，嫌我工作不好？"

"当然不是了！你不用那么累，我可以养活你。"夏唯至说。

宫少廷不是第一次听到她说养活自己，每次听到都是又好气又好笑："我可不想做小白脸！"

"你不用做小白脸，我赚来的钱都给你，你养我，你看这样行吗？"

"……"宫少廷扑哧一声笑了出来，也不管身上还脏，把她拉进怀里抱着。

"哎，你身上都是汗味！"夏唯至说。

"嫌弃我？"

"没有，我是说好香！"夏唯至立马说。

宫少廷抱着她，笑得肩膀都在抖动。他一直都觉得为了她离开宫家是他做过的最

252

明智的事。她重情重义，哪怕不喜欢他，也不会抛弃贫穷的他。

哪怕条件再不好，夏唯至总是能每天给他整出四菜一汤，有肉有鱼还有新鲜的蔬菜，她从来没把他饿着。

宫少廷每天起早贪黑在修车厂工作，最开心的事就是下班回来能看到夏唯至。

已经过了一个月，再撑过两个月，他就赢了跟爷爷的赌约。

爷爷不会再干涉他的事，不会再对夏唯至的母亲下手，他将自己创业，为夏唯至打造一个庞大的商业帝国，再也不让她做这些粗活！

吃晚饭的时候，夏唯至看着宫少廷一边嫌弃菜不好吃，一边把菜都吃完了。

她怕他吃不够，自己总是吃得很少，而宫少廷呢，把什么菜都夹到她碗里，然后说这个不好吃，那个不好吃，一定要看着她把菜都吃下去。

夏唯至被他弄得总是怀疑自己的水平："我做的菜有那么难吃吗？"

"当然了！"宫少廷一副"你不用怀疑"的样子，又把盘子里的菜都扫到她碗里。

夏唯至郁闷地吃完了饭。

宫少廷说："明天开始你教我做饭。你做得太难吃了，我做的肯定比你做的好吃。"

"……"夏唯至嫌弃地看了他一眼，开始收盘子。

宫少廷起身和她一起收。

夏唯至不让他碰："你不要做这些。"

"我怎么就不能做？我娶你回来不是让你干活的，这些事本来就该我做！"宫少廷还是抢着去洗碗。

夏唯至愣了一下。听到自己老公说这些话，心里总是很暖的，可是他每次洗得一点都不干净，洗完了，总有一半的盘子会被打碎。

她心疼盘子，又得花钱买了。

她搬了椅子坐在门口，双手支着脑袋看着宫少廷光着膀子洗碗。昏暗的灯光下，他的侧脸也帅得让人着迷。

宫少廷洗个碗都一副手起刀落的样子，果然，又一个碗被摔碎了。

宫少廷已经能很淡定地把摔碎的碗扔掉，回头就看到夏唯至戏谑地盯着自己。

"又不是第一次看见，什么表情！"宫少廷说。

是啊，他已经是洗碗就等于摔碗，回头她还得买新的。

夏唯至低头看了一眼自己的手掌，上面全是水泡，有的已经结痂，再抬头看向宫少廷。他每次洗碗都抢着洗，就是不让她碰，可洗了一个月了，他的水平依旧没有长进，他真的不适合干这种活呀！

"我一个月的薪水就八百块，你还有钱买菜吗？"宫少廷问她。

他可以一眼预估一块地皮的价格，一个商机，一项新产业的发展，但他根本不知道菜市场猪肉多少钱一斤，白菜多少钱一斤。

夏唯至说："有的，我自己还有小金库呢。"

宫少廷挑眉："看来，我真是被你养着。"

"是啊，我乐意呀。"

宫少廷走过来，俯身盯着她："那我该怎么回报你？"

夏唯至抬手，轻浮地捏住他的下巴："嗯？怎么回报？"

"肉偿。"

夏唯至咯咯咯笑起来："这个可以有！"

看到她脸上的笑还和以前一样，他又开心又安心。只有两个月了，夏唯至，我知道你一定会陪着我！

宫少廷凑过去吻住她的唇。

夏唯至先是愣了一下，然后接受了。

见她那么安静地让他吻，他实在欣喜，掐住她的腰，直接抱起她，让她的双腿盘着自己的腰身，变成了她在上，他在下。

她可以居高临下地看着他，这让她很有优越感。

被他吻得七荤八素，夏唯至喘着气，捧着他的脸，低头还能看见他强壮的大胸肌，她感叹："感觉你的胸比我的还大。"

宫少廷瞟了她的胸一眼："你的自我认知还是很准确的。"

"……"夏唯至狠狠地瞪了他一眼。

宫少廷挑眉，唇角都带了笑，再次咬住她的红唇，含糊地说："不过我喜欢小巧精致。"

"……"小巧精致？这是什么形容？这是夸她吗？

他在她耳旁逗弄，声音低沉又沙哑："老婆，我们要个宝宝吧！"

"这时候不合适啊……"根本养不起啊，宫少廷八百块钱的工资哪里够。

宫少廷感觉像是被冷水当头浇下："你不愿意？"

"不是不愿意，等以后再说吧。"

宫少廷突然没了兴致，放开她："你不想给我生孩子。"

"没有啊！"

她根本不想给他生孩子，大概她心里还念着那个薄源佑吧。

"是我太突然了，你没做好准备也正常，以后再说吧。"宫少廷走进房间，脸色有些不悦。

"宫少廷，"夏唯至拉住他的手，起身，从身后抱住他的腰，脸贴着他的背，"你别胡思乱想。我只是觉得现在不合适，我们养不起宝宝，所以你别生气啊！"

254

她是真担心他误会，所以想解释。

宫少廷扬起唇角，转身，直接把她抱起，低头看着她："就要你给我生孩子！除了你，谁都没资格！"

宫少廷一口吻上她的唇，抱着她大步走了进去。

宫少廷本来担心夏唯至在这种冰冷潮湿的地方会睡不着，却不想她到哪儿都能睡着，而且睡得那么香。

"宫少廷……"她突然喊他。

宫少廷正准备把她翻身过来给她盖被子，听到她喊自己，他还没应，她就说："我会养你的……赚很多钱养你……"

她在说梦话，梦里面都在喊要养他。

宫少廷唇角扬起，俯身，在她脸上亲了一口，给她盖好被子。把她的手放进被子里面时，却看到她的手掌红肿，手指和手掌的关节处全是大颗的水泡，有些水泡破了，已经结成痂。

他被震住了，她的手怎么会成这样？这个女人白天都在干什么？手都成这副样子了还给他洗菜做饭，连吭都没吭一声，心疼死他了！

宫少廷想出去给她买药，可又不放心她一个人在这偏僻的地方，于是他打了个电话。

不一会儿门口就来了人，是卓尔。

卓尔手里提着药："少爷，您要的伤药。您受伤了吗？"

"不是我。"宫少廷拿了药就进去给夏唯至处理手上的伤。

卓尔站在门口不敢进去。这破旧的厂房竟是他主子现在的家！他的主子可不是一般人，怎么能住这里？就算离开宫家，主子也还有更好的地方可以去，为什么偏偏就在这儿住下了？

"少爷，属下请求留下照顾您。"卓尔在门口轻声说。

"闭嘴！"宫少廷不希望他的说话声吵到夏唯至。

卓尔立马闭嘴，却也不想离开。他几次想过来，可是主子都不让。

把夏唯至手上的伤都处理好了，宫少廷走出来，看到卓尔还在，问："我母亲怎么样？"

"夫人很生气，现在还在医院休养。少爷，您不去看看吗？"

"我去了，她更生气。你照顾好她，回去。"

卓尔实在无奈，只好离开。

房间里，宫少廷搂着夏唯至，却怎么也睡不着。他每天都在修车厂，根本不知道白天夏唯至在做什么。

他一个月八百的工资，她却能每天变着花样给他做出各式菜肴，从来没委屈他的胃。

　　宫少廷狠狠地搂着她，却又怕把她弄醒了，于是在她的额间吻了又吻。

　　一大早，宫少廷就起床给夏唯至做了早餐，是一碗面。

　　夏唯至颤抖着腿起了床。这个禽兽，一整晚是不是都不睡觉，光顾着折腾她了！就不能温柔一点吗？

　　无视宫少廷戏谑的表情，夏唯至好不容易扶着桌子坐下，却突然感觉自己的手掌不是很疼了，她低头看了一眼。哎，手怎么好像好了？

　　宫少廷趴过来："你在看什么？"

　　夏唯至立马收起手："没有。"

　　"那就快吃吧。"宫少廷指着桌上的面。

　　盯着又黑又白又一团的面看了半晌，夏唯至问："这是什么？"

　　"给你做的爱心早餐，看不出来这是面？"宫少廷看她的表情那么嫌弃，不满地哼了哼。

　　家里的面条只够一个人吃，她要是吃了，宫少廷不是没早饭吃了？可她要是不吃，宫少廷怎么吃得下这种东西。

　　"你吃不吃？不吃我吃了！"宫少廷见她半天不动筷子，不耐烦地问。

　　"别！我吃！我吃！"夏唯至吃了一口面，眼泪都出来了。

　　宫少廷很激动地看着她，这是他第一次下厨做东西。

　　"好吃吗？"他问她。

　　"你看好吃得我都哭了！"夏唯至含着泪说。

　　好难吃啊！简直吃屎一样！

　　"那么好吃？我可是第一次做。以后天天给你做。"宫少廷说。

　　夏唯至赶紧将眼泪都憋回去："别啊，我来做就行！你这少爷怎么能做这些事！千万别做！"

　　"以后这些活都由我来做，洗衣做饭打扫卫生做家务我通通包了！"

　　夏唯至感动了一把。不过，他要是做家务，她好不容易收拾出来的厂房估计也被拆了，每天打碎的碗她还得去买。

　　"我很感动啊，但你还是不要做了。尤其这个面，你真的不要做了！"夏唯至求他。

　　"这个面有什么问题？"

　　夏唯至不想打击他，可是她真的不想天天吃这种面。

　　"好难吃啊！"夏唯至忍不住喊出来。

宫少廷脸一垮："我第一次下面，你这评价也太伤人了！"

"以后还是我下面给你吃吧。"夏唯至非常诚恳地说。

宫少廷凝眉，突然想到什么，脸上带着戏谑："好，你下面给我吃！好吃！"

"嗯，我下面肯定好吃。"哎？这对话怎么有点不对劲？

夏唯至："……"

眼角那个跳跃啊，面皮那个抽搐啊，纯洁的面条为什么变得如此不纯洁！

把她逗得面红耳赤了，宫少廷拉住她的手："我下面真那么难吃啊？"

"……宫少廷，长点心吧，别再继续这个话题了！"夏唯至咬牙切齿地道。大清早的，能不能纯洁一点？

"我说的这个面。"宫少廷指着桌上黑乎乎的面，戏谑地道，"你长点心，不要老是想别的。"

"……"轮到他教育她了？

她简直想抽一把五米的大刀出来横在他面前。

"难吃！以后我下面给你吃。"夏唯至一字一字地说，又强调，"下，面，条！"

"一样，反正我都爱吃。"

夏唯至："……"

大清早的自己的火气怎么那么大呢！

夏唯至目送宫少廷去上班了，这才出门。

像往常一样，她先去工地搬沙袋，又推着水泥推车到指定的地方。她戴着头盔，满身的污泥，混在那些健壮的工人里面，尤其惹眼。

现在去公司上班，要一个月后才能拿到工资，她根本就没有小金库，想要用最快的方法拿到钱，那就只能去做按小时计费的兼职。

工地上也有其他女人，但是那些女人都苍老，还佝偻着背，只有夏唯至，哪怕穿着最脏的衣服，推着最重的推车，依旧能吸引很多人的注意。

每天她来这里之后，工人们私下都会说，这姑娘肯定坚持不了几天，可她整整坚持了一个月。

她干着男人的活，却比男人更能干活，不仅做得快，而且人特别勤快，别人都休息的时候，她还在搬运。

包工头也很欣赏她。

"小夏，来，你先吃点饭，待会儿有力气了再干活。"包工头给她拿了两个馒头一碗粥。

夏唯至脏兮兮的脸上扬起笑："谢谢！"

包工头每次看到她的笑容，都会被她感染，他不明白，为什么这么辛苦的活，她却做得这么开心。

包工头疑惑地问："小夏，你这么年轻漂亮，怎么不找份正经的工作？"

夏唯至毫不忌讳地说："工资太少了，前期养不活自己，更养不活我家人。而且工资月结，不如这里按照小时结算，我需要钱！"

如果她在公司上班，一个月结算一次工资，那宫少廷吃什么？

包工头忍不住都红了眼眶。做她的家人得多幸福！

工地门口，一道挺拔的身影站在那里许久，他的肩膀微微颤抖，手捏成拳，捏得很紧很紧。

他看着夏唯至背起沉重的沙袋，推着水泥车在工地上来来回回。

原来她手上的水泡和老茧是这么来的！

原来他每天大鱼大肉的钱是这么来的！

他还天真地以为那八百块钱可以让他俩大吃大喝一个月。他还每天摔碎那么多盘子，她都要买新盘子回来。

这样的女人，别说只陪他过三个月的苦日子，哪怕一辈子，她都不可能离开他。

夏唯至正在吃饭，突然有几个人出现在她面前。

是工地里的工友。他们满身污泥，脸上带着猥琐，上来就摸了一下夏唯至的脸。

"小姑娘，我们注意你很久了！你说你那么辛苦地干活，还不如找几个男人养着你！"开口就是猥琐的话。

夏唯至起身准备走开，她暂时不想惹事，她还要工作。

"别走呀！我们说的都是好主意。不如你跟着兄弟几个，以后在这里，你就只负责给我们乐和乐和！"

"哈哈哈！"

"对嘛！与其这么辛苦，干着男人的活，还不如伺候我们兄弟，我们保证每天让你爽，还给你钱花！"

几个人越说越过分。

其他工友看见了，也不帮忙，毕竟这几个流氓也是出了名的难缠，谁都不想惹事。

被他们困着，夏唯至深吸口气："再不让开，我就不客气了！"

"你还能不客气？哈哈哈！来呀，对兄弟们不客气呀！"那个带头的猥琐工人直接去拉夏唯至的手。

砰。啪。咚。

突然有根棍子落下，原本围着夏唯至的几个人全都被棍子打了出去，一个个躺在地上哀号。

一个猥琐的工人指着来人怒吼："谁啊你？啊！"话还没说完，就被来人一脚踹飞了出去。

夏唯至愣愣地看着面前突然出现的人，有些惊慌失措："宫少廷，你怎么……"

宫少廷直接拉起她的手："走！"

"不行，我不走！"

"不走，留在这儿给这些畜生调戏？"宫少廷怒吼。

他听到那些人这么说她，他心里简直难受死了。

"今天只是意外。你怎么没去上班，跟踪我？"

看着面前的女人浑身沾满了水泥，在毒辣的太阳下面，嘴唇都给晒脱皮了。

"你要心疼死我吗？"宫少廷对着她吼。

夏唯至愣了一下，却说："没你看到的那么辛苦，其实一点不累。宫少廷……"

不等她说完，他狠狠地把她搂进怀里，抱着她，舍不得放开。

"以后能不能不要管我吃什么？我不想吃大鱼吃肉！我什么都不想吃！我就要你好好的！"她跟着他，明明都是她在吃苦。他一不委屈，二没吃苦，委屈她全受了，还受了一个月。

他也怕啊，怕这样的日子她坚持不下去，到时该怎么办？

不，他知道她能坚持下去，可他不舍得、不忍心，就是不愿意看着她受苦。

"宫少廷……"夏唯至呆呆地被他抱着，不知道能说什么，"我身上太脏了，你别这么抱着我……"

说完，他却抱得更紧。

唉，这人怎么逆反心理那么强呢……

"头儿，就是这个人，他来惹事，还打人！我们几个兄弟都被打伤了！"包工头被工人叫了回来，调戏夏唯至的工人立刻倒打一耙。

包工头也看见了几个倒在地上的工友，有人头上出血了，有人腿折了，躺在地上哀号连连。

"小夏，你们这是怎么回事？我刚夸完你懂事，你就给我惹出这些事来！这人是谁？"包工头指着夏唯至就骂。

宫少廷哪里肯让人随便骂夏唯至，他把她拉到自己怀里："我是她老公。你是什么东西，还敢指着她！"

包工头本来被眼前的男人震慑住了，又突然想起这里是自己的地盘，这些工人都是他的人，哪里轮得到别人在这里撒野。

"哎哟！你什么东西，敢来我的地盘闹事！你把我的工人都打伤了，就得赔钱！"包工头指着宫少廷的鼻子骂。

"你们是什么东西，还敢让我赔钱！我看你找死！"宫少廷二话不说上前就要

259

打人。

夏唯至立马把宫少廷拉回来，毕竟她在这里工作全靠了包工头。

"是他们先惹事，用言语侮辱我，我老公才会动手！"夏唯至立马解释说。

那个被砸破脑袋的猥琐工人还"哈哈"了一声："你是说我们调戏你？就你脏兮兮的样子，我们看得上吗！还你老公！我看你的情人差不多！"

"你再说一个字！"宫少廷指着那工人怒吼，然后上前揪住他的衣领，一拳头砸下去。

包工头都看得怕了，立马退后了几步。

那工人哀号着："放，放手！再不放手我报警了！嗷嗷！"

"你报啊！警察来了我照样打！狗东西，欺负我老婆，我今天就打死你！"宫少廷完全听不得对夏唯至的侮辱，一拳接着一拳，打得他满脸都是血。

"小夏，你还不快让他住手！再打下去要出人命了！"包工头急得大喊。

夏唯至看打得差不多了，才喊住他："宫少廷，快住手！"

宫少廷把人抓到夏唯至面前，踢他的腿，让他跪下。

"给我老婆磕头道歉！说再也不敢调戏她！"宫少廷命令道。

那人已经被打得气都不敢出，只是跪在夏唯至面前磕头。

"对不起……我再也不敢了……对不起……我调戏你是我不对！我再也不敢了！放过我……我再也不敢了……"工人立马按照宫少廷的意思磕头道歉。

他们调戏在先，包工头也不好说什么。

宫少廷这才满意了，拉起夏唯至："走，离开这鬼地方！"

"小夏，你以后不要再来了。"包工头只能这么说。

这个女人，他们哪里招惹得起！她身边的男人身手好，力气又大，就算这里的人都上，也不一定打得过他。

夏唯至还想跟包工头说几句，可是宫少廷拉着她直接走出门，一点机会都没给她。

出了门，夏唯至甩开宫少廷的手："一个早上白做了啊，钱都没拿！"

"多少钱？"

"一百块！"

"你为了一百块就把自己累成这样，还给人调戏！你，以后这里不准再来！"

"我就算想来，人家也不要啊！还好他们没让你赔钱，不然我们哪有钱赔……哎，你晚饭吃什么？"夏唯至现在担心的是这个。

"你个白痴！"宫少廷突然骂她。

这女人不是白痴是什么！她不知道心疼自己吗？就知道他是个少爷，应该吃好的！

260

"干吗骂我？你每天这么对我的身心进行摧残，我压力很大的！"

宫少廷："……"

他直接俯身把她抱了起来，大步走开，他现在连走路都不舍得让她走。

"你放我下来！人家都在看呢！"她那么脏，他那么帅气高大，抱着她走，很不协调好吗！

"就让他们看！我有你这么个好老婆，他们有吗？"宫少廷很骄傲地说。

夏唯至嘿嘿笑："这话我爱听啊！你怎么没去上班？不去好吗？会不会被扣工资？"

"不会。就八百块钱，还能扣到哪儿去！今天不上班了，陪老婆一天。"

"别别，你上班去吧。我现在失业了，你不去上班，我们俩就都没饭吃了。我再去找找别的工作，小时工其他地方也有。"

"不准去，你就给我在家待着！"

"在家里待着哪有钱呀！我说过，我要赚钱养你的。唔……"

他直接俯身吻上她的唇，堵住了她的嘴。

怎么又强吻了？一言不合就强吻！

他嘟哝着："你给我闭嘴！我不需要你来养！"

她离开他的唇，搂着他的脖子："不行，我一定要养你！要不是我，你还是官家二少爷，哪里需要受这些苦！都是我害了你！"

"不准再这么想！是我自己的选择，跟你无关。"

"你是为了我，怎么会跟我无关！我要对你负责！"

"白痴女人，你个大白痴！以往那么没心没肺，现在那么重情义干吗？以后再跑出来干这些破工作，我打断你的腿！"他再也不想看到她那么辛苦，为了他的一顿饭，她要做一整天的苦力。

"你不要再攻击我了，我的心理承受能力不好！"夏唯至郁闷地说。

看她嘟着嘴，他又心疼了。他宁可打断她的腿不让她出门，也不想她干这些苦力活，还要被那些工人欺负。

"那你答应我，不要再做这些苦力活了。"宫少廷低头看着她，眼底满是柔情。

他那么温柔地说话，她反而不习惯了。

"宫少廷，我不想做你的累赘，我有手有脚的，能养活自己也能养活你。"

"你从来不是我的累赘，你是我老婆！养家这种事应该是你的男人来做！"宫少廷说着，又忍不住俯身亲了亲她的嘴，"乖，听话！"

"可是……"

他又低头亲她的嘴，然后说："听话！"

"哎……"

她一张嘴，只要不是答应的字眼，他就低头亲她，亲得她实在不好意思了。

路边这么多人看着呢！

她只能乖乖妥协："好吧。那我做别的工作，我去公司上班。"

"不行！"宫少廷一口拒绝。

"这也不行？"

当然不行了。等他赢了和爷爷的赌约，他就自己创业，他还要为她缔造一个商业帝国让她做老板娘。

他都想好了，他的公司叫至一集团，寓意：唯至，他的唯一！

到时候他负责赚钱，她就负责在家里花钱，然后和她的小姐妹出去逛街吃饭happy。他再带她出去旅游，把他们的蜜月旅行补上。然后他们生个可爱的小宝宝，最好是个女儿，他就带着娘俩一块儿出玩。

夏唯至的手指在宫少廷的胸口画着圈圈："宫先生……我不得不提醒你，你一个月工资八百，除去基本生活费，我们吃饭都只能喝粥了。"

"不行，还是得买肉。我喝粥，你吃肉。"宫少廷说。

夏唯至看着他这么认真地说这句话，突然想笑，再想起刚才，那些工人只是言语上调戏了她，他就把人打得跪地求饶，嘴里还喊着："不行！我老婆就是不能被欺负！"

夏唯至把头埋在宫少廷怀里，闻着他身上的味道，那是只属于他的味道，很香，但是她不知道那是什么味。

大概，是男人味吧。

怎么就被他给娶了？怎么她就嫁给他了？每天喝粥又怎样，还是觉得好幸福！

夏唯至在他怀里咯咯咯地笑起来，觉得自己特幸福。

宫少廷觉得莫名其妙，不知道她笑什么，反正她开心就好，于是他跟着扬起唇角。

宫家。

"你是说，少廷今天没去修车厂？"老太爷自然时刻关注着宫少廷的动向。

管家躬身说："是的，二少爷的确没去，我已经去确认过了。不知道二少是不是觉得累了，吃不消。如此下去，二少爷迟早会回来的。"

"哼！"老太爷宫浩钱冷哼了一声，"他要这么容易回来就不是宫少廷了！我孙儿是怎样的人，我了解得很。也罢，都坚持了一个月，放他一天假也无妨。那女人呢，在做什么？"

"那女人"当然指的是夏唯至。

"她去工地干活，每天赚来的钱都补贴家用，二少爷被她照顾得很好。"管家说完，见老爷子阴鸷的目光扫过，他立马低下头。

"坚持了一个月也算她厉害。她根本进不了任何公司，却肯屈尊去工地，我倒是小看了她！"他让人打过招呼，无论大小公司，都不可能收夏唯至，谁收了夏唯至就是和宫家为敌。

他就是要宫少廷月薪只有八百，再看看这个女人还愿不愿留在他身边。

说起夏唯至，宫浩钱也不得不承认："她性格刚毅，人也聪明，意志力超群，各方面的确配得上少廷，可她一个私生女，绝不应该站在宫家继承人身边！到时候少廷要遭受多少非议，多少人会对他指指点点！何况这女人手段狠辣，杀人不眨眼，以前又在健身房做那些龌龊事，这种女人为了钱，为了保住自己的地位，不择手段，绝对不能做少廷的夫人！"

"老爷，明天就是薄太太的葬礼。薄家突遭变故，也是二少爷收购薄家在先，现在薄太太又被杀害，外界对我们宫家也颇有微词。这次的葬礼，大少爷想亲自去一趟。"管家是来给宫达传话的。

宫浩钱觉得有理："薄太太被害一个月，现在才举行葬礼也是委屈了她！死者为大，就让大少爷亲自去一趟吧。怎么说这事和我们宫家脱不了干系，等夏唯至受不了苦自行离开了，少廷就算赌输了，到时再让他去祭拜一下。"

说到这个，管家有些犹豫地道："老爷，万一再过两个月，夏唯至她没有离开二少，二少爷他赌赢了就再也不会回宫家了。"

老太爷一开始也蛮自信的，毕竟夏唯至为了维护自己的利益能杀了薄太太，如果让她误以为宫少廷会一辈子穷困潦倒，她怎么可能还陪在宫少廷身边。

结果，这个女人他现在也有点看不清了。不过，毕竟只过了一个月，他就再耐心地等等。

门外，宫少廷的母亲艾莉娜身体好转，已经从医院出来了，她原本是想过来替少廷求情，却意外得知少廷和老爷子有这样一个赌注。

"妹妹，来给爸问安呢！"艾莉娜身后走出一个女人，满身的珠光宝气，相比艾莉娜，她看着更像豪门贵妇。

她就是宫达的母亲苏云洁。

艾莉娜笑了一下："是啊，真是巧，和姐姐碰到一起了。"

"我看你啊还是别进去了！咱们公公正在气头上，是被你那个不争气的儿子给气的。你都给他气得一个月没下床，爸这么大岁数了，你们母子也太不让人省心了！"苏云洁最近自然是神清气爽，宫少廷被赶出门了，没人和她儿子宫达争家产了。

艾莉娜脸上难看的神色只是一闪而逝："爷爷和孙子吵架而已，很快就能解决。"

"啧啧啧！"苏云洁捂嘴笑了，"被赶出去就是被赶出去了，而且永远都回不来。也对，反正他本来就不该出现在宫家，就像你一样，还是趁早走的好。以前可以母凭子贵，现在还死活留在宫家是什么理呀？"

艾莉娜被她说得气极，不过良好的修养让她发作起来也显得气质良好。

"姐姐不用操心我。我儿子一定会回到宫家，还会拿走宫家所有的产业。到时候，我一定会让他留一些产业给你和你儿子。"艾莉娜也不进去向老太爷求情了，转身就要离去。

苏云洁哈哈大笑着回道："做什么梦呢妹妹！替我感谢你那好儿媳，要不是她帮忙，我儿子也拿不到那么多家业！私生子配私生女，多般配！"

艾莉娜都快被气死了，却只能加快脚步离开，对苏云洁口中的夏唯至更是恨之入骨。

她从来没有这么恨过一个人，还是个女人！比苏云洁还让她讨厌，竟把她儿子害到如此地步！

她儿子和老爷子的赌约却又如此荒唐——宫少廷能不能回宫家，全看夏唯至那个女人了！

荒唐，简直荒唐！

"阿姨！"艾莉娜一走出门，就在门口碰到了尹翎叶。

尹翎叶手里还拿着两个盒子，一看到她，立马把盒子放回车里，又拿了一个精美的袋子出来。

"阿姨，您已经出院了！身体怎么样了？最近实在太忙，没来得及过来看您，实在是很抱歉！这是我很早之前给您买的礼物，希望您能喜欢！"尹翎叶把一个香奈儿袋子递给艾莉娜。

艾莉娜被苏云洁气到现在还一肚子火气："不用了！"

"阿姨，还在为廷少的事生气吗？"尹翎叶立马上前问。

艾莉娜有些意外。这是宫家的隐私，外面绝对没什么人知道，怎么连尹翎叶都知道宫少廷被赶出去了？

宫家的用人迎出来，帮忙搬了尹翎叶带来的礼物，又笑着和她寒暄。

想来尹翎叶是经常来看老太爷，深得老太爷喜欢。

"怎么能不生气？说离开就离开，也没想过我这个生他养他的母亲！"艾莉娜实在是气。

"廷少只是一时没想明白，我相信他一定会回到您身边，一辈子孝敬您！"

尹翎叶说话，艾莉娜非常爱听。想到夏唯至是尹翎叶的妹妹，艾莉娜拉起她的手："当初要是你嫁过来，也就没这些事了。你和夏唯至是姐妹，两个人怎么那么不一样？她还是个杀人犯！"

尹翎叶笑着的脸一僵："阿姨，我也没想到我三妹竟然干出这种事！要不是宫家

264

护着，她早就被判死刑了！然而她竟不知道感恩，还怂恿廷少离开！等我见到她，一定好好教训她！"

艾莉娜眼底闪过狠辣："这个女人，是该好好教训了！"

宫少廷陪着夏唯至逛超市，夏唯至在货架上挑碗盘，之前的碗都被他打碎了。

这些碗盘都是用夏唯至的辛苦费买的。

他这一个月里经常打碎碗，她经常要买新的，可从来不说这些钱是哪来的，他想起来就特别愧疚。

夏唯至踮起脚，想从最高的货架上把看中的陶瓷碗拿下来，却够不到，宫少廷站在她身后，一抬手就拿了下来，然后交到她手里。

宫少廷说："我以后洗碗会小心点，不会再摔碎碗了。"

他像做错事的孩子，闷闷的。

"其实你不用洗碗，我来洗就好了。"

"不行，我洗。"宫少廷说着把她手里的碗接过，放到推车里面。

"你怎么那么倔呢？你再打碎一个，我可真没钱买新碗了。"夏唯至无奈地说。

"不会再打碎了，不用再买新的。"宫少廷一手推着推车，另一只手伸向她，自然地拉着她的手。

夏唯至突然想起来，她手掌上的水泡都好了，手掌也不疼了，再想到宫少廷今天跟踪自己，肯定是他处理了她手掌的伤，处理完了，却一声不吭。

夏唯至抱住他的手臂，靠在他身上逛超市。

其实，他们这点钱也就够买几个碗，再买点蔬菜和米回去，只是他们是第一次一起逛超市，双方都觉得特幸福，谁也不提离开，就一起推着推车，悠闲地逛着超市。

宫少廷身高有190厘米，长得俊朗无比，浑身的气场又特别强，引得很多人都看过来。

小女生看到他脸就红扑扑的，连超市里的大妈都看得面红心跳，直夸小伙子长得好俊俏，甚至一些男的都看过来，不过看到他衣服穿得那么旧，他们心里又平衡了。

长得那么帅，身高又高有什么用，还不是没钱！

再看他身边的女人，挺漂亮，身材也好，可惜衣服也很旧，都洗发白了！

两个都是穷光蛋！

"哎呀好帅！可惜是个穷小子。"已经有女人在那感叹。

"穷是穷了点，可气质好啊！不过还是没钱。那个女的那么漂亮，怎么不找个有钱人，找这么个穷人！"还有人为旁边的夏唯至惋惜。

宫少廷自然也听见了这些话。那些个庸脂俗粉，他以前没兴趣看一眼，现在还是一样，谁都比不上他身边的夏唯至，她一点都不嫌贫爱富。

宫少廷又把夏唯至往自己怀里搂了搂。

"廷哥哥！"突然有人一声大吼。

宫少廷对这声音自动免疫，完全没反应，反而是夏唯至注意到了。

这么娇气的声音，找不到第二人了。

逛个生活超市而已，也能碰到熟人。

而且这熟人还不是一个人。

洛米激动地抱住宫少廷另一边的手臂："廷哥哥，真是你啊！祁尊说是你，我还不信！你穿成这样，我差点没认出来！"

是的，洛米身边还站着一个高大英俊的男子，身高和宫少廷几乎持平，戴着墨镜，戴着口罩，还戴着帽子，全副武装。

"廷哥哥，一个月没看到你，我真的好想你！"洛米抱着宫少廷，整个人都快贴上去了。

夏唯至看着祁尊，墨镜后面那双眼睛也在看着她。

这个男人怎么跟洛米一起，还突然出现在超市？

"廷哥哥，你怎么能穿这种衣服？我带你去买衣服！"洛米拉着宫少廷就想走。

宫少廷简直烦死这个女人了，可惜甩了半天也没能把她甩出去。怎么跟狗皮膏药贴在自己手上似的？

"手拿开！拉拉扯扯干什么，没看到我太太在场吗？"宫少廷甩不开她，直接呵斥。

洛米当然看到夏唯至了，她很不爽地看了夏唯至一眼，但又不舍得放开他的手，于是揪着他的衣服问："廷哥哥，你现在住在哪里？我找不到你！我真的很想你嘛……没想到在这里碰到你，我太开心了……"

"拿开！"宫少廷大喝。

洛米吓得立马缩回了手。

宫少廷拉过夏唯至，看了一眼洛米身旁的男人，直接走开了，根本懒得理会洛米。

"廷哥哥！"洛米着急地追上去。

宫少廷和夏唯至去收银台结账，要排队，洛米就跟着排在宫少廷身后，手拉着他的衣服，"廷哥哥……你不要不理我……"

洛米满身的名牌，贵气挡都挡不住，她拉着宫少廷的衣服，宫少廷拉着夏唯至，洛米身后站着一个全副武装的人——这组合有些诡异。

越来越多的人看了过来，有些人觉得祁尊这打扮特别像明星，又更加好奇地看着。

夏唯至说："宫少廷我先出去了，你结账吧。"

"好，这里人多，你在外面等我。"宫少廷立马点头说。

夏唯至一出去，祁尊也跟着走了出去。他的目光一直停留在夏唯至身上，虽然戴着墨镜，别人看不见，可夏唯至能感觉到。

两人站在门口，夏唯至看着收银台旁边的宫少廷。

宫少廷还没付钱，洛米立马拿出卡来："刷我的，刷我的！"

"刷你个头！叫你滚，听不懂人话吗？"宫少廷烦死她了。

洛米可委屈了，连外人看着都觉得她委屈。

门口，夏唯至问祁尊："我怎么感觉你是故意带着洛米来的？"

"我陪洛米逛街，进来买杯水而已。"意思是没故意。

"你们两个原来认识。"

"不奇怪吧。"

的确不奇怪，祁尊这样的身份，和洛米这种千金小姐认识，特别正常。

夏唯至想起什么，问："宫少廷穿成这副样子你似乎也不奇怪，你知道他被赶出宫家？"

"嗯。"

"所以今天是来看笑话的吗？祁尊，宫少廷不是你能笑话的！"夏唯至就是不信事情有这么巧，在这儿都能碰上祁尊，她总觉得祁尊是特意的。

祁尊勾了勾唇角："你就那么维护他，就那么防备我？我从不觉得他可笑，反而觉得他幸福，变成这副样子，还有你愿意陪着他。"

说着，祁尊走到夏唯至面前，低头看着她，他浑身的气息冰冷冰冷的。

他却说："我羡慕他，也嫉妒他。"

虽然看不见他墨镜后面的眼神，但是她直觉他很危险，一点不想靠近他。

夏唯至从他身侧走开，就看到宫少廷从超市里走出来。

那洛米就真的跟膏药一样贴着宫少廷死活不放。

他甩开她的手，她又抱住他的手臂。

甩开，又抱住。

宫少廷走到夏唯至面前，直接拉过她的手："老婆，我们走！"

结果洛米还是上来抱着他不放："廷哥哥，你到底住哪里？我完全找不到你！你告诉我好不好？"

"你是不是欠揍？真要我打你是不是？"宫少廷放下手里的袋子，撸起袖子就想打人。

洛米立马走开，躲到祁尊后面，然后露出脑袋喊："廷哥哥，我只是希望你跟我回宫家！你为什么非要跟这个杀人犯在一块儿？她是杀人不眨眼的女魔头，根本就不值得你为她放弃宫家！"

"闭嘴！""住口！"

这一次却是两道声音同时响起。

别说洛米愣住了，夏唯至也愣了片刻。

原来祁尊和宫少廷同时呵斥了洛米。

洛米无比诧异："祁尊，你怎么也护着夏唯至啊？对啊，你跟她也认识，你们还跳过舞！你不会也被这个女人迷住了吧？"

"洛米，别胡说！"祁尊冷冷地开口，声音依旧淡漠。

"那你护着她干吗？你不知道，她是杀人犯，杀了薄家那位太太！"洛米指着夏唯至喊得很大声。

超市门口来来往往都是人，她一喊杀人犯，很多人都看了过来。

原本这边站着两个绝世美男就够吸引人了，何况其中还有个身形极像好莱坞巨星祁尊的男子，听到洛米喊杀人犯，很多人都看向夏唯至，眼神带着鄙夷和惊恐，指指点点。

宫少廷怒不可遏，上前就掐住洛米的脖子："你这张嘴，我真该给你缝上！再敢说我太太的坏话，我就让你永远说不出话！"

宫少廷眼底一片赤红，盯着洛米，像是要把她生吞活剥，周身的气息凛冽又肃杀，简直是想当场把她掐死。

洛米被掐得脖子痛，面色也涨得通红，连话都说不出来，只能拍打着宫少廷的手臂，希望他放手。

祁尊只是冷冷地看着。这洛米的智商和情商都远远不及夏唯至，什么场合该说什么，一点数都没。

反观夏唯至，明明被洛米指责为杀人犯，她却只是脸色微变，然后淡淡地看着宫少廷教训洛米。

眼看洛米都翻白眼了，只差一口气就要断气了，夏唯至才跟掐准了时间似的走上前，手指轻轻搭在宫少廷的手腕上："走了，我肚子饿了。"

"肚子饿了？"宫少廷直接扔开洛米。

洛米差点被掐死，宫少廷一扔开她，洛米整个人跌在地上，起都起不来，趴在地上，不停地咳嗽，只能眼睁睁看着宫少廷拉着夏唯至走开，拉着她的时候还让她整个人靠在他怀里，生怕她走路都会跌倒一般。

洛米终于缓过劲了，忍不住"呜哇"一声哭了出来。

她又疼又觉得委屈。

为什么她的廷哥哥和她一块儿长大的，现在却对她这样冷淡？她说的分明是事实，他却想掐死她；而夏唯至一句"我饿了"，他却感觉连掐死她都是在浪费时间，生怕把夏唯至给饿着了！

宫少廷走远了，又回头。

洛米以为他在看自己，心里好受了一点。

祁尊知道宫少廷在看自己，而且是充满了敌意。

"祁尊，你拉我一下！我起不来了……呜呜呜……我差点被廷哥哥掐死……"洛米伸手，哽咽地喊着。

边上很多人都在看，有人同情洛米，有人在嘲笑她——这么大的人了还哭哭啼啼。

祁尊低头看了她一眼："饭可以乱吃，话不能乱讲，多大的人了，这点常识也不懂？"说完，祁尊就扔下洛米走开了。

洛米气得一甩手："你们全都跟我作对！为了那个女人，你们都疯了！"

洛米越想越委屈，忍不住又呜哇哭了出来。

祁尊说能在这里见到廷哥哥，她见到了，结果却差点死在廷哥哥手上，还要被那么多人嘲笑！

气死了！气死了！她一定要去宫太太那里告状！一定要宫太太把夏唯至从宫少廷身边赶走！赶走！

宫少廷去上班了，留下夏唯至一个人在房间里。她到处打电话找工作，可是那些公司都像是说好了一般，听到她的名字，直接说人已满或者不招工了，要么说她没经验，不要，总而言之，还是跟当初一样，无论大小公司都不要她。

夏唯至心里是知道的，无非是老太爷打过招呼，不让她工作，就靠宫少廷的八百块钱维持他们的生活。

以前她在工地上打工，他们可以勉强度日，可现在工地去不成了，宫少廷的钱也已经用完了，他们每天真只能喝西北风了。

外面有人敲门。

夏唯至走出去打开厚重的已然生锈的铁门，看到来人，她愣了片刻，然后问他："你有事吗？"

薄源佑比她上一次见到时还要憔悴，两边的脸颊都凹了进去，脸上布满胡楂，衣服像一个月没换洗一般，不仅脏，还带着味道。

他冷冷地看着她，目光里带着深沉的仇恨，眼眶里还有着血一般的红色。

"今天是我母亲的葬礼。"他说。

夏唯至的心跳突然加快了，然后说："哦，那你还有空来找我。"

她的冷漠让他想要发飙，但他努力克制住了。

"你一点愧疚一点悔意都没有！我母亲死后，你连尸体都没看过一眼，也没问过我难不难受！"薄源佑手里捏着拳，盯着她满满都是质问。

269

"我为什么要愧疚，为什么要后悔？薄源佑，你从来都不相信我！我没有杀你母亲！我到现场的时候她已经出事了！"

"那么巧，你到的时候她就出事了？我知道我母亲生前给你打过电话，说你健身房的原版视频在她手上。你怕视频被曝光，所以就动手杀了她！"

"我是接到电话了，可我过去是觉得薄太太说话不对劲，不是因为视频！薄太太的死，我很难过，可我不是杀人凶手，不接受你的质问！你有空来问我，还不如去找真正的凶手，让你母亲能够瞑目！"

夏唯至想关门，还没关上，薄源佑的腿就抵住了大门，不让她关上。

"你以为宫少廷包庇你，你就真不是凶手了？夏唯至，无论你怎么自我催眠，证据都确凿！你跟宫少廷被赶出宫家，只是报应的开始，还会有更多报应等着你！我母亲也在天上看着，看着你们报应不爽！"薄源佑对着她大吼，歇斯底里。

夏唯至却只是冷漠地看着他，他说的这些话，她好像并没有觉得多么难受。大概是他以前对她说的难听话太多了，她都习惯了。

"说完了吗？说完了就给我滚。"夏唯至冷冷地下逐客令，"有多远你给我滚多远！"

"我今天来找你，是要你去我母亲的墓地磕头，给她赔罪认错！"

夏唯至觉得很可笑，然后她真的笑了："薄源佑，你这种脑子，我懒得跟你解释！就算我给薄太太磕头，也不是赔罪认错，而是对死者的尊重！你再不走我就不客气了！"

夏唯至拿起一旁的铁棍指着他，对他，她就一个字："滚！"

薄源佑怒极，看到夏唯至杀了自己母亲还如此嚣张，他真的很想动手给母亲报仇，可他知道自己不忍心。

这时，门口有几辆车子停下，一辆辆都豪华至极。

车上下来的女人让夏唯至微微皱起眉，薄源佑却挑起眉毛。

"看，夏唯至，报应来得这么快！不用我动手，今天就会有人收拾你！"

薄源佑转身就走，迎面碰到了走过来的艾莉娜，艾莉娜身边还跟着洛米和尹翎叶。

薄源佑冷冷地看了她们两眼，收回视线时看到尹翎叶的目光有些慌乱，似乎没想到会在这儿碰到他。

他和尹翎叶不熟，只是偶尔会说上几句话。

"源佑，等薄阿姨葬礼开始，我一定会去参加。你不要太难过，人死不能复生。"尹翎叶走到薄源佑面前，关切地说。

薄源佑冷冷地看了她一眼，大步走开。

艾莉娜看了一眼尹翎叶，不觉在内心点了点头，尹翎叶也是心地善良。

"我廷哥哥怎么就住这种地方！阿姨，这太委屈他了！"洛米谁都不关心，就关心宫少廷，一过来，看到眼前的破厂房就开始各种嫌弃。

艾莉娜早就看见了。这么破的地方却让她儿子陪着这个女人住，她更加心疼。

艾莉娜来了，夏唯至第一反应就是悄悄联络宫少廷。他的母亲自然是来者不善，她也不能跟他母亲动起手来。

短信还没发出去，艾莉娜就说："把手机交出来！"

"您来了，我应该通知一下宫少廷，让他回来。"夏唯至也不叫她妈，毕竟人家一点不乐意接受她这个儿媳。

艾莉娜直接拿过她的手机，顺手交给旁边的尹翎叶。

尹翎叶看了一眼此刻的夏唯至，粗布衣衫，不修边幅，房间里更是什么东西都没有，只有简陋的床和桌椅，连间像样的浴室都没有。

也亏了夏唯至能忍受，换成她，绝对受不了这种环境。

夏唯至看到门口直接被封锁了，黑衣保镖站了好几排，房间里面还有几个拿着刀枪棍棒的守卫。

艾莉娜一坐下就直白地道："开个价吧。"

夏唯至当然懂她的意思。这种老戏码，她在电视上见得多了，没想到自己也能碰上。

接下来，宫妈妈肯定是问要多少钱她才肯离开宫少廷。

"你要多少钱才肯离开我儿子？"艾莉娜问。

果然。

夏唯至叹息道："您应该知道我不可能离开他，多少钱都不愿意！"

"没有什么事是钱解决不了的！我知道爱情很伟大，可在现实面前，爱情算什么？少廷一个月的钱，你们两个维持生计都困难。你的出身和我儿子能比吗？你受惯了这些苦，我儿子受得了吗？就算他受得了，你忍心让他一直过这种生活？"

"他是宫少廷，不会永远过这种生活，我相信他。"夏唯至说。

"你凭什么相信他？老太爷的势力和手段你已经见识过。只要老太爷在一天，你们就没法翻身！你翻不翻身我不在乎，重要的是我儿子被你生生牵连，葬送大好前途！他一个公司总裁，现在沦为修车工，每天躺在车子底下干活！就是你伟大的爱情把他害成如今的模样，谁都可以嘲笑他，谁都可以欺负他！"

夏唯至听着，见艾莉娜不说了，问："您还有什么要说的吗？"

"你！夏唯至！"艾莉娜看到她的态度，实在怒不可遏，随手一挥，就将桌上的碗盘全数拂到了地上。

啪啦一声脆响，碎片都溅了一地。

"你真以为有少廷在，我就不敢把你怎样？"艾莉娜指着夏唯至，脸色极其

271

难看。

　　"您不要生气，气坏了身体，宫少廷又要担心了。我不敢这么想，只是我的确不会离开宫少廷。他为了我抛弃一切，我不可能抛弃他。"夏唯至看着艾莉娜，不卑不亢地说。

　　"阿姨，不要和这个女人废话了！她一个杀人凶手，连活人都敢杀，还有什么事做不出来！她就是巴着廷哥哥不放！我们也不要客气，杀了她算了！"洛米见艾莉娜出面威逼利诱都没用，直接建议说。

　　夏唯至凉凉的目光扫向洛米："我不是杀人凶手，这句话我今天不想再说，麻烦洛米小姐也别乱说话！"

　　"阿姨，你看她什么态度！杀了人还这样嚣张！薄太太的儿子都找上你了，他还能冤枉你不成？"

　　"对，他冤枉我，这话你说对了。"夏唯至接口道。

　　"你！"洛米实在说不过她，气得只好抱住艾莉娜的手臂，"阿姨，你看她不认错，也死不悔改！今天您来了，她连您都不放眼里！"

　　艾莉娜当然看见了，夏唯至嚣张得很，完全没把她放在眼里。

　　"目无尊长！我今天就替我儿子好好管教你！"艾莉娜上前就想掌掴夏唯至。

　　夏唯至顺手握住她的手："我不想跟您吵，宫少廷知道了会为难。请你不要为难我，否则我也会不客气。"

　　艾莉娜想教训夏唯至，但她的手被夏唯至握着，她竟然收都收不回。

　　夏唯至还敢反抗，还敢说她会不客气！

　　艾莉娜这一次实在是被她惹怒了。

　　"来人，把她抓起来！"艾莉娜生气地命令。

　　外面的守卫进来就想扣住夏唯至。

　　夏唯至脚踩在地上，一个后空翻直接把两人推了出去。

　　"夏唯至，你好大的胆子！都进来，押住这个女人！今天我非要好好教训她！"艾莉娜指挥外面的人都进来。

　　几十个训练有素的保镖涌了进来，手里拿着枪就对着夏唯至。

　　"只要她反抗，立刻开枪打死！"艾莉娜又说。

　　夏唯至微微皱眉。房间被围得水泄不通，外面也都是人，真枪实弹对着自己，动一下，她立刻就会变成马蜂窝。

　　反抗不了。

　　啪！夏唯至双手被人从身后控制住，面前还有枪指着她的脑袋，艾莉娜上来就是一巴掌。

　　夏唯至感觉到火辣辣地疼。

272

啪！又是一巴掌下来，打在另一边脸上。

夏唯至盯着艾莉娜："不怕宫少廷追究，您有本事就把我打死！"

"很好的主意，我打死你，你自然就不会在我儿子身边祸害他！不过，我的确不敢把你打死，你死了，少廷怕是要恨我一辈子。"艾莉娜扫了一眼地上。

地上都是被她打碎的碗和盘子。

"其实，我也不是不能同意你和我儿子的事。只要你听话一些，不要满身带刺，还公然顶撞我，我也勉强可以接受你。比如说，你在这上面跪个一天，表示你的诚意，我也许会同意你们的事。"艾莉娜指着地上的碎片。

在碎片上面跪一天，这是人受的吗？

洛米看着都觉得刺激："对对，让她跪！她要真那么喜欢我廷哥哥，就应该跪！我廷哥哥为了她放弃了整个宫家，她做这点事，简直九牛一毛！"

尹翎叶一直站在一旁没说话，只是唇角带着讥诮。今天宫妈妈就是来刁难夏唯至的，让她知难而退，主动离开宫少廷。

夏唯至皱眉，明显不愿意。

艾莉娜好笑，"不肯了吧。洛米说得对，少廷为了你放弃了那么多，怎么你为了少廷连这点事都不愿意做？"

夏唯至说："做了又怎样，没有任何意义！我跪了，您就能同意我们在一起吗？我不信！"

"这么多人在场，洛米，还有你姐姐翎叶都能做证！你跪到少廷回来，足够说明你的诚意！你跪完了，我就相信你是真心实意要待在少廷身边！"

"这种愚蠢的方法证明不了我的任何真心实意，相反，以我和宫少廷现在的生活情况，我如果生病受伤，只会给他添麻烦，所以我不跪！"

夏唯至又拒绝了，当着这么多人的面又一次拂了她的面子。

艾莉娜冷笑："这可由不得你！让她跪！"

扣着夏唯至的守卫一脚踢在她的小腿上，夏唯至不得不跪了下去。尖锐的碎片插入她的膝盖，很疼，她却连吭都没吭一声。

两边的膝盖都跪在了碎片上，鲜血立刻流了出来。

夏唯至今天穿着黑色的长裤，鲜血都被黑色的裤子吸收了，地上反而没有多少血。

她的双手被守卫扣着，肩膀被他们摁住，尖锐的碎片深深地扎进膝盖里，疼得浑身都在颤抖。

"是不是很疼？"艾莉娜就坐在她面前，冷眼嘲笑着。

夏唯至疼得根本说不出话来，只能紧紧地咬着嘴唇。

"你可以不用受这些苦，只要你离开宫少廷，我会给你用不完的钱。你难道不喜欢钱吗？有钱了，你要什么有什么，更不用像现在这样受这些无谓的痛苦。"艾莉娜

273

诱导她。

夏唯至的脸色因为疼痛而苍白，额头上渗出了细密的汗水。

"我……不会离开他，除非你杀了我！"夏唯至一字一字地说。

艾莉娜怎么都没想到这个女人这么倔。

"夏唯至，你拿什么喜欢宫少廷？你有什么？你能带给宫少廷的又是什么？你是私生女，少廷未来要继承整个宫家，他身边的女人怎么能是私生女！他需要更好的女人站在他身边辅佐他，帮助他，和他一起克服困难，而你夏唯至，根本就配不上他！"

艾莉娜一说完，洛米立马骄傲地说："对啊，你这种女人怎么配得上我廷哥哥！身份、地位哪一样比得上我？只有我才配站在廷哥哥身边！"

洛米说完，还有意无意地看了尹翎叶一眼。

尹翎叶进来之后就没说话，看到自己的妹妹被刁难，她竟然一声也不吭，真没用！

尹翎叶见洛米看向自己，对她点了点头，脸上还带着诡异的笑。

洛米不喜欢尹翎叶，和她抢宫少廷的女人，她都不喜欢。

尹翎叶冷漠地看着跪在地上的夏唯至，她已经跪了快两个小时，艾莉娜说了，只要夏唯至答应离开宫少廷，她就放过夏唯至，可夏唯至宁可跪断腿也不肯离开宫少廷。

看来这种方法是行不通了，夏唯至这人还真是一根筋。

"阿姨，唯至好歹是我妹妹，看在我的面子上，还是先放过她！毕竟她是廷少的妻子，廷少回来怕是要心疼了。"尹翎叶突然开口求情。

夏唯至冷冷地看着她。这女人又在玩什么花样？她为自己求情？简直堪称奇迹！

"她大可以去告状，就说我今天如何刁难她，尽可以去挑拨我和我儿子的关系！"艾莉娜冷笑，"既然怎么都不肯离开少廷，那就跪死算了！"

"阿姨，"尹翎叶低声对艾莉娜说，"夏唯至要真在这里出了事，廷少和您之间怕是会有隔阂。这对您一点好处都没，反而让廷少更加心疼夏唯至。"

艾莉娜知道尹翎叶说得有道理，这也是她担心的，只是突然放过夏唯至，不知道的还以为她服软了，这会让她下不来台。

尹翎叶实在是聪明，很会看人脸色，立刻大声地说："阿姨，求求您了，放过我妹妹吧，翎叶以后一定会报答您的！"

夏唯至嗤了一声，实在觉得好笑。这女人真是个演员啊，演戏真是轻松驾驭。随便尹翎叶折腾吧，反正她感觉好累，好想睡觉。

洛米眼见着夏唯至的身体摇摇欲坠，再这么下去，夏唯至不死也残，正好赶紧解决了她。

洛米立马吼道："不行！不能便宜她，一定要把她从廷哥哥身边赶走！阿姨，咱们不能放了这个杀人犯！廷哥哥还没回来，趁机解决了她，他也不知道是谁做的，反正这里没人敢对外多说一个字！"

洛米一说完，这里的守卫都低下了头，不敢说话。

艾莉娜眸子微凝。洛米的话非常有道理，只要没了夏唯至，一切就结束了！

尹翎叶眼底划过一抹狡黠。这洛米这时候还是挺可爱的嘛，反正好人她是做过了。

夏唯至已经跪得整个人昏昏沉沉，在碎片上跪了两个小时，鲜血横流，不是一般人能承受的。

反抗，她现在显然是无能为力了，意识也越来越模糊。她想撑到宫少廷回来，到时她自然就得救了，可是她撑不住了……

艾莉娜心里还在挣扎，可眼见夏唯至倒在地上都快晕死过去了，眼下正是个好机会。

她朝身后使了一个眼色，守卫立刻心领神会，悄无声息地把枪抵在夏唯至的脑袋上。

夏唯至迷迷糊糊地睁开眼，可很快就昏死过去。

那个守卫的食指微动，准备扣动扳机。

艾莉娜等人都激动地看着。这里地处偏僻，解决了夏唯至，处理了她的尸体，再告诉宫少廷夏唯至主动离开了，事情就都结束了。

砰！

却不是枪响，而是大门被踢开了，生锈的铁门被人硬生生踢了下来。

看到进来的人，艾莉娜有些震惊，立马站起身："少廷！"

宫少廷一眼就看到了倒在地上的女人，她周身都是血，整个人苍白得好像死了一般。宫少廷的身后像是长了一双黑色的翅膀，整个人肃杀又暴戾。

"你们做什么！"宫少廷怒吼。

他上前，一脚把夏唯至身前的守卫踹开，拿过他手里的枪，砰的一声，直接打穿了那个守卫的身体。

"啊！"艾莉娜被枪声震慑，惊恐地叫了一声。

夏唯至被枪声吵醒，迷迷糊糊地睁开眼，就看到了宫少廷。

她是死了吗，所以才看到他？

宫少廷单膝跪在地上，用力地把她抱进怀里："夏唯至！"

夏唯至微睁着双眼看着他，想开口说话，却在他怀里晕了过去。

"夏唯至！"宫少廷拍着她的脸，抱着她起身，大步走到艾莉娜面前，盯着她，眼底满是嗜血的光："你逼死她，是准备逼死我吗！"

QING
XIN
XIANG YU,

倾心相遇，
安暖相陪

AN
NUAN
XIANG PEI.

【下册】

双凝 ● 著

青岛出版社
QINGDAO PUBLISHING HOUSE

[第十一章]
断绝母子关系

艾莉娜退后了一步，整个人靠在桌上："少廷……我是为你好！"

"为我好就要杀我夫人？夏唯至有个三长两短，你考虑过儿子的感受，考虑过我们母子的关系吗？"宫少廷怒吼着，随即抱着夏唯至转身大步离开。他只想快些把她送医院去治疗。

艾莉娜整个人瘫坐在椅子上。刚才宫少廷说什么？

"你的意思是，她要是有什么三长两短，你要跟我断绝母子关系？"艾莉娜说出这话自己都觉得不可思议。

宫少廷可是她生养的儿子，是她几十年如一日辛苦拉扯大的亲生儿子。

宫少廷脚步微顿，冷冷地开口："我也不希望看到这一天。"

艾莉娜脸色苍白，比夏唯至的脸还苍白。

宫少廷的意思已经很明确了，夏唯至一旦出事，他甚至可能跟她断绝母子关系。

为了那个私生女，那个杀人犯，那个让他失去一切的女人，他竟然要跟自己的亲生母亲断绝母子关系！

到底是怎样的女人，能把她的儿子迷惑到失去心智的地步？

"少廷怎么突然回来了？到底是谁告诉他的？"艾莉娜气得浑身颤抖。

没有人敢说话。

洛米是第一个怂恿宫妈妈杀了夏唯至的，而且她说得那么大声，不知道宫少廷听见了没有。洛米想起来都觉得后怕。

只有尹翎叶的神色最淡然，看着艾莉娜苍白的脸和洛米慌张的神色，她的唇边不自觉地划过一抹笑。

宫少廷突然有些后悔，为什么要和爷爷打这样的赌？他真的想放弃了，然后带着夏唯至远走高飞，再也不要回来这里，可是现在放弃就等于他赌输了。

　　她被自己母亲伤害，差点丢了性命。真的只差一点，他就赶不上救她了！

　　宫少廷后怕地握着夏唯至的手，亲吻着她的掌心。

　　所幸夏唯至只是失血过多，医生也已经把膝盖上的碎片都取了出来。看到她白皙的膝盖上都是尖锐的陶瓷碎片时，宫少廷的心里像是被针扎一般。

　　"廷少，我三妹还好吗？"宫少廷身后，一个女人关切地问。

　　宫少廷抬头看向她，目光少了些冷漠，他说："今天是你通知我的吧？要不是你，我可能就看不到她了。"

　　"我和三妹再怎么有矛盾，毕竟也是有血缘关系的，我不忍心就这么看着她死。这是三妹的手机。"

　　尹翎叶把手机还给宫少廷，上面有一条短信："宫阿姨来了，三妹很危险。"

　　尹翎叶用夏唯至的手机给宫少廷发了求救短信。

　　宫少廷赶来的时候也听到尹翎叶在给夏唯至求情。

　　看了一眼手机，宫少廷说："这一次，我欠你一个人情。"

　　"不，都是我应该做的。我只希望廷少答应我一件事，不要告诉宫阿姨是我悄悄通知你的。"尹翎叶说。

　　"就这样？"

　　"对，这样就够了。我怕宫阿姨会生气。气坏了身体，对她也不好。"尹翎叶说。

　　宫少廷说："知道了，多谢。出去吧。"

　　尹翎叶转身，回头又看了宫少廷一眼，他望着夏唯至的眼神实在让她有些羡慕，又很嫉妒。

　　夏唯至如果死了，宫少廷一辈子都会记着她念着她，这不是尹翎叶想看见的。

　　"廷少，如果有什么需要帮忙的，可以跟我开口，我会尽我所能。"尹翎叶说。

　　"不需要。"宫少廷淡漠地说。

　　尹翎叶咬了咬嘴唇，只好走了出去。

　　夏唯至醒了一会儿，又沉沉地睡了过去，再次醒来的时候就说了一句："宫少廷，我没事……"

　　她竟然还先安慰起他！他都快心疼死了。

　　宫少廷想起了医药费的问题，以他现在的境况，支付医药费都困难。

　　宫少廷走出病房，走廊上迎面走来的人让他微微皱眉。

　　"她只是皮外伤，你不用那么担心。"宫少廷的母亲艾莉娜上来就说，"还有医药费，我也已经帮你解决了。"

"帮我就这么对我夫人？"

"少廷，你难道还不明白吗？这个世界上没有钱是万万不能的！今天如果不是我，你们医药费都交不起！你何必非要和爷爷杠上，你回去道个歉就能回宫家！"艾莉娜苦口婆心地说。

"这么说来，我还得感谢您，感谢您让我夫人受伤，然后再给她交医药费？"宫少廷觉得母亲的逻辑可笑。

"我只是想让她离开你，让你回宫家！"

"你看到了，无论怎么对她，她都不会离开我！她心地善良，重情重义，你们为什么就是看不上她？"

"心地善良？徒手杀人是心地善良？她不是重情重义，只是因为知道你是宫家二少爷，不可能一辈子都那么穷！她聪明得很，知道怎么选对她最有益，这种女人我见多了！"

"她不是杀人犯！您知不知道这一个月她是怎么过来的？她为了让我吃一顿好菜，去工地扛沙袋，推水泥，被太阳暴晒就一整天，一顿饭就吃两个馒头一碗粥，赚来的钱全都买了好吃的给我！"宫少廷真的特别希望母亲能接受夏唯至。爷爷不接受就算了，可眼前的人是生他养他的母亲，是他最亲的人！

"这种苦肉计我又不是没见过！你叔叔宫传彬刚被赶出宫家的时候，他的女人不也陪他过了一年苦日子，用尽了苦肉计给你爷爷看，结果你爷爷不为所动，她知道你叔叔不会有出息了，回头就嫁了别人！"

宫少廷知道和母亲多说无益，根本不想再和她说话，转身要回病房。

"少廷！"艾莉娜上前抓住他的手臂，"你听妈妈的话，妈妈不会害你！就算那个夏唯至千好万好，可她毕竟是私生女，你是要继承整个宫家的，一个私生女是配不上你的！"

宫少廷直接抽开手，望着自己的母亲，冷漠又疏离："别说我现在已经离开宫家，就算我真继承了宫家，夏唯至是私生女又怎么了？您别忘了，我也是私生子！"

艾莉娜的脸色一阵难看，她没想到儿子会在她面前说这种话。

"我是你父亲明媒正娶的，我和他是两情相悦，你是我们两个爱情的结晶，又怎么会是私生子？他和苏云洁根本没有爱情，他娶苏云洁是被逼的，他爱的是我！"艾莉娜说得很激动，肩膀都在颤抖。

宫少廷却冷冷一笑："您就承认吧，我就是私生子，所以夏唯至跟我配得很！"

"你！你！"艾莉娜气得捂着胸口，连气都喘不过来。

儿子这番话对她是极大的羞辱，不仅羞辱了她，还羞辱了她和他父亲的爱情。

宫少廷走进病房。

门外突然传来焦急的声音。

"夫人！夫人！夫人晕倒了！快来人！"走廊上一阵躁动。

宫少廷大步走出门，看到自己母亲倒在地上，面色苍白，口吐白沫，不省人事。

"妈！妈！"宫少廷着急地大吼，上前抱起自己的母亲，"医生！医生！"

艾莉娜被推进了急诊室，医生说，她的情况十分危急，差一点猝死。

幸好这里是医院，抢救及时。

"夫人是心输出量突然降低引起脑缺血而诱发的晕厥，很可能死亡，所幸已经抢救回来了。"手术室门口，医生说。

老太爷听闻艾莉娜被宫少廷气晕的事，赶来了医院，听到医生说已经抢救回来，也是松了口气。再看看自己的孙儿宫少廷，他站在手术室门口一动不动，盯着大门，眼里血红。

"明知道你母亲早被你气病了，你还气她！她动夏唯至在情理之中，你为了维护夏唯至，连自己母亲都不要？"老太爷对他实在失望极了。

宫少廷说："我没有故意气她，她身体不好也不是动夏唯至的理由。"

到现在还在帮夏唯至说话。老太爷闭上眼睛，不想再跟他多说。有了这个女人，宫少廷就等于有了软肋，做什么都会瞻前顾后，率先考虑她。

这样一个在宫少廷心中分量太重的女人着实不该留在宫少廷身边。

夏唯至醒来就听说了艾莉娜的事——医院里都在传有个金发帅哥把自己母亲气到晕倒，还差点猝死。

她扶着墙走出来，就看到艾莉娜被推出来。

艾莉娜已经醒了，躺在急救推车上。

宫少廷见母亲醒了，大步上前。

艾莉娜伸手拉住他："你真的要把自己亲生母亲气死吗？妈妈求你了，回家好吗？就当妈妈求你了，少廷！"

艾莉娜握着宫少廷的手，喊得撕心裂肺，哭得天崩地裂，听着都让人潸然泪下。

宫少廷看着自己母亲，微微动容。

"病人的情绪不能太过激动，不然随时可能再次发生晕厥，严重的会突然猝死，先让病人进病房休息吧。"主治医生建议说。

老太爷也立马说："快把夫人推进病房！"

可是艾莉娜拉着宫少廷的手不放，还在哭喊着："少廷，你离开宫家，妈妈死了算了！反正妈妈一个人在宫家也没意思……就让我死了算了……"

艾莉娜被推进了最近的病房，就在夏唯至病房的斜对面。

宫少廷站在门口，没有跟进去，而是呆呆地站在走廊上，手不自觉地捏成了拳。靠在走廊的墙壁上，他还能听到艾莉娜在里面哭喊。

这大概是艾莉娜最没有形象可言的一天了，哭天抢地，喊着我儿子不要我了，我活着还有什么意义，而宫少廷只是站在那儿，不说话，脸上没有表情，眼底是痛苦之色。

夏唯至知道，这一次宫少廷为难了。公司和她，他毅然选择了她，可是母亲和她，他又该怎么选？

艾莉娜是不可能接受她的，她知道艾莉娜恨不得她去死，而且也付诸了行动，想让她死。

宫少廷回到病房，看到病床上空荡荡的，他心里猛然一抽，着急地喊："夏唯至！"

夏唯至看到宫少廷回来了，只是她的腿太痛，没他走得快，只来得及走进门口处的洗手间。

"我在这儿。"夏唯至说。

宫少廷扭头看到她，吓坏了，他大步走过去，"你去哪儿了？怎么下床了？你腿上全是伤啊！"

他一边埋怨，一边把她抱起来，走到床边。

她搂着他的脖子说："我上厕所啊！"

"你可以叫我，我抱你进去。"宫少廷心疼地说，然后撩开她的病服，看到膝盖上的纱布都好好的，也没有很多血渗出，他才放心了。

她坐在床头，看着他紧张的样子，扬了扬唇角。

明明他母亲的情况那么严重，差一点就被他气死了，他在她面前却绝口不提。

"让你受苦了。"宫少廷说，"是我疏忽了，我替母亲给你道歉！对不……"

夏唯至抬手就捂住了他的嘴："不用道歉，我可以理解她。你被我拐出宫家，堂堂宫家二少变成了修车工，换我是你妈，也要被你气死了。"

夏唯至说得很轻松，仿佛那一腿的伤根本不存在。

她总能理解他，他做什么，她都理解，并且支持，可他亲眼看着母亲的手下拿枪指着夏唯至，他要是回来晚一点，夏唯至肯定死了。

她的命都快没了，可她还说理解自己的母亲。

这样一个女人，他怎么舍得放手！他宁可负了天下人，也不愿意负她！

宫少廷把她狠狠地抱进怀里："等你腿伤好了，我们就回家，回我们两个的家！"

他还是要跟着她回那破厂房，哪怕他的母亲以死相逼。

宫少廷一次次为了她放弃他最在乎的一切，她却那么自私地任由他放弃。其实艾莉娜说得对，她能给宫少廷带去什么？什么都没有！

她以什么身份站在宫家二少身边？没有任何身份，没有任何资格！

夏唯至的腿伤好得很快，没几天就能出院了。

宫少廷一大早还是得去修车厂。夏唯至不明白宫少廷对修车厂怎么那么矢志不渝的。

整理好东西，夏唯至准备出院了。

她知道这次的医药费是艾莉娜交的，正因为知道，继续住下去她都觉得别扭。

外面有人敲门。

夏唯至还没说"请进"，门口的人已经进来了。

夏唯至看到来人，愣了片刻，放下手里的东西，直起身，望着她。

是艾莉娜，宫少廷的母亲。

她住在这里几天了也没去看艾莉娜，按道理她是该去看看的，可她住院是艾莉娜害的，她知道艾莉娜讨厌自己，也犯不着去病房看望，不然把艾莉娜难受坏了，对谁都没好处。

艾莉娜关上病房门走进来。她穿着松垮的病服，整个人憔悴了很多。

夏唯至搬了椅子过来，说："宫少廷不在。"

"我知道。"艾莉娜没有在椅子上坐下，而是对她说，"我不想伤害别人，更不想伤害自己儿子中意的人，可如果你儿子为了一个女人放弃自己的家、自己的前途、自己的母亲，你会怎么做？"

"我虽然没有儿子，没法体会这种心情，但我不会伤害别人。"夏唯至说。

"你不会伤害别人？"艾莉娜听到这话觉得好笑。

"薄太太的事，宫少廷相信我，您不相信自己儿子的眼光吗？"

艾莉娜微微愣了愣，看着夏唯至。其实，夏唯至要不是自己的儿媳妇，艾莉娜还是会很欣赏夏唯至的。夏唯至坚毅刚强，聪慧美丽，虽然是个私生女，气质和气场也不比尹翎叶差。

跟着宫少廷一个多月，吃苦耐劳，没有怨言，不管是演戏还是真心如此，她对夏唯至都刮目相看。

"也许你哪里都好，但你出身不好。也许你真的心地善良，薄太太的死和你无关，但别人不这么想。大家看见的都是薄太太是你杀的，没有证据证明是别人杀的。在外人眼里，你就是杀人犯！虽然宫少廷相信你，但外人都不这么想。"艾莉娜说这些话的时候心平气和，"夏唯至，你成全了宫少廷对爱情的执着，却毁了他的人生，让他众叛亲离！他堂堂宫家二少，每天在修车厂修理零件，被其他名门少爷嘲笑，为了一个女人，落得如此下场！

"他只是一个修车工，而你连工作都没法找到，每个月八百块生活费，你们两个人怎么过日子？万一你们有了孩子，怎么养孩子？你过惯了苦日子，可少廷能过多久？你们的孩子能过多久？让你们的孩子被人嘲笑父亲被赶出家门一辈子只能修车，母亲没有工作，只能待在一间破厂房里度日。

"我知道你愿意赚钱养少廷，可你能赚多少钱？老爷子打过招呼的地方，哪家公司敢要你？整个祁城都不敢要你！少廷已经把下个月的八百块预支了对吧？过完这个月，下个月，你们还有钱吃饭吗？

"爱情很高尚，很伟大，不该用金钱来玷污，你们是这么想的对吗？是，我曾经也那么天真，可后来我才知道，没有面包是不会有爱情的！你们就算撑过了这个月，还有下个月，下下个月……一分钱没有，爱情能自动果腹吗？"

夏唯至一直听着，直到艾莉娜说完了，夏唯至才说："您说得都对，但宫少廷不放弃我，我就不会离开他。"

艾莉娜有时候真的特别讨厌她的执拗和倔强："宫少廷能为了你放弃一切，你就不能为了他，放弃你心里可悲的爱吗？再说，你真的爱他吗？你才认识他多久！"

"不管我爱不爱他，我只知道他为我放弃了一切，我没有现在离开他的道理。"夏唯至说。

艾莉娜深吸口气。她苦口婆心地劝说这个女人，可对方就是冥顽不灵。

夏唯至收拾好东西，准备离开了。

"夏唯至！"身后的艾莉娜突然大吼。

夏唯至顿住脚步，却听到扑通一声，回头就看到艾莉娜跪在自己眼前。

她怔住了，下意识地上前："您快起来，我受不起！"

"我求你！求你了！离开我儿子，我求你了！"艾莉娜哀求着。

"您起来！"

"夏唯至，你可怜可怜我这个做母亲的，不要再毁我儿子！我求你！求求你！"艾莉娜在夏唯至面前，不顾形象地跪地磕头。

额头磕在地上砰砰作响，很快连血都磕出来了。

夏唯至去扶她，却被她推开，艾莉娜的力气突然变得很大，一直磕一直磕，磕得夏唯至无可奈何。

眼看着艾莉娜摇摇欲坠，再这么磕下去，艾莉娜要是出了事，她根本承担不起。

夏唯至的膝盖还没好全，但此时也只能跪在她面前："我也求你了，不要再磕了好吗？为什么都来怪我？我喜欢宫少廷，我愿意陪着他吃苦！"

"我不会接受你做我儿媳！我求求你，放过我们母子吧！放过我们吧！"艾莉娜又使劲地磕头，头上已经鲜血淋漓。

艾莉娜再一次磕下去的时候，夏唯至将手掌垫在地上，她的额头磕在了夏唯至的手掌上。

夏唯至不顾手背的疼痛："我也求你了，尊重宫少廷的选择好吗？"

艾莉娜望着这个女人，对她恨得牙痒痒。为什么一定是她儿子？为什么就不能放过他们母子？

艾莉娜竟然从身后抽出了一把刀，直接对准了自己的脖子。

夏唯至震惊了，本能地去夺刀。

艾莉娜却起身，退开："如果你不答应离开我儿子，我今天就死在这儿！你身上已经有条人命了，如果再多一条，你自己也毁了！重要的是，我因你而死，宫少廷绝对不可能和你在一块儿！"

夏唯至发现，她对艾莉娜做任何事都有心理准备了。为了让她离开宫少廷，艾莉娜确实费尽心思。

"你要用自己的性命嫁祸我吗？"夏唯至淡淡地问。

"如果我儿子不回宫家，我在宫家还有什么地位！和行尸走肉又有什么差别！我自己的儿子，我要他回家，过分吗？倒是你，一个私生女霸着我儿子不放，还毁他前途，现在又逼死他母亲！哪怕我死了，我也要我儿子回家，他是宫家的少爷，绝对不能在外面吃苦！"

艾莉娜扬起刀子，是真做好了去死的准备。

哪怕不能逼着夏唯至离开，也要用自己的死，逼着宫少廷离开夏唯至！

夏唯至知道，她已经没法选择了。她也不想宫少廷为难，看着他在自己母亲和她之间痛苦地抉择。

夏唯至大步上前握住了艾莉娜刺下去的刀子，锋利的刀割伤了她的掌心，血染红了她的手。

艾莉娜震惊地看着她。

夏唯至说："我离开他，我保证。"

艾莉娜惊喜地问道："你说的可是真的？"

"我说到做到。我不想再背负人命了，何况您是他的母亲。"

"你保证今天的事不会传到少廷耳里，保证会让他死心！"

"我保证。"夏唯至说。

艾莉娜握住夏唯至的手："我会感激你！我再给你一周时间，你一定要离开他！"

"感激我离开您儿子吗？不用了！如果不是您以死相逼，我也狠不下心来。您保重身体。"夏唯至不想跟她多说，转身走出病房，却意外地看到了尹翎叶。

"三妹，你身体好些了吗？廷少跟我说你今天出院，我特地过来看看。"尹翎叶走上来，和她肩并肩，说。

"你演的什么戏？猫哭耗子吗？"夏唯至凉凉地嘲讽。

走到一旁的洗手间，夏唯至洗去了手上的血，又拿了纱布自己草草包扎了一下，走出来却发现尹翎叶还在，还和她一块儿走进电梯。

"廷少没跟你说吗，宫阿姨刁难你那天，是我通知他回来的，你才保住了一条命。"

"哦，是吗？宫少廷知道了一定很感激你吧，对你的好感也上升了。原来打的是这个算盘，我说你怎么那么好心！"夏唯至冷笑。

"三妹，不要把每个人都想那么坏！至少也该懂得知恩图报吧。这些年来，为了你生病的母亲，我们家没少出力！你不感激就算了，怎么现在我救了你一命，你也不知感恩呢？"尹翎叶也嘲笑道。

"二姐，我把每个人都想得很好，唯独对你，想得特别坏！总觉得你什么坏事都能干，而且都干得很好，干了坏事，还能让人觉得你做了好事！"夏唯至看着电梯门上映出来的尹翎叶，冷冷地说道。

尹翎叶的脸色有些难看，但她控制得很好，毕竟是演员，什么情绪都能在瞬间表现出来。

"三妹，不论你怎么想我，我都是真心希望你过得好，可以和廷少长长久久。宫阿姨那边，我会替你说好话的。"尹翎叶握住夏唯至的手，很是暖心的样子。

夏唯至快恶心死了，甩手就把她推开。

这一甩用尽了全力，尹翎叶一下子就被甩到电梯门上，额头撞了上去。

电梯门开了，尹翎叶倒进了一个人的怀里。

"尹小姐。"

"廷少！"尹翎叶看到宫少廷很意外的样子，作势想从他怀里出去。

宫少廷看到她额头的伤，皱眉，看着里面的女人："夏唯至，你怎么把你姐姐伤成这样？"

"不是她，是我自己不小心摔倒的，不关三妹的事！"尹翎叶在宫少廷怀里立马说道。

夏唯至简直想给尹翎叶跪下磕头。演技实在是炉火纯青，不给她个奥斯卡忒屈才了！

原来，电梯门刚打开一条缝的时候尹翎叶就发现门口的人了。

从衣角就能看出是宫少廷了，牛掰啊！

"对的，不关我事。走了。"夏唯至走出门，直接拉过宫少廷。

宫少廷怀里还抱着尹翎叶："夏唯至，我先送你姐去处理额头的伤口。上一次是她救了你一命。"

宫少廷说的就是给他通风报信这事。

尹翎叶立马推开宫少廷说："不用了，我自己能处理，没关系。"

"怎么没关系，都流血了！"宫少廷说。

而且他听见了，尹翎叶跟夏唯至说会去母亲那里替夏唯至说好话。毕竟母亲喜欢尹翎叶，她能替夏唯至说说好话，这是好事。

"既然二姐说没关系，我们就不要操心了。宫少廷，我肚子饿了，超级饿！"夏唯至说。

宫少廷果然放开尹翎叶，拉起夏唯至："怎么不早说？在医院里没吃饭啊？"

"医院里的伙食多难吃啊！"

"行，回家给你做！"宫少廷一听夏唯至饿了，谁来他都不想管了，看到夏唯至手心包着纱布，"手怎么了？还有血！我看看。"

艾莉娜以死相逼的时候，夏唯至抓住了刀锋，被割伤了。

夏唯至收回手说："没事，磕到了而已。"

"磕哪儿了，磕成这样！你腿没好，别走那么快！夏唯至，给我站着别动，我抱你！"宫少廷还没来得及看她的手心，她就大步走开了，还走那么快，宫少廷哪里还顾得了尹翎叶，直接追了出去。

剩下尹翎叶紧紧地咬着嘴唇，看着夏唯至走出去的背影，恨得牙痒痒。只要夏唯至在一天，宫少廷根本连看都不看她一眼。而且，就算宫少廷看了她一眼，夏唯至一出现，宫少廷还是会丢下她不管。不管她在宫少廷面前怎么处心积虑，夏唯至只要一个眼神，都不用解释什么，宫少廷就会相信夏唯至。

夏唯至肚子饿了，宫少廷带她回家后就系上围裙去做饭。

他为了她不停地学习厨艺，以前那么讨厌油烟，现在却把做饭当成乐趣，因为舍不得她下厨。

夏唯至坐在椅子上，看着眼前的男人手忙脚乱地做饭，忍不住笑了起来。

她发现自己真的越来越喜欢他，可再喜欢又有什么用，从开始她就知道，有一天她终归是要离开他的。

她不是怕自己坚持不了，而是怕这个从未受过苦的少爷会坚持不了。美好的爱情终归是会败给柴米油盐的，从一开始她就这么想。然而，她想错了，他们没有败给柴米油盐，而是败给了身份地位。

她凭什么喜欢他，又能以什么身份喜欢他？她怎么配开口说爱他？

她喜欢他，她爱他，为了他，她也愿意放弃一切，可她的一切和他的比起来那么渺小，那么微不足道。

她自私地在他身边，却让一个宫家少爷成了修车工，从锦衣玉食变成了食不果腹，他的母亲差点被他气死，他的爷爷要和他断绝关系。他原本是万人艳羡的对象，现在却被他人耻笑。

宫少廷原本是想展示新学的厨艺，结果还是以失败告终。

286

宫少廷说："你刚出院，带你出去吃顿好的。"

"好。"她笑着看着他，答应了。

宫少廷倒是意外，他还以为她会舍不得。

抱着她的肩膀，宫少廷说："给我点时间，以后每一天都让你吃最喜欢的三文鱼、帝王蟹！"

"好嘞！"

宫少廷是真的很心疼眼前的女人，她跟着他，受了那么多苦。

快了快了，他和爷爷的赌约一结束，他就可以重回以前的生活，带着夏唯至，把全世界最好的都捧到她面前。

被他那么紧紧地抱着，原来感觉那么好。

以后他也会这样抱别的女人吧？

只要想到那个场景，心里就一阵刺痛。

还没发生的事，她想起来心里却都是嫉妒。

中心医院住院部。

宫少廷陪夏唯至来医院看她的母亲，因为接到医院的电话说夏可卿病情好转，很有可能在近期醒来。

夏唯至高兴坏了，不停地感谢医生。

宫少廷却一直很好奇夏唯至的母亲到底是谁在照顾——夏可卿被赶出明志医院时，他的朋友牧萧根本来不及帮夏可卿转移。

VIP病房对面的大楼内。

祁尊看着夏唯至被宫少廷抱着离开，墨镜后面的眼睛里出现了微微的波动。

宫少廷现在那么穷，什么都给不了她，可夏唯至就是死心塌地的。

"可卿终于要醒了！"祁尊身后坐着的男子感叹地说。

"父亲，帕梅拉教授说夏夫人可能这周醒，也可能还要过几个月。我会派人时时查房，她醒了立刻通知您。"祁尊对父亲说。

祁一鸿点头，他也看到夏唯至离开了："你和唯至还是一点消息也没有，你到底能不能追到她？"

祁尊不得不承认："她确实不太一样。"

"那是当然！对了，之前唯至被人误认为是杀薄太太的凶手，我让你彻查这件事，结果呢？"

"还没查到任何线索。杀薄太太的凶手心思缜密，没有任何漏洞，恐怕这件案子会成为悬案。父亲就那么相信不是夏唯至做的？"

"为父不会看错人！夏唯至是祁家未来的少奶奶，我看中的儿媳怎会差？倒是你，真没用，连个女人都追不到！"祁一鸿很嫌弃地说。

祁尊也不恼："父亲你喜欢夏夫人，怎么没能娶到她？"

祁一鸿语塞："我年轻的时候就是个穷小子，怎么配得上可卿！你不穷啊，你配得上唯至！哦，不对，你一个戏子，怎么配得上她！"

祁尊已经很淡然了："也就是说，父亲你喜欢夏夫人，可她没看上你。难道她能看上尹家那位？似乎眼光不怎么样。"

"你不用套我的话！现在是好机会，唯至跟着宫少廷尽受苦，你去加把火！"

祁尊也走出了医院，坐在车上，看着车窗外，还能看到路边夏唯至靠在宫少廷怀里，夏唯至很开心的样子，大概是因为她母亲快醒了。

看到她的笑容，祁尊的唇角也不自觉地扬了扬。

祁尊说："减慢车速。"

司机立马放缓了车速。

速度已经很慢了，连油门都没踩。

祁尊还是看着窗外，他发现夏唯至的侧脸也很漂亮。其实夏唯至这张脸很上镜，如果出现在镜头里，肯定比尹翎叶美太多。

祁尊想起夏唯至在市长祁衍家里和他跳的舞，魅惑起来，她真是像个撩人的精灵；面对他时，又像个高傲的女王；此刻，在宫少廷身边，她像个十八岁的小女孩，是那么快乐。

宫少廷似乎注意到有人在看自己的女人，一眼就锁定了一辆劳斯莱斯。

车窗贴着深色的车膜，里面的人看不真切，但这辆车，他不陌生。

在市长祁衍家门口见过。

宫少廷第一反应是祁尊。

结果真的看到车窗降了下来，祁尊依旧戴着深色的墨镜。祁尊拿下墨镜，看着他，带着挑衅的味道。随即祁尊目光一转，看着夏唯至，眼底分明带着欣赏，还有……爱慕。

宫少廷手指对着自己的眼睛，然后对着祁尊的，意思是，再看就挖了你的眼睛！

祁尊勾了勾唇角，盯着夏唯至，更加肆无忌惮。

宫少廷绝对受不了这种挑衅。

"老婆，你去里面坐一会儿。我有点事，很快回来。"宫少廷让夏唯至进一旁的奶茶店先坐会儿。

没等夏唯至再问，宫少廷已经走开了。

此刻祁尊的车子已经缓缓驶离。

夏唯至不知道宫少廷去做什么，既然他说有事，那就在这等等了。

宫少廷走进一条小巷，穿了出去，然后走到尽头，就看到祁尊的车子慢慢行驶过来。

宫少廷就站在路中间。

车子不得不停下。

祁尊从上面下来，唇边带着一抹冷酷的笑。

宫少廷走进小巷里，祁尊也走进去。

没等他停住脚步，宫少廷猛然转身，一脚踹了过去。

祁尊猝不及防，脸上结结实实地挨了一脚。

祁尊用手指揩了一下脸，有些生气地出击，一拳打过去。

宫少廷抬手就接住，反手一拳打出去。祁尊侧身，勉强避开，可宫少廷的拳风太过凌厉，一拳接着一拳，祁尊有些招架不住，脸上又挨了一拳。

"尊少！"祁尊的助理翔松拿出枪就对着宫少廷。

"退下！"祁尊命令道。

宫少廷根本没把翔松的枪放在眼里，他上前，抓住祁尊的衣领，抵在墙上。

"本少爷不喜欢你看夏唯至的眼神！下次看到她，给我绕道走！"宫少廷警告道。

祁尊现在才发现，原来宫少廷把夏唯至看得那么重，自己只是盯着夏唯至久了一些，他就来拼命了。

"我喜欢她，想追她。"祁尊突然说，带着满满的挑衅，声音却冷酷至极。

"你说什么？"宫少廷的声音瞬间拔高，盯着眼前的祁尊，似乎觉得很可笑。

"你已经不是宫家少爷了，何必霸着她不放。与其让她跟着你受苦，不如让她跟着我。你家的人都不喜欢她，可我们家，会把她当宝！"

宫少廷浑身的气场骤变，盯着祁尊，看样子仿佛想把他生吞活剥。

祁尊竟敢在他面前说喜欢夏唯至，还想追她！

"你找死！"宫少廷怒吼着，一拳狠狠地打过去。

祁尊当然不是任人随意打骂的人，他把宫少廷推开，也抬手一拳打过去。

宫少廷一个跳跃躲开，祁尊又一脚踹了过去。

"夏唯至跟着你，根本就没好日子过！你给她什么了？你给她的全是痛苦！自己的夫人都保护不好，那就拱手让人，我来保护她！"祁尊一边和他打，一边刺激他。

宫少廷气炸了，抓起祁尊，一拳打在他肚子上。

祁尊的助理想上前帮忙，却被他给拦住。

宫少廷揪住他的脖子："你跟我太太什么关系，说！"

"我能跟她有什么关系？不过是和她跳了支舞，我就特别喜欢她！"

"喜欢她？你也配！她是我宫少廷的太太！你是什么东西，敢来喜欢我老婆！我今天就打死你！"宫少廷又是一拳打出去。

祁尊勉强接住拳头，把宫少廷推开，然后反手把他抵在墙上。

宫少廷再次把他踹开，还没上前。

"住手！"一道女声响起。

两个男人回头看到巷口的女人都愣了一下。

夏唯至等宫少廷等了半天没见他来，就感觉到不对劲，她出来找宫少廷，没想到他躲在巷子里打架。

"唯至！"祁尊看到夏唯至微微皱眉。

"你叫那么亲热干什么！"宫少廷揪住祁尊的领子又想打。

"宫少廷，你怎么跟他打起来了？"夏唯至觉得莫名其妙。

宫少廷还真想问问夏唯至，她明明说过自己跟祁尊没关系！

"夏唯至，你说，你跟他什么关系！"宫少廷当着祁尊的面问道。

夏唯至看了一眼祁尊，见他脸上都挂彩了。

"人家是明星，我跟他怎么会有关系？"夏唯至说。

"我们相亲认识的。"祁尊突然开口说。

夏唯至一下子语塞。

祁尊无视宫少廷的脸色："唯至，我们的确是相亲认识的，我没有撒谎！而且我说过好几次，我要追你！"

"相亲？"宫少廷质问夏唯至，"你解释一下！"

"我……"的确是相亲认识的，这怎么解释？

"我们结婚前你就认识他，还是结婚后你和他相亲？"宫少廷也不管祁尊了，盯着夏唯至质问。

夏唯至说："婚后。"

"婚后你跟别的男人去相亲，我竟然一点都不知道！"宫少廷指着夏唯至，又指着自己，"夏唯至，你当老子是白痴吗？我的感情是可以这样随意玩弄的吗？"

她本来就一直担心宫少廷会知道这事，虽然她和祁尊的相亲是一场意外，可她现在怎么解释都没用，何况现在不解释才是最好的选择。

见夏唯至不说话，宫少廷怒吼："给我解释！"

夏唯至依旧没有说话。解释什么？她的确在婚后和祁尊相亲，是事实。

宫少廷浑身充满了暴戾之气，他一脚踹在墙上："夏唯至，你该死！"

宫少廷暴怒地扫了一眼祁尊，直接从夏唯至身边走开，满身肃杀。

祁尊见宫少廷走开，夏唯至却没追上："你不跟上去解释吗？"

"你的目的不是达到了吗？我何必再解释。"夏唯至淡淡地说。

祁尊微微挑唇，不置一词："你怎么这么镇定，似乎也不介意他误会你？"

"帮我个忙。"夏唯至盯着祁尊半晌说。

"说说看。"

宫少廷一整晚没有回家，是去医院陪他母亲艾莉娜了。夏唯至知道，宫少廷自尊心太强，晚上肯定不会回来了。

虽然他一整夜没有回来，但夏唯至一个人睡到了天亮。

一晚上她做了很多梦，梦里面都是宫少廷。

早上醒来，身边空荡荡的，夏唯至一时竟有些不习惯。她摸了摸宫少廷睡的那一侧，苦笑着摇头。该习惯了，以后的每一天都没有他了。

她是第一次去宫少廷工作的地方——很大的车间，乌漆墨黑的，地上很潮湿。

宫少廷就躺在地上，车子架在他的上方。

有个主管模样的人对他指手画脚："你动作给我快点，客人还等着用车！今天怎么回事，心不在焉的，装零件都能出错！

"长那么帅有什么用，还不是在这里修车！哼！修那么慢，午饭别吃了，赶工！

"瞪什么瞪！再瞪这个月工资全给你扣了！"

宫少廷冷冷地看了那个主管一眼。要不是和老爷子打赌在修车厂干满三个月，他早把这个主管抓起揍一顿了。等三个月一过，他第一件事就是拆了这家修车厂，把主管揍一顿再赶出去。

夏唯至还没来得及给他解释道歉，主管就走开了。

"少廷哥先喝口水！你一早上没休息！"

"少廷，还是吃点水果吧！"

"听说你早饭没吃，我做了便当，给你吃，少廷！"

"哥，吃我的！"

"吃我的！吃我的！"

那个主管一走开，五六个女的就围了上去，不是递水就是递水果，一口一个哥，为了把自己准备的吃的给宫少廷，几个女的都快打起来了。

结果宫少廷一声吼："都给我滚！"

这些女的成天叽叽喳喳的，烦不烦！

几个女的委屈死了，只好恋恋不舍地离开。

那么多女的主动投怀送抱，宫少廷却正眼都不瞧，其他修车工自然不乐意了，一有空就聚在一起说宫少廷的坏话。

"长那么帅一张脸，还不是跟我们一样修车，有什么了不起的！哼！"

"这么多厂妹贴上去，还不是看上他功夫好！不然那么穷，现在哪个女的会要这种穷小子！不过，这些女的顶多和他玩玩，谁会嫁给他！"

"同样是姓宫，祁城宫家那是顶级豪门，这个姓宫的只是个修车工！哈哈哈！"

"哈哈哈！"

大家都笑了起来。

夏唯至这才知道，原来宫少廷这两个月过的就是这种日子——处处被人嘲笑，被人教训，随便一个主管都能指着他的鼻子骂。

指甲狠狠地掐着掌心，却痛到了她的心里。

虽然宫少廷现在被赶出宫家了，可只要她离开，宫少廷回宫家是迟早的事。他是高高在上的宫家少爷，宫氏集团总裁，宫氏未来继承人，他不应该过这种生活！

她自私了快两个月了，也该结束了。

"请问，宫少廷在哪里？"夏唯至故意走到那群嘲笑宫少廷的工人那里。

她今天穿得很漂亮，很得体——她找祁尊借了钱，给自己买了新衣服。

几个工人看到夏唯至唇红齿白，肤白貌美，修长的腿踩着八厘米的高跟鞋，简直像个冷艳的女王。

"你谁啊？找他干什么？"说话的是教训宫少廷的主管，他盯着夏唯至，眼睛都在放光。

修车厂里的都是普通厂妹，有气质的不漂亮，漂亮的没气质，连厂花都比不上眼前这个女人半根毫毛。

"我是他太太。"夏唯至淡淡地说。

"太太？"主管一时还没反应过来。

"就是老婆的意思。"

"我当然知道是老婆的意思！他结婚了，你是他老婆？"主管和工人们都不敢相信，一个挣八百块钱薪水的修车工还有这么漂亮的老婆。

他们薪水八千，要么老婆还没娶到，要么娶到的老婆都是黄脸婆。

"我老公在哪儿？"

"我带你去！"主管还不太相信，一个穷小子能娶到这么漂亮的老婆。

"宫少廷，你出来一下！"主管走到一辆车旁边，踢了踢车门，喊道。

宫少廷根本懒得理会。

主管觉得没面子，正要再喊话，夏唯至就轻柔地喊："老公——"

夏唯至的声音，宫少廷当然听出来了，他立马从车底下钻了出来。看到夏唯至，宫少廷起身，冷冷地哼了一声。

夏唯至立马上前，抱住他的手臂："老公——"

这女人干吗来了？知道错了，来解释了？还叫老公叫得那么销魂！

刚才那些厂妹都看过来了。原来宫少廷有老婆了啊，而且老婆还长那么漂亮，真是气愤！

"你来干什么？我身上脏，别碰我。"宫少廷冷哼。

"老公，你别生气了！我有话跟你说，我们先出去吧。"夏唯至还是抱着他的手臂。

主管和几个工人看得都羡慕死了。那么漂亮的老婆哄着，他脾气还那么大，这不是要让人嫉妒死吗？

他们还说没有女人会嫁宫少廷这种穷小子，怎么嫁他的是这么漂亮有气质的女人！而且明显是这个女人死劲倒贴，宫少廷还爱搭不理的，真是让人眼红！

"这小子那么好命，有这么个女人甘愿陪他吃苦！"主管忍不住感叹。

其实只有夏唯至知道，好命的是她。她只是个灰姑娘，而宫少廷是她不可高攀的豪门。

外面。

宫少廷等着夏唯至给他解释，好好给他道歉，和他说清楚。

他愿意给她机会解释，毕竟他也知道，他当初强娶了她，那时候她心里的人还是薄源佑。

他只是不明白，她怎么又跟祁尊相亲了。这女人的关系那么乱，他很不喜欢。

"要说什么，你说！"宫少廷面色冷峻，还有些小傲娇。

夏唯至确定周围没人了，才说："我们离婚吧。"

宫少廷面色冷峻，闻言更是差点笑起来。这女人在跟他开玩笑吗？

"夏唯至，你知道自己在说什么吗？"宫少廷的声音已经非常冰冷。

"我知道，我想跟你离婚。"

宫少廷看了一眼天空。天空是很蓝，可是他突然很讨厌这种蓝，看了心情糟糕极了。

"是你婚后和祁尊相亲，不是我跟别的女人相亲！解释你和祁尊的关系就这么难吗？"宫少廷强调了一句，又怒吼。

"宫少廷，是我自己想离开，不关任何人的事。"

"你昨天还好好的，怎么今天就想离开？是不是因为祁尊？是不是？"宫少廷发现自己快疯了，他等着她来解释来道歉，等来的却是她的一句"离婚吧"，这让他怎么接受！

"其实我很累了……"她不想看着艾莉娜对她又是磕头又是以死相逼。

她自私的坚持换来的是宫少廷在修车厂辛苦地工作，还要被那些小人物嘲讽奚落，又沦为那些豪门少爷的笑柄。他是宫家未来的掌权人，怎么能被别人欺负？

"你很累，难道我就不累？我都能坚持，你怎么就不能？"宫少廷绝对不相信她是坚持不下去才放弃。

"是啊，你也那么累了，为什么我们还要苦苦支撑？你回宫家吧，我也去过自己的生活。我母亲快醒了，等我弟弟回来，我们一家团圆，我也会过得很好。"

　　"夏唯至，你到底怎么了？"宫少廷抱住她的肩膀，大声地质问，"不是说好互相扶持，永远在一起的吗？"

　　"我也就随便一说，你不要太当真了。"夏唯至说。

　　"你撒谎！你是什么样的人我一清二楚！是不是我爷爷又威胁你了？你不用怕他威胁！只要我们两个在一起，没有什么事解决不了！"宫少廷大吼着说。

　　相比宫少廷的激动，夏唯至淡然很多。

　　"两个人在一起也得解决温饱问题。你每个月薪水八百，我们撑得很艰难了！自从和你离开宫家，我没有买过一件衣服，没有吃过一顿好菜。我们生活的厂房，条件恶劣，晚上有蚊子，白天有虫子，别说女的了，男人也受不了这样的生活！"

　　"夏唯至，你以前不是这么说的！"

　　"以前是我太天真了，总觉得瘦死的骆驼比马大，再怎么样，你是宫家二少爷，老太爷不会那么狠心的，结果我没想到他一点活路都不给我们。你成了修车工，翻不了身，而我，做什么工作都会被人家拒绝！我现在想得特别明白，我们离婚。"

　　"你是故意说这些话来刺激我吗，还是你真觉得我一辈子都会这么穷？"宫少廷质问她。

　　"这种生活我过不下去了……对不起。"夏唯至说完，从他身边走开。

　　宫少廷真的疯了。明明是她和祁尊关系不明不白，他生气难道不应该吗？结果却是她来说要离婚。

　　宫少廷伸手把她捞了回来，紧紧地禁锢在自己怀里。

　　夏唯至背对着他靠在他怀中，听着他越发剧烈的心跳声。这些话就好像一把刀子狠狠地剜在她的心口，她快疼死了。

　　"你和祁尊的关系不用跟我解释了。夏唯至，你不要赌气！我知道你不会离开我！你重情重义，根本不会在这时候抛下我！"

　　他那么喜欢吃醋，现在竟然说她和祁尊的关系不用跟他解释了！

　　他这么卑微地恳求她！

　　夏唯至好想回头抱住他，跟他说：宫少廷，我是一千个一万个舍不得，哪怕陪你一辈子过这种日子，我都没有怨言，可如果我继续待下去，你的母亲还会以死相逼，她要真出了事，我一辈子都不会安心，你也一样不会安宁。

　　夏唯至低头，一根根掰开宫少廷的手指，可他又抱住了她，在她耳边低低地恳求："我们一定有误会！有误会你跟我解释清楚，我做错了什么你跟我说！别说离婚，别说离开了，行不行啊？"

　　夏唯至终究没能控制住泪水，任凭眼泪在脸颊上横流。

风吹在脸上，泪水很快风干了。

门口一辆车子驶过来，车上的男子下来，看着里面的两人，目光落在夏唯至身上。

"唯至，我们该走了。"

"我马上来。"夏唯至控制住哽咽的声音，说。

宫少廷看到祁尊简直像被触怒的野兽："你怎么跟他在一块儿？！"

他这才看到夏唯至已经换了新衣服，而且这一整套衣服价值不菲，以他们现在的情况根本买不起。

直到确定脸上的泪水没有了，夏唯至才回头，看着宫少廷说："能有更好的选择，我为什么不选更好的？"

"夏唯至，你疯了吗？"宫少廷握着她的肩膀怒吼，"你为什么跟我说这些话？你根本就不是这种人！"

"我们才认识多久，你怎么就确定你看透我了？跟你一起多累啊，爷爷不同意，你母亲也阻止。谁离了谁还不能活了吗？"

"再给我时间，我们就可以离开祁城远走高飞了你知道吗？"只要再坚持一个多月，爷爷就不会来管他们了，他们就可以自由地在一起了。

他脱离了宫家，爷爷就没资格管他和夏唯至的婚事。

他要给她创办一家公司，叫至一，他要让她做新公司的总裁夫人，让她一辈子跟着他，不再受苦，不再被人欺负。

"唯至，该走了，我待会儿还有个通告。"祁尊走上来说。

"你给我闭嘴！"宫少廷指着祁尊怒吼。

祁尊面色冷峻，拉住夏唯至的手，把她拉开。

宫少廷上前就扣住她的手腕："夏唯至，你跟他演戏气我是不是？你怎么可能忍心抛弃我？"

夏唯至再也说不出伤害他的话了，每说一句，都好像自己用刀子戳一下心口。

夏唯至拿开宫少廷的手，转身挽住了祁尊的手臂："我们走吧。"

"到底发生了什么事啊夏唯至？"宫少廷大吼，却只能眼睁睁地看着夏唯至上了祁尊的车。她面色冷淡，对于他撕心裂肺的挽留根本无动于衷。

他不信这个女人会突然抛弃自己，理由只是她想要过得更好。

祁尊的车子开动了，宫少廷大步追了上去。

"你给我下来！夏唯至，你给我下来！"宫少廷一边怒吼，一边追着他们的车子跑。

夏唯至坐在副驾驶座上，看着后视镜里疯狂奔跑又发了疯似的吼叫的男人，泪水克制不住地汹涌而出。

对不起，对不起，对不起……宫少廷，对不起……

祁尊淡淡地看着身边的女子。明明哭得肝肠寸断，却还要说离婚；明明那么想陪在他身边，却偏偏要离开，这个女人，他也看不明白。

宫少廷两条腿怎么追得过车子，他又跑回修车厂，准备开车去追。

修车厂主管走出来看到了，立马拦住他："宫少廷，工作时间到了，你还不回去修车？有个漂亮老婆了不起啊！啊！"

宫少廷一拳打了过去，把人打趴在地上，随即又是一脚踹过去。

"本少爷忍了你好久！要不是为了那个女人，老子怎么可能忍这么久！"说完，他又狠狠踹了几脚，然后发动车子。

那个主管在地上哀号着："我要解雇你！你给我等着！我炒你鱿鱼，扣你工资，看你还有没有本事抢厂里的车子！"

宫少廷哪里顾得了他，开着车就追了出去。

宫少廷加足了马力，而祁尊开得并不快，所以他就与祁尊的劳斯莱斯并排行驶，两辆车子挨得很近。

宫少廷探出脑袋大喊："夏唯至，给我下车！"

夏唯至没想到宫少廷会这样追上来，但她只是擦掉眼泪，不理会他。

祁尊见宫少廷穷追不舍，也加快了车速。

两辆车就这样在大街上疯狂地飙车，把其他车都给吓住了，纷纷让道。

宫少廷原本就怒不可遏，见夏唯至的车不肯停，他踩足油门，直接冲了上去，同时急打方向盘，车子就横在了他们面前。

夏唯至睁大眼睛，眼看着要撞上去了，她大吼着趴过去握住祁尊的方向盘："停车！快停车！"

就算停车也来不及了，祁尊根本没想到宫少廷会那么不要命地冲上来。

砰的一声巨响，宫少廷的车子被撞了出去，车身被撞翻，在空中翻滚了一圈后落在地上，而祁尊的车子也受到了不小的撞击，他和夏唯至都快飞出去了。

祁尊的第一反应是伸手去拦夏唯至，夏唯至撞在了他的手臂上，又稳稳地落在座位上。

一坐下，夏唯至就感觉脑子里轰的一声炸开了，她慌乱地跑下车。

经过刚才那么一撞，祁尊明显感觉自己的手臂疼得厉害，十有八九是骨折了。

再抬头看夏唯至，她跌跌撞撞地跑了出去，疯狂地大喊："宫少廷！"

夏唯至跑到被撞翻的车子面前，徒手就要扒门。

还没把车门扒开，那扇被撞得破碎的门被人从里面踢开了。

宫少廷摇摇晃晃地爬出来，有血顺着两边脸颊流下来。

即使人群围拢过来了，他还是第一眼看到了夏唯至。

他一步步却有些踉跄地走上去，固执地拉起她的手："你跟我走！"

"我先送你去医院！"夏唯至也拉住他的手。

"夏唯至，你跟我走！"宫少廷对着她怒吼，却明显有些中气不足，吼完，他整个人摇晃得更加厉害。

她上前，想扶住他，却看到他在自己面前倒下。

即使倒在地上，他还拉着她的手，她被他拽着，踉跄地跌在他身上。

"宫少廷，你醒醒！宫少廷！"夏唯至不停地推着他，整张脸都已经哭花了。

祁尊因为刚才受到的冲击太大，也受了不轻的伤，刚下车就看到人群外已经停了十几辆车，把这边堵得水泄不通。

"少廷！"

人群被疏散，是老太爷和艾莉娜来了。

祁尊勾了勾唇角。速度可真快。

"少爷！"卓尔也着急地冲上来，看到宫少廷满身是血，不知是死是活。

艾莉娜上来就把夏唯至推开："你是真要把我儿子逼死了才甘心！他都这样了，你怎么还不走？"

夏唯至跌坐在地上，可她的手还被宫少廷死死地拽着。

"赶快把少爷带走！"老太爷着急地命令手下。

卓尔等人立马把宫少廷扶起来，却见他的手还抓着夏唯至的，一时也不好扶他离开。

"自从碰到你，我儿子就没好事！他要出了事，我要你偿命！"艾莉娜上来就抓住夏唯至的手，直接甩开。

夏唯至本就失魂落魄，被艾莉娜一甩，她连连后退，差点摔倒。

祁尊上前，一把扶住夏唯至的腰，怒视艾莉娜："这场车祸你儿子全责！唯至要出点事，我要你们宫家不得安宁！"

"嗬，这不是尊少吗？怎么，你们那么快就好上了？"艾莉娜嘲笑道。

的确是祁尊。要不是人群被宫家的守卫控制住，外面那些人看到大明星祁尊恐怕会更加躁动。毕竟眼前的车祸跟天王巨星有关，媒体恐怕都在赶来的路上。

"夏唯至，你可真是水性杨花！"艾莉娜的话语中满是嘲讽。

夏唯至哪里有空关心艾莉娜，她只想去看看宫少廷怎么样了。

"还有心情在这儿骂人？你儿子要死了！"祁尊冷笑着提醒，还带着恶毒的诅咒。

艾莉娜瞪了祁尊一眼，但确实被他说得心里害怕，也顾不得夏唯至了，救儿子要紧。

宫家的车队离开了，夏唯至想跟上去。

祁尊把她拉回来："你放心，宫少廷命大得很。再说宫家也舍不得让他出事。你怎么样？刚才冲击太大，我看看伤了没。"

"你别管我！"夏唯至推开他。

祁尊猝不及防，被她碰到骨折的手臂，但祁尊只是拧了一下眉头。

然而夏唯至还是发现了他的不对劲："你受伤了？"

"小伤。"祁尊说。

"没事的话送我去医院，我要去看他！"

"可以。"

祁尊的手已经疼到他浑身都出冷汗了，可他吭都没吭声，还是送夏唯至去了医院。

宫少廷被送到哪里还是很好打听的。

夏唯至跑到宫少廷所在的楼层，而祁尊因为手实在太疼，只能先去找医生看看。

"站住！什么人？"夏唯至刚走出电梯就被宫家的守卫拦住。

"卓尔！"夏唯至一眼就看到了不远处的卓尔。

卓尔看到夏唯至大步走过来，喝退了几个守卫："少奶奶！少爷的情况很稳定，都是皮外伤，没有任何内伤，不要担心。"

夏唯至嘘了口气。那时候看到宫少廷满身是血地爬出来，她真的吓坏了。

"他没事就好……没事就好……"夏唯至喃喃地道，准备离开。

"少奶奶，您真的要离开少爷，和我们少爷离婚吗？"卓尔突然问。

夏唯至有些意外他知道："你的消息真灵通。"

"少爷昏迷期间一直在说，不要离婚，不要离开。少爷为了您甘愿放弃一切，这样还不能感动您吗？"卓尔真是不明白她为什么这样冷血。

夏唯至不想多作解释。

"夏小姐，老太爷有请。"出来的人是宫家的老管家。

卓尔下意识地挡在夏唯至面前："管家，老太爷找我们少奶奶有什么事？"

"这是你一个下人该过问的事吗？"管家冷冷地质问了一句，又对夏唯至说："夏小姐，这边请。"

管家称呼她为夏小姐，而不是少奶奶。

这人是老太爷身边的红人，卓尔一时也没办法。

夏唯至不离开，也不跟着走："我和宫少廷还没离婚，按道理，你是不是应该尊称我一声少奶奶？"

意思就是，你不承认我是宫家二少奶奶，我扭头就走。

管家一窒，又和颜悦色地说："少奶奶，老太爷有请！"

"少奶奶！"卓尔对她摇头。

现在主子还在昏迷中，老太爷要是对夏唯至做什么，没人保得了。

老太爷知道她过来了，派了亲信过来请她，她要是不去，岂不是显得她胆小怕事吗？

夏唯至走进一间豪华套房。

老太爷就坐在沙发上，见夏唯至进来了，他的脸上有些赞赏："有些胆量，敢一个人进来。"

"您一定已经知道我和宫少廷提出离婚了，既然如此，我已经不是什么威胁了，您是宫家掌门人，不会有心思对付一个没有威胁的小女子。"夏唯至坦然地说。

他的想法完全被夏唯至说中了，所以说这个女人聪明得很。

"少廷已经被我赶出宫家，按道理，他是永远不可能回到宫家的，不过，这个孙儿，我实在舍不得。他的能力比他父亲还要强上几十倍，甚至说上百倍都不夸张，所以我给了他一次机会，和他有个赌约。"

夏唯至眼底闪过意外，不过很快就猜到了："您赌赢了，他乖乖回宫家；您输了，就放任他离开吗？"

这次是老太爷宫浩钱愣了片刻："少廷不可能告诉你，所以是你猜的？"

"您这么一说，我就想通了。我本来一直不明白宫少廷怎么突然找了份修车的工作，而且他每天都去，从不间断，可是工资却只有八百块。这是你们赌约里的条件吧，他得在修车厂工作。"

"接着说。"老太爷拿起一盏茶，用盖子拨弄着漂浮的茶叶。

"他是因为我才离开宫家，你想他回宫家，赌约里的条件必然还有我。您不喜欢我，特别不能接受我做您的孙媳，那自然是要我离开，他才能回宫家。赌约不可能没有期限，应该是多长时间之后我如果离开，您就赢了。"

宫浩钱喝了口茶，抬头看了看夏唯至。

他以往连正眼都不想看她，可是此刻，他特地打量了她一下。

光凭猜测，她就把这个赌约猜到了十之八九。聪明！怎么会如此聪明！

可惜，宫少廷对她用情太深，也就是夏唯至成了宫少廷的软肋，这样一来，他的宝贝孙子就不是无坚不摧了，自然到不了他给宫少廷设置的成就高度。

"三个月，你要是陪着他熬过三个月，我就输了。我输了就得放任宫少廷离开宫家和你在一起，从此以后他不再是宫家二少。我若赢了，的确如你所说，宫少廷回宫家，你永远不能踏进宫家大门。很幸运，我赢了。"宫浩钱完全是一副志在必得的模样。

"夏唯至，你终究没有熬过三个月！我不管你是出于什么理由离开，总之，少廷输了，他就得乖乖回宫家！你是很聪明，不过这个赌约，你猜到还是太晚。"

夏唯至觉得可笑："您以为这个赌约能说明什么？说明我贪慕虚荣，没了宫家，我就看不上宫少廷吗？那您真是看走眼了！就算我知道这个赌约，我也会离开！我只要他回宫家，这就是我离开的目的！"

宫浩钱看着夏唯至，眼底再次出现欣赏。

不过，他见过太多这样的女人，表面上看着善良无害，内心却不知道有多阴暗。

不管夏唯至是哪一类，他都不能冒险。

宫浩钱从桌上拿起一份文件："这是离婚协议书，你签字立刻生效。仔细看条款，还有什么需要的尽管提，我们宫家不会亏待你。"

夏唯至拿过协议看了一眼。祁城海滨别墅两套，市中心土地使用权，现金，股票，债券……果真一点都没亏待她。

离婚补偿将近三十亿，大手笔，特别大！

"你只要签字，保证和少廷再无来往，这些钱就都是你的，这些房产可以立刻过户到你名下。"宫浩钱说。

宫浩钱话音刚落，夏唯至就签了字。

看到她这么快签了字，宫浩钱的唇角划过了然的冷笑。还不是要钱，哪有说的这么高风亮节！

"离婚补偿就不用了，我只有一个条件：还我清白。我没有杀薄太太。"夏唯至放下笔，说。

宫浩钱愣住了，看了夏唯至好一会儿。他没听错吧？三十亿她不要？这是多大一笔财富，能让她一辈子吃喝玩乐，根本不用愁钱。

"你确定不要真金白银，而是要一个虚无的清白？"毕竟就算夏唯至不是清白的，宫少廷也已经把夏唯至杀人的案件硬生生压了下去。薄太太虽然曾经是薄氏集团的掌权人，可薄氏后来没落了，没人会去关心一个落魄的贵太太。

"我觉得清白无价。"夏唯至淡淡地说，"况且当初老太爷你也认为是我杀了薄太太，在警察局，我甚至差点因此被你杀害，这么一说，我认为清白和我的性命等同，更加无价。"

在警察局，他并没有露面，而是吩咐那些警察直接把夏唯至处死，他还特意拦截了宫少廷让他晚到，差一点点，夏唯至就死了。

夏唯至却猜出了当时在警局下命令的是他。

这个女人，他不得不承认，聪明，太聪明了！这么聪明的女人，就算杀了薄太太，也不可能让别人发现。

看着夏唯至走出去，宫浩钱的眼底是掩不住的欣赏。他已经多久没有如此欣赏过一个女人了？让他欣赏的女人，也就二十几年前遇见的那位。那时候他40岁，年轻力壮，而那个女孩才16岁，他从未见过如此美丽又聪慧的女孩。

20年了，他也一直在找她，可始终没有她的踪影！再看夏唯至的背影，宫浩钱竟有些恍惚，突然觉得夏唯至的背影和那个女孩有些相似！

他活了那么大岁数，却始终没看明白夏唯至。

离婚一分钱也不要，偏偏又抛弃了宫少廷和祁尊走在一起。

难道她是故意借祁尊来气宫少廷，好让他对她死心？如果真是如此，他倒是由衷地佩服这个女人。

只可惜，夏唯至身份尴尬，一个私生女，实在不配站在宫家继承人身边。

宫少廷不是嫡孙，论正统自然非宫达莫属，正因为如此，他才需要找个家世地位都不一般的女人站在宫少廷的身边，帮助宫少廷一步步走上巅峰。

少廷，爷爷的用心良苦，你什么时候才能明白？

艾莉娜看到夏唯至出现在病房，显然很激动，她眼睛通红，似乎还在后怕。那么严重的车祸，差一点儿子性命不保！

"夏唯至，你还有脸来！少廷险些被你害死，你害他害得还不够吗？！"艾莉娜指着夏唯至大骂。

夏唯至却安静地看着病床上的宫少廷。

离婚协议她已经签了，她不再是他的妻子，再也享受不到他对她的疼爱，他做的饭，以后也吃不到了。不，他已经回到宫家了，还是宫家高高在上的少爷，再也不用自己做饭了。

"这里不欢迎你，你滚出去！"艾莉娜看到夏唯至就讨厌。

对这个女人，她厌恶极了。她的儿子为了这个女人，不是放弃家业前途，就是放弃她这个亲生母亲，甚至现在连自己的性命都当成了儿戏。

这场车祸完全是为了追她回来引发的！

"我会滚，但不是现在。我只是来看宫少廷，不是来看你，你要是不想见我，你可以出去。"夏唯至冷冷地说。

第十二章

爱上了你，让我怎么去爱别人

艾莉娜愣住了。她这是什么态度？！

"夏唯至，你对我是什么态度？你用这种口气跟我说话！"艾莉娜整个人都快跳起来了，幸好她的修养一向很好，不至于在夏唯至面前丢了身份。

"以前我尊重你，是因为我是宫少廷的妻子，而你是他的母亲，我丈夫的母亲我自然要尊重，可我现在跟他离婚了，我们也没关系了，凭什么你对我颐指气使，我还只有乖乖点头的份？"夏唯至反问了一句。

艾莉娜语塞："你的意思是，你以前对我的尊重都是装的，现在暴露真面目了？我果然没看错你！你这个女人恶毒虚荣，就是来坑害我儿子的！"

"我有这个意思吗？宫少廷那么聪明，你的理解能力怎么那么奇怪？话说回来，是你求着我离开，现在还对我这副脸色？不怕我杀回来，死活缠着宫少廷？"

夏唯至这话一说，让艾莉娜连反驳的话都说不下去了。

她还真怕夏唯至杀回来，死活缠着宫少廷。她已经知道夏唯至在老太爷面前把离婚协议书签了，好不容易走到这一步，她不能功亏一篑，可就让她这么闭嘴，艾莉娜还真不高兴："你已经和祁尊在一起，你就跟他好好过日子，何必再来找我儿子？"

"我为什么和祁尊一起，宫少廷不知道，你难道不知道？只有这样，他才能对我死心！你要觉得我水性杨花，扭头和别的男人一块儿，我倒是可以听你的，跟祁尊保持距离。不过，我要真保持了距离，你肯定又不乐意了。你怎么那么难伺候？"

艾莉娜的脸色都快发绿了。自从入了宫家，她时常要看大房苏云洁的脸色，但其他人绝对不敢给她脸色看，可现在，一个私生女，还曾经是她的儿媳，却不断给她脸色看。

"你一个私生女，在我面前，有什么好得意的！"艾莉娜嘲讽夏唯至。

"对啊，我是私生女，可我嫁给你儿子了，还是正妻，大房，跟你自然不能比。"夏唯至骂人没带脏话，却暗指艾莉娜也不是大房，不过是个第三者，气得艾莉娜想把她赶出门去。

夏唯至就这样肆无忌惮地站在房间里，看着病床上头上包着纱布的男子，他的脸和嘴唇都极其苍白，皱着眉头，很难受的样子。

她抬手抚平了他的眉毛。

宫少廷，被你这样宠过，我觉得很幸福。为我放弃一切的你，我会一辈子记得。爱上了你，让我怎么去爱别人？

只要你过得好，我怎么样都无所谓。反正我本来就一无所有，遇到你我才拥有了全世界，现在不过是再次一无所有了而已。

夏唯至俯身，也不管艾莉娜在场会怎么看待自己，在他苍白的唇上落下最后的一吻。

她闭上眼，泪水终究还是落了下来，落在他的脸上。

宫少廷眉心微动，他努力想睁开眼，可是怎么都睁不开。他感觉到有人在亲吻他，是她吗？他是在做梦吗？她不是跟祁尊走了吗？

他拼了命地想睁开眼，可是不但睁不开眼，连动一动手指都好困难。

夏唯至……不准离开，不准离开我！

病床前，夏唯至直起身看着那俊朗无双的男子，用力把眼泪收了回去。

转身，她大步走出病房。

艾莉娜看到夏唯至当着自己面亲吻儿子，觉得这个女人不要脸到了极致。都离婚了，还在自己面前做这种事！

"夏唯至，以后看见我儿子，离他远点！你永远别忘了，你私生女的身份根本配不上他。"艾莉娜走到门口叫住夏唯至。

夏唯至的脚步顿了片刻，回头，微微一笑，让人目眩神迷。

连艾莉娜都有些恍惚，竟突然觉得夏唯至实在是耀眼。

"我离开他，你不应该感激我吗？以后不要再随便拿自己的命威胁人，不是每个人都会拿你的命当回事。"夏唯至说完，就看到艾莉娜原本得意的脸色骤变，变得慌乱、暴怒、尴尬。

夏唯至走出医院，看到祁尊坐在车里等她。

祁尊的车因为车祸，车头全部撞烂了。

夏唯至上了车，抱歉地说："车子的修理费需要多少，我赔给你。"

"你有钱赔吗？"

"没钱，可以先欠着吗？"

"不用欠，也不用赔，你现在不是我女朋友吗？这车送给你也很正常。"祁尊说。

夏唯至沉默了一会儿说："我们只是演戏而已，你应该知道的，所以不会当真吧。"

祁尊说："我只在工作时间演戏，工作之外，我不爱演戏。"

夏唯至不想继续这个话题了，看到祁尊手上打着绷带，她问："手还好吗？"

"皮外伤，不碍事。"

夏唯至嗯了一声，说："很抱歉，连累你了。"

"我不怕连累。"祁尊冷淡地回应。

"……"

"你接下来有什么打算？"祁尊又问。

"没有打算，我只想等我母亲醒来。"当初是母亲带她去找父亲，父亲没看到，他们就出了车祸。

她想回到以前的小镇，和母亲平淡地生活，等着弟弟学成归来。

说到母亲，夏唯至是真的好奇到底是谁给母亲交了巨额医药费。

她侧头看向身边的男子。祁尊吗？

不可能吧。他们才认识多久，祁尊无缘无故垫付那么多医药费做什么？尹家不可能，宫家也不是，杭宝蓓没那么多钱，那还会有谁？

"我带你去我家吃饭吧。"祁尊突然建议说。

夏唯至愣了一下："不方便吧？"

"我们是男女朋友，我带你回家，哪里不方便？"

"祁尊，我说了，我们是演戏！我一个离异的女人，你真的能看上我？"夏唯至忍不住问。

祁尊看了她一眼，还真仔细想了想，自己看上了她哪里？刚毅坚韧的性格？聪慧过人的头脑？美丽的外表？妖娆的舞姿？对自己落魄的丈夫不离不弃？

这么一想，他竟然想到了很多优点。而且继续想下去，还能说，对自己母亲的性命不言弃？对自己的弟弟很疼爱？

祁尊微微皱眉，他竟然想到她如此多的优点。

"既然你离异了，就不要总拒人千里。"祁尊不回答问题，反而说。

"你是觉得追我有挑战，很好玩是吗？"不然夏唯至真不相信自己有如此魅力能让一个天王巨星对自己穷追不舍。

他一开始的确是这样想，但是后来不是了。

祁尊不答反问："你有没有想过，为什么我们两个会被安排相亲？"

这点她的确好奇过，可是想想，毕竟奶奶也是尹家的人，认识一些豪门贵族极其正常，奶奶给她安排的相亲对象自然不会是普通人。

"是我奶奶安排的，她不知道我嫁给了宫少廷。相亲那天我以为你不会来，毕竟就算没嫁人，我也只是尹家的私生女，一般的豪门公子都看不上我。"

"如果你担心这点，没必要，我的家人很开明。"祁尊说。

夏唯至无奈地说："我的重点是，我们俩不可能！靠边停车，我要下车。"

她没心情和祁尊讨论这些。

祁尊停下车，走到夏唯至这边给她开门。

夏唯至推开门就想下来，但祁尊刚好站在门边上，她下不去。

她说："借过。"

祁尊发现，这个女人在他面前就如刺猬一般，让他很难靠近。

他没受伤的手撑在车顶，身子微侧，腿微微弓起，把她禁锢在车子和他的胸膛之间，俯身，凑近。

因为她没法出去，车内又没什么空间让她挪动，他一俯身，她就感觉他整张脸都贴着她了。

她不喜欢他这样，于是伸手去推，却根本推不动。

"你利用我甩开了宫少廷，现在利用完了就想把我也甩开？有些不负责了。"祁尊低头看着她，呼吸就喷在她脸颊上，唇边还带着轻佻的笑。

夏唯至推不开他，干脆也不推了，抬头，漆黑的眸子盯着他。

"你别忘了，你是公众人物，很多人在看你呢。你这样壁咚我，很容易让人误会，到时候传出绯闻影响了你的形象可就不好了。"夏唯至好心提醒，想让他快些放开自己。

祁尊劳斯莱斯的车头撞成这样了还在开，本就吸引人，他一下来，立刻有不少路人认出他来，全都激动地看着。

祁尊扬起唇角，唇边的笑让人毛骨悚然，他在她耳边低语："我从不传绯闻，但我倒是想看看，传出绯闻，我的形象会怎样。"

夏唯至看在他因为自己受伤的分上，不想用蛮力去推他，但看到他的表情，她还是没忍住，狠狠地推开了他。

祁尊猝不及防，竟被她推了出去。

鉴于这么多粉丝在场，夏唯至不好让祁尊太难看，回头说："今天麻烦了，谢谢。"说完她就断然离开了。

她就这么走掉了？

而且有那么多人围观，她却一点面子都没给他留。

祁尊看着她决绝的背影，突然有些好笑，那是自嘲的笑。夏唯至离开宫少廷的时候，一步步沉重得像踩着钢刀；而从他身边走开的时候，脚步不要太轻快。

宫家私立医院。

薄太太之死，宫浩钱让长孙宫达亲自去调查了。

老太爷吩咐下来的事情，宫达自然不敢怠慢，太阳还没下山就来汇报调查结果了。

宫浩钱手里还拿着夏唯至签过的离婚协议书。每次看到协议书，他都会想到夏唯至竟然一分钱都不要，就为了送宫少廷回宫家。

知道了他和宫少廷的赌约，她也一样不后悔离开宫少廷。这个女子让他越来越摸不清。

宫达特地写了一份报告给老太爷："爷爷，这是薄太太的尸检报告。她身上有多处伤痕，可全都不致命，唯有头部连续受到重击，失血过多是导致死亡的重要原因。按照夏唯至的到达时间，薄太太已经失血一段时间了，也就是说，夏唯至到公墓之前，有人对薄太太动了手。

"所以夏唯至的到达时间，刚好是薄太太的死亡时间，媒体、警察也在这时候赶到。如果真是夏唯至杀人，警察不该来得如此及时，在薄太太死后一段时间到达才正常，毕竟公墓很偏。然而现场没有第三人的指纹，唯一可以确定的是，夏唯至的确不是凶手。"

宫浩钱仔细看了薄太太的尸检报告和夏唯至当天的行踪报告，的确如宫达所说，能确定夏唯至不是凶手。

有人杀了薄太太，嫁祸给夏唯至！

是谁能杀了薄太太又能嫁祸给夏唯至？这人心思缜密，手段极其狠辣，杀了人还能想到嫁祸，而且做得如此天衣无缝。

"薄太太生前见过哪些人？"宫浩钱以前对薄太太不关心，对她的死根本就不在乎，此刻他倒有兴趣查一查，谁在他的眼皮底下耍了这样的手段。

"无非是曾经交往的那些阔太太。对了，薄太太死之前还见过尹翎叶，似乎去她那借钱，尹翎叶把钱借给她了。"

宫浩钱原本就有意撮合尹翎叶和宫少廷，他对尹翎叶的印象非常好，加上尹翎叶常来走动，他和尹翎叶的关系也越来越好，尹翎叶现在可以自由出入宫家。

"翎叶那孩子到底心善，薄太太落魄了，她也愿意帮忙。"宫浩钱说到尹翎叶，言语中满满的都是喜欢，"她又是尹家大小姐，虽然工作的圈子我不太喜欢，但也没传出不好的流言，这丫头是好苗子。"

宫达点头，却又强调："但在薄太太死的当天，有人看见她见过尹翎叶。"

"你在怀疑什么？她和薄太太之间有什么矛盾？杀人需要动机，而她最没有动机！"

"嫁祸给夏唯至，她有这个动机。"宫达状似无意地回了句。

"有我撑腰，她不需要冒险嫁祸夏唯至，一不小心就可能把她自己搭进去，她不至于那么蠢！"

宫达见老太爷这么相信尹翎叶，自然不好再多说。

"既然夏唯至没杀人，警局里面她的案底都清除，还她清白。和薄家那边也沟通一下，说明杀人犯另有他人。媒体那边也去澄清一下，对公众也有所交代。至于凶手是谁，我们宫家会全力配合警方调查。"宫浩钱交代说。

宫达听了着实意外，老爷子怎么突然要给夏唯至洗清嫌疑？

这是宫浩钱答应过夏唯至的，既然夏唯至已经主动离开，他自然会把承诺的做到。

"老太爷、大少爷，二少爷他醒了！"宫家的老管家进来汇报，有些为难的样子，"不过二少爷他闹着要去找夏小姐！"

"这个不争气的东西！成天就想着女人！亲眼看见夏唯至和别的男人一起，还不死心！"宫浩钱完全是恨铁不成钢的口气。

宫达唇边划过冷笑。对他来说，宫少廷越胡闹越好。

高级病房里。

宫少廷人都没站稳就要出去。

"廷少，不要为难我们了……求您回去养伤！"守卫无奈地拦在门口。

"滚开！"宫少廷怒吼。

卓尔匆匆赶来，看到自己少爷脸色苍白，摇摇欲坠，就是要出去。

他出去当然是去找夏唯至。

"廷少……夫人吩咐了，不能让您出去！"守卫小心地说。

宫少廷直接拔出一个人腰间的枪，指着他们："谁敢拦我，我崩了他！"

"廷少，就算您杀了我们，我们也不能让您出去！"他们都知道少爷需要好好养伤，现在出去不是折腾自己吗？

"刚醒来你要崩了谁？"苍老却浑厚的声音让守卫都退到一边，然后同时躬身。

宫少廷看到自己爷爷来了，扔了枪，哼了一声。

"都出去吧。"老太爷吩咐道。

所有人都退了出去。

307

"你也出去。"老太爷让身边的宫达也出去。

宫达对宫少廷说："二弟，好好养身子，别再让爷爷操心！"

宫少廷看都不看他一眼。宫达也不介意，转身离开。走到门口，宫达的脸色依旧没变，他回头看了一眼病房。他知道爷爷偏心宫少廷，甚至有心把宫家交给对方，所以现在他更要忍，只能以不变应万变。

老太爷一进来就直奔主题："三个月的赌约你输了，夏唯至弃你而去，还和别人走在一起。你亲眼所见，亲耳所听，现在出门想做什么？找那个女人？"

"一定是有人威胁她！"宫少廷大吼。

"她一无所有，你觉得我们宫家还能拿什么威胁她？不要自欺欺人了！离婚协议书她已经签了。"宫浩钱把协议书丢给他，"你自己看。"

宫少廷看着上面的签名怒火中烧，再想起夏唯至婚后相亲，又当着他的面和祁尊搂在一起，现在还把离婚协议书签了，他苍白的脸上满是怒火。

宫浩钱又说："那个女人没有坚持三个月，受不了苦抛弃你是事实，少廷，你就承认吧。"

他的确不愿意承认。他那么相信夏唯至一定会坚持，那么坚信他一定会赢了跟爷爷的赌约，可那个女人真的弃他而去。

"天王巨星祁尊出道以来就没传过什么绯闻，近日却有不少媒体和粉丝拍到大明星祁尊和一神秘女子公然在街头拥吻，场面火爆，目击者众多！一直单身不沾染任何绯闻的尊少身边出现绯闻女友，不少粉丝都表示心碎，但粉丝们表示，如果祁尊真心喜欢，她们也会祝福尊少！"

艾莉娜知道儿子醒了，立马过来，但是祁尊和夏唯至的绯闻已经炒得满天飞。

一进来，艾莉娜就打开了房间里的电视。

宫少廷手里拿着离婚协议，回头就看到大屏幕上夏唯至被祁尊壁咚在车门旁，虽然没有夏唯至的正脸，可穿的衣服就是那天她来修车厂时穿的新衣服，车子也是祁尊和他发生车祸时的车子。

宫少廷盯着屏幕，手捏着协议书，眸子里迸射出熊熊的怒火。

"少廷，夏唯至回头就找了祁尊，也不知道祁尊怎么就看上她了。这个女人就是有手段，只不过用虚假的外表迷惑了你们，她根本不是你看到的那样！"艾莉娜这时候要做的就是火上浇油。

老太爷宫浩钱看了艾莉娜一眼。他们的目的是一样的，希望宫少廷远离那个女人，留在宫家。

屏幕上的新闻还在继续，主持人也很激动地说："祁尊身边的神秘女子到底是谁，目前为止没有任何消息，连名字都还不清楚，看来尊少对他的女友还是非常保护的！祁尊的女友估计能继续占据新闻头条好几个月，毕竟作为天王巨星，他的私生活

308

还是有非常多的人感兴趣，本台记者也会继续关注这一神秘女子！"

屏幕上不停播放着祁尊俯身"亲吻"夏唯至的画面，而夏唯至的双手放在他身上，一副欲拒还迎的姿态。

宫少廷提起椅子直接砸向屏幕，屏幕碎裂，所有的声音戛然而止。

宫少廷转身，还是大步走出门去。

"少廷，你去哪里？少廷，你难道还要去找那个抛弃你的女人？"艾莉娜追出去，担心地大喊。

门口的守卫想上前阻拦，可宫少廷手里拿着枪，整个人像被点燃了一般，周身似乎能看到愤怒的火焰在燃烧。

此刻的宫少廷像极了铩羽而归的战神，急切地想把自己失落的翅膀安上去，遇神杀神，遇佛杀佛，谁还敢靠近？

"让他去，没有一个男人可以忍受如此的背叛，何况他还是宫家二少爷，宫少廷。"老太爷看到宫少廷身上无法平息的怒火，唇角微扬。

夏唯至母亲的病情好转得非常明显，现在夏唯至陪住在病房里，只想等着母亲醒来。医生说了，母亲在这个月醒来的可能性很大。

虽然离开宫少廷很痛，但是想到这些年自己的坚持让母亲有醒来的一天，她觉得很值。

最近她一边找工作，一边看护母亲。找工作的时候没怎么碰壁，她已经面试了一家公司，正在等通知。没了宫家老太爷的阻碍，果然过得顺畅了很多。

"有什么心仪的工作？"

夏唯至正坐在医院的花园里浏览网页找工作，头顶突然出现一道声音。

夏唯至抬头看了他一眼，然后低头继续看网页："没什么，随便找，能养活自己就行了。"

祁尊出现的时候还是跟往常一样，戴着墨镜帽子口罩。

"不如我介绍一份工作给你。"祁尊在她身边坐下，说。

"我不做你的助理。"夏唯至随口拒绝。

"不是助理。最近我有一部电影，里面有个女二号，她舞技惊人，却因为毁容从不被人所知，总是默默地充当女主角的伴舞，每次出场都戴着面纱。后来同行出于嫉妒，在舞台上揭开了她的面纱，她丑陋的脸暴露了，人们因为她的面貌而厌恶她，让她滚下舞台。不过，即使再也不能走上舞台，她也没有放弃跳舞，而是成了一个戴着面具的舞蹈老师。"

祁尊说："试试吧，试镜通过了，片酬五十万。"

夏唯至愣了一下。她本来以为祁尊在说笑，可看他那么严肃，才知道他不是在开玩笑。

她以前羡慕过尹翎叶，也确实想过做一个演员，站在镜头前，可是尹家不同意，尹翎叶更是不同意。后来她也去影视公司工作过一段时间，可惜很快就丢了工作。

祁尊见她有些心动，说："这个圈子虽然复杂了一点，不过你要是进来，我给你做靠山。超过尹翎叶只是时间问题。"

夏唯至笑了一下："我干吗跟她比？我考虑一下。"

说完，她起身，准备回病房看看母亲。

祁尊突然用力拉住她，夏唯至猝不及防，一下子被他拉到怀里。

夏唯至皱眉，她不喜欢他如此轻浮的模样，特别是对她。

"放开！"夏唯至低声警告。

祁尊毕竟是名人，她再大声点，花园里那么多人就该都看过来了。

最近她和祁尊的绯闻被炒得热火朝天，她不是不知道，不过她的名字和正脸都没公开，所以没有对她的生活造成影响。

祁尊没放开她，而是拿下口罩凑近她："你和宫少廷分开，无非就是你的身份地位不如人。外面的传言一直都是尹翎叶才是宫少廷正妻，我想，不久这个传言就会坐实。她的身份、地位、名气远远超过你，你难道从来没想过压下她的光环，让宫家对你刮目相看？"

夏唯至的睫毛微微颤抖。她怎么可能没想过，可她又能怎样！

她的出身是注定了的，她是私生女，她改变不了这个事实，唯一可以改变的，就是让自己变得坚不可摧。

如果哪一天她站在了万众瞩目的顶峰，她不是为了超过尹翎叶，而是想让心里的男人看见，她在做什么，她生活得如何。

祁尊见夏唯至愣神，清楚她在想他的话。

她微微愣神的模样的确很让人着迷，特别是那红艳的唇，像带着露水的玫瑰花瓣，香气馥郁。

他禁不住诱惑，凑了过去，想要一亲芳泽。

夏唯至猛然反应过来，本能地想推开他。

祁尊握住她的手腕，在她耳边低声说："他来了！"

夏唯至怔了一下。就那么一愣神，祁尊的唇贴了上来，和她的柔软紧紧相贴。

那一瞬间，夏唯至知道，她的世界已经彻底崩塌。

手不自觉地捏成了拳，夏唯至闭上眼，深吸口气。她根本受不了在宫少廷面前和祁尊再次演戏。

夏唯至还没起身，一只手已经用力地握住她的肩膀，把她狠狠地扯了过去。

310

那一刻，她真的没有勇气去看他的表情。

在电视上看到她和祁尊的新闻他还不死心，此刻，宫少廷是现场观摩了他们的吻，如果他还不相信他们的事，他就真是个傻子了。绿帽子被戴到头上了，他竟然都没死心！

为了这个女人，他差点被车祸夺走性命，可他醒来第一件事还是找她。

"我母亲说得对，你真是表面一套，背后一套！没看清你，是我宫少廷无能！夏唯至，你虚伪虚荣，满嘴谎言，刚离婚就跟别的男人打得火热，我以前竟然没发现你那么不要脸！"宫少廷无情地嘲笑她，每一句话都像刀子一样，扎进她心里。

夏唯至深吸口气，笑着说："来找我就是为了说这些话吗？听见了。"

"你以为我会一直穷下去吗？让你失望了，我和我爷爷有个赌约：三个月内你若是离开，我就要回宫家。现在你离开了，我又成了宫家少爷。就算你后悔，回来求我，我都懒得看你。"宫少廷说这些就是为了让她后悔。

"不是懒得来看我吗，怎么现在又来看我了？"夏唯至平静地说。

她的平静让宫少廷非常恼怒。

祁尊走过来，抱住夏唯至的肩膀："恐怕让你失望了，唯至现在是我女友，我不会像你一样，让她跟着吃苦。宫少廷，以后不要来打扰我女朋友！"

"对，你的女朋友，我的前妻！你最好保证你一辈子都那么有钱，不然，她抛弃你就像抛弃垃圾一样。我等着这么一天！"宫少廷冷冷地嘲笑，转身大步走开了。

看到宫少廷离开，夏唯至拿开祁尊放在自己肩膀上的手臂，她的脸上没有什么波动，平静得让人害怕。

"你是看到宫少廷来了故意亲我的吧，下次别这样了。"夏唯至淡淡地说。

她想生气，可她连生气的力气都没有，而且生气也没有意义，宫少廷原本就以为她和祁尊是男女朋友。

"唯至！"祁尊去拉她的手。

夏唯至依旧是出于本能把他甩开："别跟着我了。我们俩的绯闻够热闹了，我的目的也达到了，你就不要炒绯闻了。"

"我没炒。都是媒体和粉丝在主观臆测，他们总是凭自己的想象来猜测我的生活，我不能控制他们的意识。"

简而言之就是不关他的事。

夏唯至懒得跟他争辩，她现在只想回房间去冷静一下，宫少廷的态度让她的心像被刀子戳着一样。

什么叫连呼吸都痛，大概就是此刻这般。

回到母亲房间，她站在窗口还能看见医院门口。

门口停了十几辆车，似乎都是来找宫少廷的。

几十个守卫站在车旁等着宫少廷上车。

他回过头，看向病房大楼。

夏唯至站在窗口，猝不及防和他的视线对上了。

他们离得太远，看不清对方的神色。

她只看到他冷漠地转身，似乎不带任何表情。

车队浩浩荡荡地离开了，越来越远，宫少廷也越来越远。

他变成了她不可企及的神话，而她在他眼里已经低入尘埃，他们终究成了最熟悉的陌生人。

这样也好。

她不是他的累赘了，他也不会让她支撑得喘不过气。

她经历过懵懂无知的初恋，也疯狂地追求过所爱，她从来都相信爱情又敢于追求，一次一次跌倒了都没有放弃，爱他，真的用尽了她的力气，最后她却选择放弃。

她以前死活要追求薄源佑，不管薄源佑做什么，她都当看不见。那时候她的眼里只有他的好，所以哪怕他和任一茹在一起，她都觉得没关系。只要没结婚，怎么都没关系，她愿意等他，她心里想的都是怎么占有他，可现在，她心里想的却是怎样让宫少廷对她死心。原来，爱一个人，是真的可以无私地成全对方。

夏唯至回头看向自己的母亲。她一直很奇怪，印象里母亲不爱说什么，跟任何人都不交流，别人都说母亲高傲得像天鹅。就是这样高傲的天鹅，竟做了父亲的第三者。

她不怪母亲，也许爱一个人就会变得这样疯狂，可她绝对不认同母亲的做法，再怎么爱一个人，都不该插足别人的感情，特别是别人的家庭。

"妈妈，你快醒来吧，女儿这些年撑得好累好累……"在母亲的病床前，她喃喃地道。

转眼宫少廷和夏唯至分开已经一个多月了。

曾经破旧的厂房现在已经焕然一新。

宫少廷站在自己和那个女人住过的地方。

明明这里不久前还是他的住所，此刻他看着却那么刺眼。

他的太太，现在成了别人的女友。

短短一个多月，他们就从夫妻变成了陌路。

厂房里的一切还是跟以前一样，只是没了她。

房间里面只有一张桌子和一张床。

桌子上的东西还是他离开时摆放的样子。

耳边又响起了她的声音："宫少廷，这是桌子！啊！桌子不行，要吃饭啊！"

她的影子和声音挥之不去。

他努力想要忘记她，可怎么忘？他第一次喜欢一个女人，第一次娶了她回家，第一次把这个女人宠上天，可她终究还是背叛了他。

就如他的叔叔宫传彬，为了心爱的女人放弃一切，却眼睁睁地看着那个女人改嫁他人。

他是不该相信这些，傻乎乎地追求所谓的至爱。

厂房里面突然传来一声脆响。

"谁？"宫少廷冰冷的声音在空旷的厂房里带起令人心惊的回音。

一台破旧的针织机后面，一个女人蹲在那里，捂着嘴巴，连喘息声都不敢发出。

"出来！"宫少廷冷漠地呵斥了一声，一步步走过去。还没走到针织机旁边，门口又传来一道声音："少廷！"

宫少廷回头，看到尹翎叶站在门口。

"我就知道你在这里。今天有个慈善晚宴等着你参加，爷爷让我找找你。"尹翎叶走进来，说。

宫少廷淡淡地看了她一眼，走到机器后面，却什么都没有看到。

"你在找什么吗？"尹翎叶走过来看了一眼，问。

"走吧。"宫少廷转身，大步往门口走。

尹翎叶狐疑地回头，看到厂房的窗口似乎有什么人跳了出去，对方身影娇小，显然是个女的。还有哪个女的会来这里？

当然是……

"少廷，爷爷让我今晚做你的女伴，不过宫阿姨好像希望洛米做你的女伴。我都可以，晚上的慈善宴很多我们圈子里的人参加，我刚好也要去。"尹翎叶抱住宫少廷的手臂，说。

宫少廷拿开她的手："随便。"

宫少廷加快脚步走了出去。他不想在这里久留。

尹翎叶的手被拿开，眼神黯淡了一下，又立马跑出去，追着宫少廷而去。

"少廷，你等等我！"尹翎叶喊。

两道身影都离开了。

窗台上跳下一个女人，她只是淡淡地看着两个人离去的方向，表情平静，没有波澜。

她也不知道原来那么巧，她和他竟然几乎同一时间到了这里。

她看到他进来，情急之下躲了起来。

夏唯至走出厂房，坐在门口的台阶上。

头顶突然出现一片阴影，夏唯至心里咯噔了一下。

抬头看到面前的女人，她微微皱眉。

"果然是你！我就猜到那道身影是你。除了你，也没人会来这个破旧的地方。这种地方当初怎么住人啊！"尹翎叶竟然折了回来。

"不是跟宫少廷一块儿走了吗？怎么，他把你甩了？"夏唯至凉凉一笑。

尹翎叶脸色微变。宫少廷上了车就离开了，她车技再好都追不上他，而他一点都没有等她的意思。

"我们两辆车，我让少廷先走了，反正慈善晚宴还没开始。知道是什么慈善晚宴吗？我母亲举办的，邀请了大半个娱乐圈，还有国内政要。宫家也被邀请了，而且爷爷特地让少廷代他参加。我将光明正大地站在少廷身边，让所有人见证，曾经的传言，很快就会成真——"尹翎叶笑着俯身看着她，"我真的成了宫家二少奶奶！不过，我也只是拿回属于我的东西。本来当初爷爷就是让我嫁进宫家，前些日子便宜了你，你也该知足了！"

夏唯至见到她的嘴脸，笑了一下："越缺什么，越炫耀什么，你可真是把这句话表现得淋漓尽致。尹翎叶，是我离开了宫少廷，你才有机会和他在一块儿。你应该感激我，不是吗？"

尹翎叶不屑地哼了一声："就算你不离开，我迟早也能抢了你的老公！夏唯至，你看看你，身份、地位、事业哪一样比得过我！宫家怎么可能接受你？

"出身不好就算了，不能改变，可你连自己的事业都没有！一个女人没有事业，就好像没有翅膀的小鸟一样，终究会被抛弃。"

"对啊，你什么都比我好，可宫少廷还是先娶了我，为了我抛弃了一切。我跟你吵这些干吗呢？真无聊。"夏唯至起身，拍了拍身上的灰尘，准备走开。

尹翎叶发现她说什么都能被夏唯至一句话怼回去。

"夏唯至！"尹翎叶转身对着夏唯至，"你永远都是私生女，这是你改变不了的命运！你就是低入尘埃的蝼蚁，永远只能被人踩在脚下！低贱，就是你跟你母亲的代名词！"

夏唯至深吸口气。这是想逼她打人？能动手真是不想吵吵。

夏唯至回头，一掌挥出去，落在尹翎叶的脸上。

"我似乎警告过你，骂我也就算了，骂我母亲，我是会把你打得满地找牙！"夏唯至冷笑着警告。

尹翎叶捂着脸颊，脸上突然划过阴森的笑，抓住夏唯至就喊："是你离开少廷，又不是我抢了他，你怎么能怪我？况且我都跟你说了，我跟少廷没在一起！"

这女人发什么疯，脑子抽成狗了吧！

夏唯至不耐烦地甩开她。这次甩得确实重，尹翎叶整个人趔趄地往后倒去，手肘摔在台阶上，摔破了皮，都流血了。

尹翎叶眼底含着泪水，还一副努力忍着的样子，真是我见犹怜。

夏唯至皱眉。没把她摔坏吧？夏唯至走过去，想扶起她。

还没碰到尹翎叶，一道身影猛然闪了出来，握住夏唯至的手腕，一把就把她推了出去。

他那么重的力道，换成一般女人早就摔倒了，所幸夏唯至身手还不错，后退了几步，一个跳跃，自己站稳了。

相比尹翎叶的楚楚可怜，她这种利落的身手实在太招人恨了。

抬头看到出现的男人，夏唯至是意外的。

宫少廷怎么折回来了？

宫少廷是想起厂房里出现的声音，总觉得当时有人。可是谁会来厂房？他心里想着可能是夏唯至。

夏唯至回厂房一定是念着他们的感情！

没想到，他却看到她在这儿欺负尹翎叶。

"少廷，是我自己不小心摔了……"尹翎叶立马说。

宫少廷冷冷地盯着夏唯至，眼神分明是在质问。

夏唯至心底升起一股凉意，抬头，却看着他笑："她说是她不小心摔的，你得相信她。"

尹翎叶这种伎俩她已经熟透了，以前在尹家就经常这样玩她，总能找个理由让丁娅嬷把她教训一顿，似乎每天不欺负她一下，她二姐都吃不下饭。

"翎叶说得对，是你自己要离开我，不是她抢走了我。我们在这之前的确没在一起，不过我现在宣布，我宫少廷的女朋友是尹翎叶！"宫少廷盯着夏唯至，满眼都是厌恶。

尹翎叶愕然地抬头看向身边扶着她的男子："少廷……"

"要不要做我女朋友？"宫少廷低头，冷声问。

"我……我当然想！"

"那你现在就是了！"宫少廷圈住尹翎叶的腰，对着夏唯至道，"以后我要保护的女人是她！你要再敢欺负她，我不会饶了你！"

要说比演技，夏唯至是真心不如尹翎叶，毕竟人家是靠演戏吃饭的。

现在，她真觉得自己应该好好考虑祁尊的意见，去娱乐圈混一混，提升一下

315

演技。

他想看到她后悔愧疚的表情，可夏唯至却笑了起来。

"好嘞，我知道了。"夏唯至说完，转身，发现她连泪水都没有。可能已经哭干了吧。

她竟然还能笑！宫少廷掐着尹翎叶的腰，狠狠地收紧，尹翎叶吃痛他都没发现。

所以，哪怕他抱着别的女人，她都没有感觉吗？

是啊，她根本就不喜欢他，他抱着别人，她怎么会有感觉呢？

在夏唯至面前，他宫少廷简直一败涂地。

只要想到她在大庭广众之下坐在祁尊腿上和他接吻，他就怒火中烧。看到她跟别的男人在一起，他既生气又嫉妒，可是他现在抱着个女人，她一点反应都没有。他竟然自作多情了那么久，真是够了！

宫少廷一点都不想看见夏唯至，直接搂过尹翎叶，大步走开。

"少廷，你走慢点，我手臂疼。"尹翎叶发现他走得太快，虚弱地说。

宫少廷这才想起她手臂上都是血，还是夏唯至推的，俯身就把她抱了起来，那时候他们已经走到夏唯至身边了。

夏唯至就站在他们旁边，看着宫少廷抱起尹翎叶，走出厂房的破铁门，上了车。

夏唯至顿住脚步，每走一步都觉得脚底像踩着刀子，难受得没法走路。

宫少廷回头看了她一眼，夏唯至又直起身，淡淡地回看他。

铁门是虚掩着的，可以容两个人并肩走过。

他站在门口，她站在里面，透过缝隙对视，他看着她说："我以前真是瞎了眼。"

夏唯至忍不住回了一句："你以后会越来越瞎。"

宫少廷冷冷一哼，根本不想跟她多说话。

抽身后，他才发现，夏唯至不是他想的那样，她可能有很多很多缺点。以前的一切是真是假，他都看不清了。

夏唯至站在门口，她还能坦然地目送他们离开。

车里面的尹翎叶依旧是楚楚可怜的样子。

演戏嘛，没了镜头照样演，这样才显得演技高明。

车子在她面前像离箭的弦一般飞了出去，开得很快，留下一路尘土。

宫少廷直接在医院门口停下车："你自己下去处理伤口。"

"少廷，你不陪我进去吗？"尹翎叶扶着手臂，有些痛苦的样子。

宫少廷侧头，冷冷地看着她："夏唯至不在，你不需要再演戏。栽赃嫁祸这种伎俩，我很不喜欢，以后不要在我面前用。"

尹翎叶心里狠狠地咯噔了一下，脸上有尴尬闪过："我演什么戏……什么栽赃嫁祸……"

"夏唯至推你，我的确看见了，但是她推你的理由绝不是所谓的你抢了我。一定是你说了什么，她才会这么做。这种伎俩不要在我面前玩。下去吧。"

尹翎叶有些委屈："少廷，我没说什么，其实我是让她回到你身边，不要再跟祁尊一起了，我知道你这些日子很痛苦……"

"这是我的事！你把手臂处理一下，晚上还有慈善晚宴，不要耽误正事。"宫少廷显得有些不耐烦。

宫少廷看了一眼医院。就是在这家医院，他亲眼看见夏唯至坐在祁尊的腿上和他接吻，他很不喜欢来这里。

尹翎叶下车前又问："少廷，你刚才说我成了你女朋友，这话是气夏唯至的吧？因为她和祁尊在一起了，你不甘心，对吗？"

"让你做我女朋友的事，既然爷爷和母亲都喜欢你，希望你做我女友，我可以如他们所愿，你只要扮演好女友的角色，我会配合你。处理好手臂直接去晚宴会场，我在门口等你。"宫少廷说完就离开了，留下尹翎叶一个人孤零零地站在医院门口，手臂还流着血，疼得难受。

如果这时候受伤的是夏唯至，宫少廷肯定恨不得推掉所有的事情陪着她。

夏唯至还站在旧厂房的门口，她似乎还能看到宫少廷车子离开时扬起的尘土在半空中飘浮。

尘土带着腐朽的味道。

夏唯至觉得这味道难闻得很，特别想吐。

越是这么想，竟越是想吐，她俯身，呕了半天，却什么都没吐出来。

怎么突然反胃？不至于那么不争气，被宫少廷气到想吐吧？

谁知吃晚饭的时候，夏唯至还在不停地跑洗手间。

回到餐桌上，她整个人都有气无力的。

杭宝蓓一边吃着鸭腿，一边看着夏唯至跑洗手间。

过了一会儿，夏唯至终于回来了。谁知她刚坐下喝了一口水，又立马拿过垃圾桶，俯身吐了出来。

杭宝蓓咬了一口鸭腿说："有宫少廷这样的男人，你居然抛弃他，现在遭报应了！"

夏唯至看了她一眼："要遭报应也不该是我。"

"不是你还能是谁？要不是我们俩是好闺密，我都觉得你过分了！不告诉我你跟宫少廷的事就罢了，他为了你放弃一切，你回头却和祁尊好上了！电视上的绯闻我都看见了，被壁咚在车门上的女人是你吧？"杭宝蓓非常嫌弃地说。

夏唯至擦了嘴，说："我也不知道会上电视，好在没人知道是我。"

"你怎么没遭雷劈呢，真和祁尊好上了！你回头看看电视，今晚有个慈善晚宴，很多达官贵人都会去，大半个娱乐圈都在，听说宫家的少爷也会出席。"杭宝蓓一边吃，一边指着墙上的电视屏幕。

屏幕上，主持人激动地说："现在有请宫家二少爷和人气明星尹翎叶小姐入场！"

一说完，镜头就对准了他们。

宫少廷今天穿着白色西装，挺拔俊朗，气势逼人。尹翎叶是一身银白色露肩短裙，身材姣好，曼妙多姿。两人站在一起真的是郎才女貌。

观众席上已经是一片欢呼声。

尹翎叶和宫家二少之间的关系都传了好几个月，现在两个当事人总算出来证实了传言。

尹翎叶年轻貌美事业红火，她本身就是尹家大小姐，现在又和宫家二少爷一起，这才叫人生赢家。

夏唯至拿过遥控器直接关了电视。

"你干吗呀？我还没看够呢，很多明星啊！"杭宝蓓不爽地喊。

"你什么时候开始追星了？"

"你管我呢！你是不是后悔了啊？宫少廷现在真和尹翎叶走在一块儿了，你难受死了吧！"

"你别怼我了，我没力气说话。这些菜怎么这么油？"夏唯至看着菜都反感。

"都是你爱吃的！猪大肠，爆炒龙虾……你是跟着廷少山珍海味吃多了，这些你都看不上了。"

夏唯至没有说话，杭宝蓓又打开电视。

屏幕上，主持人还在说话："今天晚宴的主题是关注聋哑儿童，此次拍卖所得我们将全部捐献给聋哑慈善机构。今天拍卖的物件有，尹翎叶小姐提供的一整套罗米尔钻石系列……"

夏唯至是真心不想听到尹翎叶的新闻，对于那个女人，她是想起来就反胃。

"呕！"夏唯至俯身，却什么都没吐出来。

"你不至于吧，讨厌尹翎叶已经到了听到名字都想吐的地步了？"杭宝蓓发现夏唯至吐了一晚上了，什么菜都没吃。

这些菜可都是她喜欢的。

318

夏唯至总感觉不对劲，爱吃的菜她一口没碰，白天开始就吐个不停，心里莫名有点发慌。

　　该不会是……

　　不可能吧，她和宫少廷都做了措施的。不对不对，在厂房的时候，他俩仗着安全期，没做措施，宫少廷还说想要个宝宝。

　　夏唯至掩面，越发觉得心里发闷。要是真怀了，可怎么办好？

　　屏幕上还在播放慈善晚宴，把宫少廷和尹翎叶这对金童玉女从头夸到脚，夏唯至耳边却在嗡嗡响。

　　她快疯了，她的例假已经推迟了半个月，以往一直月经不调，她真的没想太多。

　　"附近有药店吗？"夏唯至问杭宝蓓。

　　"有啊。你真的很不舒服吗？我带你去医院看看吧。"杭宝蓓虽然怼夏唯至，可还是担心她的。

　　"不用了，我自己去买药。我先回去了。"夏唯至起身，有些慌乱，脸色更是异常苍白。

　　杭宝蓓发现了她的异样，有些担心："唯唯，我陪你去吧。"

　　"不用不用，我自己去就好！不用了！"夏唯至拒绝了，匆忙跑了出去。

　　"你不知道药店呀，我带你去。"杭宝蓓执意跟了出去，拉了夏唯至就走。

　　夏唯至硬生生被她拉进药店。

　　杭宝蓓对药店店员说："我朋友晚上一直吐，油腻的东西吃不下，可能吃坏肚子了，你们这有什么药推荐？"

　　店员看着夏唯至问："你今天吃什么东西了吗？肚子不舒服是痛吗？想上厕所吗？"

　　她什么都没吃，光喝水都吐了不知道几遍，闻到腥味尤其想吐。

　　杭宝蓓和店员都看着夏唯至。

　　夏唯至深吸口气说："给我一根验孕棒。"

　　杭宝蓓睁大眼睛，眼珠子都快蹦出来了。店员愣了半天，但相对比较淡定，可能是看习惯了女性进来买验孕棒。

　　杭宝蓓眼珠子还瞪着："干吗用？"

　　"你说呢？"夏唯至咬牙切齿地回道。

　　她本来想戴个口罩什么的，然后悄悄进来。现在倒好，店里的人都在看她，全知道她要买什么了。虽然这是个开放的年代开放的社会，但脸皮她还是要的啊！

　　走出药店，夏唯至还在研究手里的验孕棒，而杭宝蓓在研究她。

"唯唯，你跟祁尊也就一个多月，是不是有点快啊？"杭宝蓓尴尬地呵呵一笑，问道。

夏唯至看了她一眼，继续看手里的东西。

杭宝蓓虽然尴尬，可又忍不住继续说："其实我觉得，祁尊也挺好的。你既然怀了，就让他早点把你娶了。结婚生小孩，你跟他也能幸福。不过，你二婚得有点猝不及防啊！我一婚都还没有，你这忒快了！"

夏唯至又看了她一眼："你能不能别提祁尊了？我还没测呢！"

"你都来买验孕棒了，说明你心里有数。人越怕什么就越来什么。你都怀了祁尊的孩子，你跟廷少是再不可能了，感觉好可惜。我以前觉得你们俩可配了，结果白白便宜了尹翎叶！"杭宝蓓郁闷地说。

夏唯至走进厕所好一会儿了，站在门口的杭宝蓓急了。见她走出来，杭宝蓓立马迎上去，看了一眼验孕棒："哇！唯唯，你当妈了呢，好棒！"

"……"哪里棒了，她都想死了。

怎么会这个时候怀上啊？

不，不，并不确定，还是要去医院检查一下。

深吸口气，夏唯至努力让自己冷静下来。

"唯唯，快告诉祁尊啊，告诉他他这么快就当爸爸了，让他赶紧把婚礼准备起来！好牛啊，你都二婚了！"

"……孩子是宫少廷的。"夏唯至说。

"……"

"……"

杭宝蓓感觉今晚自己不是被雷劈了一下下，是接二连三五雷轰顶。

夏唯至都不知道自己是怎么回到医院的，整个人浑浑噩噩，还没走进住院大楼，就看到一道熟悉的身影。

祁尊在和她母亲的主治医生盛林说话，盛林从祁尊手里接过银行卡。

夏唯至本想走上前，看到盛主任接了银行卡，就没走上前，而是走到了门口的罗马圆柱后面。

"尊少，钱已经足够了，您每个月给唯至妈妈的医药费都有剩余，不用再给我了！"盛林主任说。

"收着吧，多尽心，用最好的药。已经过了一个月，夏阿姨还没醒，也不知最后能不能醒来，辛苦你多费心，钱方面不用担心！"

"尊少哪里的话！唯至妈妈的医药费你给了那么多，我怎么都不用担心医药

320

费不够，不用像之前，总是提心吊胆怕尹家不支付医药费，怕唯至妈妈被赶出医院。"

夏唯至怎么都没想到，之前把母亲的医药费都交了的那个人居然是祁尊。

盛林走了，祁尊正准备离开，夏唯至从罗马柱后面走出来，拦住了他的去路。

"唯至，你什么时候回来的？"祁尊问。

夏唯至不知道该怎么感谢他，更加不知道该怎么开口。

"我没钱，可能近期还不上你的医药费，但是以后我会赚钱，全部还你。"夏唯至说。

祁尊愣了片刻，回头看了一眼走开的盛林医生。

原来她躲在那儿都听见了。

"好。"祁尊说。

"能问一句为什么吗？"

"你是我女朋友。"

"可是你很早就开始帮忙交医药费了。我和宫少廷被赶出宫家的时候，母亲被老太爷赶出尹家的明志医院，那时候有个神秘人帮我交了医药费，我一开始以为是宫少廷，后来才知道不是他，现在才确定是你！"

"嗯。这是小事，夏阿姨能醒就好，这些钱花得很值。你心里不要有负担，就当是我追你付出的成本。你看，你现在是我女朋友，不等于连本带利都回来了吗？"

"我们不是真正的男女朋友，不过是演戏而已。我欠了你好大的人情！"

"第一句话我不认同，也不爱听。你不能利用完我就把我踹开。你觉得欠我人情，我只觉得你欠我钱，以后要还的。"

夏唯至愣了一下说："好。"

"明天的电影试镜，考虑清楚就去，我会跟导演打好招呼。"祁尊说完直接从她身边走开。他知道，夏唯至并不怎么待见他。

"祁尊！"夏唯至转身叫住他。

祁尊侧头看着她，目光冷淡。

"谢谢！"夏唯至沉默了一会儿说。

"嗯。"祁尊应了一声，慢慢离开。

她看着他越走越远，却见他停了脚步又折回来。

"看你脸色很差。"祁尊突然说。

夏唯至愣了片刻，失笑："嗯，一天没吃什么东西。"

"带你去吃点？"

"不用，谢谢。"

"你一定要跟我这么客气？"

"应该的。"夏唯至说。

祁尊失笑。

以他如今的地位，什么样的女人都千方百计往他身上贴，可是她不一样，真的不一样。

善良，坚强，刚毅，美丽，聪慧，专一……每次说到她，他都觉得有非常多的优点，甚至所有的优点都可以放到她身上。

也许真的是情人眼里出西施。

他承认，他对她有一种前所未有的感觉，这应该就是喜欢。

祁尊上前一步，突然抬手。

夏唯至本能地退后。

他的手僵硬了片刻，又伸过去，把她头发上的树叶拿开。

他说："树叶。"

夏唯至看了一眼他手里的叶子说："谢谢。"

"一定要这么客气？"

"应该的。"

"行吧。唯至，你身上还差一样就很完美了。"

"差什么？"

"事业！明天的试镜是很多人求之不得的机会，你要把握住，失去了就没有了。"祁尊说。

"我知道。"

"盛主任！盛主任！醒了！醒了！"住院部里面突然传来尖叫声，是VIP贵宾楼的护士长，她急匆匆又激动地跑来，跑得上气不接下气了还在喊。

盛林正准备进电梯，没想到电梯里跑出了兴奋异常的护士长。

"什么醒了？"盛林问。

"夏可卿！夏可卿！夏小姐，是你母亲！她醒了！醒了！"护士长看到门外的夏唯至，更是激动。

这位护士长当年一直照顾母亲，后来母亲转院，她也被调了过来。

夏唯至不敢置信，还以为自己听错了。

"她说我母亲醒了吗？"夏唯至回头问祁尊。

"对，你没有听错，快进去看看吧。"祁尊也很开心。

夏唯至转身，疯了一样地跑过去，一路跌跌撞撞，站都站不稳了。

祁尊看到夏唯至失措的模样，唇角扬起，眼底是宠溺的笑，他拿出手机给自己父亲祁一鸿打电话："父亲，醒了！"

夏唯至跑回病房，看到靠坐在床头的母亲时，泪水一下子汹涌而出。

一个多月之前医生就说母亲可能醒来，等了一个多月，等到的消息也只是母亲病情稳定，连医生也不确定母亲还会不会醒。

今晚母亲终于醒了，夏唯至突然觉得自己好幸运，好幸运。

病房里面已经有医生在检查夏可卿的身体状况。

夏可卿靠在床头，还很虚弱。

夏唯至一步步走过去，看着病床上的母亲，眼泪流个不停。

"妈……"夏唯至哽咽着开口。

夏可卿看到她，脸上绽开一抹笑。虽然因为卧病太久，她素净的脸如白瓷，可依旧很美，像花一样安静又美丽。

她以前就觉得母亲很美，美得不像凡人，现在反而带了点烟火的气息。

"小唯。"夏可卿望着她，心疼地喊。

这些年，她其实是有意识的，只是她醒不过来，每次听到女儿在那儿哭，她就好心疼，她甚至后悔为什么要和女儿来祁城。如果她不来，女儿就不会受那么多苦。

"妈妈……"夏唯至忍不住扑倒在母亲怀里，"我等了你好久，你终于醒了……"

夏可卿抚摸着她的头发，轻轻地抱着她："对不起，你受苦了。"

主治医生盛林给夏可卿检查完身体，脸上也是满满的成就感和喜悦："一切都正常，非常好！夏夫人，你能醒来，我们大家都很开心！"

是的，所有人都很开心，特别是这些年一直照顾夏可卿的护士，她们都喜极而泣。

祁尊在房间里站了好一会儿，一直看着医生忙碌，夏唯至在激动地颤抖，他也帮不上忙，所以就站在一旁，尽量不添乱。

夏唯至这才想起来介绍："妈，他叫祁尊，医院的医药费都是他付的。"

夏可卿早就注意到祁尊了，她看着他："你父亲身体还好吗？"

祁尊愣了片刻，显然夏可卿知道他父亲是谁。

"家父身体很好，只是这些年一直念着您。"

夏唯至大感意外："妈，你认识祁尊的父亲？"

"嗯，老朋友。他和他父亲年轻时很像，气宇轩昂，仪表堂堂。"夏可卿看着祁尊，对他很是赞赏。

"谢阿姨夸奖，我很荣幸。"祁尊话不多，但没有一个字是废话。

夏可卿淡然一笑，这时门口传来爽朗的笑声。

"可卿！"一个中年男子风驰电掣般冲进来，激动地喊着，"可卿！"喊着喊着，那男子哽咽起来，"你刚才是不是夸我气宇轩昂、仪表堂堂啊？"

祁尊感觉自己满头黑线，面对夏唯至诧异的眼神，他只能硬着头皮说："这是家父。"

"祁叔叔，你好。"夏唯至反应过来立马喊人。

"我很好。重要的是你母亲好。可卿，你刚才夸我呢！"祁一鸿又对着夏可卿哽咽起来。

夏可卿看了他半晌，失笑："我夸你儿子呢。"

"就是夸我啊！你说祁尊跟我很像，气宇轩昂、仪表堂堂！"祁一鸿强调。

夏可卿说："好，夸你。"

祁一鸿开心得不行，握住夏可卿的手："你说你消失了那么多年，我们都以为你……尹明志那个贱人居然跟我说你早就死了！呸！他自己早死，还骗我！我差点把他的老坟给挖了！"

尹明志是夏唯至早就死去的父亲。

祁尊觉得自己父亲实在丢脸，干咳一声："父亲！"

当着夏唯至的面骂她死去的父亲总归不好。

夏可卿拿开祁一鸿的手说，显然很意外："你说明志大哥他不在了？"

当时她带着儿女来看重病的尹明志，结果路上发生了车祸。

"对，他死了！他遭报应死的！"祁一鸿说。

夏可卿的眼底有些波动："你别这么说他，他很好！"

"可卿，都怪那贱东西……"

祁一鸿还没说完，祁尊又干咳了一声。在夏唯至面前，父亲一个劲地骂人家父亲，夏唯至听了心里多不好受！

祁一鸿也反应过来夏唯至还在场："小唯还在啊。祁尊，你怎么那么不会看脸色！没看到我跟你可卿阿姨在说话吗？"

祁尊无奈，对夏唯至说："我们先出去吧。"

夏唯至对祁一鸿真的有些好奇——他死活要去抓母亲的手，可母亲都会不厌其烦地把他的手拿开，两人的关系好像真的挺好的。

没想到母亲会认识祁尊的父亲，这可是大人物吧。

走出病房，祁尊忍不住为父亲解释："他平时不这样。"

夏唯至根本不在乎他父亲怎样，但有个问题她确实意外："原来我母亲和你父亲是认识的！你早就知道了？"

"嗯，知道。"

"难怪你会跟我相亲，是你父亲故意安排的。"

祁尊不置一词地挑眉。

"我就说嘛，我明明只是私生女，怎么会有豪门公子愿意跟我相亲？我这样的身份，那些大少爷根本不可能看上的。"夏唯至说完，脑海里就出现了一道人影。

是啊，豪门少爷都不会看上她这种身份，可是宫少廷明明知道，却强行把她娶了回去。

"别这么说自己。"祁尊安慰她。

"事实而已。"如果不是身份地位和宫少廷差太多，她也不会被逼离开。

"祁尊，真的真的要谢谢你！"夏唯至感激地说。

"以我父亲和你母亲的关系，你不需要谢我。"

"他们什么关系？"说到这个，夏唯至还真好奇。

祁尊耸肩。说实话，具体什么关系真不好说，毕竟看上去都是自己父亲对夏可卿一厢情愿，就好像他对夏唯至……

夏唯至和祁尊坐在门口，时间长了，她竟然睡着了，她怎么也想不到祁父和母亲叙旧能叙那么长时间。

祁尊见她睡着，差点从椅子上摔下来，就把她的脑袋放在自己肩膀上，侧头看着她。她闭着眼睛时睫毛很长，而且浓密卷翘，非常天然，特别好看。

一个姑娘家，竟然不在脸上抹一点粉，然而，就是这样的她，也还是那么美。

祁尊在娱乐圈看过那么多美人，此刻却看得呆住了。

"喀！"门口传来一声咳嗽。

祁尊整个人震了一下，心里一阵慌乱。

他的肩膀一耸动，夏唯至也醒了。

祁一鸿看到自己儿子失态的样子觉得很好玩。他这儿子一天到晚一副禁欲的模样，一张脸跟病成了面瘫一般，实在没趣得很，现在终于有表情了，至少证明脸没病，不是面瘫。

"祁叔叔。"夏唯至站起来喊，还揉着眼睛。

"小唯，你母亲睡下了，不要去打扰她休息，她刚醒，身体状况还不太好。"祁一鸿交代。

"是，我知道。"夏唯至发现祁一鸿真的很关心自己母亲。

"小唯，叔叔和你商量件事。你看，你现在是祁尊的女朋友，不如搬到我们家去住。什么时候方便，就跟祁尊把证领了，那时你母亲就能顺理成章搬到祁家。你看好不好啊？"祁一鸿越说越兴奋。

"父亲！"祁尊压低声音示意他住嘴。

夏唯至真是猝不及防："祁叔叔，我刚离婚。"

"对啊，你离婚了才好，才能跟祁尊结婚不是？"

"……"这到底是什么逻辑？她说得不够明确吗？她离婚了，而祁尊单身，又是大明星，还是祁家的少爷。

"父亲，你问这话合适吗？你要替我向她求婚吗？"祁尊对自己父亲好无奈。

"既然都是男女朋友了，迟早要结婚，没毛病。小唯，我看明天的日子不错，把婚结了吧。等你母亲出院，我就能名正言顺地来接她。"祁一鸿又说。

"父亲，你完全是为了自己考虑，你就是想把夏阿姨接走。"祁尊发现夏唯至已经很尴尬了，他的父亲还在说。

"是啊，我就是来接可卿的。小唯不是你女朋友吗，你不主动求婚，她怎么跟你结婚？"祁一鸿又说。

祁尊无语地把夏唯至拉到一边："你不要听我父亲的。我们先走了，你照顾好你母亲。"

祁尊说完，把自己的父亲推走。

祁一鸿还在那儿喊："放肆，推什么推！你以为你一个戏子配得上小唯吗？"

"……"祁尊简直一头汗水。

被推进电梯里了，祁一鸿还探出脑袋对夏唯至说："小唯，明天日子好！"

夏唯至："……"

电梯门关上，祁尊把心头的怒气压下："父亲，明天几号？"

"不清楚。"

几号都不知道就说日子好！祁尊深吸口气，再次把怒火压下："你这样，吓到唯至怎么办？"

祁一鸿看着祁尊，眼底划过狡黠，想起刚才走廊上祁尊趁着夏唯至睡觉一直偷看她。

"戏子就是爱演戏，心里巴不得把她娶了，嘴上却说不要。"祁一鸿嘲讽自己儿子。

祁尊："……"

夏唯至没想到祁父和祁尊的性格差这么多。她都看出来了，祁一鸿面对自己的母亲时，眼睛里的爱慕根本藏不住。

被这样一个男人喜欢的母亲，当初怎么选择了自己那短命的父亲？

父亲？

她从小没有父亲，等她知道自己有父亲时，父亲却病死了。

夏唯至忍不住抬手去摸自己的肚子。如果这里真的有生命，她一定不会让自己的孩子过她的生活，一定不会。

所以，她不会让孩子没有父亲。

夏唯至就住在医院，想做个检查确诊一下她是否怀孕实在太容易了。

第二天一早，陪母亲吃完早饭，夏唯至就去了门诊大楼。

她已经抽了血，现在在B超室门口等着做检查。

电话响了半天，夏唯至却呆呆地坐在椅子上，没有表情。

"请夏唯至到3号诊室做检查，请夏唯至到3号诊室……"广播里机械地播放着女声。

夏唯至深吸口气，走进B超室。

同一楼层，走廊的尽头却人头涌动，很多人拿着手机激动地拍照。

"是大明星尹翎叶呢！"

"好像是来处理手臂伤口的，她的手臂摔到了。她老公陪着来的，好幸福的女人！"

走廊上还有护士在那儿议论。

宫少廷早就听到广播在喊夏唯至的名字，他走到B超室门口，就看到夏唯至从里面走出来，手里还拿着一张单子。

夏唯至低头看着单子，脸色白得难看。

真是一点意外都没有，听到医生那一句"恭喜你做妈妈了"，夏唯至的心都凉透了。

现在直接去医生那里开张单子，预约一下手术就行了。

因为一直低头看着单子走路，夏唯至没留意到前面站着一个人，直接撞了上去。

那硬邦邦的胸膛让夏唯至趔趄了一下，还没摔倒，那个人已经扶住了她的手臂。

抬头，她看到他，意外又心慌，本能地把单子藏到身后。

"你，你来干什么？"夏唯至脱口就问。

宫少廷冷冷地看着她："生病了？祁尊怎么没陪着？"

"他要工作……"夏唯至说完就想从他身边走过去。

她显得太心慌了，反而让宫少廷多看了她几眼。他抓住她的手臂，把她拖回来："把检查单藏起做什么？什么病，还见不得人？"

他顺手就去拿她的检查单。

夏唯至立马把检查单捏成团："不关你事！"

她的冷漠真的让他很不开心。他听到她的名字，知道她在做检查，他只是想知道她怎么了，是身体不舒服吗？

是的，他还在关心她。这种想法让他挫败又反感。

宫少廷握住她的手腕，硬生生掰开她的手指，想拿走报告单。

"宫少廷，你发什么疯？"夏唯至怒吼。

她的吼声惹来医院里很多人的关注。

宫少廷根本不介意，捏着她的手腕，对着她也是一阵吼："我就是发疯了！要不是你，我能发疯吗？你扭头就跟别人跑了，哪里管得了我是不是疯了！"

[第十三章]
身为前夫应该恭喜你

宫少廷吼完，大家看夏唯至的眼神简直就是在看荡妇。

这么帅气的男人都被这女人给抛弃了，这女人是不是脑抽啊？

"少廷！"尹翎叶包扎伤口出来就看到宫少廷抓着夏唯至不放，还有很多人在围观。

尹翎叶一走出来，围观群众更多了。

夏唯至也看到了尹翎叶。原来宫少廷是陪她来处理伤口了，难怪会在医院碰到他。

夏唯至低声对宫少廷说："放开我！"

宫少廷放开她，却顺手把她手里捏成团的报告单拿了过来，打开。

夏唯至几乎是跳着过去想把报告单抢过来，可根本来不及。

她真是不明白，宫少廷干吗非要抢她的报告单？

宫少廷原本是担心她，不知道她怎么了要来这边做B超，等摊开单子看到上面的检查结果，宫少廷的瞳孔猛然一缩，盯着夏唯至，眼底的戾气几乎迸发出来。

"少廷，怎么了？"尹翎叶见夏唯至低着头，慌乱无措，而宫少廷满眼的质问，她问。

宫少廷不理会她，直接拉过夏唯至，把她硬生生给拽出了走廊，推开一扇门。

"都滚出去！"宫少廷怒吼一声。

里面的人完全不明白情况，看到充满戾气的宫少廷，无人敢惹，一个个都跑了出去。

关上门，房间里就剩下宫少廷和夏唯至。

尹翎叶尴尬地站在外面，很多人都好奇地看着她。

"听说陪尹翎叶来的是她老公，那不是宫家二少爷吗？怎么拉着那个女的进去了？"

"你们刚才没听到吗，好像是那个女的抛弃了那个男的。这么说来，尹翎叶是捡了人家抛弃的男人。"

"不可能吧！如果是宫家二少爷，谁会抛弃他啊！不会是尹翎叶做了小三吧？"

完全不知情的围观群众已经热火朝天地议论开了。

尹翎叶脸色很难看，站在门口着实尴尬。

她特意凑了宫少廷的时间，希望他陪她来医院，还准备让夏唯至知道，毕竟夏唯至最近一直在医院里。

房间里，宫少廷盯着夏唯至，手里拿着报告单："怀孕了？"

"是。"

"和祁尊在一起一个多月，然后就怀孕了！"宫少廷脑海里又出现了她和祁尊拥吻的画面，真是让他极其恶心。

"不关你事！"夏唯至去拿报告单。

宫少廷一扬手，夏唯至就拿不到了。

"你喜欢就留着吧。"夏唯至淡淡地说，然后准备去开门。

还没转身，她的肩膀就猛然被扣住，整个人被狠狠地抵在门板上。

他就贴着她站在她面前，盯着她，满身的怒火："夏唯至，我宫少廷到底哪里对不起你，你要这么对我！"

夏唯至看着他，目光平静，脸色淡然，可是垂在身侧的手早已经紧紧地握成拳。

"我们在一起时，我想要个孩子，你总是说不行。现在和祁尊在一起了，这么快就怀上了！身为前夫，我是不是得好好恭喜你？"宫少廷低头看着她，咬牙切齿。

夏唯至垂下眼："你要恭喜也行。放开我，我还有事！"

"你有事？你没工作你哪来的事？祁尊还不知道，你着急去告诉他吗？你很开心，很开心是不是！"

宫少廷完全失态，可夏唯至还是冷静，这让宫少廷越发生气。他想她想到失眠，想到发疯，可是她一离开他就跟别的男人有了孩子。这件事就像一把利刃，一再地捅向他。

夏唯至笑了一声："我现在没工作，不代表以后没有，不要这么看不起人啊。"

她还笑得出来！对啊，她做妈妈了，跟祁尊孩子都有了，她现在可以嫁入祁家，她能不高兴吗？

330

宫少廷盯着她，几乎快把她生吞活剥了，却硬生生忍了下来，他拉开她，推开门，大步走了出去。

尹翎叶站在门口，因为站得很近，里面宫少廷的怒吼她听了个大概。夏唯至居然怀孕了！尹翎叶实在意外。

"少廷。"见宫少廷走出去，尹翎叶立马追了上去。

夏唯至怔怔地站在房间里，俯身捡起地上的报告单，把褶皱都抚平。泪水早就在眼眶里打转了，可她还是忍住了。

宫少廷，为什么不问问我，这孩子是谁的？

看着走廊上离开的身影，夏唯至的眼睛终于被泪水模糊了。

就算他问了又怎样，这个孩子，她不可能留下。

电话响了很久。

夏唯至接起。

"唯至，还剩半小时今天的试镜就结束了！"祁尊在电话里催促道。

"我马上来！"

只剩下半个小时了，夏唯至也来不及打扮自己，只能先赶去试镜。

"夏小姐，是尊少让我在门口等。走这边，跟我来。"祁尊的助理翔松早就在门口等着，看到夏唯至来了，他立马带她去试镜房。

翔松一路说个不停："试镜组会要求你临时表演节目，夏小姐没有表演经验，只要凭着感觉演就可以。题目由导演临时出，不需要紧张，尊少也在下面坐着，不论你表演得如何，他都会投你一票，而且他的票非常关键。"

就是说，她随便演，演得再烂祁尊都会给她投票，她来试镜就是走个过场，也就是走后门的意思。

有后台的感觉真好，没想到她夏唯至有一天也可以体验一把走后门的感觉。

推开大门，夏唯至看到一座很大的舞台，舞台下面第一排座位上坐着七八个人。中间的是导演江焱，他旁边就是祁尊。

祁尊对她点点头，示意她不要紧张。

她的确不紧张，祁尊都那么明确表示给她放水了，她还紧张什么。

江焱看了一眼夏唯至，愣住了。一个试镜女演员，竟然穿得如此随便，眼睛有些红肿，脸上还没有妆容。

"导演好，我是夏唯至……"

夏唯至做自我介绍，导演根本都不想看她，而是看着手中的简历。上面一片空白，说明没有任何表演经验。这个女的，公司已经跟他交代让他放水。本来面试已经结束，他心里有人选了，等夏唯至浪费了他不少时间。

"女二号是个舞者，而且舞蹈技巧远远超过别人。虽然是演戏，但演员的舞蹈功

331

底也不能差，你既然没有表演基础，就跳一支舞吧。"导演准备等走完过场，再去和公司争取一下换人，他最讨厌那些靠着后台就想一夜爆红的演员。

祁尊拿出手机放了一首歌，示意夏唯至开始。

夏唯至看了他一眼，随着音乐迈开舞步。

一个人，一座舞台，她无言地起舞，悲伤中带着绝望，绝望之后是熊熊燃起的希望，希望中看到了光明，开心得像个给人带去欢乐的天使。

导演原本只准备看一眼，结果一眼就对夏唯至移不开目光。

她的悲伤真实地感染着人，但是悲伤过后，燃起的希望又让人开心得想掉眼泪。这个女人，上台之后没有说话，舞蹈就是她全部的语言。

都说尹翎叶是娱乐圈的女性舞王，可看眼前的女人，明明是素净的脸，普通的衣着，却有种另类的美，而且舞跳得不知道比尹翎叶好了多少倍，简直就是真实存在的女二号——没有太多的话，只用自己的精彩去吸引人们的目光，其实她无意吸引人，可所有人都被她吸引。

祁尊关掉音乐，夏唯至的舞步慢慢停止。

她的舞蹈很特别，不像是专业老师教的，自有她的风格。

祁尊知道江导对于内定夏唯至这事很不痛快，见他愣神，问："导演觉得她怎样？"

"像！太像了！这个角色非她莫属！"导演激动地快速站起来鼓掌。

祁尊勾起唇角。他就知道，没有他帮忙，夏唯至也能通过，因为她真的非常适合这个角色。

接下来的试镜很顺利。

夏唯至走出试镜场就看到祁尊站在门口等她。

"紧张吗？"祁尊问她。

"嗯，挺紧张的，但是你助理说你会给我走后门，我就不紧张了。"夏唯至说。

祁尊失笑："你是凭实力进去的。会跳舞且能跳好舞的女演员屈指可数，你的舞蹈功底很有优势。"

"好，以后跟着你混。"

祁尊的眼底不自觉地划过笑意。

夏唯至突然感觉不太舒服，她皱眉，大步走到门口，俯身想吐，却什么都没有吐出来，只能干呕。

祁尊走过来拍着她的肩膀："怎么回事？"

"没事。"夏唯至说。

"昨晚看你脸色就不好，身体哪里不舒服？检查了吗？"

"真没事，没事的……呕！"夏唯至说着又俯身吐了起来，可还是干呕。

有时候妊娠反应说来就来，而且吐个没完。

"尊少，这不是新晋的《舞动》女二号吗？原来你们认识。"有个女人走过来。她身材窈窕，着装却不像女星。

祁尊没空理会她，见夏唯至吐得实在厉害，他直接抱起她。

"我带你去医院看看。"祁尊说。

"不用。"夏唯至立马推开他。

她的本能反应是不想他碰到自己。

祁尊的手有些僵硬，但还是拉住她的手腕："去医院。"

"真的不用了，我回去休息下就好。"夏唯至见刚才的女人一直看自己，于是对她点点头，直接跑了。

"尊少，落花有意，流水无情啊。竟然会有女人拒绝你！"那女人调侃说。

祁尊看了她一眼："莫莉你很闲？"

"不闲啊。我手下那么多艺人，一个个都得安排好通告。不过，那位新晋女星，你确定她要带着孩子进娱乐圈吗？"莫莉是YK传媒娱乐的知名经纪人，她早已为人妇，夏唯至的反应她都经历过，自然一眼就看了出来。

"什么意思？"

"她怀孕了，刚才的情况如果我没猜错，是妊娠反应。"

莫莉说完就看到万年冰山一样的祁尊竟然眉头紧皱，随即跑了出去，显得有些慌乱……

祁尊在医院找到夏唯至时，夏唯至正在和医生预约手术的事。

医生问："你确定要打掉这个孩子？"

"我确定。"

"不再考虑一下吗？"

"不考虑了。我想尽快做手术，最快是什么时候？"

医生本来还想劝几句，见夏唯至那么坚决，只能回答："最快明天也行。"

"那就明天。"

夏唯至刚说完，有人冲进来，手撑在桌上："我们不手术！"

"祁尊！啊，是祁尊！"

"真的是呢！怎么会是祁尊？那个女的怀孕了……天哪，不会是祁尊的绯闻女友怀孕了吧！"门口的基本都是女的，看到祁尊，不管是有孕没孕的都躁动起来，女医生也认识祁尊，看到祁尊也激动了起来。

祁尊直接把夏唯至拉起来。

"祁尊，你干什么啊？"夏唯至想甩开他。

祁尊硬是把她拉了出去。

这里那么多人，他连个口罩也没戴，一点都没遮掩，大家全都认出他来了，几乎所有人都激动地拿出手机拍照。

最近他和绯闻女友的事本来就传得沸沸扬扬，这会儿夏唯至出现，大家直接拍到了她的正脸，并不约而同地发到了网上。

"祁尊女友现身，知情人士证实她已怀孕，祁尊做爸爸了。"

"女友已经确认作为女二号参演祁尊的新电影《舞动》。"

各种小道消息在网上传得热火朝天。

祁尊直接把夏唯至拉到住院部的大楼前。

夏唯至甩了半天没甩开他，只能任凭他拉着。

祁尊转身看了她的肚子一眼："要把孩子打了？"

祁尊第一句话不是问她是不是怀孕了，而是问她是不是想打胎。

祁尊能赶来医院，说明他已经知道她怀孕了，夏唯至也不意外，嗯了一声："准备做手术，我还要回去预约。"

"胡闹！既然怀上了，为什么要打掉？"

"因为根本没有留下的必要，这个孩子不能来到世上！我不想他跟我一样，一出生就没有父亲！"

"宫少廷知道吗？"祁尊问。

"知道我怀了，以为是你的……"

祁尊望了天空一眼："这个白痴！"

夏唯至说："你反应那么大干吗？刚才那么多人，你把我拉出来，大家都看见了，这下我真要出名了。"

"你要参演新电影，本就需要话题度，借着我的人气，你可以一夜爆红，不要紧。"

"我不想爆红，我想赚钱。对了，你能不能借我点钱，手术需要钱，我实在没钱了。"夏唯至很尴尬地说。

"不借。"

夏唯至愣了一下，没想到他会拒绝："噢，没事，我去跟我闺密借。"

"既然怀了就生下来吧，何必打掉。如果你担心他没父亲，我可以扮演这个角色，而且我能扮演好。"祁尊说。

夏唯至愕然地看着他："这不是你的孩子，你干吗要帮别人养孩子？"

"我不帮别人养孩子，我帮你养。"

"祁尊，你是个大明星，你还是祁家少爷，你这么委屈自己干什么？"

"我不觉得委屈。我突然想听从我父亲的意见——你跟我结婚，就当这个孩子是我的。我父亲说今天日子不错，你跟我去领证。"

夏唯至感觉自己有点反应不过来，甚至觉得她可能幻听了。

她离婚了，怀孕了，而面前这个天王巨星说要帮她养孩子，还要跟她结婚。

祁尊说完，真的拉着她就走。

夏唯至感觉他可能疯了，甩开他的手。

"你别逗我了！我先去预约手术。"夏唯至转身就走。

祁尊上前拦住她："唯至，不管这孩子的父亲是谁，他都是你的孩子，你真的忍心不要他？"

夏唯至怔了怔，低头看向自己的肚子。她初为人母，自己也不知道是什么感觉。一开始她觉得很害怕，后来又想，这个孩子生下来会不会跟宫少廷一样，是金色的头发，漆黑的眼睛，感觉会很漂亮。

就算没有宫少廷陪着，这个孩子陪着她好像也不错。

然而，她随即又想，虽然很好，可她不能这么自私。以后孩子问她，为什么他没有父亲，他的父亲是谁，她怎么回答？

她进不了宫家的门，做不了宫少廷的夫人，那她的孩子也会跟她一样，是个私生子。

不行，她绝对不允许这样。

"我带着他没法工作。何况我进的是娱乐圈，怎么可能带着他。"夏唯至说。

"推掉《舞动》女二号这个角色，安心把孩子生下来，跟我结婚，我养着你们。"祁尊又说。他看着她，很诚恳，一点都没有开玩笑的意思。

"能不能别再说这些？你知道我根本不可能和你结婚！祁尊，我只想跟自己爱的人结婚，可我真的不爱你，一点都不！"夏唯至直白地说。

她是真的很直白，让他一丝幻想都没法有。

"我知道，可我相信感情能慢慢培养。这个世界很残酷，两个相爱的人不一定能白头偕老，大多数结婚的人，不是因为爱情，而是因为选择。"

"你有那么多选择，何必来找我。"夏唯至从他身边走开。

祁尊不得不说："你如果非要打掉这个孩子，《舞动》女二号的角色我就帮你推掉。这部电影半个月后开机，你刚做完手术，一定要静养一个月，所以这部电影你来不及拍了。"

"来得及，我休息半个月足够了。"

"唯至，这是你自己的孩子，难道还要我来说服你留下这个孩子？孩子是无辜的！"

夏唯至一直被他拦着，也很无奈："你怎么突然这么多话？这孩子我不会留！我

335

已经是私生女了，我不可能让我的孩子也成为私生子！"

夏唯至还没走开，住院部大楼门前突然开来十几辆车，清一色的黑色车子，每一辆都是普通人望尘莫及的豪车。

车子整齐地停成一排，车上下来很多黑衣人，每个人手里都拿着棍棒，站成两排。

中间的车上又下来一个男子，金色的头发非常耀眼，他一下车就顺手拿走了一个手下的棍子，朝着夏唯至和祁尊走过来。

夏唯至愕然，下意识地喊："祁尊，你快走！"

宫少廷脸上已经没有了早上的怒火，取而代之的是冰冷的表情、冷漠的眼神，唇边挂着一缕薄情。

现在满天飞的都是夏唯至怀孕的消息，还说两人好事将近。这一次，夏唯至的正面在媒体上疯狂传播。

两人这是公然秀恩爱？

祁尊抢了他老婆，他宫少廷还什么都没做，夏唯至就怀孕了还要公告天下，真当他宫少廷绿帽子戴得特别爽快吗？！

今天不把祁尊打成废物，他就不姓宫！

宫少廷大步走过去，就看到夏唯至明显护着祁尊，还伸手把祁尊拦在身后。

"躲在女人后面算什么男人！滚出来！"宫少廷的棍子指着祁尊。

"宫少廷，你闹什么？"夏唯至怒喊。

宫少廷不理会她，他现在满脑子都是怎么把祁尊碎尸万段。只要一想到夏唯至怀了祁尊的孩子，他就嫉妒得发疯。祁尊和夏唯至上了床，那种场景让他怒火中烧。他对夏唯至做过的事，祁尊也做了，祁尊碰了她的身体！

他越想越火，想到新闻铺天盖地说他们两个的事，说祁尊喜得爱子，要做爸爸了，再看祁尊拉着的女人是夏唯至——他的老婆，他的怒火实在是憋不住，不把祁尊打个半死他绝不罢休。

祁尊把夏唯至拉到身后，自己站在宫少廷面前："宫家二少，你找我？"

宫少廷二话不说，一棍子下去。

祁尊闪身避开。

宫少廷又是一棍，夏唯至却闪身挡在祁尊面前："你对我有气，冲着祁尊干什么？"

宫少廷手里的棍子还扬着，他盯着眼前的女人，恨不得一棍子打下去，可是他知道，他不会，何况她还怀孕了。

"夏唯至，你给老子让开！"宫少廷大吼。

"是你给老子滚出去，这里是医院！"夏唯至也怒吼。

宫少廷被她吼得愣了一下："对，这里是医院。你怀孕了来医院检查，这里是医院！"

"你神经病吧！"

"我怎么能不神经？你都跟他到这个地步了，我还能没感觉？老子嫉妒！"宫少廷指着自己吼。

对，他承认，他绷不住了。夏唯至怀孕了，他简直要崩溃了。让他祝福她，做梦去吧！

夏唯至的睫毛微微颤抖了一下。当着那么多人的面，他指着自己说，老子嫉妒。

"这是我们俩之间的事，不要牵连第三者。"夏唯至心平气和地跟他说。

"第三者，对，他的确是第三者！插足别人感情的第三者！"宫少廷又指着祁尊吼。

夏唯至发现这个男人今天真的有点疯狂，而且一点没有控制他自己的意思。

"你知道我没有这个意思！这本来就是我们的事，你这样兴师动众来医院闹事，不怕别人看笑话吗？"

"哈！笑话？谁敢看我的笑话，我挖了他的眼睛！你这玩意儿那么喜欢上头条是吗？好，我让你上！今天把你打得四肢不全，以后天天都是你的头条！"宫少廷又一棍子打过去。

祁尊一手接住棍子，随即一拳打了出去。

医院本来就人多，加上很多人知道了祁尊在医院，都来看热闹，宫少廷的阵仗更是吸引了很多人的目光。要不是宫少廷的守卫拦着，那些围观群众都快冲上来了。

"尊少！有人打尊少！"

"不要打我们尊尊！你谁啊？"

"天哪！金发的，好帅！哇！是哪个男明星吗？怎么也那么帅！他们在抢女人吗？那个女的福气好好，两个大帅哥抢她！"

很多祁尊的粉丝见祁尊被打，都激动地冲了过来，几十个黑衣守卫拦着那群人，场面越发混乱。

夏唯至扶额，她怎么都想不到事情会突然变成这样。

宫少廷和祁尊的身手不相上下，一时半会儿根本打不完。特别是宫少廷，今天简直跟爹毛的狮子一样，非要把祁尊弄残了才罢休，她怎么劝都不管用。

外面都是记者，特警都过来维持秩序了。

"别打了啊！"夏唯至再次喊。

两人都不听，祁尊也发疯了，铆足劲和宫少廷干架，总之不分出个输赢都不罢手。

"小唯。"夏唯至转身，看到母亲坐在轮椅上，护士推着她出来。

这边那么大的动静，连住院部大楼各个病房的人都从窗户探出头看热闹，夏可卿自然也知道了。

"妈！"夏唯至看到母亲立马过去，"外面风很大，你怎么出来了？"

夏可卿看了一眼正在打架的两个男人，一个沉稳内敛，一个张扬不羁。两人打起来显然是为了夏唯至，别人都看得出来，她这个做母亲的自然也看得出。

"前夫，现任？"夏可卿问女儿。

夏唯至有些尴尬："妈！"

"我出来看看我前女婿。身手很好，小伙子很俊朗。"夏可卿说。

"我跟他都过去了！他现在闹个没完，外面的人都在看！祁尊很无辜，我欠了他很多，宫少廷又不肯收手！"

"他姓宫？"夏可卿突然问。

"是。怎么了？"

"没什么，想起了一个故人。"夏可卿不以为意地说，"你想让他们住手很容易，你不是怀孕了吗？"

夏唯至更加尴尬："您怎么知道……"

"新闻上都放了，还是现场直播。你怀孕了，祁尊做爸爸了，你前夫看到了新闻，太嫉妒了，忍不了，所以来找祁尊的麻烦。"夏可卿分析说。

夏可卿虽然没在现场，但是她说的全中。

夏唯至说："宫少廷突然发疯了，我也拦不住他。"

"嫉妒了才会发疯，这很正常。你晕倒吧。"

"啊？"

"现在晕倒，他们肯定住手。"

"祁尊会住手，宫少廷这个状况肯定还要闹。"

"你试试。"夏可卿说。

夏唯至无计可施，只好装晕，为了显得真实，她整个人重重地摔在地上，发出砰的一声。

宫少廷和祁尊同一时间回头，看到夏唯至晕倒在地，两个人同时顿住，又同时一拳打到对方身上，两人都踉跄地退后了一步。

"夏唯至！""唯至！"

果然，两个人男人着急地跑了过去，同时碰到了夏唯至的身体。

"给老子放手！"宫少廷怒吼。

祁尊冷笑："她是我女朋友，放手的应该是你！"

对，她是他女朋友，她肚子里的还是他的孩子！

宫少廷是很生气，可是夏唯至晕倒了，他才不管她是谁的女朋友，总而言之都是

338

他心爱的女人。

虽然这个女人没心肝，弃他而去，可他这些日子看着她和祁尊卿卿我我的，他就想把祁尊一刀给劈了。

趁着宫少廷愣神，祁尊俯身就去抱夏唯至。刚抱起来，宫少廷就一棍子打在祁尊身上，他猝不及防，手一松，夏唯至差点摔下来。宫少廷上前接住，直接把夏唯至给抱走了。

祁尊一个趔趄，盯着宫少廷："你可真卑鄙！"

"你抢我老婆，你还有理了！没你卑鄙！"宫少廷抱着夏唯至大步走进住院部大楼："医生，给我滚出来！"

祁尊从来不生气的人，这次真是被宫少廷惹毛了。他捡起地上的棍子，跟上宫少廷，也一棍子打在他身上。宫少廷同样跟跄了一下，但依旧把夏唯至稳稳地抱在怀里。

宫少廷扭头就对着祁尊吼："你给我等着！"

说完，他把夏唯至放到医生推出来的推车上。

祁尊把棍子扔掉，冷冷地看着他："唯至她怀孕了，现在被你吓到，她要出半点事，你给我等着！"

不远处轮椅上的夏可卿看着面前为自己女儿争得死去活来的两人，觉得好笑。

一个张扬不羁，一个内敛冷酷，可是为了夏唯至，两人都变得非常冲动甚至有些卑鄙。

被推进病房的夏唯至感觉自己都快疯了，她闭着眼睛都能感觉到两个男人四只眼睛盯着她。

医生给夏唯至检查了半天也没检查出毛病来。夏唯至睁开一只眼睛，对医生眨了眨。她相信医生也知道这两个男人打架斗殴有她的份，她这么做也是没办法的事，相信医生能理解。

医生果然很理解，检查完，都不知道该跟哪个男人说。

"我是她男友，你应该认识我，告诉我她怎么样。"祁尊先开口。

医生的确认识祁尊。

"我是她前夫，跟我说吧。"宫少廷上前来说。

"前任丈夫，也就是没你什么事。"祁尊说。

宫少廷还没说话，女医生已经快羡慕死病床上那个女的了。

"两位请安静，病人要休息。她……只是身子有点虚，需要静养，所以两位不要再惹她生气，很快就没事了。"医生也是为了医院的安宁。

这两位，一个是大明星，人气旺盛，一个看样子显然不是省油的灯，两个人闹起来，医生安宁不了，警察出动了都平息不了，这个女人一晕倒，他们倒是不打

339

架了。

"她肚子里的孩子没事吧？"祁尊问。

"没关系，不过从现在开始不要惹病人生气。"医生认真交代。

宫少廷突然冷笑一声："自己女朋友都照顾不好，真没用！"

祁尊冷冷地看着宫少廷："是你先闹事的！要不是你，她不会晕倒！再说了，她是你太太的时候，你照顾好了？"

宫少廷一下子就语塞了，因为祁尊的确戳到他的软肋了。

"她怀孕了，你打算怎么办？"宫少廷一点都不想问这个问题，可是夏唯至既然怀孕了，他祁尊就该负责。

"负责啊！结婚、领证、带她去度蜜月，养她和孩子。"

宫少廷听得眼睛都快喷火了。这些是他曾经想和夏唯至做的，现在却变成了别人带着夏唯至去做。

宫少廷垂在身侧的手捏成了拳。他今天的确失去了理智，知道夏唯至怀孕，他疯了。哪怕夏唯至抛弃他，和祁尊在一起，甚至当着他面，他们接吻，他都能压住怒火，可夏唯至怀孕了，他的火气压都压不下。夏唯至和他做过的事，和祁尊也做了！

宫少廷深吸口气，越想越怒，恨不得把祁尊给废了，可祁尊要是废了，夏唯至肚子里的孩子就没父亲了。

又看了一眼病床上的夏唯至，宫少廷转身，大步走了出去。

门口有个坐着轮椅的女人，她美丽精致，虽然脸色苍白，但气质高雅。

宫少廷没有仔细看过病床上的夏可卿，此刻她坐在他面前，他就更加不知道是谁了。

"夏阿姨。"祁尊也看到夏可卿进来了，喊道。

夏阿姨？

宫少廷反应过来：夏唯至的母亲醒了！

"唯至她没事，你不要担心。"祁尊对夏可卿说。

夏可卿点头："我知道。"

她一直看着宫少廷，而宫少廷也在看她。

宫少廷对她点头："您醒了真好！"

"谢谢。"夏可卿淡淡地回应。

"少廷！少廷！"门口又匆匆进来一个女人，是宫少廷的母亲艾莉娜。

事情闹那么大，艾莉娜哪里会不知道，新闻在放，外面也都传得沸沸扬扬。

"妈！"宫少廷看到母亲，一脸意外。

"你怎么又来找这个女人？她就没让你安生过！她怎么就不肯放过你！"艾莉娜

一进来就有些气急败坏。

"不是她找我。她早就抛弃我了，当然是我找她。"

"我都知道。她怀孕了，可也不关你的事啊！她怀孕不会还想说孩子是你的吧？少廷，这个女人心思太重，你可不要听信她说的话！"艾莉娜生怕夏唯至说孩子是宫家的，从而借机回到宫少廷身边。

"没有的事，妈你不要乱猜！这里是医院，别喧哗，我们走。"宫少廷拉过自己母亲。

"孩子不是你的吧，肯定不是你的！她都跟祁尊在一起了，你可别犯傻，把别人的孩子当自己的，这女人可什么都做得出来！"艾莉娜想先说服宫少廷。

"这位大姐，乱说话当心闪了舌头。"一道女声突然冷冷地响起，是轮椅上的夏可卿。

艾莉娜进来的时候当然看到轮椅上坐着个女人，但她这时才看向对方："大姐？你叫我吗？"

"这里还有别的大姐吗？"夏可卿"疑惑"地问。

艾莉娜气极反笑："你知道我是谁吗？"

"知道，这个小伙子的母亲。那你知道我是谁吗？"

"我怎么知道你是谁！我儿子是宫家二少爷，我是宫家的夫人，祁城宫家！"艾莉娜原本的修养只要遇到夏唯至和她儿子的事情就会化为乌有。

"嗯，我是唯至的母亲。我知道我前女婿是宫家的人，你不用强调。"夏可卿轻描淡写地说。

艾莉娜有些愕然，夏唯至的母亲不是半死不活地躺在床上吗？

"你不是……"

"我醒了，当着我的面说我女儿的不是，我以为不恰当。"夏可卿依旧是淡然的口吻，明知道眼前是宫家人不好得罪，但她眼底似乎看什么豪门家族都像看普通百姓。

艾莉娜觉得可笑，这个女人怎么那么傲！她这种人，生的孩子是尹家私生女，连尹家的大门都进不去，还好意思在自己面前摆出这副高傲的姿态。

"你醒了刚好，我得好好跟你说说！教育好自己的女儿，别再让她勾引我儿子！他们都离婚了，她也怀了别人的孩子，怎么还有脸去找我儿子！"艾莉娜指着夏唯至。

"妈，都叫你别说了，走！"宫少廷把母亲直接拉开。

艾莉娜不肯走。夏唯至的母亲醒了刚好，和她母亲说！

"是啊，我女儿已经有男朋友了，怎么你儿子还死活要来找她？你的儿子，难道让我来教训吗？"夏可卿又是淡淡地问。

艾莉娜气得脸都红了："是你女儿勾引我儿子！以我儿子的身份，多少女人想巴着他，当初要不是她死皮赖脸，我儿子能看上她这种私生女？现在他们离婚了，她还不放过我儿子！"

夏可卿握着轮椅的手猛然收紧。私生女？原来他们是这么说我女儿的！

"妈，你乱说什么！是我自己来找夏唯至的，以前也是我死皮赖脸缠着她！我是被夏唯至抛弃的，不是我要跟她离婚的！"宫少廷大吼着纠正母亲。

"你闭嘴，这时候不给我长脸，还给自己脸上抹黑！"艾莉娜呵斥儿子。

祁尊大步走过来，声音带着怒气："两位还是滚出去比较好！特别是宫夫人你，嘴巴放干净点！"

夏唯至实在听不下去了，直接从床上下来："宫少廷，麻烦你们出去，不要再来打扰我们家！"

"你，你没事？"宫少廷看到夏唯至生龙活虎的。

"我是没事，我看到你头疼头晕得很，不想看见你，只好装晕！宫夫人，我这么说，很明白了吧！不是我死缠烂打，是你儿子抓着我不放！"夏唯至对着艾莉娜说。

艾莉娜气得脸皮都有些抖："你们真是一群刁民！不是一家人，不进一家门，母女都不是好东西！"

宫少廷都听不下去了："够了！来人，把夫人送回去！"

艾莉娜被拖走了。

宫少廷这才看向夏唯至。她的身体明明那么好，却故意装晕倒。

他问她："你真那么讨厌我，看到我宁可装晕，也不想看见我？"

"是啊，你还不走吗？"夏唯至冷声回应。

艾莉娜在母亲面前说她是私生女，她母亲的身体才好点，说这样的话不仅过分还伤人，特别是对母亲，根本是极大的伤害。

"好，我走！我母亲说话口无遮拦，抱歉！"宫少廷这句抱歉是对轮椅上的夏可卿说的。

夏可卿淡淡地看着他。

宫少廷转身，也大步离开了。

"妈，别听宫家那女的，她说话就这样！"夏唯至立马安慰夏可卿。

夏可卿看着她好笑："最难受的不应该是你吗？你还安慰起我来了。嫁进宫家过的就是这种生活？离开了也好！每天面对这种语言暴力，不是什么人都受得了的。尊儿，你陪着小唯吧，我累了。"

夏可卿的手放在身侧，紧紧地抓着衣角，连手心都在抖。

夏唯至看着母亲离开，很愧疚："母亲一醒来就要看我这些破事，我真是不孝。"

祁一鸿匆匆赶来医院，直奔夏可卿的病房。

祁尊站在门口，见父亲来了，还没上前打招呼，祁一鸿就一脚踹向自己儿子，祁尊整个人被踹得跟跄了一下。

"尊少！"助理翔松上前扶住祁尊。

祁一鸿怒不可遏："让你保护好可卿，你还让人欺负了她！"

"父亲，是宫少廷的母亲来了，她那张嘴，我也拦不住。"祁尊无奈地说。

"宫家真是欺人太甚！这笔账，我跟他们算！"祁一鸿怒火冲天，大步走进病房。

夏可卿坐在落地窗前，淡淡地看着外面的蓝天白云。天空像洗过一样纯净，美得让人窒息。

祁一鸿满身的怒火在进来看到她的那一刻就化为乌有。

"可卿。"祁一鸿轻声喊。

夏可卿说："我没事，你不用担心。"

她当然知道祁一鸿怎么会突然赶过来。

祁一鸿听到她那么说，更加生气："宫家那老太婆当着你的面说唯至是私生女，她自己一个小三，费尽心机爬上宫家那死人的床，还敢来说你！"

"让她说吧，这些话就是说说而已，也不会丢了性命。"夏可卿轻笑。

"不行，说也不能说！我这就去宫家，找那老太婆！"祁一鸿越想越气，转身就要出去。

"回来。"夏可卿说。

祁一鸿停了脚步："可卿，我们不怕他们！"

"你去找宫家的麻烦是因为我，而我是因为小唯，最后宫家被麻烦了，宫少廷和小唯的关系就更僵了。没有好处的事，何必去做。何况小唯她怀孕了。"夏可卿说。

"啊，很好啊！既然如此，我让祁尊早早把小唯至娶了！"祁一鸿激动地道。

"你不问问这孩子是祁尊的吗？"

"难道不是吗？他们是男女朋友，孩子不可能是别的人吧！小唯至的人品我信得过！她是你的女儿，当然和你一样！可卿，以后你能不能住我那儿去？"

"以我对我女儿的了解，这个孩子应该不是祁尊的。"夏可卿说。

祁一鸿整个人愣住了："那还能是谁的？"

"她前夫吧。"

祁一鸿沉默了，似乎挣扎了片刻，然后一拍掌："你看祁尊连过程都省下了，直接抱个儿子多好！小唯至和宫家那边已经没关系了，既然已经怀孕，婚礼就迫在眉睫了。早点选好日子，把婚结了吧。"

夏可卿对他有些无语："你心忒大。"

"只要你在我身边，牺牲一下我儿子也没关系。再说了，对祁尊而言，这是好事，绝对不是牺牲！我们一起看个日子，把婚事定下，好吗？"祁一鸿又提婚事。

夏可卿看着他，失笑："不了，这事小唯自己决定，我不会干涉她的感情。至于宫家，小唯的身份和宫家的确不配，宫少廷的母亲很看不起小唯，离了也好。"

现在最热门的新闻恐怕就是祁尊、夏唯至、宫家二少、尹翎叶的四角恋了。

"宫家二少当着尹翎叶的面抓走了一个女子，那个女子就是祁尊的绯闻女友。祁尊女友坐实已经怀孕，宫二少提刀砍人，和祁尊大打出手。"

"祁尊为爱和宫二少决斗。传言夏姓女子劈腿祁尊是为了进军娱乐圈，已经靠着祁尊拿下《舞动》的女二号角色，而夏姓女子又曾插足宫二少和尹翎叶的婚姻，更有传闻说她是尹翎叶的妹妹，尹家的私生女！"

一时间，所有热门的关键词都有夏姓女子，还有传言说她曾经坐过台，是尹家私生女，后来攀上宫二少，但是见嫁进宫家无望，又转而劈腿祁尊。甚至连薄家曾经的少爷薄源佑也被挖出来，说她和薄少也有染，薄家倒台，她才勾引了宫二少。

一时间满城风雨，所有人都在骂夏唯至不要脸。

夏唯至也是听惯了各种传言的人，心理素质好得很，一大早就去医院预约手术。

看到最近大火的夏唯至，女医生都忍不住多看了两眼。

夏唯至拿了预约单走出来，就听到外面的护士在八卦她："这个孩子不会根本不是尊少的吧？如果是尊少的，为什么急着打掉？这女人的生活可真乱，到底有几个男人啊？"

"你说得很有道理。哇！这种女人简直刷新我的三观！太缺德了！给宫二少戴绿帽子，还给祁尊戴绿帽子！"

夏唯至直接走出去，当没听见那些话。

可是走出来，还是有很多人认识她，都对她指指点点。

她好像一夜之间成了众矢之的，谁都在指责她，说她介入别人的感情，说她是第三者，还说她是第三者的女儿。

"大家让开，让我来收拾这个贱人！"医院收费大厅里突然响起一阵喊声。

人群一阵骚动，看到那人手里拿着一瓶液体，很多人慌忙又幸灾乐祸地避开。

"贱人，我们尊少是你能欺负的吗！还抢尹翎叶老公，不要脸！"又是一声大吼，那人将手里的液体泼了出去。

夏唯至站在缴费窗口，听到喊声，本能地一个侧身。

液体泼了个空，洒在地上，响起一片嗞嗞声。

硫酸！

夏唯至抬头看到一个戴着大框眼镜的小胖子，扎着两根马尾，显然还是未成年人。

见泼空了，那女孩又把剩下的液体往夏唯至身上泼去："我来替天行道，收拾贱人！"

夏唯至身后是一个抱着孩子的妇女，她要是躲开，硫酸会泼在他们身上。

这群脑残粉！

夏唯至侧身，一脚踹向女孩的手腕。幸亏她常年在健身房练习，身手很好。

那女孩手里的瓶子被踹在地上，液体溅在她自己的手腕上，疼得她嗷嗷直叫。

"贱人打人了，还用硫酸泼我！呜呜呜……好疼，好疼！"那女孩子坐在地上哭喊着，抬手指着夏唯至。

一时间，不明真相或者明白真相却故意不说实话的人都对夏唯至指指点点。

"不就是祁尊的女友吗？！插足别人的感情又把祁尊玩得团团转，心思够恶毒的！祁尊怎么找了这样的女人？"

"宫二少也瞎了眼，被这个女人给迷惑了！太坏了真是！"

那女孩故意撩拨大家的怒气，一时间，所有的矛头都指向了夏唯至。

夏唯至觉得可笑，对地上的女孩："明明是你用硫酸泼我！你现在反过来指责我！难道没有人看见是她泼我的吗？！"

夏唯至抬头，围着的人都退后了一步，谁也不想插手。

毕竟祁尊的粉丝和尹翎叶的粉丝都得罪不起。

夏唯至又回头去看身后的母子。夏唯至就是为了不让硫酸泼到他们，才踹了那个女孩，结果那个妇女抱着孩子不断退后，完全不说话，甚至看都不看她。

什么叫世态炎凉，夏唯至不是第一次见识，她已经完全不想理会了，缴完费就准备走出医院。

"她伤了人还不管不顾，呜呜呜……"那个女孩坐在地上哭了起来。

夏唯至刚走到门口就有大群人围上来不让她离开。

"太嚣张了简直！不能走！让小三给那个女孩赔礼道歉！"一大群所谓的粉丝堵了上来，对着夏唯至又推又骂。

"小三，尊尊还有我们保护，不会让你骗他！"

祁尊的粉丝太多了，上百人围困住夏唯至，她就算打人都没用，何况她根本不想动手，只是本能地护住自己的肚子。被那么大群人围困，夏唯至前后都被堵死了，走不出去，被人推搡着，差点跌在地上。

为了保护自己，她只能蹲下身，紧紧地抱住膝盖。

345

有那么一瞬间，夏唯至觉得，怎么打她都行，不要伤了这个孩子。

怎么会这么想呢？她明明那么不想要这个孩子。

砰砰砰。

连续几声枪响。

人群一下子散开，都捂着脑袋惊恐地大叫。

人群外面，一个金发男子立在那里，满面怒容，似乎想把眼前所有人全都给毙了。

夏唯至早已经被推倒在地上，她蜷缩着身体，紧紧地捂着肚子，头发被扯乱了，脸色苍白如纸。

他看到她的样子，心里像是被针扎一样疼，可是他又想嘲笑她：抛弃他，代价却是如此，活该！

夏唯至只感觉自己突然被人捞了起来，抬头看到眼前的男人，她愣了一下，眼眶禁不住红了起来，她咬住嘴唇。

他看到这样狼狈的自己，心里一定很痛快吧。

"唯至！"祁尊也已经赶到，看到宫少廷怀里的女人，他大步走上来，"唯至！"

宫少廷冷冷地看着祁尊："说我保护不好她，你呢？你的这些脑残粉正在伤害你的女人！"

说到"你的女人"这几个字时，宫少廷更加觉得心如刀绞。

"尊少！尊少！"看到祁尊，那些粉丝又激动地喊。

祁尊冷眼扫过那些粉丝。打着爱的名义，却肆意伤害他心爱的人。

媒体更加不会放过这种热门新闻，都赶来了。

宫少廷见人越来越多，他看了一眼怀里的人，跟祁尊说："你处理好自己的烂摊子！"

说完，他抱着夏唯至大步离开。

"尊少，听说你的绯闻女友泼你粉丝硫酸，还打了人，这是真的吗？"

"尊少，因为粉丝不满你女友的品行，聚众来讨伐她，你准备护着女友，还是护着粉丝？"

摄像头全都对着祁尊，话筒也纷纷伸过来。

粉丝们看到祁尊，还在激动地喊："尊尊，我们爱你！尊尊，我们是为了你好！不要被那个女人骗了！"

祁尊看到夏唯至狼狈地蜷在宫少廷的怀里，像一只受惊的小鹿，她本能地护着肚子，是想护着她和宫少廷的孩子。

她一直那么坚强，她难得一见的脆弱，竟是因为他的粉丝迫害。

祁尊冰冷的视线扫过那些粉丝："爱我？爱我就这么对待我心爱的女人？"

一声怒喝，让原本激动地喊着"尊尊，爱你"的粉丝全都傻了眼。

"我女友被粉丝泼硫酸？医院里没有监控吗？"祁尊早在来的路上就听说了事情的始末，立马让人调取了医院的监控视频发到他手机上。

祁尊拿出视频对着摄像头，又对着他的粉丝。

视频中，那个胖胖的小女孩拿着硫酸泼夏唯至，夏唯至的身手很好，接二连三地避开了。只有最后一次，她没有主动避开，反而踹了那个小女孩，因为她的身后是一对母子。那个妇女抱着小孩，又没有夏唯至的身手，如果夏唯至避开，硫酸一定会泼在她和小孩的身上，所以夏唯至冒着风险，主动上前踹开了小女孩。

小女孩一跌倒就哇哇大叫："贱人打人了，还用硫酸泼我！"

于是，根本不明白事情真相的人都围住夏唯至，指着她骂，还推她。

一时间，媒体不敢发声，那些粉丝更加不敢开口。

然后有人把刚才泼硫酸的小胖子抓了出来，又有人指责抱小孩的妇女居然跟着冤枉夏唯至。

"尊尊，不要生气了，是这个女人挑事，都怪她！"粉丝们又有了新的攻击对象。

胖子被这么多人指责，她毕竟只是个小女孩，害怕地哭了起来。

"你们够了！"祁尊从来都是冷冷的，不爱说话，面对媒体更是惜字如金，此刻却对自己的粉丝呵斥道，"你们口口声声说爱我，却不能接受我心爱的女人！她是个孕妇，你们就忍心这么对待一个孕妇？"

"尊尊，她是坏女人！她骗你！"有粉丝在喊。

"她是坏女人，配不上你！"粉丝们又一致地高喊。

"是我配不上她！她从没勾引我，我和她本来就是相亲认识的，我喜欢她，可她没看上我。是我对她死缠烂打，是我求着她和我在一起，她从来不是第三者。她善良坚强乐观，是我这辈子见过的最好的女人！"祁尊的话让粉丝们一片哗然。

什么？不是那女人勾引她们男神，而是男神死活求着那女人？怎么跟网上传的不一样？

祁尊的话不仅是对现场的粉丝说的，更是对镜头前所有的粉丝交代的。

"从今以后，你们再敢伤害她，那就是伤害我，也就不配做我祁尊的粉丝！她是我的女人，我不允许任何人再诋毁她！"

祁尊冰冷的话语带着对夏唯至炽热的感情，这点谁都听出来了，包括准备走开的宫少廷。

夏唯至也听到了祁尊的话，他一句一个"我的女人"，让她禁不住微微皱眉。

宫少廷把夏唯至放在树荫下面，身边站着黑衣守卫，绝对不会有人敢冲上来伤害她。

宫少廷看了她一眼，一句话都没说，却突然往祁尊的方向走。

"宫家二少，尹翎叶的丈夫！"媒体看到宫少廷过来，激动地喊。

宫少廷走到媒体面前。他从来都不喜欢站在摄像头前，此刻却主动走了上来，还拿了祁尊的话筒，那张轮廓分明的脸秒杀了一大群靠脸吃饭的偶像明星，连祁尊的粉丝都看呆了。

宫少廷对着话筒说："把摄像头都转过来，对着我！"

媒体自然激动地照办。

这个人可是顶级豪门宫家的二少爷，又是大明星尹翎叶的老公！

"你们都给我听好了，那个女人，"宫少廷抬手指着树荫下的夏唯至，"她是我曾经的老婆！曾经！现在跟我离婚了，我是被她抛弃的！她从来没勾引过我，我也是死缠烂打才把她娶回家。很可惜，我还是被抛弃了。我和尹翎叶没有任何关系！我宫少廷的夫人只有一个，就是那个女人！"

轰的一下，在场的人都快原地爆炸了。这到底是什么情况？不是传言宫家二少和尹翎叶早已经结婚了吗？而且他们结婚的消息都是老早之前了，所有人都以为这是事实。何况前阵子的慈善晚宴上，尹翎叶和宫二少双双出席，举止亲密。

网络传言分明是那个女人插足宫二少和尹翎叶的婚姻，却因为嫁不进宫家，转而欺骗勾引祁尊，怎么当事人口中的说法完全不一样，而且更加劲爆？

"二少，那大明星尹翎叶和您是什么关系能说说吗？"

"为什么之前宫家官方承认你和尹翎叶是夫妻？之前有段健身房的视频说你夫人在健身房工作，还是个公关小姐，这是事实吗？"

"传言那位夏小姐是坐台小姐，就是在健身房勾引了你，廷少现在是承认了当初的视频是真实的，视频的主角就是她吗？"

"既然如此，宫家当初宣布尹翎叶和您之间的关系，不是欺骗观众吗？"

记者见有机可乘，立马开始大做文章。

宫少廷拿着话筒盯着那个记者："本少爷和谁结婚跟观众有什么关系？总之，我跟尹翎叶没有任何关系，跟我有关系的女人在那里！她是我的前妻，也是唯一一个敢抛弃我的女人！我说那么多废话就只为了说一点——你们谁还敢肆意诽谤她，我宫少廷告到你倾家荡产流落街头为止！"

别说在场的人都愣住了不敢吭声，连夏唯至都愣住了，他居然亲自对着媒体宣布他和尹翎叶没有关系，还说她抛弃他，她是他的前妻。

就因为网络上对她的抹黑和诽谤吗？

宫少廷说完话，直接丢开话筒。

记者们快爆了，一下子来了两条劲爆新闻，而且都是头条中的头条。

祁尊喜欢那个夏小姐，而夏小姐没看上他，他求着夏小姐和他在一起。

尹翎叶和宫二少根本就没结婚，真正和宫二少结婚的是那位夏小姐，而夏小姐抛弃了宫二少和祁尊走在一块儿。

所有人都疯狂地嫉妒那个网络上的超级大热门夏小姐，嫉妒那个坐在树荫下面、被几个黑衣守卫保护着的女人。

连祁尊都有些意外。宫少廷之前一直不敢承认他和夏唯至的关系，现在他们离婚了，他却坦然承认，甚至公开表明他和尹翎叶没有任何关系。

只因为网络上的新闻一时没法压下去，所有人都误会了夏唯至，他就要替夏唯至解释，就要像祁尊一样当面澄清谣言。

在所有人的注视下，宫少廷又走到树荫下的女人面前。

她是坐着的，他低头看向她，她亦抬头望着他。

他说："我是恨你抛弃我，也恨你不能坚持，可这不妨碍我喜欢你。我眼瞎我认，可我就是喜欢你！我故意和尹翎叶在一起是想气你，但如果我和她一起，别人就说你是小三，拿这个肆意诽谤你，那行，我不跟她在一起了。"

宫少廷说完，转身就走。他知道他恨夏唯至，也觉得夏唯至离开自己后遭遇的一切都是她的报应，可当他知道她怀孕了，她跟别的男人做了那些事，嫉妒立刻让他发狂，甚至有过不顾一切也要把祁尊废了的想法。嫉妒之火吞噬着他的灵魂，无时无刻不在折磨他。

他终于知道，他无法忍受这个女人和别人在一起，他爱她，爱到想要不顾一切地占有她。

他故意在她面前承认尹翎叶的女友身份，故意去参加慈善晚宴，和尹翎叶出双人对，是因为知道那场慈善晚宴媒体会同步直播，夏唯至一定会看见。

他那么嫉妒，凭什么她一点都不嫉妒？他也想让她尝尝嫉妒的滋味。

夏唯至呆呆地看着宫少廷带着一群守卫浩浩荡荡地离开。

他出场的时候惊天动地，离开的时候一样万众瞩目。

宫家的二少爷嚣张跋扈，对着镜头威胁了一大票人，也震慑了在场的所有人。

他说，我恨你，但这不妨碍我喜欢你。

多么矛盾的话，却让她的心弦被一阵阵地拨动。

低头看着自己的肚子，夏唯至轻轻地抚摸着，忍不住勾了勾唇角，唇边是掩不住的笑。

"宝宝，你爹真是霸道呢！"

传得沸沸扬扬的绯闻突然有了当事人澄清，一时间，哪条绯闻是真的，哪条是假的，大家都搞不清楚了，但是有一点，所有人的看法是一致的，那就是他们非常嫉妒夏唯至。

"她上辈子一定是拯救了整个银河系！"

"太让人嫉妒了！我是个男人都嫉妒，想投胎成女人！"

"你们发现了没有，宫二少出面澄清他的前妻是夏，是不是表明尹翎叶才是第三者？"

尹翎叶的粉丝立马跳出来："啊呸！我们翎叶才不是第三者！是他们离婚了，宫二少才找的翎叶，我们翎叶也是很可怜的好吗！"

粉丝们纷纷表示心疼尹翎叶。

剧组里。

尹翎叶刚拍完一个场景去化妆间补妆，一进去就听到大家在议论。

"原来尹翎叶根本是炮灰。宫二少亲自出面澄清他和尹翎叶根本不是夫妻，连男女朋友都不是，压根没关系！"

"现在新闻都在说这件事。之前所有人都以为她是宫家二少夫人，每个人都在巴结她，她也不否认。原来那时候她根本不是，只是宫家当初为了解决公关危机推出来的挡箭牌！"

"啧啧，太可笑了！她还演了那么久的戏，大家都叫她二少夫人，她居然也厚着脸皮默认了！原来二少夫人是祁尊的现女友。那个女人真厉害，把两个这么优秀的男人迷得团团转！"

"姓夏的不是要参与祁尊的新电影吗？她简直是一夜爆红，比过尹翎叶是分分钟的事！"

尹翎叶人都进来了，她们还讨论得热火朝天，而且说得那么明确了，信息量足够，尹翎叶的脸色难看极了。

终于发现了尹翎叶的存在，剧组的工作人员还有一些小有名气的演员立马散开，哪里还敢在尹翎叶面前多说一个字。

尹翎叶坐在椅子上，身后是化妆师，他小心翼翼又紧张地偷瞄镜子里的尹翎叶。

尹翎叶在看手机新闻。宫少廷和祁尊都出面为夏唯至澄清，怎么会变成这样？她明明安排了一些假粉丝，还让那些所谓的粉丝去闹事，势要闹得夏唯至没法进娱乐圈。

她还等着看好戏，等来的的确是好戏，却是宫少廷和祁尊联合为夏唯至澄清。宫少廷为了维护夏唯至的名声，不惜亲自否认和她的关系，她一下子就成了同行笑话的对象。

"啊！"尹翎叶的头发被化妆师不小心扯了一下。

尹翎叶怒气匆匆地起身，甩手就打了他一巴掌："连你一个小小的化妆师，也来取笑我是吗？！"

"不是！尹姐，我只是轻轻一拉，和平常一样。"

"你被解雇了，滚！"尹翎叶气得提着包就跑了出去。

剩下化妆师委屈得要死，他明明什么都没做，莫名其妙就被解雇了。明明都怪尹翎叶，根本不是二少夫人，还自导自演了那么久。现在谎言被戳穿，大家都笑话她，关他们什么事！

尹翎叶早已经被气得脸都绿了，她感觉走到哪里，大家都在看她的笑话。

今天的戏是拍不下去了。尹翎叶让自己的经纪人请了假，谁知一走出门，外面就是一大群记者。

"尹小姐，宫二少亲口承认你们没有婚姻关系也不是男女朋友，你这边怎么说？认同宫二少的说法吗？"

"翎叶，夏姓女子真的是你妹妹吗？到底是你介入了她和宫二少的感情还是她是小三？"

"能跟我们说说吗，你之前一直默认自己是宫家二少夫人，是宫家逼你，还是你自导自演，乐在其中？"

那么劲爆的新闻，颠覆了所有人对尹翎叶和宫二少的关系的认识，媒体还不得赶紧往下扒。

尹翎叶躲都没地方躲，走到哪里都被记者追着。

记者不断地涌上来，把路都给堵死了。

尹翎叶原本就心虚，这些问题又犀利得让她无从解答，而且也没人保护她。

不像夏唯至，祁尊和宫少廷都护着她。越想，尹翎叶心里越嫉妒又暴怒。

记者蜂拥而上，尹翎叶被他们挤得根本没地方站，加上穿着八厘米的高跟鞋，她一个踉跄就摔倒了，狼狈地跌坐在地上。

记者们看到每次都以美丽形象示人的大明星尹翎叶这副样子，更是冷漠又疯狂地对着她狂拍。

一瞬间，尹翎叶想起自己和夏唯至的身份地位明明差那么大——自己是高高在上的尹家大小姐，那女人只是个私生女，遭遇却如此不同。

她从没有如此厌恶夏唯至的存在。

"不要拍了！不要再拍了！"尹翎叶失态地怒喊，根本无法喘气。

高雅如她，现在却只能狼狈地爬起来，跌跌撞撞地跑到自己车上。

即使保安出动了，也没能维持秩序。

新闻太过劲爆，曾经外界都以为是尹翎叶和宫二少有关系，现在却被宫二少亲口否认，之前的新闻都成了假新闻，记者们自然使劲地从尹翎叶身上挖消息，争取自家媒体能放出头条来。

正因为尹翎叶人气高，她的丑闻就更有关注度。

尹翎叶的保姆车上，司机看到她这副样子都有些意外。

"看什么！还不快开车！"尹翎叶见到司机的眼神，更加怒不可遏。

记者还没来得及围上来，司机已经开着车离开了。

车里面，尹翎叶看着后视镜：那些记者还在后面狂追，眼看着追不上了，只好放弃。

出道以来，她从没有如此狼狈过——所有人都在笑话她，看她的眼神就像看个笑话。她从来都是高高在上，每个人都只能仰望她，而现在，阿猫阿狗都敢来嘲笑她。

此刻夏唯至在医院房间里陪着母亲。

她给母亲切着苹果，听着宫少廷的话。忍不住笑了起来。

夏可卿坐在床上看书，听到笑声，抬头看向女儿。

宫少廷在镜头前的话她听见了，祁尊护着夏唯至公然怼自己的粉丝她也看见了。

"你去门诊做什么？"夏可卿突然问。

夏唯至愣了一下，说："检查一下。"

"检查什么？"

"妈，我怀孕了，当然是检查肚子里的小家伙。"

"现在只是很小一块肉，你已经确诊自己怀孕，今天去医院还能检查什么？你不想要这个孩子吗？"夏可卿突然问，夏唯至一点防备都没有。见夏唯至有些慌乱，夏可卿问："是去预约手术，准备流掉？"

夏唯至看了自己母亲一眼，放下刀子，把切好的苹果拿过来给母亲。

"我不知道……"她也不知道拿这个孩子怎么办。

今天她被祁尊的粉丝围攻，她的第一反应是护着肚子，再听到宫少廷霸气的话，她突然想看看她和宫少廷的孩子是怎样的。

她是黑发，黑色是显性基因，也就是孩子黑头发的几率更高，可宫少廷遗传了他母亲的金色，他的基因那么强大，会不会孩子也是金发？

想到这里，夏唯至忍不住笑了起来。

夏可卿看着自己女儿傻乎乎地笑，说："孩子的父亲既然姓宫，这个孩子要不要留，还是和他商量一下吧。"

夏唯至完全愣住了，怎么也没想到母亲会猜到这一层，毕竟她和宫少廷的事她从来没和母亲说过，而且母亲从醒来就知道她和祁尊在一起。虽然她和祁尊真没在一起，只是外界一直那么以为。

"别人不知道，我怎么会不知道。你刚离开宫少廷，不可能扭头就和祁尊有真实关系。"

知女莫若母，夏可卿实在太了解夏唯至了。

夏可卿又问她："你是不是不打算告诉他这个孩子姓宫，还准备悄悄打掉自己的孩子？"

"我跟宫少廷不可能在一块儿的。我和他的身份地位差太多了，宫家也不可能接受我。"既然如此，何必再去告诉宫少廷这孩子是他的。

"身份地位？"夏可卿听到这几个字都觉得可笑，"你和宫少廷离婚，是谁逼你的？宫家那个泼妇？她怎么逼你的？拿刀子捅自己吗？拿枪她应该没这个勇气，怕走火。"

夏唯至简直诧异于母亲的聪慧："确实拿刀子了，可没捅。她用自己的命逼我，我也不可能不离开。她要是真出什么事，那我就成杀人凶手了，宫少廷不得一辈子恨我？"

"你离开是对的，家里有个恶婆婆，你的日子不会好过。人活着不容易，何必那么委屈自己。"

"委屈？"夏唯至突然觉得好笑，"这些年，他们都说我是私生女，现在，我因为是私生女，配不上宫少廷了。"

夏可卿突然不说话了，沉默了许久说："生下来吧。"

夏唯至看着自己母亲。

"就算真上了手术台，你也不会舍得把孩子打掉。小唯，我知道你心里是舍不得的，那就生下来吧，妈妈和你一起养他。"夏可卿握住自己女儿的手，"为自己心爱的男人孕育一个全新的生命是件很幸福的事。生下你，妈妈就觉得是世上最幸福的事。"

听到母亲的话，再想起宫少廷白天怒怼媒体记者、霸气护着她的模样，夏唯至内心是深深认同的。

"好。"

夏唯至走出医院，祁尊停了车刚好走过来："宫少廷的母亲出了车祸，腿折了。"

"啊？"夏唯至想笑，又觉得特别不厚道，"折成什么样了？"

"还好。估计是我父亲派人制造的车祸，不然不可能那么巧，艾莉娜才欺负完你母亲没多久就出了车祸。没丢性命就折了腿，起码得躺三四个月。"

夏唯至说："宫家也不傻，一定会知道是你们祁家做的。"

"知道了又如何？"

深夜，艾莉娜私人住所内。

艾莉娜的车祸已经查清楚，是祁家派人做的。

卓尔向宫少廷汇报的时候，宫少廷一点都不意外，"这事瞒着夫人，不需要告诉她，更不能让她知道车祸和夏唯至有关。"

"少爷，不追究吗？"

"追究什么？母亲辱骂夏唯至母女，现在只是付出小小的代价，何况祁家只是教训她一下，若是祁家想要母亲的命，她早就没命了。"

卓尔很清楚，少爷是在偏袒保护夏唯至。

门口走来一个人，见宫少廷和卓尔在说话，她就站在一旁等着。

卓尔一见来人，立马躬身退下。

"少廷。"尹翎叶看着宫少廷，强颜欢笑，"我工作刚结束，知道宫阿姨出事了，来看看她。"

"我母亲很喜欢你，你多陪陪她。"宫少廷冷淡地交代，然后从她身边走开。

尹翎叶浑身一震，心像是被无形的手揪住，很疼，她从未有过这种感觉。

到目前为止，她受了多少嘲笑和谩骂，可是他根本就不关心这些，甚至连句道歉都没有，明明他是为了夏唯至才撇清他们之间的关系，让媒体笑话她那么久。

"少廷！"尹翎叶追着他出去。

宫少廷淡淡地看了她一眼："还有事？"

前不久他们还是人人羡慕的情侣甚至夫妻，他还说，他可以配合她演戏，让她做他女朋友，现在他连演戏都不愿了。

"你面对媒体说那些话时，真的一点不顾及我的感受吗？我面对那么多人的嘲笑和媒体的咄咄逼人，你都不安慰我几句吗？"尹翎叶伤心地问。

"我没空顾及那么多人的感受。你集万千宠爱于一身，有的是人安慰，不需要我。"宫少廷冷漠地说。

尹翎叶一个踉跄，宫少廷的话像刀子一样刺痛了她。

以前她只是爱慕宫少廷的身份地位，现在，她看到宫少廷在媒体面前那么护着夏唯至，她却嫉妒，好嫉妒。

她从来都看不上夏唯至，甚至从来没想过，有一天她需要去嫉妒这个私生女。

明明所有人都说，只有她才配得上宫少廷，可是只有她知道，他对她而言是多么遥不可及。

"可是我现在所有的流言蜚语都是你造成的，别人再怎么安慰我，也比不过你的一句话！"尹翎叶现在才发现，原来她也那么卑微了，她甚至愿意倾尽所有，只为了让他看她一眼。

如果当初嫁给他的人是她，是不是她也可以享受到他所有的爱？

"你聪明，资源又多，这些流言蜚语，相信你很快就能平息。"显然宫少廷对她一点愧疚都没有。

是啊，他不会对任何人愧疚，何况他只是澄清了一个事实，在他眼里，她根本没必要感觉委屈。可是如果此刻被人嘲笑的是夏唯至，被媒体推倒的是夏唯至，他一定会上前抱起她，并且警告所有媒体，就像那时候他毫不犹豫地撇清他们的关系为夏唯至澄清，她就这样做了夏唯至的挡箭牌……

宫少廷依旧是头也不回地离开，根本不管她此刻有多难受。

她从小养尊处优，被媒体捧着，被粉丝呵护，被同行羡慕，从来没有像现在这般狼狈，甚至成了大家嘲讽的对象。

她只想要他的一个安慰，他却什么都不给，甚至连表面的男女朋友关系都不想维持了。

宫少廷离开，她看着他，终究还是流下了委屈的泪水。

"你流再多泪水，他也不会回头看你一眼。"树后面竟然走出一个男子。

尹翎叶立马收住眼泪，随手揩拭掉，抬头冷漠地看着他。

"他从小得到的太多，不会明白努力得来的东西丢了是什么滋味，哪怕他丢了夏唯至，可在这之前，他娶到夏唯至也很容易。你努力想和他在一起，终于如愿了，他却伤害你来保护他心爱的女人，很残忍，对吧？"

"宫大少爷很喜欢偷听别人讲话吗？"尹翎叶冷漠地看向宫达，完全不同于刚才看宫少廷时的表情。

"我来看小夫人，听说她出了车祸，无意间听到你们的谈话罢了。"宫达走上来，手里是一张纸巾。

尹翎叶也不拿，转身想回艾莉娜的房间，可又不想这个时候进去白白受气，便准备离开。

"我们合作吧。"宫达也不介意她不理人，突然开口说。

尹翎叶脚步一顿："我对商业上的事没有兴趣，要合作，宫少爷找错人了。"

"尹小姐应该还记得薄太太吧。"

尹翎叶心里一下子紧张起来，却努力让自己平静，好在多年的演戏经验让她能冷静地面对宫达。

"薄太太，我当然记得。薄太太生前和我关系很好。"

"之前爷爷让我调查薄太太之死的真相还夏唯至清白，夏唯至的确清白，薄太太的死和她无关。"

"你跟我说这种事做什么？"

宫达看着尹翎叶淡然的表情，唇角扬起诡异的笑："那你说说，谁会嫁祸给夏唯至？嫁祸给夏唯至，成功了，对谁有好处，而且这个好处很大？"

尹翎叶看着宫达："我怎么会知道。她平时得罪了那么多人，谁都可能嫁祸给她。”

“不，不是谁都可能用杀人这招来冒险。嫁祸给夏唯至的人，很可能是希望用这招逼得她在宫家待不下去，然后取而代之。”

“宫少爷，你是指我吗？”尹翎叶看着宫达的眼睛，笑着问。

“薄太太死前见过你，而嫁祸给夏唯至的人，必然是心思缜密、特别沉得住气的人。除了你，我暂时想不到别人。”

“如果觉得是我，你拿出证据，不然就是诬蔑！”

“尹小姐在薄太太死那天去过公墓吗？”宫达突然问。

“你在审问我吗？”

“怎么，不敢回答这个问题？”

“当然没去过。”

宫达低低地笑了起来：“尹小姐知道公墓那边的土壤基本都是红壤以及腐蚀土吗？巧的是，我在调查薄太太之死时，发现你车子的轮胎上沾有红壤和腐蚀土。城区这边没有红壤，腐蚀土更少，你确定你没去过公墓？”

尹翎叶脸色苍白：“你调查我！”

“只是奇怪而已，顺便证明一下我心中的猜想——你杀了薄太太，然后嫁祸给夏唯至。”宫达在她耳边低声道。

尹翎叶的身子剧烈晃动：“不是我！就凭我车子轮胎上的泥土，你就想嫁祸给我吗？我每天都会开车，红壤也随处可见，地上的泥土那么多种类，我沾上几种泥土而已，就凭这个就说我杀人？”

“公墓的红壤比较特殊，因为那里的土壤很肥沃，成分跟别的红壤不同，而且都夹杂了腐蚀土，我又让人分析了你车胎上的红壤的成分，碰巧和公墓的一模一样。尹小姐还否认自己去过公墓？”

尹翎叶脸色煞白，却又平静地说：“薄太太的葬礼我去了，就在公墓，大概是那时候沾上的土。”

宫达真是佩服尹翎叶的胆色，到底是专业演员，演技非常精湛。

“又不巧，薄太太的葬礼我也去了，还留意到你开的车是一辆路虎，可我是在你的另一辆玛莎拉蒂跑车上发现了红壤和腐蚀土。我又顺便查到，薄太太死的那天，你开的就是那辆玛莎拉蒂。”

尹翎叶的心理防线快要崩溃了：“你一直在调查我！”

“好奇而已，想证明一下猜想，看来我猜对了。”

“我不知道你在说什么！”尹翎叶只想快些从这个人面前消失，宫达对她而言，太过危险和恐怖。

“我要是把我查到的告诉爷爷，或者宫少廷，甚至是媒体，你觉得，他们会怎

356

样？毕竟能像我这么仔细查你的，实在没有第二个了。薄太太死时，你就在公墓，想起来也是毛骨悚然啊！"宫达感叹地说，却带着幸灾乐祸。

尹翎叶深吸口气，走回来，盯着他："你到底想怎么样？"

"不管你是不是凶手，这些资料交给媒体，他们会比我更感兴趣。"宫达说完转身走开。

"不要！"尹翎叶慌乱地拦住他，"你到底想怎样？"

宫达看着完全慌了的尹翎叶，唇角勾起诡异的笑。

[第十四章]

他掩埋在时光底下的女神

宫家老宅内。

雨水吹打着树叶和玻璃窗，老太爷宫浩钱站在窗边，望着外面的月牙。

想他一世英名，一手打造了宫氏集团，把企业壮大到如今的地步，却硬生生被一个小女子搞得动了杀念。

宫少廷是最好的继承人，也是最像他的，宫家发展到如今的地步，想要立于不败之地，继承人是非常重要的。

宫达虽然稳重，却不如宫少廷大胆激进又敢于创新。

他需要宫少廷来传承宫氏集团，夏唯至却成了最大的阻碍——私生女的身份不能给他的孙儿带来任何帮助，反而还会拖累他，何况少廷对那个女人用情太深。

夏唯至，他是真的想要让她消失，可二十多年前，他答应过一个女孩，再也不会杀无辜的人。

他实在不想破戒杀了夏唯至，可是现在想来，那个女人根本不能留。

"老太爷，"管家从外面进来，手里捧着一幅画像，"这幅素描已经重新裱了，按照您的意思，裱好就立刻送来了。"

这幅素描画的是一个非常年轻的女孩，明眸皓齿，充满活力。

他只能凭着记忆告诉画师女孩的长相，可是怎么画他都觉得不好看，一点神韵都没有。

宫浩钱抬手抚着画框，细细地描摹她的眉眼："这么多年了，我始终找不到她。洢水，你到底去哪儿了？"

他始终无法忘怀那个女人的笑声，还有她的声音，他觉得没有一个女人比得上，她的一颦一笑可以渗入每一个毛孔，甚至直接渗入人心。

他遇到她的时候已经四十岁了，那一刻他却有一种我生君未生的感觉，恨不能相逢在前世。

她喊他宫大叔，他却说："我们相差二十多岁而已。"

她咯咯地笑："是啊，我都能做你女儿了。大叔，你早已经生儿育女，可千万不能对不起她们，千万不要对我有想法。"

那一刻，他被她说得愧疚难当，却死撑着说："你一个小屁孩，我怎么可能对你有想法，你太自恋了！"

"大叔这话不违心就好。我应该自恋啊，我有资本，可是大叔看到我好像会脸红，心跳加快，全身发热，难道大叔不觉得吗？"

他一个四十多岁的男人就这样被一个小女孩撩得落荒而逃。

他逃跑的时候，她却在后面咯咯笑："大叔，很高兴认识你！如果有像我这样的年轻女孩来勾引你，你一定要坚决地告诉她，不，老子是有老婆的人。大叔，我喜欢专一的男人，我的老公一定是非常专一的人。大叔，你祝福我吧。"

就是这样一个女孩，二十年来让他魂牵梦萦。

他一直无法想象什么样的男人才有资格得到这个女人，感觉什么样的男人都配不上她。

哪怕让他折寿，他也希望她能好好地活着。

他曾经是个征战沙场的军人，一次意外被敌军捕获，他带着重伤跑出来，遇到了那个叫泮水的女孩，她救了自己，并且让他许诺，再也不杀人。

他承诺了，也做到了，可是如今怕是要破了这个誓言。

"派人追杀夏唯至，暗中解决。"老太爷宫浩钱命令自己的管家。

一出院，夏可卿就带着女儿来到尹明志的坟前。

夏可卿说："小唯，你给你父亲好好磕几个头吧。"

夏唯至对这个父亲是一点感情都没有，她连父亲的面都没见过，但还是按照母亲的意思给父亲磕头。

起身的时候，夏唯至看到母亲一直盯着墓碑，眼睛通红。

夏唯至知道母亲是触景伤情——心爱的男人已经不在人世，他们天人相隔。

夏可卿说："时间晃眼就过去了，没想到还是他先走了。"

母亲那么难受，夏唯至也不知道怎么安慰。她对这个父亲不仅没有感情，甚至还有些憎恨，也不知道这个父亲当初为什么有妻子了还要招惹母亲。

"可卿！"

夏唯至回头看到居然是奶奶和茂婶。

"可卿！"奶奶很激动地蹒跚着走过来。

夏唯至立马上前去扶奶奶。

今天是父亲的忌日，奶奶身后还跟着丁娅嫚母女。

尹翎叶看到夏唯至，连好脸色都给不出了。

丁娅嫚看到夏可卿更是满脸嘲讽。

"小三母女居然还惦记着我丈夫，也是有良心！"丁娅嫚嘲笑道。

夏可卿对尹老夫人点点头，又看向丁娅嫚，微微颔首："尹夫人，这些年可卿感谢你的救助，也感谢你收留我的儿女。"

"谢我是应该的，哪像有些人真是不懂事！感谢就不用了，以后别出现在我面前污了我的眼。"丁娅嫚走上来，在尹明志坟前放上花。

夏唯至每次看到丁娅嫚都想跟她吵一架，但还没上前就被夏可卿拉了回来。

"可卿！"老夫人身边的茂婶上前，激动地喊。

夏可卿对她笑着颔首："茂姐。"

"醒来就好！醒来就好了……"茂婶很兴奋，激动得快落泪了。

尹老夫人带着丁娅嫚她们祭拜尹明志，夏唯至也被母亲要求一起祭拜。

茂婶和夏可卿走出墓地，茂婶看了看四周，直接跪下了。

"茂姐！"

"大小姐，这些年您受苦了！我心里一直很愧疚，前些年明志少爷一直让我找您，临终前他还念着您。您的身份那么尊贵，却受了那么多苦，我心里惭愧！"茂婶跪在她面前，哭着说道。

夏可卿叹息了一声，把她拉起来："你没有把我的事告诉小唯，我已经很感激了。快起来吧，我早就不是什么大小姐了，别再这么叫我了。"

"不！您曾经是我们浉家的大小姐，就永远是！当年浉家败落之后，老夫人把您从明志少爷身边赶走了，大小姐，您千万不要怪罪她！"

"都过去了，我也都忘了。"

当年她一直受尹明志的恩惠，尹明志对她很好，一直照顾她，她怀孕的时候更是从不离开她身边，几乎把所有的好东西都捧到她面前。

尹老夫人不喜欢她，把她赶走，又迅速让尹明志娶了丁家的小姐丁娅嫚。

夏可卿和茂婶重新往墓地走去，茂密的丛林后面却走出个女人。

尹翎叶早就看茂婶不对劲——望着夏可卿的时候哪里是看小三的眼神，分明就是看主子的眼神，于是她跟着过来看看，没想到还真发现了点有趣的事。

不过她没怎么听懂，只听到夏可卿是什么浉家大小姐。一个小三怎么可能是什么大小姐！

夏唯至发现自己的适应能力的确超群，无论什么样的圈子，她都能非常快地适应，并且应对自如。现在，她的人气被炒得极高，几乎天天热门。半年不到，她就成了微博的话题女王，而尹翎叶也被媒体嘲笑了快半年，每次夏唯至的名字出来，后面跟着的必然是尹翎叶、祁尊，然后是宫家二少。

观众最喜欢看的就是这些四角恋绯闻，媒体自然天天炒。

夏唯至在娱乐圈里混得风生水起，很大原因是她男友是祁尊，前夫是宫少廷，夏唯至的目的却很简单——赚钱。

她一点成名的欲望都没有，每次都关心片酬什么时候给、给多少。

祁尊看到她数钱就忍不住笑："你看银行余额就好，怎么那么喜欢数现金？"

夏唯至一边数钱一边说："我俗。"

祁尊："……"

祁尊见她数得高兴，也不忍说什么："你很聪明很有天赋，江导经常跟我夸你，希望下一部电影还能和你继续合作。"

"好啊，给多少钱？"

祁尊："……"

祁尊问："你赚那么多钱做什么？"

夏唯至数钱的手顿了一下，想起宫少廷的爷爷，状似无意地说："等我赚了足够的钱，就把钱都砸在宫家老太爷脸上，让他不要再插手孙子的感情！"

祁尊愣了一下，然后说："那你恐怕一辈子都砸不了，你赚几辈子也没有他几天赚的多。"

"你别打击我了，我现在好歹有个拿钱砸人的梦想。"

祁尊去房间给她拿了外套："你今天产检。数完了吗？数完了我送你过去。"

"不用，我自己过去，我都买车了。"夏唯至数完了钱，然后把一堆钱推到祁尊面前，"还你的医药费。"

"这些钱不够还医药费。"

"先还一部分，我以后会慢慢全都还你。"

祁尊看着她，目光有些冰冷："宫少廷付的医药费你怎么不还？"

"我当初要是还他，他肯定跟我闹，还会对我生气，觉得我把他当外人。"

"你就不怕我生气？"

"我怕啊，可是我管不了那么多，不想欠你了。"夏唯至从他手里拿过自己的衣服，"我自己去产检，你别陪我了。"

"唯至！"祁尊有时候对于夏唯至的冷漠是真的很生气，他看了一眼她的肚子。夏唯至的肚子越来越明显，穿宽松的衣服也掩不住了。肚子大了就没法拍戏、拍广告，也就没有了收入来源。

"你要留下这个孩子，就必须给他找个父亲，找个人和你一同抚养他。"祁尊说。

"不用，我自己带他。"

"没有父亲的私生子，这话你听了那么多年，难道想让你的孩子跟你一样？你可以无所谓，但是你得考虑孩子吧。"

夏唯至愣住了，其实这些事她怎么会没想过。

祁尊走上来，说："我们现在是名义上的男女朋友，如果你不介意，我还是之前的想法，我们结婚，我做他父亲，反正所有人都觉得这孩子是我的。结婚只是名义上的，假结婚。要是等你生下孩子我们还没结婚，所有人都会怀疑这个孩子到底是谁的。"

夏唯至眼底有些犹豫："我考虑一下。"

"别考虑了！"祁尊拉住她的手，"你以前受的苦，以后让我加倍补偿你。"

夏唯至拿开他的手说："我以前受的苦和你没关系，你不用补偿我。"

"唯至！"

夏唯至走到门口，回头对他说："我会考虑你的建议。你说得对，我要考虑孩子的感受，可我们结婚，对你不公平，对你太残忍。"

"你不用考虑我的感受，你也根本不知道我是什么感受。我的意思是，你不必考虑我。"

"就算不考虑你，我也得考虑自己，我根本不爱你啊。"夏唯至的话脱口而出，真像一把刀狠狠地砍在他的心上。

祁尊强忍着心中一股气说："你可能误会了，我们虽然是相亲认识的，可我是被父亲逼的，到现在他还在逼我。与其找个不熟的女人，不如找个知根知底的。我以为我对你就知根知底，何况我父亲和你母亲关系非常好。"

祁尊的意思很明显，他不爱她，刚好她也不爱他，正好组成一对。

夏唯至抬头望着他，似乎想看看他说的是真是假。

祁尊淡漠地看着她，眼底冰冷冷的。他是个演员，年少成名，什么样的表情他都能运用自如。

见她有些动容，祁尊说："我们各取所需，而且我们的父母都会高兴。"

夏唯至考虑了一下说："行吧。"

祁尊的心几乎漏跳了一拍："你母亲说你下周生日，就你生日那天，我们结婚吧。"

"行。"

"那我这算求婚成功？"

"是吧。"

"结婚！你跟祁尊结婚！"

杭宝蓓听到夏唯至的话，整个人都快蹦起来了。

夏唯至把刚从银行取出来的钱递给杭宝蓓："这是之前堕胎找你借的钱，还你吧。"

她那么淡然，杭宝蓓却要抓狂了："那你到底堕不堕胎了？这么大了也不好堕了啊！"

"不堕了。"

"你跟祁尊结婚会不会太过分了，这太祸害人了！"

"嗯。"夏唯至应了一声。

杭宝蓓见她那么淡然，完全是看破红尘的样子："你没告诉廷少，这孩子是他的吗？"

"我和宫少廷没有关系了，没必要告诉他。"

"以前的新闻我也看见了，祁尊的粉丝欺负你，宫少廷却在媒体面前霸气地维护你，说明他还是很喜欢你，为了你跟尹翎叶撇清关系。现在媒体天天拿尹翎叶出来嘲笑，根本不敢说你半个字。你一个新人，电影还没上映，都红成什么鬼样了，还不是因为他们忌惮廷少！"

"嗯。"夏唯至低头刷着手机看新闻。

红不红她都不无所谓，只要她在媒体面前，他就能看见她；只要她是公众人物，他总能找到她，她知道他在看自己就好了。

"唯唯，你怎么那么淡定啊？你要是跟祁尊结婚，廷少要哭死了。你都把人家抛弃了，他还那么护着你，你却跟祁尊结婚，很过分啊！"

夏唯至还是刷着手机，漫不经心地说："我得给肚子里的孩子找个父亲。"

"宫少廷啊！"

"我和他不可能。老太爷要是知道这孩子是宫少廷的，会不惜一切代价杀了孩子，宫少廷的母亲又要一哭二闹三上吊。和他在一块儿，会有很多很多问题。"

杭宝蓓再笨也有些听明白了："你当初抛弃廷少，是因为他母亲？"

"不然呢？我能为了养活宫少廷在工地打工，每天就吃一顿，还有什么理由能让我抛弃他？他母亲要死要活的，换成你，你还能自私下去吗？"

杭宝蓓沉默了一下，一拍桌子："不行，我告诉廷少去！"

"告诉什么！你告诉他，宫家又要一团乱，他母亲现在出了车祸，腿折了，本来就怨恨我，要是宫少廷再回来找我，他母亲和爷爷都要被气死了。"

"那就气死好了！管那么多干吗，自己开心就好了啊。他妈腿折关你什么事？你干的？"

"不是，是祁家干的。"夏唯至说。

杭宝蓓大惊："难道宫家不知道吗？"

"肯定知道，所以祁尊怕宫家报复我，暗地里也给我派了几个保镖。我看宫家老太爷看我也挺不顺眼的，一心想把我解决了。"

"你跟宫家长辈怎么闹成这样？那你和廷少在一块儿肯定吃了不少苦。算了，你嫁给祁尊吧，反正他也愿意给你养孩子。"

夏唯至说："别说这个了。我来找你有事——帮我找找薄源佑。你这小弟多，以后收保护费的时候多留意街头。"

"找他干吗？听说他早死在街头了。反正传言是这样，不过尸体没看到。"

死在街头？

夏唯至心里抽痛："我以前没能力帮他，现在我赚钱了，想帮帮他。"

她是真的想找出薄源佑好好地帮助他，毕竟薄家被宫少廷恶意收购又被整垮和她有关。

还有薄太太，虽然不是她杀的，但是她亲眼看着薄太太死去。

想起来心情很复杂。

夏唯至一个人从杭宝蓓家里出来，走在无人的街头。

"你们不要跟着我了，我想一个人静静。"夏唯至突然停下脚步说。

黑暗里走出四个人。

那是祁尊派出的保镖。

其中一个保镖点点头："夏小姐，我们暂时不跟着，如果发生什么事，请大声喊叫，我们就会出现。"

四个人在话音落下的时候消失了。

夏唯至往前走了一段路，却越走越偏僻，直到进了一条小巷，她才停住脚步，侧头："出来吧，跟了我一小时了。"

身后并没有人。

夏唯至勾了勾唇角："再不出来我可就走了。"

夏唯至作势走开，她的身后果然走出一个人。

从黑暗中走到了路灯下面，他的脸渐渐清晰。

当初英俊又干净的脸上现在满是胡子，似乎瞬间苍老了十几岁。

夏唯至莫名有些心慌，看到他的样子，她是心疼的。

"你还好吗？"夏唯至听到自己问。

"你说呢？"他一步步走到她面前。

"我一直在找你。"夏唯至说。

364

"看我落魄的样子吗？"

"不是，我想帮你，薄源佑。"

她知道有人一路跟着她，却没猜到是薄源佑。

薄源佑穿着连帽卫衣，帽子一直戴着，双手放在卫衣的口袋里。他慢慢走到她面前，打量着她：一身的名牌，淡雅的妆，气质也越发高雅。

"看到你过得那么风光，我心里很不舒服，可看到你过得不好，我心里一样不舒服。"他说。

"我只是表面风光，其实我过得挺惨的。"不能跟喜欢的人在一起，已经够惨了。

薄源佑突然勾了勾唇角，如果是以前，他一定会笑，可是现在，他笑不出来。

"夏唯至，这些日子我一直想着给母亲报仇，后来我想通了。"薄源佑突然说。

"你想不通，你脑子不好使。"夏唯至说。

薄源佑这一次真的笑了起来："对，我脑子不好使，我又误会你了。我前前后后调查过了，我母亲的死跟你无关。"

"原来这些日子你去调查薄太太的死因了，查出什么了吗？"

"查出你不是杀人凶手，这就够了。"薄源佑说。

"不够，还要查出杀人凶手是谁，你应该为你母亲报仇。"

"我一点证据都没有，只怀疑了一个人。"

"谁？"

"尹翎叶。"

夏唯至明显很诧异："她的手段不至于如此。"

"宫达调查过尹翎叶，如果不是怀疑，宫达这种人不会去管对他没好处的事。你多留意她，保护好自己。"

如果是尹翎叶，夏唯至觉得毛骨悚然，她做事怎么能如此滴水不漏，还能顺便嫁祸给自己？

"我没有证据，不敢断定，但是我会一直追查杀我母亲的凶手。凶手不是你，我竟然很开心。"

"我那么好，你干吗不开心？"

薄源佑愣了一下，然后又笑起来："喂，夏唯至，我真的很后悔，为什么错过你？为什么每次我都不相信你？"

"因为你蠢吧。"

"对，我蠢。听说你母亲醒了，我特别为你开心！"

"谢谢。"

薄源佑发现她再不是那个追着自己跑天天喊着薄源佑的女孩，她和他说话，不再有迷恋的眼神。

可是他真的很怀念那种眼神。

"夏唯至，能不能问你个问题？"薄源佑突然问。

"爱过。"夏唯至说。

薄源佑又要笑了："你没爱过我，你只是感激我，感激我对你的帮助。爱一个人，哪有像你这样天天喊着追着的，因为爱，所以反而说不出口，这才是正常女人爱一个人的表现。"

"我可能不正常吧。"夏唯至说。

薄源佑想起外界盛传的她和祁尊的关系："你爱祁尊吗？"

"爱啊。"

"爱宫少廷吗？"

夏唯至张嘴，却突然愣住了，一时竟不知道怎么回答。

薄源佑见她愣住，挑眉："你爱宫少廷。我、祁尊、宫少廷，你只爱他，并且到现在还爱着他。"

"你放屁！"夏唯至明显有些恼羞成怒的样子，走上前，拿了一张卡给他，"给你的，不要还我，以前我欠你的更多，密码是你生日。"

夏唯至把卡塞到他手里转身就走。

密码是他生日，也就是说她早就准备好了？

薄源佑的心像是被狠狠揪着一般。为什么母亲死的时候他那么不相信她，误会她，诅咒她，她却在自己事业刚刚起步的时候还给他准备了钱？

这样的女人，他当初错过了，现在怎么都没法把她追回来了。

每次见到她，他都在后悔，并且忏悔。

拉住她的手，薄源佑把她狠狠地扯进自己怀里。

"薄源佑！"夏唯至本能地大吼。

薄源佑知道自己脏，可还是忍不住抱了她，闻言放开她："对不起！我失态了，对不起！"

他曾经那么高高在上，现在却不断向她道歉。

夏唯至也感觉自己反应过激："是我刚才太激动了，以后有什么事就来找我。"

"我要出国了，我父亲在国外，我去投奔他。这些钱，当我借你的，等我有钱了再回来找你。"

"不用了，等你回来我孩子都会打酱油了，你找我干吗？"

说到孩子，薄源佑看着她的肚子，心情有些复杂："我给他做干爹。要是没钱，我就不回来，一定等够资格做他干爹了再回来。"

夏唯至想着，她要是生女儿，多个干爹，怎么都觉得别扭，她很不喜欢"干爹"

这个词。

不等夏唯至说什么，薄源佑就说："再见。等我回来。"

转身，他就走了，转得很干脆，一点都不磨叽。

"喂，夏唯至！"薄源佑又转身看她，一步步往后退去，退到了黑暗中，"当初我选了任一茹，没选你，超后悔的！"

话音落下，他消失在黑暗中。

夏唯至就站在那儿，淡淡地看着。她可以很平静地听薄源佑说我超后悔，我走了，再见，虽然他这一离开，他们不知何时能再相见，也许一辈子都不会见了。

是啊，她其实不爱他，所以当初她甚至不介意薄源佑和任一茹好上，还上赶着想和他上床。哪怕亲眼看着薄源佑和校花睡在一起，她也一点都不介意，只是好生气。生气什么呢？她主动倒贴了，薄源佑却不碰她。

可是宫少廷呢？只要一想到宫少廷和别的女人在一块儿了，哪怕他只是抱了尹翎叶一下，她都想把尹翎叶给手撕了。

这就是爱与不爱的差别。爱的人如果跟别人睡在一起，她会嫉妒到发疯，生气到发疯，发狂到想剁人。

说到尹翎叶，夏唯至始终不愿意相信她那个同父异母的姐姐会下手杀人，没有证据，她也不想把人想得太坏。

夏唯至也转身走开，却是和薄源佑完全不同的方向，背对背，从此各走各的路。

夏唯至走出小巷了，薄源佑却在黑暗中转过身看着她，眼中含着泪水。他低头看了一眼手里的银行卡，慢慢收紧手。

夏唯至走出来，一只手突然拉过她，她本能的反应是一个手劈，然而她的手被人抓住了。

她抬腿，又被抓住。

遇到对手了！

夏唯至想喊，那人猛然捂住她的嘴，把她拖到了阴暗的拐角。

是谁？

看身形明显是个高大的男人，自己绝对不能坐以待毙。

夏唯至一被拖过去就屈膝，狠狠地撞了过去，很精准地撞到了某个地方。

"唔。"一声闷哼，声音有些熟悉。

夏唯至顾不了那么多，先跑了再说。

她推开对方，想跑，结果手又被抓住。

夏唯至还没来得及继续反抗，那人就咬牙切齿地道："是我！"

夏唯至这才抬头看他，这么近的距离，她当然能看清是谁。

"宫少廷！你鬼鬼祟祟的干什么？"夏唯至诧异地问。

宫少廷被她那么一撞，疼得到现在都没回过神。

"疼死我了！"宫少廷咬牙切齿地喊。

呃……

夏唯至说："我不知道是你。你怎么不吭声？"

"我来得及吭声吗？"

"好吧……你跟踪我！"

"废话！我爷爷一直派人追杀你，你身边除了祁尊安排的四个保镖还有我安排的隐卫，大晚上你一个人，我怎么放心！"宫少廷捂着裤裆，疼得直哼哼。

夏唯至有些抱歉："还没缓过来啊？"

"你说呢？"宫少廷盯着她。

夏唯至实在不好意思。

原来老太爷真不打算放过她，都是宫少廷和祁尊安排的保镖帮她挡住了危险。宫少廷当初在媒体面前护她护得太直白，又直接撇清了他和尹翎叶的关系，必然会惹恼老太爷。

难怪这半年里她过得那么舒坦，演艺圈更是混得风生水起，恐怕少不了宫少廷在背后相助吧。

原来还是她被保护得太好。

宫少廷还在倒吸气，跳着脚，疼得想踹人。

"要断子绝孙了！"宫少廷骂骂咧咧。

夏唯至立马说："不会的，断不了！"她肚子里的就是他的种，就算现在踹坏了都断不了。

宫少廷瞪她："你自己踹的，给我揉！"

夏唯至："……"

"我是有男朋友的人，你别这样……"

宫少廷却挑眉，突然扣住她的肩膀，把她推到墙上。

"你和薄源佑的对话我听了一部分。"宫少廷突然说。

夏唯至被他困在墙壁和胸口之间。

"是吗？从哪里开始听的？"

"夏唯至，能不能问你个问题？"宫少廷把薄源佑的话重复了一遍，"从那里开始……"

"哦，然后呢？"

"他问你爱祁尊吗。"

夏唯至说："爱啊。"

"爱宫少廷吗？"宫少廷把那些话照搬过来。

夏唯至愣住了，就跟刚才薄源佑问她时一样的反应，完全不知道该怎么回答。

"你答不上来？为什么？难道他说中了，我、薄源佑、祁尊，你只爱我，并且到现在还爱着我？"宫少廷盯着她，一字一顿地问。

夏唯至被他问得心漏跳了一拍又一拍。

夏唯至说："你可能没听见，薄源佑说这话的时候，我说他放屁。"

"我现在一点都不信你说的话。"宫少廷凑近她，气息就在她耳边喷洒，"我倒是相信薄源佑说的，你爱我。"

"我再强调一遍，他放屁！"夏唯至盯着他说。

"才拍了一部电影，就跟我飙演技？"

"你怎么那么死皮赖脸！我当初抛弃你，你还能公然在媒体上说出这事，现在怎么还有脸来找我？"

"没脸的是你。被抛弃的是我，不是你，所以干坏事的是你，不好意思的也应该是你。如果薄源佑说的是真的，你明明爱我，却离开我，还和祁尊搞上，说明你和他在演戏，演不爱我的戏。"

夏唯至心里咯噔了一下，这男人听了她和薄源佑的部分对话，现在还把她的心思全说中了。

"你放屁！"夏唯至再次想推开他，可是宫少廷这块头哪里是她能推开的。

宫少廷盯着她，目光意味深长。他一直在想，当初夏唯至为什么突然离开他，真是因为他穷了、落魄了、没钱了？那薄源佑呢？薄源佑落魄成这样，她却早早地给他准备了银行卡，就等着薄源佑出现。

薄源佑明明伤她那么重，还误会她杀了他的母亲，她赚了钱却还想着落魄的薄家少爷。这样一个女人，当初会因为他穷就转而投到祁尊怀里？他突然很怀疑。

"宫少廷，你到底要怎样？再不放开我，我喊人了！"她有四个保镖。

宫少廷说："你喊啊，喊破喉咙也不会有人来。"

"……"

她那几个保镖还被他的人盯着呢，他要是不想祁尊的保镖出来，随时都能让他们消失。

宫少廷问："跟我离婚，应该分了不少钱，不是拿我的钱去给薄源佑吧？"

他是故意这么问的。

夏唯至立马说："怎么可能！都是我自己赚的钱，我现在也是有工作的人。"

人家进娱乐圈为名为利，这个女人倒是很实在——为了钱，纯粹当成工作。

"跟我离婚分走三十亿，钱呢？"

夏唯至猛然反应过来，他在套她的话。

"花了啊！花个钱还不容易？有钱难道还愁花不了吗？"

369

"花哪儿了？"

"买包包买衣服。"

"买这些花了三十亿？你得买多少房子来装这些衣服？"

"对，买房子了。"

"买在哪儿了？"

"我为什么要告诉你？"

他以前居然没想过她拿走三十亿都花哪儿了，那时候光顾着生气了。

"卓尔！"宫少廷突然大吼一声。

一个人悄然出现。

"少爷。"卓尔看了一眼夏唯至，才说，"刚才查了，少奶……夏小姐名下没有房产。"

夏唯至对于卓尔的突然出现毫不意外，却没猜到他一出现就说了这话，这让她无言以对。

卓尔的效率还真高，查个情报快得惊人。

宫少廷又盯着夏唯至："不是买了房子？"

"在我母亲名下呢。"

"夏夫人名下没有，夏小姐弟弟名下也没有。"卓尔又说。

夏唯至怒瞪了卓尔一眼，卓尔当没看见。

宫少廷扬起唇角："消失。"

卓尔立马消失不见。

宫少廷又说："接着说，钱花哪儿了？"

"我存起来了。谁说拿了钱就要花？就放在一张卡里，我想用多少就取多少。"夏唯至说。

"如果你一开始就这么说，我还可能信，可现在，你当我傻吗？"

他担心她的安全，知道她一个人出来，所以跟着过来，然后听到了她和薄源佑的对话，薄源佑的话提醒了他。

再看夏唯至，连薄源佑这么落魄的人，她都早早为他准备了钱，更加不可能因为他没钱了就抛弃他。

何况看样子，夏唯至和他离婚到底有没有拿钱还不一定。

只是一想到夏唯至和祁尊接吻，现在又怀了祁尊的孩子，他的脑子里就一团糨糊，嫉妒和气愤完全占据了他的理智。

宫少廷要跟夏唯至较量智商，她还真不一定能赢。

"说完了吗？说完了我回去了。"夏唯至没有推开他，而是从他手臂下面钻了过去。

宫少廷拉着她的手不肯放。现在他得好好揣摩到底发生了什么事，哪里不对劲。爷爷当初和他立了三个月的赌约，爷爷不是那种卑鄙到暗中耍手段的人。

不是爷爷，那就是母亲！

"当初是我母亲逼你离开我的？"宫少廷突然问。

夏唯至愣了片刻，但她反应很快："都过去了，我们俩也过去了，你现在还追问这些有意义吗？"

"有！非常有！我就想知道你当初为什么离开我。"

"我劈腿祁尊了啊！"夏唯至说得很顺畅。

这让宫少廷又想起了薄源佑的话，这个女人因为不爱，反而能嚷嚷着爱；真的爱了，反而没胆子说。

"夏唯至，你个胆小鬼！你根本不敢承认你爱我！"宫少廷激将她。

"我不爱你！"

"那就是爱了。"宫少廷说。

"什么逻辑？我说了不爱！"

"薄源佑都说了，你爱一个人不敢承认，不爱了天天嚷嚷爱人家，在这一点上，我相信他，毕竟他认识你的时间比我长。"

夏唯至深吸口气："你一定要跟我纠结这个是吗？我说不爱你，你偏偏说我爱你，行，我爱你！"

"你看你承认了，你爱我。"

夏唯至："……"

她快要一口血吐出来。

"宫少廷，你到底想怎样？老子明天还有广告要拍！"夏唯至怒吼。

"你离婚拿了三十亿，还拍什么广告，拍个广告才多少钱！再说了，肚子那么大拍什么广告！我不喜欢，特别不喜欢你跟着祁尊混！"

"你不喜欢我就不干啊？做演员多赚钱，有钱不赚，我傻吗？！"

"有钱不拿，你傻吗？三十亿，你没拿吧。不拿这白捡的钱，辛苦跑去拍戏，你蠢吧！你要非说拿了三十亿，行，拿出来我看看！"

"我的钱，干吗拿出来给你看？"夏唯至不明白这宫少廷今天是怎么了，听了薄源佑的话就拉着她承认爱他。

终于把他甩开了，夏唯至撒腿就跑。

宫少廷眸底一阵精光闪过，他几乎可以确定，夏唯至和他离婚的时候根本没拿钱，而且她当初离开，不是爷爷做了手脚，很可能是母亲做了什么。

一刻都不能等，他一定要弄清楚。

宫少廷一路上都跟着夏唯至，她到哪儿，他到哪儿。

371

夏唯至准备回家，回头却见宫少廷还跟在身后。

"你今晚到底是来干吗的？"

"没弄清楚你当初为什么抛弃我，我是不会走的。"宫少廷说。

"……宫少廷，你什么时候开始变得这么无赖了？"

"刚开始。"

夏唯至扭头就跑。她的小区就在前面，进小区必须刷门禁卡。

夏唯至用百米冲刺的速度跑过去，刷了门禁卡，闪身进去，玻璃门很快自动关上。她回头，看到走过来的宫少廷隔着玻璃门进不来。

夏唯至对他挥手，然后转身就往电梯走。

门口坐着物业保安。

宫少廷冷冷地对保安说："开门。"

保安看宫少廷那一身气势，立马打开门。

宫少廷就这么进来了，走到等电梯的夏唯至旁边。

夏唯至本来还觉得这小区真好，只有门禁卡才能进来，外人都进不来，侧头看到身边的人，她愕然地道："你怎么……"

"你们保安开的门。"宫少廷说。

"……"这物业怎么这么随便！

夏唯至叹息着说："宫少廷，真的别闹了。你爷爷和母亲要是知道你在我这儿，会杀了我的，我还想多活几年。"

"不在你这儿，他们也要杀你。我在你这儿，还能保护你。"

夏唯至："……"

她已经彻底无语了。

电梯门打开，有小区的住户走出来。

这些住户有不少人认识夏唯至，毕竟她是祁尊女友的事传得街知巷闻，而且次次都是头条。

怎么她身边跟着的不是祁尊？又换人了？真是够了！

那些人看夏唯至的眼神明显很恶心她。

再看宫少廷，又是个帅哥。祁尊是天王级别的巨星，差不多人人知道，而宫少廷不是影视明星，不是每个人都认识。

电梯里面的人都出来了，宫少廷直接拉着夏唯至进去。

电梯门一关上，外面的人就七嘴八舌地聊开了。

"喏，那个就是祁尊的女朋友。"

"怎么又跟别的男人一起了？这个女人手段太高明了吧！听说媒体都不敢说那个女人的坏话，因为宫家那个少爷护着她。"

其实电梯门还没彻底关上时，那些风言风语夏唯至就听得一清二楚。

她知道是因为有宫少廷护着，所以媒体压根不敢说她的坏话。

夏唯至看了一眼身边的男子，见他跟没事人一样，双手放在口袋里。

电梯门上映出他们俩的身影。

进来的时候他拉着她的手，现在还拉着。

电梯到了夏唯至所住的楼层，宫少廷直接拉着她出去，又拉着她到了她住的房间门口。

根本不用她说，他就知道她的门牌号。

夏唯至深吸口气说："宫少廷，你今天要是进了这扇门，你跟你爷爷和你母亲就要彻底闹翻了！他们本来就很生气你跟我来住，你现在还要进我的房间！"

"夏唯至，你长那么漂亮的耳朵是用来听的！我跟你说过几次了，你不告诉我当初为什么抛弃我，我是不会离开的！钥匙。"宫少廷直接拿过夏唯至手里的钥匙，打开门，拉着夏唯至进去，然后踢上门。

房内很黑，夏唯至被他拽着，还来不及去开灯，宫少廷又不知道灯在哪里，被门口的地毯绊了一下，顿时一个趔趄，连带夏唯至也被他拉得踉跄了一下。

他本能地抱住她。他的背落地，幸好房间里铺着毛毯，她就这么趴在他身上，两人都愣了一下。

夏唯至想起来开灯，宫少廷却突然抱着她不让她动。虽然房间里很黑，可是他依旧能看清她的眉眼。他魂牵梦萦了那么久，每天晚上都睡不着，闭上眼，他就会想起她和祁尊搂在一块儿，祁尊亲吻着她，而她在祁尊身下……

一想起来他就又嫉妒又生气。

宫少廷仰起头，咬住了她的唇，咬得很重。

夏唯至疼得唔了一声，一拳打在他的肩膀上，宫少廷却抱着她吻得更加狂热。

他根本就离不开她，不管她怎么对待自己，只要看到她和祁尊在一块儿，他就嫉妒得发疯，根本做不到眼睁睁看着她跟别的男人恩爱。

夏唯至被他狂热地亲吻着，闻着他身上熟悉的霸道带着强势的气息，感受着熟悉的仿佛想吞下她的气势，突然很想哭。

她也想放纵自己和他在一块儿，不顾自己，不顾孩子，甚至不顾母亲、朋友的生死，可是她不能。宫妈妈会以死相逼，宫爷爷更不会同意，甚至可能不会放过肚子里的孩子。

她浑身虚弱地趴在他怀中。

宫少廷捧着她的脸："你看你都没抵抗，你一点都不反感我吻你！"

夏唯至这才回过神来："我反抗没用，力气不如你，身手也没你好。"

"你就口是心非吧，刚才你的表情分明很享受！"

"那么黑，你怎么看得清我的表情？"夏唯至怼回去。

"死鸭子嘴硬！"

"我不是鸭子，你才是！"

"让我做你的鸭子，我倒是愿意。"宫少廷意味深长地说。

夏唯至慌乱地从他身上爬起身，摸黑去开了灯。

房间里突然亮了起来，两人都不适地闭了闭眼。

睁开眼，夏唯至看到沙发上坐着个男人，吓了一跳。

"祁尊！"夏唯至喊。

沙发上坐着的人的确是祁尊。虽然房间里灯没开，但是他看见了躺在地上差点纠缠起来的两人。

"回来了。"祁尊起身走过去，看也不看宫少廷，好似刚才什么也没发生。

可宫少廷心眼小，看见他就不痛快——祁尊居然早就在夏唯至的房间里。

"父亲让我带一些水果给你，我放在桌上了。还有，下周我们的婚礼，父亲也准备好了，他很开心你能跟我结婚。"祁尊似乎是因为宫少廷在场故意这么说的。

"结婚！"宫少廷果然大吼着质问夏唯至，"你要跟他结婚？"

祁尊这才看向他："对，我们两个结婚，你现在站在这里算什么？"

"嗬，你刚才没看到我和夏唯至在做什么？身为男朋友，你居然没反应，还说要结婚，你可笑不可笑！"宫少廷挑衅祁尊。

祁尊本不想提这事，可宫少廷竟然主动挑衅。

祁尊冷冷地看着他，轻描淡写说了一句："刚才的事我看得很清楚，是唯至不小心摔倒，刚好摔在你身上而已。那是意外，我都不在乎，你何必太当真。今晚你不会打算留在我未婚妻的房间里吧？"

宫少廷真是佩服祁尊，这样的场景都满不在乎的样子，反而是他听到他们要结婚就淡定不了。

宫少廷满肚子气，他把夏唯至拉过来："夏唯至，你说清楚，婚礼是怎么回事？"

"我答应和祁尊结婚了，这下你可以回去了吧。"夏唯至说。

宫少廷深吸口气，感觉快要气死了。

"你为什么跟他结婚？你喜欢他吗？"宫少廷质问。

"喜欢啊。我喜欢他，要跟他结婚。"

夏唯至回答得太快了，宫少廷反而觉得可笑。

是啊，暴跳愤怒的就只有他，祁尊和夏唯至都如此淡定，他成了耍猴的，他们俩倒成了看戏的。

"行，我倒成了第三者，我走！"宫少廷气呼呼地摔门就走了。

夏唯至看着他出去，进了电梯，然后电梯门关上了。

"你也走吧。"夏唯至跟祁尊说，"你快回去吧，天气预报说今晚有暴雨。"

"马上就下了，就算我现在回去，路上也会碰到暴雨，不如，我在这儿住一晚？省得宫少廷误会，还以为我们俩感情不好。"祁尊建议说。

夏唯至走到门口打开门，显然不准备听祁尊的建议："替我谢谢祁叔叔，他送的水果我一定吃完。"

祁尊无奈："让暴风雨来得更猛烈些吧！到时候我车子没法开，只能停在路边等雨停，应该会很冷吧。"

"车里有暖气，开大一点。"夏唯至笑着说。

在夏唯至面前装可怜，这一招对她完全没用。

祁尊无可奈何，但不想就这么快离开。毕竟宫少廷才走，要是看到自己也出来了，肯定会怀疑什么，别到时候又折回来，白白便宜了他！

夏唯至也在看祁尊。刚才她和宫少廷虽然是不小心摔地上，但他们俩的亲吻是真的，尽管主要是宫少廷强吻，祁尊却一点反应都没有。看来真如他所说，他根本不爱自己。

那就好。

夏唯至站在门口不让祁尊进去，祁尊只好说："你有孕在身，还是早点休息吧，明天你还有个广告要拍。"

看到祁尊也离开了，夏唯至才关上门，洗了水果坐到沙发上吃，脑子里却在想着今晚的事。薄源佑要去国外了，也好，去投奔他父亲，重新开始生活。宫少廷呢……

想起之前的吻，夏唯至抬手摸了摸唇。

一想到他那么无赖，她就觉得好笑。

明明她那么狠心抛弃了他，他却为了维护她，怒怼媒体，又担心她被老太爷伤害，派人保护她，甚至一有空就亲自过来护着她。

夏唯至低头看着自己的肚子。

她决定生下孩子的那一刻，就是她对他的爱的最好证明。她是爱他的，很爱很爱，爱到愿意主动离开他，爱到愿意为他孕育新的生命。

母亲说得很对，为心爱的男人生孩子很幸福。

可是，不能和爱人在一起，痛也是撕心裂肺的。

所以，她努力工作，不去想他，就不会痛。面对他时，只能让自己冷静下来，他说得对，她在演戏，演不爱他的戏，而且演得很好。

叩叩叩。门又响了。

这么晚会是谁？难道祁尊回来了？

夏唯至走过去，打开门的瞬间，她整个人都愣住了。

375

门口站着一个淋了雨的男人，金色的头发软趴趴地贴在脸上，还有水一滴滴落下，他全身的衣服都淋湿了，白色的衬衣贴着肌肤，勾勒出狂野的肌肉线条。

夏唯至看到他，怔了半晌。

"你真的要和祁尊结婚？"宫少廷第一句话就是质问。

他不相信，还是不相信她真的抛弃他了。

"我不准！"宫少廷怒吼。

夏唯至说："这跟你没有关系。你淋了雨，别生病了，快回去吧。"

"我说了，我不准！"宫少廷直接踹开门，走进来，砰的一声把门关上，然后反锁了。

夏唯至皱眉，退后一步："你干吗？"

"外面暴雨太大，我回不去，被雨淋了我会生病，今晚我要留下。"

"你神经病啊！"

"是啊，我神经病！碰到你这样的女人，不神经才怪！我倒是想问问，祁尊身为你的未婚夫，怎么不留宿？我看他走了，不是要结婚了吗，怎么不同房睡？"

夏唯至随口说："风俗，结婚前不能见面。"

"你撒谎，祁城没这风俗！你怀孕了，他根本不能碰你，怎么不敢让他留下？"

夏唯至被他逼问，根本不知道该怎么回答，脑袋里一团糨糊，她努力想找话怼回去。

见她目光躲闪，宫少廷倒是眼前一亮："夏唯至，你不会从没让祁尊留宿过吧？"

"没有这回事！"

夏唯至一副很紧张的样子。

宫少廷看到她的模样，显然很开心："你话是没留宿过的意思？"

"我没这个意思，你不要乱说！宫少廷，你出去！"夏唯至抬手指着他。

宫少廷盯着她，再低头看着她的肚子，握住她的手指，直接把她拉到自己怀里。

她越挣扎，他就抱得越紧。

"夏唯至，我突然有些怀疑了，你肚子里的孩子到底是谁的？"

夏唯至的心像是被什么猛地撞了一下："当然是祁尊的，你不是知道吗？"

这个女人说的话，他已经不能确定哪句是真、哪句是假了。

宫少廷盯着她，漆黑的眸底带着探究，似乎在判断她到底是不是撒谎。

夏唯至抬头，迎视着他的目光。

宫少廷一边盯着她，一边伸手去解自己衬衣的扣子。他始终相信薄源佑说的话，夏唯至是个外冷内热的人，喜欢一个人就更加不会到处宣扬。

正因为不喜欢祁尊，所以她可以一口一个"我喜欢祁尊"。

"你干吗？"夏唯至见他解衣服扣子，下意识地后退。

"衣服湿了，穿着不舒服，我想在你这儿洗个澡。"

"不行，不合适！"

"洗好了我就走。你不让我洗，我感冒了就更不走了。总而言之，我非要在这儿洗，你赶都赶不走！"宫少廷说。

夏唯至："……"

宫少廷说完，放开夏唯至，把解开的衣服随手丢在沙发上。他丢得很准，就是祁尊坐过的沙发——祁尊的气味让他反感。

夏唯至眼见他对自己解皮带了，立马转身说："浴室在你右首边，直走到尽头。"

宫少廷看到她害羞的样子，挑唇，抽了皮带出来，丢开，又脱了裤子。

"毛巾呢？"

"我给你拿。"夏唯至说着，有些慌乱地走进自己的房间。

看到她落荒而逃的紧张样子，宫少廷扬了扬唇角。

想跟祁尊结婚，没门！

知道她和祁尊要结婚了，他能转身就走才奇怪了。光是知道她怀孕，他都想把祁尊废了，何况他们要结婚，他简直想把祁尊杀了。

浴室里，宫少廷在洗澡。

夏唯至拿了毛巾，站在门口，背对着宫少廷，把手伸进去："你的毛巾。"

宫少廷见她背对着自己，说："我在上厕所，拿不到。"

夏唯至只好低头走进去，把毛巾放在洗漱台上。

还没走出去，一只手突然圈住她的腰，直接把她搂进玻璃房里面，瞬间把她抵在透明的玻璃门上。

"宫少廷！"夏唯至怒吼。居然被他耍了。

吼完，夏唯至就感觉整个人都不好了，宫少廷就这么赤条条地站在她面前，她还一眼就瞥见了某个诡异的地方。

宫少廷凑过去吻她。

夏唯至甩手就是一巴掌："宫少廷！！"

宫少廷抓住她的手腕："是不是觉得我很坏？我跟你说，老子都是被你逼的！你都要跟祁尊结婚了，我还能忍，你说滚我就滚，我就真是乌龟王八蛋！"

"你个王八蛋！"夏唯至吼，"我压根不该让你进来！"

"你前夫就这样，你又不是不知道。不准和祁尊结婚！"

"我就结！"

"你跟他结婚，我就杀了他！"宫少廷威胁道。

"你杀得了吗？他是祁家少爷。"

"试试看！而且你们的婚礼，我一定闹他个天翻地覆，我看你敢不敢结婚！"宫少廷又威胁。

威胁完了，看到夏唯至怒气冲冲地对着自己，脸涨得通红，嘴唇更是艳丽，他低头，又狠狠地亲了一口。

夏唯至真是要被这个男人气疯了，简直想把他从楼上扔下去。

"说不结婚，我就放你出去！"宫少廷从她唇上离开，说。

"宫少廷，我是个孕妇！你有本事把我关在这潮湿的浴室里面！你要不怕我哪里不舒服，就把我关着！"夏唯至警告他。

宫少廷皱眉。这里面的确潮湿，她是个孕妇，在里面闷久了必然不好。

想了想，宫少廷只好放开她。

夏唯至走出去，想了想气不过，转身一脚踹在他腿上："你个变态！"

宫少廷哎哟了一声，抱着脚跳："老子可是宫家二少，你竟然对我又打又骂！"

夏唯至侧头，冷冷地看着他："赶紧洗，洗完给我滚！"

宫少廷一句话都不说了，乖乖去洗澡。

走出浴室，夏唯至瞥了眼浴室里的人，突然有些想笑，怎么以前没发现宫少廷又变态又无赖呢？

宫少廷洗完澡，有电话打进来，是宫少廷的秘书贝拉："总裁，夏小姐的医院检查报告我已经全部发到您手机里了。索傅医生那边也发了一份，他说五分钟内发给您夏小姐的受孕日。"

不到五分钟，医生索傅的电话就来了。

"少爷。"

"几号？"宫少廷听到索傅的电话，有些激动地问。

"根据计算，夏小姐的受孕日应该是在2月15号到19号之间，具体到哪一日，这实在不能确定。"索傅还没说完，电话里就传来了忙音，是宫少廷把电话挂断了。

"少爷？少爷？"索傅想着还没说完呢，就继续给少爷打电话。

宫少廷拿着手机，手捂着嘴巴，想把手机放下，却直接放进了盥洗台里面，里面都是水，他也忘了捞起来。

不论是15号还是19号，夏唯至那时候都和他在一起，她离开他，是在半个月之后。也就是说，夏唯至肚子里的孩子就是他的，可这个女人却口口声声说孩子是祁尊的，连肚子里的孩子是谁的都要和他撒谎。

宫少廷扶额。不行，好激动，好兴奋！他做爸爸了！他心爱的女人怀的是他的孩子！

宫少廷把手机捞出来，想打电话和他的好兄弟牧萧说他做爸爸了，却发现手机进水，已经没法拨打电话了。

宫少廷裸着身子在狭窄的浴室里走来走去。他早该去查的，查夏唯至的受孕日。他就不信了，他和她那么久了，她都没怀孕了，跟祁尊刚在一块儿就怀上了。

等冷静下来，理智地分析，宫少廷发现，所有的事情其实可以看得很明白。

夏唯至为什么离开？绝对不是因为嫌弃他穷，不是爷爷的原因，就是母亲的原因。

孩子是他的！他宫少廷有孩子了！

冷静。如果让爷爷知道，这个孩子就危险了。

夏唯至说孩子是祁尊的，刚好也保护了他们的孩子。

对，夏唯至一定是为了保护这个孩子！

宫少廷站在喷头下面，开了凉水，冲刷自己的身体，捏起拳头比画了一个加油的手势，然后大声"耶"了一声。

夏唯至坐在沙发上吃着祁尊送的水果，听到浴室里宫少廷好像在叫，还以为宫少廷在里面干吗了。

宫少廷从浴室里走出来，围了一条浴巾，头发湿漉漉的，前面的刘海都捋了上去，露出饱满的额头。

宫少廷一走出来就盯着夏唯至，眼睛里像是快有水溢出来，然后走到她旁边，挨着她坐下，又盯着她，还盯着她的肚子。

夏唯至被他看得全身发毛："我是孕妇，不要不分场合地发情，注意一下身份啊宫二少！"

"我没发情，不信你看。"说着宫少廷还特地解开浴袍。

夏唯至快跳起来了，立马摁住他的一只手，顺便再摁住浴袍。

"宫少廷，别动不动脱裤子行吗？"夏唯至深吸口气说。

"我只对你脱裤子，你知道的，我第一次给了你！"

夏唯至："……"

"好在你的第一次也给了我。"宫少廷说。

"好好的，为什么提这个？"

宫少廷看了看她又看了看她的肚子，说："我喜欢女孩。"

夏唯至深吸口气："你转换话题之前能不能有个前奏？"

"女孩好，是爸爸的小情人，妈妈的小棉袄，你说呢？"宫少廷说。

夏唯至说："关你屁事！"

宫少廷一点不介意她的态度，抓起她放在自己浴巾上的手："那你喜欢男孩，还是女孩？"

"都一样。"

夏唯至想抽回手，宫少廷却抓着她的手不放："我觉得龙凤胎就很好，双胞胎也行，要是三胞胎更好。"

"你当我母猪啊！我肚子里就一个，没有龙凤胎也没有三胞胎！"夏唯至说。

"这样啊……也没事，只要是你生的，男女都好。"宫少廷说。

夏唯至觉得他不对劲，眼神不对劲，说的话更不对劲。

"你是不是误会什么了？"夏唯至问。

宫少廷突然起身，反手把夏唯至困在沙发内，居高临下地看着她。

夏唯至盯着他，满是戒备。

"我可能误会你肚子里的是我的种，你说这误会深不深？"宫少廷突然问，话里带着兴奋。

夏唯至脸上僵了一下，说："这误会太深了！洗完澡了，你赶紧走吧！"

"我头发没干。你说不吹干会面瘫。"宫少廷说。

"那你去吹干。吹风机在浴室，自己拿。"

宫少廷手撑在沙发上，就盯着夏唯至，看了半晌，看得她头皮都发麻了，这才起身去拿吹风机。

吹个头发，他吹了一个小时，一边吹一边看着她。

夏唯至就当没看见他，吃着水果看剧本。

凭借祁尊女友的身份，的确有很多导演找上她，她没有加入任何经纪公司，可以自由挑选剧本。

宫少廷吹完了头发又去倒水喝，倒完了又去厨房切水果，切好了端出来，然后又去浴室里洗手，总之一直在她面前晃来晃去。

夏唯至抬头看他："头发吹完了，你打算什么时候走？"

"我在烘衣服，你总不能让我穿湿衣服回去吧。或者你这有男士衣服，借我穿？"

她这的确没有男士衣服。宫少廷说的男士衣服也是指祁尊的衣服，又是故意试探她。

夏唯至起身："你烘吧，我睡了，烘干了你记得回去。"

回到房间，夏唯至又玩了一会儿手机。

祁尊发了短信给她："到家了。"

她回了三个字："知道了。"

祁尊说："你早点休息。"

夏唯至还没回复他。

"跟谁发短信，祁尊？"床边突然凑了个脑袋过来。

夏唯至吓了一跳，抓了枕头打过去："宫少廷，你到底有完没完！！"

宫少廷抓走枕头："你别动气，动了胎气不好。"

"你一直在我房间晃来晃去，我怎么能不动气！"

"我看你跟谁发短信。"

"老子的手机，你看个毛！"夏唯至怒吼。

"你手机是老子给你买的，怎么不能看？"宫少廷发现夏唯至还爱用他送她的手机。

"我们离婚了，你管我！到底怎么回事？你怎么还在啊？"

"我第一次烘衣服，烘过头了，把衣服烧了。我没衣服穿，回不去。"宫少廷说。

夏唯至扶额。烘个衣服也能烧了？怎么烧的？！

"那你就裸着回去啊！"

"我身材那么好，能给别人看？"

夏唯至深吸口气："那你就给我看？"

"你不是别人啊！不如你收留我一晚，我明早就走。"

"不行！"

"就这么决定了。"宫少廷说着掀开被子，拿开腰上的浴巾，直接躺了上去，然后说，"唔，还是躺着舒服。不过这床有点硬，明天给你换张床。"

夏唯至："……"

躺下了？还把浴巾给扯了，然后叉着腿，一点都没羞耻感可言啊！

"你不是困了吗？睡吧。"宫少廷把她拉过来，躺在自己旁边。

怎么睡啊？再困也睡不着了啊！

"我们离婚了！离婚了！"夏唯至大吼，"你这算怎么回事？"

"离婚了可以复婚，咱们再结婚就行。"

夏唯至："……"

淡定，不能生气。

夏唯至打算心平气和地跟宫少廷说话："我已经答应和祁尊结婚了，我们之间也没有任何关系，你就这么睡我的房间，理由呢？说得过去吗？"

宫少廷自己找了个舒服的位置，跷起腿："凭你肚子里的孩子是我的。孩子的父亲睡在孩子母亲房间里，你觉得这个理由够吗？"

"孩子不是你的！"夏唯至说。

"你再怎么否认也改变不了这个事实。我已经让人根据你的产检单推断出你的受孕期，那时候我们还在一起，除非那时你就劈腿祁尊了。你要承认你劈腿也行，我得提醒你，就算宝宝在肚子里，也能做亲子鉴定，有绒毛亲子以及羊水亲子鉴定。"

夏唯至："……"

宫少廷见她说不出话，继续说："鉴定结果一个小时之内必出。你还有什么话要说？"

她还能说什么！他敢这么肯定，自然是早有准备，并且已经确定这个孩子是他的。

赶又赶不走，骂也骂不走，打也打不过。夏唯至生气地躺下，背对着他，离他远点。

宫少廷立马贴上来抱住她："老婆——"

"滚！谁是你老婆！"夏唯至怒骂。

"小唯……"

"叫那么恶心干吗！"

宫少廷也不生气："夏唯至，明明是我的孩子，你非要说是祁尊的。你是在气我，又是在保护这个孩子。我不管你当初为什么离开我，总之，既然孩子是我的，你就是我的！我不会让你离开我，更不会让你和别人结婚！"

她怎么跟他一起？他的亲爷爷要杀她，他的亲生母亲用性命威胁她，他们两个在一起，能安生吗？

他贴在她身后，搂住她的肩膀："你别再逃避了。你要是不喜欢宫家，我离开，不做宫家的少爷，就做你的男人。"

夏唯至闭着眼，听着他说话。他用一句句情话撩拨她，让她根本招架不住，她也没想到他这么无赖。

我不做宫家的少爷，就做你的男人。

夏唯至背对着他，忍不住笑了起来。

没有女人能拒绝这个男人发动的攻势，包括她。

她真的很想回身，去抱抱他，跟他说："宫少廷，其实我真的好想你！"

正在这时，手机显示有信息进来。

夏唯至拿起手机，屏幕上却跳出了一张照片，是她的弟弟夏展。

夏展双手被绑，嘴里塞着破布，坐在椅子上，闭着眼垂着头，旁边一个黑衣人拿着枪指着他的脑袋。

"和祁尊结婚。结婚了之后，我保证完好无损地把你弟弟放了。宫少廷在你那儿，你可以告诉他，你弟弟在我手里，看是我的枪快，还是宫少廷能立刻飞到英国救下你弟弟。"

能说出这种话的，自然是宫家老太爷宫浩钱。

夏唯至猛然起身，大步走出门，然后开始打夏展的电话，夏展的电话却是关机状态。

宫少廷见夏唯至突然出去，起身跟出去："怎么了？"

夏唯至让自己镇定下来："我突然想上厕所。那个……你回去吧，我和祁尊要结婚了，你留下真不合适。"

他刚才说了那么多，她居然一点都没听见。

"夏唯至，我已经不断放低姿态！我现在跟求你没差别，你居然还要赶我走，还要带着我的孩子嫁给别人！"宫少廷是真的火了。

夏唯至去房间拿了浴巾："你先回去！浴巾围上，快走！"

夏唯至直接把他推了出去。

关上门，夏唯至紧张得手都在颤抖，她继续给夏展打电话，可电话还是没有接通。

手机又收到一段视频。

夏唯至打开，看到夏展被绑住丢在地上，几个外国人对他拳打脚踢。夏展被打得浑身是伤，却吭都没吭声。

夏唯至快急疯了，想到刚才的短信号码，她打了过去。

电话很快就接通了。

"你们到底想怎么样？！"夏唯至走回房间关上门，大吼。

"夏小姐，我是宫管家，老太爷的意思我已经传达清楚了。听说祁家已经在筹办婚礼，下周就能举行。老太爷的意思是，越早越好。只要你和祁尊结婚，你弟弟就不会有任何危险，没结婚之前，我们每一天都会好好伺候他。"

"不要伤害我弟弟！"夏唯至怒吼。

那一头的宫家老管家却显得异常平静："夏小姐，老太爷已经很仁慈了，没有伤害你的性命，给你最后一次机会，和祁尊结婚，一切都会过去。"

夏唯至踉跄地跌坐在地上。

她真的太天真，也把老太爷宫浩钱看得太轻，他的确说得出做得到。他早就警告过自己离宫少廷远点，不然她的亲人朋友都会为此付出惨痛的代价。

"夏唯至，你给老子开门！"宫少廷被关在门外，快被冻死了，外面还是暴风雨。

夏唯至走出卧室，看着被敲打的门。

她如果能和他在一起，早就一起了。如果她孑然一身，老太爷无论怎么威胁都没用，问题是，她有亲人，有朋友，她不可能为了一己之私，害死身边的人。

宫少廷还在外面踢门。他快气死了，他都这样了，她还赶他出来！

一脚狠狠地踹在门上，宫少廷怒吼："夏唯至，老子要是再来找你，我就……我孩子就跟你姓！"

这话真是一点底气都没有，宫少廷压根不敢在她面前发恶毒的誓言。

383

气死了，居然被全裸着赶出来，亏他烘干自己衣服的时候特地给烧了，就为了能留在她房间！

夏唯至根本顾不了宫少廷，满脑子都是弟弟被绑架了。

对，让祁尊帮忙找！

手机上又发了一段视频过来，这次的主角是杭宝蓓。杭宝蓓是杭帮的大小姐，现在正在街头收保护费，而另一边，一个狙击手的枪口正指着杭宝蓓的脑袋。

"你们到底想干什么？"夏唯至拼命大吼，"住手！给我住手！不就是和祁尊结婚吗，我明天就和他结婚！你告诉宫浩钱，我明天结婚行了吧！"

[第十五章]

不要婚礼，我们结婚吧

一大早暴风雨停了，夏唯至就开车去了祁家。

到祁家的时候，祁尊、祁一鸿和夏可卿在吃早饭——夏可卿暂住在祁家。

夏唯至一进来就说："祁尊，我们今天结婚吧。"

祁尊手里拿着牛奶，听到夏唯至的话，杯子都摔在了地上。

祁尊站起身，夏唯至拉住他："我们现在就去领证。"

祁一鸿开心死了："好啊，赶紧领证啊！没想到小唯至比我们还急，哈哈哈！"

夏可卿皱眉，看着夏唯至把祁尊拉出去。

"可卿，你看他们两个好般配！"祁一鸿激动地说，"我让人把婚礼提前，让他们加紧布置场景！"

祁一鸿说完立马去吩咐下人。

夏可卿却起身跟着祁尊和夏唯至走出去。

祁尊拉住夏唯至不让走："怎么了？是不是昨天宫少廷对你做了什么？"

"没有。我只是觉得我们反正要结婚了，先把证领了也一样。"

"不一样，我要先给你婚礼！宫少廷没给过的，我给你！等婚礼结束，我们再去领证，我要让全世界见证我们的婚礼！"

"不用那么麻烦。婚礼可以不用，先领证！"

"唯至，你到底怎么了？怎么突然着急结婚？"祁尊看着她，满是狐疑。

"没事。那婚礼最快是什么时候？能不能提前？"

"可以提前，但最快也要明天。你的婚纱还在定制，加班加点也要明天才能送到。"

"定制婚纱不要了，临时买一套，我们今天结婚。"夏唯至说。

"最快也得是晚上，婚礼太匆忙会委屈你。"

"不委屈，就今晚。我先去准备。"夏唯至说着，转身就要走，看到夏可卿走过来，她喊，"妈，我先回去准备婚礼。"

"你等一下。"夏可卿喊住她，又看了祁尊一眼。

祁尊点头，知趣地走开。

夏可卿问女儿："宫家对你做了什么？"

"没有。"

"没有你那么着急找祁尊结婚？别说我了，祁尊都看得出来这里面有问题。是宫家老太爷，还是宫妈妈，对你做了什么？"

"妈，真的没有，你别问了！"

夏唯至一走，夏可卿就对祁尊说："你查一下在英国的夏展，暗中查，我出去一下。"

夏展。祁尊知道他是夏唯至的弟弟，难道是她弟弟出了什么事吗？

夏可卿一出去，几个守卫就跟了出去，那是祁一鸿安排的专门保护夏可卿的人。祁一鸿安排给她的守卫都是祁家的顶尖，把夏可卿保护得几乎是滴水不漏。

不到半小时，夏可卿就站在了宫氏集团大楼下。

如果她猜得没错，一定是宫家的长辈对夏唯至施压，拿她身边的亲人朋友威胁她。宫家如果只是拿夏唯至本人的性命作为要挟，她根本不会妥协；如果是针对她的亲人朋友，夏唯至才会着急和祁尊结婚。

她得找到宫少廷，告诉他她的猜想，并且让他知道唯至马上要结婚了。

"很抱歉这位女士，如果您没有预约，我们总裁是不能见你的。"前台拒绝了夏可卿见宫少廷的要求。

夏可卿说："你告诉他，我姓夏，他一定会见我！"

"可是总裁他在开会，我们这个时候不能打扰。会议一小时后结束，不如你等一小时，等会议结束，我再联系总裁秘书。"前台建议说。

既然如此，那也没办法，夏可卿只好等。

宫达接待完客户，亲自送客户下楼，无意间看到了等候室里的女人，等送走了客户，他径直走进等候室。

"夏夫人，你好。"宫达进来自我介绍，"我是宫达，少廷的哥哥。"

对于夏可卿，宫达怎么会不知道——夏唯至的母亲，尹家那位第三者。尹翎叶告诉他，她无意间听到夏可卿是什么浿家大小姐。

如果他猜得没错，这个浿家就是曾经的豪门第一大家族。二十多年前，浿家是神话般的存在，而当时浿家有位大小姐，倾国倾城，引得无数男子竞折腰。

若论相貌气质，这个夏可卿也是风韵犹存，依旧美丽，说她是沂家大小姐他也信。

宫达能猜到夏可卿是来找宫少廷的。

夏可卿站起身说："你好，我找你弟弟宫少廷。"

"我知道，是我弟弟让我来接待你的。他现在比较忙，有什么事可以跟我说，我能传达给他。"宫达说。

"我还是亲自告诉他吧，我再等等。"

"夏夫人，我是少廷的亲哥哥，你这是不相信我吗？"

"没有，我相信，但有些事不能通过别人传达。我愿意再等。"夏可卿说。

宫达倒了水给她："夏夫人，请喝水。冒昧问一句，你认识宫家的人吗？"

夏可卿接了水说了谢谢，不答反问："你觉得我能认识宫家的人吗？"

"夏夫人不愿意回答，我也不勉强。"

夏可卿眼见一个小时过了，去前台问："现在方便让我见你们总裁吗？会应该开完了吧？"

"很抱歉女士，我们总裁十分钟之前已经出去了，我还以为你见我们宫总是一样的。"前台说的"宫总"是宫达。

出去了！

夏可卿问："去哪里了？"

"这，我们怎么知道……"

这个问题问前台确实为难人家了。夏可卿回头看向宫达，他是宫少廷的哥哥，能信吗？

"夏夫人，我这弟弟可是大忙人，你要见他一面，不提前一个月预约，实在很难见到。有什么话，你跟我说，我能帮你转达。"宫达又说。

"不必了，谢谢。"夏可卿朝他点点头，大步离开了。

宫达看着夏可卿离开的身影，心生佩服。到底是大家闺秀，行为举止、言语谈吐和普通的贵太太一点都不同。

就拿自己母亲来说，成天就是打牌搓麻将买奢侈品。再拿宫少廷的母亲来说，成天想着怎么让宫少廷留在宫家继承家业。夏可卿朴素平和大气，话不多，但每说一句都值得去推敲。

他知道爷爷一直在找一个女人，似乎叫沂水，会是夏可卿吗？

夏可卿一走出宫氏集团就给祁一鸿打电话："一鸿，小展在英国很可能被抓了，你快派人去找他！"

能逼着夏唯至立马结婚的，恐怕就是最亲的人被伤害了吧。

387

祁城国际机场。

宫少廷站在车子旁，看了一眼手表，明显很不耐烦了。他现在满脑子都是夏唯至怀了他的孩子却一心要嫁给祁尊。

昨晚大暴雨，他直接被夏唯至赶出门，还是光着身子赶出门。

薄源佑都说了，夏唯至肯定是喜欢他的，可他怎么都没看出来。

想起来就气，下周夏唯至就和祁尊结婚了！有时候他气得想任凭她结婚算了。天底下那么多女人，他干吗非追着她跑！

问题是一想到她怀了自己的孩子，他又好开心好激动。

然而想到自己孩子要叫别人爸爸，他又要气死了。

"Hello，我的离异好兄弟！"机场出口走出来一个男子，他戴着欧古诗丹的定制版太阳镜，穿着红色线衫，一走出来就想和宫少廷拥抱。

宫少廷直接推开他："牧萧，你迟到了五分钟。"

牧萧啧啧了几声："一年不见了，一点都不想我。"

宫少廷打开车门上车："有私人飞机不坐，非要坐客机，浪费时间。"

"你二少爷体验过民情了，我可没有。我要多来人间走走，才能认识人间的女孩，要不然全是我们这种圈子里的女人。你看，我在飞机上收集了二十几个美女号码！你要吗，给你几个？"

宫少廷看都懒得看一眼："你自己留着。"

"别啊！怎么还一副禁欲系的模样，你不是破身了吗？嗷，你何止破身了，你都离异了！我真好奇，那个抛弃你的女人长什么样啊？"

宫少廷打开车载视频，上面正在播放娱乐新闻。

"你都关注娱乐新闻了。"牧萧调侃他。

"祁尊女友夏唯至昨夜私会一神秘男子，小区保安亲手开的门！这神秘男子是谁，记者暂时还不知道，不过我们娱乐新天地会继续追踪报道。夏唯至以祁尊女友身份出道，一出来就引人注目，话题不断，昨夜又私会神秘男子，不知祁尊作何感想！"屏幕上播报着新闻，夏唯至的面孔时不时出现。

"这女的挺漂亮，没想到这么放荡！祁尊是她男朋友，她居然还私会神秘男子！哪个男的给祁尊戴了那么大顶绿帽子，这种女人被人玩烂了还玩！"牧萧看着屏幕在那儿嘲笑，笑得很开心。

"夏唯至，我前妻。"宫少廷说。

牧萧："……"

他就觉得夏唯至这个名字挺耳熟，在哪里听过似的。

牧萧干咳了一声："原来你被挖墙脚了。祁尊这事干得不厚道，我替你找人把他揍一顿！不过你吧，这种女人还是别要了。你看，祁尊是她男友，她昨夜还私会神秘男子，这个女人生活太乱了，别被她骗了！"

"神秘男子是我。"宫少廷说。

牧萧："……"

牧萧张嘴，已经不知道该说什么，似乎说什么都不对。没想到宫少廷看中的女人作风那么差。

"少廷，这样，你好好地捋一捋。你看，这个女人已经和祁尊好上了，昨晚又私会前夫，也就是你，脚踏两条船，你看到了吗？"

"她要是能脚踏两条船就好了，就不会赶着跟祁尊结婚。我昨晚还被她赶出来了！"宫少廷越想越生气，越想越郁闷。

"……"牧萧觉得惊悚万分，还有人巴不得自己喜欢的女人脚踏两条船！

牧萧还没回话，屏幕上的新闻又开始播报夏唯至。

"夏唯至和尹翎叶是姐妹。传言夏唯至是尹家私生女，记者追问尹翎叶，但是尹翎叶没有作出正面答复。此前记者拍到夏唯至独自一人产检，也许是祁尊工作太忙，没法陪同……"

牧萧得到的信息是夏唯至怀孕了，于是问："你听到了吗，你前妻怀孕了？"

说到怀孕，宫少廷可开心了。夏唯至怀的可是他的宝宝，他们俩之间有宝宝这层联系，那就断不了，他始终是孩子的父亲。

"你这么开心，难道孩子是你的？"牧萧问。

"对，我做爸爸了。"

牧萧简直大跌眼镜："她怀了你的孩子，却和祁尊结婚！Oh my god！"真是年纪大了，什么事都能看见。

"千万不要让老头子知道她肚子里的是我的孩子，不然老头子不会放过她！"

"你还想着保护她？她想着跟别人结婚，少廷，天底下没女人了吗？"

"在我眼里，没了。"宫少廷说。

牧萧忍不住说："她真的好坏！"

"我喜欢！"

祁家。

夏唯至正在房间梳妆打扮，准备穿上婚纱。

夏可卿支开了房间里的化妆师、摄影师等人，走到夏唯至身后给她梳头发。

夏唯至一直呆呆地坐在那儿，看到镜子里的女人，她喊了一声："妈。"

"祁尊已经把婚礼现场都布置好了，宾客也邀请了一些，但你现在反悔还来得及。"夏可卿说。

"我不反悔，我要结婚。"

"小唯，你祁叔叔已经在找小展，很快就能有消息。"

夏唯至愣了一下，看向母亲。

"是悄悄在找，不会让宫家人知道。"

夏唯至垂眸："妈，还是让你操心了，都是我惹的祸！"

夏可卿握着夏唯至乌黑的长发，手有些颤抖："为了你弟弟，你就要牺牲自己的幸福吗？"

"我和宫少廷本来就不可能了。您之前跟我说的也对，我和他在一起，不被他们家人祝福，宫爷爷和宫妈妈三天两头给我找事，我根本安生不了，宫少廷也会觉得很烦。我和祁尊就很好，祁尊他反正也不喜欢我。"

"不喜欢你？他自己说的？"夏可卿问。

"他说，是他父亲要求的，他反正要找个女人结婚，不如找我，知根知底，何况您和祁叔叔关系好。"

夏可卿失笑地摇头。祁尊也算是一片苦心，不这么说，夏唯至怎么愿意和他结婚。

小唯的孩子需要父亲，而祁尊传达给夏唯至的意思是祁父逼婚，他找了夏唯至就不会被逼着继续相亲了，让小唯觉得他们是各取所需。

"你今天结婚，宫少廷还不知道吧。"夏可卿说。

说到宫少廷，夏唯至也只是嗯了一声："他不知道最好。"

夏可卿白天去宫氏集团就是想告诉宫少廷这事，还有夏展可能有危险的事，现在想来，不告诉宫少廷也好。如果宫少廷知道夏展被绑架，必然会派人去找，到时候宫家老太爷恼羞成怒，肯定会伤害夏展。

祁一鸿派人四处打探夏展的消息，但是毫无进展，只知道夏展的确失踪了。

夏可卿见祁一鸿回来了，她走出去，问："有消息吗？"

"英国那么大，确实不好找。小展的确不见了，他常去的几个地方我在那边的人都仔细找了，没有见到人，又不能报警，现在我也是一筹莫展。"祁一鸿着急地说。

祁尊从外面走过，听到了夏可卿和父亲的谈话。

他不敢贸然派人去找夏展，找的人多了，宫家那边必然会知道，到时候对夏展做出什么来，夏唯至会愧疚一生。

祁尊走进房间，看到夏唯至已经穿好了婚纱。这件婚纱是临时买的，款式普通，但穿在她身上依然显得美丽而圣洁。

得知夏展被绑架，祁尊就知道了夏唯至为什么急着和他结婚。

"婚礼快开始了，准备好了吗？"祁尊站在门口问。

夏唯至回头看他："准备好了。你今天真帅。"

"以前不帅吗？"

"今天更帅。"

"你看得过去就行。我们结婚匆忙，媒体那边也没有给消息，等我们完婚，再对外公布。我们的婚礼还是只有自家人好，我不喜欢那么多人看热闹。"

祁尊虽然这么说，但他知道自己是有私心的，他不想媒体大肆报道。宫少廷到现在没来，很可能是因为他根本不知道他们今天结婚的事，也不知道夏展被宫家绑架了来威胁夏唯至。既然他不知道，那就更不能让媒体大肆报道。

夏唯至说："随你吧，媒体知不知道我都无所谓。"

她只想快些结婚，这样夏展就能脱离危险。

"还有一件事。"祁尊说，从口袋里拿出一个小盒子，"上次求婚太随便了，我想再郑重地向你求一次婚。"

说着，祁尊单膝跪在她面前。

"唯至，你嫁给我吧！"祁尊说。

夏可卿和祁一鸿走上楼，看到祁尊跪在夏唯至面前，手里举着戒指，祁一鸿很高兴，想上去看热闹，夏可卿却拦住他。

夏唯至愣住了，之前他和她说起结婚的时候的确是漫不经心的，此刻跪在她面前，却显得很真诚，好像认真地在向她求婚。

她找他结婚是因为肚子里的孩子需要父亲，那么迫切地要求结婚，完全是拿他们的婚事做救命稻草，希望保住夏展一命，她已经很自私了，怎么能接受这枚钻戒？

"唯至？"祁尊见她愣神，只好说，"这只是个仪式。"

"既然是仪式，就跳过吧。祁尊，你起来。"夏唯至拉他起来。

哪怕是作秀，她也不想接受他的婚戒。

祁尊在这一点上看得非常明白。他的唇角划过苦涩的笑，站起身说："这枚钻戒你收下，是照着你手指围度买的，留我这也没用。"

"退了吧，换成钱实在。钻戒就是个浪费钱的存在，不明白人类为什么要设计这个东西出来。到底有什么实用性？"

祁尊说："我以为正常女人都喜欢钻戒。"

类似的话薄源佑也说过。

夏唯至说："大概我不正常吧。"

"小唯……"

夏可卿看着女儿走出去，突然发现自己身为她的母亲竟什么都不能为她做。

深吸口气，夏可卿拿出手机拨了一个号码。

这个号码在她心里很久了，可她从来不打。

电话很快就接通了。

那一头的声音听着很平静，实则难掩激动："浔水？"

"我儿子在英国被人绑架了，我不希望他出事。"夏可卿说。

"他一定不会有事。"那一头的人给她保证。

走出房间，夏可卿看到祁家外面人头涌动，宾客已经陆陆续续来了。

宫少廷，你再不来，你的女人、你的孩子就要成别人的了。

宫少廷将车子停在一家商场门口，他和牧萧一块儿进了商场。

牧萧没带衣服，晚上还要和朋友去狂欢，于是直接来店里买衣服。

"兄弟，你最近过得那么郁闷，和我一块儿去夜店嗨一嗨。"牧萧建议说。

宫少廷哪有心情："我出去接个电话，你动作快点。"

"廷少！"杭宝蓓在商场门口出现，看到宫少廷，她激动地过来打招呼。

宫少廷看了她一眼就走开了。杭宝蓓耸肩，反正也习惯了。她来商场是想买条伴娘裙，夏唯至结婚，她可是做伴娘的人。

电话是宫少廷母亲打来的："少廷，你很久没来看妈妈了，妈妈很想你！今天你回来陪陪我好吗？"艾莉娜的语气很软，带着哀求。

宫少廷的确很久没去看母亲了。母亲的一些做法让他很不喜欢，特别是夏唯至离开自己这件事，他直觉和母亲有关，可是母亲之前出了车祸身体不好，他也不好强硬地去质问。

"这些年妈妈都是一个人过来的，以前你小，总是黏着我，现在你越来越不喜欢和我待在一起，可是妈妈就你一个儿子，妈妈也想你……"艾莉娜说得声泪俱下。

那一头，艾莉娜身旁就坐着宫家老太爷宫浩钱。夏唯至今天结婚，他们一定不能让宫少廷出现，所以一定要把他骗回去。

"我待会儿就回去看您。"宫少廷安抚母亲。

挂断电话，走回商场，宫少廷就发现牧萧在和人吵架，两人居然在抢一条裙子。

"放手！再不放手我打人了！"牧萧大喊。

"你是个男的你跟我抢裙子，你是不是有病啊你！哎，廷少！你来得正好，帮我评评理！这男的变态啊，他居然买裙子！"

宫少廷走过来，眼前的女人他有点印象，刚才在门口也碰到了，似乎是夏唯至的朋友，叫杭什么，他一时没想起来。

他问牧萧："你怎么回事？"

"我不是没带礼物吗，好歹给你妈买条裙子。这女人居然跟我抢了半天！喂！松手！"牧萧又大喊。

"这裙子又不是给老女人穿的！本小姐今天参加婚礼，快迟到了。廷少，不好意思，我不是说你妈妈是老女人，但是夏唯至的婚礼我真的快迟到了。既然你们认识，能不能让他把裙子让给我？”

宫少廷哪里有心情管他们俩的破事，他只听到了重点。

"夏唯至的婚礼？！"宫少廷疑惑地看着杭宝蓓。

"是啊，待会儿婚礼就开始了。"

宫少廷震惊得快说不出话来："她今天和祁尊结婚？！"

"是啊，就在祁家……挺匆忙的……"

宫少廷快疯了。那个女人是多迫不及待，居然这么着急嫁给祁尊！该死的！她就那么怕他缠着她？

死女人，你结婚！你带着老子的种和别的男人结婚！休想！

宫少廷直接跑了出去，又拿出手机打电话给卓尔："马上带人去祁家，有多少带多少！"说完他的车飞驰出去，瞬间不见了踪影。

牧萧过了半天终于反应过来，问："你说夏唯至，宫少廷的前妻？"

"你到底让不让裙子给我？这衣服我要穿着做礼服的！"

牧萧松开手："可以让，但你要带我去婚礼现场。我是少廷的好兄弟，从小一起光着屁股长大的。我要去婚礼上看热闹，快走！"

说着，牧萧就拉着杭宝蓓跑了出去。

杭宝蓓也反应过来："廷少带人去抢亲吗？好刺激！我也要带人！"

宫少廷一路把车开得快要飞起来了，电话还在不断地响。

"少廷，你怎么还不回家？"是母亲艾莉娜的电话。

艾莉娜听老太爷说了，夏唯至今天会结婚，无论如何都要拦着宫少廷。

"妈，夏唯至要结婚了，我现在没空回去！"宫少廷直接挂断了电话，他现在满脑子都是夏唯至结婚的事，天塌下来都没有这事重要。

那一头老太爷已经猜到宫少廷肯定会赶去夏唯至的婚礼现场。

艾莉娜问宫浩钱："爸，要不要派人出去拦着他？"

"时间差不多了，夏唯至的婚礼也该举行了，就算少廷到了现场，婚礼还得继续。"宫浩钱把握十足。

毕竟夏唯至的弟弟在他手里，谅她也不敢不听话。

"老太爷！"宫管家着急地赶来，见艾莉娜在，他立马俯身在宫浩钱耳边说，"夏展被人救走了！"

"什么？！"宫浩钱抬手就把身前的桌子给掀了。

祁家婚礼现场。

来的都是祁尊的亲朋好友，他根本没请圈内人，而且这次婚礼也是严密封锁消息，就算有媒体知道他结婚，他也给了媒体错误的结婚地点，媒体去采访也会走错地方。这样他就能和夏唯至安心结婚，没有人来打扰。

他知道夏唯至为什么着急和他结婚，他不介意，能结婚就好。

红毯上，夏唯至穿着洁白的婚纱，一步步走到祁尊面前。

祁尊的新郎礼服是早就定制好的。什么时候开始定制的？大概是他第一次对夏唯至有了不一样的感觉，面对她的冷漠和拒绝，他却对她志在必得。

在他眼里，她早就是他心目中妻子的人选，哪怕那时候她还是宫少廷的妻子。

"有请我们的新娘夏唯至小姐！"司仪激动地喊。

夏唯至拿着捧花，一步步走到祁尊面前。

祁尊一手背在身后，一手伸向夏唯至，看着她将手放进自己的手心，他握紧她的手，拉着她走上阶梯。

相比夏唯至的平静，祁尊的手抑制不住地颤抖。

夏唯至看了他一眼，"你很紧张吗？"

"第一次，有些紧张。"

夏唯至说："我还好，可能不是第一次的缘故。你不要去看下面的宾客，就当下面没人。"

"……"她居然安慰起他来。

祁尊知道她不紧张，但不是这个原因，毕竟她第一次结婚的时候连婚礼都没有，而是她不仅不爱他、不喜欢他，甚至连他们神圣的婚礼她都只当成是参加了一场宴会、吃了一顿饭那样平常。

"祁尊先生，你愿意娶美丽的夏唯至小姐为妻，和她在神圣的婚姻中一起生活吗？"司仪问祁尊。

"我愿意！"祁尊很快就说。

司仪微笑着点头，又问夏唯至："夏唯至小姐，你愿意嫁给祁尊先生，和他在神圣的婚姻中一起生活吗？"

夏唯至张嘴，突然有些犹豫。刚才祁尊求婚，她脑海里想的全是宫少廷。现在司仪问她愿不愿和祁尊结婚，她脑海里又全是宫少廷。

"唯至？"祁尊见夏唯至愣在那里不说话，轻轻喊她。

司仪也有些尴尬，重复了一遍刚才的话："夏唯至小姐，你愿意嫁给祁尊先生吗？"

"我……"她能说不愿意吗？

"对不起，我做不到。"夏唯至深吸口气，对祁尊说。

"唯至，你这个时候要反悔吗？"

"不，给我十分钟，我休息一下，很快就好。"夏唯至提着裙摆走上阶梯，走到后台，捂着心口不断喘息。

台下宾客不知道发生了什么事，都好奇地议论起来。

司仪立马开玩笑说："新娘实在太紧张了，让我们给她十分钟休息时间。很快新娘会重新上台来，请大家耐心等待。"

祁一鸿看到夏唯至落荒而逃的样子，哈哈笑："小唯至又不是第一次结婚，瞧她紧张的！"

夏可卿看了他一眼，祁一鸿脸上的笑容凝住了："怎么了？说错话了吗我？我没有嘲笑小唯至的意思。"

夏唯至本来以为和祁尊结婚对她来说很容易，可她现在才发现自己真的没法说出"我愿意"三个字。这三个字怎么那么难说出口！

她满脑子都是宫少廷，挥之不去。

"小唯，"夏可卿走到女儿面前，手放在她的肩膀上安抚，"小展已经得救了，如果你不想结婚，我会向祁家解释的。"

"已经到这个地步了，我怎么能丢下祁尊。没事的妈妈，我休息一下，很快就能缓过来。"夏唯至虽然这样说着，可是眼底有泪水在打转。

祁尊一直站在不远处等夏唯至。

夏唯至起身走过去，说："对不起，这次我一定不掉链子。"

"你说对不起的时候，我还以为你要抛弃我了。"祁尊笑着说。

"不会！"

祁尊抓起她的手："你只要说我愿意，然后我们交换戒指，仪式就结束了，我们俩就是夫妻了。"

"嗯。"

重新站回台上，祁尊对司仪点头，让他快些开始。

司仪又问新娘："夏唯至小姐愿意嫁给祁尊先生为妻吗？"

夏唯至一遍遍告诉自己：我愿意，我愿意。

她深吸口气，闭上眼。说吧，没什么大不了的，反正还是得结婚。

轰隆。砰砰。

外面传来一声声巨响，紧接着，祁家大门被装甲车给撞开了，那辆装甲车沿着宾客席一路开过去，所到之处一切都被碾为齑粉。

宾客们吓得全部起身，四处逃窜。

十几辆装甲车浩浩荡荡跟在后面，把祁家围得水泄不通。

为首那辆装甲车直接停在司仪台前。

车门被踢开，车上跳下来的男子盯着夏唯至，眼睛里都是暴怒的光。

"你结婚我同意了吗？"那男子盯着夏唯至，一字一字地质问。

夏唯至愣了一下，皱眉："宫少廷，你干吗？"

"没看出来吗？抢亲啊！"宫少廷抬手，装甲车全部停稳，车上下来几十个黑衣保镖，外面又跑进来一群人。

祁尊脸色苍白，手紧捏成拳。他尽力封锁消息，结果宫少廷还是来了，还公然挑衅祁家，破坏他的婚礼！

祁尊把夏唯至拉到自己身边："宫少廷，我和唯至已经结婚，你来了又能怎样？"

"哈，结婚了吗？'我愿意'她还没说呢，仪式没完成，压根不算数！你们说对吧？"宫少廷抬手示意他的保镖说话。

"对！"上百人齐声呐喊，声音响彻天际，"不算数！"

祁尊明显感觉自己被羞辱了："来人，把这些人给我赶出去！"

祁家也不是省油的灯，祁尊一声令下，立刻从四面八方冒出狙击手，把宫少廷的人全部围困在里面。

宫少廷看了一眼那些早就埋伏好的狙击手："看来早有准备，知道我会来。祁尊啊祁尊，夏唯至肚子里的孩子是我的，你要娶我儿子的母亲为妻，这也算是个大笑话吧！"

宫少廷的话在场的宾客都听见了。

大家都没想到，新娘肚子里的孩子都不是祁尊的，那把这个女人娶进祁家做什么？

"太不像话了！孩子不是祁尊的，他居然戴了这么大一顶绿帽子！"

"这种女人怎么能进祁家呢？祁尊太傻了！这样的女人绝对不能要，别结婚的好！"

祁家的亲戚长辈都在指责夏唯至。

宫少廷突然扬起手，砰的一声开了一枪。

"你们骂祁尊就骂，不关老子的事，骂我女人算怎么回事？都给我闭嘴！"

那些祁家人见宫少廷这阵势，哪里还敢议论。

夏唯至生气地上前："宫少廷，别闹了！"

"我闹什么了？你带着我的孩子跟别人结婚，还指望我同意祝福吗？告诉你，想都别想！"宫少廷冲着她吼。

"你根本什么都不知道，你给我滚！"夏唯至吼。

"我又不稀罕待在祁家，要滚可以，你跟我一块儿滚！"宫少廷走上前就去拉夏唯至的手。

祁尊打开他的手，把夏唯至拉到自己怀里。

"宫少廷，今天是我的婚礼，我不想见血！你现在就走，我当什么都没发生！"祁尊拉着夏唯至，一字一字地警告宫少廷。

"我破坏的就是你的婚礼！你的新娘要不是夏唯至，你结几百次我都懒得理你！夏唯至，你过来！"宫少廷对着夏唯至命令。

夏唯至深吸一口气："你不是说，再来找我，孩子就跟我姓吗？骨气呢？"

"没骨气！跟你姓就跟你姓，咱们俩的孩子跟谁姓都一样。"他在这个女人面前连尊严都不要了，还要什么骨气。

夏唯至无奈，只好服软，"宫少廷，你让我结婚吧，当我求你！"

"求我？让你跟别的男人结婚？我怎么可能答应你？！"

"你不是我的谁，我们早就没关系了，我要嫁给谁是我的事！"

"哈！你肚子里的孩子是我的，不是他的，他凭什么娶你？说了不准就不准！今天你要跟他结婚，我一定拆了祁家！"宫少廷一扬手，身后那些保镖又齐声呼应。

祁尊的父亲祁一鸿看不下去了。拆祁家，宫少廷也得有这个能耐！上门来抢亲，欺负他儿子，还想抢他儿媳，他绝对不让。

"来啊，今天谁把这狂妄的小子打死，爷重重有赏！"祁一鸿大声命令跑进来的祁家保镖和那些狙击手。

话音落下，枪声响起。

子弹飞掠而过，宫少廷迅速闪身，举起枪，一枪就把一个狙击手给射了下来。

祁一鸿再次命令："一起上！这小子的命今天我要定了！"

宫少廷本身不弱，又带了那么多保镖，就算祁家人一块儿上，保镖把他团团护着，也伤不到他一分，不过祁家明显比宫少廷准备充足，人手是平时的十倍之多，宫少廷带再多人也不过是给人当枪靶子。

眼看着宫少廷渐渐处于弱势，夏唯至本来以为宫少廷至少会知难而退，结果他分明越杀越勇。

"都滚开！"

宫少廷让挡在他面前的保镖都走开，迎着子弹冲出去，固执地拉起夏唯至的手。

"跟我走！"宫少廷喊。

他的样子根本是连命都不要了。

又有子弹飞掠过来。

宫少廷本能地把夏唯至拉到自己怀里，眼看着子弹要打中他了，他却还盯着她喊："不准结婚！不准跟任何人结婚！"

夏唯至狠狠地把他推开，又迅速侧身避开了子弹，气得大骂："没看见子弹吗？"

"没，我只看到你了！"枪林弹雨里，他对她喊。

不管了，她真的管不了那么多了！她想和他一起，不顾一切地在一起！

"夏唯至，不管你当初为什么离开我，我就是想和你在一起！哪怕再被你抛弃一次，我还是要你！你是我的，这辈子都是我的！被你抛弃的人只能是我！"宫少廷喊得那么大声，所有人都听见了。

杭宝蓓和牧萧也赶到了，里面浓烟滚滚，乱成一片，可宫少廷的声音铿锵有力。

夏唯至盯着他，又想笑又想哭："你是不是有病啊？！"

"对，我有病，没了你就会死的病！子弹打不死我，可是你一句话，就能让我死无葬身之地！夏唯至，你今天要不跟我走，我绝对死在这儿！"宫少廷直接把枪给扔了。

然而，枪声没有停止，甚至，宫少廷扔了枪，祁家发起了更猛烈的攻势。因为祁一鸿说了，今天谁要了宫少廷的命就重赏谁，大家都是铆足劲想杀宫少廷。

夏唯至看着面前的男人，她知道，她已经完全败给他了，而且是溃不成军，一败涂地。

夏唯至转身要走开。

"死女人，你真不顾我死活？"宫少廷见她转身就走，怒气冲冲地大吼。

祁尊一直站在司仪台上看着，看到夏唯至跑回来，他的脸上有些动容。

夏唯至跑到祁尊面前："对不起！祁尊，我爱他，很爱很爱，我根本就放不下他，和你结婚，我努力了，可是做不到！"

枪声很大，宫少廷想追上来，可是他的面前不断有子弹落下，他根本上不去，只能看着夏唯至又跑到祁尊身边。

宫少廷怒吼："夏唯至，你赶紧给我死过来！再不过来，老子火了！"

祁尊脸色平静，可是他放在口袋的手在颤抖。

"唯至，你不觉得对我太残忍了吗？我堂堂祁家少爷，却要沦为家族的笑柄，结婚当日，新娘跟别人跑了，肚子里的孩子也不是我的。"祁尊觉得自己简直可笑。

"对不起……"除了说这句话，她什么都说不了。

"我知道你为什么和我结婚，现在你又和宫少廷在一起，后果你承担得起吗？"祁尊问她。

"我承担不起，可我想试着承担。"说完，夏唯至转身往宫少廷那里跑去。

宫少廷看到夏唯至跑过来，眼看着子弹飞过，他大喊："站着别动，我过去！"

子弹不长眼，夏唯至一路跑过，怎么可能不伤到她！

祁尊扬手大声命令："都住手！"

祁家的枪声戛然而止。

宫少廷也扬手示意手下都停住。

现场一片寂静。

夏唯至回头看了一眼祁尊，他从司仪台上走下来，转身离开了，身影孤单又凄凉。

宫少廷冲上来，一把抱住夏唯至："你是不是打算跟我走了？"

夏唯至还没回答，祁一鸿就走了过来："不行，不能走！宫少廷，你以为我祁家好欺负吗？！今天必须把命给我留下！"

说完，宫少廷和他的手下就被祁家人团团包围了。

"一鸿。"

夏可卿坐在房间里看了老半天。她看到了宫少廷所做的一切，这样一个男人，夏唯至放不下实在太正常了。

"可卿，这小子欺人太甚！破坏了祁尊的婚礼，还叫板我祁家，你看小唯至被他迷惑成什么样了！"祁一鸿看到夏唯至被宫少廷搂着居然完全不反抗。

宫少廷却说："胡说，明明是我被夏唯至迷惑成什么样了！"

"你这个浑蛋！"祁一鸿火冒三丈。

夏可卿唇边划过笑，她算是真正看到了，什么叫冲冠一怒为红颜。如果那个男人当年也为了她这般，她一定不会孤身一人带着孩子离开。

夏可卿知道唯至是不幸的，可是遇到这个男人又很幸运。

"小唯，你知道你今天的选择需要付出怎样的代价，承受怎样的后果吗？"夏可卿问女儿。

宫少廷紧紧地搂着夏唯至，生怕她母亲的一句话，她又要反悔，和祁尊结婚。

"我知道，可我觉得，我可以和他一起承担。"夏唯至说。

"一起什么！需要你承担什么？要承担也是我来！"宫少廷喊。

夏可卿是真的很欣赏宫少廷这股子傲气和冲劲，还有那股对夏唯至的霸道。

夏可卿说："你对不起祁尊，也就是对不起祁家，以后你发生任何事，祁家都不会再插手，也没有义务再插手，你不能再欠他们了。"

祁一鸿有些着急："可卿，咱们可说好了，小唯至和祁尊结婚。你现在是同意她和这小子了？"

"我不同意又怎样，你觉得这个婚礼还进行得下去吗？这么血淋淋的婚礼，你也想要吗？"

"现在不行，以后可以再补。"

"我看，怎么补都会有人来抢亲。"夏可卿看了宫少廷一眼，"除非，你现在就杀了他。"

"那就杀了他！"祁一鸿手里的枪直接指着宫少廷的脑袋。

"祁叔叔，是我对不起祁尊，你要杀他，就先杀我！"夏唯至挡在宫少廷前面。

宫少廷当然要把夏唯至拉回来。怎么能让女人挡在他面前，何况是他心爱的女人。

夏可卿看了宫少廷一眼，那眼神实在微妙，宫少廷却理解了她的意思，是让他别动。

祁一鸿哪里敢杀夏唯至："小唯至，你让开！"

"让什么？你要杀宫少廷，就得先杀了她，小唯的性格就是如此，这时候我说都没用，你杀吧。"夏可卿说。

"可卿，我怎么可能杀小唯至！"

"不杀她，你怎么杀宫少廷？"夏可卿问。

祁一鸿实在想手撕了宫少廷。要是祁尊和夏唯至结婚了，这样他和夏可卿的关系又近了，可卿一辈子住在祁家都行。

"行了行了，不杀了！"祁一鸿收回枪，"小子，今天我饶你一命！下次再见到你，没有唯至护着，我准杀你！立刻给我滚！"

宫少廷实在是佩服夏可卿，她三言两语就可以化解一场恶战，轻描淡写把夏唯至推给他，成全了夏唯至又保护了他。

都让他滚了，他还留着干吗。

宫少廷开心死了，拉着夏唯至就走。

夏唯至回头看向自己的母亲。接下来的路也许很艰难，可是她想试着走一走，和宫少廷一起。

夏可卿对着自己的女儿点点头。去吧，你长大了，该自己选择走的路。

杭宝蓓和牧萧都被挡在门口进不来。

看到宫少廷和夏唯至出来，杭宝蓓终于松了口气："还以为廷少抢亲不成会壮烈牺牲呢。祁家乌泱泱一片全是人，明显是早就准备好了，等着廷少自投罗网。"

宫少廷冷冷地勾了唇角，哼了一声："她要是死活要结婚，我就壮烈牺牲！"

"那刚好，你的孩子有别人替你养。"夏唯至说。

宫少廷语塞，随即怼她："我好不容易把你抢出来，你就说这种风凉话！"

"没看出来祁家早就准备好，就等着你过来吗？我要不帮着你，你能被打成马蜂窝！还壮烈牺牲，到时候死得要多难看有多难看！"夏唯至也发现了，不知道是祁尊还是祁一鸿，居然在她结婚当日安排了如此多的保镖和狙击手，宫少廷带来的人，有多少能被秒多少。

如果是祁尊的意思，想来也让她有些害怕。

"你个死女人！我为了你脸不要、命不要，你就不能说句好听的？！"宫少廷吼。

虽然这么吼，可宫少廷的心情还是很好。昨晚他还被夏唯至赶出来，今天她就被他抢回来了。宫少廷开心得连开车时都在随着音乐节拍扭动身子。

牧萧坐在车后面，一直盯着副驾驶座的夏唯至。

这个女人看着也就是漂亮了一点，暂时没看出什么特殊的来，宫少廷却为了她，当初离开宫家，现在又不要命地抢亲，还把祁家得罪了个干净。

夏唯至发现牧萧在看自己，回头说："你好。"

宫少廷似乎这时候才发现牧萧："你怎么在我车里？"

牧萧眼角一跳："我坐在这很久了，亲！你好，夏小姐。我是牧萧，宫少廷的好兄弟。"

夏唯至说："牧萧？你好，久仰大名。"

牧萧这个名字，她是以前听卓尔说的，卓尔说宫少廷被洛米下了药，然后把洛米扔了出去，把好兄弟牧萧拉了进去。

要不是因为这件事让她更加确定宫少廷喜欢男人，她也不会误会那么久。

"是我久仰你的大名！你可是让我兄弟一再失去原则的女人，我实在好奇你是何方神圣！"

"你看到了，我不是神，我就是个普通人，特别普通。对吧，宫少廷？"夏唯至说。

"你说什么都对。"宫少廷立马说，心情很好。

夏唯至："……"

牧萧："……"还真是一点原则都没有！

宫家老宅内。

老太爷宫浩钱快要气死了。夏展被救，夏唯至又被宫少廷抢亲，他的计划没有一个如愿。

宫少廷在他眼皮底下带人去祁家抢人，还成功地抢了出来。

"逆子！"宫浩钱气得拿拐杖把房间里的东西全砸了。

房间里，大少爷宫达，其母苏云洁，宫少廷的母亲艾莉娜，还有尹翎叶也都在场。

因为宫浩钱今天高兴，所以叫了他们一块儿过来打麻将。

他原本以为夏唯至必定会嫁进祁家，谁承想会发生这样的事。宫少廷更是一再忤逆他，根本把他的话当成耳旁风。

尹翎叶是真的很绝望，宫少廷宁可去抢亲也不想要她。

宫达却扬着唇角等着看好戏，毕竟爷爷对宫少廷的容忍也到了极限。

他们有个叔叔叫宫传彬，当年就是执意要跟爷爷不喜欢的女人在一起，所以被爷爷赶出宫家，并被从宫家族谱除名，最后流落街头，是死是活都没人管。

"爸，少廷他只是一时被那个女人蛊惑！都是夏唯至的错！"艾莉娜在一旁帮儿子说话。

"爷爷，这的确不能怪二弟。夏唯至怀着二弟的骨肉也能被祁家大少祁尊迷恋，说明夏唯至的确很会蛊惑男人。"宫达"好意"帮腔。

"大少爷，你不要乱说！夏唯至什么时候怀了我儿子的骨肉？那是祁尊的，不是少廷的！"艾莉娜立马澄清。

宫达一副自己说漏嘴的样子："对对，是祁尊的，对。"

老太爷却听出了端倪："你再说一遍！夏唯至的孩子是谁的？"

"祁尊的，爷爷。"宫达立马说。

"在我面前撒谎，你可知道是什么后果？"

"呃……爷爷。"

"说实话！"

"我也是听说的。在祁家婚礼现场，少廷亲口说的，说夏唯至的孩子是他的。"宫达说，"这个消息是从婚礼现场传出来的。"

宫浩钱这一次直接拿出枪，对着天花板开了一枪。

巨大的吊灯掉了下来，砸在地上。

在场的女人都吓得一个哆嗦。

尹翎叶也是一阵颤抖，却实在佩服宫达那扮猪吃老虎的样。他明明就是想说给老太爷听的！

"宫家所有人都听着，宫家的一切都会由大少爷宫达来继承！宫氏集团的继承人从今天开始就是你，宫达！"宫浩钱对所有人宣布。

"爸！"艾莉娜着急地喊，"少廷还没回来，他也许还有隐情！"

"什么隐情？你的儿子，你教出的好儿子！"宫浩钱生气极了，看向尹翎叶："翎叶，爷爷答应过你，让你嫁给宫少廷，可现在看来爷爷是要食言了。宫家的子孙，你喜欢谁，随意挑！"

尹翎叶不像宫达那么开心，她只想嫁给宫少廷，宫家的其他子孙，她半点兴趣都没有。

她早早被爷爷叫过来一起打麻将，看爷爷那么开心，又听到宫妈妈说夏唯至今天会和祁尊结婚，她也很开心，就等着夏唯至嫁进祁家，好让宫少廷彻底死心，怎么也没想到会变成如今的局面。

走出宫家老宅，宫达安慰尹翎叶："我们宫家不是只有宫少廷才那么优秀，我的堂兄堂弟表兄弟有很多非常优秀，你可以随便挑拣，只要你看中的，爷爷都会给你做主。"

尹翎叶抬头看他："你今天可成了最大的赢家。宫达，你知道夏唯至不会嫁进祁家吧。我很好奇，这一次，你动了什么手脚？"

他没动什么手脚，不过是"碰巧"遇到夏唯至的闺密杭宝蓓，"碰巧"把她放进宫少廷和牧萧进去的商场买衣服罢了。

杭宝蓓就是个五大三粗的女汉子，没什么脑子，也不会起任何疑心，只会觉得他好心送她一程而已。

"你可冤枉我了，我也没想到会是这个结果。不过，你应该反思自己和夏唯至到底有多大差距。在宫少廷眼里，夏唯至是块璞玉，而你是粪坑里的石头。宫少廷一心想娶夏唯至，哪怕人家要嫁给祁尊了；而你，他看都不看一眼。抱歉，说了句实话。"宫达说完就笑着走开了。

留下尹翎叶，气得浑身颤抖。

夏唯至！为什么总是夏唯至？！

她从小就知道父亲一直在找夏可卿母女，长大了，父亲到死都非要接回她们。

她才是正统，可夏唯至才是父亲心里的宝，如今，夏唯至还抢了她心爱的男人！

尹翎叶气得脸色发绿，手里的CUCCI包都被她捏得快变形了。

夏唯至怀了宫少廷的孩子？凭什么！

离抢亲事件已经过去大半个月了。

宫少廷知道爷爷会很生气，所以干脆没回家。母亲艾莉娜来过很多电话，但都被他挂断了。

正因为爷爷在气头上，他才要留在夏唯至身边保护她，照顾她和肚子里的孩子，毕竟夏唯至的肚子那么大了，离预产期也就一个多月了，关键时刻他一定要保护他们母子。

宫少廷买了菜往家里走。

自从和夏唯至分开，他就跟着丁婶不停地学习厨艺，现在他对自己的厨艺还是有信心的。

手机又响了，这次是牧萧的。

"什么事？"宫少廷走进夏唯至小区的电梯，电梯门还没关上，一个背着双肩包的年轻男子走进电梯。

那男子看了宫少廷一眼，去摁电梯楼层，17楼。

"先生，你几楼？"男子见他手上都是菜，不方便，想帮忙摁楼层。

宫少廷冷冷地看了他一眼，根本不理会。那男子耸耸肩，表示无所谓。

牧萧在电话里说："你爷爷当着整个宫家宣布宫达成为宫氏集团的继承人了！消息震撼吧？你是抱得美人归，可宫氏集团成你大哥的了。"

"我知道了。先不说了，我还要给夏唯至做饭。"宫少廷直接挂了电话。

那一头的牧萧快跳起来了，宫少廷的反应让他想撞墙。

看来宫少廷已经知道了这个消息，居然还那么淡定，佩服佩服！

电梯里，另一个男子侧头看向宫少廷。

403

17楼到了，电梯门打开，宫少廷和那男子一前一后走出来，又站在同一扇门前。

"找谁？"宫少廷问身边的人。

"找唯至。"

宫少廷皱眉。又冒出个男人，什么情况？

"这里没有夏唯至。"宫少廷冷哼。

"我没说她姓夏。"那男子说。

宫少廷冷酷地扫了他一眼，不想理会他，打开门，然后直接关上。

门还没彻底关上的时候，那男子闪身进来。

"滚！"宫少廷冷冷地呵斥。

"这里是唯至的家，凭什么让我滚？何况我刚回国也没地方住。对了，我叫夏展，是唯至的弟弟。"夏展放下背包自我介绍。

宫少廷有些意外，上下打量他："唯至的弟弟，你不叫姐，还叫名字，那么热乎！"

"是啊，唯至没和你说吗，我们不是亲姐弟，我是从垃圾桶里捡的。"夏展说。

居然不是亲姐弟！夏唯至的确从来没说过。

"你不会是我姐夫吧？"夏展问。

姐夫？这个词还不错。

"既然是唯至的弟弟，你坐吧。"宫少廷放下手里的菜，俨然主人的模样，他看了一眼卧室里面，夏唯至在睡觉。

"怎么唯至从来没在我面前提过你？"夏展调侃地说。

这个小屁孩一来就挑衅他，还毫不隐瞒地说自己和夏唯至不是亲姐弟，难怪他一看见这家伙心里就不痛快。

不是亲弟弟，那就好说话了。

宫少廷上前一步揪住夏展的衣领："没地方住是吧？那就滚出去找地方住，别在这里碍我的眼！"

宫少廷单手揪着夏展，准备把他扔出去，夏展在他面前毫无反抗能力，双脚都被提得离开了地面。

"姐！"夏展突然喊。

宫少廷一愣，回过头，果然看见夏唯至站在房门旁边。

"小展？"夏唯至看到他，非常意外。

"唯至，你快让他放我下来！"夏展喊。

夏唯至看了宫少廷一眼："叫我姐。"

夏展好无语："姐，你让他放我下来！"

"宫少廷，你放他下来。"夏唯至说。

404

宫少廷这才把夏展扔开。

"你学业还没结束呢，怎么突然回来了？"夏唯至问。

夏展走上来，抱了抱她："我能说被绑架了一次我害怕吗？开玩笑的。我总觉得发生了什么事，所以提前结束学业回来了。你放心，我是剑桥的优秀毕业生，所有学业都完成了。看到你没事，我就放心了。"

见夏展抱着夏唯至，宫少廷显然很不爽，上前，把他推开。

"抱得差不多就行了！放心了就走人，已经见过你姐了，她也表示很开心，去找你妈叙旧去吧！"宫少廷拽着夏展直接把他推了出去，然后关上门。

外面夏展在敲门，宫少廷当听不见。

夏唯至的眼角抽了抽："那是我弟弟，我们两年没见面了。"

"我买了菜特地给你做饭是要享受二人世界，其他人都没资格吃我做的饭，只有你！"宫少廷说着走回来，"哪怕他是你弟弟，我也觉得他碍眼，何况还不是亲弟弟。"

"小展自己说的？"

"对，他说自己是从垃圾桶里捡的。"

夏唯至轻笑了一声，看到宫少廷进了厨房去做菜。

厨房门关上，夏唯至走到门口，看到弟弟夏展蹲在地上，手里抱着双肩包，很委屈的样子。

"唯至，你不收留我啊？"夏展郁闷地说。

"妈妈在祁家，这是地址，你去找她吧。我很高兴你回国，不过，我的确也想和宫少廷享受二人世界，所以实在不能收留你。"夏唯至无奈地说。

"你这么重色轻弟！听说他是宫家的二少爷，你很爱他吗？"

"你一个小屁孩懂什么！找妈妈去吧。"夏唯至拉他起身，又抱了抱他，"上一次让你受委屈了，对不起。"

"如果被绑一次能成全你的幸福，弟弟也是很高兴的。"

夏唯至笑了，推了推他："改天去祁家找你。"

看到夏唯至笑得那么开心，夏展也笑了起来。他很知趣，当然会离开，只是他实在太想她了，所以迫不及待来看她。

"姐，去中心医院找我吧，我已经在那里找好工作了，I'm a doctor！"夏展走到电梯前，回头指着自己说。

夏唯至愣了一下，再看向她的弟弟，阳光正气，青葱少年，弟弟也长大了。

走回房间，看到厨房里宫少廷忙碌的身影，夏唯至走过去站到门口。

此刻的宫少廷穿着围裙，赤裸着上半身，露出健硕的手臂，汗水从他英俊的脸上滑落，沿着脖颈流淌到胸口。

他做得很认真，而且手法很熟练。

原来，和她分开的日子里，他那么用心地学习了厨艺。

这个笨蛋，难道一开始就想过还要和她在一起吗？她明明在他最痛苦的时候抛弃他，还和祁尊走在一起，他为什么还对她那么无赖呢？抢亲也抢得惊天动地的。

夏唯至走上前，从身后抱住他。

宫少廷没有留意她进来了，突然的拥抱让他整个人都愣住了，却还是下意识地握住她置于他身前的双手。

夏唯至将脸靠在他的后背上："宫少廷……"

宫少廷唇角带上一抹笑，声音随之柔和起来："等一下就可以吃了，你先去看会儿电影。"

"我饿了……"夏唯至说。

宫少廷走去拿筷子，夏唯至就这么抱着他跟着。

宫少廷爱极了她此刻的模样，夹了菜回头："张开嘴。"

她张嘴，他把菜放进她嘴里。

"我先喂你填填肚子，等会儿都好了你再吃点。"宫少廷说。

夏唯至笑了，拿过他手里的筷子："你怎么不问问我好不好吃？"

"当然好吃！都是跟着丁婶学的，她都承认我的厨艺。"宫少廷很骄傲。

夏唯至夹了一小块肉放到他嘴里，他一口咬下去，盯着她，立马夸自己的厨艺："好吃！真好吃！"

夏唯至扑哧笑了起来，靠在他身上不肯下来，跟连体婴儿似的。

宫少廷很喜欢她这样黏人，干脆一手搂着她，一手做菜，一顿饭下来，做的人开心，吃的人也开心。

听说夏唯至前期的妊娠反应有些大，吃了总是会吐出来，那时候他没在她身边，现在看着她挺着那么大的肚子，他实在心疼。

怀孕太辛苦了，他再舍不得让她受这样的苦。

吃完饭，宫少廷自觉地收拾了碗筷，又切了餐后水果放到夏唯至腿上，调好电视节目，让她靠在靠椅上。

收拾好一切，宫少廷说："小唯，我们复婚吧。"

夏唯至正吃着水果，听到他的话，心里狠狠咯噔了一下。

其实宫家的事，她多少听过一些，说是宫达有望继承宫氏集团。

他从来不跟她说这些，是怕她担心，可她不是不知道。

见夏唯至没有说话，宫少廷搬了椅子坐到她旁边，握住她的手："咱们孩子快出生了，我们总要结婚的。我们先复婚，然后等着宝宝出生。咱们宝宝的名字我都想好了，如果是女儿，就叫宫迎夏。"

"宫迎夏。"夏唯至当然明白这个名字的含义，唇角微弯，"不是说好，你要是再回头找我，孩子跟我姓吗？"

"对啊，女儿的名字里有你的姓。"

"你又跟我耍无赖！"夏唯至给他一个白眼。

宫少廷嘿嘿笑着贴过去，一点往日的霸气都没有："如果是儿子，名字你取吧，随便什么名字都行。"

夏唯至忍不住又是一个白眼丢过去："你偏心女孩要不要这么明显，万一是个儿子呢？"

"儿子的话，那就叫宫则，宫殿，宫子，宫一，宫二，宫三，宫四，我临时想的，你随便选一个吧。"

夏唯至感叹："真的很随便啊。"

宫少廷满不在乎，又把话题绕回来："我们复婚，你点头吧。"

夏唯至其实不知道该怎么回答他，复婚的准备她还没做好，她不知道复婚的代价是什么。

见夏唯至还不说话，宫少廷干脆拿开椅子，单膝跪在夏唯至面前。

夏唯至意外又惊喜，已经猜到他要干什么。

果然，宫少廷拿出个小盒子，里面的钻戒比祁尊当初求婚的那枚还要大。

"之前我强行把你娶回家，没经过你同意，也没有钻戒，我进行了深刻的反思，觉得很不对。这次我娶你，我得经过你同意。夏唯至，嫁给我！"宫少廷单膝跪在她面前说。

这枚钻戒真的很大，而且很漂亮。

夏唯至原本以为自己是不正常的——祁尊求婚时，她看到钻戒，一点都没有心动的感觉，反而不理解怎么会有钻戒这种不实用又奢侈的东西存在，可此刻，看到钻戒在宫少廷修长的手指上闪闪发亮，她觉得好美，像夜空中的星星。

"你怎么没反应？嫌钻戒不够大吗？我临时买的，已经是最大的了。你要嫌钻戒小，我带你去南非，挖块钻石给你扔着玩。"宫少廷见她不说话，心里很紧张。

夏唯至无语："挖块钻石扔着玩，我得多无聊！"

"你倒是先答应啊，我跪着很累的！"其实不累，跪多久都行，他只是太紧张了。

收购市值几百亿美金的公司对他来说是家常便饭，就算在一国总统面前他也谈笑自如，可是现在，在心爱的女人面前，他紧张得快要结巴了，比他知道夏唯至怀了自己的孩子还要兴奋紧张。

宫少廷几乎是屏住呼吸耐心等待她的答案。

门铃却突然响了，而且一直响，宫少廷的手机也同时响起。

"该死的，谁那么讨厌？"宫少廷拿过手机直接关机，可是门铃响个没完，烦人得很。

夏唯至说："先去开门吧。"

"不行，你先答应我！"宫少廷说。

不仅门铃在响，敲门声也响了起来。

"少爷！少爷！"居然是卓尔。

该死的！

宫少廷起身，大步走出门去，揪起卓尔的领子："大晚上的，要不是十万火急的事，本少爷把你从楼上丢下去！"

卓尔本来就脸色苍白，此刻更是被吓得汗毛都竖了起来。

"夫人她想不开要自杀！"卓尔着急地说。

宫少廷震惊地看着他："我母亲自杀？！怎么可能！"

她那么怕死，根本不可能。

"是真的！夫人这些日子给您打了很多电话，您都没接。她说您执意要和夏……"卓尔看了一眼房间里的夏唯至，改了称呼，"和夏小姐一起，等于是抛弃亲生母亲，她还不如死了。"

夏唯至走出来："她又要自杀？"

"又？"宫少廷看着她。

夏唯至现在也没什么好隐瞒的："当初她为了让我离开你，就是以死相逼，我没有办法，只好离开了。"

"还真是因为我母亲！"宫少廷猜是猜到了，只是没确定，没想到真是母亲以死相逼，夏唯至才离开。

母亲用这招逼走了夏唯至，现在又来逼他。

"宫少廷，你该回家一趟了，有些事、有些人总要面对的。"夏唯至劝他。

他们都知道，艾莉娜闹自杀，无非是逼着宫少廷回去。

"我回去一趟，很快就回来。"宫少廷说，"钻戒你收下了，就当你答应求婚了！"

宫少廷匆匆离开，赶回宫家。

[第十六章]

也许我们不该在一起

　　宫家老宅内。

　　宫家老太爷的怒吼声在回荡："宫少廷，你还有脸回来，我还以为宫家你都不稀罕回了！跟着那女人，还回家做什么？"

　　宫少廷就知道母亲自杀一定是假的，母亲那么怕疼，怎么可能想不开去自杀。

　　"少廷，快跟爷爷道歉，快啊！就说你是被夏唯至给迷惑了。快道歉啊孩子！"艾莉娜不停地劝说宫少廷。

　　宫少廷想起母亲对夏唯至以死相逼，心里就不痛快。

　　"妈，下次别再用自杀威胁人！这种手段用了一次，就不该用第二次。"宫少廷不高兴地说。

　　"我，我哪里是用第二次？我不就是想你回来吗？"艾莉娜当然知道宫少廷在说什么。

　　最近宫少廷一直和夏唯至在一起，夏唯至当然会把之前的事跟宫少廷说。

　　"爷爷，我和夏唯至真心相爱，何况她肚子里的孩子是我的，您也应该知道，为什么就不能成全我们？"宫少廷跟老太爷说。

　　"你还有脸提这个孩子！来人，给我家法伺候！"宫浩钱这口恶气不出都不行，这个孙子实在快气死他了，今天不把宫少廷好好打一顿，他绝不罢休。

　　"爸，少廷好不容易回来了，您就别打他了！"艾莉娜恳求着。

　　宫浩钱拿了鞭子，对着宫少廷："跪下！"

　　宫少廷无可奈何，只得跪下。

　　打就打吧。打完了爷爷消气了，他还要回去陪着夏唯至。

夏唯至在房间里等了宫少廷好久，他都没有回来。

宫少廷回家大概免不了一顿责骂。

外面有人敲门。

夏唯至立马起身，跑去开门："宫少廷！"

门口是夏唯至的大哥，尹家的大少爷尹相东。

"大哥。"

"唯至，大哥一直很忙，也没空来看你。今晚刚好有时间，路过正好来看看。"尹相东手里提着很多东西。

"谢谢大哥。"夏唯至笑着说，"快进来坐吧。"

尹相东把东西都拿出来，其中有一盏熏香灯。

"这是什么？"夏唯至问。

"熏香灯，据说对肚子里的宝宝有好处。孕妇的睡眠都不好，它可以帮你提高睡眠质量。"尹相东说，"你现在事业顺利，也不缺什么，大哥只能送这种东西给你，你可不要嫌弃。"

"大哥哪里的话！您抽空来看我，我就很开心了，怎么可能嫌弃！"

夏唯至低头看向熏香灯，里面还有白色的烟冒出。

"很香呢。"夏唯至说。

"对，我也觉着香，所以特地拿过来给你。"尹相东说，"三妹你喜欢就好。很晚了，大哥也该回去了。你照顾好自己，也要照顾好我的大外甥。舅舅走了，宝宝在妈妈肚子里乖乖的。"

夏唯至送尹相东出门，又看着他进电梯。

尹相东不停地说："快进去，别着凉了三妹。"

夏唯至笑了起来。她一直和大哥的关系很不错，这些年大哥也很照顾她，她是真心喜欢大哥，也感谢大哥对她的照顾。

尹相东从夏唯至的小区里出来，就接到自己妹妹尹翎叶的电话。

"哥，让你送的熏香你送了吗？"尹翎叶问。

"送了送了。真是的，你关心三妹你就自己来看她，为什么非要我来，还不让我告诉她熏香是你送的。你和三妹的关系一向不好，你既然有心和好，自己过来好好和她说话就是了。"

"这个再说啦。熏香灯她收了吧？哥哥你送的，她总不会拒绝；我送的，她肯定不要。"

"收了。按照你的意思，都给她打开放好了，你放心吧。"尹相东说。

410

夏唯至坐在房间里，闻着熏香的味道，真觉得很香，而且闻着闻着居然有了困意。

夏唯至是被冻醒的，醒来发现房间的灯都还亮着，不知道睡了多久。

宫少廷还没回来。

夏唯至揉了揉眼睛，起身，想去倒水喝，却突然感觉全身无力，站都站不起来，头晕得厉害。

夏唯至想扶着沙发扶手起身，却没站起来，反而摔倒在地上。

头越来越晕，意识也渐渐混沌了，连呼吸都觉得困难。

夏唯至想去拿手机打电话，可是手机放在桌上，此时此刻的她根本没有力气爬起来去拿。

也许是因为刚才那一摔，肚子也疼了起来。

夏唯至想喊救命，张开嘴，却一点声音都发不出来。

她不知道自己又昏睡了多久，只觉得全身好冷，冷得发抖。

叩叩叩。门外传来敲门声。

"姐，你睡了没？我是小展。"夏展在祁家和母亲一块儿吃了饭，母亲让他带鸡汤给夏唯至。

小展！夏唯至想要喊他，可是没有一点力气，她感觉自己的意识再次模糊起来，再这么下去，她的孩子就危险了。

夏展敲了很久的门，里面都没反应，他以为夏唯至睡着了，正准备走，里面却传来啪啦一声响。

夏唯至努力把熏香灯打了下来，灯掉在地上，摔碎了。

"姐！"夏展觉得不对劲，使劲敲门，里面却再没有声音。

"姐，你再不回我，我踹门了！"夏展在外面不知道发生了什么事，激动地大喊。

也不等夏唯至回应，他就开始撞门。

砰。夏展总算把门踹开了，却看到夏唯至晕倒在地上，身边是一盏破裂的灯。

"唯至！"夏展跑过去，把夏唯至抱起来，发现她已经完全陷入昏迷。

不对，这是什么味道？

夏展是剑桥医学院的尖子生，从小又对气味特别敏感，此刻房间里的味道让他很是诧异。

"麝香，马齿苋，藏红花，夹竹苷……"全都是会导致流产的药物！

夏唯至的房间里居然充斥着这样恐怖的味道！

已经管不了太多，夏展抱着夏唯至跑了出去，现在他只想赶紧送夏唯至去医院。

小区门口，一辆玛莎拉蒂内。

尹翎叶坐在里面，看着夏展抱着夏唯至出来。

"夏展？他怎么突然回来了？"尹翎叶自然认识夏展——当初在尹家，他和夏唯至一块儿在尹家做用人伺候她们母女。

艾莉娜已经把宫少廷骗回家了，夏唯至没有宫少廷的保护，她支开那些保镖轻而易举，只是夏展突然杀出来让尹翎叶大感意外。

不过夏唯至闻了那么长时间的流产熏香，这孩子肯定是保不住了。谁会知道熏香有问题？原本就是常人闻了一点关系都没有，孕妇闻了才会出问题的熏香。

尹翎叶邪恶地勾起唇角，驱车离开。

宫少廷被自己爷爷打得半死，却没有吭声，也不肯认错。

他和自己喜欢的女人在一起有什么错？

外面的卓尔几次想跑进来，可是都被守卫给拦了下来。

卓尔已经接到消息：夏唯至出事，被送进医院了，而且看情况非常危险。

"少爷，夏唯至出事了！"卓尔在外面大吼。

艾莉娜走出来，怒斥卓尔："放肆，给我闭嘴！"

"少爷，夏唯至母子在医院，性命垂危！"卓尔不管不顾地大喊。

宫少廷听到夏唯至，整个人都紧绷起来。

鞭子再次挥下来，宫少廷不顾疼痛，抓起鞭子就起身。

"你还敢站起来！"老太爷暴怒。

"我听到夏唯至出事了！夏唯至！"宫少廷起身大步走了出去。

"宫少廷，今天你出了这扇门，有本事就别再回来！"宫浩钱怒极，威胁他。

宫少廷的脚步顿住，站在门口，他回头说："爷爷，对不起！"

"宫少廷！"宫浩钱抓起手里的鞭子摔了出去，"出了这扇门，从今以后，我们断绝关系！宫家你再也不要回来！"

"少廷，你这是要干什么啊？真的为了个女人，连公司都不要，家也不回了吗？你怎么这么糊涂！"艾莉娜站在门口让人拦着卓尔，再看儿子的模样，简直痛心疾首。

"妈，对不起！"宫少廷扑通一声跪下，对自己的母亲和爷爷狠狠地磕了个头。

磕完，宫少廷起身，大步跑出去。

艾莉娜眼前一黑，差点晕倒。

宫浩钱拄着拐杖，摇了摇头。罢了罢了，这个孙儿，他不要就是了！

卓尔见宫少廷出来，立马迎上去："少爷，夏小姐出事了，现在在医院！"

宫少廷不顾身上的鞭伤，着急地赶去医院："发生了什么事？"

卓尔把知道的全告诉了宫少廷。

宫少廷现在脑子里就一个念头：夏唯至很危险！

产房外面。

门打开，医生走出来，对夏展、夏可卿、祁一鸿他们说："母子都很危险，产妇有流产迹象，大人小孩只能保一个，你们快决定保哪个。"

宫少廷一来就听到医生说这样的话，他大步走上去，把医生揪过来。

"大人小孩我都要！保不住任何一个我都要你的命！"宫少廷浑身带着血，简直像地狱的修罗，他抓着医生威胁道。

医生显然被眼前的男子震慑住了："可是只能保一个！按照我们现在的技术条件，保住一个都是幸运的了。"

"我再重复一遍，大人小孩我都要！今天任何一个出问题，我都要你们陪葬！"

他答应过夏唯至，一定会保住孩子，他一定要帮她保住孩子。

医生还想再说什么，夏展撩起袖子说："我和你一起进去！你们放心，我一定让他们母子平安！"

这些年来，夏展在国外求学，努力钻研，一刻不敢停歇，因为他的学费、生活费都是姐姐挣的血汗钱。

他的导师是著名的诺贝尔医学奖得主，他对自己的医术有信心。现在也是他报答夏唯至的时刻了。

"小展。"夏可卿叫住他。

宫少廷虽然没做决定，但是如果出了什么事，一定要先保住女儿夏唯至。

"保大。无论什么情况，以夏唯至为先。"说话的是宫少廷。如果非要选一个，他当然会选夏唯至，这是毫无疑问的。

只是孩子如果没了，夏唯至一定会痛不欲生，他不忍心。

"明白了。"夏展点头，走了进去。

夏可卿看了一眼宫少廷，欣慰地点头。他满身鞭痕，能让宫少廷乖乖挨打的，恐怕也就是宫家的老太爷了。

为了和夏唯至在一起，宫少廷的确也付出了很多。

祁一鸿看到宫少廷是很不爽的，要不是夏可卿摁着，祁一鸿肯定要上前把宫少廷给揍一顿。

他儿子祁尊被夏唯至抛弃在婚礼现场，之后这大半月里，祁尊就去国外拍戏了，到现在都没回过家。

虽说跟组拍戏几个月甚至半年不回家也很正常，可祁尊明显是受了极大伤害，出去疗情伤的。

宫少廷一直站在那里，盯着手术室的门。

只要夏唯至和孩子平安无事，让他宫少廷折寿几十年都没关系。

整整过了一夜，到第二天中午，手术室的门才再次打开。

夏展和几个医生走出来。

所有人都围了上去。

宫少廷更是屏住了呼吸，等着他们说话。

"男孩，母子平安。"夏展拿下口罩，脸上虽有疲惫，却也有掩不住的喜悦。

宫少廷睁大眼睛，不敢置信又惊喜万分，他看着被推出来的夏唯至，上前，激动地握住她的手。

其他人也都松了口气。

夏唯至已经醒了。

宫少廷拉着她的手，亲吻着她的手心："辛苦了！辛苦了，小唯！"

走廊上又传来了急切的脚步声。

居然是祁尊赶回来了。听说夏唯至母子出事，祁尊连夜从国外飞回来，半刻都没有休息。

看到夏唯至没事，祁尊也松了口气。

"你没事就好，我去看看孩子。"祁尊好似什么都没发生，说完就走开了。

夏唯至看到祁尊，努力扯了扯嘴角，想来个笑容，可惜太累了，只想睡觉，扯不出来。

自从婚礼一别，她也有大半个月没见过他了。

他没事就好，不然她心里一直愧疚。

夏唯至实在很累，迷迷糊糊地睡着了。

病房里的人见夏唯至没事，也都去看孩子了。

孩子因为早产，身体特别虚弱，只能放在保温箱里。

夏唯至再次醒来时，一眼就看见了面前脸上布满胡楂的男子。

他一直盯着她，还拉着她的手，生怕她不醒来似的。

她见他满身伤痕，问他："老太爷打你了吗？"

"别说话，乖。我没事。"宫少廷实在心疼她。他还以为又要失去她了。

病房里只有宫少廷和夏唯至。

夏唯至见他一直盯着自己，安慰他说："我没事了。小展的医术挺好的，是他主刀剖的肚子，你让他给你看看身上的伤吧。"

宫少廷握着她的手贴着自己的脸："不要管我，你别说话。"

"宫少廷，你不去看看孩子吗？"

"他差点害死你！我现在半刻都不想离开你。"宫少廷说，想起什么，他问："到底怎么回事？好好的，怎么突然就要生了？"

"我不知道。我等你回家，在沙发上睡着了，醒来之后就不太舒服，可能是冻到了。"夏唯至说。

"不是冻到的。"夏展换好衣服去休息了片刻又立马过来照看夏唯至，一进来他就说，"你房间里有一盏熏香灯，熏香里的药物会导致流产。"

"熏香灯？她房间里没有。"宫少廷说。

"有的。"夏唯至不敢相信，这灯明明是大哥尹相东送的！

夏唯至说了尹相东送来熏香灯的事，宫少廷暴怒："尹相东还想害你跟孩子！"

"很显然不是我大哥，灯一定是别人让他送的。"夏唯至很信得过尹相东的人品。

她突然想起来，薄源佑走之前让她小心尹翎叶，说怀疑尹翎叶杀害了他的母亲薄太太。

夏唯至原本不相信，可是现在想来，也许真和尹翎叶有关。想想也是后怕，差一点，真的只差一点，如果不是夏展来了，她和孩子可能就丧命了。

夏展对尹相东也信得过，毕竟当初在尹家，大哥一直帮他们。

"是尹翎叶。"夏展猜测说，"尹翎叶让大哥送的，因为如果是她自己送，我们肯定不要。"

"尹翎叶！"宫少廷一个字一个字地念出这个名字，简直想把她生吞活剥了。

他一定会查清楚的。用如此阴险的手段伤害夏唯至母子，不能饶恕！

"今天多亏了你！"宫少廷对夏展说。

"你想谢我吗？那倒不用，我的医术是我姐培养出来。这些年我在国外的学费、生活费都是我姐辛苦赚来的，我现在只是回报了她一点点而已。"

这次的确多亏了夏展，包括熏香灯的事。尹翎叶的计谋天衣无缝，幸亏夏展是医生，又对气味特别敏感。

医院里。

祁尊隔着玻璃门看着保温箱里的小男孩，唇边忍不住带了笑。

"怎么才那么大点？"祁尊说。

夏展说："早产儿，体质又非常不好，小家伙竟然活了下来，我都觉得意外。"

"你的医术确实很好。"

"其实他出生的时候呼吸都快没了。"夏展说，"我以为他死定了，没想到他睁

415

开了眼，而且眼睛睁得很大。不是我的医术，是他自己选择活下来。"

这么小就那么顽强地想要活下去，跟夏唯至的性格很像。

夏唯至就是一直努力地生活，不管遇到多大的困难，她都无所畏惧。

"真好，母子都平安……"祁尊看着那个小孩，神色是安心的，"他叫什么名字？"

"不知道，宫少廷只顾着唯至，都没来看他一眼，也没说叫什么。"

是啊，因为宫少廷陪着夏唯至，他都不知道该用什么身份进去看她。

不过，知道她没事就好。

"我明天还要拍戏，你照顾好他们吧。"祁尊说完就走了，走的时候还特地绕到夏唯至的病房门口。有宫少廷一直陪在她身边，她应该是幸福的。既然如此，他也不该多打扰。

祁尊站在门口望了她许久，最后还是悄无声息地走了。

房间里，夏唯至问宫少廷："是个儿子呢，叫什么名字好？"

丁婶见夏唯至清醒了，有力气说话了，便按照宫少廷的吩咐，端了食物进来。

有鱼汤，有很稀的小米粥。

宫少廷站在一旁给夏唯至喂饭。

"随便吧，你取一个。"他只取了女儿的名字，没有取儿子的名字。

看了一眼桌上的食物，夏唯至随口说："叫小米粥吧。"

她觉得小米粥一粒粒都是金黄色的，很是可爱。

儿子出生的时候，她看过一眼，头发虽然只有一点点，但是很明显的金黄色。

他们俩的显性基因明明是黑色，可儿子遗传了隐性基因，是和宫少廷一样的金黄色头发。

"他是男孩，小米粥是什么鬼！"宫少廷忍不住反驳了一下。

"男孩也有乳名，就叫小米粥吧。"夏唯至根本懒得想孩子的名字，太费脑了，何况小米粥这个名字也没那么难听。

"好吧，听你的。那我给他取个大名，宫哲，怎么样？"

"有什么寓意吗？不是说跟我姓吗？"

"没有，我临时想的。跟你姓也行，那就叫夏哲。"还是早点想个能听的，不然让夏唯至取名，她可能取的都是菜名，比如桌上现在有鱼汤，可能就叫宫鱼了。

"夏哲不好听，还是宫哲吧，我觉得宫小鱼也好听。"夏唯至说，还看了一眼桌上的鱼汤。

宫少廷："……"

夏展在外面也听见了，这两个大人给小孩取名字也忒随便了。

夏展立马进来救场："还是叫宫哲吧，这个好听。"

"是吗？"夏唯至问。

"对的，好听。小米粥这个小名也好听。"夏展觉得还是帮夏唯至定下来，不然可能还有更奇怪的名字出现。

夏唯至看了一眼夏展身后，问："祁尊不在吗？"

"他还有工作，就回去了。"夏展说。

夏唯至"噢"了一声，看了一眼宫少廷，他脸上没什么表情。

他是不喜欢看到祁尊，可人家祁尊来看他和夏唯至的儿子，他总不能赶人家出去吧，毕竟他在婚礼上强行把夏唯至给带走了。

夏展发现，提祁尊的名字，大家都很尴尬的样子，她只好乖乖闭嘴。

"对了姐，妈说小米粥身子弱，怕你们年轻带不好，所以这段时间她会帮忙带。而且她暂时住在祁家，也比较安全。"关于小米粥的安危，夏可卿已经考虑到了。

"这样也好。接下来我恐怕会很忙，小唯，儿子在咱妈那里我也放心。你现在最重要的是恢复好身体，带孩子太累。"宫少廷说。

咱妈？

夏展抬头看了看宫少廷。

"有什么问题？"宫少廷问。

"没问题，我都可以。"夏展忍不住，还是问了，"你这一身伤，都是宫家那位打的吧？我听说你被赶出宫家了，为了我姐，你牺牲那么大，我都有点感动了。"

说到被赶出宫家，宫少廷不置一词，只是把粥喂到夏唯至嘴边。

夏唯至喝了一口，看了一眼夏展。

夏展耸肩，做了个封口的手势。

夏展一出去，夏唯至就担心地问："宫少廷，你还好吗？"

"很好，小唯，我知道我要什么，我也知道我不会后悔。"

"可是，因为我，你的世界都没了。"宫氏集团一直是他梦寐以求并且努力追寻的东西吧，宫氏就是他的整个世界吧。

"我失去了一个世界，却得到了另一个世界，那就是你。如果没了你，我才真的没了世界。夏唯至，从今以后，你再也不准逃开！"

夏唯至愣了片刻，然后笑了起来："好！"

卓尔在外面轻轻敲门："少爷。"

宫少廷放下粥，起身走到门口。

"老太爷很生气，夫人一直在给您求情，但是都没用。昨夜您跑出来，老太爷直接对外宣布和您脱离关系，您不再是宫家的人。"卓尔无奈地说。

宫少廷早就料到了："所幸爷爷不会为难我母亲，以后你多去照顾夫人。"

"少爷，我明白，只是……"卓尔说，"您这样做，真的值得吗？"

宫少廷冷冷地看着他，卓尔立马躬身，不敢再说话。

"带小少爷去见见老太爷，他会不会改变主意呢？"卓尔小心地问。

"爷爷是什么样的人，你难道不清楚？当年我叔叔宫传彬为了一个女人抛弃了宫家，放弃了家业，爷爷把他赶出门，不让任何公司收留他。叔叔性格倔强，执意娶了那个女人，结果，爷爷把他的名字从宫家族谱里剔除，把叔叔逼到流落街头。爷爷这样的性格，你以为生了一个小少爷，就能让他接受夏唯至？"

卓尔听得心惊胆战："少爷既然知道是这个下场，何必跟老太爷作对！"

"你也太小看本少爷了，我不是我叔叔，不会成为第二个他！"宫少廷转身看着病房里的女人，"我的女人，我来保护；我的公司，我也要。"

卓尔一直知道自己的少爷从小就天资非凡，似乎没有什么是他不能做到的。少爷既然这么说了，就一定能做到！

深夜，祁城公路上。

尹翎叶得知夏唯至母子平安的时候正拍完戏回家，这一下气得她连车子都开不稳了。

突然，一阵强光射了过来，车头居然出现了一个人。

尹翎叶大叫了一声，急忙打了方向盘紧急刹车。

车子刚停稳，车窗就被人用斧头砸开。

"啊！你们干什么？！"尹翎叶看到外面有个五大三粗的男子拿着斧头砍过来，吓得她根本不敢出去。

她拿出手机想要报警，刚拿起电话，整个人就被拖了出去。

眼前共有四个壮汉，他们抓着她就往荒野处拖。

这里地处偏僻，偶有车子经过，可是尹翎叶的喊叫声实在微不足道。

尹翎叶惊恐地大叫，拼命地反抗，换来的却是衣服被扒光。

她根本不知道他们想干什么，看着他们逼近，尹翎叶崩溃地大哭大喊。

她遭受了长达三小时的虐打，脸上也被刀子深深地划了四刀，身上的财物全部被抢走。

尹翎叶第一时间报警，从警局出来的时候狼狈不堪，早已等在门外的记者却一哄而上。

尹翎叶本就是媒体捧出来的，此刻，曾经捧她上天的媒体却只顾从她的悲惨遭遇中挖掘出能上头条的内幕。

"尹翎叶毁容，昔日偶像明星容颜不再似大妈！"

418

"据传言，尹翎叶惨遭宫家二少抛弃，夜店买醉被四五个男人带走，清纯玉女不再清纯！"

各方消息在网上传得沸沸扬扬，微博更是炸开了锅。

各大搜索引擎最热门的搜索就是：尹翎叶露身照，尹翎叶爱爱照，尹翎叶和四个男人……

媒体的误导加上网民们丰富的想象力，尹翎叶就算没被四个男人怎样，大家也已经自行脑补出了各种情况。

"尹翎叶"这三个字真正变成了一个笑话。

与此同时，夏唯至正躺在床上，身旁是她的儿子小米粥。

小米粥睡得很是香甜。他从保温箱里出来了，一团金色的头发实在可爱，不过脸上皱巴巴的。

夏可卿说，刚出生的小孩都是这样的。

宫少廷陪在她身边，看着床上的母子，拉着夏唯至的手，心里眼里全是宠溺。

"尹翎叶的事，是你干的吗？"夏唯至问。

宫少廷不置一词，只是逗弄自己的儿子。

"毁了一个明星的脸，人家还怎么做明星？这根本是毁她的前途！"夏唯至说。

"她的前途跟我们有什么关系？"宫少廷不以为意。

他们没法直接质问尹翎叶熏香灯的事，因为半点证据都没有，以夏唯至对尹翎叶的了解，那女人肯定会把所有的责任都推给大哥尹相东。

何况老太爷护着尹翎叶，只会觉得是夏唯至栽赃陷害。

宫少廷也很清楚这一点。既然如此，何必让爷爷对夏唯至的印象更坏。

夏唯至说："接下来你不要插手了，这是我和尹翎叶的恩怨。他们公司肯定会做危机公关，我再推一推她。"

宫少廷一直在逗弄儿子，听到夏唯至的话，他抬头看了看她。

"我想把尹氏集团收购了，你看怎么样。"宫少廷随口说。

夏唯至怔在那里："收购了干吗？"

"尹氏的根基很好，经营的很多产业都和宫氏集团很相似，加上这些年尹氏在祁城发展得不错，升值空间很大。何况宫家也算是你的家，我收购了它，让你做尹氏的总裁夫人，以后别人也不会嘲笑你是尹家的私生女。"宫少廷状似无意地说。

夏唯至听说了，宫氏集团的继承人已经确定是宫达，宫氏没有宫少廷的份，而且老太爷也放话了，把宫少廷赶出宫家。

他一直没有提，她也当成不知道，这个话题，谁也不想说起。

"你有钱买吗？"夏唯至问，想了想又说，"冲冠一怒为红颜，这种事别干了啊。"

以前的薄氏集团，就是因为她，才被宫少廷给收购。

宫少廷低笑一声："反正外面都说我只要美人不要江山，我觉得这个说法很好。"

"……"

尹翎叶公司的公关团队果然有一套，很快就召开了新闻发布会，居然还拿出了医院证明——"处女证"来证明尹翎叶没有被侵犯，而尹翎叶摆出弱者的姿态，在台上一直哭，没有声音，只有眼泪啪嗒啪嗒掉。

"翎叶，我们永远支持你！"干净清纯的尹翎叶回来了，粉丝们激动地喊。

尹翎叶拿过话筒，哽咽着："这些日子我受到了很大的伤害。我只是个受害者，为什么要被媒体无端谩骂……我虽然被扒光了衣服，但是我清清白白！我觉得贞操一定要留给自己未来的老公！"

这番说辞触动了所有直男的心，眼看着就要成功洗白了。

尹翎叶的新闻发布会，夏唯至当然会来凑热闹。

她和弟弟夏展站在角落里看着，都觉得好笑。

夏展说："尹翎叶大学的时候不是交过几个男朋友吗？还带回尹家过，经常在房间里几天才出来。"

夏唯至每听尹翎叶说一句都觉得好笑："有可能人家一晚上只是聊梦想呢。"

"尹翎叶，我要娶你！我爱你！"台下有粉丝在喊。

紧接着，粉丝们齐声喊了起来。

尹翎叶还在哽咽，无意间瞥见角落里的夏唯至，她分明看到夏唯至在笑。

活动结束，夏唯至和夏展正要走出去。

"夏唯至！"尹翎叶叫住她。

这些日子是她人生中最黑暗的日子，她不知道自己为什么遭到陌生男人的毒打，还被扒光了衣服。她惊恐地求饶，却换来他们更加猛烈的虐打，她的脸上被划了整整四刀！

她怎么查都查不到是谁这么对她。

"是不是你？"尹翎叶对夏唯至怒吼。

夏唯至茫然地看着她："什么？"

"是不是你指使的？"

"你在说什么啊？"夏唯至还是疑惑地问。

尹翎叶看了一眼夏唯至的肚子，再看她的脸色，非常红润，可见她生完孩子保养得非常好。

宫少廷就算丢了继承权也要跟夏唯至在一起，而夏唯至居然那么幸运，闻了那么多熏香还把孩子好好地生了下来。

熏香？

尹翎叶突然想到了，莫非，夏唯至已经知道熏香有问题，也猜到是她？不可能，熏香的问题怎么可能查得出？

不管怎样，夏唯至居然会来发布会看热闹，尹翎叶立刻就认定一定是夏唯至指使的："是你！是你害我！你这个贱人！"

尹翎叶扑了过去，夏展抓住尹翎叶的手把她推出去。

"不要乱诬陷人，我们可没你恶毒。"夏展冷笑。

尹翎叶踉跄地退后几步："你一个私生子也敢在我面前叫嚣！你给我滚开！夏唯至，你做的，有种你站出来！"

这里是后台，没人。

夏唯至从夏展身后走出来，尹翎叶冲过去就想打她。

她快气疯了，她居然没想到是夏唯至指使宫少廷干的。

啪。夏唯至抬手就给了她一巴掌："这是替我自己打的。这些年在尹家，我受够了你的气！你开心不开心都要打我一顿，我还不能反抗！"

尹翎叶愣在那里，不敢置信地看着夏唯至。

"你敢打我！你这贱人！"尹翎叶怒喊，冲上前。

啪。又是一巴掌。

夏唯至笑着："这是替我孩子打的，差一点他就见不到我了。你说对吧？"

尹翎叶已经快气疯了。

"夏唯至，你这贱人！你差点毁了我的前途，我的人生！"尹翎叶又冲上来。

啪。夏唯至又抬手给了她一巴掌。

"这巴掌我是替你粉丝打的。喜欢你这种人，真是瞎了眼！"

"啊啊啊！"尹翎叶抓狂了，可她打不过夏唯至。

"叫你平时多锻炼身体，练习练习身手，也不至于被人拖到草丛里去。我生完孩子才两个月，你都打不过我，我都不好意思再打你了。"夏唯至说着搓了搓手，都打疼了。

尹翎叶这次是真的疯了，冲上来扬起手，啪的一巴掌打在了夏唯至脸上。

夏展一愣。

尹翎叶都有些不敢相信自己真的打到她了。

夏唯至踉跄地倒了下去，趴在冰冷的地上。抬头，她哭着说："二姐，我知道我是私生女，你从来瞧不起我，可是我的孩子都差点不保！我没指使任何人去伤害你啊……"

尹翎叶整个人都呆住了，她怒吼："你给我闭嘴！你就是个私生女，我堂堂尹家大小姐，用得着瞧得起你吗？！在我眼里，你就是坨屎！我巴不得你孩子死！"

"天哪！尹翎叶打人了！那不是夏唯至吗？"

"她居然那么恶毒！不是说夏唯至和她是姐妹吗？就算是私生女，也不是夏唯至可以选择的，她怎么还说那么难听的话，还咒人家孩子啊！"

"夏唯至生完孩子了，身材恢复得真好！不知道什么时候复出。"

记者不知道什么时候冲进来的，一进来就看到尹翎叶打了夏唯至，还把她推倒在地上，嘴里的字眼恶毒到让人气愤。

尹翎叶愕然地低头看向夏唯至，她表面上楚楚可怜，可眼底闪过的光让尹翎叶明白，夏唯至是故意的，故意让自己打到她，故意跌倒，因为她掐准了时间等媒体进来拍下这一幕。

从此以后，尹翎叶的事业彻底完了。她好不容易才洗白，熬过那段难熬的日子，却被夏唯至毁得彻底。

尹翎叶不断地对媒体摇头："不是你们看到的那样！听我解释！是她，是她指使人扒光我的衣服毒打我！是她！"

夏唯至什么话都没说，只是扶着墙站起来，背对着记者，偷偷抬手抹了一把眼泪，以极其弱势的受害者模样，扶着墙一步一步走开。

记者都知道，夏唯至不轻易接受采访。她虽然靠着祁尊进了娱乐圈，但是除了拍戏，她根本不面对镜头。

此刻，夏唯至那凄惨的背影和不要名利的模样更是和尹翎叶形成了鲜明的对比。

夏展憋着笑，偷偷闪进人群。

"尹翎叶，你还要诬蔑夏唯至！你给我们滚出娱乐圈！"

"滚出娱乐圈！"

粉丝和记者都激动地喊着。

"不是这样！你们被那个女人骗了，她是在演戏！"尹翎叶大喊。

夏展混在人群里大喊："你是承认夏唯至的演技比你好吗？你混了那么多年都白混了！滚出娱乐圈！"

"对，滚出去！"

尹翎叶看到夏展了，可别人不认识夏展，她气得想冲上去，经纪人和保安立马护送她匆忙离开。

夏唯至才走到广场后门，一辆车停在她面前。

车窗降落，露出的人居然是祁尊。

祁尊唇角带着笑，看了一眼她的脸："真被打到了？"

"不真一点不好骗人。"

"演得真好。"

"谢谢夸奖。"

"唯至，我发现你挺坏的。"

"我本来就不是好人。"夏唯至说。

他们竟然能这么平静地对话，谁也不提婚礼上的事。祁尊似乎一点也不难过，这让夏唯至心里好受了很多。

"去哪里，要送你一下吗？"祁尊问。

"不了，谢谢。"夏唯至说。

还是一句谢谢，冷漠带着疏离。

祁尊点头，发动车子离开。

看着后视镜里的夏唯至，他把车子开得很慢很慢。

从今以后，他和这个女人不再有任何关系，他知道。

他喜欢她是真的，不能说也是真的。

祁尊知道夏唯至是好人，她只是为了保护自己，保护身边的人，才会做一回坏人。就是这样的女人，他从没遇见过。

也许有很多善良的女人，也有很多坏女人，可是她们都不叫夏唯至。

尹翎叶的前途被彻底毁掉了。

与此同时又传出了一个消息：尹氏集团被神秘人收购，尹氏已确定易主。尹翎叶不再是尹氏集团大小姐的事又被拿出来炒了炒。

曾经太过辉煌，一朝从天堂跌落，尹翎叶成了所有人都可以笑话的对象。

没过几天，又有一个重磅消息被丢出：尹氏集团新总裁是宫家二少宫少廷。

宫少廷一上台就进行了大刀阔斧的改革：把尹氏集团正式改名为至一集团，尹氏的主打业务仍然交给尹相东打理，让他出任尹氏医药的CEO。

短短半年里，原先的尹氏集团发展势头迅猛，一度能叫板宫氏集团。

宫家自然不甘落后，宫家老太爷随即宣布：大少爷宫达继承宫氏，从今以后他退居幕后。

这分明意味着宫家两位少爷之间的强强抗衡拉开帷幕。

老太爷一开始根本不知道尹氏集团是被宫少廷收购的，还想看看他能玩出什么花样来，没想到他对宫少廷不管不顾才半年时间，还等着他钟爱的孙儿主动回家认错，尹氏集团却在宫少廷手里发展如此迅猛，业绩几乎翻了十倍，股票市值更是接近涨停。他于是决定直接退位，让宫达继承宫氏集团，顺便看看长孙的能力。

原本就传言宫少廷被赶出宫家，所以才自立门户，这样一来更是流言四起，更有传言说宫少廷是为了一个女人被赶出宫家，他收购尹氏就是为了这个女人。

曾经的尹氏集团，现在的至一集团大楼下面。

一个窈窕的女子站在门口，她有着波浪卷的头发，踩着十厘米的红色高跟鞋，仰望着眼前的高楼，手里的手机贴着耳朵。

"喂，八卦电台吗？我要爆料。夏唯至早就抛弃祁尊和宫少廷在一起了，生的孩子是宫少廷的。孩子是金色头发，明显不是祁尊的孩子。对，她脚踏两条船！"

尹翎叶看着眼前高耸入云的大厦，这曾经是她尹家的东西。现在她母亲丁娅嫚被宫少廷赶下台，被逼无奈只能回娘家度日。

大半年过去了，半年前，她的脸被毁掉，事业被毁掉，只能躲在黑暗中不敢见人，最后一个人逃去了国外努力整容，就是为了回来报复夏唯至他们。

然而，一回国就发现，不过短短半年，她的家都没了——尹氏集团被宫少廷收购。

宫少廷拉她大哥尹相东上位，把尹氏医药交给大哥打理，完全是看在夏唯至的面子上。

收起电话，尹翎叶戴着口罩的脸上是阴森的冷笑。

劲爆的消息一出，整个网络都震惊了，毕竟当初夏唯至和祁尊这对CP炒得异常火热。

不过，夏唯至生完孩子之后只在尹翎叶那次公关危机的发布会上出现过，之后就淡出了公众视野，大家都以为夏唯至退出娱乐圈相夫教子了。

以前尹翎叶是忌惮宫少廷，可是现在，她的事业没有了，自家的公司没有了，家也没有了，她还有什么好怕的！

这么劲爆的消息，她为什么不爆料？

"夏唯至的糜烂生活简直刷新三观！孩子是宫少廷的，知情人士爆料，夏唯至早就和祁尊分手了，她只不过是利用祁尊！祁尊惨遭抛弃，夏唯至却母凭子贵，顺利嫁给宫少廷！"

各大媒体的头条很快就出来了。

"孩子都生了也没听到她和祁尊结婚的消息，原来孩子不是祁尊的！想起来都好心疼祁尊！这女人简直坏得没有底线！"

"尊尊是不是等孩子出生才知道孩子不是他的？天哪，尊尊为什么平白遭受这种屈辱？自从这个女人出现，尊尊就没过过好日子！"

"夏唯至的电影《舞动》上映了，这是炒作还是真的？如属实，这个坏女人的电影应该遭到抵制吧！"

尹翎叶一边看着新闻一边刷新评论，很快也发了评论上去。

"那么坏的女人，你们相信尹翎叶当初会故意推她吗？肯定是她一手设计的！"

尹翎叶评论一发，立马有很多人回应。

"不会真是她一手设计了尹翎叶吧？"

"好恐怖的女人！"

祁尊正在做一个访谈节目，主持人已经问到夏唯至了。

有工作人员上台和主持人说了最新的爆料，主持人立马问祁尊："尊少，传言夏唯至的这个孩子是宫家二少爷的孩子，夏唯至是又劈腿前夫了吗？"

主持人的问题很犀利，祁尊完全被问住了。

为了不影响自己的事业和夏唯至的名声，祁尊和夏唯至一致对外宣称孩子很好，不想媒体过多打扰，准备等时机成熟就对外公布已经和平分手，孩子归夏唯至，没想到被打乱了阵脚。

祁尊的助理翔松立马走上台："不好意思，今天的采访到此为止。"

主持人哪里肯放过这么劲爆的消息："尊少，还有传言说夏唯至早产生下的孩子头发是金黄色的，就算不用亲子鉴定，也能看出不是你的孩子。"

祁尊脸色难看，起身就下了台。

这可是现场直播。

网络上更是一片沸腾。

"贵圈乱得无与伦比！"

"是夏唯至那个女人乱得无与伦比，怎么洗都洗不白了！"

"尊少明知道那个女人劈腿，却还在保护她！尊少这样的男人，她不要，迟早后悔！"

祁尊一出来就问翔松："夏唯至的问题都事先交流过，主持人怎么突然问那些问题？"

"尊少，我也不知道，网上突然间传开了夏唯至和宫少廷的事。"

不仅网上在传，现实中更是铺天盖地。

夏唯至虽然只拍了一部电影，但时不时能冒出来成为最大热门，大家都在嘲笑她靠炒作红，没什么拿得出手的作品。

在所有人都在议论得热火朝天、痛快地骂着夏唯至的时候，骂她最多的论坛和微博变成了"网页正在加载中"……

原本以为是网络瘫痪，网民干脆打开电视机等着电视台来报道这些八卦。

"总裁，已经让人侵入各大论坛还有微博后台，关于夏小姐的新闻都不会在网上出现了。"

宫少廷正在健身房运动，身边是秘书贝拉在报告。

"不过，LK电视台那边过十分钟会准时播报夏小姐的这些绯闻，我们的公关团

425

队已经找过他们编导沟通，但是编导那边不同意中断报道，还说多少钱都不会被收买。"贝拉说。

宫少廷在跑步机上放缓了脚步，在上面慢慢踱步，直到跑步机停下。

他下来，秘书立马递上毛巾。

宫少廷擦了擦脸："手机。"

贝拉马上把手机给宫少廷。

宫少廷打了个电话："LK电视台的台长，认不认识？"

宫少廷是给好友牧萧打电话，牧萧正在电脑前玩一款最近正火热的网游。

"认识啊，我爸的好友。"

"他们有个八卦频道，那个编导，我看着不顺眼，换了吧。"宫少廷说。

牧萧听了，觉得好笑："兄弟，你家女人的绯闻我也听说了，你这是想不花钱就压新闻？"

"想花钱，人家不要。离播出时间还有五分钟，换不换人？"

"OK，换人，撤新闻。"牧萧是上将的儿子，还是牧家的少爷，身份可不比宫少廷差。

他一个电话，八卦栏目的编导直接被撤换，所以网民聚在一起等着新闻播出的时候，主持人突然来了一句："现在插播一条广告，广告之后精彩继续。"

广告之后等来的却不是夏唯至的新闻，而是一些大家根本不关心的十八线明星。

一时间，所有关于夏唯至的新闻全部被撤掉，媒体好像突然说好了一般，全都闭嘴了，网页上的评论功能也被关闭。微博上的热搜原本是"夏唯至劈腿"，现在变成了"夏唯至新电影《舞动》"。

尹翎叶看着好不容易炒起来的新闻突然没了，还变成了夏唯至的新电影宣传，气到崩溃。

此刻，受害者夏唯至被宫少廷养着，一整天除了吃就是睡，睡醒了完全不知道发生了什么事。

宫少廷怎么可能让夏唯至看见这种糟心的新闻，谁打扰他的女人睡觉，他让谁不好过。

于是这条八卦新闻一下子就随风散去了，甚至当事人自己都不知道。

宫氏集团总裁办公室里。

宫达关掉电视，看了一眼房间里的女人。

"尹翎叶，你发的新闻？半年时间就这么点手段也好意思拿出来玩！"宫达嘲笑道。

"能怎么办？爷爷已经不理会宫少廷，把他赶出宫家，我也没了利用价值，他更加不会来理会我的事！我母亲都被赶出尹家了，我还拿什么反抗？难道要眼睁睁看着夏唯至过得那么舒坦吗？"尹翎叶实在是不痛快。

宫达勾了勾唇角："我让你整容也陆陆续续整了快半年了，口罩拿下来我看看恢复得如何。"

尹翎叶拿下口罩："脸还有些肿，过阵子可以恢复正常。"

当初的尹翎叶被人在脸上割了四刀，整张脸都毁掉了。宫达让她去整容，整了一张和以前完全不同的脸，现在这张脸比之前还要精致漂亮，不过也很大众，像如今的网红脸。

"和以前一点都不一样了，你妈估计都认不出你了。"宫达嘲笑，拿了一堆资料给她，"从今以后在我身边做秘书，改名叫缇娜，有很多事我要交代你去做。"

"我想做明星。"尹翎叶说。

"你可以做明星，但是你以为宫少廷会放过你？为什么他对你赶尽杀绝？当初你差点害死夏唯至的孩子，你就算再进娱乐圈，宫少廷知道是你，依然会封杀你，不给你留后路。"

尹翎叶知道，宫达说的都是对的。

"那我该怎么办？"

"曾经的尹氏集团，也就是现在的至一集团来势汹汹，宫少廷把所有的身家都押在里面，只要至一集团毁了，宫少廷也就毁了。到时候，我会捧你，让你重回当初尹翎叶的辉煌。"

尹翎叶显然很心动："怎么做才能毁掉至一集团？"

"至一集团无懈可击，但是你大哥尹相东手里的医药产业很好入手。尹相东能力一般，根本不能胜任尹氏医药的总裁之位。"

"不，我不能伤害我大哥！"

"只有这个方法，你难道要看着夏唯至一直春风得意吗？"

尹翎叶眼底闪过挣扎："不，不行，我不能让她得意！我要报仇！我要重回演艺圈的巅峰！我要万众瞩目，而不是万众唾弃！"

"很好，那就做好随时牺牲你大哥的准备。我们好好筹谋，必然能打败至一集团，打败宫少廷，打败夏唯至。"

"告诉我怎么做，我等不及了！"

宫达眼角挑起，眼底是阴森的冷笑，俯身在她耳边说了什么。

尹翎叶听得心惊胆战："这样事情会很严重，如果被抓到，我们会坐牢，甚至是死刑！"

"你这副样子，还不如死了。难道你要一辈子如此？"

"不，我不要！"

"夏唯至今天的一切，原本都是属于你的，你不想拿回吗？"

"想，我想！我要夏唯至万劫不复！"

一晃又一个月过去了，这一个月风平浪静，没有任何波动。

夏唯至简直不敢相信，自己竟然在宫少廷身边安安稳稳度过了大半年。

原本以为宫家老太爷一定会有什么措施来刁难她，所以她甚至不敢把儿子小米粥留在身边，只能交给母亲。

母亲住在祁家，可以很好地保护小米粥。

这么平静的生活，夏唯至都感觉不真实。

她的电影《舞动》上映一个多月了，票房一路走高。当然主要还是祁尊的影响力，有祁尊在，票房就不会差。

说到祁尊，她这半年来一直没见过他，只是在荧幕上看过他。这半年他产量很高，拍了好几部电影，还有电视剧。

粉丝都在心疼他，说他是拼命三郎。

夏唯至在房间里刷着手机看新闻，偶尔还能刷出新闻说她脚踏两条船，怀着宫少廷的孩子和祁尊一起。尹翎叶的新闻总会跟着她的名字走。不过，尹翎叶大半年没消息了，也不知道去了哪里。

至于她和祁尊的关系，她一直想澄清，却没找到机会。

要不是闺密杭宝蓓跟她说前阵子她上热门了，媒体对她各种诽谤，她都不知道。

后来，新闻全部被压了下去，她连看那些诽谤然后难过的机会都没有。

她回头看了一眼坐在书桌前的金发男子，他正在电脑前处理工作。

宫少廷最近似乎很忙，总是很晚才睡，有时候她睡着了，都不知道他什么时候进的房间。

她以前没怎么看过宫少廷工作的样子，原来他工作的时候那么认真，片刻都没有走神。

夏唯至趴在沙发上，手臂枕着下巴看着不远处的男子。

宫少廷和宫家脱离关系是因为她，而他收购尹氏，一是为她报仇，二是作为他创业的跳板。

新集团名字叫至一，他说，唯至，我的唯一，所以叫至一。

夏唯至看着看着，唇角就扬了起来。他让她休养了半年，这月子坐得实在久了点，可是他说，女人的月子就是要坐这么久，不然留下后遗症，老了容易腰酸背痛。这些都是他从夏展那里听来的，夏展随口一说，他就记到心里去了。

她其实想重新工作，然而一听到她想复出去娱乐圈，他就坚决不同意。

她说："其实演戏很好玩的，而且来钱也快，不演戏，我觉得特别浪费。"

他说："不行，还不如去我公司上班。"

"做什么？"

"总裁夫人。"

"……"

想到这里，夏唯至忍不住笑了起来。

宫少廷接了一个电话，脸上顿时凝重起来。

"自己公司的药品出了问题，他居然连问题出在哪个环节都不知道！丁娅嫚掌管尹氏的时候，他到底是做什么的？"宫少廷听到电话内容，暴怒地吼道。

夏唯至立马坐起身。这个"他"是指大哥尹相东吧？

"让尹相东自己解决问题，解决不好给我滚蛋！"宫少廷直接挂断了电话。

见夏唯至担心地看着自己，宫少廷说："尹氏的药品出了问题，尹氏下面的明志医院，一款感冒消炎药引发了大面积的中毒事件，尹相东还不知道哪个环节出了问题。"

"很严重吗？"夏唯至问。

"明志医院每天的人流量很大，感冒的人也不计其数，何况这款感冒药不仅仅在明志医院出售，在各大药店也有售。到目前为止，光是祁城就有三十人死亡，其他中毒的人已经上千，这事非常严重！"宫少廷站起身，拿过衣服。

尹氏医药现在已经属于宫少廷的至一集团了，尹氏医药出问题，当然是至一承担责任。

大哥怎么那么糊涂，这样的事都会让它发生！

"材料都查了吗？中毒肯定是成分有问题！"

"已经清查了材料，没有发现问题。后来对成分进行重新分析，的确多了一种外来成分。"

"起因要查，责任要追究，可最重要的还是安抚人心。赶紧把药店和医院的这款感冒药全部召回，免费治疗中毒病人，对于不幸中毒身亡的病人，精神和物质赔偿一定要全部到位，同时安抚好家属，这些都是立马要做的事。"

宫少廷原本是准备回公司的，外套都穿好了，闻言眯着眼看她。

"干吗这么看着我，难道我说错了？"

"你不仅没说错，还说得很对。尹相东出了事第一时间就是找我，问我该怎么办，他会不会坐牢，还说他不想坐牢，却没有想过去解决问题。这事很紧急，他处理不好就会牵连整个集团——尹氏医药虽然是独立运作，但属于至一集团。我真怀疑你跟你大哥是不是亲兄妹，你可比他聪明多了！"

夏唯至也站起身，帮他整理好衣服："你快回公司吧。你是公司总裁，消费者出了事骂的肯定是你。万一消费者不买账，公司的股价就会暴跌，到时候，那些唯利是图的股东一定会把你推出去承担责任。"

见她那么着急，还分析得头头是道，宫少廷挑唇在她脸上亲了一口："要不要跟我去公司看看？曾经的尹氏集团好歹是你家的，你从没进去过吧。"

夏唯至的睫毛颤抖了一下："我不配啊，以前丁娅嬷连公司门口都不让我站。"

宫少廷拉住她的手："你现在是尹氏的总裁夫人，谁敢说你不配！公司是我的，我整个人是你的，等于整个尹氏集团都是你夏唯至的！你不配，谁还配？"

"可是我下午还要去接小米粥。"

宫哲被放在母亲夏可卿那边照顾。

"让妈照顾吧，反正她一个人也无聊。这半年里我忙着打理公司，本就没时间照顾你，他要是回来，我还得照顾他，我们的二人世界都没了。反正我不允许你把他接回来，我不喜欢第三者。"

"宫少廷，那是我们的儿子！"夏唯至抽着嘴角说。

"不管，谁打扰我们，谁就是第三者！"宫少廷哼了一声。

夏唯至对他孩子气的描述很是无奈，不过她也拗不过他。

到了至一集团楼下，夏唯至仰头看着面前的写字楼。

曾经的尹氏她只在电视上见过，偶尔坐公交路过，匆匆瞥过一眼，从没这样站在楼下过。

很早之前，知道自己的父亲是尹氏集团董事长尹明志的时候，她还有一瞬间的开心，因为尹氏集团在祁城是比较有名的，企业做得很大，还有一家明志医院。

她小时候母亲还带她去明志医院看过病。

那时候她肚子痛得死去活来去看急诊，因为人多，她只能一个人坐在角落里捂着肚子。

母亲心疼她，不停地求医生先给她看。

不过医生说得没有错，来急诊室的都是着急的病人。

她痛到晕死过去了才轮到她，却还要排队抽血化验做完各种检查才能给她开药。

那时候她总是想，要是母亲认识医生就好了。

后来，她知道自己是私生女，母亲遭遇车祸不省人事，她就在尹家过着寄人篱下的生活。每当被丁娅嬷和尹翎叶欺负的时候，她还幻想自己有一天赚了很多钱，把整个尹氏集团都买下来。

看上去只是不切实际的幻想，结果她的男人真的把尹氏集团买下了。

"小唯，进来。"宫少廷走到公司门口，见夏唯至站在外面不进来，于是叫她。

站在尹氏集团门口，她居然一点都不想进去，甚至有些厌恶这个地方——这个地方时刻都在提醒她，她是个私生女。

"我不进去了，我在附近逛逛，你去忙吧。反正你工作的时候我也不知道干什么，忙完了给我打电话。"夏唯至说。

宫少廷的电话不断响起："那好，你注意安全。"

夏唯至转身准备离开，却意外地看到一个熟人。

"我怎么不能进去？这是我的公司！就算我现在已经被除名，这公司也是我打下来的！放肆，你一个小小保安还敢来碰我，我让我儿子开除你！"

不是这个世界小，而是真的很巧。

丁娅嫚想进公司，被门口的保安拦下了。

此刻的丁娅嫚依旧是高高在上、颐指气使的模样，还是一身贵妇装，拎着LV手提包，蹬着一双十厘米的高跟鞋。

"丁总，上边交代过了，你不能进公司。你就不要为难我们几个保安了。"保安队长还是好声好气地说话。

丁娅嫚扬手就是一巴掌："滚开，你们没资格和我说话！你们这些年的工资可都是我给的，你们这些吃里爬外的白眼狼！我要见我儿子！"

保安队长受了一巴掌也有些气，争吵间推了丁娅嫚一把。

丁娅嫚的鞋跟太高，一下子就摔倒了。

"来人啊！快看哪！尹氏集团，嗷不，至一集团的保安欺负人！"丁娅嫚立马高喊起来。

至一集团本就因为感冒药的事，信誉度下降到最低了，她这么一喊，路过的人都看了过来，对门口的五六个保安指点点。

"连个老太太都欺负，太过分了！"

"卖假药，吃了都中毒了，死了多少人，破坏了多少家庭！真缺德这尹氏！"

"以前都没见尹氏这样！自从被收购了之后，卖的药越来越不好了，现在还死了人，最该追究责任的是集团总裁！"

丁娅嫚听到这些话，眼底闪过精光，随即躺在地上哎哟哎哟地叫："好疼啊！好疼！大公司欺负人！"

"丁总，你不要这样为难我们！丁总，你快起来吧！"保安想向人群解释，可怎么都解释不清楚。

围观群众越来越多，完全炸开了锅，一致指责至一集团的负责人。

夏唯至看向人群，也不知道其中有多少是托，说的话还真是专业，直接把这个黑锅丢给了宫少廷。

保安完全不知道该怎么办，把丁娅嫚轰走吧，那么多人在看，显得集团店大欺客，可门口这点小事，保安队长又不敢麻烦上头的人。

丁娅嫚完全像个泼妇，在地上哎哟哎哟地大喊着："你们至一太过分了！太欺负人了！"

"就是，连个老太太也欺负，你们保安了不起呀！"有路人指责。

"不是，她不是普通老太太，他是……"保安没说完，又有人开始煽风点火，一时间闹得不可开交。

估计过不了几分钟，记者就要来了。

夏唯至走到人群里，喊了一声："这不是尹翎叶的妈妈吗？尹氏前任董事长到自家门口撒泼来了！尹氏集团虽然被收购，可尹氏医药的总裁还是你儿子，你这样不是给你儿子丢脸吗？"

"什么？前任董事长？尹氏以前的掌权人故意来闹事？"有人问。

"对啊，就是前任董事长，不会认错的！她女儿不是大明星尹翎叶吗？"夏唯至躲在人群里火上浇油。

"哈哈哈！尹翎叶算什么大明星，都消失大半年了！不就是到处找男人的鸡吗？"才过了半年，当然还有人记得尹翎叶，说话的还是个年轻的男子，他很不屑地冷笑着。

一时间，声音又变得不一样了。

"原来是故意抹黑尹氏！还真是墙倒众人推呢！尹氏自家的事，我们掺和什么？散了散了，没什么好看的。"

"卖假药是一回事，但一码归一码，我们可不喜欢被人当傻子耍！以为我们群众没脑子吗？利用我们的同情心来闹事，还尹氏集团前任董事长呢，难怪尹氏被收购！"

围观群众骂骂咧咧地走开了。群众一走，几个托也走了，丁娅嫚自导自演的戏就这么谢幕了。记者好不容易赶到，却什么都没看见。

保安松了口气，也更加讨厌丁娅嫚，气得骂道："丁总，以后别再这样了！我们可不想丢了工作，你下次再来，我们就不客气了！"

保安们骂骂咧咧地走开了，丁娅嫚气得全身颤抖。

她就是利用群众的同情心火上浇油，反正尹氏集团不是她的了，尹相东迟早被宫少廷赶下台，还不如趁机利用毒药事件给现在的尹氏泼一盆脏水，结果天不遂人愿。

丁娅嫚怒瞪向已经走开的夏唯至。

"你给我站住！"丁娅嫚站起身，跑过去，指着她，"这位小姑娘，年纪轻轻不学好，我跟你有什么仇吗？你认识我女儿尹翎叶，还知道我的身份，说，谁派你来的？是不是宫少廷？"

夏唯至冷笑一声，转头，看着丁娅嫚："尹夫人，这家公司是宫少廷的，凭我和宫少廷的关系，不应该帮着他吗？"

"你！是你！夏唯至，你这个贱人！"丁娅嫚激动地冲过来想抓夏唯至。

夏唯至侧身躲开了。

丁娅嫚扑了个空，摔倒在地上，一时爬不起来，她指着夏唯至："你这个私生女！扫把星！都怪你，我们尹家才变成如今的模样！你别忘了，你就是个私生女，是小三的女儿！你这个贱人！"

丁娅嫚挣扎着起身，又冲上来，对着夏唯至扬起手。

一巴掌还没打下，夏唯至扣住她的手腕，直接丢开她的手，稍微用了一点力，丁娅嫚就踉跄着退后了几步。

[第十七章]
总裁的女人不好惹

"你这贱人，居然敢推我！真以为有宫少廷护着，你就是宫家少夫人了？想得美！宫家根本不会让你进门！你这辈子就是小三的女儿，你儿子也会是个私生子，你们一家都是小三私生子，没一个会有好下场，你就等着被宫少廷玩腻了抛弃吧！"

夏唯至的心狠狠咯噔了一下。丁娅嫚说得没错，宫家不会接受她，她不知道自己还能在宫少廷身边待多久。不过，就算没有名分，两个人在一起感情也很好。

丁娅嫚原本以为会看到夏唯至难看的脸色，却只看到她轻笑一声，满不在乎地走开了。

夏唯至买了两杯奶茶，叫了闺密杭宝蓓出来一块儿坐在路边喝奶茶。

"这年头见自己的闺密都那么难了，知不知道廷少把你保护得多好？我找你玩，他都说你月子没坐好，身体还没恢复，不准我打扰。有这么把你藏着不让见人的吗？不知道的还以为你被软禁了呢！"

夏唯至喝了几口奶茶，尴尬地说："生孩子的时候出了点意外，身体变得很差，他是担心我。"

"我问了夏展弟弟才知道，你确实在调养身体。"杭宝蓓郁闷地猛吸奶茶，"不过你整尹翎叶干得漂亮！那女人大半年不见踪影了，还不知道躲哪个角落里哭。"

是啊，她大半年没见到尹翎叶了。

她毁了尹翎叶的前途，又和宫少廷走在了一起，尹翎叶肯定恨死她了。

杭宝蓓的电话响起。

一看号码，她就吼："干什么？有屁快放！"

夏唯至凑过去听了一下，是宫少廷的兄弟牧萧的电话。

"你干吗呢？"

"我干吗呢，是你干吗？你干吗给我打电话？"

"在哪？干什么？和谁一起？"

"有病吧你！"杭宝蓓吼。

牧萧正在会所做推拿，他看着面前的推拿小姐那呼之欲出的胸。

"问你在哪里，不敢说呀，男人婆！"牧萧嘲讽。

"有什么不敢说的！"杭宝蓓回头看了一眼，她们坐在一家夜店门口，不过夜店还没开始营业，"雅屋银都！"

"秋实路的雅屋银都！"牧萧突然提高了分贝。他这种夜店王子，当然知道雅屋银都是做什么的。

"是啊。"

牧萧直接从按摩床上跳了起来："男人婆，你还泡吧！小心被男人当成男人啊！"

杭宝蓓直接挂断了电话，嘴里骂着："这坨狗屎！"

被挂电话了！

牧萧盯着手机快笑死了。这个女人居然挂他电话！哈！就这么挂了！

"牧少，今天的项目还没完成呢。"按摩女郎贴到牧萧身上，抚着他的胸口，娇滴滴又魅惑地说。

房间里还有牧萧的其他朋友，看到牧萧的电话被挂断也都很好奇。

"牧少，什么女人那么大胆挂你电话？"说话的也是豪门贵公子，姓崔。

"肯定是男人。男人才会挂牧少电话，女人哪里有这样的胆子。"

"在祁城，哪怕是男人也没几个人敢挂牧少的电话吧。米妮，快安抚一下牧少受伤的心灵。"

几人开着玩笑，又叫了几个高端按摩女给牧萧。

牧萧想到杭宝蓓说的在雅屋银都，心里火气直冒，换了衣服就走了。

剩下几个豪门公子不知所措，还以为是他们说错了话。

这一头，杭宝蓓挂了电话。

夏唯至听出是牧萧："是牧萧，他找你做什么？"

"我哪知道！上次跟他一块儿帮忙破坏你的婚礼之后，他就一直找我晦气！"杭宝蓓回头看了一眼身后的夜店，"这名字取得是好听。夜店快开了，我们进去玩吧。"

杭宝蓓说着就开心地奔进了夜店。

"我不去了，宫少廷该忙了。"夏唯至说。

"女神，你是准备从此以后围着你男人转吗？那样的生活很乏味的！最近很火的电视剧你追了吗？那个全职主妇最终被老公抛弃了，还被小三扫地出门，一个人带着儿子住在破房子里每个月等着老公的生活费，很惨的。她老公以前对她也很好，让她不要工作，说他养她，结果她就真的不工作了。然后老公抛弃了她，她成了下堂妇，忒惨了。"

夏唯至眼角跳了跳："这也忒惨了。还没看，我晚上回去看看。"

"那你抓紧看。挺好看的，就是看得我对婚姻绝望了。没人要就没人要嘛，我收收保护费，打理打理帮派，日子多滋润！我玩去了，你要么跟我进去，要么找你老公宫少廷去吧。"

"他还不是我老公……"

"哎呀，差不多的啦。廷少肯定不会抛弃你的，他不是那样的人。不过，过个十年八年也说不准。总之，不要想那么多啦！"

"我没想那么多……是你在想……"夏唯至无语，"而且我从来没打算不工作，只是宫少廷现在处于非常时期，我还没和他沟通好。"

夜店一开门，杭宝蓓哪里还听得到夏唯至说什么，激动地跑进去玩了起来。

夏唯至无语，其实她一直都羡慕杭宝蓓，生活过得有滋有味，从没有生存的烦恼。

"唯唯，你快进来啊！来了很多帅哥！舞池里有艳舞，还是牛郎跳的，一整排牛郎，哈哈！"杭宝蓓激动地跑出来拉夏唯至，直接把夏唯至给拽了进去。

这时，宫少廷的电话来了。

"该吃饭了，在哪里，我过来接你。"宫少廷在电话里说，声音压得有些低。

"你说话怎么怪怪的，身边有别的狗吗？"夏唯至开玩笑。

宫少廷愣了片刻，低笑："我在开会，秘书提醒我到饭点，我这才想起来，怕你饿着，赶紧给你打个电话。在哪儿？"

"开会你还给我电话。你先开吧，我自己能解决晚饭。"

"我也要吃，不差这点时间。在哪儿？"

"你吃什么我吃什么吧。你如果赶时间，不用特意陪我吃饭。"

"在哪儿，回答我！"宫少廷一下子拔高了声音。

会议室里原本还在说话的员工立马都噤声了，默默地低头听着总裁大人打电话。

关于总裁身边的女人到底是谁，他们谁都搞不清楚。之前是个明星演员，就是那个和祁尊闹过绯闻的夏唯至，他们都听过，好像还生了个孩子，后来总裁身边就没见什么女人出现过，从来都是独来独往。是不是那个小明星夏唯至他们也说不准，毕竟总裁大人如此身份，有些花边新闻太正常了，最怕的反而是总裁专一，这样其他人就没机会了。

现在，姑娘们都偷着乐，每次只要宫少廷来了，每个姑娘都是使尽浑身解数，恨不得把自己打扮成仙女，以博得宫少廷青睐，这样一夜就能飞上枝头。就算飞不上枝头，为总裁大人暖一暖床，谁都是非常乐意的。

宫少廷颜值高，身材好，体力也是出了名地好，哪个女人会不喜欢。

这一头，夏唯至拿着电话，说："我在秋实路。"

"秋实路哪里？"

"雅屋银都。"

宫少廷握着手机的手猛然收紧，啪地放下手里的笔，拍得桌子都震了一震。

办公桌前的员工立马挺直了腰板，连呼吸都不敢大声了。

办公室里更是冷得可怕。

连夏唯至的大哥尹相东都耷拉着脑袋，不敢出声。

宫少廷直接挂断电话，起身。

会议室里的人立马都站了起来。

"继续开会，我很快就回！"宫少廷冷声说，又低头命令尹相东，"你主持会议。想不出办法，我就把你推出去承担全部责任！"

"是，是，宫总！"尹相东忙不迭地点头。

虽说宫少廷算是尹相东的妹夫，可尹相东哪里敢叫他妹夫。

夜生活就那么愉快地开始了。

雅屋银都夜生活广场里面。

杭宝蓓和几个夜店常客紧贴着在热舞，一边对着吧台边的夏唯至喊："女神，快来跳舞啊！全是帅哥！"

"女神？你的女神怎么一个人孤零零在吧台，让她一块儿来玩啊！"贴着杭宝蓓跳舞的男人怂恿着。

"哎呀，她就是那么保守。再说，你们她是一个也看不上，不要浪费时间了。"杭宝蓓狂甩头发，得意地说。

有宫少廷那样的男人，夏唯至需要看上谁？完全不需要啊。

"我就不信了！我们这儿那么多帅哥，她都看不上？哄女人是多么容易的事。来，哥儿几个跟我走！"

那个男人一发话，原本围着杭宝蓓跳舞的几个男人都往夏唯至那边走，杭宝蓓郁闷极了。

夏唯至就那么坐在吧台边，打个电话的工夫，已经有不少男的去她那儿搭讪，都被夏唯至礼貌地回绝了。

夏唯至坐在吧台边玩手机。宫少廷突然挂断了电话，算时间差不多要到了，她正

437

准备起身出去。

照着宫少廷的性子，要是在夜店里面抓到她，估计要炸开锅。

"来一瓶路易十三。"一个男人俯身，胳膊肘放在吧台上，凑到夏唯至面前，"美女，我请你喝路易十三干邑白兰地，五万块就那么一小瓶！哎，小美女，我是不是在哪里见过你？很面熟啊，像某个小明星。"

"你的意思是我大众脸吗？"夏唯至笑着问，"借过一下。"

"别着急走，我这是夸你长得好看。"那人拦住夏唯至。

"单哥今晚是豁出去了，对这位美女可真大方，太让人羡慕了！"吧台的女侍者谄媚地说道。

"对待美女一定要客气！美女是用来好好疼爱的，就该配你们这最上档次的酒！对吧，美女？"那个叫单哥的对着夏唯至笑得很是暧昧。

夏唯至看了一眼吧台上的酒。

单哥立马打开瓶塞，给她倒酒。

"这位美女今晚的单我买了！美女，你还想吃点什么？这里最贵最好吃的，只要你想吃，尽管点，这儿没有的，我让人去外面给你买！"单哥讨好地说道。

杭宝蓓本来是想过来帮忙的，又觉得自己的帮忙太多余了。就这么几个自以为有几个臭钱的公子哥儿，夏唯至打发起来不要太容易。不管了，难得出来嗨，好好玩！

"这么贵的酒收回去吧，我不喝。"夏唯至说着已经起身，准备出去。

"别走啊美女！"单哥走到她面前，拦住她的去路。

其他几个人也围住她。

"这酒五万块就这么一点，我点都点了，不喝就浪费了，对吧？不然，你拿着酒，我带着你，我们出去兜风。这里面人多，乌烟瘴气的，坐久了不舒服，还发闷。"

夏唯至发现这男的长得挺白净的，但说起话来真是让人不爱听。

"不用，我没空陪你兜风，等我未婚夫接我吃晚饭。"夏唯至不想惹事，特意告诉他自己不是单身。

"未婚夫！真可惜，你都有未婚夫了！他要来，那刚好，我也请他喝路易十三！等他来了，我再开一瓶！你说你都出来玩了，怎么能只喝冰水呢？你这么漂亮，就该喝最好的酒，养好了皮肤就更漂亮了！这张脸蛋真是好看，还没见过素颜那么漂亮的……"单哥说着，盯着夏唯至，口水都出来了。

夏唯至退后一步，"我劝你们快走，我未婚夫来了，你们就走不了了。"

说着，夏唯至回头看杭宝蓓，那人跳得那叫一个忘我，明明知道这些人是来调戏她的，居然装看不见。

"你未婚夫！来，说说！这家夜店我可是天天光顾，我倒想听听你未婚夫是谁，

438

他来了，我怎么就走不了了！小美女，你可能还不知道我是谁！嗯，你是新来的，当然不知道我的名头！这祁城的夜店，每一家都有我的股份！"

夏唯至不想给宫少廷惹事，惹出了事，宫少廷要来收拾烂摊子，他公司的事这次就够他忙的了。

"好的，我知道了。"夏唯至脸上一点惊讶的表情都没有，淡然得让人想抓狂。

"小美女，你知道祁城有多少家夜店吗？别说祁城，全国上下的娱乐场所都有我的股份。你要是喜欢，我送你一家都没事。"单哥笑盈盈地说，有些讨好。

在夜场里面，还没有他钓不到的妞，眼前这个不过是比别人难钓一点而已。

"我们单哥可是真心实意地对美女你，不要给脸不要脸！"又有人唱黑脸恐吓夏唯至。

夏唯至还没说话，门口气势汹汹地跑进来一个人。

看到被拦住的夏唯至，他愣了片刻，问："要不要帮忙？"

"不用了，杭宝蓓在舞池里。"夏唯至说。

来的居然是牧萧。

牧萧哼了一声："我又不找她！"

说着他却看向舞池：那个女人腰肢款摆，头发狂甩，拿着酒瓶摇晃得跟得了羊痫风似的，还不断有男人上前和她贴着热舞。

杭宝蓓玩得激动，随着音乐狂叫。

相比夏唯至，被一大群男人围着，还很淡然地听着他们说话。

"牧少！那不是牧少吗？"有人认出牧萧，激动地叫了起来。

紧接着有不少人看向牧萧，女的更是蠢蠢欲动。

牧萧拍了拍单哥的肩膀："兄弟，劝你一句，快走吧。"

这个单哥在夜场里小有名气，牧萧也觉得眼熟。

单哥觉得莫名其妙："牧萧，关你什么事啊？难道你也看上这小妞了？"

牧萧心想，反正自己已经仁至义尽地提醒了。

"节哀。"说了一句，牧萧就走开了。

单哥完全没听懂牧萧在说什么，反正眼前这个漂亮的小妞儿才是他今天的兴趣所在。

"小美女，想清楚了吗？知道我是谁了，知道我不能得罪了，那你是不是得赏脸把这瓶名贵的酒都喝了？"单哥拿过酒给夏唯至。

"比这名贵的酒有吗？"

"有啊，拉菲！你想喝吗？你要想喝，哥随时买单！"

"那你能请我朋友喝吗？"

"当然能，叫你朋友一起来喝！"

夏唯至说好了，回头就拿了话筒："朋友们，今天单哥请喝拉菲！每人一瓶，全部由单哥买单！惊不惊喜？意不意外？还不快谢谢单哥！"

夏唯至说完，单哥整个人都蒙了。

"哇哦！单哥！单哥！"

全场激动，疯狂地喊着单哥的名字。

这里的拉菲十万块一瓶，酒吧里面最少一千人，这一场请下来，得一个亿啊！想到这里，单哥跟跄了一下。

全场还在激动地呐喊，疯狂地尖叫。

一瓶瓶拉菲被搬出来分给大家。

这可是十万块一瓶的拉菲！谁想到，来泡个夜场，竟然能分到那么名贵的酒！拿到酒的举着瓶子，激动地大喊："单哥请客！谢谢单哥！"

"你！你！"单哥指着夏唯至，手都在抖，"你的朋友！这里全是你的朋友吗？！"

"对啊，都是我的朋友，我已经把他们当朋友了。单哥不会是舍不得酒钱吧？"夏唯至笑着问。

"你故意的！"

"对啊，我是故意的。不是很有钱想泡妞吗？一个亿都拿不出来，真是想试多了亲。"夏唯至嗤笑了一声，走出门去。

"你还想走！花了我一个亿，看老子今晚不弄死你，贱婆娘！"单哥冲上去，想揪夏唯至的头发，"未婚夫要来了，就让他亲眼看看哥哥我是怎么收拾你、疼爱你的！"

单哥的手还没碰到夏唯至的头发，手腕就被人给捏住了。

夏唯至抬头看到门口的男人，嘿嘿了一声："你来了。"

宫少廷冷冷地看了她一眼，抓着单哥的手腕，当棍子一般直接给折断了，发出咔嚓一声脆响。

"嗷嗷嗷！疼！疼！你谁啊？你知道老子是谁吗？啊！"单哥对着宫少廷颐指气使。

"那只手碰到你了没？"宫少廷问夏唯至，单哥另一只手有没有碰到她。

"两只手都没有碰到。"夏唯至说。

咔嚓。又是一声，宫少廷抓起他另一只手，也给折断了。

"她说，她说了我没碰到她！"单哥疼得大喊。明明夏唯至说没碰到她，结果这个男人还是把他的手给折了。

"闹事啊！快放了我们哥，不然我们就不客气了！"单哥的几个小弟围了上来，拿着匕首指着宫少廷。

这边那么热闹，酒吧里很多人都看了过来。

杭宝蓓本来玩得起劲，猛然回头发现贴着自己热舞的是牧萧，正要炸开，却看到夏唯至用单哥的钱请大家喝拉菲，紧接着又看到单哥被宫少廷虐了。

"啧啧，廷少和唯唯也忒欺负人了，先坑了人家一亿，现在又进行身体虐待。好惨！"杭宝蓓摇头说。

牧萧很不屑地看她："竟然心疼那种人。"

"我这不叫心疼，我这是善良，众生平等。"杭宝蓓一副平和地俯瞰众生的模样。

可惜众生刚被请喝了名贵的拉菲，却眼睁睁看着单哥被宫少廷"蹂躏"。

那些小弟才上前，宫少廷就从腰间掏一把枪，拍在吧台上，吓得他们不敢再上前。

宫少廷嚣张到打人完全没有顾忌：折了人家的双手，然后扣着人家的肩膀，抬腿，膝盖一下下撞向单哥的裤裆，看的人都觉得好疼。

夏唯至站在一旁淡漠地看着。这人嘴欠又自以为有几个钱了不起，说的话不堪入耳，她听了都生气，何况是眼里根本容不下沙子的宫少廷。

单哥疼得嗷嗷直叫，想用手去捂自己的裤裆，可是手已经折了。

宫少廷简直想一枪把人给毙了。

这人对夏唯至说那些话，他听得快炸了。居然敢对夏唯至说那些可恶又下流的话，当着他的面把他的女人给调戏了，没法容忍！

"哎，差不多就行了……"夏唯至看到宫少廷一副想废了对方的模样，终于说了一句好话。

"你还给他求情？"宫少廷打得气都不喘一下，"那我接着打！"

他把单哥摔在地上，一脚踩在对方的裤裆上。

"嗷！"单哥整个人弓了起来，疼得眼珠子都快炸裂了。

"咦——"围观群众看了都不自觉地捂住自己的裤裆。真的好疼好疼啊！

"宫少廷，你不是挺忙的吗，不要为了他浪费时间了。"夏唯至在一旁不紧不慢地说。

"我是为了你，这不叫浪费时间！我得让他擦亮他的狗眼好好看看，你是我的女人，他都敢惦记，说的那些话，我能把他的舌头割了！"宫少廷的皮鞋踩在单哥的裤裆上，"本少爷警告你，以后看到她，离她八百米远！敢跟她说一句话，我切了你的东西！听到了没有？"

"听，嗷嗷，听到了听到了！要坏了，你高抬贵脚……要坏了……"单哥惊恐地喊着，浑身颤抖，双手却没法去捂裤裆，模样那叫一个惨。

"少爷。"卓尔从外面进来——似乎看了很久的戏——拿了毛巾给宫少廷。

441

宫少廷拿过毛巾擦了擦手，然后把毛巾摔在单哥的脸上："这玩意儿叫什么？"

"回少爷，他叫单通，今年33岁，风险投资人，名下有一家投资公司，就叫单通投资咨询公司。"卓尔立马说。

"投资公司？也就是放高利贷的。小唯，这种事是犯法的，你觉得呢？"宫少廷看着夏唯至，眼神让夏唯至发毛。

杭宝蓓家的帮派其实也放高利贷，杭宝蓓听着都头皮发麻。

夏唯至说："是的，犯法。"

"报警。他的公司非法集资，资金来源可疑，让警方好好查查。小唯，刚才他对你说的话构成了名誉侵权，怎么算？"

"公然损害他人人格，毁坏他人名誉，用极其下流、肮脏的语言等形式辱骂、嘲讽他人，使他人的心灵蒙受耻辱，使他人的精神受到很大痛苦的，可以责令侵权人停止侵害、恢复名誉、消除影响、赔礼道歉、赔偿损失。"夏唯至简直就是行走的法律条文。

她大学选修了法学，因为天资聪颖，还顺手拿了法学学士学位。

这一句一句，说得单通心惊肉跳。

"这女的牛啊！"

"何止女的牛，男的也霸气，这两人绝配！这一搭一唱的，让人完全没法反驳啊。"

夜店里面看热闹的人群炸锅了。

明明是单通被打，他还请他们喝了那么贵的拉菲，结果大家都在内心拍手叫好。

宫少廷挑唇，俯身，盯着地上的男人："赔礼道歉，赔偿精神损失。准备赔多少？"

单通睁大眼睛，早就无从反驳了。

难怪牧萧对他说节哀，眼前的男人到底是谁他虽然不知道，却很清楚完全不能惹。

"多，多少？你们要多少？"单通结结巴巴地问，疼得满脸都是汗，却只能打落牙往肚子里吞，他们讹多少就给多少。

"小唯，要多少？"宫少廷问。

夏唯至感觉这是公然敲诈啊，不是已经把人揍成狗了吗？还要敲诈，还要查人家公司。连夏唯至都感觉脊背有些发毛。

一口气让他请了一个亿的酒，已经够他心疼几年了吧。算了，一两瓶酒钱吧。

夏唯至抬手比画了一个"十"字。

"这样够了吧？"夏唯至试探性地问。

"10亿！到底是我的女人，一开口就一鸣惊人。"宫少廷挑眉说。

夏唯至扶额，感觉有点欺人太甚了。这人也就调戏了她一下，没占什么便宜，现在把人家打残了，还讹了10亿！

地上的男人一听数字，直接晕死过去，他的小弟打都打不醒。

于是，今晚酒吧里的谈资自然就是单通被打还被讹钱的事。大家也不知道刚才的男人是谁，只知道他霸气无比，看上去很不好惹。

宫少廷的枪还拍在吧台上，根本没人敢上前去拿，只有牧萧走到吧台边，把枪拿了起来把玩。

杭宝蓓花痴地看着门口："真是越来越爱我们廷少了！"

"嗯？"牧萧看她，目光有些冷，"你要跟你闺密抢男人？"

"我的意思是崇拜！崇拜！我怎么可能干那种缺德事！再说，廷少也看不上我。"

"你还真是有自知之明。看到自己闺密被欺负也不帮忙，嗬，不怕宫少廷找你算账？"

"轮得到我帮忙吗？就这夜店，就刚才被抬出去的那人，压根欺负不了我女神！我女神那么容易被欺负，那就不是我女神了。"杭宝蓓仰头又喝了一口酒，"真羡慕女神有这样的男人，羡慕嫉妒又开心！"

"抽烟喝酒泡吧样样精通，你能找到我兄弟那样的男人，做梦都别做！梦里都没有，更别说在这间夜店了，哪个男人会泡你！"

杭宝蓓看到他就头疼，每次见面就要遭受他的精神摧残。她完全不想讲话，直接走开，嘴里嘟囔着："真不明白祁城的夜店那么多，怎么偏偏碰上这条死狗！倒了八辈子血霉！"

牧萧听到了她的嘟囔，本想把她抓起来狠狠地揍一顿，却看到一个喝醉酒的走上来。

"小姐，一个人吗？"那个醉醺醺的男人踉跄地趴到吧台上，抚摸杭宝蓓放在吧台上的手。

杭宝蓓先看了对方的脸，长得还不错。为了让牧萧看明白还是有人要泡她的，杭宝蓓很配合："是的呀，我一个人呢。你想干吗呀？想泡我吗？赶紧的，我一个人，现在还没人开始泡我，待会儿人多了，你就泡不到了。"

杭宝蓓一席话说得醉汉睁大眼睛："你这么浪啊，不会有病吧？不了不了，我不要泡你，我就打个招呼！"

醉汉说着就跑了。

"你别走啊！不是要泡我吗？我真的就一个人！你别怕啊，我没未婚夫，不会打人讹钱的！"杭宝蓓挽留道。

牧萧站在一旁，扑哧扑哧地笑，笑到后面捂着肚子哈哈大笑。

"笑什么笑！狗也会笑！稀罕了啊，不去泡女人，在我这儿干啥？"杭宝蓓火大地吼。

牧萧看她分明是恼羞成怒了，样子实在可笑，再加上刚才那男人喝醉了还跑走，仓皇落跑的样子简直要笑死他了。

"哈哈哈哈！"牧萧捂着肚子，又开始笑，"你看看你跟你闺密的差别。你闺密，整间酒吧的男人都想泡她；你呢，你主动耍流氓，人家都要跑。噗——哈哈哈！刚才那个人，你看到他的表情没有？吓成狗屎，脸都绿了！哈哈哈！"牧萧捂着肚子，眼泪都快笑出来了。

"你才狗屎！狗屎你全家！"

杭宝蓓气呼呼地跑回舞池，心想：还不如回舞池跟帅哥们贴身热舞来得实在！

尹氏集团感冒药中毒事件的情况比夏唯至想象的还要严重，短短时间内，死亡人数已经破百。

明明药都召回了，可是原本只是中毒的病人中还是有死亡的。

这些人都已经进了明志医院接受免费治疗，甚至宫少廷和全国上下的医院都达成了共识，只要是因为这款感冒药中毒的，全都能接受免费治疗。

已经治疗到这个阶段了，毒素应该压下来了，为何还是有人死亡？

再这么下去，大哥尹相东肯定会被推出来，到时不仅是引咎辞职那么简单，肯定要承担法律责任。

宫少廷吃饭的工夫，电话就被打爆了，他干脆关机，安静地陪夏唯至吃饭。

吃完饭，宫少廷带着夏唯至回公司，他也是怕夏唯至无聊，又跑去夜店乘凉却被男人调戏。

车子停在楼下。

夏唯至坐在车里玩手机，似乎和谁在发短信，发了很久，神情还很认真。

"跟谁聊天？"宫少廷忍不住问。不会是祁尊吧？

"纪敏。我都一年没看见她了，今天约她出来，她说在工作，没空。她现在跟着她爸爸，进警局做了女警。"夏唯至说，"就是那个以前帮着尹翎叶欺负我，后来在警局救了我的女生。"

宫少廷在心里松了口气："你还有这样的朋友，我以为除了杭宝蓓，你就没朋友了。哦，好像是有这么一个女人，不过不记得名字。反正除了你的名字，任何女人的名字我都不想记。"

夏唯至很爱听这句话，但又嘿嘿笑着问："那你妈的名字呢？"

"我不需要叫我妈的名字，但是你的名字我要叫，如果哪一天不叫，那肯定是叫你老婆了。"

夏唯至听着他的情话，还是满意的。想着想着，心里觉得好暖，夏唯至笑了起来。

说到宫少廷的妈妈，夏唯至眼底又浮现出失落。她不是没有尝试跟艾莉娜和好，但是艾莉娜非常抵触她，只要她去，艾莉娜肯定把她赶出来，所以每次都是宫少廷一个人去看他母亲，还是和以前一样，每个月一次。

夏唯至跟着宫少廷走进公司，宫少廷全程拉着她的手。

现在已经是下班时间了，公司的灯都关了，只有高层还在会议室里加班开紧急会议。

宫少廷一进来，大家都站了起来。

看到他手里拉着的女人，所有人都愣住了。

"接着开。"宫少廷进来，先是搬了一把椅子到旁边，让夏唯至坐下："一个小时就结束，你可以听我们开会，也可以自己玩。"

夏唯至不想进来，但是宫少廷想着公司里没人，怕她一个人在外面觉得孤单，所以硬生生把她拉了进来。

所有人都好奇地看向夏唯至，宫少廷的秘书贝拉也疑惑地看着她。

夏唯至坐在椅子上，挺不习惯的，因为她知道所有人都在看她，然后对她各种猜测。怕这些人开会分心，夏唯至准备出去，却听到大哥尹相东在汇报会议内容，她就多听了几句。

"下午到现在，死亡人数又增加了十个。再这么下去，上面就要来查封我们尹氏医药了！这次死了那么多人，家属们都喊着要严惩负责人！总裁，我，我只是个挂名的，真正的负责人是你！对不……"尹相东情急之下，把真心话说了出来。

他这么说话，就等于想把宫少廷推出去。就算他心里真是这么想的，也不应该说出来。

"你的烂摊子我帮你收拾又帮你擦屁股，还要帮你去顶罪，你是这个意思吗？"宫少廷冷声反问。

"不！不是不是，当然不是！我们可以随便找个人，就说是负责人。这次的事主要还是材料负责人的问题，还有采购部买的药有问题。不过，自从尹氏被你收购，采购部的人都是总裁你派过来的，跟我真的没有关系！"

"尹相东，我不是在追究你的责任，我是要你查清楚：为什么感冒药都已经停产回收了，还会出现死亡事件；感冒药中的有毒成分是什么，怎么解；解药研制出来需要多长时间！解决这些问题，你想好了没有？你们开会，讨论出的结果是什么？"宫少廷手指叩着桌子，质问道。

"我……"尹相东说不出话来。

"开了半天会，你就告诉我，你不想负责，负责的该是我们集团！你这么没用，我留你在公司干什么！你要不想负责，把尹氏医药的所有股份交出来，给我滚蛋！"

"不行不行！总裁，我老婆怀孕了，我要是丢了尹氏集团，我怎么养活她、养活孩子？不行不行！我不能离开公司！"尹相东立马恳求道。

宫少廷怒火中烧，养了这么个废物，真是气死人！

宫少廷直接合上文件，站起身："散会！明天是最后期限，要是拿不出解决方案，找不出患者中的毒是什么，你就给我负起责任来！要么滚蛋，要么坐牢去！"

尹相东听完，吓得整个人跌坐在椅子上。

会议室里的人陆陆续续地出去了，出去之前还要看一眼夏唯至。

宫少廷拉起夏唯至走出门。

夏唯至回头看向大哥，他可能真的很努力在解决这件事，脸上布满胡楂，脸色蜡黄，明显的营养不良，作息不好。

她就算有心替大哥求情，也知道事情的严重性。

这次的中毒事件上面已经插手，如果不是宫少廷后台够硬，早就被牵连了。毕竟尹氏集团当初的药都是有口皆碑的，是在被宫少廷收购之后才出了问题，所以出了事，肯定是公司来担责，要追责，第一个就会追究宫少廷这个总裁管理不当。

"你怎么不给你大哥求情？"上了车，宫少廷见她不说话，问。

"替大哥求情了，担责的就是你。到时候很多人会对你落井下石，不能让你承担风险。"夏唯至说，"我知道事情的轻重，也知道自己心里有偏袒的人。"

宫少廷意外于夏唯至的话，发动车子时就拉住她的手，和她十指相扣。

"担责又怎样，我还不至于坐牢，顶多没了公司，没了钱。"

"没事，你要没钱了，我就复出去演戏，我养你。"

"我养你"这句话，夏唯至以前和他说了很多次，每次听到，他的心里都很暖。

能找到这样一个女人共度余生，真是三生有幸。

"我不会让你有这样的机会。你去演戏，铁定会碰上祁尊，我不准！"宫少廷一字一顿地说。

他之所以不同意夏唯至复出去演戏拍广告，就是怕夏唯至碰到祁尊。

他一点都不喜欢夏唯至见祁尊，毕竟祁尊差点和夏唯至结婚。

"我总不能靠你养着。我刚看了一部电视剧，女主一直被男主养着，男主也说会养女主一辈子，但是没几年，男主在外面就有人了，觉得女主不工作，没出息，后来就把女主抛弃了，和小三幸福地生活在一块儿。你看，男人的话真的不可信。"

宫少廷眼角跳了跳："以后少看这种电视剧，看看正能量的，比如男主角非常深情，养了女主一辈子的那种。"

"嗯，行。"夏唯至思索了片刻说。

"……"

"宫少廷。"

"嗯？"

"还是要谢谢你，给我大哥机会。如果你这时候把他推出去，舆论一定会偏向你，觉得你负责。"

"你放心，我知道你对你大哥的感情，这些年他也确实护着你，才没让丁娅嫚把你欺负得太惨。我不过是吓唬他，不到万不得已不会推他出去。尹相东确实不如他母亲丁娅嫚，丁娅嫚虽是个女人，却很有远见，经营公司有她自己的方法，有心计有城府，来公司闹个事也能事先计划好。"

丁娅嫚闹事，宫少廷也是从卓尔那里听来的，说是前几天下午丁娅嫚来公司门口演了一回可怜的老妇人被大公司欺负的戏，引起了不小的骚动，差点连媒体都赶来了，后来有个女的出现，几句话轻而易举揭穿了丁娅嫚。

那天下午卓尔刚好送夏唯至过来，而能和丁娅嫚这个老谋深算的女人对戏的，就只有夏唯至了。

宫少廷看着夏唯至。她帮了他那么大的忙，居然一点不邀功。

丁娅嫚的计谋要是得逞了，媒体赶来现场直播，那就会变成感冒药中毒死亡者的家属来尹氏集团楼下讨公道，却被大公司殴打出门。

当时现场必然有丁娅嫚安排好的围观群众，他们会帮忙把所有的责任都推给集团的负责人，就是他宫少廷。

此事无异于火上浇油，必然会引发民众对集团的愤慨。

原本是一件非常严重的事，却被夏唯至轻松化解。

她不说，他也不道破，只是在心里记下了。

半夜，夏唯至睡得迷迷糊糊，也不知道几点钟了，只感觉外面有人在敲门，敲得很响。

宫少廷起床去开门，也是一副没睡醒的样子："干什么？"

门口是卓尔，脸色很难看。

"少爷，又死人了！住在明志医院的患者，昨夜死了45人！现在患者和家属已经把医院住院部给砸了，医生和护士都被砸伤，整间医院都被家属围住了！京都总统府那边传来了调查令，已经指派调查小组全面封锁医院和尹氏医药！尹相东的住所也被人包围了，有家属，也有其他群众，最少上千人！"

"前几天尹相东汇报患者病情稳定，怎么突然死了那么多人？"宫少廷震惊了，"到底中的什么毒，怎么那么难治？夏展呢？快让他过来！"

447

"夏展少爷现在在医院安抚情绪激动的家属和患者，可是患者根本不听，谁都害怕住在医院里，他们甚至怀疑尹氏的药全是假的！集团的股份完全缩水，一夜之间市值跌了一半！"

宫少廷走回房间，换了衣服出来："股市跌是迟早的事，人命重要！总统那边怎么说？"

卓尔立马跟上："总统那边的意思，这个时候一定要推出个责任人。我们之前推出去的采购部长和工厂流水线的厂长，完全不能平息群众的愤怒。特别是昨夜一下子死了45人，现在外面的群众冒着台风出来，誓要尹氏和集团给个交代。"

"立刻派人去尹相东家里，把他推出去！他们要责任人就给他们！"

"可是少夫人那边……"

"把他推出去吧。我去医院找夏展。他在那边被家属围攻，肯定很危险。"夏唯至不知道什么时候跟了出来。

宫少廷立马拉了她的手："你出来做什么？还早，回去睡觉。"

"宫少廷，尹家说到底跟我是有关系的。事态越发严重，我不能袖手旁观。昨夜死的那45人，我去医院里调查清楚，到底是什么导致的死亡。我们节省时间，越早查出原因越好。"

夏唯至走出去，准备自己开车去医院。

宫少廷看了一眼外面——今晚是台风天气还有大暴雨，他把她拉回来："我不能让你一个人去医院。现在那些人已经失去理智，只想为死者讨回公道，你要是去了，能被他们活活打死！医院不用去了，你就留在这里。"

"小展还在医院呢，我不能丢下他不管！"

一夜间死了那么多人，其中一半是孩子，这已经是刑事案件了，只要总统想，可以随时把宫少廷收押，现在尹相东不过是替罪羊。

宫少廷一打开门，外面就闪过一阵亮光。

一群记者蜂拥而上，穿着雨衣，扛着摄像机和照相机，对着他们狂拍。

宫少廷第一时间遮住夏唯至的脸，把她推回房间。

"宫总，听说明志医院一夜之间死了45个人，其中26人还是三到八岁的小孩。尹氏集团自从被你收购之后，出现的问题越来越多。这一次的死亡人数破千，听说总统会对你实行强制管制。"

"宫总，听说尹相东只是替罪羊。虽然总统府已经去尹家抓人了，可尹相东的决策也是听集团的，而至一集团的负责人是你，宫总打算怎么处理这次的中毒事件？"

"很抱歉，无可奉告。"宫少廷让卓尔推开记者，自己大步走了出去。

记者立马追上去，不停地喊："宫总！宫总！"

夏唯至见宫少廷和记者都走了，立马打电话给夏展了解情况，可是夏展的电话一直没人接。

卓尔说夏展被困在医院了，夏唯至实在是担心，立马换了衣服，赶到了明志医院。

到了医院，夏唯至傻眼了，虽然她打过不少架，可是像眼前这样那么多人恶意打砸发泄的场面，她却没见过。

每个人都在扔东西，或者抓着棍子敲打任何能破坏的东西甚至包括人。

医生护士一个个被担架抬出来。

警察正在维持秩序，然而鸣枪示意住手并没有效果。

"夏展！"夏唯至担心夏展，想要跑进去。

"你是什么人？现在不能进去！"有人拦住夏唯至，是一个穿着制服的女警。

夏唯至看到来人，惊喜地喊："纪敏！"

"唯至！"

"纪敏，我能进去吗？"

"最好别进去。你非要进去的话，一定要小心，还有警察进去被打出来了。我们又不能对那些人开枪，毕竟昨夜死了太多人。你们明志医药这次怎么那么不小心？市长已经让我着手调查。"

"Madam！"一个年轻的警察跑过来敬礼，"最新消息，医院里又死了两个。"

纪敏睁大眼睛，跟夏唯至说："唯至你自己小心，我先去看看情况。"

怎么又死了两个？

夏唯至一边走一边给夏展打电话，夏展一直没接电话。

病房里，又一个病人抢救失败，夏展只能眼睁睁看着病人死去。

病人家属冲进来，对夏展拳打脚踢，嘴里还念着："庸医，你们尹氏医院的全都是庸医！"

夏展任凭打骂。昨天一夜间死了那么多人，都是他医治过的病人，他却不知道发生了什么。

"小展！"夏唯至冲进来，把人群拨开，把夏展扶起来。

"唯至，你来这干什么？"夏展看到夏唯至，立马站起身，生怕那些人打到她，像个大男人一样把她护住，可死者家属已经打红了眼，对着夏唯至也是有东西就砸下去。

"你们别打了！是我没用，不要打她！"夏展怒吼着，想把夏唯至带出去。

不知道是谁突然在人群里喊："那是至一集团的总裁夫人！"

"至一集团的总裁夫人，杀了她，给我们死去的家人报仇！这些赚黑心钱的奸商！"

"杀了她！"

外面的人听见了，似乎都找到了发泄的出口，纷纷跑了过来。

有些老人家直接对着夏唯至扔出生鸡蛋。

夏展一个没留神，鸡蛋打在夏唯至的头上。

"你们干什么！"夏展指着那几个老太婆怒吼。

"呸！奸商！卖假药的奸商！"老太婆吐了口口水，骂道。

又有人往夏展这边扔鸡蛋。

夏唯至的身手比夏展要好，生鸡蛋接二连三地扔过来，夏唯至都挡在夏展面前。

"唯至！"夏展急红了眼。

"他们只是要出气，让他们出。"夏唯至对他使眼色。

毕竟是自己家人死了，心里的怨恨，她能理解。

外面，记者已经蜂拥而至，看到一个女人被砸鸡蛋，觉得不能理解。

人群里不知道是谁说："她是那个小明星夏唯至吧。她不是尹家的私生女吗？就是和至一总裁宫少廷在一起的那个女人。"

"对对，她给至一总裁生了孩子的，的确是至一的总裁夫人。"

记者们一听，直觉抓到了最敏感新鲜的新闻，激动地拿着摄像机狂拍。

"别拍了！拍什么拍！"纪敏看到，让手下的警察把记者都轰出去，她又跑进人群，开枪示意大家冷静。

纪敏想把夏唯至他们救出来，可总有人煽风点火，引起更大的暴动。

"我们把至一总裁的夫人抓了，让至一总裁给我们个交代，不然至一总裁根本不会搭理我们！"

有人喊了一声，人潮越发汹涌，都想去抓夏唯至，场面顿时失控，而记者都很兴奋地对着里面拍摄。

"本台记者发来最新消息：至一集团总裁夫人亲自到了医院，民众暴动，想要至一总裁给个交代，和总裁夫人起了冲突。"

夏展见夏唯至被这些人这么欺负，下意识地就把人打出去，结果不小心把一个人打得鼻血横流。

"至一总裁夫人打人了！大公司就喜欢欺负小老百姓！"那人在地上一边打滚一边喊。

记者立马拍下这一幕。

人群越发往这边涌，推搡着夏唯至，还拿东西砸她。

"唯至！"纪敏在外面鸣枪，想进却进不去。

夏展只能抱着夏唯至，不让她被欺负。已经在医院门口了，暴雨那么大，狠狠地砸在夏唯至的身上。

"唯至，你怎么那么傻，来找我干什么？"夏展生气地喊，想推开冲上来的人。

夏唯至说："我担心你，没想那么多……"

夏展心里一暖，更加心疼。

人群外，不远处的躲雨棚下面。

宫氏集团总裁宫达站在那儿，看着人群暴动。

人群里也走出个人，走到宫达面前。

"尹翎叶，你现在这张脸，的确没人认得出来，和以前完全不一样了。"宫达的口吻带着戏谑，"那个老太婆，卖力地上打滚的那个，演戏真不错。"

"是啊，我只是煽风点火，告诉他们，那是至一集团的总裁夫人，你找的老太婆把事情推向高潮了。"

宫达挑唇，拿出一张卡给尹翎叶："事后给她一笔钱，让她闭嘴。"

"我知道。"尹翎叶收起卡，又看向人群，夏唯至和夏展就跟小鸡一样任凭打骂。

尹翎叶冷笑了一声："我要毁了她，毁了她所有珍爱的东西！这就是我余生唯一的兴趣了。"

"够冷酷！昨夜45条人命，说没就没，你也不怕遭报应。"宫达挑唇。

"什么样的报应我承受不起？"尹翎叶凉凉地笑，目光阴冷地盯着夏唯至的方向。

夏唯至，宫少廷根本来不及过来，你就好好享受今天的一切！

夏唯至额头上流了不少血，还有人朝她扔臭鸡蛋，暴风雨又那么猛烈，落在她身上，她整个人都狼狈不堪。

夏展要还手，夏唯至拦住他："小展，别还手。我们只有越来越惨，才能博得同情。"

"你跑进医院任凭羞辱谩骂就是为宫少廷博同情分，夏唯至，你疯了吗？"

这边的情况一经记者报道，立刻引起了网民的愤慨。

"打女人算怎么回事！就算她是至一总裁夫人，也不是她的错，这些人太过分了！"

"根本就是暴民，把一个无辜的女人打成这样！尹氏医药的错，也该由医药CEO来担责，拖一个女人下水算怎么回事！"

"总裁夫人到底是不是她也不一定啊，怎么就认定她是总裁夫人了？万一不是，不就打了无辜的女人吗？"

网上一片骂声。

还有人喊："我就支持至一集团！这些暴民真是过分！"

451

还有人在微博里@了至一集团官博。

"总裁，快去救总裁夫人！"

宫少廷正让人召开新闻发布会，尹相东坐在发布席上瑟瑟发抖。等发布会一结束，总统府的调查组就会把尹相东带走。

发布会紧锣密鼓地进行。

宫少廷站在后台，他的手掌被划伤了，但他只是自己拿绷带草草包扎了一下。

就在一个小时之前，死者家属把尹相东的住所团团包围了，他们一走出去，那些人就把刀子扔过来。

尹相东一点功夫都没有，自然是宫少廷替他挡了几下。

"昨夜突然有45人死亡，到底是什么原因导致尹氏感冒药含有如此剧毒？尹总，你们之前说是采购药物的采购部和生产流水线出了问题，可病人住在尹氏明志医院，依然相继死亡，是不是代表医院里的药都有问题？"

第一个记者的问题尖锐得让人回答不出。

尹相东害怕得脸色发白。刚才在家里，要不是宫少廷赶来，他已经被那些暴民给活活打死了，现在想起来还心有余悸。

然而，外面等待他的是总统府派来的人。

宫少廷的秘书贝拉见状立马说："尹氏感冒药是因采购部疏忽，买了过期生产原料，我们已经把生产商告上了法庭，明志医院里的其他药绝对没有这个问题！"

"那就是明志医院的医生医术不到位，医德不够，没有照顾好病人，如果是那样，院长也该出来担责。听说尹总也是明志医院的实际院长。"

记者说完，贝拉立马说："是的，我们已经接受了总统府调查，尹总也会全力配合。对于这次的事件，虽然是原材料生产商的疏忽，但是我们尹氏医药愿意承担全部责任！"

"我担责！我担什么责啊？我不过是枚棋子，真正该担责的明明是至一总裁宫少廷！尹氏被收购前，我们不是什么事都没有吗？！"尹相东突然站起来，激动地喊，"我不坐牢！我才不坐牢！又不是我的错，我什么都没干，我不要做替罪羔羊！是宫少廷！都是宫少廷指使我的！"

一时间，全场哗然，所有人都呆住了。记者们纷纷对着后台拍照，随即越发激动地涌向后台。

"宫总，能说几句吗？"

"宫总，尹总说的是真的吗，他只是棋子，一切都是你指使的？"

见记者围上来，保镖也都冲上来把记者围住。

尹相东见大家都去了宫少廷那边，他跟跄地起身，想跑。

宫少廷眸子微眯，转身走开。

总统府的调查总警司付新洲走过来，身后还跟着特警。

宫少廷从他身边走过，淡淡地说："抓人。"

付新洲带着手下跟着尹相东出去，一把扣住他。

尹相东还在那儿大叫："你们该抓的不是我，是宫少廷，我们尹氏也只是听命于总部至一而已！"

付新洲直接用胶带堵住了尹相东的嘴。

宫少廷走出门，外面的群众也很激动，举着旗子，上面写着："抵制尹氏医药，抵制至一集团！"

"打倒至一集团！还我们公道！给我们交代！"

宫少廷被保镖护着上了车。

车上坐着卓尔，看到宫少廷，立马拿了平板电脑给他："少爷，少奶奶出事了！"

宫少廷看到屏幕上夏唯至满脸都是血，一群人挤着她，夏展拼命把她护在怀里，他的心猛然一阵紧缩。

"现在网上开始一边倒地为少奶奶喊冤，都在指责那群暴民，而且也在怀疑少奶奶到底是不是您的夫人。少奶奶一定是为了您故意博同情分。"卓尔分析说。

夏唯至能允许别人伤害自己，绝对是为了保护某个人。此刻，宫少廷就是她想要护着的对象。

"这个该死的女人！"宫少廷气得几乎想把平板电脑给砸了，"去明志医院！"

"少爷，你现在去医院，他们会把怒火发泄到您身上，到时候场面会越发失控，还是不要去的好，属下相信少夫人能处理好。"

"让我眼睁睁看着自己女人被打死，本少爷还做不到！走！"宫少廷一声令下，司机立马准备发动车。

"少爷，现在很多人开始支持我们至一。因为少奶奶这一举动，连股市都在回暖。少奶奶是利用他们的同情心，让他们赌气去支持至一，购买至一的股票。如果您现在去了，必然和那群人发生冲突……"

"闭嘴！"

"少爷，我们被包围了，全是记者和病人家属，车子没法再往前开了！"司机着急地说。

整辆车都被包围了，根本走不开。

夏唯至，你千万不要出事！千万不要！你这个傻女人！

明志医院。

尹翎叶也看到网上的评论了，甚至至一的股票她也在盯着，股价居然还涨了。

453

"为什么会这样？夏唯至挨了打，至一的股票为什么会涨？"尹翎叶实在不明白。

　　宫达盯着夏唯至。她就算一个人和这些人打架也死不了，他们可能根本就伤不到她，可是现在为了宫少廷，她甘愿受伤，就为了利用大众的逆反心理。

　　夏唯至本身小有名气，会受到关注，哪怕她以前名声不太好，可是她的丑闻早被宫少廷压了下去，又过了这么久，更没多少人记得，现在大家只看见她为了自己的丈夫在拼命，一个弱女子被那么多暴民欺负，很容易引起同情。

　　"这叫逆反效应，夏唯至在打感情牌。"

　　"逆反效应，什么意思？"

　　"受众对传播内容不满、反感、排斥，致使传播受阻甚至产生负效应。对受众的情感利用得好，会产生积极效果；利用得不好，就会产生负面效果。显然夏唯至利用得很好，所以至一股票反而涨了。受众的心理就是那么奇怪，明明这件事是不合理的，他们却偏偏要去做，因为他们不爽。"

　　尹翎叶有些懂了："那怎么办？难道看着夏唯至慢慢拿回主动权？我不甘心！"

　　"夏唯至挺聪明的。"宫达以前就发现夏唯至聪明，现在更加确定了。

　　夏唯至那种性格，为了最心爱的人特别能忍，却又懂得动脑筋。

　　尹翎叶看到宫达眼底的欣赏："你怎么一副看上夏唯至的样子？难道你也喜欢那个女人？"

　　宫达冷冷地扫了她一眼："我们走。"

　　"就这么走了，今天不是前功尽弃吗？怎么也该看着夏唯至被抬出去！"

　　"这不是我的目的，我是要宫少廷过来和这些暴民发生冲突！到时候尹氏毒药事件加上宫少廷对付这群死者家属，他必然身败名裂！可现在，看样子，他是过不来了。"

　　宫少廷能过来早就过来了，不可能眼睁睁看着夏唯至被欺负，肯定是被人堵着过不来。

　　人群一片混乱，夏唯至打不还手，骂不还口。

　　外面的纪敏看得实在着急，可她是警察，要是帮着夏唯至对付那群人，舆论肯定是警察帮着至一集团殴打普通民众。

　　"Madam，再打下去恐怕要出人命了！"一个警察站在一旁对纪敏说。

　　纪敏眼底一片赤红。夏唯至和夏展都被打趴在地上，场面要多凄惨有多凄惨，夏唯至想要的效果已经达到了。

　　"救人，但千万不能伤了那群人！"纪敏大声下命令。

　　警察一边维持秩序，一边跑进去，把夏唯至和夏展带了出来。

　　"唯至，怎么样？"纪敏担心地问。

夏唯至被她扶着，扯了扯嘴角："谢谢啊。幸亏我半死了你才拉我出来，舆论效果不错吧？没想到我们那么有默契。"

　　"廷少公司的股票已经大涨，舆论缓和了很多，你的目的达到了，我带你离开。"

　　纪敏扶着夏唯至，警察扶着夏展，一群人坐上警车。

　　警笛声响起，车子迅速离开现场。

　　车内，夏展很担心夏唯至，给她处理头上的伤口。

　　"为了宫少廷的公司，你差点被人打死！"夏展心疼地说。

　　"也不全是为了他的公司，我也是担心你。"夏唯至说。

　　夏展一愣，望着眼前的女人，又气又心疼。

　　夏唯至其实都做好了今天横着出医院的准备，却发现夏展把她保护得很好，她只是受了一些皮外伤，但是在台风天暴雨中被病人家属打得头破血流，这点上，她演足了苦情戏，而纪敏作为警察，也没在明面上偏帮着他们，所以舆论对他们非常有利。

　　"小展，昨夜怎么会突然死那么多人？"夏唯至想起死去的无辜的人，心里就很不是滋味，不仅是因为连累了宫少廷，还有这么多人命。

　　"我也不知道他们怎么突然死了，只知道他们身体里的毒素突然升高，我根本来不及查原因，那些家属就暴动了。"说到这里，夏展痛苦地掩面，"我没能救他们！有很多是三四岁的小孩，还有几个是婴儿！"

　　"小展，你也不想的，千万不要自责！我们现在一定要查清楚死因，为什么他们的体内毒素会升高。"

　　夏唯至说完，纪敏也说："对，昨晚到底发生了什么？"

　　"昨晚刮起了台风，上班的人本来就不多，我刚好留在医院值班，后来太困，我也睡着了，就剩几个值班护士。如果发现情况危急，护士都会通知我，可是昨天除了外面的暴风雨，一切都很平静。"

　　夏展刚说完，司机突然急刹车。

　　"怎么回事？"纪敏问。

　　"Madam，前面有车拦住了我们，我下去看看。"一个警察说。

　　谁敢公然拦警车？

　　"夏唯至！"有个人着急地喊。

　　夏唯至探出脑袋就看到了那张着急的面孔。

　　宫少廷的车子直接横在了警车前，一打开车门，他就钻了进去，看到她头上打着绷带，他眸色一深，眼底闪过担忧。

　　"走！"宫少廷俯身去抱她。

夏唯至也任由他抱着："宫少廷，我没事。"

"别说话，我先带你回家让最好的医生给你包扎！"宫少廷抱着她，手臂都在颤抖。

"我真没事，夏展就是最好的医生，他给我处理好伤口了。眼下最重要的是查清楚昨夜那些人的死因。尸体都被运到了警局，刚好是纪敏负责这次的事……"

"闭嘴！"宫少廷抱着她上了车，也不管夏展他们，只是紧紧地抱着她，"我公司里的事不需要你来插手！"

他的车子被民众和记者拦住，没能及时赶到，他怕得要死，生怕她又出事。

"宫少廷。"

"你给我闭嘴！"宫少廷对着她怒吼，盯着她，眼底赤红，"我担心你！我担心你，知不知道？你要是出点事，你让我怎么办？！"

车里面卓尔也在，还有司机，车子还没发动。

夏展和纪敏也已经从警车上跳了下来。

夏唯至听到宫少廷的话，愣了片刻，那么多人看着，她脸皮还是要的，有些害羞。

"我不是没事吗？小展一直护着我，纪敏也在，其实我没怎么伤到，看着挺严重的，就是头上破了一点皮而已啦。"

在宫少廷眼里，她整个脑袋都包着，怎么可能就破点皮！

"她真的只是破了点皮。"夏展站在车子外面说。

宫少廷颤抖的身子平静了一点。

"你的新闻发布会怎么样了？我大哥呢？"夏唯至问。

确定她没事，说话中气也足，宫少廷才说："被总统府的人单独关押，不用去管他，我先把你送回去。"

"我大哥他会被怎么样？"

"夏唯至，我说了，公司的事你不准再管，出了任何事自己承担！现在开始，你就给我照顾好自己！再为了我任凭别人伤害你，我只能伤害我自己！"

宫少廷一句话，堵得夏唯至完全不知道该怎么回答。

"我只是想给你分担一点。毕竟是我大哥惹出的事，是尹家的事，多少跟我有关。"

"那就别把自己当尹家人！尹相东这一次，不死也得无期，他见不了天日了！"

夏唯至的肩膀抖动了一下。其实大哥一直对她挺好的，但她知道这个时候不能保大哥，如果保了大哥，负责的就是宫少廷了。

夏展看着宫少廷把夏唯至带走了，总算放心了。

现在他可以安心查一查昨晚的事，至少也该进行一下尸检，看看到底什么情况。

夏唯至没有料到自己这次在医院刷同情分居然刷出了如此高的人气，微博热点都是她。

"论至一总裁夫人的颜值。"

"看至一总裁夫人的衣品。"

"至一总裁夫人夏唯至，人品如何？"

"至一总裁和夫人的爱情。"

"夏唯至和祁尊……"

然后才是："至一集团信誉危机，毒药事件！"

"尹氏集团总裁尹相东被总统府带走调查！"

夏唯至刷着微博，手边的电话响起。

是祁尊的。

夏唯至犹豫了一会儿。宫少廷已经出去了，接吧。

她接起电话。

祁尊沉默了很久。

夏唯至也不知道说什么。

然后祁尊问："能出来见见吗？我担心你。"

"宫少廷逼着我养伤，不准我出去。"

"我就在门口，宫少廷的别墅门口。"

夏唯至一愣，走出客厅，看到可视门铃里面的人的确是祁尊。

祁尊透过可视门铃看着她："唯至。"

"你等一下，我出来。"

家里刚好没什么人，宫少廷和卓尔都出去了。

时间过得好快，他们都大半年没见了，那次抢婚之后，他们几乎没有好好说过话。

祁尊还是和以前一样帅，一点都没变，只是以前头发比较长，遮住了耳朵，现在剪短了，很是干净利落。

他就站在车旁看着她走出来。

"夏展跟我说你只是皮外伤，我过来看看，不然不放心。"祁尊说。

夏唯至指着包了一圈纱布的脑袋："真是皮外伤，我装可怜，博同情。"

"我知道，不仅是博同情，你本身也善良，不忍心伤害那些人，毕竟他们的亲人死了，而且和至一集团有莫大的关系。至一集团，他专门为你取的名字，看来对你是真不错。"

"嗯，对我很好。连你也知道这条新闻了。"

"感冒药事件，中毒的人那么多，每天新闻都要播放，我当然会知道。别提这些，我没兴趣，你这一年过得还好吧？"

"很好。"

祁尊有很多很多话想说，可是她两个字就把他心里酝酿了许久的话全部堵了回去。

"好。"祁尊说这个"好"字时，声音颤抖得很厉害。

"唯至，其实我一直没和你说，我也是爱你的！"这句话，他还是忍不住说了出来。

他本以为夏唯至会很意外，很惊诧，却看到她极其平静。

夏唯至说："我知道，所以我不敢找你，不敢见你，不敢面对你。我做过你的女友，差点成为你的新娘，我痛苦的日子有过你的陪伴。可是，那又怎样呢？我心里面只有一个男人，他叫宫少廷。除非哪一天他不要我了，不然我是不会死心的。我想，我很爱他。"

"我明白了，我懂了……你放心，我不会打扰你，我似乎也没资格打扰你。我争过，努力过，挣扎过，我想我该放弃了。其实见完你，我心里就踏实了。我本来想问你有没有爱我，虽然这个问题俗了点，可心里总有点期盼。"

"祁尊，我从来没爱过你，一直都是你付出，我从没为你做过什么。我很抱歉，也感激你对我的厚爱，谢谢你。"

祁尊失笑地摇头："唯至，我并不想你回答这个问题。你对我真的很绝情，从不给我任何希望，每次的希望都是我自己在遐想。如果宫少廷欺负你，记得来找我。他能给的，我都能给！"

"好啊。"

祁尊又愣住了，他本来以为夏唯至会说"我不会去找你的"。

祁尊低笑，心里竟然没那么痛了："这算是给我念想吗？那我要开始期盼宫少廷对你不好，巴不得他移情别恋；可他真那么做，你一定会伤心，我又不希望他那么做。我也不知道自己在说什么，总之记得来找我。就算我有女友了，也会抛弃她，去守护你！"

"你这话说得像个渣男。"

"我能做任何女人的渣男，唯独对你是暖男，一辈子的。"祁尊说这些话的时候带着开玩笑的口吻。

上车离开的时候，祁尊还对着她笑，笑得很开心。

车子慢慢向前移动，关上车窗的一瞬间，他脸上的笑容消失，眼底一片晶莹，眼前的路有些模糊。

祁尊又打开车窗，看着后视镜，那个女人还站在门口，对着他的车子挥手。

祁尊将手肘撑在车窗上，看着后视镜，脸上又出现了笑容，只是笑着笑着，一滴泪在眼角徘徊。

他侧脸，风吹过，泪水无痕，似乎只是错觉。

是啊，哪怕喜欢她，爱她，终究也不过是一场错觉。

他为她做再多，都抵不过一句她爱那个叫宫少廷的男人。

祁尊的车子消失在视野中。

其实她也知道她对祁尊真的很残忍，可不残忍该怎么办呢？给他希望，拖着他吗？她真的做不到。

她又不傻，祁尊对她到底是什么感情，她怎么可能不知道？

见完了祁尊，心里好像了却了一桩大事，舒畅了很多。

宫氏集团总裁办公室。

"世界瞩目的跨国集团至一集团最近负面消息频频，至一旗下的公司尹氏医药更是出售有毒感冒药，造成死亡人数持续攀升。近日，一段明志医院内的视频在网上流传，疑似至一总裁夫人为了安抚家属甘愿被打，头破血流之后方才离开。

"事后，总裁夫人不仅没追究此事，还亲自慰问死者家属，给予每位家属六位数以上的补偿，并且亲自提着礼物上门拜访，又郑重地道歉。

"至一集团的股票意外地一路走高，至今仍在上涨。

"至一集团宣布将关闭尹氏医药，所有已上市的药品全部高价召回。尹氏医药执行总裁、明志医院院长尹相东将承担全部责任。"

宫达手里的遥控器直接砸到了电视屏幕上。

"Shit！"宫达怒斥了一声。

房间里站着一个穿着职业套装的女人，精致的脸上也有些难看，她正是整了容的尹翎叶。

"夏唯至真能收买人心！医院里演出戏，宫少廷再把所有责任推给尹相东，他们俩就什么事都没有了。现在网上热门都是关于至一总裁夫人，说她为了爱人无私奉献，说她心地善良，人品绝佳！"尹翎叶越想越不甘心。

"死了那么多人，宫少廷不可能脱身！媒体那边，宫少廷显然是买通了，准备将苦肉计进行到底了。也行，毕竟至一股票跌停对我没好处，至一集团值钱了，我吞下才有价值！"

宫达拿过桌上的电话打了出去。

"尹相东明天开庭，我要他惨死狱中。"

宫达放下话筒，就看到尹翎叶睁大眼睛："你要杀我大哥？你答应过我顶多无期，到时候他表现好，可以提前出狱的！"

"舍不得了？忘了你大哥怎么对你的？知道你用熏香灯差点害死夏唯至母子，他就把你赶出尹家了！"

"那是我大哥的老婆任一茹赶我出来，不是我大哥！"她一时没注意，让薄家少爷薄源佑曾经的女友任一茹俘获了大哥的心，大哥更是不顾母亲的反对，执意把任一茹娶回了家，现在任一茹还怀了孕。

"尹翎叶，你嫂子赶你出门，你大哥也没说句话吧？他没顾念兄妹情，偏心夏唯至，你难道还要顾及这份情谊？尹相东死了，我们能获得的好处数都数不清！"

"什么好处？"尹翎叶有些挣扎地问。

"比如说，夏唯至会很难过，因为她自始至终没有给尹相东求情。比如说，尹相东死了，谁不得不承担责任？我们再稍微动些手脚，宫少廷必死！"

"可他是我大哥，亲大哥！"尹翎叶双手撑到桌上警告，"宫达，你要是动我大哥，我会把你捅出去！"

宫达眉梢轻挑，唇边是不屑的笑。他拉开抽屉，拿出一份文件。

"自己看。"宫达说。

"这是什么？"尹翎叶打开，是DNA鉴定报告。

"你、你大哥尹相东、夏唯至三个人的DNA鉴定表明，你和你大哥没有半点血缘关系，你和夏唯至也没有。"

尹翎叶看着鉴定书，不敢置信："不可能！我和大哥是亲兄妹！"

"在我和你合作之前，我就调查过你。"宫达又拿出一个尘封已久的信封，"你从小被丁娅嫚抱走，你和尹氏半点关系都没有。"

"不可能！"尹翎叶大吼，引得办公室外的人都无比好奇，不知道里面宫总和新来的秘书在吵什么。

"你的亲生母亲是个乞丐，从偏僻的山沟里出来，一路乞讨找寻在祁城打工的丈夫。一天深夜，她被一个流浪汉强奸，在这个过程中，她不断挣扎，又被流浪汉抠出了双眼，之后就有了你。那个可怜的乞丐自己在路边生下了孩子，丁娅嫚不过是刚好路过，看到一个女婴，起了恻隐之心。尹明志喜欢女儿，可丁娅嫚生下尹相东后没法生育，干脆从你生母手中抢走了你。可怜的妇人，被孩子的父亲弄瞎了双眼，又被人抢走了孩子……"

尹翎叶浑身都在颤抖："你胡说！宫达，你胡说！我是尹氏大小姐，不是乞丐的女儿！"

"对，你曾经是尹氏大小姐。"

"你胡说八道！如果我是乞丐的女儿，那夏唯至呢？她是私生女，怎么跟我比？"

"人家夏唯至的母亲是血统高贵的浐家大小姐，论出身，你连夏唯至的一根毛都

460

比不上。"

尹翎叶整个人都快崩溃了,疯了一样地大喊她不是乞丐的女儿,夏唯至才是私生女。

这份鉴定书的真伪,只要查一查就能确定,然而尹翎叶不信,不信她的出身会这般狼狈。

不是,一定不是!她已经什么都比不上夏唯至了,现在连唯一能引以为傲的正统尹氏大小姐出身也输给了夏唯至!不!不是!

宫达看着崩溃的尹翎叶,眼底是怜悯的蔑视。

像他这样高贵的出身,却要和这么卑贱的女人合作,真是辱没了他。

第十八章

不准带走我男人

今天公司有紧急会议，宫少廷把人都叫到家里开会。

夏唯至坐在客厅里吃瓜子看电视，注意到陆陆续续有人进来，有警察模样的人，也有公司高层模样的人。

进来的人都时不时抬头瞄向夏唯至。

至一总裁夫人为了总裁大人在医院受辱，大家都是知道的。要不是因为总裁夫人，至一的股票估计能跌破历史最低值，到时候董事会就会要求总裁下台，然后选出新任总裁。

人确实挺漂亮的。

不过，也有不少人知道，总裁大人根本没结婚。这女人为了上位也是豁出去了，差点在医院门口被人活活打死。不过，她也只能做到这里，不过是个被养着的花瓶而已。

夏唯至是想好好看电视剧的，看到女主被男主抛弃了，发现他们都在看她，她也看向他们，点头微笑。

会议在宫少廷的书房召开，持续了很长时间，到半夜了都没见一个人出来。

夏唯至不忍心宫少廷那么辛苦，做了些吃的送上楼。

"我给宫少廷他们送点吃的，他们已经开了几个小时，肚子肯定饿了。"夏唯至见卓尔拦在门口，对他说。

"少奶奶，抱歉，少爷开的是紧急会议，工程师正在修复医院门口的监控视频。视频已经被彻底删除，修复起来很困难，少爷不希望任何人打扰。"

"医院门口什么监控视频，我挨打的那天？那段视频有什么好看的？你让我进去吧，我看看有什么帮得上忙的地方。"

卓尔还想再阻拦，书房门突然被打开。

一双冰冷又不耐烦的视线扫在卓尔身上。

"吵什么？"宫少廷都让所有人安静，等工程师把视频修复了再说。

"呃，吵到你们了？"夏唯至不好意思地说。

看到是夏唯至，宫少廷不耐烦的脸上立马恢复了平和，皱着的眉头也舒展开来："没有。怎么还没睡？你要进来？"

声音和刚才比，温柔得简直能掐出水来。

"我想进去给你们送点吃的，忙了那么久，应该饿了。"夏唯至举了举手里的饺子。

宫少廷见了，果然觉得有点饿，他拿了一个吃，有些满足，又拿走她手里的饺子，还顺手拉住她的手腕："进来。"然后回头盯着卓尔警告道："以后不准阻拦你少奶奶进任何地方！"

"是，少爷！"卓尔立马躬身。

他也是怕少奶奶突然进去打断了工程师的修复工作啊。

夏唯至被宫少廷拉着进去，书房里的人全部看向她，好在他们刚进门的时候她已经被看习惯了。

宫少廷拉着她坐到他旁边。

桌子前，一个戴着眼镜的男子在修复视频。

因为宫少廷盯着，那个男子的双手都在抖，额头都是汗。

已经被彻底删除的视频，修复起来确实很难，但不是不可以。

房间里的气氛很是压抑。

夏唯至想起来她进房间的目的，问："大家吃饺子吗？这是我包的饺子，要不要吃点？"

房间里的人确实也饿了。

一个总经理级别的男人说："谢谢夫人款待，确实有点饿了……"

说到一半就说不下去了。

因为宫少廷正盯着他。

伸出去的手也停住了，收回来时有些颤颤的。

宫少廷把盘子端到自己面前，随手夹了饺子吃。

气氛越发诡异。

夏唯至把宫少廷面前的盘子移出来，放到中间的桌上："大家吃吧，我包了很多，不够吃的话，我再去包。"

那些饺子皮薄馅多，又包得像花儿一样漂亮，他们一天没吃东西了，现在饿得前

463

胸贴后背，可是总裁不开口，没人敢吃啊。

夏唯至明白了，说："宫少廷，你让他们吃点东西吧。总是加班加点的也很累，吃饱了才有力气干活。"

"我已经吩咐厨房去做了，至于你做的东西，他们恐怕没这个福分，我一个人吃就行了。"宫少廷说着起身，又拿回了饺子。

满书房的饺子香，带着浓郁的调料味，宫少廷吃得很痛快，而其他人看得很惆怅。

"叫你恢复段视频，你磨蹭一晚上了，到底能不能恢复？"宫少廷见那个工程师的电脑上还是一堆代码，不耐烦地问。

"总裁，本来快恢复完了，刚才又被打断了。"工程师流着汗说。

他的意思很明显，这项工作难度很大，一般人做不了，他需要足够安静才能做到。

这个工程师是祁城最好的，宫少廷才会有那么大的耐心，毕竟是彻底删除的视频，找了很多人都没法破解。

"宫少廷，你找家属暴动那天医院门口的视频？"夏唯至好像完全没有打扰到人家的自觉。

在场的人都心生不满了，工程师早点恢复视频，他们也可以早点回家睡觉。

宫少廷压低声音说："嗯。"

"我试试吧，这个不难的。"夏唯至说。

"夫人，我已经快恢复一半了，如果现在停止，前面的一半都会功亏一篑，又要重新开始，还得花上四五个小时。"工程师立马说。

他怎么能输给一个女人！一个长得漂亮会用手段的花瓶而已，除了演戏还会什么！

"夏唯至，不是我不相信你，而是这不是你的专业。"宫少廷说，"我今晚一定要拿到视频！你大哥明天就要庭审，如果没有新线索，我们就只能自吞苦果，承认医院里死亡的人都是尹氏的感冒药所致。"

夏唯至还想说什么，但还是闭了嘴，走了出去。

那个工程师以为夏唯至生气了，心中冷笑：还是个小肚鸡肠的女人！

宫少廷也以为夏唯至生气了，可他现在顾不上她。

不一会儿，夏唯至回来了，手里抱着台笔记本。她坐到沙发上，打开笔记本。

有些人时不时地看向她，不明白她想干什么。

祁城最好的工程师在恢复视频，连总裁大人都迁就他了，这女人怎么那么不识大体！

夏唯至的手指在键盘上动作，一串串编程写满了屏幕，不过片刻工夫，屏幕上就传来了声音，还有暴动的场面。

"宫少廷，你是不是要这段视频？"夏唯至把电脑屏幕转过去给宫少廷看。

宫少廷坐在工程师的旁边，那个工程师闻言也抬起头来，看到视频时，他的脸色跟吃了屎一样。

宫少廷愣了半天才惊喜地看向夏唯至。

"是这段视频！你……"宫少廷好像重新认识了夏唯至。

"我没有告诉过你，我大学还选修了计算机，做过黑客论坛的版主，懂一点皮毛。"夏唯至说得很谦虚。

这叫懂一点皮毛？

宫少廷看着视频，生怕它消失了一般，经过再三确认，的确是那天医院门口的视频。

书房里的其他人都是瞠目结舌的模样。

这些日子，他们都在致力于恢复这段视频。因为宫少廷发现医院暴动的视频几乎被全部抹掉，这肯定有问题，所以他找人恢复，结果那么多天了，没一个成功，就今天这个工程师恢复了一半。

"滚！"宫少廷对着那个工程师吼，"浪费老子时间！滚出去！"

宫少廷骂完还觉不够，又把他从椅子上踹了下来。

"总裁！总裁，我快恢复完了！"工程师立马慌张地说。

毕竟，若是能帮宫少廷恢复这段视频，得到的报酬以及名誉都是无法想象的。

"总裁，再给我一次机会，很快就好了！"工程师爬到宫少廷脚边。

夏唯至发现自己抢了人家饭碗，有点不好意思。

"拖出去！"宫少廷不耐烦地命令。

门口的保镖立马进来把人拖了出去。

工程师怨念地望着夏唯至。明明他都快完成了，结果这个女人不好好做总裁夫人，偏要出来和他抢位置。

夏唯至看着工程师被拖出去，起身也准备出去——不能妨碍宫少廷开会。

"小唯，你留下。"宫少廷说，"你过来，看看这段视频。"

书房里的人看着夏唯至，满眼都是惊喜及探究，还带着一点小小的崇拜。

被这么看着，夏唯至还是蛮受用的。

"看什么？看我怎么被打吗？我已经亲身体验过了。"夏唯至走过去，说。

宫少廷拉起她的手，心疼地道："你说这种话，是存心要我难受吗？要不是你，董事会那群老头估计要赶我下台。你来看看视频，看看他。"

宫少廷指着屏幕，夏唯至看出了他指的是宫达。

"难怪视频被抹去，因为宫达也被监控拍进去了。他这一招倒是此地无银三百两，要不是他抹掉了医院门口的视频，我还真不敢断定是他。看这个老太婆，卖力打滚的这个，出事那一晚她也在医院，第二天她就收到了一笔巨款，五百万。"

宫少廷把画面放大，可以看到宫达身边站着一个年轻的女子，画面定格在宫达把一张卡给这个女子。

"出事那晚这个女人在医院走廊上出现过，但我以前从没在宫达身边见过这个女人。"宫少廷说。

夏唯至盯着屏幕："有点眼熟，不过我不认识，这张脸没见过。不过现在可以确定，医院的事，还有感冒药的事，跟宫达有关。"

"我也怀疑宫达，可是没有一点证据。医院门口的暴动的视频被人抹去了，既然被抹去，肯定是有不可告人的秘密，我才要恢复这段视频。花了那么长时间，本以为这段视频不可能恢复了，没想到这个难题被你轻而易举地破解了。现在宫达的目的很明显了：我，至一集团。那么，接下来，他会做什么？"

"宫达的目的是你，既然你现在没事，那他们就会冲着大哥去，如果大哥莫名死了，你就成了承担责任的那一个。糟了，大哥有危险！"夏唯至着急地说。

"没错，跟我去警局。"宫少廷霍然起身，"都散会，忙各自的事去。"

说完，宫少廷拉着夏唯至大步走出去。

房间里的高层还没能领会发生了什么事，只觉得这个他们以为的花瓶好生厉害。

警局内，纪敏见宫少廷他们来看尹相东，说："总统府警司付新洲已经派人把尹相东接走了，说是明天庭审，今天要严加看守。现在出一点事都会引起外界的关注，总统不希望再出任何幺蛾子。"

"付新洲把人带走了？"宫少廷走开，打电话给付新洲，"是我。"

"我知道是你。这么晚了有什么事？"

"你叫人把尹相东带去哪里了？"

"尹相东？我一整晚都在总统府，从没去警局。尹相东不见了？"

宫少廷明白了，一定是宫达的人。

"你大哥被人带走了，小唯，跟我走。"宫少廷说。

夏唯至立马跟着他走出去。

纪敏自然也跟上："难道不是总统府的人带走了尹相东？那就是我失职了，我跟你们一块儿去！"

宫少廷的车子停在马路对面，他已经上了车，夏唯至和纪敏正准备走过去。

突然，不知道从哪里蹿出来一辆车，直接往夏唯至这边撞了过来。

"夏唯至！"

"唯至！"

宫少廷疯了一样地跑下车。

纪敏猛然把夏唯至推了出去。

车身擦着纪敏的手臂而过，纪敏手臂上破了一大块皮。

宫少廷抓起枪就打向车子的轮胎，一声爆响，车子歪歪斜斜地冲到警局门口的花坛里面。

"纪敏，你怎么样？"夏唯至惊魂未定，却立刻跑过去看纪敏。

宫少廷一把抓住夏唯至："受伤了吗？"

"我没事！"夏唯至立马说，又检查纪敏的手臂，发现胳膊上全是血，肉都露出来了，"纪敏，你推开我，想没想过后果？你怎么那么傻！"

"我没事，先去看看车里是谁。"

走到车子旁，纪敏和宫少廷都拿着枪。

里面却空无一人。

宫少廷转身大步跑到刚才车子冲出来的地方，这边也没有人影。旁边是条斜坡，车子应该是从上面冲下来的。

"车是报废车，没有车牌。"纪敏走过来说。

"这是为了拖住我们，不想我们救下尹相东。你去警局调出所有探头，查出他们的路线，指挥我们找人，快！"宫少廷拉着夏唯至上车，"我们去找你大哥。"

"纪敏，你的手！"夏唯至担心纪敏。

"我没事的。我现在就去调探头，保持电话联系。"纪敏说着又跑回了警局。

夏唯至上了车又给夏展打电话："小展，纪敏在警局受伤了，你快过去帮她处理一下！"

"我知道了，现在就过去。"夏展也从家里出发了。

车内，纪敏通过电话指挥道："祁山往北发现了带走尹相东的车子的踪迹，时速120迈，我已经通知了祁山附近的巡警设障拦截。"

"拦截没有成功，车子直接冲破了障碍栏。"纪敏又在片刻之后说。

"少爷！"卓尔的电话也过来了。

"说！"

"我们的飞机已经锁定了那辆黑色商务别克，我现在已带人包围了车子，但不知道尹相东怎么样，不敢轻举妄动，车上也一直没有人下来。"

宫少廷说："我马上到。"

这些人胆敢冒充警司的人带走尹相东，自然不怕警察设置的障碍。所幸得到纪敏提供的线索，他派了直升机直接追踪锁定。

偏僻的乡野路上，一辆黑色商务别克车被人围困住。

宫少廷拉着夏唯至下车。

夏唯至看着那辆车子，没有一点异样，透过深色的车窗膜，隐约看见里面有人。

"去开门。"宫少廷眯着眼看着车，命令道。

卓尔走上前，拿着枪，打开车门。

"下车！"

里面的司机睁着眼睛，嘴角有血迹，胸口被子弹击中，早就死了。

其他的门被打开，里面的人也都从车上跌了出来，躺在地上一动不动，身上也有弹孔。

"大哥！"夏唯至见状，着急地上前，看到尹相东抱着脑袋在发抖。

"宫少廷想让我做替死鬼是不是？我不要死！我才不要死！"尹相东惊恐地喊，再看到车下面的人浑身都是血，更是害怕地缩回车子里面。

"大哥，是我，我是唯至！"夏唯至抓住他的肩膀。

"不要杀我！我什么都不知道！为什么要来杀我？"尹相东颤抖着身子。

宫少廷走过来，盯着现场。为什么这些人都死了，就剩下尹相东还好好地活着？

宫少廷把尹相东揪过来："发生了什么事？这些人是谁杀的？"

"我不知道啊！不要杀我！不要杀我！我不想死！我不想死！"尹相东发了疯一样推开宫少廷跑出去。

"拦住他！"宫少廷命令道。

保镖立马把尹相东给架住。

砰。突然一声枪响。

尹相东睁大眼睛，感觉胸口一阵剧痛。他低头，看到胸口有一片猩红的血迹。

"大哥！"夏唯至睁大眼睛，惊恐地跑过去。

保镖们把宫少廷和夏唯至团团护住，枪口对着枪声响起处一阵扫射。

"我不想死……"尹相东还在喊。

宫少廷看着四周。杀手只有一个人，是一个狙击手，枪法非常好，车里的人应该都是他打死的。

尹相东坐在车子最中间，旁边都有人挡着，加上他们及时赶到，他才侥幸捡回一条命。没想到这人居然还不罢休，在他们眼皮底下狙杀尹相东。

宫达为了置他于死地并且毁他的公司，还真是不遗余力。

"把尹相东送去医院。"宫少廷盯着狙击手跑开的方向，冷声命令。

医院里面。

尹相东经过抢救暂时保住了性命，但能不能活下来完全靠运气。

夏展从手术室出来说："已经跟活死人一样了，活下来的可能性很小。"

468

"没有其他办法了吗？"夏唯至问。

"只能先等着。外面来了很多记者，等开庭了怎么办？尹氏集团出了那么大的事，总不能没个负责人吧。"夏展问。

夏唯至也问宫少廷："怎么办？庭审时间快到了，我大哥要是不能出去，门口的记者还有游行的家属肯定会把你推出去。"

"这次死了太多人，总要有人负责。"宫少廷拉住她的手，"其实就算把尹相东推出去，民众也不会甘心，毕竟尹氏医药是至一集团旗下的，出了事本该是我来负责。"

"你什么意思？宫少廷，你想干什么？"

医院外面传来震天的喊声。

"尹相东只是替死鬼！至一集团总裁宫少廷，请对这起事故负责！"

"负责！"

"负责！"

因为庭审时间快到了，尹相东没有出现，这些人又得到消息——宫少廷在医院，于是全都跑来游行示威。来的有好几千人，把大街都给堵住了，场面非常壮观。

"至一总裁引咎辞职，接受严惩！"人群里有个妇人在那儿喊，她举着旗子，头上还绑着白色布条，正是丁娅嫚。

把她儿子推出去，她怎么舍得。

她丁娅嫚驰骋商场那么多年，也是有人脉的，找些人来煽动一下民众情绪她不是不会。

远在人群外的车里面。

宫达拿着望远镜看着人群，一眼就认出了丁娅嫚。

"关键时刻还得靠你母亲。"宫达戏谑地说。

尹翎叶望着人群里的母亲。她真的不敢相信，这大半年来，她从尹家和祁城消失了，她这个母亲居然从没找过她。现在儿子出事，母亲倒是上赶着来闹事。

人群外面传来鸣笛声。

几辆警车开道，后面是总统府的车子。

警司付新洲从车上下来，进了医院。

"少廷。"付新洲喊。

宫少廷正拉着夏唯至的手，转身，看到付新洲："你来了。"

"总统先生下了命令，让我送你去庭审，无论结果是什么，希望你配合接受审判。"付新洲遗憾地说，"抱歉，跟我走吧。这件事已经关系到国计民生，影响恶劣，总统先生不得不插手，希望你谅解。"

"知道。"宫少廷又回头对夏唯至说："这些天我一直在忙，除了调查这件事，

469

我已经把股权都转到你名下了。小唯，不论我发生什么事，至一集团都会一直运营下去，我已经拜托牧萧帮忙经营，你可以跟着他学习，也可以挂名拿总裁薪水。还有我名下的房产……"

"你到底在说什么？你把至一集团给我，自己去承担那些罪名吗？"夏唯至站到宫少廷面前，看着付新洲："审判下来，最好什么结果，最坏什么结果？"

"最好最坏都是死刑。"

夏唯至跟跄了一下："既然如此，我不能让你带走我男人！"

说着，夏唯至挡在宫少廷面前。她当初在健身房做陪练私教，又帮着闺密杭宝蓓在街头收保护费，打架这点小事，她在行得很。

付新洲有些意外，却也有些欣赏："夏小姐，我听少廷说起过你。我和少廷以前是同学，我一定会尽我所能给他争取到最好的结果。"

"最好最坏都是死刑，我今天让你带走他，我疯了吗？！至一集团我们不要，谁爱负责谁要！我绝对不会让我男人出事！"夏唯至大吼着，眼睛通红，歇斯底里。

"夏唯至！"宫少廷扳过她的肩膀，"下一届总统选举就快开始了，这件事的处理结果会关系到总统的连任问题。我们的总统人很好……"

"他好不好关我屁事！谁当总统又关我屁事！我只要我的男人，我心爱的男人好好的，这点要求很过分吗？国家大事，民生大事又关我屁事！"夏唯至失控地大吼。

前几天她问宫少廷，宫少廷说，什么事都不会有，让她放心。

"夏唯至……"宫少廷看着她，狠狠地把她搂进怀里。

"宫少廷，你很厉害的，不要为了什么总统把自己搭进去好不好？谁当总统跟我们有什么关系啊，为什么你还要考虑到他？"夏唯至哭喊着恳求。

宫少廷在她额上轻轻一吻，低声说："在家等我。"

夏唯至还没听清他的话，就感觉脖子一痛，头有些晕，再茫然地抬头看他，却发现已经看不清他的面孔。

夏唯至在宫少廷怀里晕了过去。宫少廷把她交给夏展："你照顾好她。"

夏展接过夏唯至："你有必要这样吗？庭审的结果很明显了，不是死刑就是无期，而尹相东这个替死鬼没了，民众没地方发泄肯定会死抓着你不放！你要是没了，夏唯至和宫哲怎么办？"

宫少廷深深地看了夏唯至一眼，没有理会夏展，跟着付新洲走了出去。

一到外面，所有人都在喊"严惩"，记者也蜂拥而上。

"抵制至一集团！珍爱生命！"人群中有人高喊。

"抵制尹氏医药！保护民众安全！"

示威的人们都举着红色横幅呐喊。

宫少廷眸子微眯，大步走进付新洲的车里。

宫达看着宫少廷进了车，唇角得意地扬起。宫少廷，跟我玩了那么多年，还不是我拿了宫氏集团，又把你亲手打进监狱。

"回公司。"宫达心情很好地对司机说。

"不去法院参加庭审吗？这次庭审公开，记者全都可以进去。"尹翎叶问。

"结果已经注定，何必浪费力气。让财务评估至一的收购价，等宫少廷下台，我们宫氏集团趁机收购至一，别人一定会以为至一有我们宫氏注入新鲜血液，是非常好的开始，到时候宫氏集团在全国乃至全世界的地位都将无法撼动！宫少廷的世界，已经结束了！"

"宫少廷会被判死刑吗？宫家一定会救他吧。"尹翎叶试探地问。

"宫少廷已经被赶出宫家，爷爷根本不会管他。"

"所以这次宫少廷是跑不了了。"

"心疼了？"

"我是希望别再出什么事。我还等着看夏唯至痛苦，要是宫少廷死了，夏唯至怕是会很伤心。"尹翎叶笑得更加阴险。

"第一组证据，被告有无异议？"法庭上，律师递交了至一集团毒药事件的各种证据，表明都是尹氏医药的疏忽造成的死亡。

宫少廷的律师看向他："廷少，如果没有新的证据，法官就会当庭宣判。时间紧急，我们哪怕知道是宫达做的手脚，也没有任何证据。"

宫少廷只是冷冷地看着他手里仅有的一段视频：医院门口夏唯至被那些死者家属暴打。这段视频只能让他确定是宫达指使，却不能作为证据，所以根本不能让他翻盘。宫达还真是步步算计。

"被告没有异议，本庭当众宣判至一集团总裁宫少廷为感冒药中毒事件负主要责任，将判处……"

这是现场直播的庭审，宫达也坐在公司，看着屏幕，手里把玩着一支钢笔。

夏展在医院里看着昏睡中的夏唯至。如果宫少廷出事，真不知道夏唯至会怎样。

庭审现场。

法官有意地停顿了一下，又看向宫少廷："至一总裁的确没有异议吗？"

律师也有些着急，怎么宫少廷看着那么淡然？就算他背景再大，逃过一劫了又怎样，他如果被判刑，就再也接管不了至一集团了。

律师的手机响起，是卓尔的电话。

"尊敬的法官，我们有新的证据，请求休庭。"宫少廷的律师听了电话后说。

"准许休庭。"法官都捏了把汗。

庭审的对象可是宫家的宫少廷，他的背景有多强大，他们都是有所耳闻的。他一个小小的法官，虽然是按照正常程序进行审判，可宫家他到底得罪不起。何况宫家老太爷已经对他多方面施压，不准对宫少廷判重刑。

然而，就算他不想判，现在是公开庭审，他也不敢徇私。

牧萧拿着文件进来，然后举起手里的文件对着法官。

"感冒药中毒死亡者最新尸检报告显示，台风夜当天死亡的45例，都是在凌晨1点左右体内毒素增多，是被人为注射了病毒。这个时间段，分别有几个家属目击了一个老太太和一个年轻女子出现在病房。"牧萧说完，又丢了块硬盘给律师。

律师立马将硬盘插到电脑上，屏幕上出现了一段短视频。

现场有不少死者家属听审，他们纷纷表示见过那个老太太和那名女子。

"想必各位家属和媒体朋友以及我们尊敬的法官，也不想冤枉了我们至一集团英明神武的总裁宫少廷。毕竟出事之后，宫总第一时间采取补救措施，召回了所有药品，给了极高的物质补贴，我们总裁夫人甚至亲自前去看望死者家属，在医院门口被人暴打也不还手，所以，家属们请擦亮眼睛，不要让亲者痛、仇者快！要报仇找准对象，不要找错了好人，让坏人逍遥法外！"牧萧打出了感情牌。

宫少廷的律师立马说："尊敬的审判长，我方请求休庭，临时更换律师牧萧先生。牧萧先生是正高级律师，持有专业律师证。"

"允许休庭。"法官立马说。

宫少廷抬头，看着牧萧坐到自己身边。

"好兄弟，关键时刻还得靠我吧！"牧萧挑衅地说。

宫少廷伸手捶了一下他的肩膀："掐着时间来的？"

"你成天那么嚣张，我也想挫挫你的锐气。最新尸检报告是夏展给的。要是没有这份报告，我心里也没底。"牧萧低声对宫少廷说。

"以前怎么没有？"

"伪造的。"牧萧轻声说，"夏展有法医资格证，开一份报告不难。"

牧萧一番话在媒体和死者家属心里激起了千层浪，大家议论纷纷。因为牧萧说得没有错，他们的亲人、他们的孩子死了，如果是被人杀死的，当然要找出凶手并且严惩。

"法官大人，一定要找出坏人，严惩凶手！"听众席上有人喊。

"对，严惩凶手，不能冤枉了好人！"大家纷纷喊。

牧萧挑唇："看，效果出来了。"

庭审不到片刻再次开始。

"大家再看，这是第二天医院里家属暴动，至一总裁夫人被打的画面。再看这里，这个老太太在卖力打滚博同情，而那名年轻女子和宫氏总裁宫达站在一块儿，他们认识吗？"牧萧一副好奇的样子，"大家也清楚，宫达和宫少廷是亲兄弟，也知道他们存在竞争关系。从宫少廷小时候回到祁城开始，他遇到的大大小小的意外事件多达上百起！谁要杀了宫少廷？"

"谁？大家动一动脑筋，是谁呢？宫少廷是弟弟，他愿意为哥哥的一切过错买单，所以哪怕他心里知道这起恶性事件是某些人的陷害，用上千条人命陷害他，作为弟弟，他也忍气吞声。哥哥，是他努力想要亲近的人；哥哥，是他崇拜的亲人，就算哥哥害了他，他也舍不得把亲哥哥推上审判台！"牧萧声情并茂、义愤填膺说了一堆，就是要让人产生宫少廷是为了宫达替死的错觉。

宫少廷眉梢微动，差一点就笑了出来。

对方律师立马喊停："辩方律师要为说出的话负责，法庭不相信没有任何证据的话，我方表示反对！"

这个律师本来就是宫达的人，此刻当然要为突然被扯进来的宫达辩护。

"辩方律师注意用词，请继续。"法官说。

"这个老太太的账户在一夜间多出了五百万，打个滚就能有五百万？我们追查了这五百万的来源，最终锁定了宫氏集团的账户。老太太做了什么，宫达先生要给她那么多钱？莫非是老太太杀了45个活生生的人，所以宫达先生给的奖励吗？"

牧萧说得对方律师完全慌了："视频中，宫达先生和这位老太太跟死者毫无关系，和这起感冒药中毒事件也没有关系！我方请求休庭！"

牧萧说的话的确是没有证据的猜想，法庭是不会采纳的，但至少在大家心里埋下了疑惑的种子。

"对，证据不足，可是我们能据此推测一下，为什么老太太和这个年轻女子出现的时间恰巧是众死者体内毒素上升的时间？又是为什么，宫达要在第二天给这老太太五百万？宫达和老太太是什么关系？亲人？对此，宫少廷先生恐怕最有发言权。这位老太太是宫达的亲人吗？"牧萧问宫少廷。

"不是。"宫少廷说。

"不是亲人，那是朋友？宫达先生的忘年交？如果是，请宫达先生交出这位老太太，以证明自己的清白。"

公司里。

宫达都准备关电视，看至一集团的收购预算，结果牧萧拿出所谓的证据来了这么一出。他那些证据根本是胡编乱造！不愧是当初的知名律师，黑的都能说成白的！

办公室外面。

宫达秘书大喊："各位不能进去，我们总裁在里面！你们有什么手续？你们不能进！"

纪敏还是直接带着人进来了。

"宫先生，你涉嫌杀人，我们依法逮捕你，请跟我们去一趟警局！"纪敏穿着制服，拿着警察证。

宫达看到纪敏，眸底掠过笑："这不是纪小姐吗？现在做了女警，比以前英姿飒爽很多。"

"宫先生，跟我们走一趟。"纪敏重复了一遍。

如果一切都是宫达所做，那昨晚的报废车子撞向夏唯至和她也是宫达指使的。然而宫达这个人做事滴水不漏，他们虽然知道这么多，却没有证据起诉他。

"好，跟你们走一趟。"

纪敏看了办公室里的其他人一眼，没有医院门口出现的年轻女子。本以为突然袭击，那女人也会在场。

"纪警官，你父亲现在可好？"宫达站在电梯里，状似无意地寒暄。

纪敏看了他一眼："家父很好，谢谢关心。"

"他在我的赌场欠下了两亿赌债，你问问他准备什么时候还。急是不用着急的，我有没有时间，还得看你的。"宫达淡然地道。

纪敏愕然。她父亲这些日子一直鬼鬼祟祟，早出晚归，还到处借钱，甚至到她这里来拿钱，原来是去赌博了。

"如果是真的，我会还你钱，但是你做过坏事，是要付出代价的！"纪敏警告他。

"钱是小问题，你和我弟妹夏唯至关系很好，相信你开口，夏唯至不会舍不得借你，可你父亲下个月就要升正高级，警察局副局长，现在欠下2亿赌债，别说升迁，怕是会被警界永久除名吧。一世清名一朝被毁，有些可惜。"

"宫达先生，你是在威胁我喽？"纪敏冷笑。

"不是威胁，是提醒。"宫达俯身在她耳边低语，"你们没有证据，根本拿我没办法，我现在是好心好意告诉你这件事。该怎么站队，纪警官是聪明人。"

纪敏脸色发白，双手紧握成拳。

庭审期间，夏唯至都处于昏睡状态。梦里面都是宫少廷转身的背影，让她心碎又难过。

"宫少廷！"夏唯至坐起身，浑身都出了冷汗。

房间里很安静。

夏唯至现在脑子里乱成一片,除了去劫狱什么都想不到。她连鞋都没穿,就顺手从保镖那里抢了一把枪。

劫不了宫少廷,就和他死一块儿!

"唯至,我的姐,你干什么去?"夏展立马追出去。

"夏唯至!"夏唯至才跑出门,眼前就大步走过来一个金发男子。

夏唯至愣了愣,抬头看到面前的人,还以为自己在做梦。

宫少廷看眼前的女子眼神满是杀气,头发凌乱,光着脚要出去拼命的样子,当然知道她是干什么去的。

"宫少廷?"夏唯至傻傻地喊。

宫少廷上前打横抱起她:"外面那么大的太阳,你出去就能把你的脚烫伤!就这么去劫狱,不是存心给我丢脸吗?"

夏唯至不敢相信地看着他,伸手摸着他的俊脸。手指擦过他嘴唇的时候,宫少廷还伸舌头舔了她一下。

夏唯至触电般地收回手:"宫少廷!"

"嗯。我只是去庭审,又不是去断头台,你不用那么紧张。"

他云淡风轻的样子气得她扬手就捶了他一拳:"你为什么要打晕我?你还好意思回来!你居然打我!"

宫少廷被她一拳打得心里更暖:"抱歉。"

一句抱歉,夏唯至更是什么都说不出来了。

"下次你再打我,我就走了,再也不要在你身边!"夏唯至想起来就后怕。

他很少见到她这么小女人地嘟着嘴,心里像是被一只手拨弄着。

宫少廷紧紧地抱着她,大步走进房,把她放在客厅的沙发上。

"我错了,没有下次。不然,你打回来?"宫少廷拿起她的手,打在自己胸口,夏唯至明显在使劲收回手,一拳落在他胸口的时候一点都不疼。

"你看,你又舍不得。"宫少廷调侃。

夏唯至气呼呼地一拳揍过去:"宫少廷,不要以为我舍不得打你!你下次再这样,我不仅打你,还打你儿子!"

"唔,那没关系,那是你生的,你爱怎么打怎么打。"宫少廷唔了一声。

"不要跟我耍嘴皮子!庭审到底什么结果?你怎么会平安无事?"夏唯至好奇地问。

牧萧慢吞吞地从外面进来,拿着一大摞资料,随手递给夏唯至。

"今天的庭审结果还有过程,你自己看吧,顺便也给你的好闺密看一看。"牧萧特别强调好闺密杭宝蓓。

夏唯至狐疑地看向牧萧,又看向宫少廷。

宫少廷说："牧萧是律师。"

"人称'战无不胜攻无不克的神嘴律师'，能把黑的说成白的，把白的说成红的！想请我做律师，光花高价是不够的，还要有我和宫少廷这样的情谊在！"牧萧说着对宫少廷打了个哆。

宫少廷丢给他一个白眼。

"你怎么那么不配合呢？我这律师证考出来可完全是为了你啊，你不能有了新欢就忘了我们这么多年的感情！我真的好伤心……"

牧萧把宫少廷说得好像是喜新厌旧的渣男，一边说一边还抹眼角。

庭审时牧萧说的那些话都整理在档案里，夏唯至看着手里的文件，嘴角忍不住抽了一下。

这些话也就牧萧说得出口，竟然把宫少廷说得像是在替宫达顶罪，而且是身为弟弟，为了保护贪婪的哥哥，才顶替了哥哥的罪名。

虽然没有足够的证据把宫达推出去，可至少能让大家产生怀疑，还能让警方把他当嫌疑犯抓起来。

只要宫达最终定罪，宫少廷身为至一总裁，顶多是包庇罪。

见夏唯至看得开心，宫少廷又说："他去考律师证，当初是为了追他的女神。结果他女神嫌他纨绔，没看上他，做了另一个知名律师的女友。他就天天沉迷于打官司，只要是那个律师的case他就接。打到后来，他女神跟那个律师结了婚，他伤心之下就参军打仗去了，退伍回来就变成了个花花公子。"

"这么悲伤的往事，你说故事一样说给你女人听，逗她乐，没想到你竟是这样一个为了女人插兄弟两刀的人，我可是抛头颅洒热血在庭审上救了你一命啊！"牧萧一手拍着胸口，一手指着宫少廷控诉。

"原来那么惨啊。"夏唯至同情地道。

牧萧立马点头："夏唯至，还是你有同情心！"

"原来还有这个故事，我要是跟杭宝蓓说，这个梗她肯定能笑一年。"夏唯至说。

牧萧一口老血差点喷出来："我刚还夸你！"

"虽然很惨，可都是过去的事了，我想牧少不会留恋过去，抢有夫之妇，做男小三吧。"

"那当然！现在想想真可笑，我干吗在一棵树上吊死，这个世界多美好！我女神幸福就好了！"

"问一下，那个律师是不是叫南宫骏？长得很俊俏，个子也很高，五官听说是标准的深邃型，被称为禁欲系男神。"夏唯至好奇地问。

宫少廷问："你也知道他？"

"真是他！他是我学长，真的挺帅的！我当初远远地看过他一眼，就觉得世界上怎么可以有长那么帅的男人！他那时候来我们学校演讲，我们寝室里的女人都想嫁给他！哈哈哈！"说起大学的时光，夏唯至有些激动，有些怀念，于是有些口无遮拦，却没意识到她一下子把房间里的男人都得罪光了。

牧萧盯着夏唯至，夏展盯着夏唯至。

过了一会儿，夏唯至终于发现了，她求救地看向宫少廷。

宫少廷也盯着她，阴阳怪气地道："你们寝室里的女人都想嫁给他，包括你。"

少女时代的偶像崇拜而已，就跟现在的小女生天天喊着给自己的偶像生猴子、还一口一个老公的那种，她也是从小女生来的啊。

"少廷，你女人的意思是南宫骏比我帅。"牧萧说。

"姐，你的意思是，全世界的男人都没那个律师帅？"夏展说。

"夏唯至，你到底想嫁给多少男人？！"宫少廷问得更加阴阳怪气。

"现在的女孩都追星，我那时候也追星，很正常嘛。"夏唯至恨不得把自己缩成一个点，融进沙发里面。

"啊，我原来没穿鞋子！我得穿双鞋子去！"夏唯至跳下沙发，直接跑了。

"这个死女人，身边数不完的男人，一个接着一个，没完了还！"宫少廷越想越火大。这个南宫骏他当然知道，牧萧的情敌，没想到他的女人遇到他之前居然也花痴过南宫骏。

很好，那也是他的情敌了！

"宫少廷，你的女人也忒过分了，居然说南宫骏比我还帅！啊，不对，她说的是世界上居然有那么帅的男人，意思是比你还帅！"牧萧气得咬牙切齿，一定要报私仇。

"我女人说什么了？说得没错，就是比你帅。不过在我女人心里，本少爷比谁都帅！她就是没说出来，心里的确是这么想的。"宫少廷最见不得别人说夏唯至。

"你真是过河拆桥！我刚救了你，你就为了你女人对我捅刀子！我说你怎么那么不要脸，还喜欢自欺欺人！恐怕夏唯至从没说过你最帅吧。她的绯闻男友是挺多，一个个都长得不错，我看祁尊长得就很俊。"牧萧不爽。这些人怎么那么喜欢戳他的痛处？他明明帮了宫少廷大忙，这人居然把他的心酸感情史说给夏唯至听着玩！

说到祁尊，宫少廷立刻变得阴郁起来。

牧萧开心了："在你女人心里，你不是最帅的，不是唯一的，你比我好不到哪里去！"

说话间，突然有什么东西飞了过来。

牧萧一个侧身，险险地避开，就看到他身后摆台上的一个花瓶被打碎了，地上还有块小石头。

"谁啊！"牧萧暴怒地吼，抬头就看到夏唯至靠在二楼的栏杆上。

"在我这个女人心里，我唯一的男人宫少廷最帅。早知道我会嫁给他，我就该来找他，强行霸占了他，告诉他，'你的未来我预定了。'"夏唯至懒洋洋说，语气中却带着宣示般的占有，"所以，不要笑话我男人在我心里的地位，这个地位是谁也无法取代的！"

宫少廷看着夏唯至，目光灼灼，简直跟烧起来了一样。

牧萧听着，又是羡慕又是嫉妒。怎么他就没有对他死心塌地的女人？每个女人不是看上他的颜就是看上他的钱，而夏唯至看上的完全就是宫少廷这个人。哪怕宫少廷变得一无所有，在修车间当个修车小弟，她都自己出去拼命工作赚钱养活他。

"你们俩真是欺负人，还合起伙来欺负人！有意思吗？宫达已经被逮捕，他接下来肯定有新动作。你们就烧香拜佛，指望他对你们手下留情，老子不帮你们了！"牧萧嫉妒得简直想杀人。

走出门去，牧萧又想起来什么，转身指着刚才摔碎的花瓶。

"如果我没记错，这是珐琅彩赏瓶，当初拍卖价是1个亿吧。"

夏唯至瞠目结舌地盯着地上的碎片。什么？1个亿！开玩笑呢吧！

为什么宫少廷家里那么多瓷器，随便一件不是上亿就是好几千万，却跟两百块的花瓶似的随便放？

夏展盯着那个花瓶，有点汗颜。1个亿，这么贵重的收藏品到处放，也就财大气粗的宫家了！

夏唯至现在有点做贼心虚。

"应该是吧。"宫少廷淡然地开口。

"这是老爷子某一年送你的生日礼物。"

"嗯，是吧。有什么问题？"宫少廷不以为意地问。

牧萧已经说不出话了。得，1个亿的收藏，全世界独此一件绝无二家，连宫家老爷子都要心疼几年，宫少廷对这女人大方得压根不用他废话。

"没问题，反正是你的钱。"牧萧耸肩，大步走出去。

夏唯至却听得心惊肉跳，她转身，耷拉着脑袋回了房间，并赶紧关上门。刚才她那么豪情壮志的，也是怕她说大律师南宫骏很帅，当初整个寝室想嫁给他，宫少廷会找她算账，找她算账的结局自然是她在床上几天下不来。

夏唯至还没关上门，一条腿就挡住了门板。

"宫少廷，我是不小心打碎花瓶的。我心里很愧疚，觉得自己做错了事，我现在就回房间面壁思过，深刻反省，努力反思！"夏唯至狗腿地呵呵笑着。

宫少廷伸手推开门，抱住她的腰，又一脚踢上门。

砰的一声，更让夏唯至心惊肉跳。

"宫少廷，1亿……我，我会赔的……"夏唯至说话时明显底气不足。

"赔什么？"

"赔钱啊！"

一个破瓶子，赔什么钱！这个女人那么霸气地当着大家的面宣布对他的占有，他爱死她了，恨不得她每天来这么一回，这比庭审赢了还让他高兴。

唯一能表明他高兴心情的就是狠狠地欺负她，只有这样，他才能宣泄对她的爱。说不出来，那就用实际行动证明。

"好啊，你赔。用什么赔呢，你说。"

"钱，我会赚很多钱！我肯定会工作的，赚来的钱都给你！"

"傻女人，我要你的钱干什么？你男人我难道没钱，还要你养活不成？你要赔，那就彻底一点。一辈子，一辈子就跟我睡，一辈子就做我的女人！"宫少廷吼道。

"这个……好说好说……"夏唯至面红耳赤地答应了。

今天警局门口格外热闹，围满了记者。

听说刚被抓进去的宫达要被无罪释放了。

宫达被警察护着走了出来。

"宫氏集团总裁宫达日前已经接受了完整调查，警方表示宫达先生没有任何嫌疑。之前在庭审中出现的老太太确有其人，是一位死者家属，因为年幼的孙子不幸被尹氏药品毒害，伤心过度，几日前已经去世。宫达先生是看老太太可怜，为了安抚她，才给了她巨款，导致出现了严重的误会，让大家以为他是杀人犯。宫达先生表示很难过，但是以后还会继续他的慈善行为。"

媒体记者纷纷在警局门口报道警方已经调查清楚，将宫达无罪释放。

宫少廷和牧萧听到消息的时候正在公司里。

总统府的警司付新洲从外面进来说："宫达被无罪释放了。之前所有的证据都被他轻易推翻，那个老太太在几天前死了，她已经被证实是一个死者的家属。"

"那么巧，这时候死了。肯定是宫达他们下的手，这人可真是心狠手辣！"牧萧生气地一拳捶在桌子上。

"除了我大哥还能有谁。这些年大大小小的暗杀上百起，却没能把我弄死，现在又对至一集团下手。"宫少廷以前的确顾念宫达是他亲大哥，加上没有证据，才没对宫达下死手。

屏幕上还在播报新闻。

"宫氏集团已经对至一集团做了收购评估，将在近日收购至一集团，消息来自宫氏集团总裁办。看来宫达和宫少廷两位兄弟即将开始真正的厮杀。就目前至一集团的一系列恶劣事件，专家评估，宫氏成功收购至一的可能性极高。"

牧萧听得瞠目结舌："宫达单方面宣布，我们可没同意啊！"

"总裁！"门外秘书贝拉敲门进来，"宫氏集团的收购团队来了，董事会也要求我们配合收购案。"

"二弟。"宫达直接推开秘书走进来，看到办公室里的牧萧和付新洲，"哟，这么巧，牧少和付警司也在。那刚好，你们一起看戏。我一从警局出来就来了至一，有些事不敢耽误。"

"宫达，你想收购至一，简直是笑话！少廷的股份最多，只要他不同意，这公司，你根本收购不了，劝你别浪费力气！"牧萧冷笑着警告。

宫达根本不搭理他："这间办公室就是小了点。不过没事，等我入主至一，可以把办公室再扩大，那边的墙打通，这样坐着才宽敞。"

"宫达，这里是至一，你别太嚣张，老子一枪崩了你！"牧萧拿出枪指着宫达。

唰的一下，外面跑进一堆警察，都拿枪指着牧萧。

牧萧愣了一下。

纪敏从外面进来："牧少，公然杀人会被判刑的，请把枪放下。"

"你不是夏唯至的朋友吗？你站哪边的？"牧萧愕然。

"我站在法律这边。廷少，你涉嫌故意杀害老太太李芳翠，我们现在依法逮捕你，请你配合，跟我走一趟。"纪敏说。

"那个莫名死去的老太太，你说是少廷杀的？这种话你都说得出口，你这个女人真是莫名其妙！"牧萧的枪口又指向纪敏。

宫少廷抬头看着纪敏。

"牧少，你想袭警吗？我也可以依法逮捕你。"纪敏看着牧萧说。

"你！"

"牧萧，把枪放下。"宫少廷盯着纪敏，淡淡地说。

"对啊，牧少，把枪放下吧。人家警官都说了，二弟涉嫌杀害老太太。这个老太太是杀害医院那些中毒者的最大疑凶，少廷杀了她，肯定是要被带走调查的。"宫达一副好心好意规劝的样子。

"宫达你好样的啊！黑的说成白的，人明明是你杀的！"牧萧指着宫达。

"把黑的说成白的，这一点上，我自认为不如牧少你。在法庭上，你一张神嘴，没人说得过，可法庭是讲究证据的，警官逮捕人也要讲究证据。纪警官，你说我二弟杀害那个老太太李芳翠，可有什么证据？"宫达继续"帮着"宫少廷说话。

"这串手链，廷少应该认识吧？"纪敏拿出一串手链，是蒂芙尼的一款钻石手链，因为是定制版，上面还刻着夏唯至的名字。

这串手链居然在纪敏手里！当然纪敏是从夏唯至那里偷的，夏唯至怎么也不会防着纪敏。

"这是在案发现场发现的手链，这条链子是廷少夫人的吗？"纪敏的意思，如果是夏唯至的，那夏唯至就成了杀人凶手，会被直接带进警局关押。

他们都知道，宫少廷把夏唯至当宝，怎么可能让夏唯至进去，当然会自己担下罪名。

"纪敏，从现在开始，你就不再是夏唯至的朋友，你别后悔。"宫少廷冷冷地说了一句，直接从纪敏身边走过。

纪敏眼底分明都是挣扎。

"少廷，你真跟他们走啊？这分明是诬陷！"牧萧拦住他。

"她手里的东西能直接给夏唯至定罪，他们这是逼我乖乖认罪。加上尹氏的毒药事件，判个死刑没问题。对吧，大哥？"宫少廷看向宫达。

宫达耸肩："二弟，杀人偿命，天经地义。这条手链是你送给夏唯至的，她的链子却出现在了现场。不然就让夏唯至主动投案，那这件事就和你没关系了。"

宫达当然清楚宫少廷宁可自己去认罪，也不可能让夏唯至去担这莫须有的罪名。

"少廷！"牧萧见宫少廷走出去，立刻追上去，走了几步回头看了宫达一眼，指着他："你慢慢乐和，回头收拾你！"

"随时奉陪。"宫达挑唇。

宫达走到宫少廷的办公桌前，坐下，转身看着落地窗外面的世界。

他步步为营，处心积虑，把宫少廷打入地狱，再也没有机会翻身，等这一天，他等了多少年啊！

宫少廷不过是个私生子，却处处抢他的风头！他忍了那么多年，怎么可能还忍下去！

"我爸的事，你答应过不会说出来，如果你食言，我一定不会放过你！"纪敏还在办公室里，盯着宫达警告。

"纪警官放心，这是你爸纪副局写的欠条，两亿。"宫达也拿出了诚意，直接把欠条给她。

纪敏看了一眼上面的签字，的确是爸爸的笔迹，她立马拿过来撕得粉碎。

"只要宫少廷倒台，我可以保证，你爸爸的升迁路会一帆风顺。而且我会向上头推荐他，让他一路高升，以后调去京都也是可能的事。"宫达保证说。

"我不需要我爸爸再往上爬，只要他一世清名不被你毁了！他这一辈子公正廉明，从不徇私舞弊，他是个好人，不应该被毁掉！这一次我帮你，出卖了自己的好朋友，如果不是我爸爸，我一定让你被法律制裁！"纪敏说完，转身就走了出去。

宫达当然知道纪敏是不屑和自己合作的。穿了一身制服，就真以为自己可以清正廉明、公正无私了，还不是为了自己父亲出卖了最好的朋友！

纪敏一出去，一个女人就走了进来。

正是尹翎叶。

宫少廷看了她一眼："怎么样，高兴吗？已经为你报了仇，宫少廷是翻不了身了！"

"不会再出事吧？"尹翎叶总觉得心里不踏实。

"放心，除非我爷爷心软。可我爷爷铁石心肠，你是知道的。现在除了爷爷，再没人能救宫少廷。"

这么多年来，他一直被宫少廷压着，明明他才是宫家大少爷，别人却都使劲巴结宫少廷。

包括爷爷也是私心满满，无论宫少廷怎么忤逆他，他就是想把宫氏传给宫少廷。

他现在要向全世界证明，他宫达才是宫氏集团真正有能力的继承人。

知道宫少廷被抓了，夏唯至带人跑到警局。

卓尔拿着枪，带着保镖，和门口的警察对峙。

"唯至，抱歉，你不能见廷少。总统先生亲自下了命令，任何人不能见廷少。廷少杀人证据确凿，尹氏感冒药事件由廷少恶意主导，死刑判决书肯定会下来。你和廷少毕竟没有结婚，还是不要和他有关联。"纪敏劝说夏唯至。

"纪敏，我虽然不知道你为什么要陷害宫少廷，但是你今天如果拦着我，我一定会跟你拼个你死我活！"

"唯至，廷少翻不了身了，我只想劝你，不要再和他有瓜葛。"

"他是我男人，翻不了身又怎样，我只要他活着！纪敏，你让开！"

"你是要袭警劫狱吗？唯至，你可知道这是什么罪名？"

"去他狗屁的罪名！你口口声声维护正义，却陷害无辜！法律不能制裁你，那我来！"夏唯至在警局门口和纪敏打了起来。

"唯至，宫少廷是死刑犯，你不能见！你袭警，我可以立刻逮捕你！"纪敏大喊。

"好啊，逮捕我，把我跟宫少廷关一块儿啊！"

纪敏上前，枪口指着夏唯至的脑袋："不要闹了！别逼我动手！"

夏唯至也不是省油的灯，手里抓着刀，指着纪敏的脖子："你开枪啊，看看我们谁的动作快！"

"夏唯至！"纪敏大步上前，也不管她的刀会不会刺穿自己的脖子。

夏唯至眼看着纪敏上前来，下意识地后退。

纪敏一把拉住她的手，似乎往她的手心里塞了什么东西。

"你现在做的一切都于事无补，没人可以救宫少廷，你死心吧！死刑判决书很快就下来了，你就算见到宫少廷又怎样，只会更加难过！如果我是你，就回家想想办法，而不是在这儿浪费时间！"

纪敏说完，给她使了个眼色。

夏唯至眼珠子一转，看到不远处的花坛后面，一棵茂密的樟树下面停着一辆黑色的车，车的副驾驶座上坐着一个女人。

"尹翎叶。"纪敏用唇语对夏唯至说。

夏唯至愕然，但还是配合地扬起刀子向纪敏砍了过去。

纪敏退后，堪堪躲开："夏唯至，从今以后我们不再是朋友！今天我就放你一马，袭警这事暂时不追究！都进去！"

纪敏带着所有的警察进去，随即把大门关上，不让夏唯至进来。

夏唯至手里捏着纪敏给的东西，对卓尔说："我们也回去。"

"少奶奶，不管少爷了？"

"先回去！"

夏唯至上了车，从后视镜看到那辆黑色的车子缓缓驶离。

那辆车子里面的人正是宫达和尹翎叶。他俩听说夏唯至去警局闹事，还和纪敏打起来了，立刻赶来看戏，没想到还真是。

车内，尹翎叶很是得意："看来夏唯至也是没有办法了，居然那么蠢，带人来警局闹事。"

"收购案做好了，明天就召开股东大会，正式收购至一集团。"一切的一切注定了宫少廷无法翻身。

"少奶奶，刚才那辆商务别克车是宫氏集团的车子。车里面的人正是当初医院门口发生暴动时出现的女人，医院出事那晚她也在。"卓尔立马查出了那辆黑色车子的来历。

夏唯至正在看纪敏给她的东西，是一张照片，上面的人正是车里的女人，照片背后是三个字——"尹翎叶"。

夏唯至想起纪敏在警局门口说的话，再仔细看着面前的女人。尹翎叶？难道她是尹翎叶？

如果是这样，那这个女人做的一切都合情合理了。

尹翎叶就是回来报仇的，报复她和宫少廷！

"少奶奶，查到了，这人是宫达的新助理缇娜。"卓尔接了一个电话，然后说，"除此之外查不出任何信息，好像是凭空出现的人，没有背景，没有过去。"

"她是尹翎叶。整容了吧。"夏唯至看着照片。

其实仔细一看，眼神还是很像。尹翎叶当初被宫少廷派去的人毁掉容貌，现在整了容，跟以前一点都不一样了，但眼睛还是神似。

纪敏说了是"尹翎叶",肯定也是调查清楚了。

纪敏说,有时间在警局闹,还不如回家想办法。她在提醒自己,尹翎叶是关键。

夏唯至拿起刀,直接一刀割在手腕上。

"少奶奶,你干什么?!"卓尔着急地喊。

"我没事。卓尔,你对外宣布,至一总裁夫人伤心过度,割腕自杀,正在抢救,总之就是快要死了的意思,说得越惨越好。叫记者过来,然后你们把我抬出去。"夏唯至说,"叫夏展在医院里准备。牧萧,你帮忙抬我。"

牧萧一直在房间里想办法。他原本想动用自家的关系强行给总统施压,此刻见夏唯至这么快就想到了办法,还利落地指挥大家,倒是有些意外。

"你想引出尹翎叶,让她主动上门?"牧萧欣赏地看着夏唯至,饶有兴致地问。

"我要是死了,尹翎叶肯定想第一个看见。尹翎叶在出事那晚在医院出现过,她是毒药事件的关键人物。只要抓住她,一切就能真相大白。"

不到十分钟,至一集团总裁夫人伤心过度割腕自杀的新闻就满天飞了。

各大媒体的报道一出,几乎所有人都知道夏唯至自杀了。

尹翎叶看见新闻不要太开心:夏唯至居然为了宫少廷自杀!

也对,能不自杀吗?自己男人锒铛入狱,判了死刑,还丢了公司,再也不能翻盘。

此刻,警局里也在播报这条新闻。

纪敏着急地走进一间审问室,关掉了所有监控的电源。

一进去,纪敏就说:"廷少,唯至自杀了!"

宫少廷的审问室虽然布置简单,但是里面有一扇小门,让他可以避开监控,自由出入,隔壁更是一间豪华的套间,等纪敏支开外面的警察,宫少廷还能去里面处理公事或者休息。

"不可能。"宫少廷说,"夏唯至的承受能力没有那么差。我让你给她照片,给了吗?"

"我给了。那张照片上的人绝对是尹翎叶。我从小和尹翎叶一块儿长大,她就算整容了,我也认得出来,我一眼看见就肯定是她。"

纪敏一看到那女人就确定了,并立马和宫少廷说了。

宫少廷挑唇:"那就没错了,她是想引尹翎叶出来。我的女人就是聪明!只要尹翎叶一出现,夏唯至必然有办法让尹翎叶承认她和宫达的那些勾当。"

"可是我不明白,为什么你要我配合宫达抓你入狱呢?"

"不演得真实,怎么让我的亲哥哥放松警惕?"他太了解宫达了,他这个哥哥无非是想要他身败名裂，再也无法翻身。

宫达想要什么，他就给宫达什么，狐狸尾巴总会露出来的。

宫少廷见时间差不多了："我该出去了。"

"廷少你要小心！"

宫少廷走到小门前，突然想到什么，回头说："你父亲的事我早就知道了，也提前通知过你，你放心，宫达死了就能永远闭嘴，你父亲的一世清名也不会毁。"

"谢谢廷少，我知道我应该相信你。幸好你提早通知我，我父亲被宫达设局引入赌场还欠下了两亿赌债，而且宫达会拿这一点威胁我，果然都被你猜中了。如果宫达吞了至一集团，他肯定实力大增，以后随时能拿这件事威胁我们父女，这些我都明白！"

宫少廷点头："宫达接下来让你做什么？"

"让我一定要看着你，收购完成之前不能再出任何事。"纪敏说。

宫少廷挑唇，走出小门："那你看着吧。"

"廷少，请务必确保唯至没事，不然我会愧疚一辈子！"

"你放心，我的女人没那么弱。"

宫达也很意外：夏唯至居然会自杀！这应该不是夏唯至的风格。

然而，从医院传回来的照片显示，夏唯至的确很虚弱，手腕上都是血。

卓尔亲自守在门口，夏展负责抢救。

从手术室出来后，夏唯至依然没醒，还被推进了重症监护室。

收购案两个小时之后就要开始了，纪敏那边更是无时无刻不在盯着宫少廷，可是宫达莫名地有些心慌。

按道理，一切都准备就绪了，连总统慎之爵都抛出了橄榄枝，想把他拉拢过去。显然，慎之爵放弃了宫少廷，毕竟现在的宫少廷已经没任何利用价值了。

"去警局。"宫达对夏唯至的死没兴趣，他最关心的当然是宫少廷。

他总觉得哪里不对，可又说不上来。思来想去，最不对劲的应该就是抓捕宫少廷太过顺利。他越是回想，就越觉得心慌。

医院里。

尹翎叶走到夏唯至的病房门口，看到夏唯至躺在里面，面色发白，手腕上包着纱布，纱布全是湿的。

"目标出现！"病床上，夏唯至的耳边响起牧萧的声音。

同一时间，病房里的心电监护器在嘀嘀嘀地响。

夏展着急地带着护士走进病房，对夏唯至进行"抢救"，卓尔嘴里喊着："少奶奶！少奶奶！"然后他扑通跪下。

尹翎叶站在外面，看到医生护士在忙碌，然后白色的床单盖到夏唯至的脸上，心怦怦跳，她激动地看着病房里的一切。

夏唯至死了！

是真的死了吗？

夏唯至的母亲夏可卿也来了，手里抱着一个小男孩。夏可卿的神色悲恸欲绝，几乎快昏厥过去。

夏展站在一旁安抚自己的母亲，扶着她带着怀里的小男孩走出病房，满脸都是心痛和绝望。

卓尔也失魂落魄地走出去，和保镖说着什么，似乎是准备处理丧事去。

病房里就孤零零地放着夏唯至的"尸体"。

尹翎叶实在按捺不住了，见已然没人，大步走了进去。

揭开白色的床单，果然看到了夏唯至苍白的脸，已经死去的脸。

尹翎叶低低地笑了起来："你竟然死得比我还早！夏唯至，你也有今天啊！我等这天等了快一年了！我亲手毁了宫少廷，毁了你，这辈子，我也算是圆满了！可惜你不能亲眼看着宫少廷被处决，死刑啊！你们都比我死得早，这是你们的报应！报应！哈哈哈！"

砰的一声，病房门突然关上了。

尹翎叶回头就看到夏展、牧萧和卓尔走了进来。

"你果然是尹翎叶！"夏展看着面前的女人，说。

"你们！"尹翎叶立刻明白过来，她中计了！

回头再看向病床上，夏唯至早已经坐起身了。

第十九章

她这般明媚，他也想拥有

"二姐，整容整得很漂亮嘛，妹妹我差点都没认出你来。"夏唯至从床上起来，一跃而下，很是轻松的样子。

"你没死！"尹翎叶回头看到夏唯至，尖叫道。

"你都没死，我怎么好意思死。你们杀了那个老太太李芳翠，又嫁祸给我，宫少廷为了我去顶罪，这脑子，我都有些佩服了，以前也没见你那么聪明。"

"夏唯至，你看我的样子一点都不意外，说明你知道是我，你装死是故意引我出来。谁告诉你的？"尹翎叶质问。

"你这什么口气呀，还来质问我！给你五分钟时间，去外面的媒体记者面前露个脸，说明自己和宫达的关系，还有你为宫达做的那些坏事，都交代清楚。"夏唯至引出尹翎叶的目的当然是救宫少廷。

"做梦！宫少廷都快死了，至一集团也会落入宫达手里，夏唯至，你快一无所有了！"

"是啊，你也说是快了，而不是已经一无所有。至一还没被收购呢，宫少廷就有机会翻盘。别跟我扯犊子！以为我没办法对付你吗？我记得你当初差点害死我的孩子，宫少廷跟我说，你这样的人应该丢进男子监狱，只是我心软，没有答应，现在，我倒是有点后悔了。"夏唯至说。

尹翎叶睁大眼睛："夏唯至，你敢！"

"我怎么不敢？你倒是说说，我为什么不敢？拿你换我的男人宫少廷，我以为这笔买卖划算得不得了。你反正被我逮着了，你想跑，那是不太可能了；想死，也不可能了，毕竟我不会让你死得那么如意。只要你证明宫少廷的清白，老实交代和宫达的事，我保证，男子监狱和你无缘。"

"宫少廷要是死了，你还有什么能耐把我扔进男子监狱？"

"可能我以前在尹家待着，对你好声好气惯了，让你误会了我的脾气，以为我不论什么情况都很好说话。卓尔，宫少廷的手下单单放在家里的有多少？能不能凑足一所监狱的人数？"

"家里的不多，不过放在祁城的手下不下两百，虽然组不成一所大监狱，但凑成小班是可以的。"卓尔立马说，都忍不住佩服夏唯至的邪恶了。

尹翎叶脸色苍白，显然被吓到了，她踉跄地退后了几步，扶着床，站都站不稳了。

"夏唯至，你怎么那么恶毒！"尹翎叶指着夏唯至。

夏唯至走上前，冷冷地盯着她："恶毒？全世界最恶毒的女人长你这样！联合宫达陷害我和宫少廷，还要陷害自己的亲哥哥！这些就算了，中毒的那些人有一半都只是孩子！有跟我儿子一样大的，也有比我儿子还小的婴儿，你害死了他们，破坏了多少人的家庭！尹翎叶，你的良心呢？"

"良心？夏唯至，你呢？你和宫少廷把我害得人不人，鬼不鬼！我的家，我的事业，全是你毁的，你还跟我说良心！你那么对不起我，你的良心痛了吗？"

"我对不起你？把你害成如今模样的是你自己，不是任何人！尹翎叶，因果循环，做了坏事，是一定会遭到报应的！我不介意把报应放大一百倍——把你送给宫少廷的手下，再把你送进男子监狱。"

"你！"

"你选吧。当初医院的四十多条人命你反正是撇不清关系的，我现在把你送去警局，你一样会被定罪，可你如果主动交代所有的事，我会和宫少廷商量，放你一马，毕竟主谋是宫达。以后你想重新做人，进娱乐圈，都随便你。你要不愿意，男子监狱，你知道的，求生不得，求死不能。尹翎叶，你这么聪明，不会选错的。"

尹翎叶深吸口气："我主动交代，你就放了我？"

"对，放了你。"

"好，我交代。"

宫达赶到警局，径直走去关押宫少廷的地方，一路上没人阻拦，到了宫少廷所在的拘留室门口，就看到纪敏迎了上来。

"宫先生，不是在忙着收购案吗，怎么突然来警局了？"纪敏故意笑着问，她当然早就知道宫达会来。

"宫少廷呢？在监狱吗？"

"当然了，怎么会不在监狱呢？您说的呀，一定要看好他，我看得很牢呢。不过，新闻都出来了，恐怕要进监狱的是你了。"纪敏遗憾地说。

"什么新闻？"宫达皱眉。

"啊，看来您还不知道。尹翎叶不是在明志医院接受采访了吗，说一切都是受了您的指使，连感冒药中的毒药成分她都交出来了，这下是证据确凿了。"

宫达不敢相信，却在此刻接到了自己秘书打来的电话。

"这个该死的女人，我早该杀了她！"宫达气急败坏，顺手从腰间拔出枪，推开纪敏，大步走进拘留室。

尹翎叶已经出卖了他，他现在杀了宫少廷，照样有回旋的余地。

拘留室里面居然空无一人。

"人呢？"

"啊，人呢？我也不知道啊。怎么不见了？我出去找找。"纪敏走出去，然后砰的一声把铁门给关上了。

宫达意识到不妙，大步走过去，可是门已经自动落锁。

"宫氏集团总裁宫达参与不良商业竞争，制造尹氏毒药事件，造成恶劣影响，我局现在依法逮捕你。"纪敏站在门口，透过门上的玻璃小门，对宫达笑着说。

"你这个该死的女人！你胆敢害我，不怕你父亲的名声毁了吗？"宫达怒极。

"我相信，只有廷少赢了，我父亲才能一辈子安宁，我也一样。这是廷少亲手为你准备的房间，希望你满意。"

"宫少廷不在这里，他在哪里？！"宫达怒吼，已经失控。

纪敏笑着说："这时候廷少应该忙着收购宫氏集团吧。"

"不可能！至一集团的大部分股份都在我这里，他根本没能力收购宫氏！"

"你确定吗？其实至一的股份在唯至手里，只要她不签字，任何人都拿不走。你以为宫少廷不在了，就能拿走至一吗？宫先生，你很聪明，可你不得不承认，廷少比你聪明太多，什么都想在你前面了。"

"不可能！不可能！你这贱人！你放我出去！没有证据你非法拘禁，我要见我律师！"宫达怒吼。

"好的，给您叫律师。"纪敏一副恩赐的样子。

至一集团。

宫少廷的秘书贝拉早就在电梯门口等着了，她不停地看时间。

会议室里已经坐满了至一和宫氏集团的股东。

贝拉不明白，为什么宫少廷进警局之前让她准备好宫氏的收购报表，还让她在门口等他。

这个时间点进来的应该是宫达啊。

489

电梯门打开，一个金发男子从里面走出来。

贝拉看到宫少廷，愣了好半晌。总裁一直在监狱，多日不见，还是神采奕奕，容光焕发，俊朗不凡。

"收购报表。"宫少廷一走出来就说。

贝拉立马把手里的文件给宫少廷。

宫少廷一边看报表一边走向自己的办公室。

"总裁，您什么时候出来的？"贝拉实在是好奇，见宫少廷快要进办公室了，立马又说，"办公室里来了客人，已经等候多时了。"

"知道。"宫少廷一目十行看完了所有的报表，还给贝拉，"会议室里有多少股东，你复印多少报表，每人发一份，等我十分钟。"

"是，是！"贝拉立马去复印，又忍不住回头看向自家总裁。

总裁明明被关着，现在却出来了，好似什么都没发生。

宫少廷一进办公室，看到沙发上坐着的人，就挑起唇。

"少廷，恭喜你。"说话的是总统府的警司付新洲，"你这一仗打得实在漂亮！原来那个女人是尹翎叶，你到底用什么方法让她招了？宫达连狡辩的机会都没有。"

宫少廷眉梢微挑，很是骄傲："我是靠我女人。"

付新洲看着他骄傲的样子，好笑："宫达把至一集团其他人的股份差不多都收了，你只需要拿走他手里的股份，其他股东对你而言就一点威胁都没有，这就叫为他人作嫁衣。你要的总统令，总统先生早就准备好了——对宫达下死刑判决书，即刻生效。"

付新洲是特意来送总统令的。

"替我谢过总统。"宫少廷转身，准备去会议室。

付新洲笑着摇摇头。这个宫少廷，自从他们认识以来，他就是这样高高在上，而他付新洲也是自命清高，偏偏他们却成了好朋友。

尹翎叶往媒体面前一站，所有的事情都一目了然。

群众纷纷指责宫达人面兽心，虚情假意，还有人要求总统出面对宫达这样的恶人下立即生效的死刑判决书。

这些人都是宫少廷早就准备好的网络水军，等着真相揭开，就让水军起哄，把判决书推出来。到时候，总统顺应民心，直接推出判决书，让宫达真正一点喘息的机会都没有，更别说翻盘了。

既处理了宫达，又收拢了民心，还还了自己清白，可谓一举三得。

在群众眼里，宫少廷成了受害者，无辜蒙冤，又是被自己亲大哥陷害，对宫少廷，他们更是同情心满满。

就在这个时候，突然又传出新闻：宫少廷即将收购宫氏集团。

宫家老太爷宫浩钱虽然已经退居幕后，也不再理会宫少廷，可是一直在关注两个孙儿之间的斗争。他原本以为宫少廷必输无疑，没想到仅仅一夜，宫少廷居然反败为胜，还把宫达打得完全没法翻身，这实在是让他意外。

夏唯至的表现更是让他惊喜。这个女人居然如此聪明，在这一场战斗中帮了那么大的忙！

反而是尹翎叶，让他失望至极，当初他还真是看走了眼。

不过，即便如此，夏唯至也不过是尹家的私生女。

"老太爷，大少爷被抓了！"宫家老管家匆匆来报。

"没用的东西，我给了他那么多，却对付不了被我赶出家门的宫少廷，真是废物！"老太爷显然非常生气。

"您看，大少爷我们要救吗？听说总统的死刑判决书都下来了，恐怕我们来不及救了！"管家担心地说。

"手里那么好的牌，却打得那么烂！宫少廷看着处处劣势，却韬光养晦，所以能把宫达打得一点翻身的机会都没有。宫达到底是没资格继承宫家！"

"爸！"宫达的生母苏云洁哭喊着跑进来，"快救救达儿！宫少廷把他抓进去了，还给他安了很多莫须有的罪名，明显是要把他置于死地啊！爸，达儿可是您的亲孙子！"

"那个没用的东西，你还好意思来求情！宫少廷被抓的时候，艾莉娜来求情，我插手了没有？我没有！我宫浩钱的子孙，如果连自保都不会，那就不配做我的孙儿！他宫达更不配做我宫家的长孙！"

宫浩钱的铁面冷心是出了名的。当初亲儿子忤逆他，非要娶一个平民的女人，那个儿子就被他赶出了宫家，还被从族谱中剔除了，到现在那个儿子还流落在外面，是死是活都不知道，宫浩钱也从没派人去找过。

苏云洁跌坐在地上，很清楚求老太爷已经没用了。

夏唯至在医院里看到宫少廷收购宫氏的新闻时，完全没反应过来发生了什么事。

宫少廷不是在监狱吗，怎么那么迅速地收购了宫氏？宫达居然连挣扎都没挣扎，就被抓进监狱了？

"至一集团总裁宫少廷原本就是宫家的子孙，从收购尹氏开始，一路发展壮大，此刻杀回宫家，重夺宫家继承权，这位年轻的总裁用实力诠释了王者的辉煌……"

媒体大肆报道，没有不夸宫少廷的。

又一条新闻出来：警局门口，纪敏作为警方发言人答记者问。

"宫氏集团总裁宫达见事情败露，已经主动自首。之前是我们警方调查失误，害至一总裁宫少廷身陷囹圄，我们深感抱歉。这一次已经查明，尹氏医药毒药事件是宫达一手策划，目的是陷害自己的弟弟，夺取至一集团。宫达这种行为系恶意商业竞争，造成重大伤亡，我们会依法对他处治。"

纪敏是警方发言人，她说的话自然是最有说服力，何况有很多人目睹宫达去警局，纪敏按照宫少廷的意思说宫达是自首，没人会不信，毕竟事情败露，见无法回转，主动自首想要减轻刑罚是很合理的。

"请问警官，网上呼声很高的总统死刑判决书真的会下来吗？"记者问。

"我们暂未收到判决书。如果总统令下来，我们会按照总统先生的要求，让罪犯受到应有的惩罚。总统先生也很关注此案，已经来过好几次电话，让我们务必公正公平地办理。各位放心，宫达的罪行已经证据确凿，我们会给公众一个交代。"

纪敏说宫达主动自首？夏唯至都笑了，打死她，她都不信宫达会主动自首。

有一丝翻盘的机会，宫达都不会走到自首这一步。

尹翎叶这条线索就是纪敏告诉她的。

纪敏的洞察力是很好，可是商业竞争这种尔虞我诈的钩心斗角，纪敏绝对不擅长。

那么，是谁让纪敏这么说的？莫非是宫少廷？

如果是宫少廷，为什么他一点都不告诉她？

如果她猜得没错，宫少廷早就出狱了。这个浑蛋宫少廷，居然连她都瞒着！

夏唯至走出病房，准备去公司。然而，她刚走出病房，迎面就撞到了一个人。

夏唯至趔趄了一下，对方立马抱住她的腰，把她拽了过去。

那强势霸道的态度，让夏唯至立马抬头看向他。

面前这个意气风发的金发男子简直让她恍惚：这是在监狱待过的人吗？简直像是刚从总统套房出来的。

"我看看。"宫少廷抓起她的手腕，掀开纱布，看到上面的确有一道划痕，不过很浅很浅。

宫少廷皱眉说："就算要演自杀，也不用真的割腕！你演戏怎么那么不专业！"

看到眼前的人，夏唯至已经很明白了：他和纪敏联手拉宫达下马，又让纪敏告诉她尹翎叶的线索，让她去收拾尹翎叶，她这是被他套路了。

"宫少廷，你应该在监狱里等待被判死刑，总统的判决书应该下给你！"夏唯至生气地说。

宫少廷低笑，把她搂进怀里："总统根本不舍得给我下判决书。就算真下了，我哪里敢要。到时候惹得你伤心，我死也不瞑目。"

"伤心？你还顾得了我伤不伤心吗？！"夏唯至气得捶了他一拳，"宫少廷，你和纪敏联合起来耍我的时候怎么就没想到我会伤心？你个坏蛋！你连我也套路，你太过分了你！"

宫少廷任由她捶打自己，看着她眼睛通红，眼泪啪嗒啪嗒一直掉，他握住她的手，声音温柔得快掐得出水来："别打了，打疼了你的手，我又要心疼了。"

夏唯至瞪着他，无言以对："你个坏男人！"

"是啊，我坏。我不坏一点，怎么能把你霸占在身边？我要是不坏，你早跟别人跑了。"宫少廷戏谑地说。

"我没说这个！你为什么不早点告诉我？害我提心吊胆那么久！"

"你也太不相信自己的男人了。我要是这么容易被抓进监狱，我都死了几回了。宫达的套路，我跟他斗了那么多年，怎么会摸不清？只有让他放松警惕，我们才有机会反败为胜。"

宫少廷说着，看到了病房里双手被反绑的尹翎叶。

宫少廷搂着夏唯至的腰走过去，居高临下地盯着尹翎叶。

卓尔看到宫少廷，激动地跪下："少爷，您没事就好！"

夏唯至说："原来卓尔也被你瞒着，那我心里舒坦多了。"

宫少廷宠溺地低笑："要瞒当然得瞒彻底，不然演戏怎么能逼真。为了让你心理平衡，也得瞒着他。"

夏唯至还是不爽地瞪着宫少廷，通红的眼中，泪水都还没干，越发显得目光通透，看得宫少廷又是心疼又是心痒，于是在众目睽睽之下，低头狠狠地攫住了她的双唇。

他不让她知道，是不想她冒险，只让她知道谁是尹翎叶，她对付尹翎叶时才不会有多大风险。

夏唯至面红耳赤地推开他："那么多人呢！"

不仅是当着尹翎叶的面，夏展、牧萧他们都在偷笑呢。

尹翎叶眼睁睁看着宫少廷亲吻夏唯至，气得咬牙切齿。

"小唯，这女人你打算怎么处置？"宫少廷戏谑地看着夏唯至羞红的脸，问。

夏唯至摸了摸脸皮，想让脸上的潮红退一点，毕竟她还是要脸的。

宫少廷见到她的样子，盯着她，表情更加戏谑。

夏唯至又瞪着宫少廷，两人就这么在尹翎叶面前再次互送秋波起来，看得尹翎叶快崩溃了。

"我打算放了她。"夏唯至说。

"你约定的，我自然不能违约。放了她。"宫少廷让卓尔放人。

卓尔走上前解开尹翎叶的绳子。

尹翎叶还不敢相信他们就这么放了她。

"宫少廷，我不会感激你放了我的！本来就是你欠我，你现在这条命等于是我救的！"尹翎叶说完，恶狠狠地瞪了夏唯至一眼，大步走了出去。

夏唯至的确感到奇怪，宫少廷居然就这么放了尹翎叶。

"把她抓起来。"

宫少廷说完，门口的保镖就拦住了尹翎叶的去路，扣住她的肩膀，把她丢了回来。

"宫少廷！"尹翎叶大吼，"你什么意思？！你说放了我的！"

"是我的女人说放了你，我的确按照我女人的意思放了你。现在是我要抓你，所以你不用感激我，我是不会放了你的。"宫少廷说。

尹翎叶睁大眼睛："你们！你们耍我！"

夏唯至可没耍她，觉得自己真的很冤枉："不是我们，是他耍你。我是真心要放了你的，可你知道我男人的性格就是这样的，我也很意外。宫少廷，你这样忒坏了。"

"我本来就坏，进来的时候就说了，你是知道的。"宫少廷俯身跟她说话，还在她耳边轻轻吹着气。

看在尹翎叶眼里根本是在调情。

"宫少廷，夏唯至，你们出尔反尔！早知道如此，我根本不该听你的话！宫少廷就会待在监狱里面根本出不来！"尹翎叶声嘶力竭地喊，她想冲上来，却被保镖扣押着，根本动弹不得。

"我女人说放了你，我放了。刚才不是让你走了吗，你没走成功，难道还要赖她？"宫少廷居然还有心思逗尹翎叶。

"那是你们耍我！"尹翎叶大吼。

"我男人那么忙，谁有空耍你。刚才明明放了你，我们这儿的人都能做证，你还赖我，真是的！"夏唯至看了一眼时间说："宫少廷，你还有那么多事要忙，就别跟她废话了。要不，去吃个饭？我这些天都没怎么吃饭，没一点胃口，现在看你没事，倒是饿了呢。"

"我有事你担心得吃不下饭，我是该高兴，还是该心疼你？"宫少廷又撩起了夏唯至。

"你别高兴，我就是担心你死了，我儿子没父亲。你应该心疼我的，你看我都饿瘦了。"夏唯至摸了摸自己的肚子，"你看肚子都没了。"

宫少廷也伸手摸她的肚子："你的肚子本来就小，根本没肥肉，腰也特别细。"

"是吗？"

"当然，我最有发言权了。"宫少廷暧昧地说。

尹翎叶看得快要发狂了。如果没有夏唯至，此刻站在宫少廷身边、和他并肩作战的就是她尹翎叶了。

都是夏唯至，夏唯至毁了她的一生！

"宫少廷，当初嫁给你的本来应该是我，老太爷要你娶的是我！是夏唯至冒名顶替！是她冒充了我！"尹翎叶大吼着，嫉妒得快要疯掉。

"我知道，谁还不知道呢，你以为我是同性恋，不敢嫁给我，所以把夏唯至给推了出来。单单这一点，我就看不上你。不过我得感谢你，幸亏你把夏唯至推出来给我，她是我这辈子最大的财富！"

"二姐，陈年旧事就别提了，我们都心知肚明是怎么回事。我也得感谢你，要不是你成全，我嫁给宫少廷不会那么顺利。虽然我们现在离婚了……"

"说什么呢，迟早会再婚的！小唯！我说过，会光明正大娶你，让所有人都羡慕你！"宫少廷立马握住她的手，"我们不会再分开，一辈子在一起！"

夏唯至立马点头说："好，好！"

这大概是尹翎叶这辈子最受折磨的时刻了——亲眼看着她曾经蔑视的私生女夏唯至和她曾经爱慕的男人一起秀恩爱。

宫少廷抱着夏唯至，转身就走："杀她都嫌脏了手，丢进监狱，受法律制裁吧。"

尹翎叶气得脸色泛白，浑身颤抖，眼中是满满的不甘心。

"少爷，是丢进男子监狱还是女子监狱？"卓尔问。

宫少廷走到门口，侧头看向夏唯至："家里的事，你做主。"

"这不是家里的事，还是你做主吧。"夏唯至把皮球踢回去。

"那就男子监狱。"宫少廷说。

尹翎叶睁大眼睛，眼中满是惊恐和绝望。

"别啊，女子监狱吧。"夏唯至立马说。

"听老婆的。"

尹翎叶被两个人的一唱一和吓得瘫在地上。

夏唯至看了尹翎叶一眼。真是自作孽，不可活！感冒药事件害死了那么多人，也是她的报应了！

"我还不是你老婆呢，别乱叫！"夏唯至想起宫少廷瞒着她和纪敏联手的事，心里就有火气。

"老婆，我们儿子都有了。"

"儿子有了，还离着婚呢！"

"马上就复婚了啊。"

"呵呵。"

"你呵呵什么？"

"呵呵，我不想结婚！"夏唯至拿开他的手，直接走开。

"别啊！"宫少廷立马追了上去，"老婆，以后再也不骗你了好吗？"

病房里，卓尔看着瘫坐在地上的尹翎叶："我们少奶奶仁慈，才没有把你丢去男子监狱，以后在监狱里好好反省吧！"

"少奶奶？"尹翎叶听到这个词真觉得讽刺，"差一点，就差一点，我才是你的少奶奶！"

"差一点你也成不了我的少奶奶！你和我们家少奶奶差太远了！她心地善良，你心思恶毒！"

"心地善良！是她要把我丢进监狱，不顾姐妹情！她说过会放了我，她食言了！"尹翎叶尖叫着。

"执迷不悟！把她送去监狱！"

警察局审问室内。

宫达的双手双脚都戴着镣铐，桌子上放着一瓶红酒，他盯着桌子对面的人，眼底还带着不服输的笑。

"大哥，这么多年了，你暗地里追杀我，又在我背后做了不少小动作，我知道，我碰到的事几乎都和你有关，但是你知道，我为什么一直睁一只眼闭一只眼吗？"宫少廷倒了一杯红酒推到宫达面前。

宫达被铐着的双手尽量优雅地拿起红酒："哦？难道是兄弟情？二弟说这话，怕是要被我笑话了。"

"是愧疚。我的存在，对你来说不公平。我母亲艾莉娜来找过我。这么久了，母亲也没主动找过我，她要我放你一命，我答应了，因为我们母子亏欠你。大哥，我为我母亲道歉，为她当年的过错。"宫少廷说。

因为他的母亲艾莉娜是个名副其实的第三者。

他没法选择出身，更没法责怪母亲。

宫达有些愕然地看着面前同父异母的弟弟。从对方跟着艾莉娜进宫家开始，他就对这个弟弟有无尽的恨意和厌恶。

宫少廷分走了父亲和爷爷的宠爱，艾莉娜名正言顺入主宫家，而他身为长孙，有着最正统的血统，却成了一个配角，永远只能站在宫少廷的身后，甚至宫少廷惹了事，父亲和爷爷还会让他去处理，帮忙擦屁股。

他恨宫少廷，恨到想把宫少廷生吞活剥，再喝光他的血。

"宫少廷，你以为你是怎么赢我的？还不是靠着你的女人！没有你女人帮忙，你这个阶下囚早已经被判了死刑！你会直接在监狱里死掉！曾经赫赫有名的宫家二少只能被枪杀在监狱里！靠一个女人，算什么本事！"宫达用尽最后的力气也要让宫少廷不痛快。

宫少廷却不过凉凉地勾了勾唇角："是啊，我的女人那么厉害，你怎么没有这样的女人？当初我娶一个无权无势没有任何背景的夏唯至，你恐怕比我还开心。要是当时我真娶了洛家小姐洛米，恐怕害怕的还是你。想要通过联姻增强实力，靠女人的只有你。"

宫达本来想刺激宫少廷，结果自己被宫少廷说得恼羞成怒。

宫达将戴着镣铐的双手放在桌上，身子前倾，贴着桌沿："宫少廷，那是因为你早就知道夏唯至的身份，不然你怎么可能娶她这样一个身份卑微的女人！"

宫少廷站起身："看来今天和大哥的谈话毫无意义。我娶夏唯至的时候，她只是尹家的私生女，我娶她，就是我看上她，这一点我和大哥一点都不一样。结婚，我只跟我心爱的女人，无论她的身份是卑贱还是高贵。"

宫达几乎瘫坐在椅子上。

纪敏走进来就看到宫达盯着宫少廷，又是愤怒又是憎恨，眼底还带着可悲的自嘲。

宫达不得不承认，他输给了宫少廷，无论哪方面都输得彻彻底底。

他的亲爷爷不仅没有救他，连面都没露一下。

他身边也有过不少女人，可是没有一个女人能像夏唯至那般真心对待另一半，甚至是用命去呵护。

如果他的人生能重来，他也希望拥有这样一段感情，刻骨铭心的爱，白首不相离的勇气。

脑海里突然闪过了一道人影。

宫达自嘲地摇头。

夏唯至。

那样一个女人，大概没有一个男人是不欣赏的，善良勇敢，聪明，善解人意，为了自己所爱，倾尽所有甚至不惜性命，如此明媚的女子，谁不想要拥有呢？

可惜，他注定是得不到她的，因为他已经彻底败下阵来。

"你选择站在宫少廷的阵营，看来你选得没错，你父亲现在已经升职了。"宫达看着走进来的纪敏，拿起酒杯喝了一口。

"我只是选择正义的一方。你是魔鬼，我不会和魔鬼为伍，因为我是个警察。"纪敏说。

"正义？宫少廷正义吗？能坐上那个位置，我和他都不干净！"

"廷少不会像你，伤害无辜。尹氏一款毒感冒药害死了多少人！廷少念及兄弟情，还为你求情，总统才收回死刑判决书。不过，等着你的，就是在监狱困一辈子！宫达，做了恶事就是要遭到报应！你和尹翎叶一样，都遭到了报应！"

被纪敏那么斥责，宫达却挑唇笑了起来："果然是近朱者赤，近墨者黑。你以前和尹翎叶走得近，就是尹翎叶那样的人；后来和夏唯至在一起，就从纨绔小姐变成了女警官，这大概就是夏唯至的魅力。"

说到夏唯至，宫达的眼里分明放着光。

纪敏皱眉，心里有种预感，再看宫达眼中的光变得越发柔和，纪敏都被自己的猜想震惊了。

见纪敏看着自己，宫达微挑眉梢，对着她举了举手中的杯子。

"你不会也看上夏唯至了吧？"纪敏问出这个问题都觉得很诧异。

宫达喝了一口红酒，唇角微微扬起，却不置一词。从今以后，他就要在这个阴暗潮湿的地方过着暗无天日的日子，心里总要存有一份美好，不然怎么活得下去。

脑海里想着那个明媚的女子，宫达的唇边漾起一抹笑。

"我给你个升职的机会，免费赠送。还记得当年薄氏集团的薄太太吗？她被杀的时候夏唯至就在现场，所以大家都误会是夏唯至杀的人。其实不是她，凶手是尹翎叶。"

纪敏的确非常意外。薄太太死的那桩案子是她父亲接手的，到现在也没查出凶手是谁，只能确定不是夏唯至。

"帮夏唯至洗脱罪名，把档案清理干净，她本来就是被冤枉的。证据就在我办公室的保险柜里，密码是夏唯至的生日。"

纪敏震惊得说不出话来。

宫少廷从警局走出来就看到夏唯至站在门口等他。

看到她，他的心情总能变得很好。

夏唯至说："我妈让我和你一块儿去她那边吃个饭，顺便也该把你儿子抱回来了。自己生的儿子，还要不要自己养了？"

"这个……麻烦她再养几年？我们两个人的日子刚开始，怎么能被第三者破坏了！"

"你说你儿子是第三者！"

宫少廷宠溺地把她拉回来："小唯，这样，如果你母亲不愿意带了，那就……给我母亲带吧。你知道，自从我离开宫家，我母亲被我气得身体一直不好，不过，她还是喜欢我们儿子的。"

见夏唯至不说话，宫少廷立马说："你不愿意？不愿意没关系，毕竟儿子是你辛苦生下来的，那就给你母亲养着，我再安排几个用人给她。"

"当然不是了。你母亲不喜欢我，你爷爷也是。因为我，你被赶出宫家，这一年你那么辛苦，我都看得见。现在宫家大少锒铛入狱，我们是不是也该去看看你爷爷和你母亲了？"夏唯至犹豫地说。

她一直想和宫少廷的家人好好相处，可是爷爷和他母亲都不喜欢自己。

宫少廷脸上闪过欣喜："你愿意去见他们？"

"我随时都愿意啊，只是不知道他们看见我会不会不高兴。"夏唯至说。

"不会的，只要你愿意跟我去见爷爷，我会让他喜欢你的。"宫少廷保证说。

"爷爷以前也没喜欢我，怎么可能现在就喜欢了？不过，还是应该去看看，毕竟你是他的亲孙子。还有我们的儿子小米粥，老太爷一直没见过吧。"

"那我们现在就走？"

"我没准备呢，至少让我买点礼物吧。"

宫少廷拉过她直接上车。在车上，他一边握着她的手，一边开车，怎么都不舍得放开。

夏唯至莫名其妙地看着他。

车子很快停在宫家老宅前。

夏唯至实在有些紧张。

"小唯，你下来。"宫少廷说。

夏唯至说："总感觉会被赶出来。"

"又不是第一次被赶出来，怕什么？"

"那倒也是。"夏唯至走出来，看到宫少廷从后备厢拿出不少礼品袋。

"你什么时候买的礼物？"夏唯至惊喜地问。

"进警局之前，让秘书准备好放在后备箱。收购宫氏集团那么大的事，怎么能不跟爷爷说一声，我毕竟是他的亲孙子。何况，快一年了，也该带你来看看爷爷了。"宫少廷拿着礼物说，"你跟在我后面就行。"

夏唯至"哦"了一声，跟在宫少廷的身后。

门口站着两个守卫，看到宫少廷，两人都一脸惊愕。

"二少爷。"两人躬身喊，看到夏唯至，却犹豫了，不知道叫什么，最后还是闭了嘴。

宫家老宅气势恢宏，门口有两头石狮，中间有喷泉，喷泉中央是两条栩栩如生的飞龙。

夏唯至犹豫了一会儿说："宫少廷，我觉得我贸然上门来，老太爷会被我气到。我把他的孙子拐跑了那么久，这次又把宫家长孙宫达送进了监狱。"

"放心，我爷爷以前是当兵的，身子骨硬朗得很。爷爷要是真对我赶尽杀绝，就不会眼睁睁看着我收购尹氏，让至一集团发展壮大。"宫少廷拉过夏唯至，"进去吧。"

客厅里，老太爷宫浩钱已经收到管家的消息，说宫少廷来了。

他坐在中间的沙发上，手拄着拐杖，盯着门口的两人，威严又强势。

这个快一年没见到的孙儿，每次只能在电视新闻里看到。他离开了宫家，自立门户，还带走了宫氏集团一半的客户，处处和宫氏作对。对此，他虽然很生气，可是看到短短一年时间宫少廷就有如此成绩，他也很是欣慰，毕竟当初他有意把宫氏给宫少廷，说明他没看错人。

"爷爷。"宫少廷一进来就喊。

"二少爷。"管家过来接了宫少廷手里的礼物，又小心地看了夏唯至一眼。

宫浩钱盯着他，又看向他身后的女子，瞬间眸子眯起，脸上出现薄怒。

"你让这个女人进来做什么！让她给我滚出去！"宫浩钱手里的拐杖指着夏唯至。

宫少廷拉着夏唯至不放："爷爷，她已经帮我们宫家延续了香火，自然是宫家的人了。孙儿真的很喜欢她，这次来，也希望得到爷爷的祝福。我想娶她，让她进宫家的大门。"

夏唯至意外地看向宫少廷。

原来他来家里，是要跟爷爷说他想娶她吗？

"你想得美！做你的梦！"宫浩钱坚决不同意，"这个私生女，你让她进宫家，这不是让宫家成为笑柄吗？让她滚！"

宫浩钱指着夏唯至，一点好脸色都没有。

夏唯至知道自己什么都不能说，反正说什么老太爷都不爱听。

夏唯至对宫少廷说："我在外面等你吧。"

"别走！"宫少廷拉住她，又看向爷爷："爷爷，不管你同不同意，我都会娶她为妻！只是，我更希望得到爷爷您的祝福。"

"除非我死，不然我怎么都不可能让这个私生女进门！她不配！滚！给我滚出去！"宫浩钱讨厌死夏唯至了。

因为夏唯至，他和自己最疼爱的孙儿反目成仇，宫少廷被他赶出门，自立门户，宫氏集团不得不交给宫达打理，宫达打理得实在一般，但他不可能求着宫少廷回来，结果却是宫达被宫少廷打败，宫少廷直接入主宫氏集团，这真是把他的老脸打得啪啪响。

"对不起，我现在就走。"夏唯至说着，转身，想要走开。

"夏唯至！"宫少廷拦着她不让走："爷爷，事到如今，我们连儿子都有了，你何必还那么执着她的身份！"

"她就是尹家私生女，这样一个女人怎么配进我们宫家！宫少廷，你以为宫达被你抓进监狱，我只有你一个孙儿，就不得不面对现实，接受这个孙媳妇吗？告诉你，只要我有一口气在，你们俩的婚姻，就不会得到我的祝福！"

宫浩钱今天本来是想和这个孙儿好好说话，说一说宫氏集团的事。

宫氏，他原本就想让宫少廷接手，现在宫少廷不过是换了个方式接手而已，他不是不同意，可看到这个女人，他就很不高兴。

"爷爷，如今宫氏集团已经是我的囊中之物，夏唯至根本不会影响我的地位、我的前途，你为什么还那么讨厌她？"宫少廷不明白。

"因为她是私生女！就算你收购了尹氏，也不能改变她的出身！这样身份的女人，怎么能成为宫家少奶奶？你以后是宫氏集团总裁，你的女人是私生女，你的丈母娘是做别人小三的，这传出去好听吗？你不要脸，我还要脸！"

"够了！"说话的竟然是夏唯至。

宫浩钱都愣愣地看着她。

夏唯至转身看着老太爷："说我可以，私生女、野种都可以，但是请不要侮辱我的母亲！对不起，我今天不该来！"

"小唯！"宫少廷着急地去拉她。

夏唯至还是走了出去。

宫少廷回头看向自己的爷爷："爷爷！"

"宫少廷，你今天回来我很高兴，你的成绩我都看见了，宫氏集团不是不能交给你，但是你现在追着她出去，以后再也不要回宫家了。"老太爷直接把话撂下。

宫少廷看着夏唯至走出去。她被自己的爷爷羞辱，他看到她受委屈，怎么能不管不顾，可这边又是自己的亲爷爷。

爷爷说到做到，他追出去，他和爷爷必然会成为路人。

"少廷，关于宫氏集团的收购案，我还有一些程序上的事和你沟通。"宫浩钱又说，"回来，坐下。"

"对不起，爷爷。"宫少廷还是选择追出去。

是他把夏唯至带来的，怎么能让她这样被气跑。

"小唯！"

夏唯至还没走出门，就看到自己母亲夏可卿来了。

夏可卿推着一辆婴儿车，身后还跟着祁尊的父亲祁一鸿。

"小唯，你怎么了？"夏可卿见她努力忍着泪水，心疼地问。

"妈，您怎么来了？"夏唯至随手擦掉眼泪，惊喜地问。

"是少廷让我带小哲过来，说老太爷想见见。"夏可卿说。

祁一鸿见夏唯至红着眼睛，问："小唯至，怎么回事？那老头欺负你了是不是？"

"您来了。"宫少廷已经追出来了，看到夏可卿，欠身，打招呼。

"对，你们的儿子带来了。这么久了，你们也不帮忙照顾，只是有空才过来看看他。"夏可卿把婴儿车推到宫少廷面前。

宫少廷俯身，把小米粥抱了起来。

小米粥快一岁了，已经是个大胖小子了，他见自己妈妈似乎不高兴，便将软糯的小手伸到夏唯至的脸上。

"宫少廷，你带着那个私生女，永远别再进宫家大门！"宫浩钱走出来，手中的拐杖敲打着地面。

夏可卿抬头看向走出来的老太爷，愣了片刻。

宫浩钱一眼看到夏可卿，也是怔愣了半晌。

夏唯至说："宫少廷，你留下吧，和老太爷好好说话，毕竟是你亲爷爷。他不想看见我，我先走了。"

夏唯至抱过自己儿子，准备离开。

宫少廷立马拉住夏唯至不放。

"老太爷，您慢点！"管家喊了一声。

宫浩钱突然着急地拄着拐杖跟跄地跑过来，就站在夏可卿的面前，盯着她看了许久。

"老头，你看什么？有这么盯着人家姑娘看的吗？！"祁一鸿上前，指着宫浩钱。

人家姑娘？

夏可卿听着有些无语："一鸿，你让开。"

"可卿，你看老头看你的眼神，色眯眯的！他们儿子送到了，我们回去吧，宫家我们还不稀罕来呢！一口一个私生女，难怪我们小唯至要走！"祁一鸿虽然不爽夏唯至抛弃了祁尊，可他更看不惯宫家的人。

"你等等！"宫浩钱拦住夏可卿，"我是不是在哪里见过你？"

祁一鸿冷笑了一声："这种开场白会不会俗了点？"

"去拿照片，快！"宫浩钱立马让管家去书房拿照片。

管家明白了，着急地跑开。

夏唯至不明所以地看着宫浩钱和自己的母亲。

管家很快跑出来，手里抱着一个相框，里面是一张素描，画的是一个年轻美丽的女子，这女子跟夏可卿有几分神似。

"可卿，这人跟你年轻时真有点像啊。"祁一鸿说。

夏可卿看了一眼素描，又看着宫浩钱。

宫少廷和夏唯至看向那幅素描。宫少廷其实没看出来和夏可卿像，但是夏唯至见过母亲年轻时的样子，自然知道是像。

502

奇怪，老太爷为什么有母亲年轻时的素描？

宫浩钱捧着画像，盯着夏可卿，很是期盼的样子。

"洢水，你是洢水吗？"宫浩钱着急地问，声音都在颤抖。

祁一鸿显然也很震惊：宫浩钱怎么会知道？

"是我！你忘了我了？"宫浩钱指着自己，非常激动。

夏可卿却很镇定，她扬起唇角，笑了起来："是你，宫正。"

"对，就是这个名字，只有你知道这个名字！知不知道这些年我找你找得好苦？二十多年了，我一直在找你！"宫浩钱激动地去拉夏可卿的手，"走，我们进去说！我们进去！"

"哎，你干吗？有话好好说，熟人也不能拉手啊！"祁一鸿立马挡开宫浩钱的手。

"对，是我唐突了！唐突了！快，里边请！请！"宫浩钱激动得完全忘了宫少廷和夏唯至。

夏唯至更是觉得莫名其妙，老太爷和母亲认识？

"等等。"夏可卿说着看向自己的女儿，问宫浩钱，"是你说我女儿是私生女，然后把她赶出门了是吗？"

"什么？夏唯至是你女儿！"宫浩钱不敢置信。

"我就是夏可卿，夏唯至是我女儿。"

宫浩钱张着嘴巴，实在是无言以对："误会，都是误会！进来进来，都说清楚！快，洢水，跟我进来！"

老太爷想拉着夏可卿进去，可是祁一鸿挡着，压根不让老太爷碰到夏可卿。

宫浩钱在夏可卿面前太过殷勤，夏唯至完全蒙了，她盯着宫少廷："什么情况？"

"反正是好事。"宫少廷挑唇，"走。"

重新进了客厅，气氛跟之前的完全不一样。

老太爷让人准备了一大堆美味的点心，一一推到夏可卿面前。

"当年到底发生什么事了，你怎么突然不见了？我找你找得好辛苦，没想到你就在我身边！"宫浩钱扶额，很是懊恼，"原来你是夏唯至的母亲，你……我真的不知道！一点都不知道！"

"我是夏唯至的母亲又怎样？我没给她一个好出身，是我的不对。"夏可卿说。

"不不！她是你的女儿，单凭这一点，那个尹翎叶都不能跟她比！"宫浩钱立马说。

夏唯至感觉自己莫名其妙就被抬高了。

原来老太爷和母亲在二十多年前就是认识的。

当年宫浩钱在部队里，一路杀敌做到了上将。那时候他四十不到，已经是最年轻的上将了。

有一次因为疏忽，他被敌军设计脱离了自己的军队，一个人孤军奋战，好不容易杀出重围，可他浑身都是伤，没有药，没有支援，没有食物，他只能等待死亡。

在荒山野岭中，死亡还没来，他等到了一个女孩，就是眼前的夏可卿。

她救了老太爷。

她还说："大叔，你这是遭到报应了，谁让你杀那么多人。"

"战场上我不杀他们，他们会杀我，你懂什么？"

"就因为你们人人都这种心思，所以战争才不止。为什么人类要这么贪婪？如果每个人都为对方想一点，每次冲突都能各自退后一步，世界就和平了。"

小女孩的天真烂漫感化了他，他一直活在枪林弹雨里，竟然还有人跟他说这种话。

"大叔，以后不要滥杀无辜了。你杀孽那么重，会遭报应的。好人才会有好报。你看我那么好，所以遇到了大叔你。"

她的话逗笑了他，他笑起来全身都痛，可还是忍不住笑。

他问她："你的意思，如果我不再滥杀无辜，我以后还会遇见你？你凭什么以为我想遇见你？"

"因为我好啊，我是好人啊。我还很美，身材好，吃得也少。我还有个超级宠爱我的未婚夫，我超幸福的！我那么好，你为什么不想遇见我？"

那一刻，他心想：为什么他不能晚点出生遇见她？为什么她没有早点出生遇见他？

他从来没有心动的感觉，甚至对自己的妻子，都是父母之命，媒妁之言。

那一年，他心动了，对一个比自己小了24岁的女孩心动了，却一点都不敢说出来。

这么多年过去了，他期盼重新遇见她，所以遵守诺言，从不滥杀无辜，并且从部队退伍，开始经商。他一直在做慈善，把过去手里的血都洗干净，只是为了重新遇见她，可他从未想过，自己一直讨厌的夏唯至居然是沂水的女儿。

身为宫家掌门人，平时句句话都充满威严，今天宫浩钱却说了很多话，每句话都是关于夏可卿的，有讨好有慰问有试探有宠溺，好像对着夏可卿有说不完的话。

宫浩钱极力要求夏可卿住一晚，但夏可卿还是拒绝了。

"这幅素描送给你，沂水。"宫浩钱把珍藏了几十年的画送给夏可卿。

"不用了，其实这画跟我也不是很像。"夏可卿开玩笑说。

"确实不太像，这画当年是画师根据我的描述画下来的。要不改天我们约时间，我给你画一幅。"宫浩钱说。

504

"不用了，我还是要这幅吧。谢谢你。"夏可卿接过画说，"谢谢你，宫正。"

他以前对她说，他的名字叫宫正，是因为当初她虽然救了自己，但他不清楚她是敌是友，所以才用了假名，后来她也叫习惯了。

"小唯，我们回去吧。"夏可卿对夏唯至说。

夏唯至有很多问题想问母亲，毕竟她听到老太爷喊她泗水。

"让她留下，我有些话想跟她说。"宫浩钱指着夏唯至。

夏可卿看向自己的女儿。

夏唯至看向宫少廷，宫少廷对她点头。

夏可卿都走了好一会儿了，宫浩钱还盯着车子离开的方向，似乎很舍不得。

晚上说了那么多好像还是没说够。

宫浩钱收回视线，盯着夏唯至，眼神更加复杂。

"你父亲真是尹氏集团的尹明志？"宫浩钱似乎还不相信。

"是，没有错。"夏唯至说。

宫浩钱抓着拐杖在房间里来回走动，似乎怎么都不相信他心中的女神会做人家的第三者。这尹明志平平无奇，泗水怎么就看上他了？

他记得当年泗水有个未婚夫，听说那个未婚夫非常爱她。

"别站着，坐。"宫浩钱让夏唯至坐下说。

夏唯至受宠若惊。

宫少廷拉着夏唯至坐下，对她挑了挑眉。

夏唯至觉得奇怪，母亲是宫少廷叫来的，但宫少廷特意叫母亲带着宫哲过来似乎也没什么问题。

宫浩钱喝着茶，看了夏唯至一眼。

夏唯至低声对宫少廷说："我是不是靠着我母亲咸鱼翻身了？"

宫少廷低笑："大概是。"

"你故意叫我母亲来的吧？你早就知道了？"

宫少廷说："我也是最近才知道。在查宫达黑历史的时候顺便查到了你母亲的事，我也很意外，而且并不是很确定，所以让你母亲过来试试。"

宫浩钱放下茶杯，问夏唯至："你可知道神阙泗家？"

"不知道。"

"你母亲就是神阙泗水大小姐。"

夏唯至确实没听过，只好顺着老太爷说了一句："嗯。"

"嗯？知不知道泗家是什么样的家族？你可是神阙泗家的后人！"

"我不知道……"夏唯至是真不知道。

宫浩钱无语，这女人聪明是聪明，但是怎么什么都不知道？

505

宫少廷低笑："爷爷，夏唯至根本不关心这些豪门，当然不会知道。而且洢水小姐从没跟夏唯至提起过，她更加不知道自己是洢家的后人。小唯，神阙洢家是顶级豪门家族，如果说我们宫家是祁城的第一豪门，那洢家就是豪门中的豪门。当年在神阙城，洢家是个大家族，他们的生意囊括食品、医药、服装、房产、饰品等领域，而你母亲就是这个家族的大小姐。如果放在当年，我宫少廷都配不上你。"

"哦。"

宫浩钱又看了夏唯至一眼。这么大一个家族，跟她说她是这个家族的后人，她就这反应！

夏唯至发现老太爷盯着自己，意识到她的反应不太对，就问了一句："那为什么我没有听过洢家？"

"那时候战乱频繁，洢家这个大家族在战乱时期都是各家争夺的地盘。洢家谁也不帮，力主和平，后来被那些人瓜分了产业，神阙城洢家就此落败，你外公抑郁而终，外婆跟着去了，你母亲下落不明。"说话的是老太爷宫浩钱，"你外公是个了不起的人物，他一生都致力于维护这个国家的和平稳定！"

一晚上，夏唯至听了很多关于神阙城洢家的事，这些是母亲从没跟她说过的。

她不知道母亲为什么不告诉她，也许是过去太痛了，母亲不愿意回忆吧。

发生了那么多事，母亲却什么都没告诉她，一直只告诉她，她们都是最平凡的人，要努力生活才能被生活温柔地对待。

母亲当年出车祸，变成了植物人，昏迷不醒。她努力地赚钱，努力地讨好尹家的人，拿到了足够的医药费，所以母亲幸运地醒过来了。

后来，她又努力地相信爱情，追求爱情，所以，她现在有了宫少廷，有了这个一心一意爱她的男人。

"爷爷，您看，我和小唯的婚事什么时候举行比较好？"宫少廷真是一点都不放过机会，趁着老太爷高兴的时候来问这个敏感的问题。

宫浩钱当然知道自己孙儿打的什么鬼主意。

"什么时候知道夏可卿就是洢水的？怎么不告诉我？"宫浩钱问。

宫少廷挑眉，还真是瞒不过爷爷。

"是大哥宫达先知道的。我跟他争得你死我活，他手里有什么黑料，我都要想办法拿过来，也是最近无意间才知道，夏可卿就是洢水大小姐。我要是主动跟您说，您肯定不信，我只能安排她过来。"

"宫达早就知道了，他居然敢瞒着我！"宫浩钱一拍桌子，显然很生气，"行，以后宫氏集团就交给你了！反正你也已经有能力收购宫氏，但是我有一个条件，宫氏被收购之后，集团名字不能改成至一，必须是宫氏集团。至一可以继续存在，但只能是分公司。这对集团的发展只有好处，没有坏处。"

宫少廷看向夏唯至——至一集团是他为她创办的。

"听老太爷的吧。至一作为分公司还是存在的，宫氏集团的名声总归要比至一大。何况你姓宫，叫宫氏集团没毛病。"夏唯至顺着老太爷说。

宫浩钱现在对夏唯至不要太满意。她居然是洣水大小姐的女儿，洣家的后人，这样的身份地位，连宫少廷都配不上她。

"还不改口？"老太爷看着夏唯至说。

夏唯至愣了一下，难道她刚才说错什么了？

宫少廷一喜："快叫爷爷！"

"啊？"

"怎么，不乐意叫？我之前是对你有些误会，我希望你可以捐弃前嫌，安心嫁入宫家，做宫家的二少夫人。"老太爷说。

"您同意了？"夏唯至不敢相信。

"我同意了。不过还有个条件，你必须要答应：一定要常带你母亲洣水来家里走动。"

"好，老太爷我答应您！"

"叫什么？"

"爷爷。"夏唯至不好意思地叫他。

宫少廷不要太开心，他握住夏唯至的手，脸上都是笑。谁会知道夏可卿就是爷爷找了二十多年的人，如果爷爷早点知道，就没那么多事了，还害得这个女人跟着他受了那么多苦！

以前夏唯至总觉得自己是个私生女，配不上宫少廷，她甚至怨过母亲，为什么要做人家的第三者，破坏别人的家庭，还生下她？

现在，她真的感激母亲。因为母亲，连宫家老太爷都答应了她和宫少廷在一起。

夏唯至发现，母亲的住所最近非常热闹，老太爷宫浩钱经常派人送好东西过去，只要有好吃的好玩的好用的，他都会第一时间送到夏可卿手上。

夏可卿每次都是婉言拒绝。

老太爷以为她不喜欢这些东西，后来干脆送房子送车子，结果还是被夏可卿拒绝了。

连夏展听说了都捧着肚子笑："原来母亲是那个老头子心里的女神啊！哈哈哈！这把年纪了，真不害臊！"

"爱情没有年龄的好吗？爷爷单相思了那么多年，现在一股脑地发泄出来也是正常的。"夏唯至说。

夏可卿只是在花园里整理花花草草，似乎世俗的一切都跟她没有关系。

阳光下如此明媚优雅的女子，难怪祁一鸿和宫浩钱对她都那么欣赏。

母亲大概是从小见过太多好东西，才会对这些贵重的俗物不屑一顾。

这样的母亲，会插足别人的家庭吗？夏唯至真的不愿意去相信。

"妈，爷爷对您真好！您不知道，最开始的时候，我看到爷爷挺害怕的，他看我不顺眼，横竖都不顺眼，还联合尹翎叶来对付我。"吃饭的时候，夏唯至笑嘻嘻地调侃。

家里一桌子好菜都是老太爷让人做了送来的。

夏可卿什么都不要，这些菜倒是留下了。

今天夏展和夏唯至来家里，刚好她不用下厨，可以直接开饭。

"宫少廷对你也很好。"夏可卿随口岔开了话题，"尹翎叶去哪里了？"

"尹翎叶干了很多坏事，被关进监狱了，这辈子都不用想着出来！"夏唯至说。

夏可卿眉头微皱，想说什么，却欲言又止。

"你们大哥相东身体好些了吗？"夏可卿问夏展。

夏展是尹相东的主治医生："妈，您放心，大哥已经过了危险期，正在平稳恢复呢。"

"那就好，一定要照顾好他。"夏可卿说，"他是尹家的独苗，千万不能再让他出事了。"

"妈，唯至也是尹家的血脉，还有尹翎叶呢。"夏展笑着说，觉得母亲的话说得不对。

夏可卿点头："待会儿一块儿去看看你们大哥。"

到医院的时候尹相东还睡着，不过病房里很热闹。

丁娅嫚和尹相东的老婆任一茹都在，任一茹的肚子很明显鼓着。

夏唯至是最近才知道，任一茹和薄源佑分手后就跟大哥尹相东走在了一块儿，居然还走到了结婚这一步。

任一茹一开口就是跟丁娅嫚要钱。

丁娅嫚指着大肚子的任一茹喊："告诉你，没钱！自从娶了你，我们家倒霉事一大堆！你还想着要钱，你有本事给我要饭去！"

"他已经三个月没给我零花钱了，你是他妈妈，你不给我钱，还让我要饭去！我肚子里的是你的孙子，你要饿死他啊！"任一茹也指着丁娅嫚大吼。

"哟，还敢对我吼！谁知道你肚子里的是谁的种！没看到东东病着，我们连医药费都付不起了，你还来要钱！成天就知道花钱，你赚过钱吗？"

"我们模特行业就是靠身材靠脸靠年轻，我的肚子越来越大了，都没人请我拍广告了！我怀的是尹相东的儿子，你不给钱，你还有理了！丁娅嫚，你还当自己是尹氏

508

董事长呢，你也不过是被人家赶出门的可怜狗而已！”

丁娅嫚从来都对这个儿媳不满意，没想到现在连她都敢指着自己的鼻子骂。

“你这小贱人，你再骂我试试！我让东东休了你！”

“离就离啊！离婚也要给钱的！你们的家产我能分走一半，还不如离婚！等尹相东醒了，我就跟他说！”任一茹喊着。

“都闭嘴！”夏展走进来，实在受不了这两个女人在病房里吵架。何况他是尹相东的主治医生，让病人不受打扰好好休息也是他的职责。

看到夏展，丁娅嫚也很不爽，没想到有一天她的儿子卧病在床需要这个私生子来救，真是世事多变。尹氏毒药事件，虽然尹相东是无辜的，可毕竟他是尹氏医药的总裁，也要承担相应的责任，然而所有的家产都被冻结了，所以他们付不起医药费，连任一茹也好久没拿到零花钱了。

“夏可卿！”丁娅嫚看到了门口的夏可卿，“那么久不见，还以为你已经死了呢。”

“丁娅嫚，你说话注意点！”夏展指着丁娅嫚，一点都不客气。

“小展，不要对尹夫人无礼。”夏可卿淡淡地说。

夏展还是听母亲的话，生气地走到尹相东床前给他检查伤势。

“夏可卿，你不用在我面前装！我就不信你不讨厌我！反正我是很讨厌你，讨厌你全家，谁让你那么喜欢做人家小三！”丁娅嫚这辈子最厌恶的就是夏可卿。她和尹明志结婚那么多年，可是尹明志连做梦都会喊着这个女人的名字，临死前想见的只有夏可卿和夏唯至。

所幸，尹明志到死都没见到这对母女。

丁娅嫚看到夏唯至也在，嘲笑道：“真是贱人都聚到一块儿了！你们来我儿子的病房干什么？看他是不是要死了？放心，我儿子福大命大！”

夏展真是受不了丁娅嫚这张嘴，尖酸刻薄，以前这样，现在落魄了还是这样。

“你儿子福大命大也还得靠夏展救，医药费还得靠宫家出，所以尹夫人，你哪来的底气这么嚣张？”夏唯至忍不住嘲讽。

“你们全家欠我！私生子就是该给我儿子治病，怎么了！”丁娅嫚大吼，指着夏展说他是私生子。

“我看你们还是办理出院手续去吧，尹相东我不治了，反正他也醒了，你自己带回家好好调养吧。”夏展本来要给尹相东打针，一听这话，立刻把针收了回去，转身准备出去。

“你回来！你是医生，你说不治就不治，我找你们院长投诉你！”丁娅嫚吼。

“我就是院长，你投诉吧。”夏展冷笑着说。

丁娅嫚哑口无言：“你！你怎么会是院长？这是市中心医院，你可别糊弄我！”

"中心医院大部分股权都在宫氏集团手里，我很幸运，整个宫氏的下属医院都归我管。具体来说，我也不是院长，我是管理院长的医院CEO。你要投诉，我现在去找院长也可以。"夏展说。

丁娅嫚一瞬间跟吃了黄连一样，不敢再说半个字。

"别别别！我婆婆只是随便说说，您千万别生气！原来宫氏的医院都归您管了，夏医生，哦，不是，夏院长，千万不要赶他走！我老公他的命还得您来救！"说话的是任一茹，听说夏展是宫氏集团医院CEO，她觍着脸就过来了。

夏展冷冷地扫了任一茹一眼，走到夏唯至身边："看到她们就烦，有事叫我。妈，我先出去了，还要去其他病房查房。"

夏可卿点头。丁娅嫚的话，她半分也没放心上。她走到床边看尹相东的情况，见他的床头有检查报告。

夏可卿看什么都是一目十行，看完了，说："尹少爷身体无恙，应该能快些出院。"

丁娅嫚走上来抢过夏可卿手里的报告："我的儿子，不用你假惺惺！"

任一茹却搬了椅子过来："阿姨您快请坐！您看您这么辛苦还跑来看东东，让我们多过意不去！"

夏可卿看了她一眼，又看了看她的肚子："既然都怀了尹少爷的孩子，还是应该等他醒来。好好照顾他，不要再说什么离婚。"

任一茹脸上很是尴尬："不瞒您说，我们现在没钱了，他们也拿不出钱来照顾这个孩子，我只能自己养活孩子。一个人带孩子，实在太辛苦了！"说着说着，任一茹眼泪都要出来了，"刚才都只是气话。除非东东不要我，不然我是不会离开他的！"

夏唯至看任一茹那德行真是受不了，要不是她怀了大哥的孩子，真想一巴掌把她打飞出去。

丁娅嫚嗤笑了一声："她是我儿媳妇，你是以什么身份教育她？夏可卿，你还真当自己是尹家的人了！"

"没有，我不敢把自己当尹家人。尹少爷是尹家唯一的血脉，我希望他能平安，也希望他夫妻和谐。"

"夫妻和谐，就你一个第三者也好意思说这话！当初插足我们家的时候，怎么没见你考虑尹明志夫妻和谐！因为你的插足，还生下了夏唯至那个孽种，宫少廷为了夏唯至拿走了我们尹氏集团，我无家可归，只好回了娘家，而我儿子又成了尹氏毒药事件的替罪羊！我女儿呢，被关进监狱！这些可都是拜你这小三，还有那个私生女所赐！"

"妈！"尹相东不知道什么时候醒的，醒来就怒火攻心地喊了一声。

"东东！"丁娅嫚看到尹相东醒了，激动地喊。

510

"你别再说了！"尹相东坐起来，"尹翎叶是活该！是她和宫达联手，差点枪杀了我！"

"不可能！翎叶怎么可能杀你？你是她大哥！一定是夏唯至陷害她！夏唯至，是不是你？"丁娅嫚指着夏唯至吼。

"是她自己坏事干尽，别把脏水往我身上泼。你骂了半天了，要不要喝口水继续骂？"夏唯至还倒了杯水给丁娅嫚。

丁娅嫚感觉被深深地羞辱了，她推开夏唯至手里的水杯，水杯啪啦一声掉在地上。

"你不用在我面前装好人！你和你妈一样，都喜欢做人家小三！当初宫少廷是要和我女儿翎叶结婚，是你冒名顶替！要不是翎叶让出位置，你有今天吗？！"丁娅嫚指着夏唯至的鼻子破口大骂。

第二十章

一辈子很长，要等就等一个对的人

夏唯至看了眼地上的水杯，觉得好笑："你和你女儿尹翎叶说的话简直一模一样。如果我没记错，明明是你们逼着我嫁给宫少廷，还用我母亲的医药费来威胁我，我这才嫁给宫少廷，现在反过来指责我冒名顶替？好吧，我就冒名顶替了，你有本事把你女儿救出来，顶替我现在的位置。"

"你！你不要太嚣张！我女儿我一定把她救出来！"

"总统亲自下的令，判尹翎叶无期，你想怎么救呢？"

"你少拿总统糊弄我！总统日理万机，哪有空来管我女儿的事？"

"你女儿的事不小，和宫达联手害死了多少人！你还想救尹翎叶，难道你和尹翎叶也联手了？这样的话，好办，我打电话给宫少廷和他说说，查一查尹翎叶是不是还有同党，一起抓起来问问。"言下之意，丁娅嫚是宫达的同党，也该抓进去判个无期。

"你你！你吓唬我！"丁娅嫚气得浑身颤抖。

"小唯，别说了。"夏可卿让夏唯至住嘴。

"好，听我妈的。"夏唯至说。

丁娅嫚盯着夏唯至，又怒又急，盯着夏可卿的目光简直是想把她生吞活剥。

"尹夫人，我们不是来吵架的，只是来看看尹少爷。如果打扰到了，那我们就先回去了。"夏可卿说。

"你不要在我面前装好人装柔弱！男人吃你那一套，我不吃！你教的好女儿好儿子！夏可卿你真行，你有迷惑男人的本事，你女儿也一样，靠着迷惑男人，要风得风！告诉你们，你们不会得意太久！"丁娅嫚一直在大吼。

尹相东听不下去了，想要从床上下去。

"东东，你怎么能下床，你还没好！"丁娅嫚见儿子要下床，立马过去扶住他。

"妈，不要再吵了！要不是唯至，我这条命都没了。你不感激人家，也不用一直说这些刻薄难听的话！"尹相东觉得自己的母亲实在丢脸，"尹翎叶联合宫达陷害尹氏，甚至想要杀害我是事实，夏展和唯至都在极力帮助我，这些你都看见了，不承认也不要说这些伤人的话！"

丁娅嫚当然看见了，只是她曾经是尹家的当家，要风得风，而夏唯至和夏展在她眼里根本连下人都不如，现在却要接受他们的恩惠，这样的反差，她怎么能接受。

丁娅嫚不知道还能说什么，她强撑起的面子被儿子一句话就瓦解掉了，泪水在丁娅嫚眼里打转。

夏可卿走上前："尹夫人，我们之间有很大的误会，我想跟你解释清楚，借一步说话可以吗？"

丁娅嫚看了一眼自己的儿子，还是和夏可卿走了出去。

房间里剩下尹相东、夏唯至，还有任一茹。

任一茹当然早就看见夏唯至了，只是觉得尴尬，所以没有打招呼。

当初任一茹也是看不上夏唯至的，毕竟她是校花，还和校草薄家少爷薄源佑在一起了，夏唯至又一直在追薄源佑，她当初真的是春风得意，没想到如今夏唯至成了宫家二少心尖上的人，而她却在跟了尹相东之后落魄了。

"唯至，我们也好久不见了……"任一茹尴尬地说。

"过去的事都过去了，好好跟我大哥相处吧。我大哥忠厚老实，对你会很好。"夏唯至说。

任一茹走到尹相东身边，拉住他的手："我之前说的都是气话。我知道东东对我很好，我不会跟他离婚的。"

尹相东显然很喜欢任一茹，拉着她的手："小茹，我会努力赚钱，给你和孩子很好的生活！"

夏唯至只是冷眼旁观。她对任一茹的人品不是很信任，毕竟她当初轻易就抛弃了薄源佑。

夏唯至走出门，任一茹叫住她。

"还有事？"夏唯至问。

"薄源佑出国后就没有消息了，你那边有消息吗？"任一茹尴尬地问。

"没有。"

"这样……要是他跟你联系，替我跟他问声好。当初他那么落魄，一无所有还得罪了宫家，我不敢跟他在一起，希望他能理解我。我一个农村来的，到大城市打拼不容易，我想过好的生活。这点没有错，对吗？"

"没错。"夏唯至说，"我会替你转达，但是他没有联系过我。"

"好，谢谢你，唯至。"

"不用，我应该叫你一声大嫂的。希望你能好好照顾我大哥，不要辜负了他。"

不知道母亲和丁娅嫚说了什么，丁娅嫚回到病房的时候整个人都不一样了，看她的眼神也带着点不敢相信。

"我想见一见我女儿尹翎叶，可以吗？"丁娅嫚问她。

夏唯至看了母亲一眼，见母亲点头，才说："我尽量争取。"

离开医院的时候，丁娅嫚亲自送她们下楼。

丁娅嫚欲言又止地说："这些年，对你们母女，抱歉了……"

跟她们道歉！夏唯至震惊了。

"没有，尹夫人，委屈你了，这些年谢谢你照顾小唯和小展。"夏可卿握着丁娅嫚的手说。

"没，没照顾好，真是抱歉！以后有空来家里坐坐。"丁娅嫚说。

"好，一言为定。"

夏唯至不知道母亲跟丁娅嫚说了什么，简直是大变活人，丁娅嫚直接转性了。

走出医院，夏唯至忍不住问："妈，您跟丁娅嫚说什么了？她突然对您很愧疚的样子。"

"没什么，跟她解释清楚了而已。"夏可卿意味深长地说，"有些话早该跟她说的。"

"这也能解释清楚？"

夏可卿捏了捏女儿的脸："这个世界上所有的事都是可以解释的，误会存在，只是有人想活得糊涂一些而已。"

这话通俗易懂，但是夏唯至听得不太明白。

既然那么快能解释清楚，为什么不早解释呢？真是想不通自己的母亲。

老太爷又托人来请夏唯至去家里了，当然老太爷的目的还是请她的母亲夏可卿过去。

不过母亲似乎没什么兴趣，反而更喜欢在家里睡觉。

既然老太爷都请了，夏唯至也只能去。

宫少廷和夏唯至一到宫家，老太爷就往他们身后看，没看到夏可卿，显得非常失望。

"其实我就是想跟你母亲叙叙旧，没别的意思，不要多想。"老太爷对夏唯至说。

夏唯至立马点头："是，我没有多想，爷爷您也不要多想。"

"喀！喀喀！"老太爷尴尬地咳嗽了一声，"今晚天气不太好，有台风，就留下住一晚吧。没什么事，我睡了。"

留下宫少廷和夏唯至。

其实客厅里还坐着一个人——苏云洁，宫达的母亲。

"大夫人。"宫少廷礼貌地喊。

苏云洁的眼睛一直红红的。她跟老太爷求了很多次情，想把儿子放出来，可是老太爷无动于衷。

宫达原本是该判死刑的，最后变成了无期。她知道，老太爷和宫少廷都是顾念了亲情的。

"这是刚从泰国带回的燕窝，给您带了两盒。"宫少廷把两盒燕窝拿给她。

苏云洁看了他一眼："我儿子这辈子都不能放出来了，是吗？"

"无期徒刑，关20年，20年后会出来。"

"20年。"苏云洁呵呵地笑着，"也好，总比一辈子出不来好。"

"大夫人，"宫少廷亲自给她倒了一杯水，"以后大哥需要尽的义务，我会替他承担。您是他的母亲，也是我的。"

苏云洁有些意外，如此狂傲的宫少廷居然会说出这种话来。

"以前年轻不懂事，现在，希望您能给我机会，让我好好孝顺您。"宫少廷说着拉了夏唯至过来，"我和小唯以后就是您的儿子跟儿媳。"

苏云洁笑了起来，眼底都是泪："我儿子宫达对你们做过那么多事，很多次差点置你于死地，你居然不怪罪他？"

"说到这个，我还真要感谢大哥！要不是大哥，当初我也不会碰到夏唯至。我是被大哥的手下偷袭，中了麻药，这才找了夏唯至做掩护，然后我就娶了她。"宫少廷说，"这么说来，还是大哥成就了我这段姻缘。"

宫少廷看着夏唯至，眼底满满的都是宠溺。

苏云洁知道宫少廷这是在安慰自己。没想到宫少廷的心胸如此豁达，难怪他能有今天的成就。

"好！真好！"苏云洁拉住宫少廷和夏唯至的手，"真好……"

她一遍遍说着真好，就好似看到宫达和夏唯至坐在自己面前一般。

其实她不止一次看到宫达盯着夏唯至的照片发呆，还经常看夏唯至的新闻，甚至看夏唯至拍的电影，那唯一一部电影，连她都知道名字了，叫《舞动》。

"二夫人。"房间里的下人突然喊。

夏唯至抬头，看到宫少廷的母亲艾莉娜来了，忙站起身。她不知道该叫什么，便跟着喊："夫人。"

宫少廷也站起身，走到自己母亲面前："妈，这么晚了你怎么过来了？外面天气

515

那么差，台风都快来了！"

艾莉娜盯着夏唯至。听说连老太爷都接受夏唯至了，她真是奇怪，这个夏唯至到底有什么魔力？

"我来看看你爷爷不行吗？"艾莉娜的语气很不好。

"当然行，不过爷爷已经睡了。"

艾莉娜坐到沙发上，还是冷冷地盯着夏唯至。

夏唯至很有眼色地去倒了杯水给她："您喝水。"

啪啦。艾莉娜直接把杯子拂到地上："我不渴！"

"妈，你这是干什么？"宫少廷有些生气。

"怎么，我摔个杯子不行了？"艾莉娜反问。

"不是，这杯水是小唯特意给你倒的。"

"没事，我再给夫人倒一杯。"夏唯至又去倒水。

"不用了，你倒的水我可喝不起！我是来看我儿子的，不是来看你的，你退下吧！"艾莉娜用长辈的口吻说。

"小唯。"宫少廷拉住她，"我在哪儿，你在哪儿，不用回避。"

"少廷，你要为了这个女人，一直和我作对吗？"艾莉娜生气了。

"妈，少说两句行不行？夏唯至是我看上的女人，我喜欢她，你就不能跟我一块儿喜欢她吗？"

"不能！自从这女人出现在你身边，你发生了多少事！你被赶出宫家，一个人辛苦经营至一集团，又差点被陷害得坐牢！这女人呢，花边新闻那么多！她是私生女，现在又是个戏子，这种女人怎么配得上你啊！少廷，你怎么就不能醒醒啊？"

宫少廷实在不想和母亲吵架，拉着夏唯至说："小唯，我们上楼回房间休息。"

"好的。夫人，我和宫少廷先回房了。"夏唯至还是礼貌地喊，毕竟这是宫少廷的母亲。

艾莉娜快要被宫少廷的态度气死了，却只能眼睁睁看着宫少廷拉着夏唯至上楼回房间关上了门。

苏云洁也帮着说话："艾莉娜，夏唯至毕竟也生了儿子宫哲了，看在小哲的分上，你就不要太为难她了。"

艾莉娜原本就和苏云洁不和，此刻更是气得大骂："生儿子了不起吗？！不就生了个儿子，想给少廷生儿子的女人多得跟天上的星星一样，她生个儿子了不起了？"还是直接对着夏唯至的房间吼。

房间里的宫少廷听见了，生气地想走出去。母亲没理还不饶人！

夏唯至拦住宫少廷："你要是为了我怼你母亲，她就会更加讨厌我。让她说吧，反正不痛不痒。"

楼下艾莉娜还在喊："以为就她会生儿子吗？！哪个女人生不出儿子来啊，我不也生了少廷吗？！我儿子比谁都优秀！"

啪啦。什么东西从楼上砸了下来，吓得艾莉娜几乎跳起来。

地上躺着烟灰缸。

艾莉娜抬头，见老太爷宫浩钱站在楼上的走廊里。

"爸，您怎么出来了？"艾莉娜立马站起身，唯唯诺诺地喊。

"再吵就给我滚出去！以后再当着我的面想赶走唯至，你就先给我滚出宫家，回你老家去！"宫浩钱怒骂。

艾莉娜哪里还敢说什么，忙不迭地点头："是，是，爸！"

然而她心里气愤不已，那么多人在场，包括家里的用人都看着，全都看了她的笑话。

都说老爷子接受了夏唯至，原来是真的！

夏唯至和宫少廷以为发生了什么，立马跑出来看，就听到老太爷狠狠地把艾莉娜骂了一顿，连夏唯至都觉得尴尬。

结果宫浩钱说："唯至，是不是吵到你了？没事，爷爷不吵了，你快回去休息。"

"不吵的，爷爷。"夏唯至立马说。

艾莉娜用怨愤的视线盯着夏唯至，让夏唯至尴尬得无所适从。

"休息去吧，我也睡了。别不习惯，就当是自己家。"宫浩钱安抚夏唯至。

"谢谢爷爷。"夏唯至一口一个爷爷，宫浩钱听着很满意。

宫浩钱回房休息去了，毕竟年龄大了，睡得也早——现在才八点多。

看宫浩钱进房间了，夏唯至嘘了口气。

"宫阿姨，我来看您啦！"门外又来了人。

这人夏唯至认识，只是很久没见了，就是当年为了宫少廷自杀的洛家千金洛米。

洛米以前喜欢宫少廷喜欢得不得了，后来因为帮着艾莉娜刁难夏唯至，听说被宫少廷赶去了国外。

其实也不是宫少廷赶的，那时候夏唯至被迫离开了宫少廷，宫少廷回头又和尹翎叶成了男女朋友，洛米伤心欲绝，发现怎么排队都排不到她，自己滚去国外疗伤的。

"洛米，你回国了！"艾莉娜看到洛米显然比看到夏唯至开心多了。

"是呢，今天下午回来的。在家里休息了片刻，出去买了您喜欢的东西去您家里找您没找到，就知道您在爷爷这里。"洛米身后跟着一个保镖，提着十几袋东西。

艾莉娜见了，开心得合不拢嘴，拉着洛米家长里短，说了这一年的辛苦，宫少廷怎么为了个女人忤逆她，说得闻者伤心见者落泪，活生生把夏唯至说成了一个迷惑男人的狐狸精，还是修炼千年等级非常高的狐狸精。

洛米也看到夏唯至站在楼上，冷冷地瞧了她一眼，又笑着和艾莉娜说话。

洛米在国外待了差不多两年，到底是修炼过的，现在一举一动都没当初那么幼稚了，说话也越来越讨人喜欢。加上第一天回国，遇上这种台风天还上门来看艾莉娜，把艾莉娜感动得不行。

"看什么？"宫少廷见夏唯至还没回房，他走出来一看，看到洛米，皱了皱眉头说，"那女人来干什么？"

"讨好你妈妈呀。"夏唯至说。

"有什么可讨好的，神经！别理她！"宫少廷说着，就要拉夏唯至进房。

"廷哥哥！"洛米见到宫少廷，很是激动地喊，"宫阿姨说打牌，但是三缺一，你来玩吗？"

艾莉娜，苏云洁，洛米，的确三缺一。

艾莉娜很喜欢打牌，苏云洁平时在家无聊，也是和小姐妹打打牌。

艾莉娜也期盼地看着他："少廷，你很久没陪妈妈打牌，一起玩几局？"

宫少廷见母亲那么期盼，对夏唯至说："我下去陪我妈打几把，小唯你先去休息。"

"我去吧。"夏唯至说。

"你会？而且她们打牌都有自己的规则，跟外面的不一样。"

"不会可以学。"

宫少廷知道她的用心了："也好，辛苦你了。"

"打牌辛苦什么？"夏唯至好笑。

一开始，艾莉娜见是夏唯至打牌，她死活都不愿意，直到宫少廷说公司里还有很多事要处理，干脆他拿了公司的文件过来坐在楼下处理，艾莉娜这才同意夏唯至打牌。

"你会玩吗？"洛米一副主人的样子问。

"不会，从来没玩过，还请洛小姐多多指教，希望能让着我点。"夏唯至笑着说。

洛米鼻孔哼了一声，很看不上夏唯至的样子。突然，她的眼底划过一道精光，又笑着说："你和宫阿姨组队吧，毕竟我和宫阿姨关系好，牌技也好，我们组队，对你和苏阿姨都不公平。那我跟你说下规则。"

洛米一说完，苏云洁喜笑颜开地缓和气氛："来来来，都是一家人，跟谁都没关系。既然如此，洛米，我和你组队，我们开始玩吧。"

洛米说完了规则，问："听懂规则了吗？"

夏唯至说："我懂了。"

"不懂装懂！"艾莉娜冷笑。

这时候，宫少廷走过来，在夏唯至耳边轻声重复了一遍规则，然后对艾莉娜说："妈，小唯陪着你玩，我还有工作要处理。"

"你快忙，工作重要。"艾莉娜立马说。

宫少廷走开，回头看到夏唯至已经拿了一副好牌。

洛米一直在咄咄逼人地出牌，夏唯至都是过，过，一手好牌最后却打输了。

宫少廷挑眉，干脆坐在沙发上看着她们打牌。

"你拿的牌到底有多烂啊！你会不会打牌？我们是队友，你不会打就别拖我后腿！"艾莉娜爹毛一般大吼，"我看看你的牌有多烂，我看看！"

夏唯至把牌混到桌上的牌里，开始洗牌："不好意思夫人，我这次的牌太差了。"

"一张牌一万块你晓不晓得？！"

"对不起。"夏唯至立马道歉。

苏云洁和洛米组队，一下子就赢了，她自然开心："艾莉娜你真小气，不就输了十几万吗，瞧把你急的！唯至，我们继续玩。"

能和洛米组队，苏云洁显然很开心，洛米毕竟是天天玩牌的人，牌技当然好。

洛米更加不屑地看向夏唯至。看她那么淡定，还以为她会打牌，没想到那么草包！

艾莉娜更加看不上夏唯至了。

"真是倒霉，有你在，难怪我今天场场输！"艾莉娜气得一边拿牌一边骂。

宫少廷坐在客厅里工作，时不时看向夏唯至手里的牌。

这次拿的牌和之前那些简直一个天一个地，太烂，结果夏唯至之前居然都输了，果然如她自己所说不会打牌。

宫少廷低头，才发了一封邮件的工夫，艾莉娜就拍手大笑："哎呀，我的牌出完了！"

夏唯至唇边几不可察地划过一丝笑。

"夏唯至，你可别给我拖后腿！我都赢了，你要是输了还得赔钱！"艾莉娜厌恶地说。

苏云洁皱眉，洛米也有些着急。怎么艾莉娜的牌这么快就出完了？艾莉娜虽然经常打牌，但是牌技很差。

紧接着，夏唯至云淡风轻地把牌一张张扔出去，直到手里剩下最后一张牌。

苏云洁忍不住说："我的牌还没出呢！"

夏唯至有些无辜地问："这样出不行吗？"

"怎么不行？我们赢了啊！"艾莉娜激动地开始数牌。一张一万块，她们两个瞬间赚了几十万。

洛米把牌往桌子上一扔。她都来不及出牌，夏唯至就出完了，运气也太好了点。

"这次你运气好，下回我可就不让你了！"洛米一副"是我让你"的表情。

夏唯至也不多说，只是轻轻笑了一声。

接下来，一轮接着一轮，夏唯至总是一会儿顺子一会儿炸。洛米和苏云洁无论谁出牌，出什么牌，夏唯至都好像早就知道了一般，没等她们出就压了下去，而且每次压之前都问艾莉娜有没有牌，有牌就让她先出，总是让艾莉娜第一个赢，然后留下她一个人把洛米她们虐得体无完肤。

连苏云洁都输红了眼，毕竟夏唯至的确是第一次玩。

前面几局她分明是在研究规则，拿她们练手，研究好了，接下来就是连环出招。

宫少廷坐在一旁，看到夏唯至总是赢得满脸无辜，他的唇边是几不可见的笑。

夏唯至扔下最后一张牌的时候，总会无辜地说："那个，我是不是又赢了？"

"你当然赢了！真是越笨的人运气越好！"艾莉娜嘀咕着，却满心欢喜地去数牌收钱。

连十几轮，她们玩到快半夜，每场都是艾莉娜赢，夏唯至第二。

外面台风凶猛，暴雨连绵，里面艾莉娜激动地笑着，满脸欢喜，以为是自己太厉害了。

苏云洁输红了眼，把牌一推："不玩了，睡觉去了！"

苏云洁起身，忍不住看了夏唯至一眼。这丫头分明是扮猪吃老虎，明明技术那么好，还说自己不会打牌！自己一整年的生活费都输没了！

洛米输得更惨，把家里给的两年的零花钱都输掉了。

洛米皮笑肉不笑地问："没想到你的牌技这么好。不是第一次玩吧？害我都没防备！"

"没有，第一次玩，只是运气好。"夏唯至说。

运气好却次次让艾莉娜第一个赢，剩下她一个人斗自己和苏阿姨两个人！

"她就是运气好！夏唯至，没想到你运气那么好，下次打麻将你一起吧。"艾莉娜开始记账，数了数赢来的筹码，又抽了一个一万的筹码给夏唯至："这个送你了，幸亏你没拖我后腿。怎么，一万还不够？都是我自己赢回来的，你不过搭了把手！"

艾莉娜见夏唯至看着她，立马表明这些筹码都是自己赢回来的。

夏唯至笑着接过筹码："谢谢夫人。"

艾莉娜对夏唯至的怨气少了很多，毕竟一晚上打牌赢了至少一千万，够她花大半年了。

艾莉娜满心欢喜地回自己房间去了，还跟洛米说："哎呀洛米，你留下吧，明天一早再回去。来，我带你去房间。洛米，我说你去了趟国外，牌技生疏了不少呢，连第一次玩的人，你都打不过了。"

洛米满腹怨气，站起身，冷冷地盯着夏唯至。

夏唯至也起身，目光冰冷地看着她。

见宫少廷走过来，洛米立马笑盈盈地说："廷哥哥，很晚了，我和宫阿姨去休息了。"

"嗯，去吧。"宫少廷说。

洛米原本跟着艾莉娜走开了，看到艾莉娜回房，她又回来，气势凌人地盯着夏唯至。

夏唯至挑眉，也看着她。

"好吧，我退出了。我承认，是你一手掌控牌局，让宫阿姨赢，你是比我厉害，我把廷哥哥让给你了。"洛米说。

夏唯至回头看向宫少廷。

宫少廷耸肩。

夏唯至笑着点头："行吧。"

洛米又高傲地走开了。

夏唯至都觉得可笑。

宫少廷没心思理会洛米，总觉得她像个白痴。他把桌子上的牌拿起来看："规则都是她们定的，你怎么把规则摸得比她们还透？"

"我没研究规则，只是记住了大部分的牌，再按照概率计算她们手里的大概是什么牌，也就知道接下去怎么出牌最合适。"夏唯至拿起艾莉娜给的一万筹码牌。

宫少廷愣住了。108张牌，每个人27张牌，她不仅记住了大家手里所有的牌，还在脑子里想出了一套出牌的概率公式。这哪里是人按照规则出牌，完全是计算机系统在出牌！她怎么学什么都能精通！大学选修了计算机，就把计算机系统掌握得那么透彻了，也太聪明了！

"看，一万筹码！"夏唯至开心地举着艾莉娜给的筹码。

宫少廷宠溺地说："一万块，你就高兴成这样。"

"主要是你妈妈高兴，我希望和你在一起能得到你母亲的祝福。"夏唯至说。

宫少廷当然看出来她是在讨好自己的母亲。

宫少廷心疼她，躬身把她抱起来："以后不用这样讨好她。她的日子过得很好，我也不会在资金上亏待自己的母亲，每个月也会抽时间陪她。那是我母亲，要讨好也是我来。你嫁给我，我不想你看任何人的脸色。再说我母亲那个脑子，明明打牌的时候都是你一手推着她赢，她还不知道，我都觉得没脸。"

夏唯至笑了一下："没有，她的牌技挺好的。"

"我知道她打牌有多烂，每次都输掉几百万才回家。现在你和她组队，她赢那么多，把你当牌桌上的福星了。"

夏唯至搂住宫少廷的脖子："反正你妈妈开心就好。"

"也是你妈妈。"宫少廷看着她，实在心疼，低头在她唇上吻了又吻。

夏唯至有些害羞："在爷爷家呢。"

"那又怎样？他们都睡了。"宫少廷把她放到沙发上，欺身压上来。

夏唯至当然知道他想干什么，立马用手推着他的胸口："好歹回房做吧！"

"回房做什么？"宫少廷戏谑地挑眉。

夏唯至羞恼地瞪着他："你说做什么！"

"你不说，我怎么知道？"

"宫少廷！"夏唯至羞得满脸通红。

"都生过儿子了，你还那么害羞。"宫少廷低笑，重新抱起她，又亲了亲她的唇，"如你所愿，回房去做。"

夏唯至瞪他，宫少廷又凑过去亲她。

他每次都把她亲得面红耳赤，气喘吁吁的。

这里毕竟不是自己的家，夏唯至本来不敢叫出来，可外面的台风很猛烈，拍打着窗，反而让夏唯至叫得肆无忌惮。

不管以前遇到过多大的困难，至少他们现在在一起，风雨同舟。

她很幸福，也很开心，更加不想宫少廷因为她和艾莉娜的关系而头疼，不过是讨好艾莉娜，只要他能开心，讨好谁她都不介意。

以前她虽然被丁娅嬷压迫，可骨子里依然是高傲的，怎么都不肯低头，现在为了宫少廷，她愿意适当地让步。

宫少廷见她这般主动去和艾莉娜亲近，更加心疼她，连晚上的疼爱都变得比以往更加温柔。

"夏唯至，我爱你！"

听着他的深情表白，在他怀里喘息，真的好开心好满足！夏唯至紧紧地抱住他的腰，贴着他的胸口，听着他的心跳声。

她想跟他说一句"我也爱你"，只是实在被他折腾累了，只能闭上眼，在心里呢喃了一句：宫少廷，我也爱你！

这样一个男人，被她遇见，大概真是她三生有幸吧。

夏唯至一大早就开始整理自己的房间，夏展给她打下手。

爷爷希望他们跟他住得近，所以宫少廷得搬回他宫家的别墅去。两家公司合并后，宫少廷越发忙碌，经常是早出晚归。每次他回家时，她都已经睡了。

"唯至，你跟宫少廷的孩子都那么大了，你们怎么还没结婚？他到底想什么时候娶你？"夏展问。

"他现在很忙，哪有空结婚。"

"那总得跟你求婚吧。求婚也没求啊！"

叮的一声，有什么东西掉了下来。

夏唯至蹲下身，见是一个很闪亮的小东西，钻戒？

夏唯至想起来了，这是宫少廷给她的。其实他求过婚，就在这个房间里，当时她的肚子很大了。

不过因为宫少廷家里不同意，当时她没敢答应。

"钻戒！他求婚了？我怎么不知道？"夏展看到钻戒，说。

"很早之前的，我都忘了有这枚钻戒。"夏唯至看着钻戒，"我以前觉得这东西真浪费，现在发现，还是挺好看的嘛。"

夏展见夏唯至痴痴地看着钻戒，调笑地问："很想结婚？"

夏唯至瞪了他一眼："没有！"

"口是心非！宫少廷现在太忙，顾不上你了，你都巴不得自己去求婚了。"夏展嘲笑道。

夏唯至一脚踹过去，夏展立马跳开。

"别说我，说说你自己吧。你也不小了，还不赶紧找个媳妇给我们家开枝散叶！"

"我的好姐姐，我开枝散叶得不纯正。我又不是妈妈亲生的，我可是你们捡来的。我都记不清了，到底是什么时候流落街头的。真不明白，我的亲生父母为什么要抛弃我？"

"那是他们的损失！你看你这么优秀，现在又是宫氏集团旗下所有医院的CEO，他们要是知道，肯定后悔死了！"

"还不是托了你的福。宫少廷任人唯亲，医院那么多资格老的院长，他却把CEO的位置留给我来坐，那是因为我是你弟弟。所以说，做你的弟弟、做妈妈的儿子我才幸福。至于我的亲生父母，我才不稀罕！"

夏展正说着，视频电话响了。

夏展看了看夏唯至，有些害羞的样子，走到一边去接电话。

"夏展！"那一头飘出很开心的声音。

"你打电话就好了，大白天干吗视频？"夏展的脸对着手机，手机屏幕里是穿着警服的纪敏。

"我想你了啊！大白天就不能视频了吗？你在哪里，我怎么看到bra了？夏展，你外面有别的人了！"纪敏还在激动地喊。

夏唯至已经听到了，走到窗口把bra收回来，对着手机摄像头晃了晃。

"别紧张，是我的。"夏唯至跟纪敏说，"我收起来了，今天在搬家。"

"唯至，hello！"纪敏笑着跟她挥手。

夏唯至暧昧地笑了笑："你们继续，我整理房间。"

夏展对纪敏说："我还要帮唯至继续整理，你有什么事吗？"

"没事呀，我只是想你了！"纪敏很大胆地说。

夏唯至偷笑。

夏展有些尴尬："唯至在这里呢，你别这么说！"

"你们是姐弟嘛，又没关系。夏展，我爸爸让你今天去家里吃饭，我帮你把礼物买好了，晚上五点半，我去医院接你。"

"太快了吧，我还没准备好。"夏展说，"我们还没深入了解呢。"

"你想深入了解，行啊！下午我去医院找你，你穿白大褂，我穿警服，到时候在医院，你想怎么深入了解都行！"

"扑哧。"夏唯至捂着嘴，还是不小心发出了声音。

她以前真没想到纪敏是这么open的人。她的好闺密杭宝蓓已经够豪放了，没想到纪敏豪放起来简直像男人。

夏展没谈过恋爱，此时被纪敏调戏得脸上通红。

"我，我先挂了。礼物不用给我准备，我……我自己去买就好了……我还要跟我妈说一下。"夏展有些结巴地说。

"我礼物也准备了，你要是觉得不够，你再准备点。等等，下午我还要不要去医院找你？"纪敏问。

"不用，不用！"夏展立马挂断电话，把手机放在衣服口袋里，尴尬地搓着衣角。

"我原本还担心，毕竟你年纪不小了，看来我担心早了。"夏唯至挑眉说，又问，"什么时候开始的？"

"就那次，在医院门口，你被那些人打，后来纪敏不是送我们回去吗，你先被宫少廷接走了。感冒药中毒事件是纪敏负责的，我又负责那些伤者……这一来二去的……"

夏展半天都讲不清楚，夏唯至笑着点头："我知道了。纪敏挺好的，以前虽然大小姐脾气，不过现在做了警察不一样了。"

"我也觉得她挺好的……那个，改天，我也带她回家吃饭。妈妈喜欢她吗？"

"当然了，只要是你带的，妈妈都喜欢。"夏唯至笑着说。

夏展腼腆地笑着，摸了摸脑袋："那就好，那就好……"

夏唯至踮起脚，摸了摸他的脑袋："傻弟弟，我就不耽误你的时间了。下午纪敏还要去医院找你深入了解，晚上要去见未来岳父，你记得打扮一下，回去好好收拾。"

说到"深入了解"，夏展的脸更红了："我把你的东西都搬上车再走，纪敏没那么快过去。"

"好啊。那个第一次，不要太紧张。"夏唯至以过来人的口吻说。

"啊？"夏展愣了一下，然后听懂了，好不容易压下去的潮红又在脸上蔓延开来，"姐，你能不能要点脸？"

"我不要脸，我儿子都生过了。"

夏唯至搬好东西，准备开车回家，想到什么，又探出脑袋说："还不准备要孩子的话，记得做一些措施。"

看到夏展脸红到脖子了，夏唯至哈哈大笑："加油！"

夏展："……"

夏唯至开着车，吹着风，想到了自己的第一次。

她一直以为自己的第一次给了薄源佑，没想到居然是给了宫少廷。阴差阳错，却找到了她的真命天子。

钻戒她戴到手上了，刚好合适，这么大的钻石应该满足了所有女人的公主梦吧。

一到家，卓尔立马过来搬东西。

夏唯至问他："宫少廷还没回来吗？"

"少爷回来过，后来又出去了。"

"去干什么了？"

"这个……我不清楚。"卓尔的眼神有些躲闪。

"你不是贴身保镖吗，这也不知道？"

"是，属下不知道。"卓尔立马搬着东西往房间里走。

夏唯至耸肩。宫少廷最近一直早出晚归，她也习惯了。

一直到晚上九点多，宫少廷还是没回来。

夏唯至抱着一个枕头坐到客厅的沙发上看电视。又是杭宝蓓推荐的电视剧，一整部剧都在讲丈夫出轨，至于最后的结果，当然是选择原谅他喽。

夏唯至看得都在沙发上睡觉了，宫少廷也没回来。

感觉到有人抱起她，夏唯至揉了揉眼睛，迷迷糊糊地睁开眼："你回来了。"

"嗯。"他轻轻地应她。

"吃饭了吗？"

"吃过了。"他的声音很低沉。

夏唯至唔了一声，在他怀里睡着了。

等她醒来已经是第二天早上，宫少廷已经不在房间里了，她甚至不记得他昨天有没有跟她睡一张床。

525

不知道为什么，心里莫名地慌乱，可她又觉得自己想多了。

一个人在家无聊了就是会胡思乱想，夏唯至开车到宫少廷的公司楼下。

不知道宫少廷在不在公司。

夏唯至正准备下车，却看到宫少廷走了出来。

一辆白色的路虎开了过来，宫少廷一个人上了车。

夏唯至好奇，于是跟了上去，透过贴着深色车膜的窗户看到里面好像是个女人，身影看着还很年轻。

车子在一家会所门口停下。

宫少廷和那个女人一前一后地从车上下来。女人戴着很大的墨镜，还戴着帽子，下边的脸全部用围脖遮住了。

女人穿着十厘米的黑色高跟鞋，走上楼梯时差点摔倒。

宫少廷一手扶住她，然后扶着她走进私人会所。

这家会所以前宫少廷带夏唯至来过，而且这家会所不对外开放，只有老板的朋友可以进去，所以进去的都非富即贵。

宫少廷不是很忙吗，怎么这个时候带女人来会所？

夏唯至心里满满的都是疑惑，却又没法进去。

很多电视剧情节从她的脑海里冒出来，她摇头。少廷不是那样的人，他们一路走来磕磕碰碰，好不容易走在一起，爷爷和宫妈妈都接受她了，宫少廷没道理这时候出幺蛾子。

夏唯至说服自己不要再怀疑宫少廷，开车回到宫家。

然而，一整天夏唯至都恍恍惚惚的，给杭宝蓓打电话，她却去国外旅游了。

夏唯至坐在沙发上，手里拿着宫少廷当初给她的钻戒，细细地看着，放在手里把玩着。

今天总算等到宫少廷回家了。

"小唯。"宫少廷进来就喊夏唯至，看上去心情很好的样子。

夏唯至却不明白，他明明很忙，怎么有空跟别的女人在会所里私会？

"卓尔说你还没吃饭，你想吃什么，我给你做。"宫少廷说。

"好啊。"夏唯至答应了。

宫少廷愣了一下，问她："吃什么？"

"想吃清蒸大闸蟹，油焖大虾，椒盐皮皮虾。"夏唯至说。

"好，我让卓尔去买，马上给你做。"宫少廷是会做饭的，也是为了她才跟着丁婶学。

宫少廷去厨房忙碌，随手把手机放在沙发上。

电话响起。

夏唯至看了一眼，电话上备注了名字，叫殷雪。

女人天生就是很敏感的，这样的备注实在容易让人浮想联翩。

"喂，少廷。"那一头的女人喊。

夏唯至接起电话，说："他在做饭。"

"夏小姐？"那一头的女人试探地问。

"是我。"

"你好夏小姐，我叫殷雪，方便让少廷接电话吗？我有话和他说。"

"好的，你稍等。"夏唯至拿起手机走进厨房："宫少廷，殷雪的电话。"

宫少廷似乎有些慌乱，立马洗了手过来，拿走了手机，看了夏唯至一眼，又走到角落去打电话。

夏展也很知趣地不走过去偷听，而是抱胸站在那儿看着他打电话。

"好，我知道了，我明早过去。"宫少廷挂断电话。

走过来，见夏唯至只穿着一套连体睡衣就站在门口，宫少廷把外套脱了披到她身上。

"快进去吧，站在门口做什么？"宫少廷心疼。

夏唯至还是盯着他："你是不是有什么瞒着我？"

宫少廷眼底一阵慌乱："没有，怎么能？"

夏唯至心里像被针扎了一下。她的睡衣口袋里还放着宫少廷当初求婚的戒指，她把手插在口袋里，捏着戒指，问他："宫少廷，你还要娶我吗？"

"当然了！不娶你娶谁？"

夏唯至拿出戒指，放到他面前："还记得这枚戒指吗？你跪下，向我再求一次婚，我就答应嫁给你。"

夏唯至发现自己居然这么没原则了，这哪里是让他求婚，分明是她在逼婚。

宫少廷却笑了起来："夏唯至，你在向我求婚吗？"

"算是吧。宫少廷，你愿意娶我吗？"夏唯至问。

宫少廷握住她的手，顺势握住她手里的戒指："愿意，但不是现在。小唯，你知道，我最近很忙。公司重组，事情实在太多太多。"

"我知道了。"夏唯至将手从他的掌心抽开，顺手把戒指放到他的手里，"戒指拿回去吧，我睡觉去了。"

"不是没吃饭吗？"

"不吃了，我困了。"

夏唯至回到房间，爬上床，侧身对着窗户。她不知道自己和宫少廷之间怎么了，还是说宫少廷怎么了，为什么感觉宫少廷鬼鬼祟祟的？难道他在外面真的有人了？

宫少廷看着手里的钻戒，眸底闪过异样的光。他收起钻戒，走进门，上了床，从她的身后抱住她。

"小唯，你睡了吗？"

她没睡，只是不想回答他。

她成天看那种上百集的苦情连续剧，现在觉得自己也挺苦情的。这种日子没法过了！一定要复出拍戏，快乐地赚钱去。这一次，宫少廷怎么拦都拦不住她了！

宫少廷的手机又响了，他立马接起电话，轻手轻脚地起身。

"什么事不能明天说？她才睡下，会把她吵醒的。"宫少廷不悦地呵斥。

夏唯至睁开眼，看着宫少廷走到阳台上打电话，她深吸口气。一定要冷静，捉奸要有证据。

"以后这么晚了别给我打电话。"宫少廷说完就挂断了电话。他回头看了一眼床上的女人，见她闭着眼睛，似乎睡着了，他走过去，俯身在她唇上轻轻一吻，又给她盖好被子，然后上床，再次把她搂过来，抱着她，这才安心入睡。

夏唯至睁开眼，看着面前的男子，却在他身上闻到了香水味。他不抹香水，这味道显然是别人的。

"啥？你怀疑廷少出轨？"

杭宝蓓从国外回来给夏唯至带了很多好吃的，夏唯至一边吃一边看着电视。

还是苦情大戏，越看越上瘾。

夏唯至"嗯"了一声："我前两天向他求婚了，他都没答应。"

杭宝蓓往嘴里塞了一片薯片，咀嚼了一番之后："这么惨！可是廷少看着不是这种人啊！你们好不容易在一起，他还出轨，有点过分呢。"杭宝蓓一边吃着薯片一边摇头，又盯着电视，然后用手掌朝自己扇了扇风，"怎么感觉有点热呢？好热呀！"

杭宝蓓说着，手掌在夏唯至面前晃了晃。

夏唯至哪里会没看见她手指上鸽子蛋大的钻戒。

杭宝蓓见她看见了，得意地问："好看吗？"

"自己买的？"夏唯至问。

"怎么可能？人家送的！"

夏唯至睁大眼睛："谁送你的？有人向你求婚了？"

"嗯哼。"

"谁呀？"

"你猜。你认识的。"

"祝家帮的少爷，专门跟你抢地盘的那个？"

"那么娘，我怎么看得上啊！再猜。我给你个提示，廷少的好兄弟。"

这哪里是提示，根本是直接告诉她了。

"牧萧！你们，你们两个在一块儿了？"

"是啊。我跟他一块儿出去旅游，旅游的途中，他买了枚钻戒，然后送我了，顺便问我要不要找个男人嫁了。我说也行啊。然后他问他这个男人行不行，你猜我怎么回？"杭宝蓓说着说着，自己笑了起来。

"我说，你行不行，我试试不就知道了。哈哈哈！"杭宝蓓越说越开心，"怎么样，浪漫吧？我没想到他会向我求婚呢。"

"好浪漫，牧萧都向你求婚了！"

"是啊。我以前可羡慕你了，有廷少那么好的男人，还有祁尊追着你跑。你看你现在多可怜，在家里做全职太太，还要提防男人出轨，身边的桃花又都被挂断了。"杭宝蓓看着夏唯至，一副觉得她很可怜的样子。

夏唯至的嘴角抽了抽："听你这么一说，我也觉得自己挺可怜的。不过我可不是全职太太，我还没嫁给宫少廷。我今天就预约了试镜，有一部新电影，导演邀请我了，我试镜成功就复出拍戏，赚奶粉钱。"

"赚奶粉钱，你要跟廷少分手啊！"杭宝蓓受到了惊吓。

"他外面都有人了，我向他求婚了他都没答应，我还赖着干吗？老子又不是非嫁人不可，也不是没人要！"

夏唯至看了一眼时间，说："差不多了，我试镜去了。"

杭宝蓓显然被吓到了："别啊，你别跟廷少分手啊！"

"你那么害怕干吗？"

"没有，我这不是惋惜吗？"

"宝蓓，我经历过那么多，还有什么事是看不开的？我已经做好了分开的准备，没关系的。"

"我有关系啊！"

夏唯至完全听不懂杭宝蓓在说什么："你自己回去吧，我先去试镜。"

夏唯至开车离开了。

杭宝蓓追出来，拿出手机："牧牧，唯唯要跟廷少分手！"

夏唯至的试镜很成功，导演很喜欢她，而且她有上一部戏《舞动》的观众基础，基本上会通过。

夏唯至也想通了，无论宫少廷同不同意，她都要赶快复出工作，这样她才不会觉得无聊，不会胡思乱想。

走出门，一个小女孩上前来，笑着看着夏唯至。

夏唯至也笑着看着她。

"给！"小女孩伸手给了她一朵玫瑰花。

529

夏唯至一愣，接过玫瑰："谢谢。"

小女孩笑嘻嘻地跑开了。

夏唯至正准备上车，又有一个年轻女孩上前来给了她一朵玫瑰花。

夏唯至大惑不解。难道是她的粉丝？

那个女孩笑着伸手，示意她往前走，不要上车。

夏唯至突然发现马路上一辆车都没有，只有路人，场面实在有些诡异。

她继续往前走，经过的路人都拿着玫瑰花，他们先后走过来，一朵一朵将花递给她。

玫瑰花的刺都已经拔掉了，所以夏唯至拿在手里一点都不痛。

花香扑鼻。

每一个给她玫瑰花的人都会引导她往前走，到后来花实在太多了，夏唯至手里已经拿不下了，只好把花放在路边。

每走到一个地方，就会有人送鲜花给她，然后帮她指路。

天空飘起了白雪，是人造的白雪，还有直升机在头顶盘旋。

雪花越来越大，飘落在头顶，飘落在玫瑰花瓣上，鲜红和雪白交相辉映，美得让人窒息。

人越来越多，他们全都友善地看着夏唯至，微笑着，拿着玫瑰花，又自发地分成两队，空出中间的走道。

不远处的广场中央的巨型LED显示屏亮了起来，上面出现了夏唯至行走的身影，她抬头看着屏幕。

屏幕的画面切换了，出现了一道熟悉的身影，他看着她微笑起来。

是祁尊。

他站在一片雪地上，目光望着她的方向。

音乐声响了起来。

　　如果你问我 是不是真的爱你

　　我想我应该用一辈子才能证明

　　如果你问我

　　究竟什么是爱情

　　我想我应该用一生才能回答你

人群再次散开，祁尊本人拿着话筒慢慢走到她面前，手里拿着玫瑰花。

歌声还在继续：

530

我要和你在一起 在一起

让我心疼你

无论有多艰辛

能和你在一起我都愿意 哦哦

我要和你在一起 在一起

祁尊对她微微躬身，拿着玫瑰花的手指向了另一个方向。

夏唯至看到祁尊，吓得手足无措，再抬头，顺着祁尊手指的方向看过去，竟然是另一个熟悉的男子。

他手里同样拿着玫瑰，看着夏唯至，微微地笑着，眼底却含着淡淡的泪水。

"薄源佑……"

夏唯至不敢相信此时此刻竟然会见到他。

薄源佑走过来，把手里的玫瑰花交给她，也对她绅士地鞠躬，示意她继续往前走。

夏唯至似乎知道什么了，捂着嘴巴，眼泪开始涌出。

模糊的视线里出现了杭宝蓓和牧萧，然后是夏展和纪敏。

他们纷纷拿了玫瑰花给她，又给她指了个方向，示意她继续走。

直到一群人挡住了她的视线。

人群后面走出一个女子，她戴着白色的帽子，踩着很高的鞋子，是那个路虎女。她走过来，手里一样拿着玫瑰花。

"夏小姐，我是殷雪，你的婚纱设计师。"殷雪把玫瑰花给她，"廷少在后面等你。这是你的婚纱。"

殷雪手里还捧着一个盒子。

夏唯至拿过盒子，看着里面雪白的婚纱，捂住嘴巴。

杭宝蓓上来，帮夏唯至拿过婚纱，嘿嘿地笑，完全是恶作剧得逞的样子，还推了推夏唯至，让她快上去，他们都等不及了。

夏唯至瞪了她一眼，又看了殷雪一眼，原来这个女孩是婚纱设计师。

夏唯至往前走了两步，看到人群里站着宫浩钱老太爷、宫妈妈艾莉娜，还有她的母亲夏可卿、祁家掌门人祁一鸿。

夏可卿手里抱着他们的孩子，那个金发的小孩一直在拍手，很激动地喊："妈妈！妈妈！"

宫浩钱手一挥，人群顷刻间散开了，露出了一个金发的男子。他穿着白色的王子服装，手里拿着一个盒子，一手负在身后。他的身后是一片冰天雪地，地上立着各种各样栩栩如生的童话人物，全都是用冰雕刻而成。

他看着她，唇边扬起的笑无法掩饰。

"夏唯至，你曾经说过，你喜欢童话世界，因为现实太残酷，童话才美好。我就给你打造了一片属于你的童话世界。可是你又说，你不相信童话，我就想，只有把我变成童话里的王子，送给你，一直陪着你，你就会相信了。"

宫少廷说着，一步步走到夏唯至面前，他打开盒子，单膝跪下，仰头望着她，金色的头发耀眼得让人不敢直视。

"夏唯至，我要和你在一起，一直陪着你，无论到哪里！"宫少廷举着戒指，"所以，你愿意嫁给我，一直陪着我吗？"

夏唯至再也控制不住自己，泪水瞬间决堤。

这个坏男人，原来这些天他一直在为这件事忙碌，忙着为她打造一个童话王国，忙着让人给她制作婚纱。

"答应！""答应！""答应！"

不知道是谁先起哄的，很快，所有人都跟着拍手，一起喊着："答应！""答应！"

能和你在一起 我就安心

小说里的爱情 写得惊天动地

多年后我已经不再羡慕那个结局

明白最宝贵的东西

不是奢侈品

是有个人一直在你身边陪着你

我要和你在一起 在一起

让我心疼你

无论有多艰辛

能和你在一起我都愿意

祁尊空灵动听的歌声还在回荡，一句句都是他发自肺腑的吟唱。

当宫少廷找上他，让他来唱这首歌的时候，他是不愿意的，可是一想到可以亲眼见证她的幸福，他又是开心的。

至少给了他一个机会，让他当众唱出了心声。

夏唯至回头看着他，微笑起来。

祁尊看着她，也笑着点头。

再看薄源佑，他站在人群里，和身边的人一起鼓掌，穿上西装的他还是那么帅。

再低头看着跪在身前的男人，在她眼里，他才是真正的帅。金色的头发独一无二，好看得让人沉醉。

见她半天没有答应，宫少廷有些着急。

这个女人不会是因为这些天的事情生气了吧？

他只是想给她惊喜，所以不想让她知道他在做什么。

宫少廷屏住了呼吸，生怕她会不答应。

什么叫惊天动地？他是当着全城人的面对她求婚。

每一幢高楼上的显示屏上都播放着："夏唯至，跟我结婚吧！"

坏男人，这些日子可把她给惆怅死了！

宫少廷跪在地上，膝盖都疼了，而且他让人制造的人工雪堆积得越来越厚，他的腿也越来越冷。

"夏唯至？"宫少廷轻声喊她。

"我答应你。"夏唯至说。

宫少廷一喜。

夏唯至却说："也不是不可以。但是你得答应我，让我复出拍戏，我是有梦想的人。"

宫少廷是真不愿意她进娱乐圈。

夏唯至挑眉："你不答应的话……"

夏唯至作势转身要走。

"我答应！我答应！"宫少廷着急地说。

夏唯至扬起唇角，伸手，示意他戴上戒指："好，我也答应你！"

宫少廷激动地站起身，一把把她抱住。

"夏唯至，我们结婚啦！"宫少廷抱着她，开心地大喊。

"戒指！戒指还没戴！"老太爷宫浩钱看得急死了。

宫少廷也反应过来，立马把夏唯至放下，颤抖着手把戒指戴到她修长的手指上。

"错了错了，是无名指！你个傻帽！"宫浩钱实在着急，忍不住骂。

宫少廷也发现戴错了，立马摘下来，戴到夏唯至的无名指上，慌张的神色让夏唯至觉得很可爱，她忍不住上前，勾住他的脖子，一口吻上了他的唇。

宫少廷愣住了，她竟然主动吻他了。

"哇哦！"全场激动。

宫少廷反应过来，反手抱起夏唯至，低头，更加强势地亲吻她柔软的唇。

所有人自发地把玫瑰花瓣向两位新人撒过去。

白色的雪花伴随着鲜红的玫瑰花瓣在半空中起舞，放肆缠绵，就如地上的两人，一个穿着火红的裙子，一个穿着白色的王子装，他们抱在一起，也会永远在一起……

夏唯至：幸好，我遇见的是深爱的你，所以一路风雨也没有关系。

宫少廷：很晚遇见你，余生全是你，感恩拥有你，感恩你爱我。

一个月后，宫家。

今天的宫家锣鼓喧天，鞭炮齐鸣，因为有三对新人会在这里结婚。

夏唯至穿好了婚纱坐在化妆间，她的婚纱是最耀眼的，全程手工缝制。那个殷雪原来是国际知名的婚纱设计师，她只接受私人定制，而且需要看人，就算国家首脑找她，她都不一定会接单子。

至于会接宫少廷的单子，是因为宫少廷和她是同学，他们的关系本身就很好。

殷雪的设计非常重视细节，力求完美，几乎每完成一个步骤都会反馈给定制者，所以那段时间她经常和宫少廷在一起，而宫少廷为了给夏唯至一件独一无二的婚纱，更是放下手头所有工作，就为了拿到最满意的婚纱。

"唯唯，我们的婚纱一看跟你的就是不同档次，廷少也忒有心了！"

杭宝蓓穿的婚纱也是手工定制的，只是不是殷雪设计的。纪敏的婚纱也是夏展买的手工定制款。

夏唯至瞪她："你上次从国外回来给我带了不少吃的，是不是宫少廷派你来安抚我，希望我别多想？"

"啊，这也能猜到吗？这不是廷少还没准备好求婚细节，希望我来拖一拖时间。本来没那么早求婚的，怕你真的跑了，所以提前求了。"

"你安慰人的能力太厉害了，把我安慰得分分钟想分手！你是我闺密，你居然帮着他瞒我！"夏唯至气呼呼地说。

纪敏笑着说："唯至，宝蓓也是为了你好嘛，就不要计较了！外面敲门呢，是新郎来接亲了。我们快出去吧，别让人家久等。"

"真不害臊，没看出来你那么恨嫁啊！"杭宝蓓嫌弃她。

"夏展那么好，我怕他跑了，结了婚我才踏实呢！来了来了！我开门去。"纪敏打开门，看到是穿着白衣服的牧萧。

牧萧拿着花，开心地喊："宝蓓！"

"你宝蓓在后面。让开，我老公呢？"纪敏把牧萧拉开。

牧萧一个趔趄，差点摔倒："那么猴急啊！"

纪敏往外面一看，只看到宫少廷拿着花上来。

"夏展呢？他不会悔婚了吧？"纪敏担心地问。

宫少廷走过来，说："他做完最后一台手术才出来，路上堵车。"

"堵车！时间都快到了啊！"纪敏看了一眼时间，提着婚纱就跑了出去，"我去接他！"

夏唯至走出来，宫少廷看到她，笑了起来，拉着她的手。

夏唯至问："今天小展结婚，他居然还跑去医院做手术，傻吗？"

"不是每个男人都像你老公那么聪明。不过，你那位弟媳是不是太猴急了？"

"呃……有点。"夏唯至不得不承认。

新郎堵车，新娘提着婚纱跑出去接新郎，回头率估计挺高的。

婚礼现场。

夏可卿、艾莉娜等人都忙着招呼宾客。

突然外面传来一阵骚动。

"总统先生来了！"外面有人喊。

现场的人都很激动地看向外面。

一辆加长版林肯在宫家门口停住。

宫家老太爷宫浩钱亲自走出去迎接。

"沿水，总统来了，先把手头的事放一放。"老太爷对夏可卿说。

夏可卿在宾客名单上加上了总统的名字之后才站起身，走过去。

总统从车上下来。

宫浩钱迎上去："总统阁下！"

"恭喜老太爷！"总统点头，笑着说。

夏可卿站在一旁却没有上前。

总统和门口的宫家重要人物一一握手，到了夏可卿面前，他抬着的手微微僵硬，望着眼前的女人，似乎有些不敢置信。

他从她身前掠过，直接走到其他人面前，一一握手，寒暄几句。

因为是婚礼，总统也不能喧宾夺主，总统寒暄完就让大家各自散开。

门口只剩下宫浩钱、夏可卿，还有总统先生。

总统看着夏可卿，一句话也不说，只是盯着她，眸子里似乎有泪光在闪烁。

宫浩钱看了一眼，了然地走开，顺便把所有人都叫走了。

婚礼现场依旧热闹，觥筹交错，每个人都显得很高兴。

"沿水？"总统的声音是颤抖的。

夏可卿看上去却很平静："是我。"

"你还活着！"

"嗯，活着。"

"我找了你二十三年！"

"是吗？"

"你为什么在这里？"总统问。

"我女儿结婚。她嫁给了宫氏集团的总裁宫少廷。"夏可卿说。

总统抬头看向婚礼现场站在宫少廷身边的女子，眸底的光更加强烈。

"小唯？"总统问她。

"嗯。"夏可卿看着他，笑了起来，眼底含着泪。

"为什么不来找我？"

"你是总统，你没有结婚，外面却有个女儿，别人会怎么说你？"

泪水涌了出来，但总统慎之爵努力不让泪水掉下，他拉过眼前的女人，把她搂进怀里："还有一周，我的总统任期就满了，我不再做总统了。余生请给我机会，让我陪着你们！"

总统慎之爵不顾其他人的目光，紧紧地抱着眼前的女人。

"洱水，这些年我一直没有结婚。当年你为了我的仕途离开我，现在我放弃我的仕途，让我陪着你和女儿一起度过余生，好不好？"

夏可卿抬手抱住他，声音哽咽："好……"

所有人都在看总统先生抱着一个陌生的女子，身为夏可卿女儿的夏唯至当然更加诧异。倒是宫少廷，他唇角扬起，似乎并不意外。

"我妈和总统，什么情况？"夏唯至实在诧异。

"眼前的情况你看不出吗？当初爷爷不是说过，咱妈有个未婚夫，那个未婚夫很爱她。"

"总统就是我妈的未婚夫？那我妈和我父亲尹明志又是怎么回事？"

"尹明志是她的好友，当年她离开慎之爵后，尹明志是自愿照顾她。夏唯至，你不是尹家的私生女，你是总统慎之爵的亲生女儿。"宫少廷挑唇，骄傲地说。

夏唯至愕然得无法言语："我是总统的女儿！你什么时候知道的？"

宫少廷唇角的弧度带着意味深长："佛曰，不可说。"

这么重要的事，他居然瞒着她！

夏唯至气得一脚踹了过去。

"啊，老婆！"宫少廷猝不及防，被踹了出去。

"哈哈哈！"一时间，笑声四起。

传言中霸道冷酷的宫氏总裁似乎被自己夫人吃得死死的。

角落里，祁尊拿着酒杯，看着台上的夏唯至，唇边带着若有似无的笑。

"尊少。"耳边有人叫他。

祁尊侧头，看到一个身材窈窕的女子，精致的鹅蛋脸上几乎没有妆容，很天然的美丽，就如夏唯至一般。

"我叫殷雪。"

"你好。"今天来跟他搭讪的人实在太多了，祁尊敷衍地回了一句。

"我想问你个问题。"

"说。"

"怎么样才能追到你？"殷雪笑起来，漂亮的眼睛上修长的睫毛在颤抖。她说得很大胆，内心却是紧张的。

祁尊抬手，手里的杯子和她的碰了碰，喝了一口酒，说："加油。"

祁尊说完就走开了。

"祁尊！"殷雪却突然大声叫他的名字。

很多人都看了过来。

祁尊脚步一顿。

"我喜欢你，祁尊，能不能跟我在一起？"殷雪明明很紧张，却在众人面前大声地表白。

祁尊回头看了她一眼，唇角扬起，弧度越来越深。双手放进裤子口袋，他笑着走开，脚步越来越快。

祁尊：不要放弃，我们等的那个人会出现，晚一点真的没有关系，一辈子很长，要等就等一个对的人。

殷雪：如果你是对的人，我不介意等你久一点。